FALSA TESTEMUNHA

KARIN SLAUGHTER

FALSA TESTEMUNHA

Tradução
Laura Folgueira

Rio de Janeiro, 2021

Título original: *False Witness*

Diretora editorial: *Raquel Cozer*

Gerente editorial: *Alice Mello*

Editora: *Lara Berruezo*

Copidesque: *Mariana Rimoli*

Revisão: *Anna Beatriz Seilhe*

Design de capa: *Grace Han*

Imagens de capa: *Magdalena Russocka_Trevillion Images e Redkha Garton/Trevillion Images*

Adaptação de capa: *Osmane Garcia Filho*

Diagramação: *Abreu's System*

Dados Internacionais de Catalogação na Publicação (CIP)
(Câmara Brasileira do Livro, SP, Brasil)

Slaughter, Karin
Falsa testemunha / Karin Slaughter ; tradução Laura Folgueira. – Rio de Janeiro : HarperCollins Brasil, 2021.

Título original: False witness
ISBN 978-65-5511-187-3

1. Ficção policial e de mistério (Literatura norte-americana) I. Título.

21-69031 CDD-813.0872

Índices para catálogo sistemático:

1. Ficção policial e de mistério : Literatura norte-americana 813.0872

Cibele Maria Dias – Bibliotecária – CRB-8/9427

Rua da Quitanda, 86, sala 218 – Centro
Rio de Janeiro, RJ – CEP 20091-005
Tel.: (21) 3175-1030
www.harpercollins.com.br

Para os meus leitores

"O passado nunca está onde você pensa que o deixou."

Katherine Anne Porter

VERÃO DE 1998

Da cozinha, Callie ouviu Trevor batendo os dedos no aquário. Ela apertou mais forte a espátula que estava usando para mexer a massa dos cookies. Ele só tinha dez anos. Ela achava que ele estava sofrendo bullying na escola. O pai dele era um babaca. Ele tinha alergia a gatos e pavor de cachorros. Qualquer psicólogo diria que a criança estava perturbando os pobres peixes numa tentativa desesperada de chamar a atenção, mas Callie estava por um fio.

Tap-tap-tap.

Ela esfregou as têmporas, tentando afastar a dor de cabeça.

— Trev, você está batendo no aquário? Não falei para não fazer isso?

As batidas pararam.

— Não, senhora.

— Tem certeza?

Silêncio.

Callie jogou uma bola de massa na assadeira. As batidas voltaram como um metrônomo. Ela foi colocando mais bolas de massa na fôrma, no ritmo das batidas.

Tap-tap-plop. Tap-tap-plop.

Estava fechando a porta do forno quando Trevor apareceu de repente atrás dela como um *serial killer*. Ele jogou os braços ao redor dela.

— Eu te amo.

Ela o apertou tão forte quanto ele a ela. A tensão em seu crânio se aliviou um pouco. Callie beijou o topo da cabeça de Trevor. Ele estava salgado por causa do calor supurante. Estava completamente imóvel, mas seu nervosismo a lembrava uma mola.

— Quer lamber a tigela?

A pergunta foi respondida antes mesmo de ela terminar de fazê-la. Ele arrastou uma cadeira da cozinha para o balcão e imitou o Ursinho Pooh enfiando a cabeça num pote de mel.

Callie limpou o suor da testa. O sol tinha se posto havia uma hora, mas a casa ainda estava fervendo. O ar-condicionado mal funcionava. O forno tinha transformado a cozinha numa sauna. Tudo estava pegajoso e úmido, incluindo Trevor e ela.

Ela ligou a torneira. A água fria era irresistível. Jogou água no rosto e depois, para deleite de Trevor, molhou um pouco a nuca dele.

Quando as risadinhas pararam, Callie ajustou a água para lavar a espátula. Colocou-a no escorredor ao lado da louça do jantar. Dois pratos. Dois copos. Dois garfos. Uma faca para cortar o cachorro-quente de Trevor em pedaços menores. Uma colher de chá para um pouco de molho inglês misturado com ketchup.

Trevor entregou a tigela para ela lavar. Os lábios dele se curvavam para a esquerda quando ele sorria, como os do pai dele. Ele estava parado ao lado dela em frente à pia, seu quadril pressionado contra ela.

— Você estava batendo no vidro do aquário? — perguntou Callie.

Ele olhou para cima. Ela pegou o clarão manipulador nos olhos dele. Igualzinho ao pai.

— Você disse que eram peixes para iniciantes. Que provavelmente não vão sobreviver.

Ela sentiu uma resposta horrível digna de sua mãe pressionar a parte de trás de seus dentes trincados — *Seu avô também vai morrer. Que tal a gente ir lá no asilo e enfiar agulhas embaixo das unhas dele?*

Callie não pronunciara as palavras em voz alta, mas a mola dentro de Trevor se enrolou ainda mais apertada. Ela sempre ficava desnorteada com quanto ele era ligado às emoções dela.

— Está bem. — Ela secou as mãos no short e fez um aceno de cabeça na direção do aquário. — Vamos tentar descobrir o nome deles.

Ele pareceu desconfiado, sempre com medo de ser o último a entender a piada.

— Peixes não têm nome.

— Claro que têm, bobinho. Eles não se encontram no primeiro dia de aula e dizem: "Oi, meu nome é Peixe".

Gentilmente, ela o empurrou na direção da sala. Os dois blênios bicolores estavam dando uma volta nervosa ao redor do aquário. Trevor perdera o interesse várias vezes durante o árduo processo de montar o tanque de água salgada com ela. A chegada dos peixes o tinha deixado com um foco milimétrico.

O joelho de Callie estalou quando ela se ajoelhou na frente do aquário. A dor latejante era mais tolerável do que a visão das marcas dos dedos de Trevor no vidro.

— Esse carinha aqui. — Ela apontou para o menor dos dois. — Como é o nome dele?

Os lábios de Trevor se curvaram para a esquerda quando ele tentou não sorrir.

— Isca.

— Isca?

— Para quando os tubarões vierem comer ele! — Trevor caiu numa gargalhada alta, rolando no chão e achando aquilo hilário.

Callie tentou esfregar o joelho para parar de latejar. Olhou ao redor da sala com a depressão profunda de sempre. O tapete felpudo manchado tinha sido achatado em algum momento do fim dos anos 1980. A luz da rua entrava como um laser pelas bordas franzidas das cortinas laranja e marrom. Um canto da sala estava tomado por um bar bem equipado, com um espelho fumê atrás. Havia taças penduradas num suporte no teto e quatro banquetas de couro apertadas ao redor do balcão grudento de madeira. A sala toda era orientada para uma televisão gigante mais pesada que Callie. O sofá laranja tinha duas endentações deprimentes no formato do corpo de seus donos nas duas pontas opostas. As poltronas amarronzadas tinham manchas de suor no encosto. Os braços tinham marcas queimadas de cigarro.

A mão de Trevor se encaixou dentro da dela. Ele tinha percebido de novo o humor de Callie.

— E os outros peixes? — arriscou o menino.

Ela sorriu e descansou a cabeça sobre a dele.

— Que tal… — Ela tentou achar algo bom: Anne Chova, Gêngis Carpa, Linguado Linguarudo. — Mar-tin?

Trevor enrugou o nariz. Não gostou muito.

— Que horas o papai volta?

Buddy Waleski voltava a hora que bem entendesse.

— Logo.

— Os cookies já estão prontos?

Com uma careta de dor, Callie ficou de pé para ir atrás dele na cozinha. Ficaram olhando os biscoitos pela porta do forno.

— Ainda não, mas quando você sair do banho…

Trevor voou pelo corredor. A porta do banheiro bateu. Ela ouviu a torneira guinchar. A água caiu na banheira. Ele começou a cantarolar.

Uma amadora cantaria vitória, mas Callie não era amadora. Esperou uns minutos antes de abrir uma fresta da porta do banheiro para garantir que ele estava mesmo dentro da banheira. Pegou-o no ato de colocar a cabeça embaixo da água.

Ainda não era uma vitória — não havia sabonete —, mas ela estava exausta, suas costas doíam e sentia fisgadas no joelho quando andava pelo corredor, então, ela só podia suportar a dor até chegar ao bar e encher uma taça de martíni com partes iguais de Sprite e rum Captain Morgan.

Callie se limitou a dois goles antes de abaixar e checar se havia luzes piscando embaixo do bar. Ela descobrira a câmera digital por acidente alguns meses antes. Tinha faltado energia. Ela estava procurando velas de emergência quando notou um flash pelo canto dos olhos.

O primeiro pensamento de Callie tinha sido: *costas distendidas, problemas no joelho e agora descolamento de retina* — mas a luz era vermelha, não branca, e piscava como o nariz de Rudolph entre duas das banquetas pesadas debaixo do balcão. Ela as afastara e observara a luz vermelha ricochetear no apoio de latão para os pés na parte de inferior do balcão.

Era um bom lugar para esconder. A frente do bar era decorada com um mosaico multicolorido. Cacos de espelho pontuavam pedacinhos de azulejo azul, verde e laranja, todos obscurecendo o buraco de dois centímetros e meio cortado nas prateleiras do fundo. Ela achara a gravadora digital Canon atrás de uma caixa de papelão cheia de rolhas de vinho. Buddy tinha prendido o cabo de energia com fita crepe dentro da prateleira para escondê-lo, mas a casa estava sem luz havia horas. A bateria estava acabando. Callie não fazia ideia se a câmera estava ou não gravando. Estava apontada direto para o sofá.

Isto foi o que Callie disse a si mesma: Buddy recebia amigos quase todo fim de semana. Eles viam basquete, futebol americano ou beisebol, e falavam merda, e discutiam sobre negócios e mulheres, e provavelmente diziam coisas que davam vantagem a Buddy, o tipo de vantagem que ele podia usar mais tarde para fechar um negócio, e provavelmente a câmera era para isso.

Provavelmente.

No segundo drinque, ela não colocou Sprite. O rum com especiarias queimou sua garganta até o nariz. Callie espirrou, pegando a maior parte do espirro com a parte de dentro do braço. Estava cansada demais para buscar um papel-toalha na cozinha. Usou uma das toalhas do bar para limpar o resto do catarro. O brasão monogramado arranhou um pouco da pele. Callie olhou o logo, um resumo de quem era Buddy. Não torcia para os Atlanta Falcons. Nem para os Georgia Bulldogs. Nem mesmo para o Georgia Tech. Buddy Waleski tinha escolhido torcer para os Bellwood Eagles, um time de ensino médio da segunda divisão que tinha ido de zero a dez na última temporada.

Peixe grande/lago pequeno.

Callie estava virando o resto do rum quando Trevor voltou à sala. Abraçou-a de novo com os braços magrelos. Ela beijou o topo da cabeça dele. Ainda estava salgado, mas ela já enfrentara batalhas o bastante por aquele dia. Agora, só queria que ele fosse dormir para ela poder beber até esquecer as dores que sentia.

Sentaram-se no chão na frente do aquário, esperando os cookies esfriarem. Callie contou a ele sobre seu primeiro aquário. Os erros que tinha cometido. A responsabilidade e o cuidado necessários para os peixes sobreviverem. Trevor estava dócil. Ela disse a si mesma que era por causa do banho quente, não pela forma como os olhos dele ficavam sem luz toda vez que ele a via atrás do bar servindo-se de mais uma dose.

A culpa de Callie começou a se dissipar conforme chegava mais perto da hora de dormir de Trevor. Sentados na mesa da cozinha, ela o sentia ficando agitado. A rotina era familiar: uma discussão sobre quantos cookies ele podia comer. Leite derramado. Outra discussão sobre cookies. Uma discussão sobre em que cama ele ia dormir. Uma luta para fazê-lo colocar o pijama. Uma negociação sobre quantas páginas ela leria do livro dele. Um beijo de boa-noite. Outro beijo de boa-noite. Um pedido de um copo d'água. Esse copo não, aquele. Essa água não, aquela. Gritos. Choro. Mais batalhas. Mais negociação. Promessas para amanhã — jogos, o zoológico, uma visita ao parque aquático. E assim por diante, até ela, por fim, finalmente, se ver de novo sozinha atrás do bar.

Ela se impediu de correr para a abrir a garrafa como uma bêbada desesperada. Suas mãos tremiam. Observou o tremor no silêncio do cômodo encardido. Mais do que tudo, ela associava a sala a Buddy. O ar era sufocante. Fumaça de milhares de cigarros e cigarrilhas tinham manchado o teto baixo. Até as teias de aranha nos cantos eram marrom-alaranjadas. Ela nunca tirava os sapatos dentro de casa porque a sensação grudenta do carpete agarrando seus pés a deixava de estômago virado.

Callie lentamente desrosqueou a tampa da garrafa de rum. As especiarias fizeram cócegas em seu nariz de novo. Sua boca começou a aguar de expectativa. Ela sentia os efeitos amortecedores só de pensar no terceiro drinque, não o último, aquele que ajudaria seus ombros a relaxar, as costas a parar de ter espasmos, o joelho a parar de latejar.

A porta de cozinha se abriu. Buddy tossiu, com catarro preso na garganta. Jogou a maleta no balcão. Chutou a cadeira de Trevor de volta para baixo da mesa. Agarrou um punhado de cookies. Segurou a cigarrilha na mão enquanto mastigava de boca aberta. Callie conseguia praticamente escutar as migalhas caindo da mesa, batendo no sapato surrado dele, se espalhando pelo piso de linóleo, pequenos címbalos ressoando, porque onde quer que Buddy fosse havia *barulho, barulho, barulho*.

Ele finalmente a notou. Ela teve aquele sentimento inicial de ficar feliz em vê-lo, de esperar que ele a envolvesse em seus braços e a fizesse se sentir especial de novo. Então mais migalhas caíram da boca dele.

— Coloca uma dose pra mim, boneca.

Ela encheu um copo com uísque e água tônica. O fedor da cigarrilha dele flutuou pela sala. Black & Mild. Ela nunca o vira sem um maço saindo do bolso da camisa.

Buddy estava terminando os dois últimos biscoitos quando se dirigiu pisando duro na direção do bar. Passos pesados que faziam o chão ranger. Migalhas no carpete. Migalhas na camisa de trabalho amassada e manchada de suor. Presas na barba por fazer.

Buddy tinha um metro e noventa quando ficava com a postura ereta, ou seja, nunca. Sua pele era eternamente vermelha. Ele tinha mais cabelo que a maioria dos homens de sua idade e estava ficando um pouco grisalho. Fazia exercícios, mas só com peso, por isso parecia mais um gorila do que um homem — cintura curta, com braços tão musculosos que não ficavam grudados na lateral do corpo. Callie raramente via as mãos dele sem estarem fechadas num punho. Tudo nele gritava *filho da puta cruel*. As pessoas se viravam na direção oposta quando o viam na rua.

Se Trevor era uma mola, Buddy era uma marreta.

Ele jogou a cigarrilha no cinzeiro, virou o uísque, depois bateu o copo no balcão.

— Teve um bom dia, bonequinha?

— Tive. — Ela deu um passo para o lado para que ele pudesse se servir novamente.

— Eu tive um dia ótimo. Sabe aquele novo centro comercial lá na Stewart? Adivinha quem vai fazer a estrutura?

— Você — disse Callie, embora Buddy não tivesse esperado a resposta dela.

— Recebi o sinal hoje. Vão colocar a fundação amanhã. Nada melhor que dinheiro no bolso, não é, não? — Ele arrotou, batendo no peito para o ar sair. — Pega um gelo, faz favor.

Ela começou a se afastar, mas a mão dele agarrou a bunda dela como se ele estivesse girando uma maçaneta.

— Olha que coisinha minúscula.

Houve uma época em que Callie achava engraçado como ele era obcecado pelo tamanho diminuto dela. Ele a levantava com um braço ou observava maravilhado sua mão espalmada nas costas dela, os dedos quase se fechando em torno de sua bacia. Ele a chamava de *pequenininha*, e *bebê*, e *boneca*, e agora…

Era só mais uma coisa nele que a irritava.

Callie abraçou o balde de gelo junto ao estômago e foi até a cozinha. Olhou de relance o aquário. Os blênios tinham se acalmado. Estavam nadando em meio às bolhas do filtro. Ela encheu o balde com um gelo que tinha cheiro de fermento e carne queimada pelo freezer.

Buddy girou em sua banqueta no bar quando ela voltou na direção dele.

— Caramba, pequenininha, adoro ver seu quadril mexer. Dá uma voltinha pra mim.

Ela sentiu seus olhos revirando de novo — não para ele, mas para si mesma, porque uma parte minúscula, idiota, solitária de Callie ainda gostava do flerte dele. Ele era a primeira pessoa da vida dela, de verdade verdadeira, que já a fizera sentir-se amada para valer. Nunca antes ela se sentira especial, escolhida, como se fosse a única coisa que importava a outro ser humano. Buddy fazia com que ela se sentisse segura e cuidada.

Mas, ultimamente, só queria foder.

Buddy guardou o Black & Mild no bolso. Enfiou a pata no balde de gelo. Ela viu a sujeira em forma de meia-lua embaixo das unhas dele.

— E o garoto? — quis saber ele.

— Dormindo.

A mão dele estava em concha no meio das pernas dela antes que ela percebesse o brilho nos olhos dele. Os joelhos de Callie se dobraram de forma desconfortável. Era como se sentar no lado achatado de uma pá.

— Buddy…

A outra mão dele agarrou a bunda dela, prendendo-a entre seus braços enormes.

— Olha como você é minúscula. Eu podia te enfiar no bolso e ninguém ia saber que você estava lá.

Ela sentiu gosto de cookies e uísque e tabaco quando a língua dele deslizou para a sua boca. Callie correspondeu ao beijo, porque afastá-lo, ferir o ego dele, ia levar tempo demais e acabar com ela de volta à mesma porcaria de lugar de sempre.

Apesar de tanto som e fúria, Buddy era todo sensível em relação aos seus sentimentos. Era capaz de bater num homem adulto até tirar sangue sem nem piscar, mas, com Callie, às vezes era tão puro que lhe dava arrepios. Ela passava horas reconfortando-o, afagando-o, elogiando-o, ouvindo as inseguranças dele rolarem como uma onda arranhando a areia.

Por que ela estava com ele? Ela devia achar outra pessoa. Era boa demais para ele. Bonita demais. Jovem demais. Inteligente demais. Classuda demais. Por que ela dava bola para um bruto idiota que nem ele? O que ela via nele? Não, diga a ele em detalhes, agora mesmo, o que exatamente ela gostava nele? Seja específica.

Ele vivia dizendo que ela era linda. Levava-a bons restaurantes e hotéis chiques. Comprava joias e roupas caras, e dava dinheiro à mãe dela quando ela estava dura. Dava uma surra em qualquer homem que pensasse em olhar para ela do jeito errado. O mundo externo provavelmente acharia que Callie tinha se dado bem, mas por dentro ela se perguntava se não seria melhor ele ser tão cruel com ela quanto era com todos os outros. Pelo menos, ia ter um motivo para odiá-lo. Algo real para apontar em vez das lágrimas patéticas dele encharcando a camisa dela ou a visão dele de joelhos implorando por perdão.

— Papai?

Callie estremeceu com o som da voz de Trevor. Ele estava no corredor, agarrando o cobertor.

As mãos de Buddy mantiveram Callie paralisada.

— Volte para a cama, filho.

— Quero a mamãe.

Callie fechou os olhos para não ter que ver o rosto de Trevor.

— Faça o que eu mandei — avisou Buddy. — Agora.

Ela segurou a respiração e só soltou quando ouviu os passos lentos de Trevor voltando pelo corredor. A porta do quarto dele rangeu. Ela ouviu o clique da tranca.

Callie se afastou. Foi para trás do bar, começou a virar os rótulos das garrafas, passar pano no balcão, fingir que não estava tentando colocar um obstáculo entre eles.

Buddy soltou uma risada irritada, esfregando os braços como se não estivesse fervendo dentro daquela maldita casa.

— Por que de repente ficou tão frio?

— Eu devia ir ver como ele está — disse Callie.

— Não precisa. — Buddy contornou o bar, bloqueando a saída dela. — Vem ver primeiro como eu estou.

Buddy guiou a palma da mão dela até a protuberância na calça dele. Moveu a mão dela para cima e para baixo uma vez, e ela se lembrou de como ele puxava a corda do cortador de grama para ligar o motor.

— Assim. — Ele repetiu o movimento.

Callie cedeu. Ela sempre cedia.

— Que delícia.

Callie fechou os olhos. Sentia o cheiro da ponta da cigarrilha dele ainda soltando fumaça no cinzeiro. O aquário gorgolejava do outro lado da sala. Ela tentou pensar em alguns nomes bons de peixe para contar a Trevor no dia seguinte.

Salmão Hayek. Iscar. Tanque Sinatra.

— Meu Deus, suas mãos são tão pequenas. — Buddy abriu o zíper da calça. Pressionou os ombros dela. O carpete embaixo do bar parecia molhado. Os joelhos dela se afundaram no emaranhado. — Você é minha pequena bailarina.

Callie colocou a boca nele.

— Jesus. — Buddy segurou firme no ombro dela. — Que delícia. Isso.

Callie fechou os olhos com força.

Atum Bandeiras. Leonardo DeCarpa. Mary Kate e Ashley Oceano.

Buddy deu um tapinha no ombro dela.

— Vem, gata. Vamos terminar no sofá.

Callie não queria ir para o sofá. Queria terminar agora. Ir embora. Ficar sozinha. Respirar fundo e encher os pulmões de qualquer coisa que não fosse ele.

— Caralho!

Callie se encolheu.

Ele não estava gritando com ela.

Ela sentiu pela mudança no ar que Trevor estava de novo no corredor. Tentou imaginar o que ele tinha visto. Uma das mãos carnudas de Buddy agarrando o balcão, os quadris dele estocando algo embaixo do bar.

— Papai? — perguntou ele. — Cadê a...

— O que foi que eu te disse? — berrou Buddy.

— Não estou com sono.

— Então vai tomar seu remédio. Anda.

Callie levantou os olhos para Buddy. Ele estava apontando um dos dedos gordos para a cozinha.

Ela ouviu a cadeira de Trevor ranger pelo linóleo. O encosto bater no balcão. O armário se abrir ruidoso. Um *tic-tic-tic* quando Trevor girou a tampa à prova de crianças do xarope NyQuil. Buddy dizia que era o remédio do soninho. O anti-histamínico o derrubaria pelo resto da noite.

— Bebe — ordenou Buddy.

Callie pensou nas ondulações delicadas da garganta de Trevor quando ele jogou a cabeça para trás e engoliu.

— Deixe no balcão — disse Buddy. — Volte pro seu quarto.

— Mas eu...

— Volte pra porcaria do seu quarto e fique lá antes que eu te dê uma surra.

De novo, Callie segurou a respiração até ouvir o *click* da tranca na porta do quarto de Trevor se fechando.

— Porra de menino.

— Buddy, acho melhor eu...

Ela se levantou no mesmo momento em que Buddy girou. O cotovelo dele pegou acidentalmente direto no nariz dela. O som repentino de ossos se quebrando a cortou no meio como um raio. Ela estava chocada demais para falar.

Buddy parecia horrorizado.

— Boneca? Você está bem? Desculpa, eu...

Os sentidos de Callie voltaram um a um. O som correndo nos ouvidos. A dor inundando seus nervos. A visão borrada. A boca se enchendo de sangue.

Ela tentou respirar. O sangue escorreu pela garganta. A sala começou a girar. Ela ia desmaiar. Seus joelhos cederam. Ela tentou freneticamente agarrar qualquer coisa para não cair. A caixa de papelão caiu da prateleira. Callie bateu com a nuca no chão. Rolhas de vinho caíram no peito e no rosto dela como gotas gordas de chuva. Ela piscou para o teto. Viu os peixes bicolores nadando furiosamente em frente a seus olhos. Piscou de novo. Os peixes se foram. A respiração rodopiou em seus pulmões. A cabeça começou a latejar no ritmo das batidas do coração. Ela limpou algo do peito. O maço de Black & Mild tinha caído do bolso da camisa de Buddy, espalhando as cigarrilhas finas pelo corpo dela. Ela esticou o pescoço para vê-lo.

Callie esperava que Buddy estivesse com aquela expressão de cachorrinho pedindo desculpas, mas ele mal a notou. Estava segurando a câmera nas mãos. Ela tinha acidentalmente puxado da prateleira com a caixa. Um pedaço do plástico tinha lascado no canto.

Ele soltou um "merda" baixo e agudo.

Finalmente, olhou para ela. Os olhos dele vacilaram, da forma como acontecia com os de Trevor. Pego no pulo. Desesperado para se livrar.

A cabeça de Callie caiu de volta no carpete. Ela ainda estava muito desorientada. Tudo que olhava pulsava com a palpitação dentro de seu crânio. As taças penduradas no suporte. As manchas marrons de umidade no teto. Ela tossiu na mão. O sangue manchou a palma. Ela ouvia Buddy andando.

Levantou os olhos de novo para ele.

— Buddy, eu já…

Sem aviso, ele a puxou pelo braço. Callie teve dificuldade de ficar em pé. O cotovelo dele a atingira mais forte do que ela imaginara de início. O mundo começou a engasgar, uma agulha de vitrola presa no mesmo verso. Callie tossiu de novo, cambaleando para a frente. Seu rosto inteiro parecia aberto ao meio. Um fluxo grosso de sangue correu por sua garganta. A sala girava como um globo. Será que era uma concussão? Parecia uma concussão.

— Buddy, acho que eu…

— Cala a boca.

A mão dele agarrou a nuca dela com força. Ele a arrastou pela sala até a cozinha como se fosse um cachorro malcriado. Callie estava assustada demais para se defender. A fúria de Buddy sempre fora como um incêndio que começa de repente e engole tudo. Em geral, ela sabia de onde vinha.

— Buddy, eu…

Ele a jogou contra a mesa.

— Dá pra calar a porra da boca e me escutar?

Callie esticou as mãos para trás para se estabilizar. Toda a cozinha virou de lado. Ela ia vomitar. Precisava chegar até a pia.

Buddy bateu o punho no balcão.

— Para de brincadeira, caralho!

Callie cobriu as orelhas com as mãos. O rosto dele estava escarlate. Ele estava muito irado. Por que estava tão irado?

— Estou falando muito sério. — O tom de Buddy havia se suavizado, mas a voz tinha um grunhido grave e ominoso. — Você precisa me escutar.

— Ok, ok. Me dê um minuto.

As pernas de Callie ainda estavam trêmulas. Ela se lançou para a pia. Girou a torneira. Esperou a água ficar clara. Enfiou a cabeça sob o fluxo frio. O nariz dela queimou. Ela fez uma careta e a dor se espalhou por todo o rosto.

A mão de Buddy segurou a beirada da pia. Ele estava esperando.

Callie levantou a cabeça. A tontura quase a fez vomitar de novo. Ela encontrou um pano de prato na gaveta. O material áspero arranhou suas bochechas. Ela a enfiou embaixo do nariz, tentando estancar o sangramento.

— O que foi?

Ele estava saltitando nas pontas dos pés.

— Você não pode contar pra ninguém sobre a câmera, tá?

O pano de prato já estava encharcado. O sangue não parava de jorrar do nariz dela para a boca e garganta abaixo. Callie nunca tinha desejado tão desesperadamente se deitar numa cama e fechar os olhos. Buddy costumava saber quando ela precisava disso. Ele a segurava nos braços, e a carregava pelo corredor, e a colocava na cama, e acariciava o cabelo dela até ela pegar no sono.

— Callie, prometa. Olhe nos meus olhos e prometa que não vai contar.

A mão de Buddy estava de novo no ombro dela, mas dessa vez com mais gentileza. A raiva dentro dele tinha começado a se esvair. Ele levantou o queixo dela com seus dedos grossos. Ela se sentia como uma Barbie que ele estivesse tentando colocar numa pose.

— Caralho, amor. Olha seu nariz. Você está bem? — Ele pegou um pano de prato novo. — Desculpa, tá? Meu Deus, seu rostinho lindo. Você está bem?

Callie se virou de novo para a pia. Cuspiu sangue no ralo. O nariz dela parecia esmagado entre duas rodas dentadas. Devia ser uma concussão. Ela via tudo em dobro. Duas bolas de sangue. Duas torneiras. Dois escorredores de louça na pia.

— Olha. — As mãos dele agarram os braços dela, girando-a e apertando-a contra o armário. — Você vai ficar bem, tá? Vou garantir isso. Mas não pode contar pra ninguém sobre a câmera, entendeu?

— Tá — disse ela, porque era sempre mais fácil concordar com ele.

— É sério, boneca. Olha nos meus olhos e promete. — Ela não conseguiu saber se ele estava preocupado ou com raiva até ele a chacoalhar como uma boneca de pano. — Olha pra mim.

Callie só conseguiu dar uma piscada lenta. Havia uma nuvem entre ela e todo o resto.

— Eu sei que foi um acidente.

— Não o seu nariz. Estou falando da câmera. — Ele lambeu os lábios, a língua saindo como a de um lagarto. — Você não pode abrir a boca sobre a câmera, boneca. Eu posso ser preso.

— Preso? — A palavra vinha do nada, não tinha significado. Ele podia ter dito unicórnio. — Por que você…

— Bebê, por favor, não seja imbecil.

Ela piscou e, como uma lente entrando em foco, conseguia vê-lo claramente agora.

Buddy não estava preocupado, nem com raiva, nem consumido de culpa. Estava em pânico.

Por quê?

Callie sabia da câmera havia meses, mas nunca tinha se permitido descobrir o propósito. Pensou nas festas de fim de semana dele. O isopor lotado de cerveja. O ar cheio de fumaça. A TV no máximo volume. Homens bêbados gargalhando e dando tapinhas nas costas uns dos outros enquanto Callie tentava aprontar Trevor para eles irem ao cinema ou ao parque, ou qualquer coisa que tirasse os dois de casa.

— Preciso…

Ela assoou o nariz no pano de prato. Faixas de sangue formaram uma teia de aranha no tecido branco. A mente dela estava ficando mais clara, mas ainda tinha um zumbido nos ouvidos. Ele a tinha destruído acidentalmente. Por que fora tão descuidado?

— Olha. — Os dedos dele afundaram no braço dela. — Escuta, boneca.

— Para de me mandar ouvir. Eu *estou* ouvindo. Estou ouvindo cada porcaria que você diz. — Ela tossiu tão forte que precisou se dobrar para a tosse sair. Limpou a boca. Levantou os olhos para ele. — Você está gravando seus amigos? É para isso que serve a câmera?

— Esquece a câmera. — Buddy transpirava paranoia. — Você tomou uma pancada na cabeça, boneca. Não sabe do que está falando.

O que ela não estava entendendo?

Ele dizia que era empreiteiro, mas não tinha escritório. Dirigia o dia todo, trabalhando de dentro do Corvette. Ela sabia que ele era agente de apostas esportivas. Também era capanga, vendendo sua força. Vivia cheio de dinheiro vivo. Sempre conhecia um cara que conhecia um cara. Será que estava gravando os amigos para pedir favores? Será que eles estavam pagando para ele quebrar uns joelhos, queimar uns prédios, encontrar alguma influência para fechar um negócio ou punir um inimigo?

Callie tentou segurar as peças de um quebra-cabeça que ela não conseguia montar direito na cabeça.

— O que você está fazendo, Buddy? Está chantageando eles?

Buddy segurou a língua entre os lábios. Ele fez uma longa pausa antes de dizer:

— É. É exatamente isso que eu estou fazendo, amor. Eu chantageio eles. É daí que vem o dinheiro. Você não pode deixar escapar que sabe. Chantagem é um crime sério. Eu posso ser preso pelo resto da vida.

Ela olhou de novo para a sala, imaginando-a cheia dos amigos dele — sempre os mesmos. Alguns, Callie não conhecia, mas outros eram parte de sua vida, e ela se sentia culpada por ser beneficiária parcial dos esquemas ilegais de Buddy. O dr. Patterson, diretor da escola. O técnico Holt, dos Bellwood Eagles. O sr. Humphrey, que vendia carros usados. O sr. Ganza, que trabalhava no balcão de frios do supermercado. O sr. Emmett, que trabalhava no consultório do dentista dela.

O que eles tinham feito de tão ruim? Que coisas horríveis poderiam ter feito um técnico, um vendedor de carros, um babaca geriátrico com mão boba, pelo amor de Deus? E como tinham sido idiotas o bastante para confessar a Buddy Waleski?

E por que esses imbecis voltavam toda semana para ver futebol americano, basquete, beisebol, futebol se Buddy os chantageava?

Por que estavam fumando os charutos dele? Bebendo a cerveja dele? Deixando buracos na mobília dele? Gritando para a TV dele?

Vamos terminar no sofá.

Os olhos de Callie seguiram o triângulo imaginário formado pelo buraco de dois centímetros e meio aberto na frente do bar, o sofá diretamente diante dele e a TV gigante que pesava mais do que ela.

Tinha uma prateleira de vidro embaixo do aparelho.

Modem da TV a cabo. Divisor de sinal. Videocassete.

Ela tinha se acostumado a ver o cabo RCA de três pontas que ficava pendurado nos conectores da frente do videocassete. Vermelho para o canal de áudio da direita. Branco para o áudio da esquerda. Amarelo para vídeo. O cabo rosqueava em um outro cabo longo que ficava enrolado no tapete embaixo da televisão. Nunca, nenhuma vez, Callie se perguntara onde se conectava a outra ponta daquele cabo.

Vamos terminar no sofá.

— Gata. — O desespero de Buddy estava saindo do corpo dele como suor. — Acho que você devia ir pra casa, tá? Deixa eu te dar um dinheiro. Eu disse que recebi por aquele trabalho de amanhã. É bom distribuir, né?

Callie agora olhava para ele.

Olhava para ele de verdade.

Buddy colocou a mão no bolso e puxou um bolo de dinheiro. Contou as notas como se estivesse contando todas as formas como a controlava.

— Compra uma blusa nova, tá? E uma calça ou sapatos pra combinar, ou sei lá. Quem sabe um colar? Você gosta daquele colar que eu te dei, né? Compra outro. Ou quatro. Vai ficar igual ao Mr. T.

— Você filma a gente? — A pergunta saiu antes de ela conseguir pensar no tipo de inferno que a resposta ia criar. Eles nunca mais tinham transado na cama. Era sempre no sofá. E todas as vezes que ele a carregara para colocá-la na cama? Era sempre logo depois de eles terminarem no sofá. — É isso que você faz, Buddy? Você se filma me fodendo e mostra pros seus amigos?

— Não seja idiota. — O tom dele era igual ao de Trevor ao prometer que não estava batendo no aquário. — Eu não ia fazer isso, né? Eu te amo.

— Você é uma porra de um pervertido.

— Lava essa boca suja.

Aquele alerta não era de brincadeira. Ela agora via exatamente o que estava acontecendo. O que estava acontecendo havia pelo menos seis meses.

O dr. Patterson acenando para ela das arquibancadas enquanto ela torcia nos jogos da escola.

O técnico Holt piscando para ela da lateral durante os jogos de futebol.

O sr. Ganza sorrindo para Callie ao passar à mãe dela umas fatias de queijo por cima do balcão.

— Você… — A garganta de Callie se fechou. Todos a tinham visto pelada. As coisas que ela havia feito com Buddy no sofá. As coisas que Buddy tinha feito com ela. — Não consigo…

— Callie, calma. Você está ficando histérica.

— Eu *estou* histérica, caralho! — gritou ela. — Eles me *viram*, Buddy. Eles me *assistiram*. Todos eles sabem o que eu… o que a gente…

— Boneca, por favor.

Ela colocou a cabeça nas mãos, humilhada.

Dr. Patterson. O técnico Holt. O sr. Ganza. Não eram mentores, nem figuras paternais, nem velhinhos doces. Eram pervertidos que gozavam vendo Callie ser comida.

— Por favor, gata — disse Buddy. — Você está exagerando.

Lágrimas rolaram pelo rosto dela. Ela mal conseguia falar. Ela o amava. Tinha feito *tudo* por ele.

— Como você pôde fazer isso comigo?

— Fazer o quê? — Buddy soava petulante. Os olhos dele foram para o bolo de dinheiro. — Você conseguiu o que queria.

Ela balançou a cabeça. Nunca tinha querido aquilo. Queria sentir-se segura. Sentir-se protegida. Ter alguém interessado em sua vida, seus pensamentos, seus sonhos.

— Por favor, querida. Eu paguei pelos seus uniformes, e seu acampamento de líder de torcida, e seu…

— Vou contar pra minha mãe — ameaçou ela. — Vou contar exatamente o que você fez.

— Você acha que ela se importa? — A risada dele foi sincera, porque os dois sabiam que era verdade. — Desde que o dinheiro continue chegando, sua mãe está cagando.

Callie engoliu o vidro que tinha enchido sua garganta.

— E Linda?

A boca dele se abriu como a de uma truta.

— O que sua esposa vai achar de você foder a babá de catorze anos do seu filho durante os últimos dois anos?

Ela ouviu o silvo do ar passando entre os dentes dele.

Durante todo o tempo que Callie tinha passado com ele, Buddy falava constantemente sobre as *mãozinhas* de Callie, a *cintura minúscula* dela, a *boquinha*, mas nunca, jamais falava do fato de ser mais de trinta anos mais velho.

De ser um *criminoso*.

— Linda ainda está no hospital, não é?

Callie foi até o telefone pendurado na porta lateral. Os dedos dela traçaram os números de emergência grudados na parede. Mesmo enquanto fazia os movimentos, Callie se perguntava se devia completar a ligação. Linda sempre era tão gentil. A notícia ia acabar com ela. Não tinha como Buddy deixá-la ir tão longe.

Mesmo assim, Callie pegou o bocal, esperando que ele gritasse, e pedisse, e implorasse pelo perdão dela, e reafirmasse seu amor e sua devoção.

Ele não fez nada disso. A boca dele continuava igual à de um peixe. Ele ficou parado como um gorila congelado, os braços salientes ao lado do corpo.

Callie se virou de costas para ele. Apoiou o bocal no ombro. Esticou o fio contorcido para sair da sua frente. Discou o número oito.

O mundo todo desacelerou antes de o cérebro dela conseguir registrar o que estava acontecendo.

O soco no rim foi como um carro de corrida batendo nela por trás. O telefone escorregou de seu ombro. Os braços de Callie foram para cima. Os pés dela saíram do chão. Ela sentiu uma brisa na pele ao ser lançada pelo ar.

O peito dela se estatelou na parede. O nariz foi esmagado. Os dentes se enfiaram no gesso.

— Puta do caralho. — Buddy colocou a palma da mão contra a cabeça dela e bateu o rosto dela de novo contra a parede. Depois de novo. Ele se preparou para uma terceira vez.

Callie se forçou a dobrar os joelhos. Sentiu o cabelo sendo arrancado do couro cabeludo ao colocar o corpo em posição fetal no chão. Já tinha apanhado antes. Sabia como receber um golpe. Mas isso vindo com alguém cujo tamanho e força eram relativamente próximos aos seus. Alguém que não surrava os outros por profissão. Alguém que nunca tinha matado antes.

— Você acha que pode me ameaçar?! — O pé de Buddy voou no estômago dela como uma bola de demolição.

O corpo de Callie saiu do chão. Ela soltou todo o ar dos pulmões. Uma dor aguda e dilacerante lhe disse que uma de suas costelas havia sido fraturada.

Buddy estava de joelhos. Ela levantou os olhos para ele. O olhar dele estava ensandecido. Havia cuspe no canto da boca. Ele passou uma mão pelo pescoço dela. Callie tentou se arrastar, mas acabou de costas. Ele montou em cima dela. O peso dele era insuportável. Ele apertou mais forte. A traqueia dela se dobrou para a coluna. Ele estava tirando o ar dela. Ela o golpeou, tentando mirar o punho entre as pernas dele. Uma vez. Duas. Um golpe lateral foi o bastante para ele soltar. Ela saiu rolando de baixo dele, tentou achar uma forma de ficar em pé, correr, fugir.

O ar crepitava com um som que ela não era capaz de identificar.

O fogo queimou as costas de Callie. Ela sentia a pele sendo esfolada. Ele estava usando o fio do telefone para chicoteá-la. O sangue borbulhou como ácido na coluna dela. Ela levantou a mão e viu a pele do braço se abrir quando o fio do telefone se enrolou em seu punho.

Instintivamente, ela puxou o braço para trás. O fio se soltou da mão dele. Callie viu a surpresa no rosto de Buddy e tentou apoiar as costas na parede. Atacou-o, socando, chutando, balançando a esmo o fio do telefone, gritando.

— Vai se foder, seu filho da puta! Eu vou te matar, porra!

A voz dela ecoava na cozinha.

De repente, de algum jeito, tudo tinha estagnado.

Callie, em algum ponto, tinha conseguido ficar de pé. A mão estava levantada atrás da cabeça, esperando para girar o fio do telefone. Os dois estavam defendendo sua posição, uma distância ínfima entre eles.

A risada de surpresa de Buddy virou um risinho de reconhecimento.

— Caramba, menina.

Ela tinha aberto um talho na bochecha dele. Ele limpou o sangue com os dedos. Colocou os dedos na boca. Fez um som alto de sugar.

Callie sentiu seu estômago fazer um nó apertado.

Ela sabia que o gosto da violência despertava um lado sombrio dele.

— Vamos lá, gata. — Ele levantou os punhos como um boxeador pronto para uma rodada de nocaute. — Me ataca de novo.

— Buddy, por favor. — Callie silenciosamente pediu para que seus músculos ficassem preparados, suas juntas continuassem flexíveis, prontas para lutar o máximo que pudessem, porque o único motivo para ele agora estar agindo com calma era que tinha decidido que ia curtir matá-la. — Não precisa ser assim.

— Gatinha, sempre ia ser assim.

Ela deixou essa informação se assentar em sua mente. Sabia que ele estava certo. Tinha sido uma tonta.

— Não vou falar nada. Prometo.

— Já foi longe demais, boneca. Acho que você sabe disso. — Os punhos dele ainda estavam levantados na frente do rosto. Ele fez sinal para ela se aproximar. — Vem, bebê. Não vai desistir sem lutar.

Ele tinha quase sessenta centímetros e pelo menos setenta quilos a mais que ela. O peso de todo outro ser humano existia dentro dor corpo grandalhão dele.

Arranhá-lo? Mordê-lo? Arrancar o cabelo dele? Morrer com o sangue dele na boca?

— O que você vai fazer, pequenininha? — Ele manteve os punhos prontos. — Estou te dando uma segunda chance. Você vai me atacar ou vai desistir?

O corredor?

Ela não podia arriscar levá-lo até Trevor.

A porta da frente?

Longe demais.

A porta da cozinha?

Callie via a maçaneta dourada pelo canto do olho.

Brilhante. Esperando. Destrancada.

Ela repassou mentalmente os movimentos — virar, pé-esquerdo-pé-direito, agarrar a maçaneta, girar, correr pela garagem até a rua, gritar sem parar o percurso todo.

Quem ela estava enganando?

Era só ela se virar e Buddy estaria em cima dela. Ele não era rápido, mas não precisava ser. Com um passo longo, a mão dele estaria de novo ao redor do pescoço dela.

Callie mirou todo o seu ódio nele.

Ele deu de ombros, porque não tinha importância.

— Por que você fez isso? — perguntou ela. — Por que mostrou nossa intimidade pra eles?

— Dinheiro. — Ele parecia decepcionado por ela ser tão burra. — Por qual outro motivo?

Callie não conseguia pensar em todos aqueles homens adultos vendo-a fazer coisas que ela não queria com um homem que tinha prometido que sempre, não importava o que acontecesse, a protegeria.

— Vamos lá. — Buddy deu um gancho de direita preguiçoso, depois um direto no queixo em câmera lenta. — Vamos lá, Rocky. Mostre seu melhor.

Ela correu o olhar como uma bola de pingue-pongue por toda a cozinha.

Geladeira. Forno. Armários. Gavetas. Prato de biscoitos. Xarope. Escorredor de louça.

Buddy abriu um sorriso.

— Vai me bater com uma frigideira, Patolino?

Callie saiu em disparada na direção dele, com tudo, como uma bala explodindo do cano de uma arma. As mãos de Buddy estavam perto do rosto. Ela encolheu o corpo bem baixo de modo que, quando ele finalmente conseguiu descer os punhos, ela já estava fora de alcance.

Ela bateu contra a pia da cozinha.

Pegou a faca do escorredor.

Girou com a lâmina à sua frente.

Buddy sorriu para a faca de carne, que parecia algo que Linda tinha comprado no supermercado num conjunto de seis feito em Taiwan. Cabo de madeira rachado. Lâmina serrilhada muito fina que ondulava de três maneiras diferentes antes de ficar reta na ponta. Callie a usara para cortar o cachorro-quente de

Trevor em pedacinhos porque, senão, ele tentava enfiar a coisa inteira na boca e começava a engasgar.

Callie viu que tinha deixado um pouco de ketchup.

Havia um fio vermelho e fino nos dentes serrados.

— Ah. — Buddy parecia surpreso. — Ah, meu Deus.

Os dois baixaram os olhos ao mesmo tempo.

A faca tinha cortado a perna dele. Coxa superior esquerda, a alguns centímetros da virilha.

Ela viu o tecido cáqui lentamente ficar vermelho-escuro.

Callie fazia ginástica olímpica competitiva desde os cinco anos. Tinha uma compreensão profunda de todas as formas possíveis de se machucar. Um giro malfeito podia romper os ligamentos das costas. Uma desmontagem descuidada podia acabar com os tendões do seu joelho. Um pedaço de metal — mesmo um metal barato — que cortasse a parte interna de sua coxa podia abrir a artéria femoral, o canal principal que levava sangue à parte inferior do corpo.

— Cal. — Buddy apertou a perna. O sangue se infiltrou pelos dedos cerrados. — Pegue um... Jesus, Callie. Pegue um pano ou...

Ele começou a cair, ombros largos batendo no armário, cabeça arrebentando na beirada do balcão. O cômodo tremeu com o peso dele quando ele caiu.

— Cal? — A garganta de Buddy se esforçava. Suor corria pelo rosto dele. — Callie?

O corpo dela ainda estava tensionado. A mão ainda agarrava a faca. Ela se sentiu envolvida por uma escuridão gelada, como se tivesse de alguma forma entrado de volta em sua própria sombra.

— Callie. Amor, você tem que... — Os lábios dele tinham perdido a cor. Os dentes começaram a tremer como se a frieza dela tivesse se infiltrado nele também. — C-chama uma ambulância, amor. Chama uma...

Callie virou a cabeça devagar. Olhou para o telefone na parede. O bocal estava fora do gancho. Fragmentos de cabos multicoloridos sobressaíam onde Buddy havia arrancado o fio espiralado. Ela achou a outra ponta, seguindo como se fosse uma pista, e localizou o bocal embaixo da mesa da cozinha.

— Callie, deixe isso... Deixe isso aí, meu bem. Preciso que você...

Ela ficou de joelhos. Esticou a mão para debaixo da mesa. Pegou o bocal. Colocou na orelha. Ainda estava segurando a faca. Por que ainda estava segurando a faca?

— Esse está q-quebrado — disse Buddy. — Vai até o quarto, amor. C-chama uma ambulância.

Ela pressionou bem o plástico na orelha. De memória, convocou um som fantasma, o som de sirene balindo que um telefone fazia quando ficava tempo demais fora do gancho.

Tu-tu-tu-tu-tu-tu-tu...

— O quarto, amor. V-vai até o...

Tu-tu-tu-tu-tu-tu-tu...

— Callie.

Era o que ela ouviria se pegasse o telefone do quarto. O balido incessante e, por cima dele, a voz mecânica da telefonista.

Se quiser fazer uma ligação...

— Callie, amor, eu não ia te machucar. Eu nunca ia te m-machucar...

Por favor, desligue e tente de novo.

— Amor, por favor, eu preciso...

Se for uma emergência...

— Preciso da sua ajuda, amor. P-por favor, vá até o corredor e...

Desligue e disque 9-1-1.

— Callie?

Ela deixou a faca no chão. Sentou-se nos calcanhares. Seu joelho não latejava. As costas não doíam. A pele ao redor do pescoço não pulsava onde ele a tinha esganado. As costelas dela não davam pontadas por causa dos chutes.

Se quiser fazer uma ligação...

— Sua escrota — falou Buddy com a voz rouca. — Sua p-puta sem coração.

Por favor, desligue e tente novamente.

PRIMAVERA DE 2021

DOMINGO

1

LEIGH COLLIER MORDIA o lábio enquanto uma garota da sétima série entoava "Ya Got Trouble" a uma audiência cativa. Um bando de pré-adolescentes saltitava no palco, e o professor Hill alertava os habitantes para o perigo de os *malandres* da cidade atraírem os filhos deles para apostar nas corridas de cavalo.

Não uma corrida honesta, não! Uma corrida em que eles se colocam bem em cima do cavalo!

Ela duvidava que uma geração que crescera com WAP, vespas assassinas, Covid, uma revolta social cataclísmica e forçada a ter aulas em casa com um monte de adultos deprimidos bebendo durante o dia realmente fosse entender a ameaça de um salão de bilhar, mas precisava dar créditos ao professor de teatro por montar uma produção de gênero neutro de *O vendedor de ilusões*, um dos musicais menos ofensivos e mais tediosos já encenados por uma turma de ensino fundamental.

A filha de Leigh tinha acabado de fazer dezesseis anos. Ela achava que seus dias de assistir a meninos mimados que ficam cutucando o nariz e crianças exibidas cantando haviam gloriosamente chegado ao fim, mas aí Maddy se interessou por dar aulas de coreografia, e então ali estavam, presas *naquele inferno de letras que rimam e dão lição de moral contra a sinuca.*

Ela procurou Walter. Ele estava duas fileiras à frente, perto do corredor. Estava com a cabeça inclinada num ângulo esquisito, olhando meio para o palco, meio para as costas da cadeira à sua frente. Leigh não precisava ver o que ele tinha nas mãos para saber que estava brincando com um joguinho de montar times de futebol americano no telefone.

Ela tirou o telefone da bolsa e mandou uma mensagem: *Maddy vai te fazer perguntas sobre a apresentação.*

Walter continuou de cabeça baixa, mas ela percebeu pela elipse que ele estava respondendo: *Consigo fazer duas coisas ao mesmo tempo.*

Leigh digitou: *Se isso fosse verdade, ainda estaríamos juntos.*

Ele se virou para procurá-la. As rugas no canto dos olhos mostraram que ele estava sorrindo por trás da máscara.

Leigh sentiu um solavanco indesejado no coração. O casamento terminara quando Maddy tinha doze anos, mas durante o lockdown do ano anterior todos tinham acabado morando na casa de Walter, e aí Leigh tinha acabado na cama dele, e aí ela percebeu por que não tinha dado certo da primeira vez. Walter era um pai incrível, mas Leigh finalmente aceitara que era aquele tipo ruim de mulher que não conseguia ficar com um homem bom.

No palco, o cenário mudou. Um holofote iluminou um aluno de intercâmbio holandês no papel de Marian Paroo. Ele estava contando para a mãe que um homem com uma maleta o seguira até em casa, uma situação que hoje em dia acabaria num impasse envolvendo as forças especiais da SWAT.

Leigh deixou seu olhar vagar pela plateia. Era a noite final depois de apresentações em cinco domingos consecutivos. Era a única forma de garantir que todos os pais vissem os filhos, quisessem eles ou não. O auditório estava com um quarto de ocupação, com fitas isolando assentos vazios para manter todos distantes uns dos outros. Máscaras eram obrigatórias. Álcool em geral fluía como bebida numa festa de ensino médio. Ninguém queria mais uma Noite dos Cotonetes Compridos no Nariz.

Walter tinha seu jogo no celular, montando times de futebol imaginários. Leigh tinha seu clube da luta do apocalipse imaginário. Pensava em dez vagas para preencher no time. Obviamente, Janey Pringle era sua primeira escolha.

A mulher tinha vendido papel higiênico, lenços desinfetantes e álcool em gel suficientes no mercado clandestino para conseguir comprar um MacBook Pro novinho para o filho. Gillian Nolan sabia fazer cronogramas. Lisa Regan era assustadoramente aventureira, então, conseguia fazer coisas tipo acender fogueiras. Denene Millner tinha socado a cara de um pit bull que atacou o filho dela. Ronnie Copeland sempre tinha absorventes na bolsa. Ginger Vishnoo havia feito o professor de educação física chorar. Tommi Adams chupava qualquer coisa que estivesse viva.

Os olhos de Leigh deslizaram para a direita, localizando os ombros largos e musculosos de Darryl Washington. Ele havia pedido demissão para ficar cuidando dos filhos enquanto a esposa trabalhava num emprego corporativo que pagava bem. O que era fofo, mas Leigh não ia sobreviver ao apocalipse só para acabar trepando com uma versão mais corpulenta de Walter.

Os homens eram o problema desse jogo. Dava para ter um cara, talvez dois, no seu time, mas, com três ou mais, todas as mulheres provavelmente acabariam algemadas a camas num bunker subterrâneo.

As luzes se acenderam. A cortina azul e dourada se fechou. Leigh não sabia dizer com certeza se tinha pegado no sono ou entrado em estado de fuga, mas estava extraordinariamente feliz pelo intervalo ter, enfim, chegado.

No início, ninguém se levantou. Algumas pessoas se mexeram desconfortáveis nas cadeiras, debatendo se iam ou não ao banheiro. Não era como antigamente, quando todo mundo explodia porta afora, ansioso para fofocar no lobby enquanto comia cupcakes e bebia ponche em pequenos copos de papel. Uma placa na entrada os instruía a pegar uma sacola plástica antes de entrar no auditório. Dentro de cada uma, havia um programa da peça, uma garrafinha d'água, uma máscara descartável e um bilhete lembrando a todos de lavar as mãos e seguir as orientações da OMS. Os pais rebeldes — ou, como chamava a escola, os *irregulares* — recebiam um link do Zoom para poderem assistir à apresentação sem máscara, no conforto da própria sala de estar.

Leigh pegou o telefone. Mandou uma mensagem rápida a Maddy: *A dança foi incrível! Aquela pequena bibliotecária estava muito fofa! Estou muito orgulhosa de você!*

Maddy apitou de volta imediatamente: *Mãe estou trabalhando*

Sem pontuação. Sem emojis nem figurinhas. Se não fossem as redes sociais, Leigh não faria ideia se sua filha ainda era capaz de sorrir.

Essa era a sensação de mil cortes.

Ela procurou Walter de novo. A cadeira dele estava vazia. Ela o viu perto da porta de saída, falando com outro pai de ombro largo. O homem estava de costas para Leigh, mas ela via, pela forma como Walter estava balançando os braços, que estavam conversando sobre futebol americano.

Leigh deixou que seu olhar vagasse pelo auditório. A maioria dos pais eram ou jovens e saudáveis demais para estarem na fila da vacina, ou inteligentes e ricos o bastante para saber que deviam mentir sobre comprar um lugar na fila. Estavam todos parados em pares descombinados conversando em murmúrios baixos com a distância exigida. Depois de uma briga horrenda na Celebração Festiva Não Religiosa que Aconteceu Perto do Natal, ninguém mais falava de política. Em vez disso, Leigh pegou trechinhos de mais conversas sobre esportes, luto pelas últimas quermesses, quem estava na bolha de quem, quais pais eram covidiotas ou negacionistas, como homens que usavam a máscara no queixo eram os mesmos idiotas que agiam como se usar uma camisinha fosse uma violação dos direitos humanos.

Ela mudou o foco para a cortina fechada no palco, forçando os ouvidos para captar o som de raspagem, batidas e sussurros furiosos enquanto as crianças mudavam o cenário. Leigh sentiu o solavanco familiar no coração — não por Walter, dessa vez, mas porque se doía pela filha. Queria voltar para casa e achar uma bagunça na cozinha. Gritar por causa da lição de casa e do tempo de televisão. Pegar no armário dela um vestido que tinha sido "emprestado" ou procurar um par de sapatos chutado com descuido para baixo da cama. Queria abraçar sua filha enquanto ela se debatia e protestava. Deitar no sofá para ver um filme bobo juntas. Pegar Maddy dando risadinhas de algo engraçado no telefone. Suportar seu olhar gelado por perguntar o que era tão engraçado.

Ultimamente, elas só discutiam, principalmente por mensagem de texto de manhã e no telefone às seis da tarde em ponto, todos os dias. Se Leigh tivesse um mínimo de inteligência, ia deixar para lá, mas deixar para lá parecia muito com abrir mão. Ela não suportava não saber se Maddy tinha um namorado, ou uma namorada, ou havia deixado uma série de corações partidos por onde passara, ou desistira do amor para buscar a arte e a meditação. A única coisa de que Leigh tinha certeza era que cada coisa horrível que já tinha feito ou dito para sua mãe agora a atingia como uma onda que nunca acabava.

Mas a mãe de Leigh merecia.

Ela lembrou a si mesma que a distância mantinha Maddy segura. Leigh ficava no apartamento que antes compartilhavam no centro. Maddy se mudara para um bairro afastado de classe média com Walter. Era uma decisão a que todos haviam chegado juntos.

Walter era advogado do Sindicato dos Bombeiros de Atlanta, então seu emprego incluía usar o Microsoft Teams e fazer ligações da segurança de seu home office. Leigh era advogada de defesa. Uma parte de seu trabalho era on-line, mas ela ainda precisava ir ao escritório e encontrar clientes. Ainda precisava entrar no tribunal e aguentar a seleção do júri e conduzir julgamentos. Leigh já tinha pegado o vírus durante a primeira onda, no ano anterior. Durante nove agonizantes dias, sentira-se como se tivesse uma mula chutando seu peito. Até onde se sabia, o risco para crianças parecia mínimo — a escola anunciava em seu site uma taxa de infecção de menos de um por cento —, mas de jeito nenhum ela seria responsável por transmitir a doença para sua filha dentro de casa.

— Leigh Collier, é você?

Ruby Heyer puxou a máscara para baixo do nariz, aí subiu de uma vez, como se fosse seguro caso você fizesse o movimento bem rápido.

— Ruby. Oi. — Leigh estava grata pelos dois metros entre elas. Ruby era uma amiga mãe, uma companhia necessária quando as crianças eram pequenas e a opção era entre marcar um encontro para elas brincarem juntas ou dar um tiro na cabeça na mesa de centro. — Como está a Keely?

— Ela está bem, mas há quanto tempo! — Os óculos de armação vermelha de Ruby bateram na bochecha sorridente dela. Era uma péssima jogadora de pôquer. — Que engraçado ver Maddy matriculada aqui. Você não disse que queria que sua filha tivesse uma *formação urbana*?

Leigh sentiu a máscara ser sugada para dentro da boca quando passou de leve irritação a vou-matar-essa-filha-da-puta.

— Olá, meninas. As crianças não estão fazendo um trabalho sensacional? — Walter estava parado no corredor, mãos nos bolsos da calça. — Ruby, que bom te ver.

Ruby montou na vassoura, preparando-se para sair voando.

— Sempre um prazer, *Walter*.

Leigh pegou a insinuação de que não fazia parte daquele prazer, mas Walter estava lançando aquele olhar de *não seja escrota*. Ela devolveu um olhar de *vai se foder*.

O casamento inteiro deles em dois olhares.

— Que bom que nunca fizemos aquele ménage com ela — disse Walter.

Leigh riu. Quem dera Walter tivesse sugerido um ménage.

— Essa escola seria maravilhosa se fosse um orfanato.

— Você precisa cutucar toda onça com vara curta?

Ela balançou a cabeça, levantando os olhos para o teto folheado a ouro e o equipamento de som e luz profissional.

— Isto aqui parece um teatro da Broadway.

— E é.

— A antiga escola de Maddy...

— Tinha uma caixa de papelão como palco, uma lanterna como holofote e um microfone de karaokê como som, e Maddy achava a melhor coisa do mundo.

Leigh passou a mão pelas costas de veludo azul da cadeira na frente dela. O logo da Hollis Academy estava bordado em fio dourado no topo, provavelmente cortesia de um pai rico com dinheiro demais e bom gosto de menos. Tanto ela quanto Walter tinham sido progressistas clássicos, ateus e defensores das escolas públicas até chegar o vírus. Agora, estavam raspando cada centavo que tinham para mandar Maddy a uma escola particular insuportável de tão metida, onde todos os outros carros eram BMWS e todos os outros alunos eram cretinos cheios de privilégios.

As classes eram menores. Os alunos faziam rodízio em grupinhos de dez. Funcionários extra mantinham as salas higienizadas. EPI era obrigatório. Todo mundo seguia os protocolos. Praticamente não havia lockdown no bairro. A maioria dos pais tinham o luxo de trabalhar de casa.

— Querida. — O tom paciente de Walter era exasperante. — Qualquer pai mandaria o filho para cá se pudesse.

— Nenhum pai devia ser obrigado a isso.

O telefone de Leigh vibrou na bolsa. Ela sentiu os ombros ficando tensos. Um ano antes, ela era uma advogada de defesa autônoma trabalhando muito e ganhando pouco para ajudar prostitutas, viciados e ladrões insignificantes a navegar pelo sistema legal. Agora, era uma roldana numa máquina corporativa gigante que representava banqueiros e pequenos empresários que cometiam os mesmos crimes que seus antigos clientes, mas tinham dinheiro para se livrar.

— Eles não podem querer que você trabalhe num domingo à noite — disse Walter.

Leigh riu da ingenuidade dele. Ela estava competindo com dezenas de jovens de vinte e poucos anos com tantas dívidas estudantis que dormiam no escritório. Procurou no fundo da bolsa, explicando:

— Pedi para Liz não me incomodar se não fosse caso de vida ou morte.

— Talvez algum riquinho tenha assassinado a esposa.

Ela lançou a ele aquele olhar de *vai se foder* antes de destravar o telefone.

— Octavia Bacca acabou de me mandar uma mensagem.

— Está tudo bem?

— Sim, mas…

Ela não tinha notícias de Octavia havia semanas. Tinham feito planos casuais de se encontrarem para caminhar no Jardim Botânico, mas ela nunca respondera, então Leigh pressupôs que Octavia estava ocupada.

Leigh viu a mensagem que mandara, no fim do mês anterior: *Nossa caminhada ainda está de pé?*

Octavia tinha acabado de responder: *Que merda. Não me odeie.*

Embaixo da mensagem, havia um link para uma reportagem. A foto mostrava um cara arrumadinho de trinta e poucos anos que parecia todos os caras arrumadinhos de trinta e poucos anos.

ESTUPRADOR ACUSADO INVOCA DIREITO A JULGAMENTO CÉLERE.

— Mas? — perguntou Walter

— Acho que Octavia está presa neste caso. — Leigh rolou a matéria, vendo os detalhes. — O cara estuprou uma desconhecida, não alguém com quem tinha saído, o que não é a regra. O cliente está enfrentando acusações pesadas. Alega que é inocente. Rá-rá. Está exigindo um julgamento com presença de júri.

— O juiz vai ficar feliz.

— E o júri também.

Ninguém quer arriscar se expor ao vírus para ouvir um estuprador dizer que não fez nada. E caso ele *tenha* feito, como é provável, é relativamente fácil diminuir a pena em caso de estupro. A maioria dos promotores hesitava em ir contra, porque os casos tendiam a envolver pessoas que se conheciam, e esses relacionamentos pré-existentes nublavam ainda mais a questão do consentimento. Como advogada de defesa, era preciso negociar uma contenção ilícita ou alguma acusação menor que manteria seu cliente fora do registro de abusadores sexuais e da cadeia, para aí você poder voltar para casa e tomar o banho mais longo e quente que conseguisse tolerar, até sair o fedor.

— Ele conseguiu fiança? — perguntou Walter.

— Regras do corona.

Por causa do Coronavírus, os juízes não queriam segurar os réus presos até o julgamento. Em vez disso, colocavam neles tornozeleiras e os desafiavam a infringir as regras. Prisões e cadeias eram piores do que asilos. Leigh sabia bem. Sua própria infecção tinha sido um presente do Centro de Detenção da Cidade de Atlanta.

— O promotor não ofereceu uma negociação? — quis saber Walter.

— Eu ficaria chocada se tivesse feito isso, mas não tem importância se o cliente não aceitar. Não é à toa que Octavia tenha estado off-line. — Ela levantou os olhos do celular. — Ei, se continuar sem chover, será que consigo subornar Maddy para sentar comigo na varanda dos fundos da sua casa?

— Eu tenho guarda-chuvas, meu bem, mas você sabe que ela tem uma festa depois daqui com o grupinho dela.

Os olhos de Leigh ficaram cheios de lágrimas. Ela detestava se sentir isolada. Um ano se passara, e ela ainda entrava no quarto vazio de Maddy pelo menos uma vez por mês para chorar.

— Era difícil para você quando ela estava morando comigo?

— É bem mais fácil encantar uma menina de doze anos que competir pela atenção de uma de dezesseis. — Os olhos dele se enrugaram de novo. — Ela te ama muito, meu bem. Você é a melhor mãe que ela poderia ter.

Agora, as lágrimas começaram a cair.

— Você é um homem bom, Walter.

— Até demais.

Ele não estava brincando.

As luzes piscaram. Fim do intervalo. Leigh estava prestes a se sentar, mas o telefone vibrou outra vez.

— Trabalho.

— Sortuda — sussurrou Walter.

Ela saiu de fininho pelo corredor até a porta. Alguns dos pais a olharam feio por cima das máscaras. Se era pela interrupção atual ou pelo papel de Leigh na briga horrenda da festa adjacente ao Natal no ano anterior, ela não tinha ideia. Ignorou-os, fingindo interesse no telefone. O identificador de chamadas dizia BRADLEY, o que era estranho, porque, em geral, quando a assistente dela ligava, mostrava BRADLEY, CANFIELD & MARKS.

Ela parou no meio do lobby ridiculamente chique, ignorando os castiçais dourados que deviam ter sido saqueados de algum túmulo. Walter alegava que ela se ressentia de mostras ostensivas de riqueza, mas ele não tinha morado dentro de um carro durante o primeiro ano da faculdade de Direito por não poder pagar aluguel.

— Liz? — Leigh atendeu.

— Não, srta. Collier. É Cole Bradley. Espero não estar interrompendo.

Ela quase engoliu a língua. Havia vinte andares e provavelmente o dobro de milhões de dólares separando Leigh Collier e o homem que fundara o escritório para o qual ela trabalhava. Ela só o vira uma vez. Leigh estava esperando para entrar no elevador do lobby quando Cole Bradley usara uma chave para chamar a cabine privada que ia direto até o último andar. Ele parecia uma versão mais alta e magra de Anthony Hopkins, se Anthony Hopkins pagasse mensalidade a um cirurgião plástico desde que se formara na Faculdade de Direito da Universidade da Geórgia.

— Srta. Collier?

— Sim… Eu… — Ela tentou se recompor. — Perdão. Estou na peça da minha filha na escola.

Ele não estava interessado em papo-furado.

— Tenho um assunto delicado que exige sua atenção imediata.

Leigh sentiu sua boca se abrindo. Ela não estava impressionando todo mundo na Bradley, Canfield & Marks. Estava fazendo o suficiente para manter um teto sobre a cabeça e a filha na escola particular. Cole Bradley empregava pelo menos cem jovens advogados que dariam uma facada na cara dela para receber aquela ligação.

— Srta. Collier?

— Perdão — disse Leigh. — Estou só… Sinceramente, sr. Bradley, eu faço o que o senhor quiser, mas não sei se sou a pessoa certa.

— Na verdade, srta. Collier, eu não tinha ideia de que você existia até esta noite, mas o cliente pediu especificamente por você. Ele está esperando no meu escritório agora mesmo.

Agora, ela estava confusa de verdade. O cliente mais importante de Leigh era o dono de um armazém de produtos para animais de estimação acusado de invadir a casa da ex-mulher e urinar na gaveta de calcinhas dela. O caso tinha virado piada num dos jornais alternativos de Atlanta, mas ela duvidava que Cole Bradley lesse o *Atlanta INtown*.

— O nome dele é Andrew Tenant — disse Bradley. — Imagino que tenha ouvido falar dele.

— Sim, senhor. Ouvi. — Leigh só conhecia o nome porque tinha acabado de ler na reportagem que Octavia Bacca a enviara.

Que merda. Não me odeie.

Octavia morava com os pais idosos e um marido com asma grave. Leigh só conseguia pensar em dois motivos para a colega repassar um caso. Ou estava evitando um julgamento com júri por causa do risco do vírus ou estava com nojo do cliente estuprador. Não que as motivações de Octavia importassem naquele momento, porque Leigh não tinha escolha.

— Chego em meia hora — disse ela a Bradley.

A maioria dos passageiros que chegava ao Aeroporto de Atlanta olhava pela janela e pressupunha que Buckhead fosse o centro, mas o agrupamento de arranha-céus na ponta elegante da Peachtree Street não tinha sido construído para frequentadores de convenções, serviços governamentais ou instituições financeiras sóbrias. Os andares estavam cheios de advogados que cobravam caro, *day traders* ou gerentes financeiros particulares que atendiam à clientela que morava por perto, num dos CEPS mais ricos do Sudeste dos Estados Unidos.

A sede da Bradley, Canfield & Marks assomava sobre o distrito comercial de Buckhead, um mamute envidraçado que, no topo, tinha o formato de uma onda quebrando. Leigh se viu na barriga da fera, subindo a escada do estacionamento. O portão do estacionamento de visitantes estava fechado. A primeira vaga que ela conseguiu encontrar ficava três andares para baixo. A escadaria de concreto parecia o cenário perfeito para um assassinato, mas os elevadores estavam desligados e ela não conseguira achar um segurança. Aproveitou o tempo repassando mentalmente o que Octavia Bacca revelara ao telefone durante o percurso.

Ou o que não tinha podido falar.

Andrew Tenant tinha dispensado Octavia havia dois dias. Não, ele não tinha dado uma explicação para isso. Sim, Octavia até aquele momento achava que Andrew estava satisfeito com os serviços dela. Não, não conseguia adivinhar por que Tenant fizera a mudança, mas, duas horas antes, Octavia tinha sido instruída a transferir todos os arquivos do caso para a BC&M, aos cuidados de Leigh Collier. O *que merda* da mensagem era um pedido de desculpas por ter jogado um julgamento com júri no colo dela oito dias antes do início. Leigh não tinha ideia de por que um cliente demitiria uma das melhores advogadas de defesa da cidade quando a vida dele estava em jogo, mas só podia imaginar que o homem fosse um idiota.

O maior mistério a resolver era como Andrew Tenant sabia o nome de Leigh. Ela mandou uma mensagem para Walter, que também não tinha ideia, e esse era o máximo da capacidade de Leigh de arrancar informação de seu passado, porque Walter era a única pessoa na vida dela hoje que sabia o que lhe tinha acontecido antes de ela se formar em Direito.

Leigh parou no topo da escada, com o suor pingando pelas costas. Fez um rápido inventário de sua aparência. Não tinha se arrumado muito para a noite de teatro. Estava com um coque de velha e tinha escolhido uma calça jeans que já usara por dois dias e uma camiseta desbotada com a capa do CD *Bad Boys from Boston*, do Aerosmith, ainda que só para contrastar com as vacas de bolsa Birkin na plateia. Ela ia precisar passar na sua sala a caminho do último andar. Como todos, Leigh mantinha uma roupa de tribunal no trabalho. Seu nécessaire de maquiagem estava na gaveta da escrivaninha. Pensar em ter que se arrumar para um acusado de estupro numa noite de domingo que ela devia passar com a família elevou seu nível de irritação. Ela detestava aquele prédio. Detestava aquele trabalho. Detestava sua vida.

Ela amava sua filha.

Leigh procurou uma máscara na bolsa, que Walter chamava de sacola mil e uma utilidades, porque ela usava como maleta e, no último ano, como uma miniloja de suprimentos pandêmicos. Álcool em gel. Lenços desinfetantes. Máscaras. Luvas nitrílicas, por via das dúvidas. O escritório testava os funcionários duas vezes por semana, e Leigh já tinha passado pelo vírus, mas, com as variantes rolando, era melhor pecar pelo excesso.

Ela olhou o horário ao prender as alças da máscara nas orelhas. Podia roubar uns segundos para a filha. Leigh pegou os dois telefones, procurando a capinha azul e dourada da Hollis Academy do aparelho pessoal. A foto de fundo era Tim Tam, o cachorro da família, porque o labrador chocolate andava demonstrando bem mais amor a Leigh do que a própria filha.

Leigh suspirou para a tela. Maddy não tinha respondido o pedido de desculpas copioso de Leigh por ir embora mais cedo. Uma olhada rápida no Instagram mostrou a filha dançando com amigos numa festa pequena no que parecia o porão de Keely Heyer, com Tim Tam dormindo num pufe no canto. Lá se ia a devoção incondicional.

Os dedos de Leigh deslizaram pela tela, digitando mais uma mensagem a Maddy: *Desculpa por ter de ir embora, bebê. Te amo muito.*

Ela esperou que nem uma idiota pela resposta antes de abrir a porta.

O lobby gelado demais por causa ar-condicionado a envolveu em aço frio e mármore. Leigh fez um aceno ao segurança em sua cabine de acrílico. Lorenzo estava debruçado sobre uma xícara de sopa, ombros perto das orelhas, tigela indo à boca. Aquilo lembrou a Leigh uma planta suculenta que sua mãe deixava na janela da cozinha.

— Srta. Collier.

Leigh entrou num pânico silencioso ao ver Cole Bradley parado no lobby do elevador. A mão dela voou para a nuca. Sentiu as mechas de cabelo escapando como um polvo achatado. O logo BAD BOYS na camiseta puída era uma afronta ao terno italiano sob medida dele.

— Você me pegou no pulo. — Ele guardou um maço de cigarro no bolso da camisa. — Saí para fumar.

Leigh sentiu as sobrancelhas se levantando. Bradley era praticamente o dono do prédio. Ninguém ia impedi-lo de fazer nada.

Ele sorriu. Ou, pelo menos, ela achou ter visto um sorriso. Ele tinha mais de oitenta anos, mas sua pele era tão esticada que só as pontas das orelhas se contraíam.

— Dado o clima político, é bom verem a gente seguindo as regras — disse ele.

A campainha do elevador privado dos sócios soou. O barulho era tão estridente que parecia uma aristocrata chamando o mordomo para lhe servir um chá da tarde.

Bradley tirou uma máscara do bolso da camisa. Ela supôs que aquilo também fosse para manter as aparências. Só a idade dele já o colocaria no primeiro grupo da vacina. Apesar disso, a vacina também não era carta branca até quase todo mundo estar imunizado.

— Srta. Collier? — Bradley estava esperando na porta aberta do elevador.

Leigh hesitou, porque duvidava que subordinados tivessem permissão de entrar na cabine privada.

— Eu ia passar na minha mesa para colocar uma roupa mais profissional.

— Não é necessário. Eles sabem as circunstâncias do avançado da hora. — Ele indicou que ela devia entrar antes dele.

Mesmo com essa permissão, Leigh se sentiu uma invasora ao entrar no elevador chique. Pressionou a panturrilha contra o banco vermelho estreito na parede dos fundos. Ela só tinha olhado rápido dentro da cabine uma vez, mas, de perto, percebeu que as paredes pretas eram revestidas de pele de avestruz. O chão era uma peça gigante de mármore preto. O teto e todos os botões dos andares tinham bordas vermelhas e pretas porque o maior feito de quem se formava na Universidade da Geórgia era, basicamente, ter se formado na Universidade da Geórgia, e essas eram as cores de lá.

As portas espelhadas se fecharam. A postura de Bradley era ereta como uma vara. A máscara dele era preta com costuras vermelhas. Um broche na lapela mostrava Uga, o mascote do time Georgia Bulldog. Ele tocou o botão SUBIR no painel, o que os mandou para a cobertura.

Leigh ficou olhando diretamente em frente, ainda incerta quanto à etiqueta a seguir. Havia placas no elevador plebeu alertando as pessoas para manterem a distância e evitar conversas. Não havia tais placas naquele elevador, nem mesmo o aviso de inspeção. O nariz dela coçou com o aroma do pós-barba de Bradley misturado a fumaça de cigarro. Leigh detestava homens que fumavam. Ela abriu a boca para respirar por trás da máscara.

Bradley pigarreou.

— Eu me pergunto, srta. Collier, quantos de seus colegas na escola de ensino médio de Lake Point acabaram se formando com honras na Northwestern.

Ele tinha feito a lição de casa enquanto ela quebrava a barreira do som para chegar lá. Sabia que ela fora criada na parte perigosa da cidade. Sabia que ela tinha acabado numa faculdade de Direito de primeira linha.

— Fiquei na lista de espera da Universidade da Geórgia — respondeu Leigh.

Ela imaginou que ele levantaria uma das sobrancelhas se o Botox permitisse. Cole Bradley não estava acostumado com subordinados que tinham personalidade.

— Você fez estágio num escritório que atendia cidadãos pobres, localizado em Cabrini Green. Depois da Northwestern, voltou a Atlanta e entrou para a Legal Aid Society. Cinco anos depois, abriu seu próprio escritório, especializado em defesa criminal. Estava indo muito bem até a pandemia fechar os tribunais. O fim deste mês será seu aniversário de um ano na BC&M.

Ela esperou uma pergunta.

— Suas escolhas me parecem um pouco iconoclastas. — Ele pausou, dando--lhe ampla oportunidade de comentar. — Imagino que tenha tido o luxo de receber bolsas, de modo que as finanças não ditaram suas escolhas de carreira.

Ela continuou esperando.

— Mas aqui está você, na minha firma. — Outra pausa. Outra oportunidade ignorada. — Seria falta de educação notar que você está mais perto dos quarenta do que a maioria de nossas contratações de um ano?

Ela deixou seu olhar encontrar o dele.

— Seria correto.

Ele a analisou abertamente.

— Como você conhece Andrew Tenant?

— Não conheço e não faço ideia de como ele me conhece.

Bradley respirou fundo antes de dizer:

— Andrew é legatário de Gregory Tenant, um de meus primeiros clientes. Nos conhecemos há tanto tempo que o próprio Jesus Cristo nos apresentou. Ele também ficou na lista de espera da Universidade da Geórgia.

— Jesus ou Gregory?

As orelhas dele se mexeram de leve, o que ela entendeu como sua forma de sorrir.

Bradley continuou:

— O Grupo Automotivo Tenant começou com uma única concessionária Ford nos anos 1970. Você é jovem demais para se lembrar dos comerciais, mas eles tinham um jingle memorável. Gregory Tenant pai era da minha fraternidade na faculdade. Quando morreu, Gregory Tenant filho herdou o negócio e o transformou numa rede de 38 concessionárias em todo o Sudeste americano. Greg faleceu de um câncer particularmente agressivo no ano passado. A irmã dele assumiu as operações do dia a dia. Andrew é filho dela.

Leigh ainda estava maravilhada que ele tivesse usado a palavra *legatário*.

A campainha do elevador soou. As portas se abriram. Eles tinham chegado ao último andar. Ela sentiu o ar frio lutando contra o guarda-chuva de calor lá fora. O espaço era cavernoso como um hangar de aeronave. As luzes do teto estavam apagadas. A única iluminação vinha das luminárias nas mesas de aço e vidro que faziam sentinela em frente às portas fechadas das salas.

Bradley foi até o meio do cômodo e parou.

— Nunca deixa de tirar meu fôlego.

Leigh sabia que ele estava falando da vista. Estavam na parte mais baixa da onda gigante no topo do prédio. Enormes pedaços de vidro chegavam a pelo menos doze metros até a crista. O andar ficava suficientemente acima da leve poluição para eles verem minúsculas estrelas perfurando o céu noturno. Bem embaixo, carros que passavam pela Peachtree Street pavimentavam a rua de vermelho e branco na direção da massa brilhante que era o centro.

— Parece um globo de neve — comentou ela.

Bradley virou-se para olhá-la. Tinha tirado a máscara.

— Como você se sente em relação a estupro?

— Definitivamente sou contra.

Pela expressão dele, Leigh viu que ele achava que o momento de ela ter personalidade tinha acabado.

— Já cuidei de dezenas de casos de abuso ao longo dos anos. A natureza da acusação é irrelevante. A maioria dos meus clientes são factualmente culpados. A promotoria precisa provar esses fatos acima de qualquer dúvida razoável. Você me paga muito bem para encontrar essa dúvida.

Ele assentiu, aprovando a resposta dela.

— Você tem seleção de júri na quinta-feira, e o julgamento começa em uma semana a contar de amanhã. Nenhum juiz vai concordar com um adiamento baseado em substituição de advogado. Posso oferecer a você dois associados em tempo integral. O cronograma apertado vai ser um problema?

— É um desafio — disse Leigh —, mas não um problema.

— Ofereceram a Andrew uma pena reduzida em troca de um ano de liberdade condicional monitorada.

Leigh abaixou a máscara.

— Sem entrar no registro de abusadores sexuais?

— Sem. E as acusações são retiradas se Andrew não se meter em problema por três anos.

Mesmo estando há tanto tempo no jogo, Leigh sempre se surpreendia com como era fantástico ser um homem branco rico.

— É o melhor acordo possível. O que você não está me dizendo?

A pele ao redor das bochechas de Bradley se enrugou numa careta.

— O escritório anterior contratou um investigador particular para fazer algumas pesquisas. Aparentemente, uma admissão de culpa nesta acusação reduzida em particular poderia levar a outras denúncias.

Octavia não tinha mencionado esse detalhe. Talvez não tivesse sido atualizada antes de ser demitida ou talvez tivesse visto o potencial de dar merda e estivesse feliz de ter se livrado. Se o investigador tivesse razão, a acusação ia tentar convencer Andrew a se declarar culpado de um estupro para mostrar um padrão de comportamento que o ligava a outros ataques.

— Quantas denúncias? — quis saber Leigh.

— Duas, talvez três.

Mulheres, pensou ela. Duas ou três outras *mulheres* que tinham sido estupradas.

— Não tem DNA em nenhum dos possíveis casos — explicou Bradley. — Me disseram que há algumas provas circunstanciais, mas nada intransponível.

— Álibi?

— A noiva dele, mas… — Bradley deu de ombros como um jurado faria. — E então?

Dois pensamentos ocorriam a Leigh: ou Tenant era um estuprador em série, ou o procurador estava tentando fazer com que ele se incriminasse como um. Leigh tinha visto esse tipo de palhaçada da promotoria quando trabalhava como autônoma, mas Andrew Tenant não era um ajudante de garçom recebendo um veredito de culpado porque não tinha dinheiro para lutar.

Ela sabia, instintivamente, que Bradley estava escondendo mais informações. Escolheu as palavras com cuidado.

— Andrew é herdeiro de uma família rica. O procurador sabe que não se acusa um rei de algo tão grande se você achar que não vai dar certo.

Bradley não respondeu, mas seu comportamento ficou mais contido. Leigh ouviu a pergunta de Walter mais cedo zunindo em sua cabeça. Será que tinha cutucado a onça errada com vara curta? Cole Bradley tinha perguntado a ela como ela se sentia sobre casos de estupro. Ele não tinha perguntado como ela se sentia sobre clientes inocentes. Ele mesmo admitia conhecer a família Tenant desde que usava calças curtas. Até onde ela sabia, ele podia ser padrinho de Andrew Tenant.

Bradley não falaria o que estava pensando. Ele estendeu o braço, indicando a última porta fechada à direita.

— Andrew está na minha sala de reunião com a mãe e a noiva.

Leigh subiu a máscara ao passar pelo chefe. Ela se recompôs, afastando seu eu de esposa de Walter, mãe de Maddy e garota atrevida que tinha feito piadinhas com um esqueleto humano dentro de um elevador privado. Andrew Tenant tinha pedido especificamente por Leigh, provavelmente porque ela ainda contava com sua reputação pré-BC&M, que estava em algum lugar entre beija-flor e hiena. Leigh precisava ser aquela pessoa agora ou perderia não só o cliente como, possivelmente, o emprego.

Bradley passou à frente dela para abrir a porta.

As salas de reunião dos andares inferiores eram menores que um banheiro do Holiday Inn e funcionavam na base de quem chegasse primeiro. Leigh estava esperando uma versão ligeiramente maior da mesma coisa, mas o espaço de reuniões pessoal de Cole Bradley parecia mais uma suíte do Waldorf, incluindo a lareira e um bar. Havia um vaso de flores pesado de vidro num pedestal. Fotografias de vários dos mascotes da universidade ao longo dos anos ladeavam a parede dos fundos. Uma pintura de Vince Dooley estava pendurada em cima da lareira. Pilhas de blocos de nota no aparador de mármore preto. Troféus de vários prêmios legais se misturavam a fileiras de garrafas d'água. A mesa de reuniões, de quatro metros de comprimento por dois de largura, era feita de sequoia. As cadeiras eram de couro preto.

Três pessoas estavam sentadas na ponta da mesa, de rosto descoberto. Ela reconheceu Andrew Tenant da foto na matéria, embora ele fosse mais bonito pessoalmente. A mulher que segurava o braço direito dele tinha quase trinta anos, com o braço todo tatuado e uma cara de *vai se ferrar* que mãe nenhuma ia querer para seu filhinho.

A mãe em questão estava sentada tensa na cadeira, braços cruzados embaixo do peito. Seu cabelo loiro e curto tinha mechas grisalhas. Uma gargantilha fina de ouro enfeitava o pescoço bronzeado. Ela usava uma camisa polo amarelo--clara Lacoste, com direito até ao jacarezinho. O colarinho levantado dava a impressão de alguém que tinha acabado de sair do campo de golfe para tomar um Bloody Mary na beira da piscina.

Em outras palavras, o tipo de mulher que Leigh só conhecia por assistir a várias reprises de *Gossip Girl* com a filha.

— Desculpem por deixá-los esperando. — Bradley moveu uma pilha grossa de arquivos para o lado oposto da mesa, indicando onde Leigh devia sentar-se. — Esta é Sidney Winslow, noiva de Andrew.

— Sid — falou a garota.

Leigh sabia que o apelido da mulher seria algo tipo Sid, ou Punkie, ou Katniss no momento em que pôs os olhos nos múltiplos piercings, na grossa camada de rímel e no cabelo preto desfiado.

Ainda assim, Leigh foi simpática com a cara-metade de seu cliente.

— Sinto muito por conhecê-la nessas circunstâncias.

— Todo esse tormento está sendo um pesadelo. — A voz de Sidney era tão rouca quanto esperado. Ela pôs o cabelo para trás, mostrando um esmalte azul-escuro e uma pulseira de couro com tachas de metal pontudas. — Andy quase foi assassinado na cadeia, e olha que só ficou lá duas noites. É totalmente inocente. Óbvio. Ninguém mais está seguro. Uma maluca pode só apontar um dedo e...

— Sidney, deixe a mulher se situar. — A raiva bem controlada no tom da mãe lembrou Leigh da voz que ela usava quando repreendia Maddy na frente dos outros. — Leigh, por favor, fique à vontade.

Leigh devolveu o sorriso da mulher mais velha por alguns segundos antes de fazer um ar decidido.

— Só preciso de um momento. — Ela abriu o arquivo, esperando que algum detalhe lhe trouxesse à memória quem era aquela gente, afinal. A primeira página mostrava o resumo da prisão de Andrew Tenant. Trinta e três anos. Vendedor de carros. Endereço caro. Acusado de sequestro e estupro em 13 de março de 2020, logo quando a primeira onda da pandemia estava começando.

Leigh não leu profundamente os detalhes, porque era difícil esquecer a primeira impressão. Ela precisava antes ouvir a versão de Andrew sobre os acontecimentos. A única coisa de que tinha certeza era que Andrew Trevor Tenant tinha escolhido um momento péssimo para pedir para ser julgado no tribunal. Por causa do vírus, potenciais jurados acima dos 65 anos estavam dispensados. Só alguém mais novo que isso podia aceitar que esse jovem arrumadinho e bonito pudesse ser um estuprador em série.

Ela levantou os olhos do arquivo. Debateu mentalmente como proceder. A mãe e o filho achavam que Leigh os conhecia. Leigh não os conhecia. Se Andrew Tenant queria que ela fosse sua advogada, mentir na cara dele na primeira vez que o via era a própria definição de agir de má-fé.

Ela respirou fundo, preparando-se para confessar, mas Bradley a interrompeu:

— Por favor, Linda, pode me lembrar de onde conhece a srta. Collier?

Linda.

Algo no nome mexeu com a memória de Leigh. Ela chegou a colocar a mão no couro cabeludo para coçar a cabeça. Mas não era a mãe que estava disparando suas lembranças. Os olhos de Leigh pularam da mulher mais velha para o filho dela.

Andrew Tenant sorriu para ela. Seus lábios se curvaram para a esquerda.

— Faz muito tempo, né?

— Décadas — disse Linda a Bradley. — Andrew conhece as meninas melhor do que eu. Eu ainda era enfermeira na época. Trabalhava à noite. Leigh e a irmã eram as únicas babás em quem eu confiava.

O estômago de Leigh deu um nó que começou lentamente a subir para sua garganta.

Andrew perguntou a ela:

— Como está a Callie? O que ela anda fazendo?

Callie.

— Leigh? — O tom de Andrew dava a entender que ela não estava agindo normal. — Por onde anda sua irmã hoje em dia?

— Ela… — Leigh tinha começado a suar frio. Suas mãos estavam tremendo. Ela as apertou embaixo da mesa. — Ela está morando numa fazenda em Iowa. Com os filhos. O marido dela é fazendeiro… produtor de leite.

— Consigo imaginar — disse Andrew. — Callie amava animais. Ela fez com que eu me interessasse por aquários.

Ele contou essa última parte a Sidney, entrando em detalhes sobre o primeiro tanque de água salgada dele.

— Ah, sim — falou Sidney. — A líder de torcida.

Leigh só conseguia fingir escutar, os dentes trincados para não começar a gritar. Não podia estar certo. Nada disso estava certo.

Ela baixou os olhos para a etiqueta no arquivo.

TENANT, ANDREW TREVOR.

O nó continuou subindo para a garganta, cada detalhe horrendo que ela havia suprimido nos últimos 23 anos ameaçando sufocá-la.

A ligação apavorante de Callie. Leigh dirigindo igual a uma louca até ela. A cena horrorosa na cozinha. O cheiro familiar da casa úmida, de charutos, uísque e sangue — muito sangue.

Leigh tinha que ter certeza. Tinha que ouvir aquilo em voz alta. De sua boca, saiu sua voz de adolescente quando ela perguntou:

— Trevor?

A forma como os lábios de Andrew se curvaram para a esquerda era assustadoramente familiar. Leigh sentiu a pele se arrepiar. Ela tinha sido babá dele e, quando teve idade o bastante para achar um trabalho de verdade, passou o cargo para a irmã mais nova.

— Eu uso Andrew agora — ele disse a ela. — Tenant é o nome de solteira da mamãe. Nós dois achamos que ia ser bom mudar um pouco depois do que aconteceu com meu pai.

Depois do que aconteceu com meu pai.

Buddy Waleski tinha desaparecido. Abandonado a esposa e o filho. Sem bilhete. Sem pedir desculpas. Era o que Leigh e Callie tinham feito parecer. Era o que tinham dito à polícia. Buddy tinha feito muitas coisas ruins. Estava devendo para muita gente má. Fazia sentido. Na época, tudo tinha feito sentido.

Andrew pareceu se alimentar do reconhecimento nascente dela. Seu sorriso se suavizou, a curva para cima dos lábios lentamente descendo.

— Faz muito tempo, Harleigh — disse ele.

Harleigh.

Só uma pessoa na vida dela ainda a chamava por aquele nome.

Andrew continuou:

— Achei que você tinha se esquecido de mim.

Leigh balançou a cabeça. Ela nunca o esqueceria. Trevor Waleski era um menino doce. Um pouco esquisito. Muito grudento. Da última vez que Leigh o vira, ele tinha sido drogado até apagar. Ela viu a irmã dar um beijo suave no topo da cabeça dele.

Depois, as duas tinham voltado à cozinha para terminar de assassinar o pai dele.

SEGUNDA-FEIRA

2

LEIGH ESTACIONOU SEU AUDI A4 em frente ao escritório da Reginald Paltz e Associados, a firma de investigação particular que estava cuidando do caso Andrew Tenant. O prédio de dois andares tinha sido construído para abrigar pequenos escritórios, mas de modo a parecer uma única casa colonial. Tinha aquele ar de coisa nova demais/velha demais dos anos 1980. Luminárias douradas. Janelas com moldura de plástico. Revestimento fino de tijolos. Escada de concreto caindo aos pedaços que levava a um par de portas de vidro. O lobby abobadado tinha um lustre dourado torto pendurado sobre um conjunto de escadas sinuosas.

A temperatura lá fora já estava subindo e esperava-se que chegasse a mais de vinte e cinco graus à tarde. Ela deixou o carro em ponto morto para poder manter o ar-condicionado ligado. Leigh tinha chegado adiantada, permitindo-se vinte minutos para se recompor na privacidade do automóvel. O que a tornara uma boa aluna, e depois uma boa advogada, era ser capaz de sempre se desligar das baboseiras e direcionar um foco de laser ao que estava à sua frente. Ninguém ajudava a cortar um homem de 110 quilos em pedacinhos e ainda se formava como primeira da turma sem aprender a compartimentalizar.

O que ela precisava fazer agora era jogar aquele foco de laser não em Andrew Tenant, mas no caso Andrew Tenant. Leigh era uma advogada cara. O julgamento de Andrew estava marcado para começar dentro de uma semana. O chefe dela tinha pedido uma sessão de planejamento de estratégia no fim do dia seguinte. Ela tinha um cliente enfrentando acusações sérias e um promotor que estava fazendo mais do que os jogos usuais da promotoria. O trabalho de Leigh era achar uma forma de abrir buracos no caso para que pelo menos um jurado pudesse atravessar com um ônibus.

Ela suspirou, soltando toda a ansiedade para ajudar a limpar os pensamentos. Pegou o arquivo de Andrew do banco do passageiro. Folheou as páginas e achou o parágrafo de resumo.

Tammy Karlsen. Comma Chameleon. Digitais. Câmeras de segurança.

Leigh leu todo o resumo sem compreender. Individualmente as palavras faziam sentido, mas era impossível colocá-las numa frase coerente. Ela tentou voltar ao início. As linhas do texto começaram a rodar até o estômago dela começar a rodar junto. Ela fechou o arquivo. Sua mão achou a maçaneta da porta, mas não a puxou. Ela tomou ar. De novo. De novo. E de novo, até engolir o ácido que estava tentando subir por sua garganta.

A filha de Leigh era o único ser vivo capaz de fazê-la desviar seu foco. Se Maddy estivesse doente, chateada ou brava com razão, Leigh ficava arrasada até as coisas se acertarem. Esse desconforto não era nada comparado com como ela se sentia agora. Cada terminação nervosa dentro de seu corpo parecia estar sendo atacada por correntes arrastadas pelo fantasma de Buddy Waleski.

Ela jogou o arquivo no banco. Apertou os olhos. Apoiou a cabeça no encosto. Seu estômago não parava de revirar. Ela tinha estado a ponto de vomitar a noite toda. Não conseguira dormir. Não tinha nem se dado o trabalho de ir para a cama. Sentara-se no sofá por horas, no escuro, tentando pensar em como se livrar de representar Andrew.

Trevor.

Na noite que Buddy morreu, o NyQuil tinha de fato colocado Trevor num coma. Mas elas precisavam ter certeza. Leigh chamara o nome dele várias vezes, com a voz cada vez mais alta. Callie estalara os dedos no ouvido dele, depois batera palmas perto do rosto do menino. Chegara a chacoalhá-lo de leve antes de rolá-lo para um lado e para o outro como um rolo de macarrão num pedaço de massa.

A polícia nunca encontrou o corpo de Buddy. Quando o Corvette dele foi achado numa parte ainda mais merda da cidade, o carro tinha sido desmontado.

Buddy não tinha escritório, portanto, não havia rastro burocrático. A câmera digital Canon escondida no bar fora quebrada em pedacinhos com um martelo, as partes espalhadas pela cidade. Elas tinham procurado outras minicassetes, mas não acharam. Tinham revirado o sofá, levantado colchões, procurado dentro de gavetas e armários, arrancado as grades de ventilação, vasculhado bolsos, estantes e o interior do Corvette de Buddy, e depois tinham limpado seus rastros com cuidado, colocado tudo de volta no lugar e ido embora antes de Linda chegar em casa.

Harleigh, o que a gente vai fazer?

Você vai manter a porra da história para não acabarmos as duas na prisão.

Leigh tinha feito muitas coisas horríveis na vida que ainda pesavam em sua consciência, mas o assassinato de Buddy Waleski tinha o peso de uma pena. Ele merecia morrer. O único arrependimento dela era não ter acontecido anos antes de ele colocar as mãos em Callie. Não existia crime perfeito, mas Leigh tinha certeza de que elas tinham se livrado do assassinato.

Até a noite anterior.

As mãos dela começaram a doer. Ela olhou para baixo. As mãos estavam segurando o volante. Os nós dos dedos como dentes brancos mordendo o couro. Ela olhou o relógio. Sua angústia já tinha comido dez minutos inteiros.

— Foco — ela se repreendeu.

Andrew Trevor Tenant.

O arquivo dele ainda estava no banco do passageiro. Leigh fechou os olhos por mais um momento, evocou o doce e pateta Trevor que amava correr pelo quintal e, às vezes, comer pasta de dente. Era por isso que Linda e Andrew queriam que Leigh o defendesse. Não tinham ideia de que Leigh estava envolvida no desaparecimento repentino de Buddy. O que eles queriam era uma advogada de defesa que ainda visse Andrew como aquela criança inocente de 23 anos antes. Não queriam que ela o associasse aos atos monstruosos dos quais era acusado.

Leigh recuperou o arquivo. Era hora de ler sobre aqueles atos monstruosos.

Ela respirou fundo mais uma vez para se recompor. Leigh não era uma daquelas pessoas que acreditam em maçã podre ou que filho de peixe peixinho é. Se fosse assim, ela seria uma alcóolatra abusiva com uma condenação por agressão grave. As pessoas podiam transcender suas circunstâncias. Era possível quebrar o ciclo.

Será que Andrew Tenant tinha quebrado o ciclo?

Leigh abriu o arquivo. Leu a folha de acusações em profundidade pela primeira vez.

Sequestro. Estupro. Lesão corporal qualificada. Sodomia qualificada. Agressão sexual qualificada.

Não era preciso mais do que a Wikipédia para entender as definições aceitas de sequestro, estupro, sodomia e agressão. As definições legais eram mais complexas. A maioria dos estados usava o termo guarda-chuva *abuso sexual* para crimes relacionados a sexo, então, a acusação de abuso sexual podia indicar qualquer coisa desde pegar na bunda de alguém até estupro violento.

Alguns estados usavam graus para ranquear a gravidade do crime. *Primeiro grau* era o mais sério; depois, os outros caíam em degraus menores, em geral distinguidos pela natureza do ato — de penetração e coerção a toque involuntário. Se fosse usada uma arma, se a vítima fosse criança ou oficial de segurança, ou tivesse algum tipo de incapacidade, vinham as acusações de delitos graves.

A Flórida usava a expressão *agressão sexual,* e não importava quanto o ato fosse hediondo ou não hediondo: a não ser que você fosse um pedófilo rico e com conexões políticas, o crime sempre era considerado um delito grave e podia levar à prisão perpétua. Na Califórnia, *agressão sexual leve* podia levar à cadeia do condado por seis meses. A pena de *agressão sexual grave* ia desde um ano nessa cadeia até quatro anos na prisão de gente grande.

O estado da Geórgia acompanhava a maioria dos estados no sentido de que *abuso sexual* incluía tudo, desde toque não consensual a necrofilia completa. O termo *qualificado* era usado para indicar as acusações mais graves. Sodomia qualificada significava que havia sido usada força contra a vontade da vítima. Lesão corporal qualificada significava que havia uma pistola ou outra arma potencialmente letal envolvida. Uma pessoa que cometia agressão sexual qualificada penetrava intencionalmente o órgão sexual ou o ânus de outra pessoa com um objeto estranho sem consentimento. A pena só para essa ofensa podia ser de prisão perpétua ou 25 anos de cadeia seguidos de condicional perpétua. De toda forma, havia um registro obrigatório vitalício no catálogo de abusadores sexuais. Se você não fosse um criminoso inveterado ao entrar no sistema, seria ao sair.

Leigh achou a foto de fichamento de Andrew Tenant.

Trevor.

Foi o formato do rosto dele que a lembrou do menino que ele foi. Leigh tinha passado inúmeras noites com a cabeça dele no colo enquanto lia para ele. Ficava olhando para baixo, silenciosamente implorando para que Trevor dormisse e assim ela pudesse estudar para a escola.

Leigh tinha visto muitas fotos de fichamentos na polícia. Às vezes, os acusados esticavam o queixo, ou olhavam com raiva para a câmera, ou faziam outras coisas idiotas que achavam que ia deixá-los com cara de durões, mas que não funcionavam tão bem na frente de um júri quanto eles pretendiam. Em sua foto, Andrew estava tentando não mostrar que estava assustado, o que era compreensível. Herdeiros em geral não eram presos e arrastados até a delegacia. Ele parecia estar mordendo a parte de dentro do lábio inferior. As narinas estavam alargadas. O flash duro da câmera dera um brilho artificial a seus olhos.

Será que esse homem era um estuprador violento? Será que aquele menininho para quem Leigh lia, com quem ela desenhava, atrás do qual corria pelo quintal de terra enquanto ele ria até gargalhar era capaz de crescer e se tornar o mesmo tipo de predador nojento que o pai?

— Harleigh?

Leigh se assustou, papéis voando pelo ar, um grito fugindo por sua boca.

— Desculpa. — A voz de Andrew estava abafada pela janela fechada. — Eu te assustei?

— É lógico que me assustou!

Leigh agarrou as páginas soltas. O coração dela estava batendo no fundo da garganta. Ela tinha se esquecido de como Trevor costumava chegar de fininho quando era criança.

Andrew tentou de novo:

— Desculpa mesmo.

Ela lhe deu um olhar que em geral reservava para familiares. E, aí, lembrou a si mesma de que ele era seu cliente.

— Tudo bem.

O rosto dele ficou vermelho de vergonha. Subiu a máscara que estava no queixo. Era azul com um logotipo branco da Mercedes na frente. A mudança não foi uma melhoria. Ele parecia um animal com uma focinheira. Ainda assim, ele deu um passo para trás para ela poder abrir a porta do carro.

O tremor tinha voltado às mãos de Leigh quando ela desligou o motor e reuniu o arquivo. Ela nunca na vida fora tão grata pelo tempo que levou para achar uma máscara e cobrir o rosto. Suas pernas estavam fracas ao sair do carro. Ela não parava de pensar na última vez que vira Trevor. Ele estava deitado na cama, de olhos fechados, completamente à deriva do que estava acontecendo na cozinha.

Andrew tentou de novo.

— Bom dia — disse ele.

Leigh colocou a bolsa no ombro. Enfiou o arquivo no fundo da bolsa. De salto, ela ficava na altura dos olhos de Andrew. O cabelo loiro dele estava penteado para trás. Seu peito e seus braços eram tonificados de academia, mas ele tinha a cintura curta e a altura atarracada do pai. Leigh fez uma careta para o terno, que era exatamente do tipo que se esperaria que um vendedor de Mercedes usasse — azul demais, ajustado demais, elegante demais. Um mecânico ou encanador no júri ia olhar aquele terno e odiá-lo.

— Hum… — Andrew indicou o copo grande do Dunkin' Donuts que tinha colocado no teto do carro dela. — Eu te trouxe café, mas agora que estou falando parece uma má ideia.

— Obrigada — disse ela, como se não estivessem no meio de uma pandemia mortal.

— Desculpa por ter te assustado, Har… Leigh. Eu devia te chamar de Leigh. Assim como você me chama de Andrew. Nós dois somos pessoas diferentes agora.

— Somos. — Leigh precisava controlar seu nervosismo. Ela tentou se colocar em terreno familiar. — Ontem à noite, entrei com uma moção de urgência no tribunal para me estabelecer como sua advogada. Octavia *já se retirou dos registros, então, a aprovação é só* pró-forma. Juízes não gostam dessas mudanças de última hora. Com certeza não vamos conseguir um adiamento. Considerando a Covid, precisamos estar prontos para começar a qualquer momento. Se a cadeia entrar em lockdown por causa de um surto ou faltar equipe de novo, precisamos estar preparados. Do contrário, vamos perder nossa vaga e ser jogados para a semana ou o mês que vem.

— Obrigado. — Ele assentiu, como se estivesse só esperando sua vez de falar. — Minha mãe mandou pedir desculpas. Tem uma reunião com a empresa inteira toda segunda de manhã. Sidney já entrou. Eu queria conversar com você sozinho por um minuto, pode ser?

— Claro.

A ansiedade de Leigh piorou de novo. Ele ia perguntar do pai. Ela pegou o café no teto do carro para ter um motivo para se virar. Sentiu o calor através do copo de papel. Pensar em bebê-lo intensificou o enjoo.

— Você viu… — Andrew indicou o arquivo que ela tinha guardado na bolsa. — Você já leu?

Leigh fez que sim, sem confiar em si mesma para falar.

— Não consegui chegar ao fim. O que aconteceu com a Tammy foi horrível. Achei que a gente tinha se dado bem. Não sei por que ela está fazendo isso comigo. Ela pareceu legal. Ninguém conversa com alguém por 98 minutos se achar que a pessoa é um monstro.

A especificidade era esquisita, mas ele tinha dado a Leigh alguns pontos importantes. Ela ressuscitou as palavras soltas do resumo no arquivo — *Tammy Karlsen. Comma Chameleon. Digitais. Câmeras de segurança.*

Tammy Karlsen era a vítima. Antes da pandemia, Comma Chameleon era um bar de solteiros popular em Buckhead. A polícia tinha achado as digitais de Andrew onde não deviam estar. Havia imagens de câmeras de segurança que registraram os movimentos dele.

A memória de Leigh adicionou um detalhe que Cole Bradley transmitira na noite anterior.

— A Sidney é seu álibi para a hora do ataque?

— Na época, não éramos monogâmicos, mas cheguei em casa do bar e ela estava me esperando na porta. — Ele levantou as mãos, como se para impedi--la. — Eu sei que parece muita coincidência, né? Sid aparece na minha porta bem na noite em que eu preciso de um álibi? Mas é a verdade.

Leigh sabia que os melhores e os piores álibis podiam soar insanamente como coincidências. Ainda assim, não estava ali para acreditar em Andrew Tenant. Estava ali para que ele não fosse julgado culpado.

— Quando vocês ficaram noivos?

— Em 10 de abril do ano passado. A gente estava junto, terminando e voltando, fazia dois anos, mas a prisão e a pandemia nos aproximaram.

— Que romântico. — Leigh se esforçou para soar como uma advogada que não tivesse sobrevivido aos primeiros meses do vírus entrando com dezenas de pedidos de divórcios por causa da Covid. — Já marcaram a data?

— Quarta-feira, antes da seleção do júri começar na quinta. A não ser que você ache que consegue fazer o caso ser indeferido.

O tom esperançoso na voz dele a levou direto à cozinha dos Waleski quando Trevor perguntou se a mãe dele chegaria em casa logo. Leigh não tinha mentido para ele na época e não podia mentir agora.

— Não, isso não vai acontecer. Eles vão vir atrás de você. Só podemos estar prontos para lutar.

Ele assentiu, coçando a máscara.

— Acho que é idiota da minha parte achar que vou acordar um dia e este pesadelo vai ter acabado.

Leigh olhou ao redor do estacionamento, certificando-se de estarem sozinhos.

— Andrew, não podíamos entrar nos detalhes pesados na frente de Sidney e Linda ontem à noite, mas o sr. Bradley lhe explicou que há outros casos que o promotor provavelmente vai abrir se você se declarar culpado.

— Ele explicou.

— E ele te disse que, se você perder o caso no julgamento, esses outros casos ainda podem…

— Cole disse que você é implacável no tribunal. — Andrew deu de ombros, como se só aquilo bastasse. — Ele disse à minha mãe que te contratou porque você era uma das melhores advogadas de defesa na cidade.

Cole Bradley era um mentiroso. Ele não sabia nem em qual andar Leigh trabalhava.

— Também sou brutalmente honesta. Se o julgamento der errado, você corre o risco de pegar uma pena de vários anos.

— Você não mudou nada, Harleigh. Sempre coloca as cartas na mesa. É por isso que eu queria trabalhar com você. — Andrew não tinha terminado. — Sabe, a parte triste é que o movimento MeToo realmente me despertou. Tento muito ser um aliado. Devemos acreditar nas mulheres, mas isto… é inconcebível. Alegações falsas só prejudicam outras mulheres.

Leigh assentiu, embora não tenha achado as palavras dele convincentes em nenhum sentido. O problema dos estupros era que um culpado em geral conhecia a cultura prevalente o bastante para dizer as mesmas coisas que um inocente diria. Logo, Andrew começaria a falar em *devido processo legal* sem perceber que o que estava passando agora era exatamente isso.

— Vamos entrar — disse Leigh.

Andrew deu um passo para trás de modo a permitir que ela andasse à frente dele na direção do prédio. Nesse meio-tempo, Leigh tentou colocar a cabeça no lugar. Ela precisava parar de agir como o pior tipo de criminoso. Como advogada de defesa, ela sabia que seus clientes não eram pegos porque os policiais eram investigadores brilhantes. Em geral, era a própria estupidez ou consciência pesada do cliente que o colocava em perigo legal. Ou eles se gabavam para a pessoa errada, ou confessavam à pessoa errada, ou, na maioria das vezes, metiam os pés pelas mãos, e aí precisavam de um advogado.

Leigh não estava preocupada com sentimentos de culpa, mas teria de tomar cuidado para que seu medo de ser descoberta não a traísse de alguma forma.

Ela passou o copo de café para a outra mão. Preparou-se ao subir pelos degraus de concreto decadentes até a entrada.

— Procurei Callie durante vários anos. Em que parte do Iowa ela está? — perguntou Andrew.

Leigh sentiu os cabelos da nuca se arrepiarem. O maior erro que um mentiroso podia cometer era oferecer detalhes demais.

— No Noroeste, perto de Nebraska.

— Eu adoraria ter o endereço.

Merda.

Andrew passou à frente dela para abrir a porta do lobby. O carpete estava puído na frente da escada. As paredes, gastas. O interior do prédio parecia mais desolador e triste do que o exterior.

Leigh se virou. Andrew havia ajoelhado para soltar a perna da calça da tornozeleira. O aparelho era controlado por geolocalização, limitando-o à casa, ao trabalho e a reuniões com os advogados. Se fosse a qualquer outro lugar, um alarme soaria na estação de monitoramento. Tecnicamente. Como todos os outros recursos da cidade arrasada pela pandemia, o escritório de condicional estava assoberbado.

Andrew levantou os olhos para ela e perguntou:

— Por que Iowa?

Para isso, pelo menos, Leigh estava preparada.

— Ela se apaixonou. Engravidou. Casou. Engravidou de novo.

Leigh checou a placa. REGINALD PALTZ & ASSOC ficava no andar superior. De novo, Andrew deixou que ela fosse na frente.

— Aposto que Callie é uma mãe maravilhosa. Ela sempre foi muito gentil comigo. Parecia mais minha irmã.

Leigh trincou os dentes ao virar no patamar. Não conseguia entender se as perguntas de Andrew eram apropriadas ou invasivas. Ele era tão transparente quando criança — imaturo para a idade, ingênuo, fácil de influenciar. Agora, todos os instintos finamente aguçados de Leigh estavam falhando.

— Noroeste? Foi onde passou o *derecho*?

Ela apertou o copo de café com tanta força que a tampa quase pulou. Será que ele tinha lido tudo que conseguira encontrar sobre Iowa na noite anterior?

— Houve algumas enchentes, mas eles estão bem.

— Ela continuou como líder de torcida?

Leigh se virou no topo da escada. Precisava redirecionar o assunto antes de ele colocar mais palavras em sua boca.

— Esqueci que vocês tinham se mudado depois do desaparecimento de Buddy.

Ele parou no patamar. Piscou, em silêncio.

Algo na expressão de Andrew parecia estranho, embora fosse difícil saber, porque ela só conseguia ver de fato os olhos dele. Repassou em silêncio a conversa, tentando descobrir onde podia ter dado errado. Será que ele estava agindo estranho? E ela?

— Para onde vocês foram? — perguntou Leigh.

Ele ajustou a máscara, apertando-a no nariz.

— Tuxedo Park. Ficamos com o meu tio Greg.

Tuxedo Park era um dos bairros mais antigos e ricos de Atlanta.

— Que nem em *Um maluco no pedaço*.

— Pois é. — A risada dele soou forçada.

Na verdade, tudo nele parecia forçado. Leigh tinha trabalhado com criminosos suficientes para desenvolver uma sirene de alerta interna. Ela sentiu sua sirene brilhar em vermelho-vivo ao ver Andrew reajustar a máscara mais uma vez. Ele era ilegível. Nunca tinha visto alguém com uma expressão tão invariável e vazia nos olhos.

— Talvez você não saiba a história, mas minha mãe era muito jovem quando conheceu meu pai. Os pais dela deram um ultimato: vamos assinar todos os papéis para você poder casar, mas vamos te deserdar se você fizer isso — disse Andrew.

Leigh apertou a mandíbula para evitar que se abrisse. A idade legal de casamento com consentimento parental era dezesseis anos. Quando adolescente, Leigh achava que todos os adultos eram velhos, mas agora percebia que Buddy tinha pelo menos o dobro da idade de Linda.

— Os babacas cumpriram a ameaça. Abandonaram minha mãe. Abandonaram a gente — continuou Andrew. — Meu avô na época só tinha uma concessionária, mas bastante dinheiro. Suficiente para nossa vida ser mais fácil. Ninguém levantou um dedo. Só quando papai sumiu. Aí o tio Greg veio correndo, falando de perdão e um monte de baboseira religiosa. Foi ele que fez a gente mudar de sobrenome, sabia?

Leigh fez que não. Na noite anterior, Andrew tinha feito parecer uma escolha.

— Nossa vida foi arruinada quando meu pai desapareceu. Queria que o responsável por fazer ele sumir entendesse como é isso.

Leigh engoliu uma onda de paranoia.

— Bom, mas deu tudo certo, né? — Andrew deu uma risada autodepreciativa. — Até agora.

Ele ficou em silêncio de novo enquanto subia a escada. Havia uma inflexão de raiva em sua voz, mas ele rapidamente a controlara. Ocorreu a Leigh que sua culpa talvez não estivesse em jogo ali. Andrew podia ter os próprios motivos para estar desconfortável com ela. Provavelmente, achava que ela o estava testando, tentando descobrir se ele era culpado ou inocente. Queria que ela acreditasse que ele era um bom homem para lutar por ele com mais força.

Ele estava desperdiçando seu tempo. Leigh raramente levava culpa ou inocência em conta. A maioria de seus clientes era culpada pra caramba. Alguns eram pessoas legais. Alguns eram escrotos. Nada disso importava, porque a justiça era cega. Andrew Tenant teria todos os recursos que sua família era capaz de pagar — detetives particulares, especialistas, técnicos forenses e qualquer um que pudesse ser monetariamente induzido a persuadir um júri de que ele não tinha culpa. Uma lição que trabalhar na BC&M tinha ensinado a Leigh era que era melhor ser culpado e rico do que inocente e pobre.

Andrew indicou a porta fechada no fim do corredor.

— Ele fica na…

A risada rouca inconfundível de Sidney Wilson ecoou à distância.

— Desculpa. Ela às vezes é escandalosa. — As bochechas de Andrew ficaram levemente vermelhas acima da máscara, mas ele disse a Leigh: — Pode ir na frente.

Leigh não se mexeu. Precisou se lembrar mais uma vez que Andrew não tinha ideia de seu papel no que realmente acontecera com o pai dele. Ela precisaria cometer algum erro idiota para que ele começasse a fazer perguntas. Quaisquer sirenes que Andrew estivesse disparando provavelmente eram cortesia do fato de que ele podia muito bem ser um estuprador.

E Leigh era advogada dele.

Ela começou o discurso que devia ter feito a Andrew no estacionamento.

— Você sabe que o escritório de Octavia Bacca contratou o sr. Paltz para fazer a investigação. E, agora, a Bradley, Canfield & Marks o contratou para continuar no caso, certo?

— Bem, fui eu quem envolvi Reggie, mas sim.

Leigh lidaria com a parte do *Reggie* depois. Naquele momento, ela precisava garantir que Andrew estivesse ciente de tudo.

— Então, entende que o motivo para a firma de advocacia contratar um detetive em vez de o cliente o contratar diretamente é que quaisquer discussões que tenhamos sobre estratégia ou qualquer conselho dado por ele é produto do meu trabalho, que é informação sigilosa. O que quer dizer que o promotor não pode obrigar o detetive a testemunhar sobre o que discutimos.

Andrew estava assentindo antes mesmo de ela terminar.

— Sim, entendo.

Leigh tentou ter cuidado com a próxima parte, algo em que ela por acaso era especialista.

— Sidney não tem esse privilégio.

— Sim, mas vamos nos casar antes do julgamento, então, ela vai ter.

Leigh sabia por experiência própria que podia acontecer muita coisa entre aquele momento e o julgamento.

— Mas vocês não estão casados neste momento, então, tudo o que você disser a ela *agora* não está protegido.

Ela não sabia se o olhar chocado de Andrew acima da máscara vinha de medo ou surpresa genuína.

— Mesmo depois de se casarem, é complicado — explicou Leigh. — Nos procedimentos criminais da Geórgia, cônjuges têm a prerrogativa do testemunho adverso, em que ela não pode ser obrigada a testemunhar, e também da comunicação confidencial, o que significa que você pode impedir sua esposa de testemunhar sobre qualquer coisa que disser a ela como parte de sua comunicação conjugal.

Ele assentiu, mas ela via que ele não entendia completamente.

— Então, se você e Sidney se casarem e estiverem sozinhos na cozinha um dia e você disser: "Olha, acho que eu não devia guardar segredos de você, então, você precisa saber que sou um assassino em série", você poderia invocar a comunicação confidencial, e ela não teria permissão de testemunhar.

Andrew agora estava prestando muita atenção.

— E qual é a parte complicada?

— Se Sidney contar a uma amiga: "Olha que coisa insana, Andrew me disse que é um assassino em série", essa amiga pode ser chamada para depor como testemunha indireta.

A parte de baixo da máscara dele se moveu. Ele estava mordendo o interior do lábio.

Leigh jogou a bomba que tinha ouvido tiquetaquear no segundo em que vira os acessórios de couro e os vários piercings de Sidney.

— Ou digamos que Sidney conte a uma amiga que você fez algo ousado na cama. E essa coisa ousada seja parecida com o que foi feito à vítima. Aí, a amiga pode testemunhar sobre esse fetiche, e o promotor pode alegar que isso demonstra um padrão de comportamento.

A garganta de Andrew trabalhou. Sua preocupação era quase palpável.

— Então, eu devia dizer a Sid…

— Como sua advogada, não posso te instruir sobre o que falar. Só posso explicar a lei para que você entenda as implicações. Você entende as implicações?

— Sim, entendo.

— Ei!

Sidney marchou na direção deles com seus coturnos pesados. Sua máscara era preta com tachas cromadas. Ela estava ligeiramente menos gótica que no dia anterior, mas ainda radiava uma energia imprevisível. Era como se Leigh estivesse vendo a si mesma naquela idade, o que era ao mesmo tempo enervante e deprimente.

— A gente estava… — disse Andrew.

— Falando sobre a Callie? — Sidney se virou a Leigh. — Juro, ele é obcecado pela sua irmã. Ele te falou que tinha uma paixão por ela? É o único nome na lista de quem ele pode pegar. Ele te contou?

Leigh balançou a cabeça, não para dizer *não*, mas para acordar seu cérebro idiota. Claro que Andrew ainda era apaixonado por Callie. Era por isso que não parava de falar dela.

Ela tentou desviar o assunto da irmã virando-se para Andrew.

— Como você conhece Reggie Paltz?

— Somos amigos há… — Ele deu de ombros, porque não estava prestando atenção a Leigh agora. Estava pensando no que ela tinha dito sobre privilégio conjugal.

Sidney reconheceu a tensão, perguntando a Andrew:

— O que está havendo, amor? Aconteceu mais alguma coisa?

Leigh não precisava nem queria estar lá para a conversa que viria.

— Vou começar com o detetive enquanto vocês conversam.

Sidney levantou uma sobrancelha arqueada demais. Leigh percebeu que seu tom tinha soado mais frio do que ela pretendia. Ela tentou projetar neutralidade ao passar pela jovem no corredor, lutando contra a vontade de listar cada parte dela que a irritava. Não havia dúvida em sua mente de que Sidney falava com as amigas sobre Andrew. Alguém tão jovem e estúpida só tinha o sexo a seu favor.

— Andy, por favor. — Sidney falou com uma voz de boquete. — O que aconteceu, gatinho, por que você parece tão chateado?

Leigh fechou a porta atrás de si.

Ela se viu num escritório que dava para a rua, com uma mesa de metal, sem secretária nem cadeira. Havia uma pequena cozinha junto à parede lateral. Ela jogou o café na pia, depois jogou o copo na lixeira. Havia o de sempre disponível: cafeteira, chaleira, álcool em gel, uma pilha de máscaras descartáveis. Uma porta aberta levava a um corredor curto, mas Leigh queria formar uma primeira impressão antes de conhecer Reggie Paltz.

Paredes brancas. Carpete azul-escuro de parede a parede. Teto texturizado. As obras de arte não eram profissionais o bastante para ser nada exceto fotos de férias: um pôr do sol numa praia tropical, cachorros num trenó na tundra, picos montanhosos nevados, as grandes escadarias de Machu Picchu. Um taco de lacrosse desgastado pendurado na parede em cima de uma namoradeira de couro preto. Exemplares antigos da revista *Fortune* estavam espalhadas pela mesa de centro de vidro. Um tapete azul tie-dye saído direto de um catálogo de loja de material de escritório estava posicionado como um selo de postagem sob o vidro.

Mais jovem do que ela tinha imaginado. Com boa instrução; ninguém aprendia a jogar lacrosse na periferia. Definitivamente não era policial. Provavelmente divorciado. Sem filhos, ou a pensão teria excluído as férias exóticas. Um atleta universitário que não queria abrir mão da glória. Provavelmente com um MBA não finalizado no histórico escolar. Costumava ter dinheiro no bolso.

Leigh usou o álcool em gel antes de ir até os fundos.

Reggie Paltz estava sentado atrás de uma mesa inspirada na escrivaninha do Salão Oval. O escritório era pouco mobiliado, com um sofá de couro empurrado contra uma parede e duas cadeiras descombinadas em frente à mesa. Ele tinha o risque-rabisque de couro e os acessórios masculinos de praxe para todo homem com um escritório, incluindo um peso de papel de vidro colorido, um porta-cartões personalizado e o mesmíssimo abridor de cartas de prata esterlina da Tiffany que Leigh tinha comprado para Walter havia alguns Natais.

— Sr. Paltz? — disse ela.

Ele se levantou da mesa. Sem máscara, de modo que Leigh conseguia ver uma mandíbula que já fora definida e que começava a ficar flácida. Seu pré-julgamento estava muito errado. Ele tinha trinta e poucos anos, com um cavanhaque bem aparado e uma ondinha estilo Hugh Grant jovem no cabelo escuro rareando. Vestia calça cáqui e camisa cinza-claro. Um colar de ouro fino em torno do pescoço grosso. Seus olhos passaram por ela uma vez, uma avaliação de especialista rosto-peito-perna que Leigh recebia desde a puberdade. Ele parecia um babaca bonito, mas não o tipo de babaca bonito que Leigh curtia.

— Sra. Collier. — Em tempos normais, eles teriam apertado as mãos. Agora, ele as manteve nos bolsos. — Pode me chamar de Reggie. Prazer em finalmente conhecê-la.

Leigh sentiu cada músculo de seu corpo endurecer ao ouvir o *senhora* e o *finalmente*. Todo esse tempo, ela estava com tanta pressa de descobrir como se retirar dessa porra de caso que não tinha parado para pensar em como entrara nele para começo de conversa.

Senhora.

Leigh adotara o sobrenome de Walter quando se casaram durante a faculdade. Não se dera ao trabalho de voltar ao nome de solteira, porque não se dera ao trabalho de se divorciar dele. Havia legalmente mudado o nome de Harleigh para Leigh três anos antes de se conhecerem.

Então, como Andrew sabia que devia procurar Leigh Collier? Até onde ele sabia, ela ainda se chamava Harleigh e ainda usava o sobrenome da mãe. Leigh tinha tomado muito cuidado ao longo dos anos para garantir que conectar seu passado e seu presente exigisse ultrapassar vários obstáculos.

Isso levava à questão mais ampla de como Andrew descobrira que Leigh era advogada. Sim, a família Tenant conhecia Cole Bradley, mas Cole Bradley nunca ouvira falar de Leigh até doze horas antes.

Finalmente.

Andrew devia ter contratado Paltz para procurá-la. Era um prazer *finalmente* conhecê-la depois de fazer um mergulho profundo, ultrapassar os obstáculos e cair bem no meio da vida de Leigh. E se ele sabia como Harleigh tinha virado Leigh, sabia sobre Walter, Maddy e...

Callie.

— Desculpa, pessoal. — Andrew balançou a cabeça ao entrar no escritório. Colapsou no sofá baixo. — Sid está no carro. A conversa não foi muito boa.

Reggie fez uma careta.

— E alguma vez é?

Os joelhos de Leigh estavam fracos. Ela afundou na cadeira mais perto da porta. O suor escorreu pelas suas costas. Ela viu Andrew baixar a máscara para o queixo. Ele estava mandando uma mensagem no telefone.

— Ela já está querendo saber quanto tempo vai demorar.

— Diz pra ela calar a porra da boca.

— Obrigado pelo conselho. Com certeza, isso vai fazer ela se acalmar. — Os dedões de Andrew começaram a se mover pela tela. Uma emoção tinha perfurado o verniz ilegível dele. Estava visivelmente preocupado. — Merda. Ela está furiosa.

— Cara, para de responder. — Reggie tocou uma tela para acordar o notebook. — Estamos queimando o dinheiro da sua mamãe aqui.

Leigh tirou a máscara. O *senhora* e o *finalmente* continuavam soando dentro da cabeça dela. Ela precisou pigarrear antes de conseguir falar.

— Como vocês dois se conheceram?

Reggie ofereceu:

— Andrew me vendeu meu primeiro Mercedes. Foi o quê, cara, há uns três, quatro anos?

Leigh pigarreou de novo, esperando, mas Andrew ainda estava distraído pelo telefone.

Ela enfim perguntou:

— É mesmo?

— É, o cara era um puta garanhão até a Sid cortar as bolas dele com aquela aliança de noivado. — Ele viu um olhar duro de Andrew e, abruptamente, voltou ao assunto principal, dizendo a Leigh: — Sua assistente me mandou a chave de criptografia de sua firma hoje de manhã. Vou subir tudo para você hoje à tarde.

Leigh se forçou a assentir. Tentou mentalmente aliviar a paranoia. O *senhora* era porque ele tinha feito a lição de casa. Não era incomum clientes de alta renda garantirem que soubessem com quem estavam lidando. O *finalmente* significava — o quê? A explicação mais simples era a mesma do *senhora*. Andrew tinha contratado Reggie Paltz para investigá-la, para mergulhar na vida e na família dela, e ele estava *finalmente* conhecendo Leigh depois de ler tanto sobre ela.

— Gente, desculpa. — Andrew se levantou, olhos ainda no telefone. — É melhor eu ir ver como ela está.

— Pede suas bolas de volta. — Reggie balançou a cabeça para Leigh ver. — Essa garota mandou o cara de volta pra escola.

Leigh sentiu o tremor indesejado voltar às mãos quando Reggie se debruçou sobre o notebook. A explicação mais simples ainda não respondia o mais importante. Como Andrew tinha encontrado Leigh? Ele era um acusado de estupro com um julgamento que começaria em uma semana. Não fazia sentido parar no meio para achar sua babá de duas décadas atrás.

E esse era o motivo de sua sirene interna de alerta ainda estar piscando em vermelho.

— Sra. Collier? — A cabeça de Reggie estava virada na direção dela. — Está tudo bem?

Leigh tinha de parar a montanha-russa de suas emoções. A única reclamação permanente de Walter sobre ela era a própria qualidade que a tornava uma sobrevivente. Sua personalidade mudava dependendo de quem estivesse à sua frente. Ela era amor, ou mamãe, ou Collier, ou doutora, ou bebê, ou sua vaca do caralho, ou, muito ocasionalmente, Harleigh. Cada um recebia um pedaço diferente dela, mas ninguém ficava com o todo.

Reggie Paltz estava vindo quente, então Leigh precisava ficar fria.

Ela colocou a mão na bolsa e pegou seu bloco de notas e o arquivo do caso Andrew. Clicou a caneta.

— Meu tempo é limitado, sr. Paltz. Meu chefe quer um resumo completo amanhã à tarde. Me explique rápido.

— Pode me chamar de Reggie.

Ele virou o notebook num ângulo em que os dois conseguiam ver a imagem na tela: a entrada de uma casa noturna, uma placa de neon com uma grande vírgula seguida pela palavra CHAMELEON.

— A câmera de segurança pegou Andrew fazendo tudo, menos cagando. Editei e juntei. Levou seis horas inteiras, mas o dinheiro é da Linda.

Leigh pressionou a ponta da caneta no bloco.

— Estou pronta.

Ele iniciou o vídeo. A data dizia 2 de fevereiro de 2020, quase um mês antes de a pandemia fechar tudo.

— As câmeras são 4K, então dá para ver cada poeira no chão. Este é Andrew no início. Ele falou com algumas gatas, uma no deque na cobertura, outra no bar do andar de baixo. A da cobertura lhe deu o número do telefone. Eu a achei, mas você não vai querer que ela deponha. No minuto que ela descobriu por que eu estava falando com ela, começou a pirar naquele papo de *hashtag* e virou uma puta maluca.

Leigh baixou os olhos para o bloco. Ela tinha entrado em piloto automático ao registrar os detalhes. Começou a virar a página. Sua mão parou.

Senhora.

A aliança de casamento. Ela nunca havia tirado, mesmo após quatro anos de separação de Walter. Deixou os lábios se abrirem, lentamente exalando um pouco do estresse.

— Aqui. — Reggie apontou para a tela. — É quando Andrew conhece Tammy Karlsen. O corpo dela é lindo. O rosto, nem tanto.

Leigh ignorou a misoginia casual e se concentrou em olhar para o vídeo. Viu Andrew sentado num banco baixo e acolchoado, com uma mulher mignon de costas para a câmera. O cabelo castanho da moça batia no ombro. Ela usava um vestido preto e justo com mangas três-quartos. Virou a cabeça ao pegar o drinque na mesa de centro, rindo de algo que Andrew dissera. De perfil, Tammy Karlsen era atraente. Nariz empinado, maçãs do rosto altas.

— A linguagem corporal diz tudo. — Reggie bateu numa tecla para acelerar o vídeo. — Karlsen chega mais perto conforme a noite avança. Perto da marca dos dez minutos, começa a tocar a mão dele para falar algo ou rir de uma piada. — Reggie levantou o olhar para Leigh, dizendo: — Estou chutando que foi aí que percebeu que Tenant vinha de Grupo Automotivo Tenant. Pode apostar que eu também ia querer ficar bem pertinho de um cara com essa grana.

Leigh esperou que ele continuasse.

Reggie triplicou a velocidade, passando rápido pelo vídeo.

— No fim, Andrew está com o braço ao longo das costas do banco, e começa a acariciar o ombro dela. Dá para vê-lo olhando o peito dela, então, está bem claro que ele está mandando mensagens e ela está recebendo cem por cento. Depois de uns quarenta minutos, ela começa a acariciar a coxa dele como uma porra de uma stripper fazendo uma dança erótica. Continuam assim por 98 minutos.

Noventa e oito minutos.

Leigh lembrou-se de Andrew usando o mesmo exato número no estacionamento. Perguntou:

— Você tem certeza do tempo?

— Tanto quanto possível. Essa merda toda pode ser falsificada, inclusive os metadados, se a pessoa souber o que está fazendo, mas peguei as filmagens brutas com o bar, não com o promotor.

— Andrew viu o vídeo?

— Meu chute é que de jeito nenhum. Mandei uma cópia para Linda, mas Andy está em negação. Acha que isso vai acabar e ele vai ter sua vida de volta. — Reggie avançou até chegar ao ponto que queria mostrar a Leigh em seguida. — Então, olha, é pouco depois da meia-noite. Andrew desce com Karlsen até o manobrista. Ele está com a mão nas costas dela enquanto descem a escada. Aí, ela segura o braço dele até chegarem ao manobrista. Enquanto esperam, ela se apoia nele, e ele entende o sinal.

Leigh viu Andrew beijando Tammy Karlsen na boca. As mãos dela se fecham ao redor dos ombros dele. O espaço entre os corpos deles desaparece. Leigh devia ter anotado o número de segundos pelos quais se beijaram, mas o que tinha chamado a atenção dela era o olhar no rosto de Andrew antes de as bocas deles se encontrarem.

Direito natural? Escárnio?

Os olhos dele estavam com aquele vazio familiar e ilegível, mas seus lábios tinham tremido, o canto esquerdo se repuxando num sorrisinho da mesma forma que Leigh vira quando Andrew era um menino jurando a ela que não tinha comido o último biscoito, que não tinha ideia de qual era a lição de história, que não tinha desenhado um dinossauro no livro de Álgebra II de Leigh.

Ela anotou o horário para poder voltar depois.

Reggie apontou o óbvio.

— Os manobristas trazem os carros deles. Andrew dá gorjeta pelos dois. Dá para ver aqui onde Karlsen dá um cartão de visita dela a Andy, depois mais um beijo na bochecha. Ela entra no BMW dela. Ele entra no Mercedes dele. Os dois viram na mesma direção, norte, em Wesley. Não é o melhor caminho para ele chegar em casa, mas é *um* caminho para chegar.

Leigh se desligou da narração rua a rua de Reggie a cada movimento ou virada dos carros. Pensou sobre o *finalmente*, de prazer em *finalmente* conhecê-la. Leigh tinha assumido o caso na noite anterior, mas Andrew demitira Octavia havia dois dias. Isso deixava, no máximo, 48 horas para Reggie Paltz mergulhar na vida de Leigh. Onde mais aquele *finalmente* o tinha levado? Será que ele também localizara Callie?

— Aí, na direção sul, na Vaughn, depois não temos mais câmeras de segurança nem trânsito — continuou Reggie, aparentemente sem ter ideia do conflito interno dela. — Dá para ver nessa última tomada que o Mercedes de Andrew tem placa da concessionária.

Leigh sabia que ele estava esperando a opinião dela.

— Por que isso é relevante?

— Andrew fez um empréstimo da garagem naquela noite. O carro particular dele estava na oficina. Carros clássicos são exigentes. Acontece às vezes, mas não muito.

Leigh desenhou uma caixa ao redor da palavra *carro*. Quando levantou o olhar, Reggie a estava analisando de novo. Ela não precisava voltar na conversa para saber por quê. Estavam chegando à parte em que as ações de Andrew seriam mais difíceis de justificar. Reggie estava testando Leigh com sua linguagem grosseira, tentando ver se seus *puta* e *peitos* e *dança erótica* iam suscitar uma reprimenda que indicasse que ela não estava do lado de Andrew.

Ela manteve o tom gelado, perguntando:

— Karlsen falou para Andrew segui-la até a casa dela?

— Não. — Ele pausou depois da palavra, deixando claríssimo que estava alerta. — Karlsen diz no depoimento que falou para ele ligar se estivesse interessado. A memória dela vacila depois de ela pegar o carro com o manobrista. A próxima coisa de que ela tem certeza é acordar e ser de manhã.

— A polícia está dizendo que Andrew batizou a bebida dela?

— É a teoria, mas, se ele tiver dado um boa noite Cinderela, não aparece nos vídeos nem no exame toxicológico dela. Aqui entre nós, rezo a Deus para ela ter sido drogada. Você vai ver do que eu estou falando quando chegarmos às fotos da cena do crime. Vai querer fazer o que puder para elas serem suprimidas. Eu nem baixei os vídeos para o meu computador. Está tudo criptografado em Triplo DES. Nada vai para uma nuvem, porque uma nuvem pode ser hackeada. Tanto o servidor primário quanto o backup estão trancados naquele armário lá.

Leigh virou-se, vendo um cadeado de aparência séria na porta de aço.

— Tomo muito cuidado ao trabalhar nesses casos importantes. A gente não quer que essa merda seja divulgada, especialmente quando o cliente é rico. Sai gente do esgoto atrás de dinheiro. — Reggie tinha virado o notebook de volta para ele. Digitava com dois dedos. — Os idiotas não percebem que é bem mais lucrativo trabalhar aqui dentro do que ficar apertando o nariz contra o vidro.

Leigh perguntou:

— Como você me conhece?

Ele pausou de novo.

— Como assim?

— Você disse "prazer em *finalmente* conhecê-la". Isso implica que você já ouviu falar sobre mim ou estava ansioso para...

— Ah, saquei. Peraí. — Mais batidas na porcaria do notebook. Ele girou a máquina de volta para mostrar a tela. O cabeçalho do *Atlanta INtown* encheu o topo da página. Uma foto mostrava Leigh saindo do tribunal. Ela estava sorrindo. A manchete explicava por quê.

ADVOGADA: NÃO EXISTE CARIMBO DE DATA EM URINA.

Reggie deu um sorriso arrogante.

— Foi um belo golpe de jiu-jitsu advocatício, Collier. Você fez o especialista contratado por eles admitir que não podia dizer se o cara tinha mijado na gaveta de calcinhas da mulher antes ou depois do divórcio.

Leigh sentiu o estômago começar a se desenrolar.

— Você tem colhões de dizer para um juiz que esportes aquáticos são protegidos por privilégio conjugal. — Reggie soltou outra gargalhada. — Mostrei essa merda para todo mundo que eu conheço.

Leigh precisava ouvi-lo dizendo as palavras.

— Você mostrou a reportagem para o Andrew?

— Mas é lógico. Sem querer ofender Octavia Bacca, mas, quando fiquei sabendo que os policiais estavam tentando pegar Andrew por aqueles outros três casos, soube que ele precisava de uma porra de uma onça com uma faca. — Ele se balançou para trás na cadeira. — É insano ele ter reconhecido seu rosto, né?

Leigh queria desesperadamente acreditar nele. Os melhores e os piores álibis podiam soar insanamente como coincidências.

— Quando você mostrou a ele?

— Há dois dias.

Bem quando Andrew demitira Octavia Bacca.

— Ele pediu para você me investigar?

Reggie deixou outra de suas pausas dramáticas preencher o vazio.

— Você tem muitas perguntas.

— Sou eu que assino suas ordens de pagamento.

Ele pareceu nervoso, o que entregou todo o jogo. Reggie Paltz não estava em uma missão secreta. O motivo para estar se vangloriando de seu servidor criptografado e da necessidade de discrição era que queria que Leigh lhe mandasse mais clientes.

Ela ajustou sua avaliação, se martirizando porque devia ter reconhecido o tipo: um garoto pobre que tinha conseguido bolsas para entrar no ar rarefeito dos estupidamente ricos. Isso explicava o taco de lacrosse e as viagens exóticas e o escritório de merda e o Mercedes cara e o fato de ele se referir o tempo todo a dinheiro. Dinheiro era como sexo. Ninguém falava no assunto a não ser que não tivesse o bastante.

Ela o testou.

— Eu trabalho com muitos detetives em muitos casos.

Reggie sorriu, um tubarão diante do outro. Era inteligente o bastante para não morder a primeira isca.

— Por que você mudou de nome? Harleigh é um nome foda.

— Não combina com direito corporativo.

— Mas você só foi para o Lado Sombrio da Força quando chegou a pandemia. — Reggie se debruçou na mesa, abaixou a voz. — Se estiver preocupada com o que eu acho que está, ele não me pediu. Ainda.

Ele podia estar falando de tantas coisas diferentes que Leigh só pôde fingir ignorância.

— Sério? — perguntou Reggie. — O cara tem um puta tesão na sua irmã.

Leigh sentiu o estômago se apertando de novo.

— Ele quer que você a encontre?

— Ele fala nela de vez em quando há anos, mas, agora que você está bem na frente dele, lembrando-o todo dia? — Reggie deu de ombros. — Vai acabar pedindo.

Leigh sentiu-se como se tivesse marimbondos sob a pele.

— Você é amigo de Andrew. Ele vai a julgamento em menos de uma semana. Acha que ele precisa desse tipo de distração agora?

— Acho que se Sid descobrir que ele está indo atrás da primeira fantasia de adolescente, o cara vai acabar com uma faca no peito e nós dois vamos ficar sem emprego.

Leigh olhou pelo curto corredor que dava à sala externa para garantir que estivessem sozinhos.

— Callie teve uns problemas depois do colégio, mas, agora, mora no Norte de Iowa. Ela tem dois filhos. É casada com um fazendeiro. Quer deixar o passado no passado.

Reggie esticou o momento por tempo demais antes de, enfim, dizer:

— Se Andrew perguntar, posso falar que estou ocupado com outros casos.

Leigh balançou mais uma isca.

— Eu tenho uma cliente com um marido traidor que gosta de viajar.

— Parece meu tipo de missão.

Leigh assentiu uma vez e pediu a Deus que isso significasse que tinham um acordo.

Ainda assim, Reggie Paltz era só parte do problema. Leigh estava a meros dias do que parecia um caso muito convincente contra seu cliente. Ela disse:

— Conte sobre essas outras vítimas que o promotor tem no bolso.

— São três, e são uma guilhotina no pescoço de Andy. Se caírem em cima dele, acabou a vida do cara.

— Como você ficou sabendo delas?

— Segredos do negócio — disse ele, que era como qualquer detetive respondia quando não queria entregar um informante da polícia. — Mas posso garantir. Se você não conseguir livrar Andrew da acusação de Karlsen, ele vai passar o resto da vida tentando não derrubar o sabonete no banho.

Leigh tinha clientes demais na prisão para achar que piadas de estupro prisional eram engraçadas.

— Como o ataque a Tammy Karlsen se liga aos outros?

— Ações similares, hematomas similares, feridas similares, manhãs seguintes similares. — Reggie deu de ombros de novo, como se fossem ferimentos hipotéticos e não ataques reais a mulheres reais. — O importante é que o cartão de crédito de Andrew foi usado em ou perto de vários estabelecimentos próximos de onde elas foram vistas pela última vez.

— Em ou perto de? — perguntou Leigh. — Andrew mora na área? São estabelecimentos que ele normalmente frequentaria?

— É por isso que falei para o Andy te contratar. — Reggie apontou o dedo para a têmpora, deixando claro que ele foi o esperto. — Os três ataques aconteceram durante 2019, todos no condado de DeKalb, que é onde Andrew mora. A primeira vítima foi no CinéBistro, do ladinho da casa dele. Cartões de crédito mostram que ele estava na matinê de *Homens de preto* em 22 de junho. A vítima foi lá três horas depois ver *Toy Story* 4.

Leigh começou a fazer anotações de verdade.

— Tem câmeras no lobby?

— Sim. Mostram ele chegando, pedindo pipoca e Coca-Cola, depois indo embora quando os créditos sobem. Sem sobreposição entre ele e a primeira vítima, mas ele foi a pé para casa. Sem registros de celular. Ele disse que esqueceu de levar.

Leigh sublinhou a data no bloco. Ia precisar checar se estava chovendo, porque o promotor com certeza faria isso. Mesmo que não tivesse, a temperatura média de Atlanta em junho era de trinta graus, com o tipo de umidade rançosa que garantia um alerta oficial de saúde.

— A que horas foi a matinê?

— Meio-dia e quinze, bem perto da hora do almoço.

Leigh balançou a cabeça. O horário mais quente do dia. Outra marca contra Andrew.

Reggie falou:

— Se vale de alguma coisa, todos os estabelecimentos nos quais as vítimas foram vistas pela última vez... Andrew frequentava muito.

Isso não era necessariamente um ponto a favor dele. O promotor podia argumentar que ele estava fazendo tocaia nos lugares.

— Segunda vítima?

— Estava jantando tarde com as amigas num centro comercial que tem um restaurante mexicano.

— Andrew estava lá naquela noite?

— É um dos lugares a que ele sempre vai. Pelo menos duas vezes por mês. Ele comprou comida para viagem meia hora antes de a segunda vítima chegar. E, como sempre, pagou com cartão de crédito. De novo, sem carro. Sem telefone. O cara foi caminhar no calor outra vez. — O dar de ombros era um pouco defensivo. Ele sabia que não era bom. — Como eu disse, é uma guilhotina.

A caneta de Leigh parou. Não era uma guilhotina. Era um caso muito bem construído.

Noventa por cento de Atlanta ficava dentro do condado de Fulton, enquanto os outros dez por cento ficavam em DeKalb. A cidade tinha sua própria força policial, mas as investigações de DeKalb ficavam a cargo do Departamento Policial de DeKalb. Fulton tinha, de longe, o maior número de crimes violentos, mas, entre o MeToo e a pandemia, os últimos dois anos tinham tido um pico de denúncias de estupro em todos os lugares.

Leigh pensou num investigador de uma área sobrecarregada de DeKalb passando horas cruzando as referências de centenas de pagamentos com cartão de crédito num cinema e num restaurante mexicano com os ataques reportados. Eles não tinham tirado o nome de Andrew do nada. Estavam esperando que ele cometesse um erro.

— Me conte da terceira vítima — disse ela.

— Ela estava num bar chamado Maplecroft, e Andrew na época estava caçando. Dá para ver nos extratos de cartão de crédito dele. O cara paga um chiclete no cartão. Nunca carrega dinheiro. Não pega Uber nem Lyft. Raramente está com o telefone. Mas estava comprando um monte de bebidas para um monte de mulheres pela cidade toda.

Leigh precisava que ele fizesse a conexão.

— Os extratos de cartão de crédito de Andrew o colocam no Maplecroft na noite do ataque?

— Duas horas antes do desaparecimento da terceira vítima. Mas Andrew esteve lá pelo menos cinco vezes antes. Sem câmeras de segurança neste. O bar pegou fogo no início da pandemia. Muito conveniente para eles, mas bom para Andy, porque o servidor derreteu e eles não tinham backup na nuvem.

Leigh buscou um padrão nos três casos, da forma como faria um investigador policial. Um cinema. Um restaurante. Um bar. Todos eram estabelecimentos em que se bebia de um copo aberto.

— Os policiais acham que Andrew colocou boa noite Cinderela na bebida das três?

— E na de Tammy Karlsen — disse ele. — Nenhuma delas lembra porra nenhuma dos ataques.

Leigh batucou a caneta no bloco de anotações. Rohypnol saía do sangue em 24 horas e da urina em 72. O efeito colateral bem documentado de amnésia seletiva podia durar para sempre.

— As vítimas foram com o próprio carro a esses lugares?

— Todas. As duas primeiras nunca tiraram o carro do estacionamento. A polícia as encontrou na manhã seguinte. A vítima número três, a do Maplecroft, se envolveu num acidente de carro sozinha. Bateu numa cabine telefônica a três quilômetros de casa. O carro foi achado abandonado com a porta destrancada. O BMW de Tammy Karlsen estava numa rua lateral a cerca de um quilômetro e meio do parque Little Nancy Creek. Bolsa ainda no carro. Assim como os outros, nenhuma câmera de segurança ou de trânsito pegou nada disso, então, ou o cara é um gênio do mal, ou é muito sortudo.

Ou tinha sido esperto o bastante de estudar os lugares com bastante antecedência.

— Onde as vítimas foram encontradas no dia seguinte?

— Todas em parques da cidade de Atlanta localizados no condado de DeKalb.

Ele devia ter começado com isso, que era o que pessoas que sabiam como fazer seus trabalhos chamavam de *modus operandi*.

— Todos os parques estavam a uma curta distância a pé da casa de Andrew?

— Todos, menos um — Reggie desviou. — Mas tem toneladas de gente que mora a uma curta caminhada desses lugares. Atlanta é cheia de parques. Trezentos e trinta e oito, para ser exato. O departamento de lazer da cidade é responsável por 248. O resto é cuidado por organizações voluntárias.

Ela não precisava dessa recitação da Wikipédia.

— E os registros de celular?

— Nada. — Reggie pareceu cauteloso. — Mas eu te disse, Andrew nunca estava com o telefone.

Leigh sentiu os olhos se apertando.

— Ele tem um telefone profissional separado do telefone pessoal?

— Não, só um. É daqueles caras que dizem que não querem ficar conectados o tempo todo, mas aí vive pegando o meu telefone quando a gente sai.

— Andrew estava dirigindo um Mercedes que pegou da concessionária na noite em que conheceu Karlsen — disse Leigh. — Eu me lembro de ler sobre um processo de privacidade no Reino Unido por causa de aparelhos de GPS.

— Eles têm isso aqui também. Se chama Mercedes me, mas você precisa criar uma conta e concordar com os temos antes de ser ativado. Pelo menos, é o que os alemães dizem.

Leigh estava a sete dias do julgamento. Não tinha tempo para bater nessa porta. Só podia torcer para o promotor achar a mesma coisa. Um ponto positivo para Andrew era que as mortes astronômicas por Covid em dezembro e a tentativa de golpe político em janeiro tinham colocado a boa vontade transatlântica em pausa.

— O que mais você tem? — perguntou ela.

Reggie fechou o vídeo das câmeras de trânsito e começou a digitar e clicar. Leigh viu cinco pastas: LNC_MAPA, FOTOS DE CENAS DO CRIME, FOTOS DA VÍTIMA, FICHA DE ACUSAÇÃO, DOCUMENTOS DE APOIO.

Ele abriu FOTOS DA VÍTIMA.

— Aqui está Karlsen. Ela acordou embaixo de uma mesa de piquenique. Como eu disse, sem memória do que aconteceu, mas sabia que tinha rolado algo na noite anterior.

Leigh se encolheu por instinto quando a foto carregou. O rosto da mulher mal era reconhecível. Ela tinha sido espancada. A maçã do rosto no lado esquerdo estava deslocada. O nariz, quebrado. Havia hematomas circundando o pescoço. Manchas vermelhas e pretas pelo peito e braços.

Lesão corporal qualificada.

Reggie clicou para abrir a pasta chamada LNC_MAPA.

— Este é um mapa do parque Little Nancy Creek. Fechado das onze da noite até as seis da tarde. Sem luzes. Sem câmeras. Dá para ver o pavilhão aqui. É onde Karlsen foi encontrada por um passeador de cachorro na manhã seguinte.

Leigh se concentrou no mapa. Uma trilha de corrida de dois quilômetros e meio. Ponte de madeira e aço. Horta comunitária. Parquinho. Pavilhão ao ar livre.

Reggie abriu a pasta FOTOS DA CENA DO CRIME e clicou numa série de arquivos jpeg. Marcas amarelas numeradas indicavam as evidências. Manchas de sangue nos degraus. Uma pegada na lama. Uma garrafa de Coca-Cola jogada na grama.

Leigh sentou-se na pontinha da cadeira.

— É uma garrafa de Coca-Cola de vidro.

Reggie explicou:

— Eles ainda fabricam aqui, mas essa veio do México. Lá, eles usam cana-de-açúcar de verdade, não xarope de milho de alta frutose. Dá para sentir mesmo a diferença no gosto. A primeira vez que bebi uma foi quando estava mandando arrumar meu Mercedes na Tenant. Eles guardam um monte atrás do bar no centro de serviços. Aparentemente, Andrew insiste.

Leigh o olhou nos olhos pela primeira vez desde que entrara no escritório.

— Andrew mora a que distância do parque?

— Três quilômetros de carro, menos se cortar caminho pelo clube de campo.

Leigh direcionou sua atenção de volta ao mapa. Ia precisar andar pelo lugar.

— Andrew já foi ao parque antes?

— Aparentemente, o cara ama natureza. Gosta de ver borboletas. — Reggie sorriu, mas ela via que ele sabia que a situação ruim. — Digitais são como urina, certo? Não têm carimbo de data nem horário. Não dá para provar quando a garrafa de Coca foi deixada no parque nem quando Andrew tocou nela. O verdadeiro criminoso podia estar de luva.

Leigh ignorou a dica.

— E a pegada de sapato na lama?

— O que é que tem? — perguntou ele. — Dizem que é possível que seja compatível com um par de Nike que acharam no armário de Andrew, mas possível não é suficiente para eles atravessarem a linha de chegada.

Leigh estava cansada de Reggie controlando o ritmo da história. Pegou o notebook e clicou ela mesma nas fotos. O caso do promotor ficou claríssimo. Ela deu a Reggie uma lição sobre ir direto ao ponto.

— A digital do indicador direito de Andrew foi achada na garrafa, junto com o DNA de Tammy Karlsen. *Agressão sexual qualificada.* Isso parece matéria fecal. *Sodomia qualificada.* Os hematomas nas coxas dela são consistentes com penetração. *Estupro.* Ela foi levada a um lugar isolado. *Sequestro.* Eles não conseguem provar que ela foi drogada, ou a acusação estaria lá. Tinha armas?

— Uma faca — disse Andrew.

Leigh se virou. Andrew estava apoiado no batente da porta. Tinha tirado o paletó. As mangas da camisa estavam arregaçadas. Era óbvio que a discussão com Sidney não tinha ido bem. Ele parecia completamente esgotado.

Mesmo assim, seus olhos não tinham perdido aquele vazio inquietante.

Leigh podia refletir mais tarde sobre isso. Agora, ela estava passando rápido pelo restante das fotos. Não havia mais nenhuma evidência física documentada. Só o vídeo no bar, a pegada de sapato tangencialmente ligada ao tênis Nike e a digital na garrafa de vidro de Coca-Cola. Ela supôs que as digitais de Andrew não estivessem na base de dados do estado. Na Geórgia, só uma prisão garantiria essa duvidosa honra.

— Você sabe como foi identificado? — perguntou ela.

— Tammy disse à polícia que reconheceu minha voz do bar, mas não é... quer dizer, ela tinha acabado de me conhecer, então não conhece de verdade minha voz, né?

Leigh apertou os lábios. Era igualmente fácil dizer que a voz estava fresca na mente da vítima, ainda mais depois de ouvi-lo falar por 98 minutos. O maior ponto a favor de Andrew até agora era o Rohypnol. Leigh tinha um especialista capaz de argumentar que a amnésia causada pela droga significava que a identificação de Karlsen não era confiável.

— Quando os policiais pegaram suas digitais? — ela questionou Andrew.

— Eles vieram ao meu trabalho e ameaçaram me arrastar até a delegacia se eu não fosse voluntariamente com eles — explicou ele.

— Você devia ter chamado um advogado naquela hora — disse Reggie.

Andrew balançou a cabeça, visivelmente arrependido.

— Achei que podia esclarecer.

— É, cara, os policiais não querem que você esclareça as coisas. Querem te prender.

Leigh virou-se de volta na cadeira. Folheou o arquivo do caso. Encontrou um mandado para recolhimento das digitais assinado por um juiz que assinaria tortura por afogamento se assim conseguisse chegar logo no campo de golfe. Mesmo assim, o fato de eles terem conseguido um mandado em vez de roubado as digitais dele de uma garrafa de água na sala de interrogatório mostrava a Leigh que o promotor não estava para brincadeira.

— Eu achava que, se você fosse inocente, não teria nada a esconder. E olha aonde isso me levou. Minha vida inteira foi para o saco porque uma pessoa apontou o dedo para mim — disse Andrew.

— Cara, é pra isso que a gente está aqui — disse Reggie. — Collier consegue derrubar aquela vadia maluca com uma mão amarrada atrás das costas.

— Ela não devia precisar fazer isso — continuou Andrew. — Tammy e eu nos divertimos. Eu teria ligado pra ela no dia seguinte se Sid não tivesse aparecido na minha porta.

A cadeira de Reggie rangeu quando ele se recostou.

— Cara, é uma guerra. Você está lutando pela sua vida. Precisa jogar sujo, porque o outro lado com certeza vai fazer isso. Não vai ficar lá na prisão chorando "*Ah, não devia ser assim*". Fala pra ele, Collier. Não é hora de ser cavalheiro.

Leigh não ia se colocar entre os dois. Ela puxou o notebook mais para perto e voltou à pasta FOTOS DA VÍTIMA. Seu dedo apertou a tecla de seta enquanto ela folheava a documentação do kit estupro. Cada close era mais devastador que o outro. Só Deus sabia quanta brutalidade Leigh já tinha testemunhado, mas ela sentiu uma vulnerabilidade repentina sentada naquela sala pequena com dois homens que gritavam alto sobre putas enquanto as evidências horrendas de um estupro selvagem brilhavam na tela.

A pele das costas de Tammy Karlsen tinha sido arranhada. Marcas de mordida se espalhavam pelos seios e ombros. Hematomas no formato de mão agarravam seus braços e desciam pela bunda e pela parte de trás das penas. A garrafa de Coca a tinha rasgado. Contusões e lacerações arranhavam as coxas dela até a virilha. Fissuras abriam o ânus. O clitóris tinha sido arrancado, com só um pedacinho de pele mantendo-o conectado. As feridas tinham sangrado tão profusamente que a impressão das nádegas dela estava carimbada em sangue no piso de concreto do pavilhão.

— Meu Deus — disse Andrew.

Leigh suprimiu um tremor. Andrew estava parado bem atrás dela. A foto no notebook mostrava o seio mutilado de Tammy Karlsen. Marcas de mordida afundavam a pele macia ao redor do mamilo.

— Como alguém pode pensar que eu faria isso? E quanto eu teria que ser idiota para ir atrás dela saindo do bar com tantas câmeras? — disse ele.

Leigh se sentiu aliviada quando ele foi até o sofá.

— Não faz sentido, Harleigh. — O tom de Andrew se suavizou quando ele assumiu seu lugar no sofá. — Eu sempre parto do pressuposto que estou sendo filmado. Não só num bar. Num caixa eletrônico. Nas ruas. Na concessionária. As pessoas têm câmera na entrada de casa, na campainha. Estão por todo lado. Sempre olhando. Sempre gravando tudo que você está fazendo.

Não tem lógica você conseguir machucar alguém, qualquer pessoa, sem uma câmera te pegar no ato.

Leigh tinha escolhido o momento errado para olhar nos olhos dele. Andrew a mantinha direto sob sua visão. A expressão dele mudou na frente dela, o canto esquerdo da boca tremendo até virar um sorrisinho. Em segundos, ele se transformou do inocente desafortunado para o psicopata hipócrita que tinha beijado Tammy Karlsen, a seguido até o carro, esperado que ela desmaiasse para poder sequestrá-la e estuprá-la.

— Harleigh — disse ele, a voz quase um sussurro. — Pense no que eles estão falando que eu fiz.

Sequestro. Estupro. Lesão corporal qualificada. Sodomia qualificada. Agressão sexual qualificada.

— Você me conhece há mais tempo que qualquer um, exceto minha mãe — continuou Andrew. — Como eu poderia fazer isso?

Leigh não precisava ver as fotos do kit estupro piscando em frente a seus olhos. Feridas abertas, talhos, mordidas, arranhões, tudo causado pelo animal que agora a olhava como se ela fosse uma nova presa.

— Pense no quanto eu teria que ser inteligente — falou ele. — Evitar as câmeras. Evitar testemunhas. Evitar deixar qualquer pista.

Ela sentiu a garganta seca quando tentou engolir.

— Fico me perguntando, Harleigh, se você fosse cometer um crime terrível, um crime que destruiria a vida de outra pessoa, ia saber se safar? — Ele tinha ido para a beira do sofá. O corpo dele estava tenso. As mãos se apertaram. — Não é igual a quando a gente era criança. Naquela época, você conseguiria se safar de um assassinato a sangue frio. Não é, Harleigh?

Leigh se sentiu escorregando de volta ao passado. Ela tinha dezoito anos, estava fazendo as malas para a faculdade, embora faltasse um mês. Estava atendendo o telefone na cozinha da mãe. Estava escutando Callie dizer que Buddy estava morto. Ela estava no carro. Estava no quarto de Trevor. Estava na cozinha. Estava dizendo a Callie o que fazer, como limpar o sangue, onde jogar os pedaços da câmera quebrada, como se livrar do corpo, o que fazer com o dinheiro, o que dizer aos policiais, como elas iam se livrar daquilo, porque tinha pensado em tudo.

Quase tudo.

Lentamente, ela se virou para Reggie. Ele digitava desatento no telefone, sem desconfiar de nada.

— O... — A palavra ficou presa na garganta. — O agressor usou uma faca em Karlsen. A polícia encontrou a faca?

— Negativo. — Reggie continuou digitando. — Mas, pelo tamanho e pela profundidade do ferimento, acham que a lâmina era serrilhada, talvez de treze centímetros. Provavelmente uma faca barata de cozinha.

Cabo de madeira rachado. Lâmina ondulada. Dentes afiados, serrilhados.

Reggie terminou de digitar.

— Você vai ver nos arquivos quando eu colocar no seu servidor. Os policiais dizem que a mesma faca foi usada nas outras três vítimas. Todas tinham o mesmo ferimento no mesmo local.

— Ferimento? — Leigh ouviu a própria voz ecoar nos ouvidos. — Que ferimento?

— Na coxa esquerda, alguns centímetros abaixo da virilha. — Reggie deu de ombros. — Elas deram sorte. Se fosse mais funda, ele teria aberto a artéria femoral.

3

LEIGH MAL TINHA PERCORRIDO um quilômetro ao sair do escritório de Reggie antes de seu estômago se revirar. Buzinas explodiram quando ela desviou o carro para o acostamento. Saltou do banco do passageiro. A porta se abriu com força. Torrentes de bile jorraram se sua boca. Mesmo quando não sobrava mais nada, ela não conseguia parar de ter ânsia de vômito. Sentia como se seu abdome estivesse sendo perfurado por adagas. Ela abaixou tanto a cabeça que o rosto quase tocava o chão. O cheiro lhe deu ânsia de novo. Ela começou a vomitar ar. Lágrimas saíam de seus olhos. O suor corria por seu rosto.

Eles acham que a lâmina era serrilhada.

Ela tossiu com tanta força que estrelas explodiram contra suas pálpebras. Agarrou a porta para não cair. Seu corpo foi tomado de uma série de espasmos agonizantes. Lenta e dolorosamente, a ânsia diminuiu. Mesmo assim, ela esperou, pendurada para fora do carro, os olhos bem fechados, implorando para seu corpo parar de tremer.

Talvez de treze centímetros.

Leigh abriu os olhos. Um fio fino de saliva caiu de sua boca e criou uma poça na grama achatada. Ela respirou fundo. Deixou seus olhos fecharem de novo. Continuou esperando, mas não veio nada.

Provavelmente uma faca barata de cozinha.

Ela se testou, lentamente ficando numa posição ereta. Limpou a boca. Fechou a porta. Ficou olhando o volante. Suas costelas doíam onde ela se esticara por cima do console entre os dois assentos. O carro balançou quando um caminhão passou rápido ao lado.

Leigh não tinha entrado em pânico dentro da sala de Reggie Paltz. Havia alcançado uma espécie de estado de fuga — ainda estava lá fisicamente, mas, de alguma forma, não estava, a alma pairava acima da sala, vendo tudo, mas sem sentir nada.

Lá embaixo, ela viu a outra Leigh olhar o relógio, demonstrando surpresa com a hora. Ela tinha inventado uma desculpa sobre ter uma reunião no centro. Andrew e Reggie ficaram de pé com ela. A outra Leigh tinha colocado a bolsa no ombro. Reggie tinha voltado a prestar atenção ao notebook. Andrew observara cada movimento dela. Como uma lâmpada de tubo fluorescente sendo acesa, ele tinha ficado de novo todo inocente e de olhos doces. Suas palavras voltaram a atingi-la como uma mangueira. *Que pena que você precisa ir achei que estávamos só começando posso te ligar ou te vejo na reunião com Cole amanhã à tarde?*

Flutuando junto ao teto, Leigh vira seu outro eu fazer promessas ou dar desculpas, não tinha certeza de qual das duas coisas, porque não conseguia ouvir a própria voz. Então seus dedos tinham passado as alças da máscara pelas orelhas. Ela estava se despedindo. Estava atravessando até a entrada do escritório.

Seu outro eu continuou projetando uma calma externa. Tinha parado para passar um pouco de álcool em gel nas mãos. Tinha olhado o copo de café do Dunkin' Donuts que fora retirado do lixo e colocado num lugar bem visível no balcão. Em seguida, ela estava caminhando pelo corredor. Desceu a escada. Tinha aberto a porta de vidro. Tinha saído para o patamar de concreto. Conseguira descer os degraus em ruínas. Olhara o estacionamento.

Sidney Winslow estava fumando um cigarro. Sua boca tinha se contorcido de nojo à visão de Leigh. Ela tinha batido um pouco das cinzas, se recostado contra um carro esportivo baixo.

O carro de Andrew.

Leigh seguiu em frente tropeçando, cambaleando pelo impacto da alma voltando com tudo ao corpo. Era ela mesma de novo, uma só pessoa, uma mulher que acabara de ouvir um estuprador sádico praticamente confessando que não só sabia que Leigh estivera envolvida no assassinato de Buddy mas também que estava refinando a mesma técnica em suas próprias vítimas.

Se fosse mais funda, ele teria aberto a artéria femoral.

— E aí, vaca? — Sidney tinha agressivamente se afastado do carro. — Não gosto de você dando a entender que meu próprio noivo não pode confiar em mim.

Leigh não falou nada, só ficou olhando para a garota idiota. O coração dela estava correndo como uma lebre. A pele dela estava quente e fria ao mesmo tempo. O estômago tinha se enchido de lâminas. Era o carro de Andrew que a estava atordoando.

Ele dirigia um Corvette amarelo.

Mesma cor, mesmo estilo do que Buddy dirigia.

De repente, Leigh ouviu uma buzina alta. O Audi balançou violentamente quando um caminhão desviou. Ela olhou no retrovisor lateral. O pneu traseiro dela estava na linha. Em vez de se mexer, ficou vendo o trânsito vindo na sua direção, desafiando em silêncio alguém — qualquer um — a bater nela. Mais buzinas. Outro caminhão, outro sedã, outro SUV, mas nenhum flash amarelo do Corvette de Buddy.

Andrew.

Ele nunca mais seria Trevor para ela. O homem de 33 anos não era o menino sinistro de cinco anos que pulava de trás do sofá para dar um susto nela. Leigh ainda se lembrava das lágrimas invisíveis que o garotinho secara quando ela gritou para ele parar. Andrew claramente sabia de alguns detalhes da morte do pai, mas como? O que elas tinham feito para se entregar? Que erro idiota Leigh cometera naquela noite que no fim, de algum jeito, permitira a Andrew juntar as peças?

Se você fosse cometer um crime terrível, um crime que destruiria a vida de outra pessoa, ia saber se safar?

Leigh fungou, e um pedaço de algo grosso e pútrido escorregou pela garganta dela. Ela procurou um lenço na bolsa. Não conseguiu achar. Jogou a bolsa no banco do passageiro. Tudo se espalhou. Ela viu o pacote de lenços escondendo um frasco de remédios distintamente laranja.

Valium.

Todo mundo tinha precisado de alguma coisa para suportar o último ano. Leigh não bebia. Detestava se sentir sem controle, mas detestava ainda mais não dormir. Durante a longa insanidade da eleição, tinha pegado uma receita de Valium. O médico chamava de Sossega Pandemia.

Remédio do soninho.

Era como Buddy chamava o xarope NyQuil de Andrew. Toda vez que Buddy chegava em casa e Andrew ainda estava acordado, ele dizia a Leigh: *Ei, boneca, não consigo aguentar essa merda hoje, faz um favor antes de ir embora e dá o remédio do soninho do menino.*

Leigh ouviu o barítono característico de Buddy como se ele estivesse no banco traseiro do carro. Espontaneamente, conjurou a sensação das mãos bobas dele massageando seus ombros. As mãos de Leigh começaram a tremer tanto que ela precisou abrir a tampa do Valium com os dentes. Três tabletes laranja se espalharam pela palma. Ela engoliu todos a seco, como se fossem balas.

Apertou uma mão contra a outra para parar o tremor. Esperou o alívio. Havia quatro tabletes ainda no frasco. Ela tomaria todos se fosse preciso. Não podia ficar daquele jeito naquele momento. Chafurdar no medo era um luxo a que ela não podia se dar.

Andrew e Linda Tenant não eram mais os reles Waleski sem grana. Tinham o dinheiro do Grupo Automotivo Tenant para foder todo mundo. Reggie Paltz provavelmente podia ser comprado com a promessa de mais trabalho da firma de Leigh, mas não era o único detetive particular da cidade. Andrew podia contratar uma equipe inteira de detetives que iam começar a fazer perguntas que há 23 anos ninguém se dera o trabalho de fazer, tipo…

Se Callie estava preocupada com Buddy, por que não tinha ligado para Linda? O número da mulher estava grudado na parede ao lado do telefone da cozinha.

Se Andrew tinha de fato arrancado o fio do telefone da parede, por que não lembrava? E por que estava tão grogue no dia seguinte?

Por que Callie ligara para Leigh para pedir uma carona de volta para casa naquela noite? Ela já tinha feito a caminhada de dez minutos centenas de vezes.

Por que os vizinhos do lado diziam que tinham ouvido o Corvette de Buddy engasgando várias vezes na entrada da casa? Ele sabia dirigir um carro manual.

O que aconteceu com o facão do galpão?

Por que a lata de gasolina tinha desaparecido?

E o nariz quebrado, os cortes e os hematomas de Callie?

E por que Leigh foi para a faculdade um mês antes sem ter onde ficar nem dinheiro para gastar?

86.940 dólares.

Na noite da morte de Buddy, ele tinha acabado de receber por um trabalho grande. Na maleta dele havia cinquenta mil dólares. O resto, elas tinham achado escondido pela casa.

Não pela primeira vez, Callie e Leigh tinham discutido sobre o que fazer com o dinheiro. Callie insistia que deixassem um pouco para Linda. Leigh insistira igualmente que deixar um centavo ia entregá-las. Se Buddy Waleski realmente estivesse fugindo da cidade, ia levar todo o dinheiro em que conseguisse pôr as mãos, porque estava cagando para todo mundo que não fosse ele mesmo.

Leigh lembrava as palavras exatas que acabaram por convencer Callie: *Não é dinheiro sujo se você pagou com seu próprio sangue.*

Outra buzina soou. Leigh se assustou de novo. O suor tinha secado e deixado a pele dela gelada. Ela diminuiu o ar-condicionado. Sentia-se chorosa, o que não ajudava em nada. Precisava reunir sua concentração. No tribunal, tinha de estar dez passos adiante de todo mundo, mas agora precisava usar toda a sua energia para descobrir qual primeiro passo a levaria na melhor direção.

Ela recordou as palavras exatas de Andrew, o desprezo provocador nos lábios dele.

Não é igual a quando a gente era criança. Naquela época, você conseguiria se safar de um assassinato a sangue frio.

O que Leigh e Callie tinham deixado escapar? Não eram exatamente gângsteres adolescentes, mas as duas tinham passado um tempo no reformatório e crescido na periferia. Sabiam intuitivamente como se proteger. As roupas e os sapatos ensanguentados tinham sido queimadas num barril. A câmera fora quebrada em pedaços. A casa, completamente limpa. O carro de Buddy, desmontado e queimado. A pasta dele, destruída. Elas tinham até colocado um monte de roupas dele numa mala, junto com um par de sapatos.

A faca era a única coisa que ficou.

Leigh queria se livrar dela, mas Callie dissera que Linda ia notar se só faltasse ela no conjunto. No fim, Callie lavara a linha fina de sangue na pia. Aí, tinham deixado o cabo de madeira de molho na água sanitária. Callie usara até um palito de dente para limpar ao redor da barriga da faca, um termo que Leigh só conhecia porque marcava cada ano desde que acontecera repassando todos os detalhes de um possível caso a ser construído contra elas.

Ela fez uma revisão rápida mentalmente, passando pela longa lista de perguntas que dependia da memória de crianças ou de alguns vizinhos idosos que já tinham morrido havia dezoito anos.

Não havia evidências físicas. O corpo não foi achado. Nem uma arma de crime. Nenhum cabelo, dente, sangue, digitais, DNA inexplicados. Nada de pornografia infantil. Os únicos homens que sabiam que Buddy Waleski estava estuprando Callie eram os mesmos que tinham motivos para manter a boca nojenta de pedófilo fechada.

Dr. Patterson. Técnico Holt. Sr. Humphrey. Sr. Ganza. Sr. Emmett.

Maddy. Walter. Callie.

Leigh precisava manter suas prioridades claras. O momento de chafurdar no medo tinha acabado. Ela checou o retrovisor lateral. Esperou a faixa ficar vazia e entrou na rodovia.

Enquanto dirigia, o Valium se espalhava por sua corrente sanguínea. Ela sentiu alguns dos cantos mais duros se suavizando. Prédios e árvores e placas e outdoors passavam como borrões — Restaurante Colonnade, Loja de Presentes Uptown, *Mitigue! Vacine-se! Mantenha os negócios de Atlanta abertos!*

— Merda — sussurrou ela, afundando o pé no freio.

O carro à frente tinha freado de repente. Leigh aumentou de novo o ar-condicionado. O ar frio foi um tapa na cara. Ela passou pelo carro parado. Dirigia com tanto cuidado que se sentia uma velhinha. À frente, o semáforo verde ficou amarelo, mas ela não acelerou. Andou devagar até parar. Ligou o pisca-alerta. A placa digital em frente ao banco informava o horário e a temperatura.

Onze e cinquenta e oito. Vinte e dois graus.

Leigh desligou o ar-condicionado. Abriu a janela. Permitiu que o calor a envolvesse. Parecia adequado ela estar suando. No fim da noite abafada de agosto em que Buddy Waleski morrera, as roupas de Leigh e Callie ficaram ensopadas de sangue e suor.

Buddy era empreiteiro, ou, pelo menos, era o que dizia às pessoas. O minúsculo porta-malas do Corvette dele tinha uma caixa de ferramentas com alicates e um martelo. Dentro do galpão no quintal, havia lonas, fita, plástico e um facão gigante pendurado num gancho atrás da porta.

Primeiro elas tinham enrolado Buddy no plástico. Depois, ficado de quatro para limpar todo o sangue embaixo dele. Depois, usaram a mesa e as cadeiras da cozinha para criar uma banheira improvisada ao redor do corpo.

Cada segundo do que aconteceu em seguida estava gravado na memória de Leigh. Arrancar pedaços de pele com as facas mais afiadas. Cortar juntas com o facão. Quebrar dentes com o martelo. Arrancar unhas com alicates, caso houvesse pele de Callie embaixo. Raspar dedos com uma lâmina para obscurecer digitais. Jogar alvejante em tudo para lavar qualquer rastro de DNA.

Elas tinham se revezado, porque o trabalho não era apenas mentalmente penoso. Cortar o enorme corpo e enfiar as partes em grandes sacos de lixo pretos tinha exigido cada grama da força física das duas. Leigh rangera os dentes o tempo todo. Callie ficava entoando as mesmas frases enlouquecedoras sem parar: *Se quiser fazer uma ligação, por favor, desligue e tente de novo... Se for uma emergência...*

Em silêncio Leigh adicionou seu próprio cântico: *É-minha-culpa-é-tudo--minha-culpa-é-minha-culpa...*

Leigh tinha treze anos e Trevor cinco quando ela começara a trabalhar como babá para a família Waleski. Tinha conseguido a indicação pelo boca a boca. Na primeira noite, Linda fizera uma longa palestra sobre a importância de ser confiável, depois obrigara Leigh a ler em voz alta a lista de números de telefone de emergência ao lado do aparelho da cozinha. Central de Intoxicações. Bombeiros. Polícia. Pediatra. O número de Linda no hospital.

Houvera um tour rápido pela casa deprimente, enquanto Trevor se agarrava à cintura de Linda como um macaco desesperado. As luzes foram acesas e apagadas. A geladeira e os armários da cozinha foram abertos e fechados. Aqui, o que eles podiam comer no jantar. Aqui, os lanches. Este era o horário de dormir. Esses eram os livros a ler. Buddy chegaria no máximo à meia-noite, mas Linda precisava que Leigh jurasse pela própria vida que não iria embora até Buddy estar lá. E se ele não voltasse ou chegasse bêbado — bêbado de andar de joelhos, não só um pouco bêbado —, Leigh devia imediatamente ligar para Linda, para ela poder sair do trabalho.

A palestra tinha parecido excessiva. Leigh crescera em Lake Point, onde os últimos residentes brancos ricos tinham drenado o lago ao sair da cidade, para nenhum negro poder nadar. As casas pequenas e abandonadas tinham virado bocas de crack. Tiros podiam ser ouvidos a qualquer hora. Leigh ia a pé para a escola passando por um parque onde havia mais seringas quebradas do que crianças. Durante seus dois anos anteriores como babá, ninguém jamais questionara sua malandragem.

Linda deve ter percebido sua irritação. Ela abaixara o nível de ameaça. Aparentemente, os Waleski tinham sido amaldiçoados por fiascos irresponsáveis. Uma babá tinha abandonado Trevor sem nem trancar a porta atrás de si. Outra tinha parado de aparecer. Outra se recusava a atender o telefone. Linda estava confusa. Leigh também.

E, aí, três horas depois de Linda ir para o trabalho, Buddy chegara em casa.

Ele olhara para Leigh de uma forma como ela nunca antes fora olhada. De cima a baixo. Avaliando-a. Dimensionando-a. Parando no formato dos lábios dela, nos dois pequenos montes que pressionavam a frente da camiseta desbotada do Def Leppard.

Buddy era tão grande, tão ameaçador, que seus passos fizeram a casa tremer quando ele foi na direção do bar. Ele tinha preparado um drinque. Tinha limpado a boca suja com o dorso da mão. Quando ele falou, suas palavras caíram uma por cima da outra, um cataclismo de perguntas maliciosas enterradas no meio de comentários inadequados — *quantos anos você tem boneca não pode ter mais de treze né mas caramba você já parece uma mulher adulta aposto que seu papai tem que afastar os meninos na porrada como é você não conhece seu pai que pena bebê uma coisinha que nem você precisa de um cara durão para te proteger.*

Inicialmente, Leigh tinha achado que ele estava fazendo um interrogatório, assim como Linda, mas, em retrospecto, entendeu que ele estava testando os limites dela. Em círculos de policiais, isso se chamava aliciamento, e os pedófilos seguiam o mesmo roteiro infinitamente previsível.

Buddy tinha perguntado sobre os interesses dela, as matérias de que ela gostava na escola, brincado com a seriedade dela, insinuado que ela era mais inteligente do que ele, mais interessante, tinha uma vida fascinante. Ele queria saber tudo sobre ela. Queria que ela soubesse que ele não era igual aos velhos babacas que ela conhecera antes. Claro, ele também era um velho babaca, mas entendia o que os jovens sofriam. Ofereceu um pouco de maconha a ela. Ela negou. Ofereceu um drinque. Ela tomou algo que tinha gosto de xarope de tosse e silenciosamente implorou a ele que por favor, por favor, senhor, por favor, deixasse que ela fosse para casa para poder estudar.

Enfim, Buddy tinha feito uma grande cena olhando para o relógio dourado gigante no pulso grosso dele. A boca dele se abriu dramaticamente: *Uau, bonequinha, como o tempo voou eu podia falar com você a noite toda mas sua mãe deve estar te esperando acordada né aposto que ela é uma pentelha que sempre quer saber onde você está mesmo você sendo praticamente adulta e você devia tomar suas próprias decisões, né?*

Sem pensar, Leigh tinha revirado os olhos, porque o único motivo para a mãe dela estar acordada era garantir que Leigh entregasse o dinheiro que ganhara cuidando de Trevor.

Será que Buddy vira o revirar de olhos? Leigh só sabia que tudo tinha mudado naquele momento. Talvez ele estivesse juntando as informações que colhera. Sem pai. Mãe inútil. Sem muitos amigos na escola. Provavelmente não ia contar.

Ele começara a falar sobre como estava escuro lá fora. Como o bairro era perigoso. Que talvez fosse chover. Claro, Leigh morava a dez minutos a pé, mas ela também era bonita demais para ficar sozinha à noite. *Uma coisinha minúscula que nem você um cara ruim pode te pegar e esconder no bolso e aí ia ser uma porra de uma tragédia porque aí o Buddy nunca mais ia ver o rostinho lindo dela será que ela queria que isso acontecesse ele ia ficar com o coração partido ela ia mesmo fazer uma coisa tão horrível com ele?*

Leigh tinha se sentido enojada e culpada e envergonhada e, pior de tudo, encurralada. Temia a possibilidade de ele insistir para ela dormir lá. Mas, aí, Buddy dissera que a levaria de carro para casa. Ela tinha ficado tão aliviada que não discutira, só pegara toda a sua lição de casa e enfiara na mochila.

O farol abriu, mas Leigh estava tão perdida em pensamentos que levou um momento para registrar a luz verde. Mas outra buzina de carro a estimulou a ir em frente. Ela fez a curva. Seus movimentos pareciam robóticos enquanto ela dirigia por uma rua lateral sombreada. Não havia vento para balançar as árvores, mas ela conseguia ouvir o ar passando pela janela aberta ao acelerar.

Os Waleski tinham uma garagem na lateral da casa. As janelas do Corvette amarelo de Buddy já estavam abertas quando eles saíram pela porta da cozinha. O carro era de um modelo mais antigo. Tinha ferrugem no capô. A tinta estava desbotada. Uma mancha de óleo permanente marcava seu espaço no concreto. O interior tinha cheiro de suor, e cigarros e serragem. Ele tinha feito um alvoroço para abrir a porta para Leigh, flexionando o bíceps para mostrar como era forte. *Príncipe Encantado ao seu serviço, moça, é só estalar os dedos a qualquer momento e seu amigo Buddy vai estar lá.*

Então, ele contornara para o lado do motorista, e o primeiro pensamento de Leigh fora que ele parecia um palhaço se enfiando num carro de brinquedo. Buddy resmungara e bufara ao encaixar o corpo pesado atrás do volante. Ombros curvados. Banco para trás. Leigh lembrava-se da mão enorme dele ao redor da marcha. Toda a caixa de embreagem tinha desaparecido. Ele deixou a pata de urso lá, batucando ao ritmo da música no rádio.

Callie era assombrada pelo balido fantasma da telefonista no telefone quebrado da cozinha. Leigh era assombrada pelo falsete rangido de Buddy cantando "Kiss on My List" de Hall & Oates.

Tinham andado dois minutos quando, à luz laranja fraca do rádio, a mão de Buddy fora na direção dela. Ele manteve os olhos em frente, mas seus dedos batucavam no joelho dela como tinham batucado na marcha.

Eu gosto desta música você gosta desta música bonequinha aposto que sim mas será que você já beijou um garoto você sabe como é?

Leigh estava paralisada, presa no assento reclinável, com o suor grudando a pele no couro rachado. A mão de Buddy não saiu do joelho dela quando ele desacelerou o carro e parou no acostamento. Ela reconheceu a casa dos Deguil.

Tinha sido babá da filha deles, Heidi, algumas vezes no último verão. A luz da varanda da frente estava acesa.

Está tudo bem garotinha não fique assustada seu amigo Buddy nunca ia te machucar tá mas meu Deus sua pele é tão macia consigo sentir os pelinhos você parece um bebê.

Ele ainda não tinha olhado para ela. Seus olhos continuavam focados à frente. A língua saindo pelos lábios. Os dedos de salsicha fizeram cócegas no joelho dela, arrastando a saia junto. O peso da mão dele na perna dela era como uma âncora.

Leigh engasgou. Sua cabeça se embaralhou enquanto ela se sentia rodando de volta ao presente. O coração dela estava batendo tão forte na garganta que pressionou a mão ao peito para garantir que ele não tinha se deslocado. A pele dela estava pegajosa. Ainda conseguia ouvir as últimas palavras de Buddy quando saiu do carro:

Vamos manter isto entre nós pode ser toma aqui um dinheiro extra por hoje mas promete que não vai contar não quero que sua mãe fique brava com você e te castigue e aí eu nunca mais vou poder te ver.

Leigh tinha contado para a mãe sobre os dedos bobos de Buddy no joelho no segundo em que entrara pela porta.

Pelo amor de Deus, Harleigh, você não é um bebê indefeso é só dar um tapa na mão dele e mandar ele tomar no cu quando ele tentar de novo.

E é claro que Buddy tentara de novo. Mas a mãe dela tinha razão. Leigh tinha dado um tapa na mão dele e berrado para ele ir tomar no cu e fora o fim. *Caramba bonequinha tá bom tá bom já entendi tudo bem mas cuidado tigresa você um dia vai dar trabalho pra algum coitado.*

Depois, Leigh tinha esquecido o incidente da mesma forma que se esquecia de coisas horríveis demais para lembrar, como o professor que não parava de falar dos seios dela se desenvolvendo muito rápido ou o velho no mercado que disse que ela estava virando uma *mulher de verdade*. Três anos depois, quando Leigh tinha economizado o bastante para comprar um carro para poder ir até um emprego melhor no shopping, passara o trabalho de babá para uma Callie agradecida.

O farol ficou verde. O pé de Leigh pisou no acelerador. Lágrimas corriam por seu rosto. Ela começou a limpá-las, mas a porra da Covid a fez parar. Ela puxou um lenço do pacote e cuidadosamente deu batidinhas embaixo dos olhos. Outra respiração dura preencheu seus pulmões. Ela segurou o ar até doer, depois soltou por entre os dentes fazendo *shhhh*.

Leigh nunca contara a Callie o que acontecera com ela no Corvette. Nunca alertara a irmã mais nova para dar um tapa na mão de Buddy. Nunca dissera para Buddy deixar Callie em paz. Não alertara Linda nem mais ninguém porque Leigh tinha empurrado a memória horrível tão para o fundo que, quando o assassinato de Buddy fez tudo voltar borbulhando, ela só conseguiu se afogar na própria culpa.

Sua boca se abriu para respirar de novo. Ela se sentiu desorientada mais uma vez. Olhou ao redor, tentando se situar. O Audi soube aonde estava indo antes dela. Curva à esquerda, alguns metros, curva à direita até o estacionamento do centro comercial.

A viatura do sargento Nick Wexler estava na vaga de sempre do horário de almoço, entre uma loja de molduras e uma delicatéssen judaica. O estacionamento só estava com metade das vagas ocupadas. Uma fila com distanciamento levava até a porta da frente da delicatéssen para retiradas.

Leigh se demorou antes de sair do carro. Retocou a maquiagem. Mastigou algumas balas de hortelã. Colocou o batom vermelho sexy. Seu caderno e uma caneta foram retirados da pilha. Ela virou as folhas com anotações anteriores sobre o caso Andrew e achou uma página em branco. Escreveu no pé do papel. O Valium estava funcionando. As mãos dela tinham parado de tremer. Não sentia mais as batidas do próprio coração.

Ela arrancou a parte de baixo da página, dobrou num quadrado pequeno e prendeu na alça do sutiã.

Nick já a estava observando quando ela saiu do Audi. Leigh exagerou o balanço dos quadris. Flexionava as panturrilhas a cada passo. A caminhada lhe deu tempo para passar pelo carrossel de suas personalidades. Não vulnerável como era com Walter. Nem fria como fora com Reggie Paltz. Com Nick Wexler, Leigh era o tipo de mulher capaz de flertar com um sargento da polícia de Atlanta enquanto ele lhe dava uma multa por excesso de velocidade e acabar fodendo com ele três horas depois.

Nick limpou a boca com os dedos conforme ela se aproximava. Leigh sorriu, mas os cantos de seus lábios se curvaram demais. Era o Valium. Fazia dela uma idiota sorridente. Ela sentiu os olhos de Nick a acompanhando enquanto contornava a frente da viatura dele.

As janelas estavam abertas.

— Caramba, doutora. Onde você estava se escondendo? — perguntou Nick.

Ela fez um gesto para o lixo que ele deixava no banco do passageiro.

— Tire suas merdas do meu caminho.

Nick subiu a tela do notebook montado no painel e usou o braço para jogar todo o resto no chão. A mão de Leigh não encontrou a maçaneta na primeira tentativa. Sua visão estava borrada. Ela piscou para afastar a névoa, sorrindo para Nick ao abrir a porta. O uniforme do Departamento de Polícia de Atlanta dele estava amassado pelo calor. Tão suado quanto cheirava, Nick era um homem desavergonhadamente sexy. Dentes branquíssimos. Cabelo preto grosso. Olhos azuis profundos. Braços fortes com veias marcadas.

Leigh entrou na viatura. Seu calcanhar escorregou na sacola do almoço dele. Ela não tinha se dado ao trabalho de colocar máscara. O Valium a deixara solta, mas o julgamento dela não estava completamente aniquilado. Trabalhadores da linha de frente tinham sido elegíveis para receber a vacina ainda em fevereiro. Leigh imaginou que, de Nick Wexler, era mais provável pegar sífilis do que Covid.

— Espero que você esteja aqui para incomodar minha testemunha — disse ele.

Leigh olhou pelo para-brisa sujo. A fila para a delicatéssen avançava lentamente. O sorriso tensionava os músculos do rosto dela. A ansiedade estava em ebulição em alguma parte inalcançável de seu cérebro. Andrew recuou para a escuridão junto com ela.

— Ei. — Nick estalou os dedos. — Quer dividir um pouco da porcaria que você tomou?

— Valium.

— Vamos adiar — disse ele. — Eu aceito só uma punheta.

— Vamos adiar — concordou ela. — Desde quando você aceita alguma coisa?

Ele deu uma risadinha de reconhecimento.

— O que te traz ao meu carro depois de tanto tempo, doutora? Está com algum problema?

Associação para assassinato. Ocultação de cadáver. Mentir a um policial. Assinar um testemunho falso. Cruzar a fronteira estadual para fugir de um processo.

Ela disse a ele:

— Preciso de um favor.

Nick levantou as sobrancelhas. Eles não trabalhavam com favores. Eram conhecidos que transavam de vez em quando e que seriam expulsos de suas respectivas ocupações se seu caso viesse à tona. Policiais e advogados de defesa se davam tão bem quanto Churchill e Hitler.

— Não é sobre um caso — disse Leigh.

Ele claramente estava cético.

— Uhum.

— Cliente caloteira. Preciso encontrar para poder receber.

— Os agiotas estão ansiosos lá na Buceta, Cacete & Merda?

O sorriso bobo voltou à boca dela.

— Tipo isso.

Ele ainda estava duvidando.

— Eles fazem você mesma ir atrás do que tem que receber?

— Vou tentar com outra pessoa. — Leigh colocou a mão na porta.

— Ei, ei. Peraí, doutora. Fique comigo. — Ele estava falando com ela como policial, mas descansou suavemente a mão no ombro dela. O dedão dele acariciou o pescoço de Leigh.

— O que foi?

Ela tirou a mão dele. Eles não se consolavam. Só Walter tinha acesso a essa versão de Leigh.

Nick tentou de novo, perguntando:

— O que aconteceu?

Ela odiava esse tom de *deixa que eu resolvo*, que era um dos motivos para não vê-lo fazia algum tempo.

— Parece que aconteceu alguma coisa?

Ele riu.

— Doutora, 99 por cento do tempo eu não tenho ideia do que está se passando nessa sua cabecinha linda.

— Você compensa com o um por cento. — Ela não queria colocar a melodia sugestiva em seu tom. Ou talvez quisesse. Havia certa quantidade de autoflagelação que vinha com o que eles estavam fazendo. Leigh compreendia que o risco era o que a fazia continuar voltando.

Nick nunca ligara para as motivações dela. Ele deixou os olhos percorrerem seu corpo até as pernas. Era um homem que sabia olhar uma mulher. Não da forma nojenta como Buddy examinara uma menina de treze anos. Não a avaliação casualmente machista de dá pra comer/não dá pra comer que Reggie Paltz lhe dera no escritório. O tipo de olhar que dizia *sei exatamente onde tocar e por quanto tempo*.

Leigh mordeu o lábio inferior.

— Merda — falou Nick. — Tá bom, qual o nome da cliente?

Ela sabia que não devia demonstrar ansiedade.

— Alça esquerda do sutiã.

A sobrancelha dele subiu de novo. Ele checou para ver se havia alguém olhando. O dedo dele escorregou para dentro da blusa dela. A pele de Leigh estava suada de calor. O dedo dele passou pela clavícula e foi até o seio dela. Ela sentiu sua respiração mudando quando ele achou o pedaço de papel e lentamente o pegou entre dois dedos.

— Está molhado — disse Nick.

Ela sorriu de novo.

— Jesus Cristo. — Ele puxou a tela do notebook. Abriu o papel e esticou em cima da perna. Riu ao ler o nome. — Vamos ver em que tipo de problema se enfiou a mana.

— Cuidado com a discriminação racial.

Ele a olhou de lado.

— Se eu quiser alguém para encher meu saco e não transar comigo, posso ir para casa e procurar minha mulher.

— Se eu quiser transar com alguém que reclama de eu encher o saco, posso ir para casa e procurar meu marido.

Ele deu uma risadinha, digitando no teclado com um dedo.

Leigh respirou fundo e soltou o ar devagar. Não devia ter dito aquilo de Walter. Era o lado escroto que Nick suscitava nela. Ou talvez Walter fosse o único homem da Terra capaz de suscitar o pedacinho minúsculo de Leigh que era bom.

— Ah, cacete. — Nick apertou os olhos para a tela. — Roubo. Posse de substância controlada. Invasão. Vandalismo. Substância controlada. Substância controlada. Jesus Cristo, como essa vagabunda não está na cadeia?

— Ela tem uma advogada boa pra caralho.

Nick balançou a cabeça ao rolar a tela.

— A gente trabalha sem parar para conseguir esses casos e vai tudo pro inferno no segundo em que vocês aparecem para foder com tudo.

— É, mas pelo menos você pode foder.

Ele deu aquele olhar de novo. Os dois sabiam por que ela não parava de falar de sexo.

— Eu posso ser demitido por pesquisar isso para você.

— Me conte no dia em que um policial for demitido por qualquer coisa.

Ele sorriu.

— Você sabe como é horrível fazer trabalho administrativo?

— Melhor do que tomar um tiro nas costas. — Ela viu pelo olhar duro dele que tinha ido longe demais. Então continuou: — Está preocupado que toda aquela galera branca comece a desconfiar dos policiais também?

O olhar duro voltou, mas ele disse:

— Doutora, fique feliz por suas pernas estarem tão lindas hoje.

Ela o viu voltar ao computador. Os dedos dele deslizaram pelo *track pad*.

— Vamos lá. Endereços anteriores: Lake Point, Riverdale, Jonesboro.

Não no Norte de Iowa. Não numa fazenda. Não casada. Não criando dois filhos.

— A gata prefere os estabelecimentos mais elegantes. — Nick tirou a caneta e o caderno de espiral do bolso da camisa. — Há duas semanas, foi multada por atravessar fora da faixa. Deu um endereço de um motel barato. Ela é profissional?

Leigh deu de ombros.

— O nome não é exatamente indicativo de sucesso. — Ele riu. — Calliope DeWinter.

— Callie-ope — corrigiu Leigh, porque a mãe delas era idiota demais para saber como pronunciar. — Ela usa só Callie.

— Então, foi capaz de fazer pelo menos uma boa escolha.

— Não tem a ver com fazer boas escolhas. Tem a ver com *ter* boas escolhas para fazer.

— Claro. — Nick arrancou a página de seu caderno. Dobrou o endereço no meio e segurou entre os dois dedos. Não tentou colocar na alça do sutiã dela, porque era policial e não era idiota. — Quanto você ganha, doutora, dez mil por hora?

— Algo assim.

— E uma prostituta drogada de baixo nível paga isso como?

Leigh se forçou a não arrancar o endereço da mão dele.

— Ela é herdeira.

— É essa a história que você quer me contar?

Só uma emoção era capaz de atravessar o Valium: raiva.

— Caralho, Nick. Qual é a do interrogatório? Ou me dá a informação, ou...

Ele jogou o endereço no colo dela.

— Sai do meu carro, doutora. Vai achar sua drogada.

Leigh não saiu. Desdobrou o papel.

ALAMEDA MOTEL AVENIDA STEWART 9921.

Quando Leigh trabalhava na Assistência Judiciária, tinha muitos clientes que moravam no motel de longo prazo. Eles cobravam 120 dólares por semana de gente pobre que poderia achar um lugar bem melhor para morar se conseguissem juntar o dinheiro pedido como caução para alugar um lugar que cobrasse 480 dólares por mês.

Nick falou:

— Eu também tenho que trabalhar. Ou começa a falar, ou começa a andar.

A boca de Leigh se abriu. Ela ia contar a verdade.

É minha irmã. Eu não a vejo há mais de um ano. Vive como uma prostituta drogada enquanto eu moro num condomínio fechado e mando minha filha para uma escola que custa 28 mil dólares por ano porque empurrei minha irmãzinha para os braços de um predador sexual e tive vergonha de contar a ela que ele também tinha dado em cima de mim.

— Tá bom. — Leigh não podia contar toda a verdade para ele, mas podia contar uma parte. — Eu devia ter sido sincera desde o começo. É uma das minhas clientes antigas. De quando eu trabalhava sozinha.

Nick esperava mais.

— Ela era ginasta no ensino fundamental. Aí, virou líder de torcida profissional. — Leigh apertou os olhos para evitar uma piada grosseira sobre líderes de torcida. — Ela era voadora. Sabe o que é?

Ele fez que não.

— Tem algumas garotas ou caras, às vezes quatro, que são a base. Fazem coisas do tipo levantar a voadora nas palmas das mãos enquanto ela faz uma pose. Ou, às vezes, só a jogam para o ar o mais alto que conseguem. Estamos falando de uns cinco, seis metros. A voadora gira, faz alguns saltos, depois desce, e a base trança os braços para formar uma cesta para ela cair. Mas, se não a pegar ou pegar de mau jeito, ela pode machucar o joelho, quebrar um tornozelo, distender as costas. — Leigh teve de parar para engolir. — Callie caiu errado numa cesta em forma de X e acabou fraturando duas vértebras do pescoço.

— Meu Deus.

— Ela era tão forte que os músculos se seguraram no lugar. Ela continuou a apresentação. Mas, aí, as pernas ficaram dormente e ela foi levada às pressas ao pronto-socorro e fez uma cirurgia de fusão da coluna vertebral e precisou usar um colar para impedir a cabeça de virar, e começou a tomar oxicodona para a dor e…

— Heroína. — Nick trabalhava nas ruas. Tinha visto a progressão em tempo real. — É uma história triste e tanto, doutora. O juiz deve ter comprado, já que ela não está atrás das grades, onde é o lugar dela.

O juiz tinha comprado uma confissão da drogada inocente que Leigh tinha subornado para levar a culpa.

Nick perguntou:

— Ela injeta ou fuma?

— Injeta. Vai e volta há quase vinte anos. — O coração de Leigh começou a bater forte de novo. A culpa avassaladora pela vida torturante da irmã tinha atravessado o véu do Valium. — Alguns anos são melhores que outros.

— Caramba, é uma estrada dura de trilhar.

— É. — Leigh tinha assistido àquilo como uma novela de terror que nunca acabava. — Quero ver como ela está porque me sinto culpada.

As sobrancelhas dele subiram de novo num arco.

— Desde quando uma advogada de defesa sente culpa?

— Ela quase morreu no ano passado. — Leigh não conseguia mais olhá-lo. Em vez disso, olhou pela janela. — Eu passei Covid para ela.

VERÃO DE 1998

A NOITE ESTAVA COMPLETAMENTE ESCURA. Os olhos de Harleigh focavam cada detalhe iluminado pelos faróis do carro. Números de caixas de correios. Placas de pare. Lanternas de carros estacionados. Os olhos de um gato atravessando a rua correndo.

Harleigh, acho que matei o Buddy.

O sussurro rouco de Callie mal fora perceptível do outro lado do telefone. Havia uma indiferença assustadora na voz dela. Ela mostrara mais emoção de manhã, quando não conseguia achar as meias para o ensaio de líder de torcida.

Acho que matei ele com uma faca.

Harleigh não fizera perguntas nem exigira um motivo. Ela sabia exatamente o porquê, pois, naquele momento, sua mente a levara de volta àquele Corvette amarelo suarento, à música no rádio, à mão enorme de Buddy cobrindo o joelho dela.

Callie, escute. Não se mexa até eu chegar.

Callie não se mexera. Harleigh a encontrara sentada no chão do quarto dos Waleski. Ela ainda estava com o telefone na orelha. A voz estática da telefonista estava falando por cima do *tu-tu-tu* estridente que o telefone fazia quando ficava fora do gancho por tempo demais.

O cabelo de Callie estava solto de seu rabo de cavalo de sempre, cobrindo o rosto dela. A voz soou áspera quando ela repetiu as palavras junto com a gravação.

— Se quiser fazer uma ligação…

— Cal! — Harleigh caiu de joelhos. Tentou arrancar o telefone das mãos da irmã, mas Callie não soltava. — Callie, por favor.

Callie levantou os olhos.

Harleigh caiu para trás de horror.

O branco dos olhos da irmã tinha ficado preto. O nariz dela tinha sido quebrado. O sangue pingava de sua boca. Vergões vermelhos em formato de dedos circundavam o pescoço de Callie onde Buddy tentara sufocá-la até a morte.

Harleigh era responsável por isso. Tinha se protegido de Buddy, mas colocara Callie diretamente no caminho dele.

— Cal, desculpa. Me desculpa.

— O quê... — Callie tossiu, e uma névoa de sangue saiu de seus lábios. — O que a gente vai fazer?

Harleigh agarrou as mãos de Callie como se fosse capaz de impedir as duas de afundar ainda mais. Tanta coisa passava por sua mente — *você vai ficar bem; vou resolver isto; vamos superar isto juntas* —, mas ela não via forma de consertar, nenhum caminho para sair do inferno. Harleigh entrara na casa pela cozinha. Seus olhos haviam passado por Buddy da mesma forma culpada de alguém que finge não ver um sem-teto congelando de frio em frente a uma porta.

Mas ele não era sem-teto.

Buddy Waleski era conectado. Tinha amigos por todo lado, inclusive na polícia. Callie não era uma menina branca de um bairro rico com pai e mãe que dariam a vida para protegê-la. Era uma adolescente desprezível da parte ruim da cidade que já fora mandada ao reformatório por roubar uma coleira cor-de-rosa de gato da loja de 1,99.

— Talvez... — Lágrimas tomaram os olhos de Callie. A garganta dela estava tão inchada que ela tinha dificuldade de falar. — Talvez ele esteja bem?

Harleigh não entendeu.

— Quê?

— Você pode ir ver se ele está bem? — Os olhos pretos de Callie refletiram o abajur da cômoda. Ela estava olhando para Harleigh, mas estava em outro lugar, um lugar onde tudo ia dar certo. — O Buddy estava bravo, mas talvez não esteja mais bravo se estiver bem. A gente pode... pode chamar ajuda pra ele. A Linda só vai chegar às...

— Cal... — O soluço de Harleigh estrangulou a palavra. — Foi... O Buddy tentou alguma coisa? Já tinha acontecido antes ou...

O rosto de Callie deu a resposta horrível.

— Ele me amava, Har. Ele disse que sempre ia tomar conta de mim.

Harleigh ficou literalmente dobrada de dor. Encostou a testa no carpete imundo. Lágrimas vazaram de seus olhos. Sua boca se abriu quando um gemido escapou do fundo de seu corpo.

Era culpa dela. Era tudo culpa dela.

— Está tudo bem. — Callie acariciou as costas de Harleigh, tentando consolá-la. — Ele me ama, Harleigh. Ele vai me perdoar.

Harleigh balançou a cabeça. O carpete duro arranhou seu rosto. O que ela ia fazer? Como ia consertar aquilo? Buddy estava morto. Era pesado demais para elas carregarem. Não ia caber de jeito nenhum no carro minúsculo de Harleigh. Elas não iam conseguir cavar um buraco fundo o suficiente para ele apodrecer. Não podiam ir embora, porque havia digitais de Callie por todo lado.

— Ele vai cuidar de mim, Har. Só fala pra ele que eu m-me arrependi — disse Callie.

Era culpa dela. Era tudo culpa dela.

— Por favor... — O nariz quebrado de Callie soltava um silvo a cada respiração. — Por favor, você pode ir olhar?

Harleigh não parava de balançar a cabeça. Em seu peito, parecia haver garras afundadas em sua costela, puxando-a de volta para o pardieiro que era sua vida. Ela iria para a faculdade dali a quatro semanas e um dia. Ia escapar daquele lugar, mas não podia abandonar Callie assim. A polícia não ia ver os cortes e hematomas como evidência de que sua irmã tinha lutado pela própria vida. Ia ver as roupas apertadas de Callie, a maquiagem, a forma como ela usava o cabelo, e dizer que era uma Lolita calculista e assassina.

E se Harleigh saísse em defesa dela? Se dissesse que Buddy também tentara com ela, mas ela estava tão ocupada cuidando da própria vida que não alertara a irmã?

É culpa sua. É tudo culpa sua.

— Por favor, vai ver ele — pediu Callie. — Parecia que ele estava com frio, Harleigh. O Buddy odeia ficar com frio.

Harleigh viu seu futuro rodopiando pelo ralo. Tudo o que ela planejara — a vida nova em folha que imaginara em Chicago, com seu próprio apartamento, suas próprias coisas, talvez um gato e um cachorro e um namorado que não tivesse antecedentes criminais — desapareceu. Todas as aulas a mais na escola, todas as noites que ela passara estudando entre dois, às vezes três empregos diferentes, aguentando chefes com mão boba e comentários assediadores, dormindo no carro entre os turnos, escondendo dinheiro da mãe, tudo para acabar exatamente no mesmo lugar em que todos os jovens infelizes e sem futuro deste gueto acabavam.

— Ele… — Callie tossiu. — Ele estava b-bravo porque eu a-achei a câmera. Eu sabia, mas não que… ele gravava a gente fazendo… Har, as pessoas assistiram. Eles sabem o q-que a gente fazia.

Harleigh repassou em silêncio as palavras da irmã. O apartamento em Chicago. O gato e o cachorro. O namorado. Tudo derreteu no éter.

Ela se obrigou a voltar a se sentar. Cada parte de seu cérebro dizia para ela não perguntar, mas ela tinha que saber.

— Quem assistiu?

— T-todos eles. — Os dentes de Callie tinham começado a bater. A pele dela estava pálida. Seus lábios estavam azuis como a crista de uma gralha. — O dr. Patterson. O técnico Holt. O sr. Humphrey. O sr. G-ganza. O sr. Emmett.

A mão de Harleigh foi para o estômago. Os nomes lhe eram tão familiares quanto os últimos dezoito anos de sua vida. O dr. Patterson, que alertara Harleigh para se vestir de um jeito mais discreto, porque ela estava distraindo os meninos. O técnico Holt, que vivia falando que a casa dele ficava logo no fim da rua se ela um dia quisesse conversar. O sr. Humphrey, que obrigara Harleigh a sentar no colo dele antes de deixá-la fazer o *test drive* de um carro. O sr. Ganza, que assoviara para ela na semana passada no supermercado. O sr. Emmett, que sempre esfregava o braço nos peitos dela quando ela estava na cadeira do dentista.

Ela perguntou a Callie:

— Eles tocaram em você? O dr. Patterson e o técnico…

— N-não. O Buddy fez… — O tremor a cortou. — F-filmes. O Buddy fez filmes e eles a-assistiram a gente.

A visão de Harleigh começou a focar de novo, como no caminho de vinda. Só que, desta vez, tudo estava vermelho. Para todo lugar que ela olhava — as paredes gastas, o carpete úmido, a colcha manchada, o rosto inchado, surrado de Callie —, ela via vermelho.

A culpa era dela. A culpa era toda dela.

Ela usou os dedos para limpar suavemente as lágrimas de Callie. Viu sua própria mão se movendo, mas era como ver a mão de outra pessoa. Saber o que esses homens adultos tinham feito com sua irmãzinha tinha cortado Harleigh ao meio. Um lado dela queria engolir a dor como ela sempre fazia. O outro lado queria causar o máximo de dor possível.

Dr. Patterson. Técnico Holt. Sr. Humphrey. Sr. Ganza. Sr. Emmett.

Ela ia destruí-los. Mesmo que fosse a última coisa que fizesse, Harleigh ia acabar com a vida deles.

Ela perguntou à irmã:

— Que horas Linda chega de manhã?

— Às nove.

Harleigh olhou para o relógio ao lado da cama. Ela tinha menos de treze horas para consertar isso.

— Onde está a câmera? — indagou Harleigh.

— Eu… — Callie colocou a mão na garganta estrangulada como se precisasse de ajuda para fazer a resposta sair. — No bar.

Os punhos de Harleigh estavam apertados quando ela percorreu o corredor. Passando pelo quarto de hóspedes, pelo banheiro. Passando pelo quarto de Trevor.

Ela parou e se virou. Abriu a porta do quarto de Trevor. A luz do abajur fazia estrelas minúsculas girarem no teto. O rosto dele estava afundado no travesseiro. Ele dormia a sono solto. Ela soube sem perguntar que Buddy o fizera tomar o remédio do soninho.

— Harleigh? — Callie estava parada na porta. A pele tão pálida que ela parecia um fantasma pairando na escuridão. — Eu não s-sei o que fazer.

Harleigh fechou a porta de Trevor atrás de si.

Andou pelo corredor, passando pelo aquário, o sofá, as poltronas horrorosas de couro com os braços queimados de cigarro. A câmera estava numa pilha de rolhas de vinho atrás do bar. Canon Optura, topo de linha, Harleigh sabia porque, no último Natal, tinha vendido eletrônicos. A parte externa estava quebrada, sem um pedaço no canto. Harleigh arrancou a câmera do cabo de força. Usou a unha do dedão para arrastar o minúsculo botão que ejetava a minicassete.

Vazia.

Harleigh procurou no chão, nas prateleiras atrás do bar, tentando encontrar a fita.

Nada.

Levantou-se. Ela viu o sofá com seus buracos deprimentes e solitários em lados opostos. As cortinas laranja miseráveis. A televisão gigante com os cabos pendurados.

Cabos que iam para a câmera que ela estava segurando.

O aparelho não tinha armazenamento interno. A minicassete, um pouco maior que um cartão de visitas, ficava com as gravações. Era possível ligar a câmera numa TV ou num videocassete, mas não haver fita significava que não havia filme.

Harleigh precisava encontrar aquela fita para mostrar aos policiais, para eles poderem ver… *o quê?*

Ela nunca entrara num tribunal, mas crescera vendo mulheres serem derrotadas por homens. Vadias loucas. Meninas histéricas. Filhas da puta idiotas. Homens controlavam o sistema. Controlavam a polícia, os tribunais, as agências de condicional, o sistema de saúde pública, os reformatórios e as prisões, as diretorias escolares, as concessionárias, os supermercados, os consultórios de dentistas.

Dr. Patterson. Técnico Holt. Sr. Humphrey. Sr. Ganza. Sr. Emmett.

Não tinha jeito de provar que eles haviam assistido ao vídeo, e, a não ser que mostrasse Callie berrando *não* o tempo todo, os policiais, advogados, juízes diriam que ela consentira, porque, não importava o que acontecesse com as mulheres, os homens sempre, sempre defendiam uns aos outros.

— Harleigh.

Os braços de Callie estavam abraçando sua cintura esguia. Ela estava tremendo. Seus lábios tinham ficado brancos. Era como assistir à irmãzinha desaparecendo aos poucos.

A culpa era dela. A culpa era toda dela.

— Por favor — disse Callie. — Ele… ele talvez ainda esteja vivo. Por favor.

Harleigh olhou a irmã. O rímel escorria pelo rosto dela. Havia sangue e batom espalhados pela boca, num sorriso de palhaço. Como Harleigh, ela tinha desejado desesperadamente crescer. Não porque quisesse distrair os meninos ou chamar atenção para si, mas porque adultos podiam tomar as próprias decisões.

Harleigh bateu a câmera no bar.

Finalmente, tinha visto uma forma de sair daquilo.

Buddy Waleski estava sentado no chão da cozinha, as costas contra os armários embaixo da pia. A cabeça tinha caído para a frente. Os braços estavam ao lado do corpo. As pernas estavam abertas. O corte era na perna esquerda, um pequeno riacho de sangue borbulhando como esgoto saindo de um cano quebrado.

— Por favor, ch-checa. — Callie parou atrás dela, olhos pretos que não piscavam olhando para Buddy. — P-por favor, Har. Ele n-não pode estar morto. Não pode.

Harleigh foi até o corpo, mas não para ajudar. Enfiou a mão na calça de Buddy, procurando a pequena fita. Achou um bolo de dinheiro do lado esquerdo, meio rolo de antiácido e uns fiapos. Havia um controle remoto da câmera no bolso direito. Ela jogou pelo chão com tanta força que a tampa das pilhas se abriu. Ela checou os bolsos de trás e encontrou a carteira de couro rachado de Buddy e um lenço manchado.

Nada de fita.

— Harleigh? — chamou Callie.

Mentalmente, Harleigh empurrou a irmã para o lado. Precisava manter o foco na história que iam contar aos policiais...

Buddy estava vivo quando elas saíram da casa dos Waleski. O único motivo para Callie ter ligado para Harleigh ir buscá-la era que Buddy estava agindo de forma estranha. Tinha dito a Harleigh que um cara ameaçara matá-lo. Tinha mandado Callie ir embora de lá. As duas tinham voltado para casa e aí, obviamente, o homem que ameaçara Buddy o assassinara.

Harleigh repassara a história, procurando pontos fracos. As digitais e o DNA de Callie estavam por todo lado, mas Callie ficava mais lá do que Buddy. Trevor estava dormindo pesado, então, não ia saber nada. O sangue de Buddy estava confinado à área ao redor da perna, então, não havia digitais nem pegadas ensanguentadas rastreáveis de volta a Callie. Tudo tinha uma explicação. Talvez alguma parte fosse fraca, mas era crível.

— Har? — Os braços de Callie ainda estavam apertando a cintura fina. Ela estava balançando para trás e para a frente.

Harleigh a analisou. Olhos pretos. Pescoço estrangulado. Nariz quebrado. Ela disse a Callie:

— A mãe fez isso com você.

Callie pareceu confusa.

— Se alguém perguntar, diga que você respondeu e a mãe te deu uma surra. Tá?

— Eu não...

Harleigh levantou a mão para Callie parar de falar. Ela precisava pensar tudo até o fim e de volta novamente. Buddy voltou para casa. Estava assustado. Alguém ameaçara a vida dele. Ele não tinha dito quem, só que era para as irmãs irem embora. Harleigh levou Callie para casa. Buddy estava bem quando saíram. Callie tinha tomado uma surra como dezenas de vezes antes. A assistência social seria chamada de novo, mas alguns meses num orfanato eram melhores que o resto da vida na prisão.

A não ser que a polícia achasse a minicassete, porque isso daria a Callie um motivo.

— Onde o Buddy esconderia algo pequeno, menor do que a mão dele? — perguntou Harleigh.

Callie balançou a cabeça. Ela não sabia.

Harleigh permitiu que seu olhar percorresse a cozinha, desesperada para encontrar a fita. Abriu armários e gavetas, olhou dentro de panelas. Nada parecia fora de lugar, e Harleigh saberia. Antes de Callie assumir, ela praticamente morara naquela casa cinco vezes por semana por três anos. Estudando no sofá, cozinhando as refeições de Trevor na cozinha, jogando com ele na mesa.

A maleta de Buddy estava na mesa.

Trancada.

Harleigh procurou uma faca na gaveta. Enfiou por baixo da fivela, ordenando a Callie:

— Me conte o que aconteceu. Não deixe nada de fora.

Callie balançou a cabeça.

— Eu não… Eu não lembro.

O cadeado abriu. Harleigh ficou apenas momentaneamente congelada ao ver tanto dinheiro. O feitiço logo se dissipou. Ela tirou o dinheiro, checou o forro, os bolsos interiores, as dobras, perguntando a Callie:

— Onde a briga começou? Em que lugar da casa você estava?

Os lábios de Callie se moveram sem som.

— Calliope. — Harleigh fez uma careta para o tom da mãe saindo da sua própria boca. — Me diga agora, caralho. Onde começou?

— A gente… — Callie se virou para a sala. — Atrás do bar.

— O que aconteceu? — Harleigh manteve a voz dura. — Preciso de exatidão. Não deixe nada de fora.

A voz de Callie estava tão fraca que Harleigh tinha que se esforçar para ouvir os detalhes. Ela olhou por cima do ombro da irmã, imaginando os movimentos como se a briga estivesse acontecendo em tempo real. O nariz de Callie sendo atingido pela ponta do cotovelo de Buddy atrás do bar. A caixa de rolhas de vinho caindo. A câmera caindo da prateleira. Callie ficando desorientada, deitada de costas. Entrando na cozinha. Cabeça embaixo da torneira. Ameaçando Buddy de contar para Linda. O ataque. O fio do telefone sendo arrancado da parede. O estrangulamento, os chutes e os socos, e, aí — a faca.

Harleigh olhou para cima. Viu que Callie tinha colocado o telefone de volta no gancho. A lista de números de emergência ainda estava grudada na parede ao lado do telefone. A única pista de que algo ruim acontecera ali era o fio quebrado.

— Trevor arrancou o fio.

— O quê? — disse Callie.

— Fale pra eles que Trevor arrancou o fio. Quando ele disser que não, todo mundo vai achar que ele está mentindo para não levar bronca.

Harleigh não esperou Callie concordar. Ela colocou tudo de novo na maleta de Buddy e fechou a tampa num golpe. Deu mais uma olhada na cozinha, procurando algum lugar onde Buddy pudesse guardar a fita. Seus olhos finalmente caíram sob o enorme corpo dele. Ele ainda estava caído de lado. O corte na perna continuava a jorrar.

Ela sentiu seu próprio sangue gelar.

Ninguém sangrava a não ser que o coração ainda estivesse batendo.

— Calliope. — Harleigh engoliu com tanta força que sua garganta fez barulho. — Vai dar uma olhada no Trevor. Agora.

Callie não discutiu. Desapareceu pelo corredor.

Harleigh se ajoelhou na frente de Buddy. Ela agarrou um punhado do cabelo dele e levantou a cabeça gigante. As pálpebras dele se abriram de leve. Ela viu o branco dos olhos se revirando.

— Acorda. — Ela deu um tapa na cara dele. — Acorda, seu imbecil filho da puta.

Os brancos se reviraram de novo.

Ela apertou as pálpebras dele para ficarem abertas.

— Olha pra mim, seu escroto.

Os lábios de Buddy se abriram. Ela sentiu o cheiro dos charutos e do uísque barato. O fedor era tão familiar que Harleigh voltou instantaneamente ao Corvette dele.

Aterrorizada. Impotente. Desejando fugir.

Harleigh deu um tapa tão forte nele que voou saliva de sua boca.

— Olha pra mim.

Os olhos de Buddy reviraram, mas, devagar, voltaram ao centro.

Ela viu o brilho de reconhecimento, a crença idiota de estar olhando para alguém que estava ao lado dele.

Buddy olhou fixamente para o que havia sobrado do telefone, depois olhou de novo para Harleigh. Estava pedindo para ela ligar e pedir ajuda. Sabia que não tinha muito tempo.

— Cadê a fita da câmera? — perguntou Harleigh.

Ele olhou de novo para o telefone e para ela.

Ela aproximou o rosto do dele.

— Eu vou te matar agora se você não me contar.

Buddy Waleski não tinha medo. Via Harleigh como uma pudica, uma seguidora de regras, a menina que sabia a diferença entre certo e errado. O espasmo que fez subir o lado esquerdo dos lábios dele mostrou-lhe que ele ficaria satisfeito de levar a Senhorita Obediente e a irmãzinha junto com ele.

— Seu escroto de merda. — Harleigh deu um tapa mais forte do que da primeira vez. Aí, um soco. A cabeça dele bateu no armário. Ela o agarrou pela camisa, afastando-se para socá-lo de novo.

Buddy escutou o som antes dela. Um *click* distinto vindo da camisa dele. Ela viu a expressão confiante dele passar para a incerteza. Os olhos dele foram de um lado para o outro, tentando ler se ela havia ou não entendido.

Harleigh estava paralisada, punho direito ainda no ar, punho esquerdo ainda agarrando a frente da camisa de Buddy. Ela passou por todos os sentidos, tentando forçar-se a voltar para aquele exato momento — o cheiro metálico de sangue, a respiração fraca e áspera de Buddy, o gosto amargo da liberdade perdida fermentando em sua boca, a sensação da camisa suja embolada no punho fechado dela.

Ela girou mais o material, agarrando o algodão grosso.

O *click* levou seus olhos ao peito dele.

Harleigh só checara os bolsos da calça. Buddy estava usando uma camisa de botão de mangas curtas da Dickies. As costuras eram reforçadas. Havia um bolso com aba de cada lado. A aba do lado esquerdo estava levantada, gasta com duas marcas que pareciam presas do sempre presente maço de Black & Mild.

Mas, dessa vez, ele tinha guardado o maço do lado contrário. A janela de celofane na frente estava virada para o peito agitado dele.

Harleigh puxou a caixa longa e esguia. Enfiou os dedos dentro.

A minicassete.

Ela segurou a fita na frente do rosto dele, para que ele visse que ela vencera. Buddy soltou um longo suspiro silvado. Parecia apenas levemente decepcionado. Sua vida tinha sido cheia de violência e caos, principalmente causada por suas próprias mãos. Em comparação, a morte seria fácil.

Harleigh baixou os olhos para a pequena fita preta de plástico com seu rótulo branco desbotado.

Um pedaço de fita isolante cobria a aba de proteção, para que a minicassete pudesse ser regravada várias e várias vezes.

Harleigh tinha visto a irmã mudar nos últimos três anos, mas creditara aquilo a hormônios, ou malcriação, ou só crescer e se tornar uma pessoa diferente. A maquiagem pesada de Callie, as prisões por roubos em lojas, as suspensões da escola, as ligações sussurradas tarde da noite que duravam horas. Harleigh as ignorara por estar focada demais na própria vida. Forçando-se a trabalhar mais, economizar dinheiro, ir bem na escola para poder ir embora de Lake Point.

Agora, estava literalmente com a vida de Callie nas mãos. A juventude dela. A inocência. A confiança de que, não importava quão alto fosse jogada no ar, o mundo a pegaria.

Era tudo culpa de Harleigh.

A mão dela se fechou num punho. As bordas afiadas da minicassete de plástico afundaram na palma dela. O mundo ficou vermelho de novo, sangue manchando tudo que ela via. O rosto gordo de Buddy. Suas mãos grossas. Sua cabeça careca. Ela queria socá-lo de novo, surrá-lo até ele apagar, enfiar a faca de carne no peito dele várias e várias vezes até o osso quebrar e a vida jorrar para fora do corpo nojento dele.

Em vez disso, ela abriu a gaveta ao lado do fogão. Tirou o rolo de plástico--filme.

Os olhos de Buddy se arregalaram. A boca dele finalmente se abriu, mas ele tinha perdido a chance de falar.

Harleigh passou o plástico-filme em torno da cabeça dele seis vezes até o rolo acabar.

O plástico foi sugado para a boca aberta de Buddy. As mãos dele subiram para o rosto, tentando abrir um buraco para respirar. Harleigh o agarrou pelos pulsos. O homem grande e forte, o gigante, estava fraco demais para impedi-la. Ela olhou nos olhos dele, desfrutando do medo e da impotência, do pânico quando Buddy Waleski percebeu que Harleigh estava roubando sua morte tranquila.

Ele começou a tremer. Seu peito se jogou no ar. Suas pernas chutaram. Um lamento agudo saiu de sua garganta. Harleigh segurou os pulsos dele, apertando-os contra o armário. Ela estava com uma perna de cada lado dele, como ele fizera ao estrangular Callie. Ela estava pressionando seu peso em cima dele como ele a pressionara no banco do Corvette. Ela estava assistindo a ele como dr. Patterson, técnico Holt, sr. Humphrey, sr. Ganza, sr. Emmett haviam assistido à sua irmã. Ela estava fazendo com um homem a mesma merda que homens faziam com Harleigh e Callie a porra da vida inteira delas.

Acabou rápido demais.

De repente, os músculos de Buddy relaxaram. A luta o deixara. Suas mãos tombaram no chão. A urina molhou sua calça. Se ele tivesse uma alma, ela imaginou o Diabo agarrando-a pelo colarinho imundo da camisa, o arrastando para baixo, para baixo, para baixo, até o inferno.

Harleigh limpou o suor da testa. Havia sangue em suas mãos e em seus braços, formando um arco no fundilho da calça jeans onde ela sentara em cima dele.

— Se quiser fazer uma ligação…

Ela se virou. Callie estava sentada no chão. Tinha puxado os joelhos para o peito. Estava se balançando, movendo o corpo lentamente para a frente e para trás como uma bola de demolição.

— Por favor, desligue e tente de novo.

PRIMAVERA DE 2021

4

— Vamos ver o que está rolando com o sr. Pete. — Dr. Jerry começou a examinar o gato, apalpando com delicadeza uma junta inchada. Aos quinze anos, sr. Pete tinha mais ou menos a mesma idade em anos humanos que o dr. Jerry. — Talvez alguma artrite subjacente? Coitadinho.

Callie baixou os olhos para o prontuário que tinha nas mãos.

— Ele estava tomando um suplemento, mas ficou com prisão de ventre.

— Ah, as injustiças da velhice. — Dr. Jerry colocou o estetoscópio nos ouvidos, quase tão peludos quanto os do sr. Pete. — Você pode…

Callie se inclinou e soprou no rosto do sr. Pete, tentando fazê-lo parar de ronronar. O gato pareceu irritado, e Callie não o culpava. Ele tinha prendido a pata no estrado da cama quando estava tentando descer para o café da manhã. Podia acontecer com qualquer um.

— Bom menino. — Dr. Jerry acariciou o cangote do sr. Pete. Disse a Callie: — Maine coons são animais magníficos, mas tendem a ser os zagueiros do mundo felino.

Callie folheou até o começo do prontuário para começar a fazer anotações.

— O sr. Pete é um macho castrado de estatura corpulenta que chegou com coxeadura na pata direita da frente, tendo caído da cama. O exame físico revelou leve edema, mas sem crepitação nem instabilidade nas juntas. O hemograma estava normal. Radiografias não mostram fratura óbvia. Comece com buprenorfina e gabapentina para administração da dor. Reexaminar em uma semana.

— Bupe é zero-ponto-dois m-g/k-g q8h por quantos dias?

— Vamos começar com seis dias. Pode dar um para ele ir. Ninguém gosta de trajetos de carro.

Callie escreveu cuidadosamente as instruções dele no prontuário enquanto o dr. Jerry colocava o sr. Pete de novo na caixa. Eles ainda estavam seguindo protocolos de Covid. A mãe do sr. Pete estava no momento sentada no carro lá fora, no estacionamento.

— Mais alguma coisa do armário de remédios? — perguntou o dr. Jerry.

Callie repassou a pilha de prontuários no balcão.

— Os pais do Aroo Feldman relataram um aumento da dor.

— Vamos mandar ele para casa com mais Tramadol. — Ele assinou uma nova receita. — Pobrezinhos. Corgis são uns babacas.

— Permissão para discordar. — Ela passou outro prontuário. — Sploot McGhee, galgo contra veículo. Costelas rachadas.

— Eu lembro desse jovenzinho magricela. — As mãos do dr. Jerry tremiam quando ele ajustou os óculos. Ela viu os olhos dele mal se movendo enquanto ele fingia ler o prontuário. — Metadona se eles o trouxerem. Se ele não estiver bem para vir, pode mandar um adesivo de fentanil para a casa.

Eles passaram os demais cachorros grandes — Deux Claude, um cão de montanha dos Pireneus com deslocamento patelar. Scout, um pastor-alemão que quase se empalara numa cerca. O'Barky, um lébrel irlandês com displasia de quadril. Ronaldo, um labrador artrítico que pesava quase o mesmo que uma criança de doze anos.

Dr. Jerry estava bocejando quando Callie chegou aos gatos.

— Só faça o de sempre, minha cara. Você conhece esses animais tão bem quanto eu, mas tome cuidado com aquele último. Nunca vire as costas para um gato malhado.

Ela sorriu com a piscadela simpática dele.

— Vou fazer uma ligação para a humana do sr. Pete, depois tirar meu tempo executivo. — Ele piscou de novo, porque os dois sabiam que ele ia tirar uma soneca. — Obrigada, anjo.

Callie manteve o sorriso até ele se virar. Ela baixou os olhos, fingindo ler os prontuários. Não queria vê-lo se arrastando pelo corredor como um velho.

Dr. Jerry era uma instituição em Lake Point, o único veterinário da região que aceitava cartão de auxílio emergencial em troca de serviços. O primeiro emprego real de Callie tinha sido naquela clínica. Ela tinha dezessete anos. A esposa do dr. Jerry acabara de morrer. Ele tinha um filho em algum lugar do Oregon que só ligava no Dia dos Pais e no Natal. Callie era a única coisa que ele tinha. Ou talvez o dr. Jerry fosse a única coisa que *ela* tinha. Ele era como uma figura paterna, ou pelo menos como ela ouvira falar que figuras paternas deviam ser. Ele sabia que Callie tinha seus demônios, mas nunca a puni-la por eles. Foi só depois da primeira condenação dela por posse de drogas que ele deixara de insistir para ela fazer faculdade de Veterinária. A Agência de Repressão a Narcóticos tinha uma regra maluca contra dar receituários a viciados em heroína.

Ela esperou a porta do consultório se fechar antes de seguir pelo corredor. O joelho dela fez um *pop* alto quando ela esticou a perna. Aos 37 anos, Callie não estava muito melhor que o sr. Pete. Ela colocou o ouvido na porta do consultório. Ouviu o dr. Jerry conversando com a dona do sr. Pete. Callie esperou mais alguns minutos até escutar o rangido do velho sofá de couro quando ele se deitou para tirar a soneca.

Ela soltou uma respiração que estava prendendo. Pegou o celular e colocou um alarme para dali a uma hora.

Ao longo dos anos, Callie usara a clínica como férias da droga, ficando limpa só o suficiente para conseguir trabalhar. Dr. Jerry sempre a aceitava de volta, nunca perguntava onde ela havia estado ou por que fora embora tão abruptamente da última vez. Seu período mais longo de sobriedade havia sido muitos anos antes para que pudesse contar. Durara oito meses inteiros antes que ela voltasse ao vício.

Dessa vez, não seria diferente.

Callie desistira de ter esperança fazia séculos. Era uma drogada e sempre seria uma drogada. Não como as pessoas no AA que paravam de beber mas ainda diziam que eram alcóolatras. Mas como alguém que sempre, sempre ia voltar à agulha. Ela não tinha certeza de quando aceitara esse fato. Fora na terceira ou na quarta vez na clínica de reabilitação? Ao fim dos oito meses de sobriedade que ela quebrara porque era terça-feira? Fora por ser mais fácil ter esses períodos de manutenção sabendo que eram só temporários?

Atualmente, só o senso de ser útil a mantinha mais ou menos na linha. Por causa de uma série de minniderrames no ano passado, o dr. Jerry encurtara seu horário na clínica para quatro dias por semana. Alguns dias eram melhores para ele do que outros. Seu equilíbrio estava ruim. Sua memória de curto prazo não era confiável. Ele vivia dizendo a Callie que, sem ela, não tinha certeza de que conseguiria trabalhar um dia, quanto mais quatro.

Ela devia se sentir culpada por usá-lo, mas era uma drogada. Se sentia culpada por cada segundo de sua vida.

Callie tirou as duas chaves para abrir o armário de remédios. Tecnicamente, a segunda chave devia ficar com o dr. Jerry, mas ele confiava que ela manteria o registro correto das substâncias controladas. Se não, a Agência de Repressão a Narcóticos podia começar a investigar, comparando notas fiscais com dosagens e prontuários, e dr. Jerry podia perder a licença, e Callie podia ser presa.

Em geral, viciados tornavam o trabalho da Agência mais fácil, porque ficavam desesperados iguais a uns idiotas atrás da próxima dose. Tinham overdoses na sala de espera, ou um ataque cardíaco no banheiro, ou roubavam todos os frascos que conseguiam enfiar no bolso e saíam correndo para a porta. Felizmente, Callie descobrira por meio de grandes testes e pequenos erros como roubar um fornecimento contínuo de drogas de manutenção que evitavam que ela entrasse em crise de abstinência.

Todo dia, ela precisava de um total de ou sessenta miligramas de metadona ou dezesseis miligramas de buprenorfina para evitar os vômitos, as dores de cabeça, a insônia, a diarreia explosiva e a dor lancinante nos ossos que vinham da abstinência de heroína. A única regra que Callie já conseguira seguir era nunca pegar nada de que um animal fosse precisar. Se sua vontade piorasse, ela jogava as chaves pela abertura do correio na porta e parava de ir. Callie preferia morrer a ver um animal sofrer. Mesmo um corgi, porque o dr. Jerry tinha razão. Eles podiam ser verdadeiros babacas.

Callie se permitiu olhar desejosa para as pilhas de remédios no armário antes de começar a pegar ampolas e frascos de remédios. Ela abriu o registro de drogas ao lado da pilha de prontuários. Clicou a caneta.

A clínica do dr. Jerry era pequena. Alguns veterinários tinham máquinas em que era preciso usar a digital para abrir o armário de remédios, e a digital precisava estar de acordo com o prontuário, e o prontuário tinha que estar de acordo com a dosagem, e isso era difícil, mas Callie trabalhava para o dr. Jerry, entre idas e vindas, havia quase duas décadas. Podia enganar qualquer sistema com o pé nas costas.

Foi assim que ela fez: os pais de Aroo Feldman não tinham pedido mais Tramadol, mas mesmo assim ela colocara o pedido no prontuário. Sploot McGhee ia receber o adesivo de fentanil porque costelas rachadas eram horríveis e até um galgo arrogante merecia paz. Da mesma forma, Scout, o pastor-alemão idiota que perseguira um esquilo por cima de uma cerca de arame farpado, ia receber toda a medicação de que precisava.

O'Barky, Ronaldo e Deux Claude eram animais imaginários cujos donos tinham endereços transitórios e telefones que não funcionavam. Callie passara horas criando históricos para eles: limpezas dentais, remédios para dirofilariose, brinquedinhos de plástico engolidos, vômitos inexplicados, mal-estar geral. Havia mais pacientes falsos — um bulmastife, um dogue alemão, um malamute-do-alasca e um punhado de cães-pastores. Remédios de dor eram dosados com base no peso, e Callie se certificava de escolher raças que podiam ter mais de cinquenta quilos.

Borzois bizarramente grandes não eram a única forma de trapacear o sistema. Refugos eram um plano B confiável. A Agência de Repressão a Narcóticos entendia que animais se contorciam e, muitas vezes, metade de uma injeção podia ser esguichada na sua cara ou no chão. Você registrava isso como refugo no livro e seguia a vida. Numa urgência, Callie podia derrubar uma ampola de solução salina estéril na frente do dr. Jerry e fazer com que ele cancelasse no registro como metadona ou buprenorfina. Ou, às vezes, ele mesmo esquecia o que estava fazendo e mudava.

Havia as opções mais fáceis. Quando o cirurgião ortopédico visitante vinha a cada quinze dias, às terças-feiras, Callie preparava bolsas de fluidos com fentanil, um opioide sintético tão forte que só costumava ser prescrito para dor de cânceres avançados, e cetamina, um anestésico dissociativo. O truque era desviar o suficiente de cada droga para o paciente ainda estar confortável na cirurgia. Havia também o pentobarbital, usado para a eutanásia de animais doentes. A maioria dos médicos colocava três ou quatro vezes mais do que era realmente necessário, porque ninguém queria que não funcionasse. O gosto era amargo, mas alguns usuários recreativos gostavam de cortar com rum e apagar a noite toda.

Como não havia são-bernardos e terra-novas suficientes em Lake Point para justificar as doses de manutenção de Callie, ela vendia ou trocava o que conseguia para comprar metadona. A pandemia tinha sido incrível para a venda de drogas. O custo médio de ficar doidão tinha subido muito. Ela se considerava a Robin Hood dos traficantes, porque a maior parte do dinheiro voltava à clínica para o dr. Jerry poder manter as portas abertas. Ele a pagava em dinheiro toda sexta. Sempre ficava surpreso com a quantidade de notas pequenas e amassadas no cofre.

Callie abriu o prontuário do sr. Pete. Trocou o seis por um oito, depois pegou as seringas de buprenorfina para uso oral. Ela não tendia a roubar de gatos, porque eram relativamente pequenos e não tinham o custo-benefício de um rottweiler musculoso. Conhecendo os gatos, eles provavelmente se mantinham magros por essa exata razão.

Ela colocou as seringas numa sacola plástica, depois imprimiu o rótulo. O resto do saque foi para a sua mochila, na sala de funcionários. A irmã de Callie lhe dissera muito tempo antes que ela gastava mais energia intelectual fazendo a coisa errada do que precisaria gastar para fazer as coisas certas, mas foda-se a irmã dela; era uma daquelas vacas que podiam usar um monte de cocaína para estudar para uma prova e depois nunca mais pensar em cocaína.

Para Callie, bastava olhar para um lindo tablete verde de oxicodona e ela sonhava com ele um mês inteiro.

Ela limpou a boca, porque agora estava sonhando com oxi.

Callie achou o sr. Pete na caixa de transporte. Esguichou uma seringa de analgésicos na boca do gato. Ele espirrou duas vezes e lançou um olhar irado para ela quando ela colocou uma máscara e avental para poder levá-lo ao carro.

Ela manteve a máscara enquanto limpava a clínica. O piso era côncavo por anos das sandálias Birkenstock do dr. Jerry indo de uma sala de exame a outra, depois voltando à sala dele. O teto baixo tinha manchas de umidade. As paredes eram cobertas por painéis deformados. Havia fotos desbotadas de animais grudadas por todo lado.

Callie usou um espanador para acabar com a sujeira. Ficou de quatro para limpar as duas salas de exame, depois seguiu para a sala de cirurgia e, enfim, para o canil. Eles não costumavam hospedar animais, mas havia uma gatinha chamada Miauma Cass que o dr. Jerry ia levar para casa para dar mamadeira, e um gato malhado que tinha chegado no dia anterior com um fio saindo da bunda. A cirurgia de emergência era cara demais para os donos, mas o dr. Jerry passara uma hora removendo o fio do intestino do gato do mesmo jeito.

O alarme do telefone de Callie soou. Ela checou o Facebook, depois rolou pelo Twitter. A maioria das pessoas que ela seguia eram relacionadas a animais, como um tratador da Nova Zelândia que era obcecado por demônios-da-tasmânia e um historiador de enguias que detalhara a tentativa desastrosa do governo americano de transferir enguias da Costa Leste para a Califórnia durante o século XIX.

A navegação queimou mais quinze minutos. Callie checou a agenda do dr. Jerry. Ele tinha mais quatro pacientes à tarde. Ela foi até a cozinha e fez um sanduíche para ele, espalhando um suprimento generoso de biscoitos em formato de bicho ao lado.

Callie bateu na porta do dr. Jerry antes de entrar. Ele estava deitado no sofá, a boca aberta. Seus óculos estavam tortos. Havia um livro aberto no peito. *Sonetos completos de William Shakespeare*. Um presente da esposa falecida.

— Dr. Jerry? — Ela apertou o pé dele.

Como sempre, ele ficou um pouco assustado e desorientado de ver Callie pairando ali. Era como o Dia da Marmota, mas todo mundo sabia que as marmotas eram assassinas cruéis.

Ele ajustou os óculos para poder ver o relógio.

— Passou rápido.

— Fiz um almoço para você.

— Maravilha.

Ele gemeu ao sair do sofá. Callie deu uma ajudinha quando ele começou a cair para trás.

— Como foi seu tempo executivo? — perguntou ela.

— Muito bom, mas tive um sonho estranho sobre um tamboril. Você já viu um?

— Não que eu me lembre.

— Fico feliz em saber disso. Eles moram nos lugares mais escuros e solitários, o que é ótimo, porque não são a espécie mais atraente. — Ele pôs as mãos em concha na boca como se fosse falar um segredo. — Especialmente as moças.

Callie sentou-se na beira da mesa dele.

— Me conta.

— O macho passa a vida toda farejando uma fêmea. Como eu disse, é muito escuro onde eles moram, então, a natureza dá a eles células olfativas que se atraem pelos feromônios da fêmea. — Ele levantou a mão para interromper a história. — Eu mencionei que ela tem um filamento longo e iluminado que se estica como um dedo lanterna?

— Não.

— Bioluminescência. — Dr. Jerry pareceu deleitado com a palavra. — Então, quando nosso Romeu encontra sua Julieta, morde-a logo abaixo da cauda.

Callie olhou enquanto ele ilustrava com as mãos, os dedos se fechando ao redor do punho.

— Aí, o macho solta enzimas que dissolvem tanto a boca dele quanto a pele dela, o que efetivamente faz os dois se fundirem. Aí, e essa é a parte milagrosa, os olhos e os órgãos internos dele se desintegram até ele ser só um saco reprodutivo grudado nela pelo resto de sua existência infeliz.

Callie riu.

— Caramba, dr. Jerry. Parece exatamente meu primeiro namorado.

Ele riu também.

— Não sei por que eu pensei nisso. Engraçado como funciona o cocuruto.

Callie podia ter passado o resto da vida preocupada com o dr. Jerry estar usando o tamboril como metáfora de como ela o tratava, mas ele não era um cara metafórico. Só amava falar sobre peixes.

Ela o ajudou a colocar o avental de laboratório.

Ele perguntou:

— Eu já te contei da vez que fui chamado para atender um tubarão-cabeça-chata bebê num aquário de oitenta litros?

— Ah, não.

— O certo é falar filhote, aliás, mas não tem a mesma *joie de vivre* de tubarão bebê. Naturalmente, o dono era um dentista. O pateta não tinha ideia de com o que estava lidando.

Callie o seguiu pelo corredor, escutando-o explicar o significado de *vivíparo*. Ela o guiou até a cozinha, onde garantiu que ele comesse tudo. Migalhas de biscoito caíam na mesa enquanto ele contava mais uma história sobre mais um peixe, depois passava para saguis. Callie percebera havia muito tempo que o dr. Jerry a usava mais como companhia paga. Considerando pelo que outros homens pagavam Callie, ela era grata pela mudança de cenário.

As quatro consultas que faltavam fizeram o resto do dia passar rápido. Dr. Jerry amava check-ups anuais porque raramente havia algo grave. Callie marcou consultas de retorno, limpezas dentais e, como o dr. Jerry não achava educado falar do peso de uma dama, deu um sermão nos donos de uma daschund rotunda sobre restrições alimentares. No fim do dia, o dr. Jerry tentou pagá-la, mas Callie o lembrou que só ia receber de novo no fim da semana seguinte.

Ela tinha pesquisado sinais de demência no celular. Se era isso que o dr. Jerry estava enfrentando, Callie percebeu que ele ainda estava bem o suficiente para trabalhar. Ele talvez não se lembrasse que dia era, mas ainda conseguia calcular fluidos com eletrólitos e aditivos como potássio ou magnésio sem escrever os números, o que era mais do que a maioria das pessoas.

Callie rolou pelo Twitter enquanto ia até o ponto de ônibus. O historiador de enguias tinha ficado em silêncio, e o tratador neozelandês já estava dormindo, então ela foi ao Facebook.

Cães que precisavam de drogas não eram a única invenção de Callie. Desde 2008, ela espreitava os babacas com quem tinha estudado no ensino médio. Sua foto de perfil mostrava um siamês azul lutando com peixes chamados Swim Shady.

Os olhos de Callie ficaram vidrados enquanto ela lia os últimos posts inúteis da ilustre turma de 2002 de Lake Point. Reclamações sobre escolas fechadas, conspirações do Estado, descrença no vírus, crença no vírus, discursos pró-vacina, discursos antivacina e o racismo, machismo e antissemitismo de sempre que eram a maldição das redes sociais. Callie nunca entenderia como Bill Gates tinha sido burro de dar acesso fácil à internet para todos só para um dia esses imbecis poderem revelar todos os planos maléficos dele.

Ela jogou o telefone de volta no bolso ao sentar no banco do ponto de ônibus. A cobertura de acrílico suja estava cheia de pichações. Havia lixo nos cantos. A clínica do dr. Jerry ficava numa área razoável, mas essa avaliação era subjetiva. Os vizinhos do centro comercial eram uma loja de pornografia que fora forçada a fechar durante a pandemia e uma barbearia que Callie tinha quase certeza de que só estava aberta porque servia como lavagem de dinheiro para jogos ilegais. Toda vez que ela via um perdedor sair de olhos esbugalhados pela porta dos fundos, fazia uma pequena oração de agradecimento por esse não ser um dos seus vícios.

Um caminhão de lixo cuspiu fumaça preta e putrefação ao passar devagar, balançando o ponto de ônibus. Um dos caras pendurados deu um tchauzinho para Callie. Ela acenou de volta, porque era a coisa educada a se fazer. Aí, o amigo dele começou a acenar, e ela virou a cabeça.

O pescoço dela respondeu à virada rápida demais tensionando os músculos como uma pinça. Callie esticou a mão, os dedos encontrando a longa cicatriz que saía da base do crânio. C1 e C2 eram as vértebras cervicais que permitiam metade dos movimentos da cabeça para a frente, para trás e de rotação. Callie tinha duas hastes de cinco centímetros, quatro parafusos e um pino que formavam uma gaiola na área. Tecnicamente, a cirurgia se chamava laminectomia cervical, mas era mais comumente conhecida como fusão, porque este era o resultado final: as vértebras se fundiam em um amontoado de ossos.

Embora tivessem se passado duas décadas desde a sua fusão, a dor nos nervos podia ser repentina e debilitante. Seu braço e mão esquerdos às vezes ficavam completamente dormentes sem aviso. Ela tinha perdido quase metade da mobilidade do pescoço. Assentir e balançar a cabeça era possível, mas limitado. Quando ela amarrava os sapatos, tinha que levar o pé às mãos, em vez do contrário. Não conseguia olhar por cima do ombro desde a cirurgia, uma perda devastadora, porque Callie nunca poderia ser a heroína retratada na capa de um livro de mistério vitoriano.

Ela se recostou no acrílico para poder olhar o céu. O sol se pondo esquentou seu rosto. O ar estava frio e revigorante. Carros passavam. Crianças riam num parquinho próximo. A batida contínua de seu próprio coração pulsava gentilmente nos ouvidos.

As mulheres com quem ela estudara no ensino médio atualmente estavam levando os filhos para o treino de futebol americano ou as aulas de piano. Estavam vendo os filhos fazer lição de casa, segurando a respiração enquanto as filhas ensaiavam coreografias de líder de torcida no quintal. Estavam liderando reuniões, pagando contas, indo trabalhar e vivendo vidas normais sem roubar drogas de um velhinho bondoso. Não estavam tremendo até os ossos porque seu corpo implorava por uma droga que sabiam que ia acabar matando-as.

Pelo menos, um monte delas tinha ficado gorda.

Callie escutou o silvo de freios pneumáticos. Virou-se para olhar o ônibus. Fez do jeito certo dessa vez, girando os ombros junto com a cabeça. Apesar dessa adaptação, a dor queimou o braço e o pescoço.

— Caralho.

Não era o ônibus dela, mas Callie pagou o preço por olhar. Sua respiração falhou. Ela se recostou de novo no acrílico, soltou ar entre os dentes apertados. Seu braço e sua mão do lado esquerdo estavam dormentes, mas o pescoço pulsava como um saco cheio de pus. Ela se concentrou nas adagas que esfolavam seus músculos e nervos. A dor podia ser um vício em si mesma. Callie vivia com ela fazia tanto tempo que, quando pensava na vida de antes, tudo de que se lembrava eram pequenas explosões de luz, estrelas que mal penetravam a escuridão.

Ela sabia que houvera um tempo longínquo quando só o que queria era a sensação das endorfinas que vinham de correr muito, ou pedalar rápido demais, ou se jogar diagonalmente no chão do ginásio. Como líder de torcida, ela tinha voado — flutuado — no ar, fazendo uma rotação de quadril por cima da cabeça, ou um mortal para trás, um salto dianteiro, um chute, arabesco, a agulha, o escorpião, o estiramento de calcanhar, o arco e flecha, um salto de aterrissagem tão vertiginoso que ela só podia torcer para que quatro pares de braços fortes segurassem sua queda.

Até que não seguraram.

Um nó subiu por sua garganta. A mão se estendeu de novo, dessa vez, encontrando um dos quatro caroços ósseos que circundavam sua cabeça como pontos de uma bússola. O cirurgião tinha perfurado pinos no crânio dela para segurar o colar enquanto o pescoço se recuperava. Callie tinha apalpado tanto o ponto acima da orelha que parecia caloso.

Ela secou lágrimas dos cantos dos olhos. Soltou a mão no colo. Massageou os dedos, tentando fazer alguma sensação voltar às pontas.

Raramente se permitia pensar no que perdera. Como dizia sua mãe, a tragédia da existência de Callie era ser inteligente o bastante para saber quanto tinha sido idiota. Esse conhecimento pesado não era limitado a Callie. Em sua experiência, a maioria dos drogados entendia o vício tão bem quanto alguns médicos, talvez até melhor.

Callie sabia, por exemplo, que seu cérebro, como qualquer outro, tinha uma coisa chamada receptores de opioides mu. Os receptores também estavam espalhados por sua coluna e outros lugares, mas a maioria ficava no cérebro. A forma mais fácil de descrever a função de um receptor mu era dizer que ele controla as sensações de dor e recompensa.

Durante os primeiros dezesseis anos da vida de Callie, seus receptores mu funcionaram num nível razoável. Ela distendia as costas ou virava o tornozelo, e um pico de adrenalina se espalhava pelo seu sangue e agarrava os receptores mu, que, por sua vez, suavizavam a dor. Mas só temporariamente e nem de longe o bastante. No ensino fundamental, ela usara anti-inflamatórios não esteroides como Advil ou Motrin para substituir as endorfinas. E funcionava. Até não funcionar mais.

Graças a Buddy, ela fora apresentada ao álcool, mas o problema com o álcool era que, mesmo em Lake Point, não havia muitas lojas que vendiam uma dose de tequila a uma criança, e Buddy, por motivos óbvios, tinha parado de ser seu fornecedor quando Callie tinha catorze anos. E, aí, aos dezesseis, ela quebrou o pescoço e, quando viu, estava a caminho de um caso de amor eterno com os opioides.

Narcóticos eram muito mais poderosos que um pico de endorfina, e eram risivelmente melhores que anti-inflamatórios e álcool, exceto que, uma vez grudados aos receptores mu, não gostavam de se soltar. O corpo de Callie reagia produzindo mais receptores mu, mas então seu cérebro lembrava como era ótimo ter receptores mu preenchidos e pedia para que ela os preenchesse de novo. Ela podia ver TV, ou ler um livro, ou tentar contemplar o significado da vida, mas seus mus estavam sempre batendo os pezinhos mus, esperando ser alimentados. Isso se chama fissura.

A não ser que a pessoa seja uma fada-madrinha ou tenha autocontrole de um Houdini, ela acaba alimentando essa fissura. E, no fim, precisa de narcóticos cada vez mais fortes só para manter esses novos mus felizes, o que, por acaso, é a ciência por trás da tolerância. Mais narcóticos. Mais mus. Mais narcóticos. E assim por diante.

A pior parte é quando você para de alimentar os mus, porque eles lhe dão mais ou menos doze horas antes de fazer seu corpo de refém. Sua exigência de resgate é transmitida na única linguagem que eles conhecem, que é a dor debilitante. Isso se chama abstinência, e há fotos de autópsia mais agradáveis de olhar do que um viciado passando por abstinência de opioides.

Então, a mãe de Callie estava absolutamente certa de que Callie sabia exatamente quando dera o primeiro passo na estrada de uma vida inteira de estupidez. Não fora quando ela caíra de cabeça no chão do ginásio, quebrando duas vértebras do pescoço. Fora na primeira vez que sua receita de oxicodona acabara e ela perguntara a um drogado da aula de inglês se ele sabia onde dava para conseguir mais.

Uma tragédia em um ato.

O ônibus de Callie chegou rugindo ao ponto, encalhando no meio-fio.

Ela gemeu mais que o dr. Jerry ao se levantar. Joelho problemático. Costas problemáticas. Pescoço problemático. Garota problemática. O ônibus estava meio cheio, algumas pessoas usando máscaras, algumas considerando que a vida já era uma merda, então, para que adiar o inevitável. Callie achou um lugar na frente, com todas as outras velhas rangendo. Eram faxineiras e garçonetes com netos para sustentar, e deram a Callie o mesmo olhar cansado que dariam a um parente que roubara o talão de cheque delas pela milésima vez. Para evitar a humilhação, ela olhou pela janela enquanto postos de gasolina e lojas de peças automotivas davam lugar a clubes de striptease e lojas de compensação de cheques.

Quando o cenário ficou desolador demais, ela pegou o telefone. Começou a rolar o Facebook à toa de novo. Não havia lógica em sua tentativa de saber da vida desses trouxas de quase meia-idade. A maioria tinha ficado na área de Lake Point. Alguns tinham se dado bem, mas bem para Lake Point, não para um ser humano normal. Nenhum deles era amigo de Callie na escola. Ela era a líder de torcida menos popular da história de líderes de torcida. Nem os esquisitões na mesa dos nerds a tinham aceitado. Se algum deles se lembrasse dela, era como a garota que tinha se cagado na frente da escola inteira. Callie ainda se lembrava da sensação de dormência se espalhando pelos braços e pelas pernas, o fedor nojento de seu intestino se soltando enquanto ela estava caída no chão duro de madeira do ginásio.

Tudo por um esporte que tinha o mesmo prestígio de um campeonato de rolamento de ovos.

O ônibus tremia como um galgo ao se aproximar do ponto dela. O joelho de Callie travou quando ela tentou se levantar. Ela precisou dar um soco nele para continuar. Ao descer a escada mancando, pensou em todas as drogas em sua mochila. Tramadol, metadona, cetamina, buprenofina. Misturando tudo num copo de tequila, ela podia estar na primeira fila de um show de Kurt Cobain e Amy Winehouse conversando sobre como Jim Morrison podia ser babaca.

— Ei, Cal! — Sammy Cracudo acenou freneticamente de seu poleiro numa espreguiçadeira quebrada. — Cal! Cal! Vem cá!

Callie atravessou um terreno baldio até o ninho de Sammy — a espreguiçadeira, uma barraca furada e um monte de papelão que não parecia ter propósito.

— O que foi?

— É o seu gato, sabe?

Callie fez que sim.

— Tinha um pombo, e ele... — Sammy fez um gesto insano de voo com os braços. — Ele pegou aquele diabo de rato do céu e comeu na minha frente. Foi bizarro, cara. Ele ficou lá sentado mastigando a cabeça do pombo por meia hora.

Callie sorriu orgulhosa enquanto vasculhava a bolsa.

— Ele te ofereceu?

— Nunca, só ficou me olhando. Ele ficou me olhando, Callie. E estava com um olhar, tipo, não sei. Parecia que queria me contar alguma coisa. — Sammy gargalhou. — Rá! Tipo: "Não fume crack".

— Desculpa. Os gatos julgam muitos os outros. — Ela achou o sanduíche que tinha feito para jantar. — Come antes de fumar.

— Beleza, beleza. — Sammy guardou o sanduíche embaixo de uma pilha de papelão. — Mas, escuta, você acha que ele estava tentando me falar alguma coisa?

— Não tenho certeza — respondeu Callie. — Como você sabe, gatos escolhem não falar porque têm medo de serem obrigados a pagar impostos.

— Rá! — Sammy apontou um dedo para ela. — X-9 tem que morrer! Ah--ah-ei, Cal, peraí um segundo, tá? Acho que o Trap está te procurando, então...

— Come seu sanduíche. — Callie se afastou, porque Sammy podia tagarelar a noite toda. E isso sem o crack.

Callie dobrou a esquina, respirando com dificuldade. Trap atrás dela não era uma boa notícia. Ele era um viciado em metanfetamina com um diploma precoce em babaquice. Felizmente, morria de medo da mãe. Desde que Wilma recebesse sua parte, seu filho idiota ficava na rédea curta.

Ainda assim, Callie colocou a mochila na frente do peito ao se aproximar do motel. A caminhada não era completamente desagradável, porque era familiar. Ela passou por lotes vazios e casas abandonadas. Pichações marcavam um muro de contenção em ruínas. Seringas usadas estavam jogadas pela calçada. Por hábito, o olho dela buscou agulhas usáveis. Ela estava com o kit droga na mochila: uma caixa de relógio do Snoopy, uma colher dobrada, uma seringa vazia, um pouco de algodão e um isqueiro Zippo.

O que ela mais gostava de injetar heroína era a pompa do ato. O acender do isqueiro. O cheiro de vinagre enquanto a droga cozinhava na colher. Puxar o líquido marrom sujo para a seringa.

Callie balançou a cabeça. Pensamentos perigosos.

Ela seguiu o caminho cheio de lama que contornava os quintais dos fundos de uma rua residencial. A energia mudou abruptamente. Famílias moravam lá. Janelas estavam abertas. Havia música alta. Mulheres gritavam com os namorados. Namorados gritavam com suas mulheres. Crianças corriam ao redor de um irrigador ligado. Era como as partes mais ricas de Atlanta, mas mais barulhenta e mais lotada e menos pálida.

Pelas árvores, Callie viu duas viaturas paradas no fim da rua. Não estavam pegando ninguém. Estavam esperando o sol se pôr e as ligações chegarem — Naloxona para esse viciado, pronto-socorro para um outro, uma longa espera na van do legista, oficiais de condicional e Serviços para Veteranos —, e isso só numa segunda à noite. Muita gente tinha procurado confortos ilícitos durante a pandemia. Empregos foram perdidos. A comida era escassa. Crianças estavam com fome. O número de overdoses e suicídios tinha explodido. Os políticos que expressavam profunda preocupação com saúde mental durante os lockdowns, surpreendentemente, não estavam dispostos a gastar dinheiro ajudando as pessoas que haviam enlouquecido.

Callie observou um esquilo saltitar ao redor de um poste telefônico. Virou na direção do motel. O prédio quadrado de concreto, com dois andares, ficava atrás de uma fileira de arbustos rugosos. Ela afastou os galhos e subiu no asfalto rachado. A lixeira exalava uma recepção pungente. Ela deu uma olhada na área, garantindo que Trap não a pegasse de surpresa.

Sua mente voltou à cornucópia letal de drogas em sua mochila. Encontrar Kurt Cobain seria incrível, mas seu desejo de autoflagelação tinha passado. Ou, pelo menos, voltado ao nível da busca de sempre por autoflagelação, do tipo que não acabava em morte certa, só em morte possível, e talvez ela pudesse ser trazida de volta, então, por que não colocar um pouco mais, certo? A polícia ia chegar a tempo, certo?

O que Callie queria naquele dia era tomar um longo banho e se aconchegar na cama com o gato comedor de pombos. Ela tinha metadona o bastante para passar a noite e conseguir sair da cama de manhã. Podia vender a caminho do trabalho. Dr. Jerry ia ter um ataque do coração se ela chegasse antes do meio-dia.

Callie estava sorrindo ao dobrar a esquina, porque era raro ter um plano de verdade.

— E aí, garota? — Trap estava apoiado na parede, fumando um baseado. Olhou-a de cima a baixo, e ela se lembrou de que ele era um adolescente com o cérebro de uma criança de cinco anos e o potencial violento de um homem adulto. — Tem alguém te procurando.

Callie sentiu os cabelos da nuca se arrepiarem. Tinha passado a maior parte da vida adulta garantindo que ninguém jamais a procurasse.

— Quem?

— Um branquelo. Carro legal. — Ele deu de ombros, como se fosse uma descrição suficiente. — O que tem nessa mochila?

— Não é da porra da sua conta. — Callie tentou ultrapassá-lo, mas ele agarrou o braço dela.

— Ah, não — disse Trap. — A mamãe me mandou vir cobrar.

Callie riu. A mãe ia chutar o saco dele para a garganta se ele pegasse a parte dela.

— Vamos achar a Wilma agora para ver se isso é verdade.

Os olhos de Trap vacilaram. Pelo menos, foi o que ela achou. Tarde demais, Callie percebeu que ele estava sinalizando para alguém atrás dela. Ela começou a virar o corpo, porque não conseguia virar a cabeça.

O braço musculoso de um homem passou pelo pescoço dela. A dor foi instantânea, como um raio caindo do céu. Os quadris de Callie se projetaram à frente. Ela caiu contra o peito do homem, o corpo se alavancando como uma maçaneta numa porta.

A respiração dele estava quente no ouvido dela.

— Não se mexe.

Ela reconheceu a voz aguda de Diego. Era o colega viciado em metanfetamina de Trap. Eles fumavam tanto cristal que os dentes já estavam caindo. Qualquer um dos dois sozinho era um estorvo. Juntos, eram uma notícia de última hora de estupro e assassinato esperando para acontecer.

— O que você tem aí, cachorra? — Diego deu um solavanco mais forte no pescoço de Callie. Sua mão livre escorregou por baixo da mochila e achou o peito dela. — Tem esses peitinhos pra mim, gata?

O braço esquerdo de Callie tinha ficado completamente dormente. Ela sentia que o crânio ia se quebrar na base. Seus olhos se fecharam. Se ela fosse morrer, que acontecesse antes de a coluna dela se partir.

— Vamos ver o que tem aqui. — Trap estava perto o bastante para ela cheirar os dentes podres na boca dele. Ele abriu o zíper da bolsa. — Porra, sua vaca, você tava escondendo…

Todos escutaram o *click-clack* distinto do ferrolho de uma pistola nove milímetros sendo puxado.

Callie não conseguia abrir os olhos. Só conseguiu esperar pela bela.

Trap disse:

— Quem diabos é você?

— A filha da puta que vai abrir outro buraco na sua cabeça se vocês não saírem de perto dela agora mesmo, seus merdinhas.

Callie abriu os olhos.

— Ei, Harleigh.

5

— Nossa, Callie.

Ela olhava Leigh esvaziar a mochila com raiva em cima da cama. Seringas, tabletes, ampolas, absorventes, balas de goma, canetas, caderno, dois livros da biblioteca sobre corujas, o kit de droga de Callie. Em vez de brigar por causa do carregamento, a irmã olhou em volta do quarto sujo do motel como se esperasse achar um suprimento secreto de ópio dentro das paredes de concreto pintado.

— E se eu fosse uma policial? — perguntou Leigh. — Você sabe que não pode carregar tudo isso.

Callie se apoiou na parede. Estava acostumada a ver versões diferentes de Leigh — a irmã tinha mais personalidades que um gato —, mas aquele lado dela que era capaz de apontar uma arma contra dois adolescentes drogados não aparecia havia 23 anos.

Trap e Diego deviam agradecer a porra do universo por ela estar carregando uma Glock em vez de um rolo de plástico-filme.

— Tráfico vai te colocar na prisão pelo resto da vida — avisou Leigh.

Callie olhou desejosa para o kit de droga.

— Ouvi falar que lá dentro é mais fácil pra quem é passiva.

Leigh se virou, as mãos no quadril. Estava de salto alto e com um dos seus terninhos caros de fodona, que tornava sua presença naquela espelunca um pouco cômica. E isso incluía a arma carregada presa na cintura da saia.

— Cadê sua bolsa? — perguntou Callie.

— Trancada no porta-malas do meu carro.

Callie ia dizer a ela que aquilo era coisa de mulher rica branca e burra, mas seu crânio ainda latejava depois de Diego quase quebrar as vértebras que sobravam em seu pescoço.

— É bom te ver, Har.

Leigh se aproximou, olhando nos olhos de Callie para checar as pupilas.

— Quanto você está chapada neste momento?

Não o suficiente foi o primeiro pensamento de Callie, mas ela não queria afugentar Leigh tão rápido. Da última vez que vira a irmã, Callie estava saindo de duas semanas num respirador na UTI do Grady Hospital.

— Preciso que você esteja lúcida agora — disse Leigh.

— Então, melhor andar logo.

Leigh cruzou os braços na frente do peito. Claramente tinha algo a dizer, mas também ainda não estava pronta.

— Você anda comendo? Está magra demais — perguntou.

— Uma mulher nunca é…

— Cal. — A preocupação de Leigh cortou a babaquice como uma pá. — Você está bem?

— Como vai o seu tamboril? — Callie gostou da confusão no rosto da irmã. Havia um motivo para os esquisitões não quererem a líder de torcida menos popular na mesa dos nerds. — Walter. Como ele está?

— Está bem. — A expressão de Leigh se suavizou. As mãos dela caíram na lateral do corpo. Só havia três pessoas vivas que viam a guarda dela abaixada. Leigh mencionou a terceira espontaneamente. — Maddy ainda está morando com ele para poder ir à escola.

Callie tentou massagear o braço para voltar a senti-lo.

— Sei que isso é difícil para você.

— Bom, é, tudo é difícil para todo mundo. — Leigh começou a andar para lá e para cá no quarto. Era como assistir a um macaco que tocava pratos dando corda em si mesmo. — A escola acabou de enviar um e-mail dizendo que uma mãe idiota deu uma festa do contágio na semana passada. Por enquanto, seis crianças já testaram positivo. A classe toda foi colocada em aula virtual por duas semanas.

Callie riu, mas não por causa da mãe idiota. O mundo em que Leigh vivia era como Marte em comparação com o dela.

Leigh fez um gesto de cabeça para a janela.

— É para você?

Callie sorriu para o gato musculoso no parapeito. Binx alongou as costas esperando para entrar.

— Ele pegou um pombo hoje.

Leigh estava cagando para o pombo, mas tentou:

— Como ele se chama?

— Filho da puta. — Callie riu da reação de susto da irmã. — O apelido é Futa.

— E ele é macho?

— Tem gênero fluido.

Leigh apertou os lábios. Não era uma visita social. Para socializar, Harleigh ia a jantares chiques com outros advogados e médicos e o Arganaz dormindo a sono solto entre o Chapeleiro Maluco e a Lebre de Março.

Ela só procurava Callie quando acontecia algo muito ruim. Um mandado pendente. Uma visita na cadeia do condado. Um julgamento iminente. Um diagnóstico de Covid em que a única pessoa dispensável que podia cuidar dela era a irmãzinha mais nova.

Callie pensou em suas transgressões mais recentes. Talvez aquela multa idiota por atravessar fora da faixa tivesse dado merda. Ou talvez Leigh tivesse recebido de uma de suas conexões uma pista de que o dr. Jerry estava sendo investigado pela Agência de Repressão a Narcóticos. Ou, mais provavelmente, um dos imbecis para quem Callie estava vendendo tinha aberto a boca para conseguir se livrar da cadeia.

Viciados de merda.

— Quem está atrás de mim? — perguntou.

Leigh circulou o dedo no ar. As paredes eram finas. Qualquer um podia estar escutando.

Callie abraçou Binx mais forte. As duas sabiam que, um dia, Callie ia se meter no tipo de problema que a irmã mais velha não ia conseguir resolver por ela.

— Vem — disse Leigh. — Vamos.

Ela não estava falando de uma volta no quarteirão. Estava falando de fazer as malas, enfiar o gato em alguma coisa e entrar no carro.

Callie procurou roupas enquanto Leigh refazia a mochila. Ela ia sentir saudade da colcha e do cobertor florido, mas não era a primeira vez que abandonava um lugar. Normalmente, havia oficiais de justiça na porta com um aviso de despejo. Ela precisava de roupas de baixo, muitas meias, duas camisetas limpas e uma calça jeans. Tinha um par de sapatos, que estava no pé. Mais camisetas podiam ser compradas no bazar de caridade. Cobertores eram dados no abrigo, mas ela não podia ficar lá, porque eles não permitiam animais de estimação.

Callie usou uma fronha para guardar suas posses escassas, depois pegou a comida de Binx, o ratinho de brinquedo cor-de-rosa e um colar havaiano barato de plástico que o gato gostava de arrastar por aí quando estava entediado.

— Pronta?

Leigh estava com a mochila no ombro. Ela era advogada, então, Callie não explicou o que uma arma e uma caralhada de drogas podiam significar, pois a irmã já tinha garantido uma vaga naquele mundo rarefeito em que as regras eram negociáveis.

— Só um minuto. — Callie usou o pé para chutar a caixa de Binx de debaixo da cama. O gato ficou duro, mas não lutou quando Callie o colocou lá dentro. Também não era o primeiro despejo dele. Então, ela disse à irmã: — Pronta.

Leigh deixou Callie sair primeiro. Binx começou a sibilar quando foi colocado no banco de trás do carro. Callie colocou o cinto ao redor da caixa de transporte, depois entrou no banco da frente e fez o mesmo em si. Observou a irmã com atenção. Leigh estava sempre no controle, mas mesmo a forma como virava a chave na ignição foi com um giro de pulso estranhamente preciso. Tudo nela estava surtado, o que era preocupante, porque Leigh nunca surtava.

Tráfico.

Viciados eram meio advogados por necessidade. A Geórgia tinha penas obrigatórias com base em peso. Vinte e oito gramas de cocaína ou mais: dez anos. Vinte e oito gramas de opiáceos: 25 anos. Qualquer quantidade acima de quatrocentos gramas de metanfetamina: 25 anos.

Callie tentou fazer as contas, dividir sua lista de clientes que provavelmente tinham aberto a boca pelos gramas totais que ela vendera nos últimos meses, mas, não importava como ela tentasse manipular, o resultado final era sempre *fodida*.

Leigh virou à direita saindo do estacionamento do motel. Nada foi dito quando entraram na rua principal. Elas passaram por duas viaturas no fim da rua residencial. Os policiais mal olharam o Audi. Provavelmente supuseram que as duas estavam procurando um filho viciado ou dando voltas tentando comprar drogas para elas mesmas.

As duas ficaram em silêncio enquanto Leigh entrava no anel externo, passando pelo ponto de ônibus de Callie. O carro chique navegou com suavidade sobre o asfalto esburacado. Callie estava acostumado com os solavancos e saltos do transporte público. Ela tentou lembrar-se da última vez que havia andado de carro. Provavelmente, quando Leigh a levara para casa do Grady Hospital.

Callie devia ter ficado no condomínio zilionário de Leigh, mas antes de o sol nascer ela já estava na rua com uma agulha no braço.

Ela massageou os dedos que formigavam. Um pouco da sensibilidade estava voltando, o que era bom, mas também parecia que tinha agulhas raspando os nervos. Ela estudou o perfil fechado da irmã. Ter dinheiro o suficiente para envelhecer bem era uma vantagem. Uma academia no prédio. Um médico de plantão. Uma poupança para a aposentadoria. Boas férias. Fins de semana de folga. Na opinião de Callie, a irmã merecia cada luxo que conseguia se dar. Leigh não tinha simplesmente caído nessa vida. Tinha subido na hierarquia por mérito próprio, estudando muito, trabalhando muito, fazendo um sacrifício atrás do outro para dar a si e a Maddy a melhor vida possível.

Se a tragédia de Callie era o autoconhecimento, a de Leigh era que ela nunca, nunca se permitiria aceitar que sua vida boa não estava de alguma forma ligada à infelicidade consumada de Callie.

— Está com fome? — perguntou Leigh. — Você precisa comer.

Não houve nem uma pausa educada para a resposta de Callie. Elas estavam no modo irmã mais velha/irmã mais nova. Leigh entrou num McDonald's. Não consultou Callie ao fazer o pedido no drive-thru, embora Callie imaginasse que o McFish era para Binx. Nada foi dito enquanto o carro seguia devagar na direção da janela. Leigh encontrou uma máscara no console entre os bancos. Trocou dinheiro por sacos de comida e bebida, depois passou tudo para Callie. Tirou a máscara. Continuou dirigindo.

Callie não sabia o que fazer, a não ser aprontar tudo. Embrulhou um Big Mac num guardanapo e entregou à irmã. Mordiscou um cheeseburger duplo. Binx precisou se contentar com duas batatas fritas. Ele teria amado o sanduíche de peixe, mas Callie não tinha certeza de que conseguiria limpar a diarreia de gato da costura contrastante nos elegantes bancos de couro da irmã.

Ela ofereceu a Leigh:

— Batata?

Leigh fez que não.

— Pode comer. Você está magra demais, Cal. Precisa maneirar um pouco na droga.

Callie tirou um momento para apreciar o fato de que Leigh tinha parado de dizer à irmã que ela precisava parar de vez. Só havia sido necessário desperdiçar dezenas de milhares de dólares do dinheiro de Leigh em clínicas de reabilitação e ter inúmeras conversas angustiantes, mas a vida das duas se tornara muito mais fácil desde que Leigh passara à aceitação.

— Coma — ordenou Leigh.

Callie olhou para o hambúrguer em seu colo. Seu estômago revirou. Não tinha como dizer a Leigh que não era a droga que a estava fazendo perder peso. Ela nunca recuperara o apetite depois da Covid. Na maior parte dos dias, precisava se forçar a comer. Dizer isso a Leigh só ia acabar sobrecarregando a irmã com mais culpa que ela não merecia carregar.

— Callie? — Leigh lhe deu um olhar irritado. — Você vai comer ou preciso enfiar pela sua goela abaixo?

Callie engoliu o resto das batatas. Obrigou-se a terminar exatamente metade do hambúrguer. Estava tomando a Coca quando o carro finalmente parou.

Ela olhou ao redor. Instantaneamente, seu estômago começou a pensar em todas as formas de se livrar da comida. Estavam bem no meio da parte residencial de Lake Point, o mesmo lugar aonde Leigh costumava levá-las de carro quando precisavam se afastar da mãe. Callie tinha evitado esse lugar infernal por duas décadas. Pegava o ônibus com trajeto mais longo da clínica do dr. Jerry só para não precisar ver as casas deprimentes e atarracadas com suas garagens estreitas e seus jardins tristes.

Leigh deixou o carro ligado para o ar-condicionado continuar funcionando. Virou-se para Callie, apoiando as costas na porta.

— Trevor e Linda Waleski foram ao meu escritório ontem à noite.

Callie tremeu. Manteve o que Leigh dissera à distância, mas havia uma leve escuridão no horizonte, um gorila irado andando para a frente e para trás nas memórias dela — cintura curta, mãos sempre em punho, braços tão musculosos que não ficavam grudados na lateral do corpo. Tudo na criatura gritava *filho da puta cruel.*

Vai pro sofá, boneca. Estou tão a fim de você que não aguento.

Callie perguntou:

— Como está a Linda?

— Rica pra caralho.

Callie olhou pela janela. Sua visão ficou borrada. Ela via o gorila se virando, olhando-a com raiva.

— Pelo jeito, eles não precisavam do dinheiro de Buddy.

— Callie. — O tom de Leigh estava cheio de urgência. — Sinto muito, mas preciso que você me escute.

— Estou escutando.

Leigh tinha bons motivos para não acreditar nela, mas disse:

— Trevor agora se chama Andrew. Eles mudaram o sobrenome para Tenant depois que Buddy... depois que ele desapareceu.

Callie viu o gorila começar a correr na direção dela. Saía cuspe da boca dele. As narinas se alargaram. Os braços grossos se levantaram. Ele foi na direção dela, mostrando os dentes. Cheirava a charuto barato, uísque e o sexo dela.

— Callie. — Leigh agarrou a mão dela, segurando com tanta força que os ossos se mexeram. — Callie, está tudo bem.

Callie fechou os olhos. O gorila voltou ao seu lugar no horizonte. Ela estalou os lábios. Nunca tinha desejado heroína tanto quanto neste momento.

— Ei. — Leigh apertou a mão dela com ainda mais força. — Ele não pode te machucar.

Callie assentiu. Sua garganta doía, e ela tentou lembrar quantas semanas, talvez até meses, tinha levado para conseguir engolir sem sentir dor depois de Buddy tentar estrangulá-la até a morte.

Sua merdinha inútil, a mãe dela dissera no dia seguinte. *Eu não te criei pra você deixar uma filha da puta idiota acabar com você no recreio.*

— Aqui. — Leigh soltou a mão dela. Esticou o braço na direção do banco traseiro para abrir a caixa de transporte. Pegou Binx e colocou no colo de Callie. — Quer que eu pare de falar?

Callie segurou Binx perto de si. Ele ronronou, encostando a cabeça na base do queixo dela. O peso do animal lhe trouxe conforto. Ela queria que Leigh parasse, mas sabia que se esconder da verdade só colocaria o peso todo na irmã.

— O Trevor parece com ele? — perguntou ela.

— Parece com a Linda. — Leigh ficou em silêncio, esperando outra pergunta. Não era uma tática legal que ela aprendera nos tribunais. Leigh sempre fora de contar a verdade aos poucos, fornecendo informação devagar para Callie não surtar e morrer de overdose num beco.

Callie apertou os lábios no topo da cabeça de Binx, como fazia com Trevor.

— Como eles te encontraram?

— Lembra aquela reportagem no jornal?

— O mijão — disse Callie. Ela tinha ficado tão orgulhosa de ver um perfil da irmã. — Por que ele precisa de uma advogada?

— Porque está sendo acusado de estuprar uma mulher. Várias mulheres.

A informação não era tão surpreendente quanto deveria. Callie passara muito tempo vendo Trevor testá-la, vendo até onde conseguia levar as coisas, exatamente como o pai dele sempre fizera.

— Então, no fim, ele é mesmo como o Buddy.

— Eu acho que ele sabe o que a gente fez, Cal.

A notícia caiu em Callie como um martelo. Ela sentiu a boca se abrindo, mas não havia palavras. Binx ficou irritado pela falta de atenção repentina. Pulou no painel e olhou pelo para-brisa.

Leigh repetiu:

— Andrew sabe o que a gente fez com o pai dele.

Callie sentiu o ar frio da ventilação entrando nos pulmões. Não tinha como se esconder daquela conversa. Ela não podia virar a cabeça, então, virou o corpo, pressionando as costas contra a porta da mesma forma que Leigh.

— Trevor estava dormindo. Nós duas checamos.

— Eu sei.

— Hum — disse Callie, que era o que ela dizia quando não sabia o que mais falar.

— Cal, você não precisa ficar aqui — disse Leigh. — Posso te levar para...

— Não. — Callie detestava ser apaziguada, embora soubesse que precisava disso. — Por favor, Harleigh. Conta o que aconteceu. Não esconda nada. Eu preciso saber.

Leigh ainda estava visivelmente relutante. O fato de não protestar outra vez, de não falar para Callie esquecer aquilo, de não dizer que ia resolver tudo como sempre fazia, era aterrorizante.

Ela começou do começo, que era mais ou menos naquele mesmo horário na noite anterior. A reunião no escritório do chefe dela. A revelação de que Andrew e Linda Tenant eram fantasmas de seu passado. Leigh entrou em detalhes sobre a namorada de Trevor, Reggie Paltz, o detetive particular que era um pouco próximo demais, as mentiras sobre a vida de Callie no Iowa. Explicou as acusações de estupro contra Andrew, as possíveis outras vítimas. Quando entrou em detalhes sobre a faca cortando logo acima da artéria femoral, Callie sentiu os lábios se abrindo.

— Espera — disse. — Volta um pouco. O que Trevor disse exatamente?

— Andrew — corrigiu Leigh. — Ele não é mais Trevor, Callie. E não é o que ele disse, é como ele disse. Ele sabe que o pai foi assassinado. Sabe que a gente se safou.

— Mas... — Callie tentou compreender o que Leigh estava dizendo. — Trev... Andrew está usando uma faca para machucar as vítimas da mesma forma que eu matei Buddy?

— Você não o matou.

— Porra, Leigh, tá bom. — Elas não iam ter essa discussão idiota de novo. — Você o matou depois que eu o matei. Não é uma competição. Nós duas assassinamos o cara. Nós duas cortamos o corpo dele em pedaços.

Leigh ficou em silêncio de novo. Estava dando espaço a Callie, mas Callie não precisava de espaço.

— Harleigh — falou ela. — Se o corpo foi encontrado, é tarde demais para saber como ele morreu. Tudo já teria se decomposto. Eles só achariam ossos. E nem todos. Só pedaços espalhados.

Leigh assentiu. Já tinha pensado nisso.

Callie passou pelas outras opções.

— A gente procurou mais câmeras e fitas e... tudo. A gente limpou a faca e guardou de volta na gaveta. Eu cuidei do Trevor por mais uma porra de um mês inteiro antes de eles irem embora. Eu usava aquela faca sempre que podia. Não tem como alguém conectar a faca com o que a gente fez.

— Não consigo dizer como Andrew sabe da faca ou do corte na perna de Buddy. Só posso dizer que ele sabe.

Callie forçou a mente a voltar àquela noite, embora, por necessidade, tivesse se esforçado para esquecer a maior parte. Passou rapidamente pelos acontecimentos, sem pausar em qualquer página específica. Todo mundo achava que a história era como um livro como um início, um meio e um fim. Não funcionava desse jeito. A vida real era toda meio.

Ela disse a Leigh:

— A gente revirou aquela casa.

— Eu sei.

— Como ele... — Callie repassou de novo, dessa vez mais devagar. — Você esperou seis dias antes de ir para Chicago. A gente falou na frente dele? A gente disse alguma coisa?

Leigh fez que não.

— Acho que não, mas...

Callie não precisava que ela falasse abertamente. As duas estavam em choque. As duas eram adolescentes. Nenhuma delas era um gênio do crime. A mãe delas percebera que alguma coisa ruim acontecera, mas só dissera: *Não me coloquem no meio da merda em que vocês se meteram, porque eu vou jogar as duas embaixo do primeiro ônibus que passar.*

— Não sei qual erro a gente cometeu, mas, obviamente, a gente cometeu algum — disse Leigh.

Callie via, olhando para a irmã, que qualquer que fosse esse erro, Leigh o estava colocando na pilha de culpa que já pesava sobre ela.

— O que Andrew disse exatamente?

Leigh balançou a cabeça, mas sua memória sempre tinha sido excelente.

— Ele me perguntou se eu saberia como cometer um crime que destruiria a vida de alguém. Perguntou se eu sabia me safar de um assassinato a sangue frio.

Callie mordeu o lábio inferior.

— E, aí, disse que hoje não era igual a quando a gente era criança. Por causa das câmeras.

— Câmeras? — ecoou Callie. — Ele disse câmeras especificamente?

— Disse meia dúzia de vezes. Que as câmeras estão por toda parte, em campainhas, casas, câmeras de trânsito. Não dá para ir a lugar nenhum sem ser gravado.

— A gente não procurou no quarto de Andrew — disse Callie. Era o único lugar que não tinham considerado. Buddy mal falava com o filho. Não queria nada com ele. — Andrew vivia roubando coisas. Talvez houvesse outra fita.

Leigh assentiu. Já tinha considerado a possibilidade.

Callie sentiu as bochechas ficando vermelho-vivo. Andrew tinha dez anos quando aquilo aconteceu. Será que tinha encontrado uma fita? Tinha visto o pai transando com Callie de todo jeito que conseguia pensar? Era por isso que ele ainda era obcecado por ela?

Era por isso que ele estava estuprando mulheres?

— Harleigh, vamos raciocinar. Se Andrew tiver um vídeo, só mostra que o pai dele era um pedófilo. Ele não ia querer divulgar isso. — Callie lutou para não tremer. Ela também não queria divulgar isso. — Você acha que a Linda sabe?

— Não. — Leigh balançou a cabeça, mas não tinha como ter certeza.

Callie colocou as mãos nas bochechas queimando. Se Linda soubesse, seria seu fim. Ela sempre amara aquela mulher, quase a idolatrava por sua estabilidade e honestidade. Quando criança, nunca ocorrera a Callie estar traindo-a com o marido dela. Na cabeça problemática dela, ela via os dois como pais adotivos.

Ela perguntou à irmã:

— Antes de começar a falar de câmeras, Andrew te perguntou alguma coisa sobre aquela noite ou o desaparecimento de Buddy?

— Não — respondeu Leigh. — E, como você disse, mesmo que Andrew tivesse uma fita, não ia mostrar como Buddy morreu. Como ela sabe da faca? Do corte na perna?

Callie viu Binx lambendo a pata. Não tinha a menor ideia.

Até ter.

Ela disse a Leigh:

— Eu pesquisei... pesquisei uma coisa num dos livros de anatomia da Linda depois que aconteceu. Queria saber como tinha funcionado. Andrew podia ter visto.

Leigh pareceu cética, mas disse:

— É possível.

Callie apertou os olhos com os dedos. Seu pescoço pulsava de dor. Sua mão ainda formigava. O gorila estava inquieto à distância.

— Com que frequência você pesquisava? — perguntou Leigh.

Callie viu uma projeção contra as pálpebras fechadas: o livro aberto na mesa da cozinha dos Waleski. O diagrama de um corpo humano. Callie passara o dedo pela artéria femoral tantas vezes que a linha vermelha desbotara até ficar cor-de-rosa. Será que Andrew tinha notado? Tinha visto o comportamento obsessivo de Callie e entendido tudo?

Ou será que ele tinha escutado uma discussão acalorada entre Callie e Leigh? Elas discutiam constantemente sobre o que fazer depois de toda aquela história com Buddy — se o plano delas estava funcionando, quais histórias tinham contado aos policiais e assistentes sociais, o que fazer com o dinheiro. Andrew podia estar se escondendo, ouvindo, tomando notas. Sempre fora um merdinha sorrateiro, pulando de trás das coisas para assustar Callie, roubando as canetas e os livros dela, aterrorizando os peixes no aquário.

Qualquer um desses cenários era possível. Qualquer um arrancaria a mesma resposta de Leigh: *a culpa é minha. A culpa é toda minha.*

— Cal?

Ela abriu os olhos. Só tinha uma pergunta.

— Por que isso está te afetando, Leigh? Andrew não tem prova nenhuma, ou estaria numa delegacia.

— Ele é um estuprador sádico. Está fazendo um jogo.

— Porra, e daí? Meu Deus, Leigh. Se toca. — Callie abriu os braços, dando de ombros. Era assim que funcionava. Só uma das duas podia desmoronar por vez. — Não dá para fazer um jogo com alguém se a pessoa não estiver a fim de participar. Por que você está deixando aquele tosco te manipular? Ele não tem porra nenhuma.

Leigh não respondeu, mas obviamente ainda estava abalada. Lágrimas encheram seus olhos. A cor dela estava estranha. Callie notou uma manchinha de vômito seco no colarinho da camisa. Leigh nunca teve um estômago forte. Era esse o problema de ter uma vida boa. Você não queria perdê-la.

Callie falou:

— Olha, o que é que você sempre me diz? Continue com a porcaria da história. Buddy chegou em casa. Estava surtado com uma ameaça de morte. Não disse quem tinha feito. Eu liguei pra você. Você me buscou. Ele estava vivo quando a gente saiu. A mãe me deu uma puta surra. É isso.

— O D-FaCS — disse Leigh, usando a abreviação de Departamento de Família e Assistência Social. — Quando a assistente social foi lá em casa, ela tirou alguma foto?

— Ela mal fez um relatório. — Callie honestamente não lembrava, mas sabia como funcionava o sistema, e a irmã também sabia. — Harleigh, use o cérebro. A gente não morava em Beverly Hills, 90210. Eu era só mais uma garota com uma mãe bêbada que acabou com ela.

— Mas o relatório da assistente social pode ainda estar em algum lugar. O governo nunca joga nada fora.

— Duvido que aquela vaca tenha chegado a enviar — disse Callie. — Todas as assistentes sociais morriam de medo da mãe. Quando os policiais me interrogaram sobre o desaparecimento de Buddy, não falaram nada sobre como eu estava. Também não perguntaram de você. Linda me deu antibióticos e consertou meu nariz, mas nunca fez uma só pergunta. Ninguém insistiu com a assistente social. Ninguém na escola falou porra nenhuma.

— É, bom, aquele escroto do dr. Peterson não era exatamente um defensor das crianças.

A humilhação voltou como um tsunami jogando Callie na orla. Não importava quanto tempo se passasse, ela não conseguia superar não saber quantos homens haviam visto as coisas que ela fizera com Buddy.

— Desculpa, Cal. Eu não devia ter dito isso — disse Leigh.

Callie viu a irmã procurar um lenço na bolsa. Lembrava-se de uma época em que Leigh engendrara tramas assassinas e grandes conspirações contra os homens que tinham visto Callie sendo profanada. Leigh estava disposta a jogar fora a própria vida em troca da vingança. A única coisa que a trouxera de volta da beira do abismo era o medo de perder Maddy.

Callie disse a Leigh o que sempre dizia:

— Não é culpa sua.

— Eu nunca devia ter ido para Chicago. Eu devia ter…

— Ficado presa em Lake Point e caído na sarjeta igual ao resto de nós? — Callie não permitiu que ela respondesse, porque as duas sabiam que Leigh acabaria como gerente de um Taco Bell, vendendo Tupperware e tendo uma empresa de contabilidade no tempo livre. — Se você tivesse ficado, não teria ido para a faculdade. Não teria um diploma de advogada. Não teria Walter. E com certeza não teria...

— Maddy. — As lágrimas de Leigh começaram a cair. Ela sempre chorara fácil. — Callie, eu estou tão...

Callie a cortou. Elas não podiam ficar presas em mais um *a culpa é toda minha/não é culpa sua.*

— Vamos dizer que a assistência social tenha um relatório ou os policiais tenham colocado nas anotações que eu estava mal. E aí? Onde está a papelada agora?

Leigh apertou os lábios. Claramente ainda estava sofrendo, mas disse:

— Os policiais provavelmente já se aposentaram ou foram promovidos. Se não documentaram o abuso nos relatórios, estaria nas anotações pessoais deles, e as anotações pessoais deles estariam numa caixa em algum lugar, provavelmente um sótão.

— Tá bom, então, eu sou o Reggie, o detetive particular que Andrew contratou, e estou investigando um possível assassinato que aconteceu há 23 anos, e quero ver os relatórios policiais e qualquer coisa que os assistentes sociais tenham sobre as adolescentes que estavam na casa — disse Callie. — O que acontece depois?

Leigh suspirou. Ainda não estava focada.

— Para o D-FaCS, você entraria com um pedido FOIA.

A Lei de Liberdade de Informação tornava todos os registros governamentais disponíveis ao público.

— E depois?

— O *Decreto de Consentimento Kenny A. v. Sonny Perdue* chegou a um acordo em 2005. — O cérebro de Leigh começou a assumir a situação. — É complicado, mas, basicamente, Fulton e o condado de DeKalb foram forçados a parar de foder as crianças no sistema. Levou três anos para chegar a um acordo. Muitos papéis e arquivos incriminadores convenientemente desapareceram antes disso.

Callie precisava supor que qualquer relatório sobre a surra dela tinha desaparecido também.

— E os policiais?

— Seria preciso um FOIA para os documentos oficiais deles e um mandado para os cadernos — disse Leigh. — Mesmo que Reggie tentasse usar o outro caminho e batesse na porta deles, eles ficariam preocupados de serem processados se tivessem documentado o abuso sem depois ir atrás. Especialmente se tiver relação com um assassinato.

— Então, os policiais iam convenientemente ser incapazes de localizar alguma coisa. — Callie pensou nos dois oficiais que a tinham entrevistado. Outro caso de homens que iam ficar de boca fechada para proteger outros homens. — Mas o que você está dizendo é que nada disso é um problema com que precisemos nos preocupar agora, certo?

Leigh admitiu.

— Talvez.

— Me diga o que você precisa que eu faça.

— Nada — falou Leigh, mas ela sempre tinha um plano. — Eu vou te tirar do estado. Você pode ficar… não sei, no Tennessee, no Iowa. Não me importa. Onde você quiser.

— Caralho, Iowa? — Callie tentou fazê-la relaxar. — Não conseguiu pensar num trabalho melhor pra mim do que ordenhar vacas?

— Você ama vacas.

Ela não estava errada. Vacas eram adoráveis. Havia uma Callie alternativa que teria amado ser fazendeira. Veterinária. Gari. Qualquer coisa que não uma ladra viciada e idiota.

Leigh respirou fundo.

— Desculpa por eu estar tão instável. Não é problema seu.

— Vai se foder — disse Callie. — Fala sério, Leigh. É tudo ou nada para nós duas. Você tirou a gente disso uma vez. Tira de novo.

— Não sei — falou ela. — Andrew não é mais criança. É um psicopata. E faz uma coisa em que num minuto ele está normal e, no próximo, você sente seu corpo entrando num modo primitivo de luta ou fuga. Me assustou pra caralho. Os cabelos da minha nuca se arrepiaram. Eu sabia que tinha algo errado no segundo que o vi, mas não consegui descobrir até ele me mostrar.

Callie pegou um dos lenços de Leigh. Assoou o nariz. Apesar de toda a inteligência, a irmã estava em lugares confortáveis demais havia tempo demais. Estava pensando nas ramificações legais de Andrew tentar abrir uma investigação. Um possível julgamento, provas apresentadas, testemunhas questionadas, um veredito de um juiz, prisão.

Leigh tinha perdido a capacidade de pensar como criminosa, mas Callie podia fazê-lo pelas duas. Andrew era um estuprador violento. Ele *não ia* procurar a polícia porque não tinha uma prova cabal. Estava torturando Leigh porque queria cuidar desse problema com as próprias mãos.

Ela disse à irmã:

— Eu sei que você já pensou no pior cenário possível.

Leigh relutou visivelmente, mas Callie viu que ela também ficou aliviada.

— Preciso que você diminua a droga. Não precisa parar completamente, mas, se vier alguém fazendo perguntas, você precisa estar com a cabeça no lugar para dar as respostas certas.

Callie se sentiu encurralada, embora já estivesse fazendo exatamente o que a irmã tinha pedido. Era diferente quando ela tinha escolha. O pedido de Leigh fazia Callie querer jogar a mochila no chão e se injetar ali mesmo.

— Cal? — Leigh parecia muito decepcionada. — Não é para sempre. Eu não pediria se…

— Tá bom. — Callie engoliu toda a saliva que tomara sua boca. — Por quanto tempo?

— Não sei — admitiu Leigh. — Preciso descobrir o que Andrew vai fazer.

Callie engoliu as perguntas de pânico: *Alguns dias? Uma semana? Um mês?* Ela mordeu o lábio para não começar a chorar.

Leigh parece ler os pensamentos dela.

— Vamos fazer isso um dia de cada vez. Mas você precisa sair da cidade, senão…

— Eu vou ficar bem — disse Callie, porque as duas precisavam que fosse verdade. — Mas fala sério, Harleigh, você já sabe o que Andrew está fazendo.

Leigh balançou a cabeça, ainda perdida.

— Ele está com mais problemas do que você. — Se Callie ia superar isso, precisava que o cérebro reptiliano da irmã começasse a funcionar, que o instinto de luta dominasse o de fuga, para aquilo não se arrastar por tempo demais. — Ele demitiu a advogada. Contratou você uma semana antes do julgamento. O resto da vida dele está literalmente em jogo, e ele está jogando essas dicas sobre câmeras e se safar de assassinato. As pessoas não fazem ameaças se não quiserem alguma coisa. O que Andrew quer?

A compreensão brilhou nos olhos de Leigh.

— Ele quer que eu faça algo ilegal por ele.

— Isso.

— Merda. — Leigh passou por uma lista. — Subornar uma testemunha. Cometer perjúrio. Ajudar a cometer um crime. Obstruir a Justiça.

Ela tinha feito tudo isso e mais por Callie.

— Você sabe como se safar de todas essas coisas.

Leigh balançou a cabeça.

— É diferente com Andrew. Ele quer me machucar.

— E daí? — Callie estalou os dedos como se pudesse acordá-la. — Cadê minha irmã mais velha fodona? Você acabou de apontar uma Glock para dois loucões de droga com um monte de policiais a uma rua dali. Para de girar que nem uma tonta que acabou de quebrar o primeiro osso no parquinho.

Devagar, Leigh começou a assentir, ganhando confiança.

— Você tem razão.

— Claro que eu tenho razão. Você tem um diploma de direito chique e um emprego chique e uma ficha limpa, e Andrew tem o quê? — Callie não permitiu que ela respondesse. — Ele está sendo acusado de estuprar aquela mulher. Tem mais mulheres que podem apontar o dedo para ele. Se esse estuprador retardado começar a choramingar dizendo que você assassinou o papai dele há vinte anos, em quem você acha que vão acreditar?

Leigh continuou assentindo, mas Callie sabia o que realmente estava incomodando a irmã. Leigh odiava muitas coisas, mas sentir-se vulnerável podia aterrorizá-la ao ponto da paralisia.

— Ele não tem poder sobre você, Harleigh. Ele nem sabia como te achar até aquele detetive aparecer com a sua foto — disse Callie.

— E você? — perguntou Leigh. — Você parou de usar o sobrenome da mãe há anos. Tem alguma outra forma de ele te achar?

Callie passou mentalmente por todas as vias desonestas para localizar uma pessoa que não queria ser localizada. Trap podia ser comprado, mas, como sempre, ela tinha feito check-in no motel com um codinome. Swim Shady era um fantasma da internet. Ela nunca pagara impostos. Nunca tivera um empréstimo ativo, nem um número de celular, nem uma carteira de motorista, nem um plano de saúde. Obviamente, tinha um número de seguridade social, mas Callie não fazia ideia de qual era, e a mãe provavelmente o queimara havia muito tempo. Seu histórico juvenil era fechado. Sua primeira prisão de adulta a listava como Calliope DeWinter, porque o policial que pedira o sobrenome dela nunca tinha lido Daphne du Maurier e Callie, chapada que só, tinha achado isso tão hilário que mijara no banco de trás da viatura, acabando assim com qualquer interrogatório. Junte isso com a pronúncia bizarra do primeiro nome dela e os codinomes empilhados em cima de codinomes. Até quando Callie estava na UTI do Grady morrendo de Covid, seu prontuário a listava como Cal E. O. P. DeWinter.

Ela disse a Leigh:

— Ele não vai conseguir me encontrar.

Leigh assentiu, visivelmente aliviada.

— Está bem, então, continue na sua. Tente ficar lúcida.

Callie pensou em algo que Trap dissera antes de tentar roubá-la.

Branquelo. Carro legal.

Reggie Paltz. Mercedes Benz.

— Prometo que não vai demorar — falou Leigh. — O julgamento de Andrew deve durar dois ou três dias. O que quer que ele esteja planejando, vai ser rápido.

Callie respirou superficialmente enquanto analisava o rosto de Leigh. A irmã não tinha considerado de fato o tipo de caos que Andrew causaria na vida de Callie, principalmente porque Leigh sabia muito pouco sobre como Callie vivia. Provavelmente tinha encontrado Callie por um amigo advogado. Não tinha ideia de que o dr. Jerry ainda estava trabalhando, quanto mais que Callie o ajudava.

Como Reggie Paltz já estava fazendo perguntas, ele devia ter contatos dentro da polícia. Podia colocar o nome de Callie no radar. Ela já estava traficando drogas. Se o policial certo fizesse as perguntas erradas, a Agência de Repressão aos Narcóticos podia acabar batendo na porta do dr. Jerry, e Callie podia ter que passar por um detox duro no Centro de Detenção Municipal.

Callie viu Binx deitar de lado, aproveitando o sol que batia no painel. Não sabia se estava mais preocupada com o dr. Jerry ou consigo mesma. Eles não ofereciam desintoxicação auxiliada por remédios na cadeia. Eles te trancavam numa cela sozinha e, três dias depois, ou você saía por vontade própria, ou era levada num caixão.

Ela disse a Leigh:

— Talvez fosse melhor a gente facilitar para Andrew me achar.

Leigh pareceu incrédula.

— Como isso seria uma coisa boa, Callie? Andrew é um estuprador sádico. Não parou de perguntar de você hoje. O melhor amigo dele disse que uma hora ele vai começar a te procurar.

Callie ignorou esses fatos, porque o medo lhe faria recuar.

— Andrew está sob condicional, certo? Então, ele tem uma tornozeleira com um alarme que vai soar se ele…

— Você sabe o que precisa para um oficial de condicional responder a um alarme? A cidade mal está pagando os funcionários. Metade dos mais antigos se aposentou mais cedo quando a pandemia começou, e o resto está cobrindo cinquenta por cento mais de casos. — O olhar incrédulo de Leigh tinha se transformado em perplexidade. — O que significa que, depois que Andrew te assassinar, os policiais podem procurar nos registros de GPS e descobrir a que horas foi.

Callie sentiu a boca seca.

— Andrew não ia me procurar sozinho. Ele ia mandar o detetive, certo?

— Eu vou me livrar de Reggie Paltz.

— Aí ele arruma outro Reggie Paltz. — Callie precisava que Leigh parasse de surtar para pensar naquilo direito. — Olha, se o detetive de Andrew me localizar, é algo que Andrew vai achar que tem contra nós, certo? O cara vai me fazer umas perguntas. Eu vou falar pra ele o que a gente quer que ele saiba, que é nada. Aí, ele vai relatar tudo de volta ao Andrew. E, quando Andrew tentar te surpreender, você já vai saber.

— É perigoso demais — disse Leigh. — Você está basicamente se oferecendo como isca.

Callie conteve um arrepio. Lá se ia a ideia de contar a verdade aos poucos. Leigh não podia saber se Callie estava por um fio ou nunca a deixaria ficar na cidade.

— Eu vou me colocar num lugar óbvio para o detetive poder me achar, tá? É mais fácil lidar com alguém quando a gente sabe que a pessoa está vindo.

— De jeito nenhum. — Leigh já estava balançando a cabeça. Sabia qual era o *lugar óbvio*. — Isso é uma insanidade. Ele vai te achar num piscar de olhos. Se você visse as fotos do que Andrew fez com…

— Para. — Callie não precisava que ninguém lhe contasse do que o filho de Buddy Waleski era capaz. — Eu quero fazer isso. Vou fazer isso. Não estou pedindo sua permissão.

Leigh apertou de novo os lábios.

— Eu tenho dinheiro. Posso conseguir mais. Posso te mandar para onde você quiser.

Callie não podia nem ia sair do único lugar que conhecia como casa. Mas sabia de outra opção, uma que faria sentido a qualquer um que já a tivesse conhecido. Ela podia deixar Binx aos cuidados do dr. Jerry. Podia tomar todas as drogas do armário trancado, e Kurt Cobain estaria fazendo uma apresentação solo de "Come As You Are" para ela antes de o sol se pôr.

— Cal? — chamou Leigh.

O cérebro dela estava preso demais no loop de Cobain para responder.

— Preciso… — Leigh agarrou a mão dela de novo, tirando-a da fantasia. — Preciso de você, Calliope. Não posso lutar contra Andrew se não souber que você está bem.

Callie baixou o olhar para as mãos entrelaçadas. Leigh era a única conexão que lhe restara com qualquer coisa que se parecesse com uma vida normal. Elas só se viam em momentos de desespero, mas saber que a irmã sempre estaria lá tinha salvado Callie de inúmeras situações sombrias e aparentemente irremediáveis.

Ninguém falava de como o vício podia ser solitário. Você sempre ficava vulnerável quando precisava de uma dose. Ficava completamente desprotegido quando estava chapado. Sempre, em todos os momentos, acordava sozinho. E, aí, havia a ausência de outras pessoas. Você se isolava de seus familiares, porque eles não confiavam em você. Velhos amigos iam embora horrorizados. Novos amigos roubavam suas coisas ou tinham medo de você roubar as deles. As únicas pessoas com quem você podia falar sobre sua solidão eram outros viciados, e a natureza do vício era tal que não importava quanto seu coração fosse doce, ou generoso, ou gentil, você sempre ia preferir uma próxima dose a qualquer amizade.

Callie não conseguia ser forte por si mesma, mas podia ser forte pela irmã.

— Você sabe que eu posso cuidar de mim mesma. Me dê um pouco de dinheiro para eu acabar com isso.

— Cal, eu…

— Você conhece a regra dos três Fs — disse Callie, porque as duas sabiam que o *lugar óbvio* cobrava entrada. — Anda logo antes de eu perder a coragem.

Leigh procurou na bolsa. Pegou um envelope grosso. Sempre fora boa com dinheiro — economizar, poupar, se virar, só investir em coisas que trariam mais dinheiro. Para o olhar treinado de Callie, parecia haver cinco mil.

Em vez de entregar tudo, Leigh puxou dez notas de vinte dólares.

— Vamos começar com isso?

Callie assentiu, porque as duas sabiam que, se ela ficasse com o dinheiro todo de uma vez, ia acabar em sua veia. Callie girou no banco, virando-se de novo para a frente. Tirou o sapato. Contou sessenta dólares, depois pediu para Leigh:

— Me ajuda?

Leigh se abaixou e guardou três notas de vinte dentro do sapato de Callie, depois a ajudou a colocar de volta.

— Tem certeza disso?

— Não. — Callie esperou Leigh colocar Binx de volta na caixa de transporte antes de sair do carro. Abriu o zíper da calça. Guardou o resto do dinheiro como se fosse um absorvente dentro da calcinha. — Eu te ligo pra você ter meu telefone.

Leigh tirou as coisas do carro. Colocou a caixa de transporte no chão. Abraçou a fronha granulosa contra o peito. A culpa tomava seu rosto, permeava sua respiração, soterrava suas emoções. Era por isso que elas só se viam quando as coisas davam errado. Era culpa demais para qualquer uma delas aguentar.

— Espera — disse Leigh. — Isso não é uma boa ideia. Deixa eu te levar...

— Harleigh. — Callie estendeu a mão para pegar a fronha. Os músculos de seu pescoço gritaram em protesto, mas ela se esforçou para não demonstrar. — Eu falo com você, tá?

— Por favor — falou Leigh. — Eu não posso te deixar fazer isso, Cal. É difícil demais.

— Tudo é difícil pra todo mundo.

Leigh não gostava que citassem suas próprias palavras para ela.

— Callie, estou falando sério. Vamos te tirar daqui. Eu ganho um tempo para pensar...

Callie escutou a voz dela falhando. Leigh *tinha* pensado. Pensar era o que as tinha levado até ali. Andrew estava deixando Leigh acreditar que ele tinha caído na história de fazenda leiteira no Iowa. Se Trap estivesse falando a verdade, Andrew já tinha mandado o detetive localizar Callie. Quando isso acontecesse, Callie estaria pronta para ele. E quando Andrew surpreendesse Leigh, ela não ia entrar numa paranoia insana.

Havia alguma vantagem em estar mesmo que um passinho à frente de um psicopata.

Mesmo assim, Callie sentiu sua determinação começar a falhar. Como qualquer viciada, ela sempre pensava em si como água achando o caminho mais fácil. Precisava lutar contra esse instinto pelo bem da irmã. Leigh era mãe de alguém. Era esposa de alguém. Era amiga de alguém. Era tudo que Callie jamais seria, porque a vida às vezes era cruel, mas geralmente era justa.

— Harleigh — disse Callie. — Me deixa fazer isso. É a única forma de tirarmos um pouco da vantagem dele.

A irmã era muito transparente. A culpa passou pelo rosto de Leigh enquanto ela considerava todos os cenários que provavelmente já tinha considerado antes de aparecer no motel com uma Glock na mão. No fim, felizmente, o cérebro reptiliano dela entrou em ação. Ela enfim se reconciliou com o inevitável. Suas costas se apoiaram no carro. Seus braços se cruzaram no peito. Ela esperou o que precisava vir depois.

Callie pegou Binx. O gato miou de desespero. A dor queimou o pescoço e o braço de Callie, mas ela apertou os dentes e começou a descer a rua familiar. Colocando distância entre si e a irmã, Callie ficou feliz de não poder olhar por cima do ombro. Sabia que Leigh a estava observando. Sabia que ela ficaria ao lado do carro, tomada pela culpa, magoada, aterrorizada até Callie virar a esquina no fim da rua.

Mesmo depois disso, alguns minutos mais se passaram antes de Callie ouvir uma porta de carro se fechar e o motor do Audi ligar.

— Era minha irmã mais velha — disse ela a Binx, que estava duro e com raiva em seu confinamento. — O carro dela é legal, né?

Binx riu. Ele preferia um SUV.

— Eu sei que você gostava do motel, mas tem uns pássaros bem gordos aqui também. — Callie virou a cabeça para cima para poder ver as árvores esparsas. A maioria dos gatos precisavam ser aclimatados devagar a novos ambientes. Por causa de suas muitas realocações não planejadas, Binx era especialista em sondar novos territórios e achar o caminho de volta para casa. Mesmo assim, todo mundo precisava de incentivos. Ela garantiu a ele: — Tem esquilos. Tem marmotas. Ratos do tamanho de coelhos. Coelhos do tamanho de ratos.

O gato não respondeu. Não queria prejudicar sua situação fiscal.

— Pica-paus. Pombos. Pássaros-azuis. Cardeais. Você ama cardeais. Eu já vi suas receitas.

Música ecoou nos ouvidos dela quando ela virou à esquerda, se aprofundando no bairro. Havia dois homens sentados numa garagem tomando cerveja, com um isopor aberto entre eles. A casa ao lado tinha outro homem lavando o carro na entrada. A música vinha do sistema de áudio tunado dele. Os filhos dele riam enquanto chutavam uma bola de basquete no quintal.

Callie não conseguia se lembrar de sentir esse tipo de liberdade infantil. Ela amava ginástica, mas a mãe dela tinha visto o potencial de ganhar dinheiro, então, o que era divertido tinha virado um trabalho. Aí, Callie tinha sido cortada da equipe e virado líder de torcida. Outra oportunidade de dinheiro. Aí, Buddy se interessara por ela, e houve mais dinheiro.

Ela o amava.

Essa era a verdadeira tragédia da vida de Callie. Esse era o gorila que ela não conseguia tirar das costas. A única pessoa que ela já amara de verdade foi um pedófilo odioso.

Um terapeuta muito tempo antes, durante um período na reabilitação que havia muito tinha fracassado, lhe dissera que não era amor de verdade. Buddy se inserira como pai substituto para Callie baixar a guarda. Ele lhe dera uma sensação de segurança em troca de fazer algo que ela odiava.

Mas Callie não tinha odiado nada daquilo. No começo, quando ele era gentil, havia uma parte gostosa. O que isso dizia sobre Callie? Que tipo de doença supurava dentro dela que pudesse fazê-la acabar gostando de fato daquilo?

Ela exalou devagar ao virar na próxima rua. Sua respiração estava ficando pesada pela caminhada. Ela mudou a caixa de transporte para a outra mão, enfiou a fronha embaixo do braço. O puxão no pescoço era como uma bola incandescente de aço derretido, mas ela queria sentir a dor.

Ela parou na frente de um chalé vermelho de um andar com um telhado afundado no meio. Tapumes de madeira irregular cobriam a frente da casa. Barras contra ladrões davam uma sensação de prisão às janelas e portas abertas. Um vira-lata desmazelado com um pouco de terrier escocês demais para o gosto dela ficava de sentinela na porta de tela.

O joelho de Callie reclamou quando ela subiu os três degraus bambos. Ela colocou Binx na varanda da frente. Jogou a fronha no chão. Bateu forte na moldura da porta de metal. O cachorro começou a latir.

— Roger! — uma voz marcada pela fumaça berrou dos fundos da casa. — Cala esse focinho!

Callie esfregou os braços e olhou para a rua. Havia luzes acesas no bangalô do outro lado, mas a casa vizinha estava com tábuas na porta, a grama no quintal tão alta que parecia um campo de milho desidratado. Havia uma pilha de bosta na calçada. Callie ficou na ponta dos pés para ver melhor. Era humana.

Ela ouviu passos atrás de si. Pensou no que tinha dito a Leigh — *vou me colocar num lugar óbvio.*

Se Andrew Tenant mandasse alguém procurar Callie, havia um lugar óbvio para encontrá-la.

— Puta que pariu, olha quem é.

Callie se virou de volta.

Phil estava do outro lado da porta de tela. Ela não tinha mudado desde que Callie usava fraldas. Magra e alta como um gato de rua. As olheiras escuras como um guaxinim assustado. Dentes afiados e de presa como um porco-espinho. Nariz vermelho e distendido como a bunda de um babuíno menstruando. Ela estava com um taco de beisebol apoiado no ombro. Um cigarro pendurado na boca. Seus olhos remelentos foram para a caixa de transporte.

— Qual é o nome do gato?

— Vadia estúpida. — Callie forçou um sorriso. — O apelido é Vápida.

Phil a encarou.

— Você conhece a regra, espertinha. Só pode ficar na minha casa se for pra me foder, me financiar ou me fornecer.

Os três Fs. Elas tinham sido criadas com a regra. Callie tirou o tênis. As notas de vinte dobradas balançaram como um convite.

O taco voltou ao lugar. A porta de tela se abriu. Phil agarrou os sessenta dólares. Ela perguntou:

— Tem mais na xoxota?

— Enfia a mão se quiser ver.

Phil apertou os olhos quando a fumaça chegou a eles.

— Não quero saber das suas lesbianices enquanto você estiver aqui.

— Sim, mãe.

TERÇA-FEIRA

6

PARA SUA GRANDE DECEPÇÃO, Callie não teve um momento de desorientação ao acordar em seu antigo quarto dentro da casa da mãe. Tudo lhe foi instantaneamente familiar: o golpe cáustico de sal no ar, o borbulhar dos filtros de aquário, o pio de muitos pássaros, um cachorro bufando na porta trancada do quarto. Ela sabia exatamente onde estava e por que estava ali.

A questão era: quanto tempo o detetive de Andrew levaria para descobrir o mesmo?

Pela descrição que Leigh fizera de Reggie Paltz, o cara ia chamar a atenção no bairro do mesmo jeito que um policial disfarçado. Se Reggie fosse burro o bastante de bater na porta da mãe dela, era garantido que Phil ia mostrar a ele a ponta mais grossa do taco de beisebol. Mas Callie tinha quase certeza de que não rolaria assim. Reggie estaria sob ordens estritas de ficar nas sombras. Andrew Tenant tinha atacado Leigh direto, mas Leigh não era seu alvo principal. O filho de Buddy não estava homenageando o pai amarrando plástico-filme na cabeça das vítimas. Estava usando uma faca de cozinha barata, o mesmo tipo de faca que Callie usara para ferir mortalmente o pai dele.

O que significava que qualquer jogo que Andrew estivesse jogando, Callie provavelmente era o prêmio.

Ela piscou para o teto. Seu velho pôster das Spice Girls a olhou de volta, o ventilador de teto saindo pelas pernas de Geri Halliwell. Callie deixou algumas frases de "Wannabe" passarem por sua cabeça. O bom de ser viciada era que isso lhe ensinava a compartimentalizar. Havia a heroína, e havia todo o resto das coisas do mundo que não importavam porque não eram heroína.

Callie estalou a língua para o caso de Binx estar esperando um convite do outro lado da porta de gato. Quando o animal não apareceu, ela se sentou na cama, pés descendo ao chão enquanto os ombros ficavam eretos. A mudança repentina de orientação fez sua pressão cair. Ela se sentiu tonta e nauseada, e, de repente, seus ossos estavam coçando até a medula. Ela ficou lá sentada, investigando os primeiros sintomas de abstinência. Suor frio. Dor de barriga. Cabeça latejando. Pensamentos indomáveis atordoando seu crânio como um castor roendo uma árvore.

A mochila estava encostada na parede. Sem pensar duas vezes, Callie estava de joelhos no chão. Trabalhou rápido para achar a seringa no seu kit de drogas, localizando a ampola quase cheia de metadona. Todo o tempo que ela levou para montar a injeção, seu coração implorava a cada batida, *agulha-agulha-agulha*.

Callie não se deu o trabalho de procurar uma veia nos braços. Não sobrara nada útil. Ela escorregou para o chão, sentando-se na frente do espelho de corpo inteiro atrás da porta do armário. Usou seu reflexo para achar a veia femoral. Tudo estava invertido, mas Callie se adaptou com facilidade. Ela viu seu reflexo enquanto a agulha entrava na perna. O êmbolo foi para baixo.

Tudo ficou suavizado — o ar, os sons de borbulhas, as quinas duras das caixas espalhadas pelo quarto. Callie soltou uma longa respiração ao fechar os olhos. A escuridão em suas pálpebras virou uma paisagem de pelúcia. Bananeiras e floresta densa salpicadas numa serra. No horizonte, ela via o gorila esperando a onda de metadona quebrar.

Esse era o problema de uma dose de manutenção. Callie ainda conseguia sentir tudo, ver tudo, lembrar tudo. Ela balançou a cabeça e, como se usasse um controle remoto, clicou em outra memória.

O desenho de anatomia no livro de Linda Waleski. A veia femoral comum era uma linha azul correndo ao lado da artéria femoral vermelha. Veias levavam sangue para o coração. Artérias levavam do coração para o corpo. Era por isso que Buddy não morrera imediatamente. A faca tinha cortado a veia. Se ela tivesse aberto a artéria, Buddy teria morrido bem antes de Leigh matá-lo.

Callie colocou uma imagem nova na cabeça.

Miauma Cass, a gatinha que tomava mamadeira e que o dr. Jerry estava levando para casa à noite. Callie a batizara em homenagem a Cass Elliot, que morrera de um ataque cardíaco dormindo. O contrário de um Cobain, que colocara uma arma embaixo do queixo e puxara o gatilho. Seu bilhete de suicídio terminava com uma linda declaração à filha:

Pois a vida dela será tão melhor sem mim. EU TE AMO. EU TE AMO.

Callie ouviu um barulho de arranhar.

Suas pálpebras lentamente se abriram. Binx estava do lado de fora da janela, indignado de vê-la fechada. Callie se empurrou para levantar do chão. Seu corpo doía a cada passo. Ela arranhou o vidro para mostrar a Binx que estava indo o mais rápido possível. Ele saltitava pelas barras de segurança de metal como um cavalo adestrado, se cavalos adestrados não fossem homicidas viciados em adrenalina. Havia um pino de fixação, um longo ferrolho que impedia o caixilho de abrir. Callie precisou puxar com as unhas enquanto Binx a olhava como se ela fosse uma imbecil.

— Perdão, senhor. — Callie fez alguns longos carinhos nas costas sedosas do gato. Ele apertou a cabeça embaixo do queixo dela, porque gatos eram catadores. — A bruxa má te deixou lá fora?

Binx não contou histórias, mas Callie sabia que Phil provavelmente tinha dado comida e água a ele e o escovara antes de oferecer uma escolha entre o sofá, uma cadeira fofinha ou a porta. A vaca velha ressequida se jogaria na frente de um ônibus para salvar um esquilo, mas as filhas estavam por conta própria.

Não que Phil fosse tão velha. Ela tinha quinze anos quando Leigh nascera e dezenove na chegada de Callie. Houvera uma rotação constante de namorados e maridos, mas Phil dissera às meninas que o pai delas tinha morrido durante um exercício de treinamento militar.

Nick Bradshaw era oficial de interceptação de rádio que voava com o melhor amigo, um piloto da Marinha chamado Pete Mitchell. Um dia, eles tinham se colocado do lado errado de um MiG russo durante um treinamento. Bradshaw morreu depois que um incêndio fizera o jato deles rodopiar. O que era horrível de se pensar, mas também hilário para quem sabia que Pete Mitchell era chamado de Maverick e Bradshaw era Goose, e essa era a basicamente a primeira metade de *Top Gun: ases indomáveis*.

Mesmo assim, Callie achava aquilo preferível à verdade, que provavelmente envolvia Phil desmaiando depois de beber demais. Tanto Callie quanto Leigh sabiam que nunca iam ouvir a história verdadeira. A mãe era uma mestre do subterfúgio. O nome verdadeiro dela nem era Phil. Sua certidão de nascimento e sua ficha criminal oficial a listavam como Sandra Jean Santiago, uma criminosa condenada que coletava aluguel para exploradores em Lake Point. A condenação significava que Phil não tinha permissão legal de ter uma arma, então, ela tinha um taco de beisebol — dizia que para proteção, mas era para fazer suas ordens serem cumpridas. O Louisville Slugger era assinado por Phil Rizzuto. Era daí que vinha o apelido dela. Ninguém queria estar do lado errado de Phil.

Binx bateu na mão de Callie ao pular para o chão. Ela começou a fechar a janela, mas um flash de luz chamou sua atenção. Ela sentiu uma pontada de pânico queimando a metadona. Olhou para o outro lado da rua. A pilha de bosta ainda estava apodrecendo na calçada, mas a luz tinha vindo da direção da casa fechada.

Será que tinha mesmo?

Callie esfregou os olhos como se pudesse ajustar o foco manualmente. Havia carros estacionados na rua, caminhões e sedãs antigos com os escapes presos por cabides de roupa ao lado de BMWS e Mercedes de traficantes. Talvez a luz do sol tivesse batido num espelho ou num pedaço de metal. Podia haver cachimbos de crack ou pedaços de papel-alumínio no quintal. Callie apertou os olhos para a grama alta, tentando descobrir o que tinha visto. Provavelmente um animal. Talvez a lente de uma câmera.

Branquelo. Carro legal.

Binx se arqueou contra a perna dela. Callie colocou a mão no peito. Seu coração estava batendo forte o bastante para que sentisse o tremor das batidas. Ela estudou cada janela fechada com tábuas. Será que a metadona estava fodendo com ela mais do que o normal? Ela estava sendo paranoica?

Isso tinha importância?

Callie fechou a janela. O pino voltou ao caixilho. Ela achou a calça jeans, colocou o tênis. Enfiou os bens roubados na mochila. Seu kit de drogas e a metadona foram para debaixo do colchão. Ela teria de ir até a Stewart Avenue antes da hora do almoço. Precisava vender o resto daquela merda para não estar carregando caso a polícia a parasse. Ela se virou para sair, mas não conseguiu se impedir de olhar de novo pela janela.

Seus olhos se apertaram. Ela tentou recriar a memória do flash de luz. Sua imaginação preencheu os detalhes. Um detetive com uma lente longa e telescópica numa câmera com cara de profissional. O clique do obturador captando Callie em seus momentos privados. Reggie Paltz ia revelar as fotos, levá-las para Andrew. Será que os dois iam ver as imagens dela da mesma forma como Buddy? Será que os dois iam usá-las de alguma forma que Callie não queria saber?

Um barulho alto fez o coração dela pular para a garganta. Binx tinha derrubado uma das caixas que Phil empilhara pelo quarto. Caíram jornais e reportagens de revista, coisas insanas impressas da internet. A mãe dela era uma teórica da conspiração raivosa. E Callie dizia aquilo como alguém que entendia que raiva era um vírus praticamente fatal que causava ansiedade, confusão, hiperatividade, alucinações, insônia, paranoia e um medo de beber fluidos.

Com exceção de álcool.

Callie foi até a porta, que estava trancada por dentro com cadeado. Pegou a chave do bolso. Um punhado de moedas veio junto. O troco de Leigh do McDonald's do dia anterior. Callie ficou olhando as duas moedas de dez centavos e três de quinze, mas sua atenção estava em outro lugar. Ela precisou lutar contra o desejo de parar de novo junto à janela. Em vez disso, fechou os olhos, apertou a cabeça contra a porta e tentou se convencer de que estava tendo uma *bad trip*.

A realidade invadiu de novo.

Se o detetive de Andrew a estivesse olhando da casa fechada, não era exatamente o que Callie queria? Reggie não precisaria ir ao motel e subornar Trap ou interrogar Sammy Cracudo. Não ia descobrir que ela estava trabalhando com o dr. Jerry. Não ia falar com os clientes dela na Stewart Avenue. Não ia pedir que seus amigos policiais a investigassem e talvez descobrir o que ela andava fazendo. A investigação ia parar logo na porta de Phil.

Callie abriu os olhos. As moedas voltaram ao bolso. Ela enfiou a chave no cadeado e girou para abrir. Binx correu pelo corredor a caminho de um compromisso urgente. Callie fechou a porta, colocou o cadeado por fora. Clicou para fechar, depois puxou o trinco para garantir que a mãe não invadisse o quarto.

Era como ser criança de novo.

O borbulhar dos filtros do aquário de água salgada ficou mais alto conforme ela andava pelo corredor. O quarto de Leigh tinha sido transformado no Sea World. Paredes azul-escuro. Teto azul-claro. Um pufe com o contorno oleoso de Phil no centro do quarto, oferecendo uma vista panorâmica de cirurgiões-de-cauda-vermelha, anêmonas, peixes-de-fogo, castanhetas, peixes-anjos nadando em meio a tesouros escondidos e navios piratas naufragados. O cheiro de maconha descia do teto. Phil gostava de ficar chapada no quarto escuro e úmido, reclinada no pufe como uma língua.

Callie checou para garantir que a mãe não estivesse por perto antes de entrar no quarto. Puxou um canto da película azul que cobria a janela. Ela se ajoelhou para poder espiar a casa fechada. O ângulo era melhor do quarto de Leigh, menos conspícuo. Callie conseguia ver um pedaço de compensado que fora arrancado de uma das janelas da frente, revelando uma abertura grande o bastante para um homem entrar agachado.

— Bom — disse Callie a si mesma. Ela não lembrava se o compensado estava naquela posição na noite anterior. Perguntar a Phil provavelmente ia fazê-la ter um acesso de raiva delirante.

Ela pegou o celular no bolso traseiro e tirou uma foto da casa. Usou os dedos para dar zoom na janela da frente. O compensado tinha se lascado quando fora puxado. Não havia como saber quando acontecera a não ser que tivesse um diploma forense em lascas de madeira.

Será que ela devia ligar para Leigh?

Callie ensaiou a possível conversa, os talvez-tenha-vistos e os pode-ser-ques e todas as outras teorias meia-boca que iam dar corda no macaco tocador de pratos interno de Leigh. A irmã se encontraria com Andrew à tarde. O chefe de Leigh estaria lá. Ela teria que caminhar por um fio de navalha. Ligar para ela agora e passar o que podia ser uma ilusão de metadona parecia uma péssima ideia.

O telefone voltou ao bolso. Ela apertou o canto da película de volta na janela. Entrou na sala, onde o zoológico continuava. Roger levantou a cabeça do sofá e latiu. Havia um novo cachorro ao lado dele, outra mistura de terrier, que não ligou nem um pouco quando Callie deu um tapinha na cabeça desmazelada dele. Ela sentiu cheiro de cocô de pássaro, embora Phil limpasse religiosamente as três gaiolas grandes que garantiam o lugar de honra na sala de estar para doze periquitos-australianos. Callie imaginou, pela fumaça de cigarro, que Phil tinha tomado sua posição na cozinha. Não importava quanto sua mãe cuidasse de seus amados animais, cada criatura viva naquela porcaria de casa morreria de fumo passivo.

— Fala pro seu gato deixar meus pássaros em paz — berrou Phil da cozinha. — Esse magricela vai acabar dormindo lá fora se pensar em tocar num deles.

— A Vadia Estúpida… — Callie deixou as palavras soarem por alguns segundos — …tem medo de pássaros. É mais provável as aves machucarem ele do que o contrário.

— Mas, afinal, ele é macho ou fêmea? Vadia Estúpida é nome de fêmea.

— Bom, é melhor você mesma perguntar. Ele não me responde. — Callie colocou um sorriso na cara ao entrar na cozinha. — Bom dia, mamãe.

Phil bufou. Estava sentada à mesa da cozinha com um prato de bacon e ovos à frente, um cigarro na boca e os olhos grudados no iMac gigante que ocupava metade da mesa. A mãe tinha a aparência de sempre nas horas da manhã. A maquiagem do dia anterior estava borrada no rosto, rímel empelotado, lápis manchado, blush e base arranhados pelo travesseiro. Como essa maluca não era um caso ambulante de conjuntivite era um mistério.

Phil disse:

— Pelo jeito, você está parando de injetar. Está ficando gorda de novo.

Callie se sentou. Não estava com fome, mas puxou o prato.

Phil deu um tapa na mão dela.

— Você paga pelo aluguel, não pela comida.

Callie tirou as moedas do bolso e jogou na mesa.

Phil as olhou com desconfiança. Sabia onde Callie guardava o dinheiro.

— Isso saiu da sua boceta?

— Põe na boca pra descobrir.

Callie só viu o soco chegando quando o punho de Phil estava poucos centímetros da cabeça dela.

Ela desviou tarde demais e foi atingida acima da orelha ao cair da cadeira num ritmo quase comicamente lento. A comédia acabou quando a cabeça dela bateu contra o chão. A dor foi avassaladora. Ela estava ofegante demais para fazer qualquer coisa que não olhar Phil parada acima de si.

— Que diabos, eu mal encostei em você. — A mãe balançou a cabeça. — Drogada do caralho.

— Vagabunda bêbada louca.

— Pelo menos eu consigo manter um teto sobre a minha cabeça.

Callie cedeu.

— Justo.

Phil passou por cima dela para sair do cômodo.

Callie olhou para o teto, os olhos fixos como os de uma coruja. Seus ouvidos ficaram alertas ao som da casa. Borbulhas, pios, latidos. A porta do banheiro foi batida. Phil ficaria lá dentro pelo menos meia hora. Ela ia tomar banho, colocar a maquiagem, se vestir, depois se sentar de novo à mesa e ler suas merdas conspiratórias até a seita judaica deixar todo mundo infértil e o mundo acabar.

Levantar-se do chão exigiu mais força do que Callie previra. Seus braços tremiam. O choque ainda atravessava seu corpo. Ela tossiu com os restos de fumaça que rodopiavam pelo cômodo.

Phil tinha apagado o cigarro nos ovos.

Callie sentou-se na cadeira da mãe e começou a comer o bacon. Clicou nas abas do computador. Estado profundo. Hugo Chávez. Escravidão infantil. Negligência infantil. Ricos bebendo sangue de crianças. Crianças sendo vendidas em troca de comida. Para uma mulher cuja filha literalmente fora molestada por um pedófilo, Phil tinha chegado atrasada ao movimento antipedofilia.

O focinho de Roger cutucou o tornozelo dela. Callie remexeu ao redor do cigarro amassado de Phil, separando pedaços de ovo para jogar no chão. Roger engoliu tudo. O Cachorro Novo entrou na cozinha. Deu a ela uma espécie de olhar exigente que se esperaria de um meio terrier.

Ela disse a ele:

— Nossa palavra de segurança é onomatopeia.

O Cachorro Novo estava mais interessado nos ovos.

Callie olhou o horário. Não podia mais adiar. Aguçou os ouvidos, certificando-se de que Phil ainda estivesse no banheiro. Quando ficou convencida de que não ia ser pega, virou-se para o computador da mãe, selecionou *anônimo* numa nova janela do navegador e digitou TENANT AUTOMOTIVO.

A busca rendeu 704 mil resultados, o que só fazia sentido ao rolar para baixo e ver que sites como Yelp, DealerRater, CarMax, Facebook e o Better Business Bureau tinham pagado para aparecer.

Ela selecionou o site principal do Grupo Automotivo Tenant. Trinta e oito lojas. BMW, Mercedes, Range Rover, Honda, Mini. Eles faziam um pouco de tudo, mas basicamente se limitavam a veículos de luxo. Callie leu o breve histórico do crescimento da empresa — *De uma pequena concessionária Ford em Peachtree a filiais por todo o Sudeste!* Havia um desenho de uma árvore mostrando a sucessão curta: Gregory Sr. a Greg Jr. a Linda Tenant.

O mouse foi até o nome de Linda. Callie clicou. Uma foto elegante apareceu. O cabelo de Linda estava curto e brilhoso, provavelmente cortesia de deixar um quinquilhão de dólares num cabeleireiro da moda. Ela se sentava numa mesa que parecia pertencer ao Darth Vader, com uma Ferrari vermelha reluzente atrás. Havia papéis em pilhas organizadas à esquerda e à direita para transmitir a mensagem de que era uma mulher de negócios. Suas mãos estavam unidas à frente. Sem aliança, porque ela era casada com o trabalho. O colarinho da polo Izod branca estava para cima. Uma gargantilha de pérolas ao redor do pescoço dava a impressão de haver dentes de hamster ao redor do pescoço bronzeado dela. Callie imaginou Linda usando um jeans desbotado e tênis de cano alto Reebok, porque, afinal, tendo esse tanto de dinheiro, quem não abraçaria por completo sua Brooke Shields?

A melhor parte era a biografia de Miss América de Linda. Nada sobre viver na periferia com o marido pedófilo e estuprador. Callie sorriu para a edição seletiva:

Linda Tenant se formou na Faculdade de Enfermagem Georgia Baptist com um bacharelado em enfermagem. Trabalhou por vários anos no Southern Regional Medical Center antes de entrar para a empresa familiar. É voluntária da Cruz Vermelha americana e continua emprestando sua expertise ao painel conselheiro de Covid-19 na cidade de Atlanta.

Callie analisou a foto. O rosto de Linda não tinha mudado muito, exceto pela forma como o rosto de todo mundo tinha mudado nos últimos 23 anos, ou seja, as partes importantes tinham caído um pouco. A emoção principal de Callie ao olhar para Linda era amor. Ela idolatrara aquela mulher. Linda era gentil e afetuosa, e sempre deixara claro que sua prioridade número um era o filho. Não pela primeira nem pela última vez, Callie se perguntou quanto sua vida teria sido diferente se sua mãe fosse Linda Waleski.

Roger fungou embaixo da mesa. Callie jogou um pedaço minúsculo de bacon no chão. Depois, outro pedaço, porque o Cachorro Novo também fungou.

Ela achou um mapa no site, depois navegou até a concessionária Mercedes em Buckhead. Clicou em *Conheça nossa equipe de vendas!*.

Callie se recostou na cadeira. Havia oito fotos em duas fileiras de quatro, só uma mulher. No início, ela não leu os nomes. Analisou o retrato de cada homem, buscando sinais de Linda ou Buddy. Seus olhos foram para lá e para cá, fileira por fileira, sem conseguir encontrá-lo. Por fim, desistiu e identificou Andrew Tenant na segunda foto do topo. Sua biografia de Miss América era ainda melhor que a de Linda.

Andrew ama animais e trilhas ao ar livre. Doa a maior parte do seu tempo nos fins de semana a abrigos em DeKalb. Leitor ávido, gosta dos romances de fantasia de Ursula K. Le Guin e dos ensaios feministas de Mary Wollstonecraft.

Callie lhe deu pouco crédito pela camada grossa de papo furado. Ele devia ter mencionado *Hamlet*, porque o estuprador protesta demais, eu acho.

Se não havia nada de Linda ou Buddy no rosto de Andrew, ela também não viu qualquer sinal de Trevor. Aliás, Andrew era quase completamente desinteressante em comparação com seus colegas vendedores bonitos e com cara de universitários. Maxilar forte, cabelo bem penteado, rosto bem barbeado. Seu terno azul-escuro era a única coisa que o denunciava. Callie via pela costura ao redor das lapelas que um ser humano de verdade havia feito aquele paletó. A camisa parecia igualmente cara — azul-claro com listras só um tom mais escuras. A gravata arrematava, um azul-royal vívido que destacava a cor dos olhos dele.

Seu cabelo cor de areia era o único atributo que ele compartilhava com o pai. Os fios de Andrew também rareavam nas têmporas, como se tivessem tirado um punhado da linha capilar. Callie lembrava como Buddy tinha vergonha de perder o cabelo. *Sou só um velho boneca por que você quer alguma coisa comigo o que você vê em mim eu quero mesmo saber.*

Segurança.

Buddy nunca tinha dado um soco repentino nela na mesa da cozinha. Pelo menos não até o fim.

Então.

Eles brigavam muito, principalmente sobre Callie querer passar mais tempo com ele. O que era insano porque, quase desde o início, ela odiava passar tempo com ele. Mesmo assim, lá estava ela, dizendo a ele que ia sair da escola e ele ia deixar Linda e felizes para sempre blá-blá-blá. Buddy ria e dava dinheiro a ela e depois, às vezes, levava-a a hotéis. No início, bons, antes de tudo ficar decadente. Eles pediam serviço de quarto, que era a parte favorita de Callie. Depois, ele ficava de joelhos e gastava um bom tempo dando prazer a ela. Buddy era tão maior que Callie que todo o resto que ele fazia doía.

E, perto do fim, todo o resto era só o que ele queria fazer, e sempre no sofá. *Para de chorar pelo amor de Deus eu estou quase você está tão gostosa não posso parar bebê por favor não me faz parar.*

A porta do banheiro se abriu com tudo. Phil soltou uma tosse de pelo molhado. Seus passos soavam como marretas pelo corredor. Callie fechou a página da biografia de Andrew. Estava de volta na cadeira quando Phil entrou na cozinha.

— O que você está fazendo? — quis saber Phil. Ela tinha feito sua pintura de guerra, uma versão gótica da Sra. Danvers se a Sra. Danvers gostasse de coleiras de cachorro com tachas e piercing de nariz, e em vez de amar Rebecca, tivesse afundado o barco daquela vadia de nariz empinado durante uma bebedeira.

— O que qualquer um faz a qualquer momento? — perguntou Callie.

— Jesus, você é escorregadia pra caralho.

Callie se perguntou se a camiseta de Sid Vicious da mãe era para ser a comemoração de uma viciada em heroína suicida ou se ela só gostava do símbolo de anarquia no fundo.

— Camiseta linda, mãe.

Phil ignorou o elogio ao abrir a geladeira com um solavanco. Pegou uma jarra de *michelada*, que era uma mistura indigna de sal, caldo de frango em pó, uma pitada de molho inglês, um pouco de suco de limão, uma garrafa de suco de tomate Clamato e duas garrafas geladas de cerveja Dos Equis.

Callie a observou colocando a poção numa garrafa térmica.

— É dia de cobrança?

— Uma de nós precisa trabalhar. — Phil deu um gole generoso direto da jarra. — E você?

Callie tinha 140 dólares dados por Leigh na mochila. Podia guardar, ou podia usar para financiar o uso de metadona em vez de roubar do dr. Jerry, ou podia só enfiar na caixa de dinheiro dele e deixá-lo pensar que todo mundo na vizinhança tinha feito estoque de medicamento para dirofilariose naquela semana porque a outra opção — enfiar nas veias — por enquanto estava em pausa.

Ela disse a Phil:

— Pensei em fazer um pouco disso, depois, se ainda sobrar tempo, um pouco daquilo.

Phil fez uma careta de desprezo, rosqueando a tampa da garrafa térmica.

— Teve notícias da sua irmã ultimamente?

— Não.

— Ela tem todo aquele dinheiro. Você acha que eu vejo alguma coisa? — Phil deu outro gole da jarra antes de colocar de volta na geladeira. — O que você está fazendo para ganhar dinheiro?

— A polícia chamaria de tráfico.

— Se te pegarem com essa merda na minha casa, vou te denunciar tão rápido que você vai ficar tonta.

— Eu sei.

— É para o seu próprio bem. A Harleigh tem que parar de te livrar. Fazer você pagar as consequências dos seus atos.

— Acho que você quer dizer "sofrer" — respondeu Callie. — A pessoa sofre as consequências de seus atos.

— Tanto faz. — Phil pegou um saco de ração de cachorro na despensa. — Ela tem uma filha, sabia? A menina já deve ter uns vinte anos e eu nunca conheci. Você já?

— Ouvi falar que estão dando auxílio para sobreviventes de Covid. Talvez eu tente pedir — disse Callie.

— Um monte de babaquice. — Phil abriu o saco com os dentes. — Nunca conheci ninguém que morreu disso aí.

— Eu nunca conheci ninguém que morreu de câncer de pulmão. — Callie deu de ombros. — Talvez também não exista.

— Talvez. — Phil começou a murmurar para si mesma enquanto media a ração em dois potes. Os cachorros estavam ansiosos pelo café da manhã. A coleira do Cachorro Novo tilintou quando ele desfilou ao lado de Roger. — Caramba, Brock, o que eu falei sobre educação?

Callie tinha que admitir que Brock era um bom nome para o meio terrier. Ele parecia um banqueiro.

— O pobrezinho fica com prisão de ventre. — Phil misturou uma colher de chá de azeite de oliva na comida seca. — Você lembra como Harleigh ficava presa? Precisei levar ela no hospital. Duzentinho para um médico gênio me falar que ela tinha um cólon retardado.

— Muito engraçado, mãe. — Quem não achava hilário uma menina de oito anos estragar o próprio intestino porque tinha medo de ir ao banheiro na própria casa? — Agora conta outra história.

— Vou te contar uma porra de uma história.

Callie escutou a agulha riscando o mesmo velho disco. *Eu fiz o melhor que pude com vocês duas. Você não sabe como é difícil ser mãe. Não foi tudo infelicidade sua vaca ingrata. Lembra aquela vez que eu... e aí... e depois eu...*

Era assim com pais abusivos. Eles só se lembravam dos bons momentos e você, dos maus.

Phil pulou para outra faixa. Callie olhou para a parte de trás do iMac. Devia ter pesquisado o detetive particular em vez de rolar pelas memórias do passado, mas ver Reggie Paltz on-line só ia de algum modo torná-lo real na vida dela, e a casa fechada com tábuas e o flash de luz também seriam reais.

— Que tal isso? — Phil bateu o dedo no balcão. — Quem pegava dois ônibus diferentes para buscar sua irmã no reformatório?

— Você — respondeu Callie, mas só para quebrar o impulso de Phil. — Ei, tem alguém morando naquela casa abandonada do outro lado da rua?

Phil inclinou a cabeça para o lado.

— Você viu alguém lá?

— Não sei — disse Callie, porque a melhor forma de acordar a loucura de Phil era mostrar indecisão. — Provavelmente foi a minha imaginação. Eu vi que puxaram uma das tábuas. Mas teve um flash de luz ou algo assim?

— Porra de cracudos. — Phil bateu os potes de ração no chão antes de sair voando da cozinha. Callie foi atrás dela até a frente da casa. O taco ao lado da porta foi para o ombro de Phil, que abriu a porta de metal com um chute.

Callie parou na janela vendo a mãe seguir como um raio na direção da casa fechada.

— Filho de uma puta! — berrou Phil, subindo pela entrada da frente. — Você cagou na minha calçada?

— Cacete — murmurou Callie enquanto Phil batia no compensado fino que cobria a porta. Ela rezou para ninguém ser idiota o bastante para chamar a polícia.

— Pode sair! — Phil transformou o Louisville Slugger num aríete. — Seu cagão de merda!

Callie se encolheu com o barulho de madeira contra madeira. Esse era o problema de dar uma arma a Phil. Não dava para controlar a explosão.

— Sai já daí, porra! — Phil golpeou de novo com o taco. Dessa vez, o compensado lascou. Ela puxou o taco de novo, e a madeira apodrecida saiu com ele. — Te peguei!

Callie não sabia exatamente o que Phil tinha pegado. O flash de luz podia ter sido só isso: um flash de luz. Talvez a metadona tivesse batido errado. Talvez ela tivesse injetado um pouco demais ou de menos. Talvez devesse impedir Phil de atacar algum mendigo pobre cujo único crime era buscar abrigo.

Tarde demais. Ela viu a mãe desaparecer dentro da casa.

Callie levou a mão à boca. Houve outro flash. Não de luz dessa vez, mas de movimento. Veio da lateral da casa. Um pedaço de compensado se dobrou de uma das janelas como uma boca se abrindo. Um homem foi despejado na grama alta. Segundos depois, estava de pé, ombros curvados enquanto corria pelo quintal. Pulou uma cerca de arame farpado enferrujada. Estava segurando uma câmera que parecia profissional pela lente telescópica, como se a estrangulasse pelo pescoço.

— Filho de uma puta! — berrou Phil lá de dentro.

Os olhos de Callie seguiram a câmera até ela desaparecer em outro quintal. O que estaria no cartão de memória? Quão perto o homem chegara de sua janela? Ele tinha tirado fotos dela dormindo na cama? Tinha conseguido capturar Callie sentada na frente do espelho enfiando uma agulha na perna?

A mão dela foi para o pescoço. Sob seus dedos, o sangue pulsava nas jugulares. Ela sentia as garras do gorila apertando sua pele. A ponta do fio do telefone cortando suas costas. A respiração quente dele no ouvido dela. A pressão dele subindo pela coluna dela. Callie fechou os olhos, pensou em se jogar para o gorila, entregar-se ao inevitável.

Em vez disso, achou a mochila e saiu da casa da mãe pela porta da cozinha.

7

LEIGH SÓ TINHA DORMIDO às duas da manhã, e aí seu alarme soara às quatro. Ela estava se sentindo de porre depois da farra de Valium do dia anterior e do enorme estresse que a fizera surtar e tomar o remédio. Várias xícaras de café tinham piorado o tremor e não melhoraram em nada a sua clareza. Era quase meio-dia, e seu cérebro parecia um molde de gelatina cheio de chumbo.

De alguma forma, no meio de tudo isso, ela conseguiu criar uma "Hipótese Andrew" com a qual trabalhar:

Ele sabia da câmera de Buddy atrás do bar porque, mesmo criança, era um merdinha enxerido que fuçava as coisas dos outros. Sabia da artéria femoral porque tinha visto Callie se preocupando enquanto olhava o desenho anatômico no livro. Como Leigh, a irmã tendia a ser obsessiva-compulsiva. Ela imaginava facilmente Callie sentada à mesa da cozinha traçando a artéria até fazer uma bolha no dedo. Andrew estaria sentado ao lado dela, porque ele sempre estava onde não devia estar. Ele armazenara os dois fatos em seu cérebro doente e deturpado e de algum modo, anos depois, juntara tudo.

Era a única explicação que fazia sentido. Se Andrew realmente soubesse o que tinha acontecido naquela noite, saberia que a faca não tinha de fato matado seu pai.

Leigh tinha.

O que ela precisava fazer então era achar uma forma de perder de propósito o caso de Andrew Tenant com Cole Bradley olhando por cima do seu ombro. Leigh mal começara a ler os volumes de papelada anexa ao julgamento iminente. Os arquivos de Andrew estavam abertos pela mesa dela, transbordando de caixas mandadas por Octavia Bacca. Dois associados estavam no processo de compilar um índice, cruzando o trabalho de Octavia com as montanhas de merda que o promotor tinha fornecido na fase de produção antecipada de provas. Liz, assistente de Leigh, tinha ocupado uma sala de reuniões para espalhar tudo no chão e poder desenvolver um cronograma que apoiasse a gravação que Reggie Paltz montara em seu notebook.

E, ainda assim, sempre havia mais trabalho a fazer. Embora Cole Bradley a tivesse deixado livre para poder focar no caso de Andrew, isso não queria dizer que a agenda de Leigh estivesse completamente livre. Ela precisava terminar de arquivar moções e compor interrogatórios, revisar documentos para a produção antecipada de provas, ligar para clientes, marcar depoimentos, adiar reuniões de Zoom e datas de tribunal, pesquisar jurisprudência e, além de tudo isso, preocupar-se com a irmã se balançando como isca na frente de um psicopata com um histórico bem documentado de atacar mulheres violentamente.

Callie estivera certa sobre uma coisa na noite anterior. Leigh precisava parar de ficar se debatendo como uma trouxa impotente. Estava mais do que na hora de ela exercer seu direito merecido de jogar segundo as regras dos ricos. Ela tinha se formado *summa cum laude* na Northwestern. Trabalhava numa firma grande e tinha chegado a quase duas mil horas de faturamento no ano anterior. Ela era casada com um dos homens mais admirados de sua área. Tinha uma filha linda. Sua reputação era impecável.

Andrew Tenant estava sendo convincentemente acusado de sequestrar, estuprar, surrar e sodomizar uma mulher.

Em quem iam acreditar?

Leigh olhou o relógio. Três horas até ela ter de estar no escritório de Cole Bradley. Andrew a estaria esperando. Leigh precisaria chegar armada, pronta para qualquer jogo que ele fosse fazer.

Ela esfregou as têmporas ao baixar os olhos para o depoimento do primeiro oficial chamado.

Vítima mulher estava algemada à mesa de piquenique no centro do pavilhão ao ar livre localizado em...

Leigh enxergou o resto do parágrafo dobrado. Ela tentou recuperar o foco olhando pela parede de vidro que separava tipos especiais como ela de associados de primeiro ano. Não havia visão deslumbrante dos arranha-céus do centro, só uma fazenda de cubículos sem janela que se espalhavam como grades de prisão por todo o andar. Barreiras de acrílico impediam os ocupantes de respirar uns nos outros, mas, mesmo assim, máscaras eram obrigatórias. Serventes passavam a cada hora para desinfetar todas as superfícies. Todos os advogados bebês trabalhavam em *hot desks*, o que significava que pegavam a mesa que estivesse disponível quando chegavam. E, como eram advogados bebês, a maioria chegava às seis da manhã e trabalhava no escuro até as luzes serem acesas, às sete. Se tivessem ficado surpresos por Leigh ter chegado ao escritório antes deles, estavam exaustos demais para demonstrar.

Ela checou seu telefone pessoal, embora soubesse que Callie não tinha mandado mensagem, porque Callie só mandaria mensagem quando Leigh estivesse tão tensa que sua cabeça estivesse prestes a explodir.

Como esperado, não havia nada da irmã, mas o coração de Leigh deu um saltinho curioso quando ela viu uma notificação na tela. Maddy tinha postado um vídeo. Leigh assistiu à filha dublando na cozinha de Walter enquanto Tim Tam, o labrador cor de chocolate, fazia um backing vocal involuntário.

Leigh se esforçou para seguir a letra da música, desesperada por pistas de como enviar uma reação que não recebesse uma revirada de olhos ou, pior, fosse completamente ignorada. Pelo menos, conseguiu reconhecer Ariana Grande. Rolou até a descrição, mas 34+35 não fazia absolutamente qualquer sentido. Ela assistira ao vídeo mais duas vezes antes de sua mente fazer a soma simples e ela perceber sobre o que de fato era a música.

— Ah, pelo amor de... — Ela pegou o telefone fixo. Começou a digitar o número de Walter, mas não havia forma de falar com ele sem contar que tinha visto Callie.

O telefone voltou ao gancho. Walter sabia tudo sobre Leigh, exceto a coisa mais importante. Ela contara a ele que Callie fora molestada, mas os detalhes paravam aí. Leigh não ia dar a Walter um nome para pesquisar na internet nem um comentário solto que o faria começar a se perguntar o que realmente acontecera tantos anos antes. Ela segurava a informação não por não confiar nele ou por estar preocupada que ele fosse amá-la menos. Não queria onerar seu gentil marido, pai de sua preciosa filha, com o peso de sua culpa.

Liz bateu na porta de vidro. Estava usando uma máscara fúcsia que combinava com as flores de seu macacão. Leigh colocou a máscara antes de fazer sinal para ela entrar.

Nunca havia nenhum preâmbulo com Liz. Ela disse:

— Adiei o depoimento do caso Johnson em duas semanas. O juiz do caso Bryant quer sua resposta à moção até as seis de sexta-feira. Coloquei o dr. Unger no dia dezesseis; está atualizado no seu Outlook. Você tem que estar no escritório de Bradley em três horas. Vou trazer seu almoço, só me avise se quer salada ou um sanduíche. Você vai precisar do sapato de salto alto para Bradley. Está no armário.

— Sanduíche. — Leigh tinha escrito os detalhes em seu bloco de notas enquanto Liz os recitava. — Você leu os boletins sobre a tornozeleira de Andrew?

Liz fez que não.

— O que foi?

— Ele teve quatro problemas isolados nos últimos dois meses. Desde o GPS ficando off-line até um curto no cabo de fibra ótica da faixa. Cada vez que o alarme soava, ele ligava para o escritório de condicional, mas você sabe como as coisas estão ruins agora. Levava entre três e cinco horas até mandarem um oficial para reiniciar o sistema.

— Havia alguma evidência de manipulação?

— Não que o oficial tenha relatado.

— Entre três a cinco horas.

Liz pareceu entender o problema. Era possível argumentar que Andrew estava testando o tempo de resposta. Para não mencionar que, por um período entre três e cinco horas, seu paradeiro provavelmente era desconhecido.

— Vou ver o que consigo descobrir — disse Liz.

Leigh não tinha terminado.

— Você falou com Reggie Paltz ontem?

— Dei a chave de criptografia para ele subir os arquivos para o nosso servidor — disse ela. — Quer que eu faça o login no seu computador?

— Pode deixar, obrigada. — Leigh era grata pela forma como a assistente colocara a oferta, sem dizer *sua dinossaura arcaica*. — Paltz tinha alguma pergunta sobre mim?

— Várias, mas estava praticamente só confirmando — disse Liz. — Onde você estudou, quando tempo trabalhou na Assistência Judiciária, quanto tempo foi autônoma. Quando começou a trabalhar aqui. Falei pra ele entrar no site se quisesse seu currículo.

Leigh jamais considerara que estava no site da empresa.

— O que você achou dele?

— Profissionalmente, ele é bem bom — respondeu Liz. — Li o perfil dele sobre Tenant. Bem completo, não parece haver nenhuma ponta solta, mas posso nos respaldar com um de nossos investigadores de sempre, se você quiser.

— Vou perguntar ao cliente. — Leigh estava perfeitamente satisfeita em deixar o promotor surpreendê-la com um detalhe obscuro sobre o passado de Andrew durante o julgamento. — Mas e em termos gerais? O que achou de Paltz?

— Meio babaca, mas bonitinho. — Liz sorriu. — Ele também tem um site.

Outro ponto cego tecnológico da parte de Leigh.

— Quero que você o coloque no caso Stoudt. Ele está disposto a viajar, mas mantenha uma rédea curta. Não quero que ele gaste mais do que o necessário.

— Ele já está fazendo isso, a julgar pelos recibos que Octavia mandou. — Liz bateu numa das caixas com o quadril. — Analisei ontem à noite. Paltz não vai ao banheiro sem cobrar pela descarga extra. A timeline dele parece um compilado de resenhas de cinco estrelas no site de avaliação de restaurante *Yelp*.

— Mostre a ele que estamos de olho.

Liz já estava saindo quando Leigh tirou a máscara e acordou o computador. A Bradley, Canfield & Marks tinha exatamente o tipo de site tedioso que se esperaria. As bordas grossas eram vermelhas e pretas em homenagem à Universidade da Geórgia. Fonte Times Roman. O único floreio era o *e* comercial curvado.

Apropriadamente, Leigh achou seu nome na aba ADVOGADOS. A foto era igual à de seu crachá de funcionária, levemente vergonhosa. Ela era listada como *consultora*, uma forma educada de dizer que ela não era sócia, mas também não era associada.

Leigh rolou pelo primeiro parágrafo, lendo que tinha se apresentado diante de tribunais estaduais e do tribunal superior, e era especializada em casos de condução embriagada, roubo, fraude, divórcios de alta renda e defesa de colarinho branco. A reportagem do *Atlanta INtown* estava linkada para quem procurasse um especialista em lei de urina. O parágrafo seguinte listava seus prêmios, trabalhos *pro bono*, várias palestras e artigos que ela escrevera no início da carreira, quando esse tipo de coisa importava. Ela deslizou até a última linha: *A sra. Collier gosta de passar tempo com o marido e a filha.*

Leigh bateu o dedo no mouse. Ia ter que dar o benefício da dúvida à história do detetive particular. Parecia plausível Reggie ter mostrado o artigo da *INtown* com a foto de Leigh a Andrew e Andrew ter reconhecido o rosto dela. Também parecia provável Andrew pedir para Reggie fazer uma investigação sobre Leigh antes de contratá-la. Aliás, Reggie provavelmente era mais perigoso neste ponto, porque parecia a Leigh o tipo de investigador bom em desenterrar esqueletos.

E era por isso que ela ia tirar Reggie do estado. Jasper Stoudt, o marido traidor da cliente dela que queria um divórcio, estava prestes a levar a amante para uma viagem de pescaria de dez dias em Montana. Leigh imaginava que

Reggie ficaria ocupado demais pedindo tacos de bagre no cardápio do serviço de quarto para se preocupar com Andrew Tenant.

Leigh estava se preocupando com Andrew o bastante pelos dois. Ela se fortaleceu fazendo uma lista mental do discurso de Callie na noite anterior.

1. Se Andrew tivesse prova do assassinato, já teria mostrado à polícia.
2. Se Andrew tivesse um dos vídeos de Buddy, só veria que o pai era um pedófilo.
3. Se Andrew tivesse unido as pistas porque Callie não parava de traçar uma porcaria de artéria no diagrama de uma perna, e daí? Até Nancy Drew precisara mostrar provas de verdade.
4. Ninguém jamais achara o corpo de Buddy Waleski — ou pedaços do corpo dele. Não havia evidência de sangue na faca. Não havia evidência forense tirada da casa dos Waleski. Não havia evidência forense encontrada no Corvette queimado de Buddy.
5. Era mais do que provável que não houvesse documentos oficiais sobre a surra de Callie, e certamente nada que ligasse aquilo ao desaparecimento de Buddy.
6. Ninguém jamais perguntara a Leigh sobre os 82 mil dólares que ela usara para pagar uma parte da faculdade de Direito. Antes do Onze de Setembro, ninguém fazia perguntas sobre pilhas de dinheiro. Mesmo com os ganhos desonestos de Buddy, Leigh trabalhara como garçonete e bartender e motorista de delivery e faxineira de hotel e chegara a morar no carro para economizar dinheiro. Foi só quando Walter a encontrou no meio das pilhas de livros da Biblioteca Garry e a convidou para dormir no sofá dele que Leigh ganhou um senso de permanência.

Maddy. Walter. Callie.

Ela precisava manter o foco no que era importante. Sem eles, Leigh já teria pegado a Glock e acabado com a vida miserável de Andrew. Apesar das provas em contrário, ela nunca pensara em si mesma como uma assassina, mas sem dúvida nenhuma era capaz de autodefesa preventiva.

Houve uma batida rápida antes de a porta se abrir. Jacob Gaddy, um dos associados, estava equilibrando um sanduíche e uma lata de refrigerante de gengibre em cima de duas caixas de arquivo. Colocou-as no chão, dizendo a Leigh:

— Confirmei que o exame toxicológico foi negativo. Você vai achar os índices no topo das caixas. A busca na casa mostrou algumas fotos sadomasoquistas artísticas, de bom gosto, emolduradas em um dos corredores do fundo, mas nada no quarto.

Leigh não estava preocupada com as fotos. *Cinquenta tons* tinha tirado o choque de milhões de donas de casa pelo mundo. Ela esperou que Jacob colocasse o almoço dela na beira da mesa. Sabia por que ele tinha se voluntariado para ser garçom. Ela ia precisar de um advogado auxiliar na mesa de defesa, e os associados lutariam na lama se fosse preciso.

Ela decidiu acabar com o sofrimento dele.

— Você vai ser meu auxiliar. Certifique-se de que conhece o caso de trás para a frente. Sem erros.

— Sim, senho... — Ele se interrompeu. — Obrigado.

Leigh tinha banido o quase *senhora* de sua mente. Não podia suspender mais a revisão dos arquivos de Andrew. Tomou um gole do refrigerante. Terminou o sanduíche enquanto folheava as páginas de anotações que fizera até aquele momento. Em qualquer caso, ela sempre procurava pontos fracos que o promotor pudesse explorar, mas, naquele, estava procurando para ver como podia usar esses pontos fracos para construir um caso-sombra que mandasse Andrew para a prisão pelo resto da vida.

Tudo isso enquanto ela e Callie ficavam livres.

Ela já tinha argumentado contra o promotor. Dante Carmichael lidava com seu trabalho como quem tem o direito de ser protagonista. Gostava de se gabar sobre seu histórico de vitórias e perdas, mas era fácil se gabar de suas vitórias quando você só levava adiante casos que tinha 99 por cento de certeza de que lhe seriam favoráveis. Era o único motivo para tantos casos de estupro nunca serem julgados. Quando era questão de ele disse/ela disse, os jurados tendiam a acreditar que um homem estava falando a verdade e uma mulher estava querendo atenção. Os acordos judiciais de Dante eram na verdade extorsões para manter seu histórico imaculado. Todo mundo que trabalhava no tribunal tinha um apelido, e Dante dos Acordos havia recebido o seu de forma justa.

Leigh voltou às correspondências oficiais. Dante tinha oferecido um acordo incrivelmente generoso em abril do ano anterior, um mês depois da prisão de Andrew. Ela detestava concordar com Reggie Paltz, mas seu instinto lhe dizia que Dante Carmichael tinha colocado uma armadilha. Quando Andrew aceitasse um acordo no ataque a Karlsen, seria ligado, por *modus operandi*, aos outros três. Se Leigh tomasse cuidado, se fosse esperta, se tivesse sorte, encontraria uma forma alternativa de empurrar Andrew de volta a essa armadilha.

Por hábito, ela pegou a caneta. Depois, a soltou. Colocar as estratégias de crimes em potencial no papel nunca era uma boa ideia. Leigh repassou mentalmente suas opções, tentando encontrar diferentes maneiras de estragar tudo enquanto se mantinha íntegra.

Andrew não era seu único obstáculo. Cole Bradley era um advogado extremamente experiente. Se achasse que Leigh estava perdendo de propósito, a demissão seria a menor de suas preocupações. O timing também era uma questão. Em geral, Leigh tinha meses, se não um ano inteiro, para se preparar para um julgamento criminal. E isso quando ela estava honestamente defendendo seu cliente. Agora, tinha seis dias para se familiarizar com as fotos de cena de crime, os relatórios forenses, as linhas do tempo, os depoimentos de testemunhas, os relatórios policiais, os relatórios médicos, as análises do kit estupro e o depoimento desolador da vítima, também registrado em vídeo.

O vídeo era o motivo pelo qual Leigh se permitia ser distraída. Podia passar por dezenas de estratégias de seu caso-sombra contra Andrew Tenant, mas toda opção exigiria que ela interrogasse agressivamente a vítima. Como advogada de defesa, não apenas esperavam isso dela, mas exigiam. Tammy Karlsen tinha sido violentamente atacada e estuprada, mas aquelas cicatrizes físicas não seriam nada em comparação à destruição emocional pela qual ela passaria nas mãos de Leigh.

Na Geórgia, como na maioria dos estados, casos criminais não permitiam tomar depoimentos das testemunhas por escrito, exceto em circunstâncias especiais. A primeira vez que Leigh falaria com Tammy Karlsen seria durante o interrogatório cruzado. Naquele momento, Tammy representaria a peça do topo de uma pirâmide muito estável que Dante Carmichael construiria para apoiar o testemunho dela. A base consistiria em um elenco substancial de testemunhas críveis: policiais, legistas, enfermeiras, médicos, vários especialistas e o passeador de cachorros que a encontrara algemada a uma mesa de piquenique no parque. Todos dariam ao júri um motivo sólido para acreditar em cada palavra que saía da boca de Tammy.

Aí, Leigh deveria pegar uma marreta e derrubar a pirâmide.

A BC&M gastava uma quantidade considerável de dinheiro para descobrir o que motivava um jurado comum. Contratava especialistas e chegava a chamar consultores para alguns dos casos mais importantes. Leigh tivera acesso ao produto do trabalho deles. Ela sabia que, em julgamentos de estupro, os comentários dos jurados podiam ir de insultantes a desmoralizantes. Se uma vítima estivesse drogada ou bêbada no momento do ataque, o que ela achava que ia acontecer? Se estivesse com raiva ou se mostrasse desafiadora no banco das testemunhas, eles não gostavam da atitude dela. Se chorasse demais ou de menos, eles se perguntavam se ela estaria inventando. Se a vítima estivesse acima do peso, talvez estivesse desesperada e houvesse seduzido o homem. Se fosse bonita demais, talvez fosse metida e merecesse o que lhe acontecera.

Se Tammy Karlsen ia aguentar o tranco, não dava para saber. Tudo que Leigh sabia sobre a vítima vinha de fotos de cena do crime e depoimentos. Tammy tinha 31 anos. Era gerente regional de uma empresa de telecomunicações. Nunca tinha se casado, não tinha filhos e morava num apartamento próprio em Brookhaven, uma área vizinha ao centro de Buckhead.

Em 2 de fevereiro de 2020, fora brutalmente estuprada e deixada acorrentada a uma mesa de piquenique num pavilhão ao ar livre localizado num parque público da cidade de Atlanta.

Leigh se levantou da mesa. Fechou a persiana das janelas e da porta. Sentou-se. Virou uma página nova em seu bloco. Abriu a gravação da entrevista oficial de Tammy Karlsen e deu play.

A mulher tinha sido encontrada nua, então, no vídeo, usava um avental hospitalar. Estava sentada numa sala de interrogatório da polícia que claramente devia ser usada para crianças. Os sofás eram baixos e coloridos, com pufes e uma mesa cheia de brinquedos e quebra-cabeças. Era isso que se entendia como um ambiente não ameaçador para uma vítima de estupro: enfiá-la numa sala para crianças, para lembrá-la constantemente de que não só tinha sido estuprada como também podia estar grávida.

Tammy estava sentada num sofá vermelho com as mãos juntas entre os joelhos. Leigh sabia pelas anotações que, durante a entrevista, Tammy estava sangrando. Tinha recebido um absorvente no hospital, mas, no fim, uma cirurgiã fora convocada para reparar os ferimentos internos provocados pela garrafa de Coca-Cola.

O vídeo capturava a mulher se balançando para a frente e para trás, tentando se acalmar. Uma policial estava com as costas apoiadas na parede do lado oposto da sala. O protocolo exigia que a vítima não ficasse sozinha. Não era para que se sentisse segura. A policial estava vigiando-a para que ela não se suicidasse.

Alguns segundos se passaram antes de a porta se abrir e um homem entrar. Era alto e imponente, com cabelo grisalho e uma barba bem aparada. Provavelmente na casa dos cinquenta anos, com uma Glock no cinto de couro que continha sua grande barriga.

A aparência dele fez Leigh refletir. Mulheres tendiam a fazer essas entrevistas porque eram testemunhas mais empáticas no julgamento. Leigh ainda se lembrava de interrogar um investigador homem que tinha afirmado com confiança que sempre sabia que uma mulher estava mentindo sobre um abuso se ela não o quisesse na sala. Ele nunca havia considerado que uma mulher que fora estuprada por um homem talvez não quisesse ficar sozinha com outro homem.

Era 2020. Por que tinham enviado esse cara?

Leigh pausou o vídeo. Clicou de volta para os relatórios do incidente para achar o primeiro investigador a chegar à cena. Sua lembrança era que a investigadora principal era uma mulher. Ela checou a lista, depois os registros de ocorrência e verificou que a oficial responsável era a investigadora Barbara Klieg. Leigh procurou nos outros relatórios uma possível identificação do homem no vídeo, e revirou os olhos, porque tudo que precisava fazer era dar play.

Ele disse:

— Srta. Karlsen, sou o investigador Sean Burke. Trabalho com o Departamento de Polícia de Atlanta.

Leigh anotou e sublinhou o nome. "Trabalho com" a fez pensar que ele era um consultor, não um funcionário. Ela precisaria saber em que casos Burke havia trabalhado, de quantos processos bem-sucedidos ele tinha participado, quantas intimações ou advertências havia no arquivo dele, quantos processos tinham sido fechados com acordo, como ele se comportava no banco das testemunhas, quais pontos fracos tinham sido abertos por outros advogados de defesa.

Burke perguntou:

— Tudo bem se eu me sentar aqui?

Tammy anuiu, olhos no chão.

Leigh viu Burke ir para uma cadeira de madeira de costas retas em frente a Tammy. Não era lento, mas era deliberado. Não estava dominando o ambiente. Fez um aceno quase imperceptível de cabeça à policial encostada na parede antes de se sentar. Recostou-se, impediu as pernas de se abrirem daquele jeito ostensivo dos homens e uniu as mãos no colo, um caso exemplar de não intimidação.

Um ponto gigante contra Andrew. O investigador Burke exalava competência profissional. Era por isso que Barbara Klieg o convocara. Ele saberia como ajudar Tammy a criar a fundação de sua história. Saberia como testemunhar diante de um júri. Leigh podia lutar com ele, mas não conseguiria quebrá-lo.

Não só um ponto contra Andrew, mas talvez um prego no caixão dele.

Burke falou:

— Sei que a investigadora Klieg já explicou isso, mas há duas câmeras nesta sala, ali e ali.

Tammy não olhou para onde ele apontou.

Burke explicou:

— Dá para ver as luzes verdes, que significam que estão gravando vídeo e áudio, mas quero ter certeza de que está tudo bem por você. Posso desligar, se você não quiser que fiquem ligadas. Quer que fiquem ligadas?

Em vez de responder, Tammy fez que sim com a cabeça.

— Mas preciso perguntar, tudo bem conversarmos aqui? — A voz de Burke era suave, quase como uma canção de ninar. — Podemos ir a algum lugar mais formal, como uma sala de interrogatório, ou posso te levar à minha sala, ou posso te levar para sua casa.

— Não — disse ela, depois, mais baixo: — Não, não quero ir para casa.

— Quer que eu ligue para uma amiga ou familiar?

Tammy começou a fazer que não antes de ele terminar. Ela não queria que ninguém soubesse daquilo. A vergonha dela era tão palpável que Leigh apertou a mão junto ao peito, tentando controlar seus sentimentos.

— Tudo bem, vamos ficar aqui, mas você pode mudar de ideia a qualquer momento. É só me dizer que quer parar, ou que quer ir embora, e a gente faz o que você disser. — Burke claramente exercia autoridade, mas estava se esforçando para dar a ela uma sensação de escolha. Perguntou: — Como devo chamá-la, de Tammy ou srta. Karlsen?

— Srta.… srta. Karlsen. — Tammy tossiu com as palavras.

A voz dela estava tensa. Leigh via os hematomas ao redor do pescoço já começando a aparecer. O rosto dela estava obscurecido pelo cabelo, mas as fotos tiradas durante a coleta do kit estupro eram um estudo sobre devastação.

— Srta. Karlsen — confirmou Burke. — A investigadora Klieg me disse que você é gerente distrital da DataTel. Já ouvi falar da empresa, claro, mas não sei bem o que fazem.

— Logística de sistema e engenharia de telecomunicações. — Tammy pigarreou de novo, mas a rouquidão não ia embora. — Fornecemos apoio de dados para pequenos e médios negócios que precisam de microssistemas óticos e fotônicos, além de controles de sistema. Sou responsável por dezesseis divisões no Sudoeste.

Burke assentiu como se entendesse, mas o propósito dessa linha de questionamento era ajudar Tammy a se lembrar de que era uma profissional com credibilidade. Ele estava sinalizando que acreditava na história dela.

Burke falou:

— É bem mais impressionante que a descrição do meu emprego. Aposto que você teve que estudar para fazer isso.

— Georgia Tech — disse ela. — Tenho mestrado em Engenharia Elétrica e de computadores.

Leigh soltou um longo suspiro. Sabia que uma das caixas de Octavia ia conter informações das redes sociais de Tammy Karlsen, especificamente qualquer coisa que tivesse a ver com a página de ex-alunos da Tech. Os colegas de classe de Tammy estavam na idade da nostalgia, e provavelmente haveria muitos posts sobre anos insanos de faculdade. Se Tammy tivesse a fama de ser uma mulher que gostava de beber ou de sexo, Leigh podia mencionar isso no julgamento, como se toda mulher não tivesse direito de gostar de beber e de sexo.

De todo jeito, Andrew provavelmente tinha ganhado um ponto a seu favor.

O vídeo continuou com Burke seguindo na conversa preliminar. O júri pularia de um precipício atrás dele. Sua confiança tranquila era melhor que Valium. Sua voz nunca saía do registro de canção de ninar. Ele olhava direto para Tammy, embora ela nunca olhasse para ele. Ele era atencioso, acreditava nela e, acima de tudo, demonstrava compaixão. Leigh podia ter ticado uma lista do manual da polícia sobre a forma adequada de entrevistar uma vítima de abuso sexual. Um policial estar de fato seguindo as instruções era uma revelação chocante.

Burke finalmente chegou ao cerne da entrevista. Mudou de posição na cadeira, cruzando as pernas nos joelhos.

— Srta. Karlsen, nem consigo começar a saber quanto isso é difícil para você, mas, se sentir que consegue, poderia, por favor, me contar o que aconteceu na noite passada?

Ela não disse nada no início, e Burke tinha experiência para não pressionar. Leigh olhou os números no canto superior direito, vendo o tempo passar até, 48 segundos depois, Tammy finalmente falar.

— Eu não... — Ela pigarreou de novo. Seu esôfago estava esfolado, não só do estrangulamento. Durante o exame de estupro, uma enfermeira tinha enfiado um longo cotonete na garganta dela para achar traços de sêmen. — Desculpa.

Burke se inclinou para a esquerda e abriu um frigobar. Leigh não o tinha notado antes. Ele pegou uma garrafa de água, abriu a tampa e colocou na mesa na frente de Tammy antes de se sentar de novo.

Ela hesitou, mas, enfim, pegou a garrafa. Leigh fez uma careta ao ver a dificuldade da mulher em engolir. A água escorreu dos cantos dos lábios inchados de Tammy, acumulando-se na gola do avental dela e escurecendo o verde.

Burke disse:

— Não tem regra para isto, srta. Karlsen. Você começa a história onde se sentir confortável. Ou não. Pode sair daqui a qualquer momento.

As mãos de Tammy tremiam quando ela colocou a garrafa de volta na mesa. Ela olhou para a porta, e Leigh se perguntou se ia embora.

Mas ela não foi.

Tammy pegou alguns lenços da caixa na mesa. Assoou o nariz, encolhendo-se de dor. Girou os lenços na mão enquanto começava a falar, descrevendo devagar para Burke o início de uma noite normal que se tornara um pesadelo. Sair do trabalho. Decidir tomar um drinque. Deixar o carro com o manobrista. Sentar-se sozinha no bar bebendo um gim martíni. Ela estava pronta para ir embora quando Andrew se ofereceu para comprar mais um drinque.

Leigh folheou o início de suas anotações. Começou a contar os dois gins martínis e meio que as câmeras de segurança do Comma Chameleon haviam gravado Tammy consumindo.

Quando Tammy contou a história de ir até o deque do telhado, a contagem de quantos drinques consumira estava errada em meia dose, mas a maioria das pessoas não se lembrava do quanto bebia. Não tinha importância. Leigh ia parecer mesquinha para o júri se insistisse que a mulher na verdade tinha pedido três martínis em vez de dois.

Ela voltou a atenção ao vídeo.

Tammy estava descrevendo Andrew da mesma forma que qualquer um o descreveria — um pouco difícil de ler, mas simpático, profissional, um adulto numa época em que boa parte da geração dela não era. Tammy era como ele. Disse a Burke que achava que eles tinham se dado bem. Não, ela não sabia o sobrenome de Andrew. Ele trabalhava numa concessionária, ela achava. Talvez fosse mecânico? Ele gostava de falar de carros clássicos.

— Eu deixei ele… Eu beijei ele — disse Tammy, a culpa em seu tom deixando implícito que achava que isso fazia com que tudo que aconteceu depois fosse culpa sua. — Eu flertei com ele e, depois, no estacionamento, beijei ele por um tempo. Tempo demais. E depois dei meu cartão de visita porque... porque queria que ele me ligasse.

Burke deixou-a ficar em silêncio. Claramente, estava fazendo a conexão de que Tammy passara tanto tempo falando de Andrew por um motivo, mas era esperto o bastante para não tentar colocar palavras na boca dela.

Tammy estava olhando as próprias mãos. Tinha despedaçado os lenços. Tentou limpar a bagunça, unindo as fibras soltas de papel na mesa. Quando ela se abaixou para o chão, gemeu, e Leigh se lembrou do dano que a garrafa de Coca tinha causado.

Burke se inclinou de novo para a esquerda, desta vez para pegar a lixeira. Colocou ao lado da mesa. Ele era tão grande e a sala tão pequena, que fez tudo isso sem sair da cadeira.

Tammy se esforçou para colocar cada bolinha de lenço despedaçado no lixo. Segundos se passaram. Depois, minutos.

Burke esperou pacientemente. Leigh imaginou que ele estivesse processando a história até ali, ticando suas próprias caixas, certificando-se de que tinha conseguido respostas: Onde a vítima entrara em contato pela primeira vez com o suspeito? Quanto álcool foi consumido? Estavam usando drogas ilícitas? A vítima estava com amigos? Quem podia ser uma potencial testemunha?

Ou, talvez, Burke estivesse considerando a próxima leva de perguntas: a vítima empurrou, socou ou chutou o agressor? Falou "pare" ou "não" em algum momento? Como o agressor se comportou antes, durante e depois do ataque? Qual era a cronologia dos atos sexuais executados? Foi usada força ou ameaça? E uma arma? Ele ejaculou? Onde ele ejaculou? Quantas vezes?

Tammy tinha terminado de limpar os pedaços de lenço. Recostou-se no sofá. Sua cabeça começou a tremer para a frente e para trás, como se ela tivesse ouvido as perguntas mudas de Burke e já soubesse sua reação.

— Não lembro o que aconteceu depois. Quando cheguei no estacionamento. Eu estava no carro, acho? Ou... não sei. Talvez lembre algumas coisas. Não consigo ter certeza. Não quero... não posso acabar... se eu não lembrar... eu sei que preciso ter certeza.

Mais uma vez, Burke esperou. Leigh admirava a disciplina dele, que era uma prova de sua inteligência. Vinte anos antes, um oficial em sua posição teria agarrado Tammy pelos ombros, chacoalhado-a, gritado que ela precisava falar se quisesse punir o cara que fez aquilo, ou será que ela estava inventando tudo porque queria atenção?

Em vez disso, Burke disse a Tammy:

— Meu filho lutou no Afeganistão. Por duas vezes.

A cabeça de Tammy se levantou de leve, mas ela ainda não o olhou nos olhos.

Burke falou:

— Quando ele voltou, estava diferente. Tinha acontecido tanta coisa lá que ele não conseguia se obrigar a falar. Veja, eu nunca servi, mas sei como é o estresse pós-traumático porque passo muito tempo conversando com mulheres que sobreviveram a abusos sexuais.

Leigh viu a mandíbula de Tammy se apertar e relaxar. Ela ainda não tinha colocado aquilo em termos tão diretos. Não era uma gerente regional nem uma graduada da Tech. Era vítima de abuso sexual. A letra escarlate ia queimar o peito dela pelo resto da vida.

Burke continuou:

— O transtorno de estresse pós-traumático é desengatilhado por um acontecimento traumático. Os sintomas incluem pesadelos, ansiedade, pensamentos incontroláveis, flashbacks e, às vezes, amnésia.

— Você… — A voz de Tammy falhou. — Você está dizendo que é por isso que eu não lembro?

— Não, senhora. Vamos saber mais sobre isso quando recebermos o exame toxicológico. — Burke estava se arriscando, mas se conteve. — O que estou dizendo é que tudo que você está sentindo, se estiver triste, com raiva, em choque ou talvez nunca mais queira vê-lo, tudo isso é perfeitamente normal. Não tem um jeito certo ou errado de agir aqui. O que você está sentindo… tudo é normal para você.

A revelação fez Tammy Karlsen desmoronar. Ela começou a soluçar. Não havia um guia que as mulheres recebiam ao nascer sobre como reagir a um trauma sexual. Era como menstruar, ou sofrer um aborto, ou passar pela menopausa: o tipo de coisa que toda mulher temia, mas, por motivos desconhecidos, era tabu mencionar.

— Meu Deus do céu — murmurou Leigh. Aquele gigante gentil ia colocar o júri contra Andrew com uma mão nas costas. Ela ia mandar-lhe uma cesta de frutas depois do julgamento.

Leigh conteve sua crueldade. Não era um jogo. No vídeo, o corpo de Tammy estava sendo sacudido pelos soluços. Ela pegou um punhado de lenços. Burke não foi consolá-la. Ficou na cadeira. Olhou de relance para a policial para garantir que ela também não se mexesse.

— Eu não… — disse Tammy. — Não quero acabar com a vida de ninguém.

— Srta. Karlsen, digo isto com muito respeito, mas você não tem esse tipo de poder.

Ela finalmente o olhou.

Burke disse:

— Eu sei que você é uma mulher honesta. Mas o que eu acredito e suas palavras não são suficientes para um tribunal. Qualquer coisa que você me diga precisa ser investigada e, se sua memória a trair ou você tiver confundido as coisas, nossa investigação vai descobrir isso bem rápido.

Leigh se recostou na cadeira. Era como observar Jimmy Stewart dar um discurso na escadaria do tribunal.

— Tudo bem — disse Tammy, mas, ainda assim, quase um minuto inteiro se passou antes de ela continuar. — Eu estava no parque. Foi lá que eu acordei. Ou fiquei consciente. Nunca estive lá antes, mas era... era um parque. E eu... eu estava algemada na mesa. Aquele velho, aquele com o cachorro? Eu não sei o nome dele. Ele chamou a polícia e...

No silêncio, Leigh escutou a respiração de Tammy no áudio, uma inspiração e uma exalação rápidas, tentando não hiperventilar.

Burke disse à mulher:

— Srta. Karlsen, às vezes, nossas memórias nos vêm em imagens. Elas piscam como um filme antigo na tela. Tem alguma coisa sobre o ataque, algum detalhe solto, que você possa me contar sobre o homem que a estuprou?

— Ele... — A voz dela falhou de novo.

A palavra *estupro* tinha acabado de cortar a névoa. Ela tinha sido estuprada. Era vítima de estupro.

Ela disse:

— Ele estava com uma máscara de esqui. E a-algemas. Ele me algemou.

Leigh escreveu *premeditado* no bloco de notas, porque a máscara de esqui e as algemas tinham sido levadas à cena.

Ficou olhando a palavra.

Burke tinha razão sobre a forma como as memórias podiam surgir. Leigh pensou nas fotos de férias no escritório de Reggie Paltz. Se ela conhecia bem seus vigaristas, Andrew provavelmente pagara por aquelas viagens para poder ditar a agenda. Talvez houvesse uma foto dele de máscara de esqui em algum lugar.

Mais um possível ponto contra Andrew.

— Eu... — A garganta de Tammy se mexeu enquanto ela tentava engolir. — Pedi para ele parar. Para, por favor, parar.

Leigh fez outra anotação. Ela tinha visto mas de um júri se apegar ao fato de uma mulher ter estado aterrorizada demais ou sobrepujada demais para forçosamente dizer a palavra *não*.

— Eu não lembro se… — Tammy prendeu a respiração. — Ele tirou minhas roupas. As unhas dele eram compridas. Elas arranharam… Eu senti arranhando meu…

Leigh viu a mão de Tammy ir ao seio direito. Ela não tinha notado as unhas de Andrew. Se ainda estivessem compridas no início do julgamento, ela com certeza ia mandá-lo cortar.

— Ele ficava me dizendo que… — A voz de Tammy falhou de novo. — Ficava dizendo que me amava. Sem parar. Que amava meu… meu cabelo e meus olhos, e que amava minha boca. Ficava dizendo que eu era muito pequenininha. Ele disse tipo: seus quadris são tão estreitos, suas mãos são tão pequenas, seu rosto é perfeito como o de uma Barbie. E ele ficava dizendo que me amava e…

Burke não se apressou a preencher o silêncio, mas Leigh o viu entrelaçar as mãos no colo, como se precisasse se impedir de reconfortá-la dizendo que ia ficar tudo bem.

Leigh sentiu a mesma necessidade ao ver Tammy Karlsen balançando para trás e para a frente, o cabelo caindo no rosto para esconder a expressão e tentando desaparecer deste mundo cruel.

Callie fizera a mesma coisa na noite em que Buddy morreu. Ela balançava para trás e para a frente no chão, soluçando, repetindo a frase da telefonista num tom mecânico.

Se quiser fazer uma ligação…

Havia um pacote de Kleenex na gaveta da mesa de Leigh. Ela usou um para secar os olhos. Esperou em meio silêncio enquanto Tammy Karlsen tremia de sofrimento. A mulher se culpava, tentando pensar em como tinha estragado as coisas, que idiotice tinha dito ou feito para estar nessa posição. Ela devia estar no trabalho. Tinha um emprego. Tinha um diploma de mestrado. E, agora, tinha memórias vagas de um ataque violento que devastara sua vida cuidadosamente planejada.

Leigh conhecia intimamente essa culpa, porque quase lhe acontecera na faculdade. Ela estava dormindo no carro, tentando economizar dinheiro, e acordara com um estranho em cima de si.

— Desculpa — disse Tammy.

Leigh assoou o nariz. Endireitou-se na cadeira, chegando mais perto do monitor.

— Desculpa — repetiu Tammy. Ela estava tremendo de novo. Sentia-se humilhada e estúpida, e completamente fora de controle. Em doze horas, perdera tudo, e agora não tinha ideia de como recuperar. — Não consigo... não consigo me lembrar de mais nada.

Leigh engoliu o próprio autodesprezo e fez um tique no bloco de notas. Era a quinta vez que Tammy Karlsen dizia que não conseguia se lembrar de nada.

Cinco pontos para Andrew.

Ela olhou de volta para a tela. Burke continuou imóvel. Esperou alguns segundos antes de pontuar:

— Eu sei que o rosto dele estava coberto, mas, com uma máscara de esqui, corrija-me se eu estiver errado, dá para ver os olhos, não é?

Tammy assentiu.

— E a boca.

Burke continuou gentilmente levando-a para a pergunta óbvia.

— Você reconheceu alguma coisa nele? Qualquer coisa?

Tammy engoliu alto de novo.

— A voz.

Burke esperou.

— Era o cara do bar. Andrew. — Ela pigarreou. — A gente conversou por muito tempo. Eu reconheci a voz quando ele estava... quando estava fazendo o que fez.

Burke perguntou:

— Você o chamou pelo nome?

— Não, achei... — Ela parou. — Não queria que ele ficasse bravo.

Leigh sabia, tendo lido antes, que Andrew fora compelido a participar de uma formação de áudio com outros cinco homens. As vozes tinham sido gravadas enquanto cada um repetia frases do ataque. Quando a investigadora tocou todas as amostras para Tammy, ela imediatamente apontara Andrew.

Burke questionou:

— O que torna a voz dele distinta?

— É suave. Quer dizer, o tom é suave, mas o registro é grave e...

A compostura sobrenatural de Burke mostrou uma rachadura.

— E?

— A boca dele. — Tammy tocou os lábios. — Reconheci isso também. Subia do lado, como se ele estivesse... não sei. Como se ele estivesse fazendo um jogo. Tipo, ele estava falando que me amava, mas estava gostando que... que eu estivesse aterrorizada.

Leigh conhecia aquele sorrisinho. Conhecia aquela voz. Conhecia aquele olhar assustador e impassível nos olhos frios e mortos de Andrew.

Ela deixou o vídeo continuar. Não havia mais anotações a fazer, exceto mais três tiques na contagem corrente de Tammy dizendo que não conseguia lembrar. Burke tentou arrancar mais detalhes. O trauma ou o Rohypnol tinham garantido que as lembranças dela estivessem instáveis. Tudo que Tammy falava vinha do início do ataque. Ela não se lembrava da faca. Do corte na perna. Da violação com a garrafa de Coca. Ela não sabia o que tinha acontecido à bolsa, nem ao carro, nem às roupas dela.

Leigh fechou o vídeo quando Tammy Karlsen foi levada da sala e Burke terminou a gravação. Procurou uma foto da cena do crime em particular. A bolsa de Tammy tinha sido localizada enfiada embaixo do assento do motorista do BMW dela. Suas roupas tinham sido achadas na cena. Estavam dobradas com cuidado no canto do pavilhão.

Como obsessiva-compulsiva, Leigh gostava da simetria cuidadosa do cenário. A saia de sarja cinza de Tammy tinha sido dobrada num quadrado apertado. Em cima dela estava o paletó combinando do tailleur. A blusa de seda preta estava colocada dentro do paletó como se veria numa loja. Uma calcinha fio dental preta estava atravessada na pilha. O sutiã de renda preta combinando estava preso ao redor das roupas como um laço de presente. Os sapatos pretos de salto alto de Tammy estavam ao lado, de pé e cuidadosamente alinhados com o quadrado.

Leigh lembrou-se da forma como Andrew costumava brincar com a comida na hora do lanche. Ele fazia camadas de queijo e biscoitos numa torre de Jenga, depois tentava tirar um sem derrubar a pilha. Fazia o mesmo com fatias de maçã, nozes, milhos de pipoca não estourados.

O telefone fixo tocou. Leigh secou os olhos, assoou o nariz.

— Leigh Collier.

Walter perguntou:

— Pau amigo é tipo amigo do peito?

Ela levou um longo momento para perceber que ele estava falando do vídeo de Maddy.

— Acho que é um amigo com quem você transa.

— Ah — disse ele. — Puxa.

Ela precisava dar-lhe crédito por não falar *tal mãe, tal filha,* porque, quando Leigh dizia que era honesta com o marido, era honesta sobre tudo.

Quase tudo.

— Meu bem — disse ele. — Por que você está chorando?

As lágrimas dela tinham parado, mas ela sentiu-as ameaçando cair de novo.

— Eu vi a Callie ontem à noite.

— Seria idiota perguntar se ela está encrencada?

— Nada que eu não possa resolver. — Leigh contaria a ele sobre a Glock não registrada depois. Walter tinha pegado a arma com um dos amigos bombeiros quando ela começara a trabalhar como autônoma. — Ela está mal. Pior do que o normal.

— Você sabe como são os ciclos.

O que Leigh sabia era que, em algum momento, Callie não conseguiria se levantar sozinha de uma queda. Não tinha certeza nem de que Callie conseguiria diminuir o uso. Especialmente perto de Phil. Havia um motivo para Callie ter procurado ajuda na heroína e não na mãe. E talvez houvesse um motivo para ela não ter procurado ajuda em Leigh. Quando Leigh vira o kit de droga da irmã no motel na noite anterior, tinha desejado jogar tudo na parede e berrar: *Por que você ama esta merda mais do que eu?*

— Ela está magra demais. Dava para ver o contorno dos ossos — disse ela a Walter.

— Então alimente-a.

Leigh tinha tentado. Callie mal conseguira comer meio cheeseburger. Tinha feito uma careta igual à de Maddy da primeira vez que experimentara brócolis.

— A respiração dela estava ruim. Difícil. Escutei o chiado. Não sei o que está acontecendo.

— Ela está fumando?

— Não.

Phil tinha fumado o suficiente pela família toda. Nenhuma das duas suportava o cheiro. Esse era o motivo de ser duplamente cruel Leigh ter deixado Callie ir para a casa da mãe no dia anterior. O que ela estava pensando? Se Andrew ou um dos seus detetives particulares não aterrorizassem Callie até ela ter uma overdose, Phil faria isso.

Era culpa dela. Era tudo culpa dela.

— Meu bem — falou Walter. — Mesmo que seja Covid de longa duração, todo dia a gente fica sabendo de alguém que está melhorando. Callie tem mais vidas do que um gato. Você sabe disso.

Leigh pensou em sua própria batalha contra a Covid. Tinha começado com quatro horas de tosse descontrolada que piorara tanto que ela estourara uma veia do olho. O hospital a dispensara com Tylenol e instruções para chamar uma ambulância se não conseguisse respirar. Walter tinha implorado para Leigh deixar que ele cuidasse dela, mas, em vez disso, ela fora atrás de Callie.

Era culpa dela. Era tudo culpa dela.

— Querida — disse Walter. — Sua irmã é uma pessoa incrivelmente gentil e única, mas tem muitos problemas. Alguns deles você pode consertar, outros não. O que você pode fazer é amá-la.

Leigh secou os olhos de novo. Tinha ouvido o bipe na linha de Walter.

— Tem alguém tentando te ligar?

Ele suspirou.

— A Marci. Posso ligar de volta.

Marci era a namorada atual de Walter. Infelizmente, ele não tinha optado por passar os quatro anos desde a separação sofrendo pela volta de Leigh.

Ela sentiu a necessidade de dizer a ele:

— Levaria dez minutos para pedir um divórcio não litigioso on-line.

— Meu bem — disse Walter. — Eu posso ser seu pau amigo, desde que você seja minha amiga do peito.

Leigh não riu.

— Você sabe que sempre é minha prioridade número um.

— Parece um momento positivo para terminar a conversa — disse ele.

Leigh manteve o telefone na orelha mesmo depois de Walter desligar. Deixou as autorrecriminações ferverem antes de colocar o bocal de volta no gancho.

Houve uma batida na porta. Liz entrou e saiu rápido, dizendo:

— Você tem cinco minutos para subir.

Leigh foi ao armário achar os sapatos de salto alto. Retocou a maquiagem no espelho dentro da porta. A BC&M não gastava dinheiro em consultores de júri só para réus. Queria saber o que os jurados achavam dos advogados. Leigh ainda era assombrada por um caso que tinha perdido e o cliente tinha ido para a prisão por dezoito meses talvez porque, segundo um dos jurados a quem perguntaram, o cabelo para trás, o terninho da J. Crew e os saltos baixos de Leigh não escondiam que ela era "obviamente lindíssima, mas precisava fazer mais esforço para parecer mulher".

— Merda — falou.

Ela tinha colocado batom, sendo que a máscara cobriria a boca. Usou um Kleenex para limpar. Passou as alças da máscara pela orelha, aí juntou os blocos de anotações e pegou os telefones.

O barulho baixo da fazenda de cubículos a envolveu em ruído branco enquanto ela ia na direção dos elevadores. Leigh olhou seu telefone pessoal. Ainda nenhuma ligação ou mensagem de Callie. Ela tentou não interpretar demais o silêncio. Eram quase quatro da tarde. Callie podia estar dormindo, ou chapada, ou vendendo drogas na Stewart Avenue, ou fazendo o que quer que fizesse com seu tempo infindável. Uma ausência de comunicação não significava necessariamente que ela estava com problemas. Só significava que ela era Callie.

Leigh usou o cotovelo para chamar o elevador. Como estava com o telefone na mão, mandou uma mensagem a Maddy: *Eu sou uma futura empregadora. Checo seu TikTok. O que eu penso?*

Maddy escreveu de volta imediatamente: *Suponho que você seja uma diretora da Broadway e pense: "Uau, essa mulher sabe o que está fazendo!"*

Leigh sorriu. A pontuação era uma pequena vitória. Sua bebê de dezesseis anos se chamar de uma mulher que sabia o que estava fazendo era um triunfo.

E, aí, o sorriso dela se fechou, porque o TikTok de Maddy era exatamente o tipo de evidência que Leigh mostraria a um júri se estivesse tentando impugnar o caráter da filha.

As portas do elevador se abriram. Havia outra pessoa na cabine, um advogado bebê que ela reconheceu de uma das fazendas de cubículos mais abaixo. Leigh parou num dos quatro adesivos em cada canto, que deviam lembrar às pessoas de manter a distância. Uma placa acima do painel aconselhava não conversar nem tossir. Outra placa anunciava algum tipo de revestimento de alta tecnologia nos botões que devia impedir a transmissão viral. Leigh ficou de costas para o advogado bebê, embora o tenha ouvido arfar quando ela apertou o botão da cobertura.

As portas se fecharam. Leigh começou a escrever uma mensagem para Maddy sobre admissões universitárias, respeito dos seus colegas de trabalho e a importância de uma boa reputação. Estava tentando pensar em uma forma de mencionar a beleza do sexo, mas sem matar as duas de vergonha quando seu telefone tremeu com mais uma mensagem.

Nick Wexler estava perguntando: *Quer fd?*

Quer foder.

Leigh suspirou. Arrependia-se de ter voltado à vida de Nick, mas não queria parecer uma escrota depois de pedir um favor para ele.

Chutou o problema para a frente, escrevendo: *Podemos remarcar?*

Um joinha e uma berinjela recompensaram a resposta dela.

Leigh conteve o desejo de suspirar de novo. Voltou à mensagem de Maddy, decidindo que ia precisar deixar a lição de moral para depois. Substituiu o sermão por: *Ansiosa pra gente se falar de noite!*

O advogado bebê saiu no décimo andar, mas não conseguiu se impedir de olhar para Leigh por cima do ombro, tentando descobrir quem ela era e como tinha ganhado acesso ao andar dos sócios. Ela esperou as portas se fecharem, depois permitiu que a máscara ficasse pendurada em uma orelha. Inspirou fundo, usando o momento sozinha para se recompor.

Seria a primeira reunião de Leigh com Andrew depois de ele mostrar sua verdadeira natureza. Um cliente traiçoeiro não era novidade, mas, não importava quanto seus supostos crimes fossem sádicos, eles em geral eram dóceis quando chegavam à porta de Leigh. Sofrer a humilhação da prisão, suportar o confinamento desumano, ser ameaçados por bandidos mais duros, saber que podiam voltar à prisão se Leigh não os ajudasse dava vantagem a ela.

Esse era o alerta que Leigh se convencera a ignorar na manhã anterior. Andrew Tenant tinha mantido a vantagem o tempo todo, e só em retrospecto Leigh percebia como aquilo acontecera. Advogados de defesa sempre brincavam que seu pior pesadelo era um cliente inocente. O pior pesadelo de Leigh era um cliente que não estava assustado.

A campainha soou. A palavra COBERTURA piscou acima da porta. Leigh recolocou a máscara. Uma mulher mais velha usando um terninho preto e máscara vermelha estava esperando por ela. Era como *O conto da aia*, versão Universidade da Geórgia.

A mulher disse:

— Srta. Collier, o sr. Bradley quer falar com você em particular no escritório dele.

Leigh sentiu um solavanco repentino de ansiedade.

— O cliente está aqui?

— O sr. Tenant está na sala de reuniões, mas o sr. Bradley quer dar uma palavra com você primeiro.

As entranhas de Leigh deram um nó, mas sua única escolha era seguir a mulher pelo espaço aberto e gigante. Ela olhou a porta fechada da sala de reuniões. Sua mente começou a pensar rapidamente em tramas tortuosas. Andrew tinha demitido Leigh. Andrew tinha ido à polícia. Andrew tinha sequestrado Callie e a estava mantendo refém.

O ridículo do último cenário ajudou Leigh a colocar a paranoia de volta dentro de sua caixa. Andrew era um estuprador sádico, mas não era nenhum

Svengali. Leigh se lembrou da "Hipótese Andrew". Ele só tinha memórias esparsas de infância e chutes sobre por que o pai desaparecera. A coisa mais idiota que ela podia fazer naquele momento era se comportar de uma forma a confirmar as suspeitas dele.

— Por aqui. — A assistente de Bradley abriu a porta de uma sala.

Apesar de seu retorno à lógica, a boca de Leigh estava completamente seca quando ela entrou. Não havia investigadores nem policiais com algemas esperando. Só a decoração previsível vermelha e preta. Cole Bradley estava sentado atrás de uma escrivaninha gigante de mármore. Pastas e papéis se empilhavam ao redor dele. Seu paletó cinza-claro estava pendurado num cabide. As mangas da camisa estavam dobradas. O rosto dele estava à mostra.

Ela perguntou:

— Andrew vai se juntar a nós?

Em vez de responder, ele indicou uma cadeira de couro vermelho em frente à escrivaninha.

— Me dê todos os detalhes.

Leigh queria se chutar por não ter pensado no óbvio. Bradley queria que ela o preparasse para parecer que ele sabia do que estava falando na frente do cliente.

Ela se sentou. Tirou a máscara, abriu o bloco de notas e foi direto ao ponto.

— Na identificação de áudio da voz de Andrew feita durante a entrevista inicial a vítima se mostrou segura. Depois da prisão dele, ela o escolheu numa formação em áudio. Ela está confusa sobre algumas coisas, mas eles usaram um entrevistador forense que a guiou na história. O nome dele é Sean Burke.

— Nunca ouvi falar — disse Bradley.

— Nem eu. Vou descobrir o que puder, mas ele vai ser um sucesso no banco de testemunhas. Não sei como a vítima, Tammy Karlsen, vai parecer. Ela causa muita empatia na entrevista gravada. Na noite do ataque, não estava vestida com roupas provocantes. Não bebeu muito. Não tem histórico criminal. Nunca foi pega dirigindo embriagada. Não tem multas por excesso de velocidade. Histórico de crédito sólido. Empréstimos estudantis quase quitados. Vou investigar as redes sociais dela, mas ela tem um mestrado em Engenharia de Software pela Tech. Provavelmente apagou qualquer coisa que seja ruim.

— Tech — repetiu ele. A rival de longa data da Universidade da Geórgia. — Quanta empatia ela causa?

— Não há dúvida sobre a falta de consentimento. Ela foi espancada. Disse um *não* firme durante o ataque. Só as fotos já garantem uma compaixão enorme.

Bradley anuiu.

— Evidências?

— Tem uma pegada de sapato na lama consistente com um Nike tamanho 41 achado no armário de Andrew. Posso argumentar que *consistente* não é *exato*. Há várias marcas de mordida profundas, mas não acharam DNA ao coletar amostras, e o promotor não ousaria tentar chamar um odontologista sabendo que eu consigo facilmente desbancar a ciência barata. — Leigh pausou para respirar. — A garrafa de Coca é mais difícil. A digital de Andrew foi achada no fundo do vidro. Dedinho direito, mas é uma correspondência sólida, com revisão de pares do Escritório de Investigações da Geórgia. Não tem mais nada na base da garrafa exceto matéria fecal e o DNA da vítima. O agressor provavelmente usou luvas e o dedinho rasgou, ou é uma garrafa em que Andrew tocou antes do ataque. Ele esteve no parque anteriormente.

Bradley precisou de um momento para processar essa última informação.

— Áreas problemáticas?

— Do lado deles, há suspeita de Rohypnol, então, posso argumentar amnésia temporária. Karlsen sofreu uma concussão, então amnésia traumática é evidente. Já coloquei dois especialistas de sobreaviso, muitos bons com júris. — Leigh pausou para olhar suas anotações. — Do nosso lado, as fotos da cena do crime são horrendas. Posso tentar vetar algumas, mas mesmo as menos piores são ruins para Andrew. Posso tentar descartar a identificação de Andrew em áudio, mas, como eu disse, ela se mostrou bem segura, das duas vezes. Já vi a lista do promotor de possíveis testemunhas, e eles têm um especialista forense em áudio que eu teria usado se não tivessem pegado primeiro.

— E?

— Karlsen está confusa sobre quase todo o resto. A confusão pode cancelar a confiança dela, mas, se parece que eu estou dividida sobre um veredito de não culpado, é porque estou.

— Srta. Collier — disse Bradley. — Passe para o problema.

Leigh devia ter se impressionado com a percepção dele, mas ficou furiosa por Bradley ter visto em cinco minutos o que ela tinha levado a manhã toda para contornar.

— Sidney Winslow é o álibi de Andrew para a noite do ataque. O júri vai querer ouvi-la.

Bradley se recostou na cadeira, unindo as pontas dos dedos.

— A srta. Winslow vai precisar abrir mão do privilégio conjugal para testemunhar, o que quer dizer que Dante vai poder atacá-la. Você prevê algum problema com isso?

Leigh sentiu os dentes começando a se apertar. Ela tinha pretendido usar Sidney como cavalo de Troia, deixando-a incendiar a vida de Andrew enquanto Leigh se mantinha inocente.

— Dante não é nenhum Perry Mason, mas não vai precisar muito. Ou Sidney vai se irritar e falar algo idiota, ou vai tentar ajudar Andrew e falar algo idiota.

— Na minha época, *falar algo idiota* sob juramento se chamava perjúrio.

Leigh se perguntou se Bradley a estava encorajando ou avisando. Advogados não podiam colocar testemunhas no banco se acreditassem que elas iam mentir. Incentivar perjúrio era crime e tinha pena de um a dez anos de prisão e uma multa alta.

Bradley estava esperando pela resposta dela. O chefe fizera uma observação legal, então, Leigh deu uma réplica legal.

— Vou aconselhar Sidney exatamente como sempre aconselho testemunhas. Fale só a verdade, não tente ajudar, só responda a perguntas que fizerem e nunca floreie.

O gesto de cabeça de Bradley indicou que era bom o bastante para ele.

— Algum outro problema do qual eu deveria saber?

— A tornozeleira de Andrew disparou várias vezes. Alarmes falsos, mas alguém poderia dizer que ele estava testando os tempos de resposta.

— Vamos garantir que ninguém diga isso — falou Bradley, como se Leigh tivesse algum controle. — Seu auxiliar no caso…

— Jacob Gaddy — ofereceu Leigh. — Já fiz alguns casos com ele. Ele sabe navegar a parte forense. É bom com testemunhas.

Bradley anuiu, porque era uma estratégia aceitável equilibrar uma mulher e um homem.

— Quem é o juiz?

— Era Alvarez, mas…

— Covid. — Bradley soou sério. Alvarez era seu contemporâneo. — Quando você vai saber quem será?

— Eles ainda estão se entendendo com os novos rodízios. Tudo está de cabeça para baixo no tribunal. Temos seleção de júri na quinta e provavelmente na sexta, e aí o julgamento começa na segunda, mas não sabemos se vão adiantar ou adiar. Depende das taxas de infecção, de se a prisão entrará em lockdown de novo. De todo modo, vou estar pronta.

— Ele é culpado?

Leigh foi pega de surpresa pela pergunta.

— Consigo ver um caminho para o não culpado, senhor.

— É um simples sim ou não.

Leigh não ia dar a ele uma resposta simples. Estava no processo de tentar perder de propósito um caso para benefício pessoal. O maior erro que criminosos cometiam era parecer confiantes.

Ela respondeu:

— Provavelmente.

— E os outros possíveis casos?

— Há similaridades entre as três outras vítimas e o ataque a Tammy Karlsen. — Leigh sabia que estava evitando o ponto central. Precisava manter Bradley convencido de que estava fazendo todo o possível para Andrew ser considerado não culpado. — Se o senhor estiver me perguntando se ele estuprou as outras três mulheres, provavelmente. Dante Carmichael consegue provar? Estou em dúvida, mas, se condenarem Andrew por Tammy Karlsen, meu *provavelmente* muda para *certamente*. Nesse ponto, é só uma questão de se a pena dele vai ser unificada ou somada.

Bradley manteve as pontas dos dedos unidas enquanto tirava mais um momento para pensar. Leigh estava esperando uma pergunta, mas ele disse a ela:

— Eu trabalhei no caso do Estrangulador da Meia-Calça nos anos 1970. Bem antes de você nascer. Com certeza você nunca ouviu falar.

Leigh conhecia o caso, porque Gary Carlton era um dos assassinos em série mais notórios da Geórgia. Tinha recebido pena de morte por estuprar e estrangular três idosas, mas acreditava-se que havia inúmeras outras.

— Carlton não começou matando. Foi aí que ele acabou, mas havia muitos, muitos outros casos em que a vítima sobrevivera. — Bradley pausou para garantir que ela estivesse entendendo. — Um daqueles analistas de perfil do FBI olhou o caso. Isso foi anos depois, quando esse tipo de coisa estava na moda. Ele falou que, para a maioria dos assassinos, há um padrão de agravamento. Eles começam com a fantasia, e aí a fantasia os domina. Voyeurs viram estupradores. Estupradores viram assassinos.

Leigh não contou que ele estava transmitindo informações que qualquer um com uma assinatura da Netflix podia acessar. Tinha pensado a mesma coisa ao ver as fotos do kit estupro de Tammy Karlsen. O ataque de Andrew fora selvagem, parando pouco antes de matar a mulher. Não era um exagero dizer que, em algum momento, talvez da próxima vez, a faca abriria a artéria, e a vítima morreria numa poça do próprio sangue.

Ela falou a Bradley:

— Três outros casos. Alguém teve muito trabalho para conectá-los a Andrew. Fico me perguntando se há mais nos bastidores.

— Por exemplo?

— Alguma oficial ou investigadora que tenha trabalhado num dos ataques anteriores. Talvez ela quisesse acusar Andrew, mas o promotor ou o chefe dela tenha mandado que não fizesse isso.

— Ela? — perguntou ele.

— Já mandou uma mulher não fazer alguma coisa? — Leigh viu as orelhas de Bradley se mexerem na versão dele de sorriso. — Não tem como um chefe ter aprovado todas as horas necessárias para unir esses outros três casos. O departamento mal consegue pagar a gasolina das viaturas ultimamente.

Bradley estava ouvindo com atenção.

— Extrapole.

— De alguma forma, talvez pelos recibos de cartão de crédito, ou pelas gravações, ou por algo em que ainda não pensamos, a polícia já tivesse o nome de Andrew numa lista. Não havia motivo suficiente para levá-lo à delegacia. Considerando os recursos financeiros dele, sabiam que só teriam uma chance de interrogá-lo.

Bradley chegou à conclusão óbvia:

— Pode haver ainda mais ataques que ainda não conhecemos, o que significa que tudo depende de vencermos o caso Karlsen.

Leigh manteve sua atitude motivada.

— Só preciso convencer um jurado a quebrar o caso. Dante precisa convencer doze.

Bradley recostou-se ainda mais na cadeira. Cruzou as mãos atrás da cabeça.

— Conheci o pai de Andrew uma vez. Gregory Senior tentou suborná-lo, mas é claro que Waleski quebrou o combinado. Ser humano terrível. Linda era pouco mais que uma criança quando se casou com ele. A melhor coisa que aconteceu a ela foi o desaparecimento dele.

Leigh podia ter dito a ele que o desaparecimento de Buddy Waleski fora bom para muita gente.

Ele perguntou:

— Você vai colocar Andrew para falar?

— Eu podia dar um tiro no peito dele e poupar o júri de um veredito. — Leigh lembrou a si mesma de que estava falando com o chefe e que precisava manter um contexto de legitimidade. — Não posso impedir Andrew se ele quiser falar, mas vou dizer a ele que, se fizer isso, vai perder o caso.

— Deixe-me fazer uma pergunta — falou Bradley, como se não estivesse fazendo exatamente isso. — Supondo que Andrew seja culpado dos ataques, como você vai se sentir se livrá-lo e ele fizer de novo? Ou se ele fizer algo ainda pior da próxima vez?

Leigh sabia a resposta que ele queria. Era a resposta que fazia as pessoas odiarem advogados de defesa — até precisarem de um.

— Se Andrew se safar, vou sentir que Dante Carmichael não fez o trabalho dele. A obrigação de provar a culpa é do Estado.

— Ótimo. — Bradley assentiu. — Reginald Paltz. O que você acha dele?

Leigh hesitou. Depois da conversa com Liz, tinha tirado Reggie da cabeça.

— Ele é bom. Acho que o trabalho de investigação sobre Andrew é excelente. Não vamos ser surpreendidos no julgamento por nada que o promotor desenterrar. Vou colocá-lo em um dos meus casos de divórcio.

— Adie — ordenou Bradley. — O sr. Paltz está em contrato exclusivo durante todo o julgamento. Ele está esperando na sala de reuniões com Andrew. Não vou me juntar a vocês, mas acho que você verá que ele tem coisas interessantes a dizer.

8

Leigh se preparou enquanto ia na direção da sala de reuniões. Em vez de tentar antecipar as *coisas interessantes* que Reggie Paltz tinha a dizer, ela recitou silenciosamente a "Hipótese Andrew": Quando Andrew era criança, encontrara a câmera de Buddy atrás do bar. Depois do desaparecimento do pai, vira Callie preocupada com o diagrama da artéria femoral no livro didático. Por algum motivo desconhecido, em algum ponto, as duas memórias haviam colidido e, agora, ele estava por aí copiando sua interpretação doentia do assassinato do pai.

Um fio de suor rolou pela nuca de Leigh. A hipótese não parecia tão forte com Andrew a menos de seis metros de distância. Ela estava lhe dando muito crédito por fazer a conexão. Mestres do crime não existiam. Leigh estava deixando de enxergar algum detalhe, um *B* que conectasse o *A* ao *C*.

A aia da Universidade da Geórgia de Bradley pigarreou.

Leigh estava parada como uma estátua na frente da porta fechada da sala de reuniões. Deu um aceno de cabeça à mulher antes de entrar.

A sala parecia igual, embora as flores no vaso pesado de vidro tivessem começado a murchar. Andrew estava na ponta da mesa mais próxima da lareira. Havia uma pasta de arquivos fechada à sua frente. Azul-claro, não do tipo que usavam na firma. Reggie Paltz estava a duas cadeiras. A cena era familiar da reunião anterior. Reggie estava trabalhando no notebook. Andrew estava franzindo a sobrancelha para o telefone. Nenhum dos dois usava máscara.

Quando Leigh fechou a porta, Andrew foi o primeiro a levantar os olhos. Ela pegou a expressão dele no meio da transformação. Irritada num momento, completamente sem alma no seguinte.

— Peço desculpas pelo atraso.

Leigh caminhava dura. Seu corpo parecia suspenso no mesmo modo perpétuo de luta ou fuga de antes. Seus sentidos estavam aguçados. Seus músculos pareciam tensos. A urgência de fugir corria por cada molécula.

Ela ganhou algum tempo enquanto achava uma caneta no porta-canetas em cima do aparador. Sentou-se no mesmo lugar que ocupara duas noites antes. Seus dois telefones ficaram voltados para baixo em cima da mesa. Ela sabia que a única forma de passar pela próxima hora era focar no trabalho.

— Reggie, o que você tem para mim?

Andrew respondeu:

— Lembrei uma coisa que Tammy me disse no bar.

Leigh sentiu um calafrio de alerta subir por sua coluna.

— E o que foi?

Ele deixou a pergunta pairar enquanto cutucava o canto da pasta azul-claro. O *tic-tic-tic* alongou o silêncio. Leigh estimava haver cerca de cem páginas dentro da pasta. Ela soube instintivamente que não queria saber o que continham. E também soube que Andrew queria que ela perguntasse.

Ela ouviu a admoestação de Callie. *Não dá para fazer um jogo com alguém se a pessoa não estiver a fim de participar.*

Leigh fez o oposto de participar. Levantou uma sobrancelha, perguntando:

— Andrew, o que a Tammy disse no bar?

Ele deixou mais um momento se passar e então respondeu:

— Ela foi estuprada e fez um aborto quando tinha dezesseis anos.

Leigh sentiu as narinas se abrindo enquanto se forçava para não demonstrar choque em seu rosto.

Ele continuou:

— Aconteceu no verão de 2006. O menino era da equipe de debate dela. Eles estavam num acampamento em Hiawassee. Ela disse que não podia ficar com o bebê, porque sabia que nunca conseguiria amá-lo.

Leigh apertou os lábios. Tinha visto cada *frame* do vídeo de 98 minutos. Em nenhum momento Tammy Karlsen estivera envolvida em nada que não fosse uma conversa leve e um flerte.

— Você entende o valor dessa informação, não é? — Andrew a estava observando de perto. O *tic* manteve o ritmo contínuo. — Tammy Karlsen já acusou falsamente um homem de estupro antes. Ela assassinou o filho no útero. O júri pode mesmo acreditar em uma palavra que ela diz?

Leigh tentou olhar para ele, mas a ameaça direta em seus olhos a fez perder a coragem. Ela não sabia o que fazer a não ser entrar no jogo. Perguntou:

— Reggie, você tem algo que confirme isso?

O *tic* parou. Andrew estava esperando.

— É, hum… — Reggie era a cara da desonestidade, o que mostrou a Leigh que ele havia obtido a informação por meios desonestos. — Então, o Andrew me contou que… que tinha lembrado. Então fui atrás de algumas amigas de ensino médio de Karlsen. Elas confirmaram o aborto. E ela disse para todo mundo que foi estuprada.

— As amigas deram declaração oficial? — testou Leigh. — Estão dispostas a testemunhar?

Reggie fez que não, olhando para algum lugar por cima do ombro de Leigh.

— Preferem ficar anônimas.

Leigh assentiu como se tivesse aceitado a explicação.

— Que pena.

— Bom. — Reggie deu um olhar para Andrew. — Você ainda pode legitimamente perguntar sobre o assunto para Karlsen quando ela depuser. Tipo, se ela já fez aborto. Se já achou ter sido estuprada antes.

Leigh continuou a interpretar a advogada charlatã.

— É preciso construir uma fundação para fazer perguntas. Como nenhuma das amigas de Tammy quer fazer juramento, vou precisar colocar você no banco, Reggie.

Reggie coçou o cavanhaque. Deu um olhar nervoso a Andrew.

— Você pode conseguir de outro jeito. Quer dizer…

— Não, você vai ser ótimo — disse Leigh. — Me conte sobre a investigação. Com quantas amigas de Tammy você falou? Como as localizou? Falou com algum monitor do acampamento? Houve boletim de ocorrência? Como era o nome do rapaz? De quanto tempo ela estava? Que clínica ela usou? Quem a levou? Os pais dela sabem?

Reggie secou a testa com o dorso do braço.

— É hum… essas perguntas são…

— Ele vai estar pronto quando você precisar dele. — Andrew não tinha desviado os olhos de Leigh desde que ela entrara na sala e não quebrou o contato naquele momento. — Não vai, Reg? — O *tic-tic-tic* recomeçou.

Leigh viu Reggie engolir em seco do outro lado da sala. Ela entendeu pelo silêncio que Reggie de repente estava desconfortável com seus crimes. E *crimes* era a palavra apropriada. Detetives particulares não podiam usar meios ilegais para reunir informação, assim como advogados não podiam usar informações obtidas ilegalmente no tribunal. Se Reggie testemunhasse, estaria se sujeitando a uma acusação de perjúrio. Se Leigh o convocasse sabendo que ele ia mentir, enfrentaria o mesmo.

Andrew estava claramente tentando foder os dois.

Ele cutucou:

— Reg?

— Sim. — Reggie engoliu em seco de novo. — Claro. Vou estar pronto.

— Ótimo — disse Andrew. — O que mais?

Tic-tic-tic.

— Só me dê um minuto para… — Leigh indicou o bloco de notas em branco. Clicou a caneta. Começou a escrever palavras sem sentido para Andrew pensar que ela estava seriamente contemplando perder sua carteirinha e ser jogada na cadeia.

Pelo menos, a ausência de Cole Bradley na reunião fazia sentido. O idiota dissimulado não queria se expor a processos, mas não tinha problema nenhum em deixar Leigh assumir o risco. Ele até a tinha testado na sala dele, perguntando se ela se sentia confortável ou não incitando o perjúrio com Sidney no banco. Agora, ela tinha que trabalhar em seu caso-sombra contra Andrew, mais o caso de verdade, mais o circo que Cole Bradley estava esperando.

— Está bem. — Com grande dificuldade, Leigh se obrigou a olhar para Andrew. — Vamos falar da sua aparição no tribunal. Primeiro, quero conversar sobre sua apresentação. O que você vai vestir, como vai se comportar. Você precisa se lembrar, durante o *voir dire,* de que jurados em potencial estão observando todos os seus movimentos. Alguma dúvida sobre os procedimentos?

O *tic-tic-tic* parou de novo. Algo na postura de Andrew guardava um alerta. Ele não se apressou em perguntar:

— *Voir dire*?

Leigh voltou ao modo advogada, iniciando seu discurso usual.

— *Voir dire* é o procedimento segundo o qual cada lado pode questionar jurados em potencial. Em geral, selecionam um grupo aleatório de cerca cinquenta pessoas. Vamos ter oportunidade de questionar todas elas. Vamos analisar vieses de percepção, históricos, qualificações, quem a gente acha que será simpático ao nosso lado ou não.

— E como sabemos? — Andrew tinha quebrado o ritmo dela. Ela percebeu que era de propósito. — E se eles mentirem?

— É uma boa pergunta. — Leigh teve de parar para engolir. A voz dele estava diferente, mais suave, mas ainda com registro grave, como Tammy tinha descrito. — Todos os jurados têm que preencher um questionário, a que vamos ter acesso antes.

— Podemos investigá-los? — perguntou Andrew. — O Reggie pode...

— Não, não temos tempo e é contraproducente. — Um olhar para Reggie mostrou a Leigh que ele topava o que quer que Andrew desejasse. Ela tentou afastá-los de outro esquema para manipular o sistema. — Quando jurados em potencial estão no banco, estão sob juramento. Têm de ser honestos, e os juízes nos dão bastante corda para procurar possíveis conflitos.

Reggie disse:

— Você devia mesmo contratar um consultor de júri.

— Já discutimos isso. — Andrew manteve a atenção em Leigh. — Que tipo de pergunta você vai fazer?

O alarme interno de Leigh soou um alerta, mas ela listou algumas das possibilidades.

— O juiz vai fazer algumas perguntas gerais primeiro, como: Você ou algum familiar já foi vítima de um crime violento? Acha que é capaz ou incapaz de ser imparcial? Aí, vamos entrar em educação, experiência profissional, clubes ou organizações aos quais pertencem, afiliação religiosa, se há alguma relação entre eles e alguém no caso, se estão ou não preparados para ouvir detalhes gráficos sobre abuso sexual, se já sofreram algum abuso sexual.

— Certo — disse Andrew. — Eles precisam falar disso? Se acreditam que sofreram um abuso sexual?

Leigh balançou a cabeça. Não sabia aonde aquilo estava indo.

— Às vezes.

— E você vai dizer se queremos ou não queremos essas pessoas no júri?

— É... — A garganta dela tinha ficado seca de novo. — Temos vetos, mas...

— Acho que a melhor estratégia é tentar extrair os detalhes. Por exemplo, quantos anos a pessoa tinha quando aconteceu, se foi abuso infantil ou... — Ele pausou. — Perdão, tem alguma diferença entre um ato sexual com, por exemplo, uma adolescente ou com uma mulher adulta?

Leigh não conseguia falar. Só conseguia olhar para a boca de Andrew. Tammy Karlsen falara da curva zombeteira dos lábios dele atrás da máscara de esqui. Agora, ele claramente estava gostando de deixar Leigh desconfortável.

Ele continuou:

— Porque me parece que uma pessoa que teve uma experiência sexual quando adolescente não estaria necessariamente tendenciosa a acreditar que uma experiência sexual adulta que saiu um pouco do controle é algo ruim.

Leigh mordeu o lábio para se impedir de corrigi-lo. Nada tinha saído *um pouco do controle*. Tammy quase fora destruída. Andrew soubera exatamente o que estava fazendo.

— Algo para pensar. — Andrew deu de ombros, mas mesmo esse movimento para cima e para baixo era altamente controlado. — Você é a especialista. Deixo a decisão para você.

Leigh se levantou. Foi até o aparador. Havia um frigobar atrás da porta. Ela pegou uma garrafa de água, perguntando a Andrew:

— Está com sede?

Pela primeira vez, uma luz brilhou nos olhos dele. Sua animação era quase palpável, como a de um predador atrás de uma nova presa. Andrew estava mergulhado no desconforto dela, divertindo-se com a ansiedade dela.

Leigh virou-se de costas para ele. As mãos tremendo tanto que ela mal conseguiu girar a tampa da garrafa. Deu um longo gole. Sentou-se de novo. Voltou à segurança de seu discurso bem ensaiado.

— Então, como eu ia dizendo, temos um número específico de vetos para dispensar jurados, alguns com motivo, outros por serem pessoas de quem simplesmente não gostamos. O promotor tem o mesmo número. No fim do processo, vamos ter doze jurados e dois substitutos escolhidos para o seu julgamento. — Leigh ficou sem fôlego na última palavra. Tossiu, tentando disfarçar o nervosismo. — Desculpe.

O olhar escuro de Andrew cobriu o rosto dela como um véu enquanto ela dava mais um gole da garrafa.

Ela continuou:

— Um dos nossos associados, Jacob Gaddy, vai ser meu auxiliar. Ele vai cuidar da papelada e de alguns detalhes do procedimento. Vou usá-lo para entrevistar algumas testemunhas. Na mesa, vou me sentar à sua direita e Jacob à sua esquerda. Ele também é seu advogado, então, se você tiver qualquer pergunta ou comentário enquanto eu estiver fazendo entrevistas, pode falar com o Jacob.

Andrew não disse nada.

Ela seguiu.

— Durante o *voir dire*, todos os jurados em potencial vão estar te observando. Você pode ganhar ou perder o caso nesse momento, então preciso que se comporte exemplarmente. Cabelo cortado, unhas limpas, barba feita. Certifique-se de ter pelo menos quatro ternos limpos. Imagino que o julgamento vá durar três dias, mas é bom estar preparado. Use a mesma máscara todo dia. Pode ser a que você estava usando ontem, da concessionária.

Reggie se mexeu na cadeira.

Leigh desejou que ele ficasse em silêncio enquanto dizia a Andrew:

— O juiz provavelmente vai te dar a opção de tirar a máscara quando o julgamento começar. Se acontecer, podemos falar das regras. Mantenha sua expressão o mais neutra possível. Você precisa mostrar ao júri que respeita mulheres. Então, quando eu falar, você precisa me ouvir. Puxe minha cadeira. Carregue uma caixa…

— Isso não pode soar mal? — Reggie escolheu esse momento para contribuir com a defesa. — Quer dizer, alguns jurados podem pensar que Andy está fingindo, né? E o que você está falando, o terno elegante e o cabelo cortado? Tudo isso pode jogar o júri contra ele.

— É difícil saber. — Leigh deu de ombros, mas se pegou pensando nas motivações de Reggie. Claramente, não era uma situação de suborno. Se fosse, Reggie teria ficado de boca fechada e deixado Andrew queimar na fogueira que Leigh estava tentando acender. Sobrava o dinheiro. Reggie tinha concordado em cometer perjúrio. Ele sabia que isso podia significar desde perder a licença até perder a liberdade. O risco devia ter uma recompensa bem alta.

Ela disse a Andrew:

— Este julgamento é seu. Você decide. Só posso fazer recomendações.

Reggie tentou outro abordagem:

— Você vai colocá-lo para depor?

— A decisão é dele — explicou Leigh. — Mas, se quiser minha opinião, não. Não é provável ele se sair bem. As mulheres não vão gostar dele.

Reggie gargalhou.

— O cara não consegue andar num bar sem todas as piranhas do lugar darem o telefone para ele.

Leigh voltou toda a sua atenção a Reggie.

— Mulheres em bares estão procurando um homem razoavelmente limpo, com um bom emprego, capaz de juntar lé com cré sem parecer um babaca. Mulheres em júris têm uma intenção diferente.

A beligerância de Reggie agora era aberta.

— Que é?

— Compaixão.

Reggie não tinha uma resposta.

Andrew também não.

Ele deixou seu silêncio corroer os nervos dela. Leigh o olhou, deixando a visão embaçar para não precisar ver o rosto dele. Andrew estava recostado na cadeira, coluna ereta, mão apoiada na pasta, mas cada parte dele parecia pronta para dar o bote. Ela observou os dedos acariciando suavemente o canto da pasta azul-clara, soltando a borda. As mãos dele eram grandes como a do pai. O relógio dourado solto no pulso lembrava o que Buddy usava.

— Está bem — falou Andrew. — Isso é o *voir dire*. E o julgamento?

Leigh desviou o olhar da mão dele. Estava com dificuldade de achar seu lugar.

— O promotor vai começar estabelecendo uma linha do tempo. Enquanto ele estiver apresentando o caso, fique em silêncio, não balance a cabeça nem faça qualquer barulho de descrença ou discordância. Se tiver perguntas para mim, ou comentários, escreva num bloco de anotações, mas evite ao máximo.

Andrew anuiu uma vez, mas ela não conseguia saber se algo disso tinha qualquer importância. Ele estava brincando com ela, puxando as beiradas de Leigh como puxava as da pasta.

— Como o promotor estabelece a linha do tempo?

Leigh pigarreou.

— Ele vai dar um passo a passo da noite no bar para o júri. Vai chamar o bartender, o manobrista, depois o passeador de cachorro que achou a vítima no parque. Em seguida, vem o policial que chegou à cena, depois os paramédicos, aí as enfermeiras e o médico que fizeram o exame de estupro, o investigador que...

— E a Tammy? — perguntou Andrew. — Reggie me explicou que o seu trabalho é aniquilá-la. Você está disposta a aniquilá-la?

Algo tinha mudado. Leigh reconheceu a sensação desconfortável do dia anterior, a *fuga* se sobrepondo. Tentou agir como se o subtexto fosse insignificante.

— Estou disposta a fazer meu trabalho.

— Certo. — Andrew começou a fechar e soltar o punho. — Você vai começar por como Tammy foi agressiva comigo no bar. Pode destacar como, no vídeo, ela não para de tocar minha perna, minha mão. Em um ponto, ela toca até a lateral do meu rosto.

Leigh esperou, mas percebeu que Andrew estava aguardando uma resposta. Pegou a caneta, pronta para escrever.

— Pode continuar.

— Ela bebeu três drinques em duas horas. Gins martínis duplos. Estava ficando descuidada.

Leigh acenou para ele continuar, registrando cada palavras. Havia desperdiçado horas tentando descobrir uma estratégia-sombra para afundar o caso. Andrew estava disposto a fazer o trabalho braçal por ela.

Ela disse a ele:

— Vá em frente.

— Aí, no estacionamento, ela me pegou pelo pescoço e me beijou por 32 segundos. — Andrew pausou, como se para dar tempo a ela. — E, claro, me deu o cartão de visitas dela, que ainda tenho. Eu não pedi o telefone dela. Ela que me deu.

Leigh assentiu de novo.

— Vou mencionar isso durante o depoimento cruzado.

— Ótimo — disse Andrew, com o tom de voz mais duro. — O júri tem que entender que eu tive muitas oportunidades de sexo naquela noite. Reggie pode ter sido grosseiro, mas tem razão. Qualquer mulher naquele bar teria ido para casa comigo.

Leigh não podia dar muita corda a ele. Reggie não estava do lado dela. Cole Bradley ia esperar que ela criasse uma defesa plausível.

— E se o promotor argumentar que estupro não tem a ver com sexo, e sim com controle?

— Aí, você vai explicar que eu tenho bastante controle na minha vida — disse Andrew. — Eu posso fazer o que quiser. Moro numa casa de três milhões de dólares. Posso escolher o carro luxuoso que quiser. Tenho acesso ao jatinho da família. Não corro atrás das mulheres. Elas correm atrás de mim.

Leigh assentiu para encorajá-lo, porque a arrogância dele era a maior vantagem dela. Andrew tinha escolhido a parte errada de Atlanta para cometer seus crimes. O grupo de jurados ia vir de eleitores registrados no condado de DeKalb, uma população majoritariamente composta de minorias politicamente ativas. Não estariam tentados a dar o benefício da dúvida a um branco rico escroto que nem Andrew Tenant. E Leigh não estava tentada a fazê-los mudar de ideia.

— O que mais? — perguntou ela.

Os olhos de Andrew se apertaram. Como os de qualquer predador, os sentidos dele eram bem afinados.

— Imagino que você concorde que falar do passado sórdido de Tammy é o melhor caminho?

Reggie a salvou de ter que responder.

— É um caso de ele disse/ela disse, certo? A única forma de ir contra é garantir que o júri odeie a garota.

Leigh não ia desafiar abertamente alguém formado na Faculdade de Direito Twitter.

— Tem mais nuances do que isso.

— Nuances? — repetiu Reggie, tentando justificar seus pagamentos. — O que isso quer dizer?

— Uma diferença ou distinção sutil. — Leigh refreou o sarcasmo. — Quer dizer que, em geral, é preciso tomar muito cuidado. Tammy vai suscitar uma empatia extrema.

— Não quando você disser que ela quase arruinou a vida de um cara na escola — disse Reggie. — E, depois, matou seu bebê.

Leigh jogou a pilha de merda de volta no colo dele.

— Sinceramente, Reggie, tudo vai depender do seu testemunho. Você vai ter que ser impecável.

A boca de Reggie se abriu, mas Andrew levantou a mão para ele parar.

Ele disse ao pau-mandado:

— Quero um café. Com açúcar, sem leite. — Reggie se levantou. Deixou o notebook e o telefone na mesa. Manteve os olhos em frente ao passar por Leigh. Ela ouviu um *click*, mas não sabia se era da porta se fechando ou do dedo de Andrew cutucando o canto da pasta.

Ele sabia que havia algo errado, que, por algum motivo, em algum ponto, tinha perdido a vantagem.

Leigh, por sua vez, só conseguia pensar que não ficava sozinha com Andrew desde a breve conversa no estacionamento. Olhou para a caneta na mesa à sua frente. Fez um inventário dos objetos da sala. Os troféus no aparador. O vaso pesado de vidro com as flores murchas. A quina dura da capa do celular. Todos podiam ser usados como armas.

Mais uma vez, ela voltou para o lugar seguro, que era o caso.

— Vamos falar sobre...

Andrew deu um soco na pasta.

Leigh pulou antes de conseguir dizer a si mesma para não fazer isso. Seus braços foram instintivamente para o ar. Ela esperou Andrew explodir, atravessar a sala e atacá-la.

Em vez disso, a expressão dele manteve a compostura gelada de sempre enquanto ele empurrava a pasta pela mesa.

Ela viu as páginas flutuarem enquanto a pasta deslizava pela madeira polida e parava a alguns centímetros do bloco dela. Leigh baixou a postura defensiva. Reconheceu o selo dourado do Instituto de Tecnologia da Geórgia. Letras pretas designavam a pasta como vinda do Serviço de Saúde Mental do Estudante. O nome na identificação dizia KARLSEN, TAMMY RENAE.

A sirene interna de Leigh começou a tocar tão alto que ela mal se ouvia pensar. A Lei de Portabilidade e Responsabilidade de Planos de Saúde, que garantia que todos os dados médicos fossem privados, caía na alçada dos Serviços Humanos e de Saúde. Violações eram investigadas pelo Escritório de Direitos Civis e, se fosse encontrado algum ato criminal, o caso era enviado para o Departamento de Justiça e um processo era aberto.

Lei federal. Promotor federal. Prisão federal.

Ela ganhou tempo perguntando a Andrew:

— O que é isso?

— Informação — disse ele. — Quero que você estude esses registros de trás para a frente e, quando for a hora, quero que use cada detalhe aí dentro para destruir Tammy Karlsen no banco de testemunhas.

A sirene ficou mais alta. O prontuário médico parecia original, o que significava que ou Reggie tinha invadido um local seguro dentro da Georgia Tech, uma instituição estadual que recebia dólares federais, ou tinha pagado alguém que trabalhava no escritório para roubar o arquivo para ele. A lista de crimes por trás do roubo ou receptação de propriedade roubada era quase impossível de calcular.

E, se Leigh usasse as informações recebidas de forma desonesta, podia virar coconspiradora.

Ela endireitou a caneta com a borda do bloco dela.

— A gente não está em *Questão de honra*. O momento Jack Nicholson que você e Reggie estão buscando pode colocar o júri completamente contra mim. Eles vão pensar que eu sou uma vaca histérica.

— E?

— E — disse Leigh — você precisa entender que, quando estou no tribunal, eu sou você. O que sai da minha boca, como eu me comporto, o tom que uso ajuda o júri a formar a opinião de que tipo de homem você realmente é.

— Então, você ataca Tammy, e eu me levanto para mandar você parar — sugeriu Andrew. — Assim, você pode destruir a credibilidade dela e eu fico parecendo um herói.

Leigh queria que isso acontecesse mais do que Andrew imaginava. O juiz provavelmente anularia o julgamento e Leigh seria tirada do caso.

Andrew perguntou:

— É uma boa estratégia?

Ele a estava testando de novo. Podia voltar a Cole Bradley e pedir a opinião dele, e Leigh não só estaria lidando com um psicopata enraivecido. Ia estar procurando emprego.

Ela respondeu:

— É *uma* estratégia.

Andrew estava sorrindo sem desdém. Estava mostrando a Leigh que sabia o que ela estava tentando fazer, mas não se importava.

Ela sentiu o coração pular.

Por que ele não ligava? Será que Andrew estava escondendo algo ainda mais horrível do que roubar os momentos de terapia mais íntimos de Tammy Karlsen? Ele tinha uma estratégia que Leigh não conseguia ver? O aviso de Cole Bradley baseado na série da Netflix voltou a ela.

Voyeurs viram estupradores. Estupradores viram assassinos.

O sorriso de Andrew tinha se intensificado. Era a primeira vez, desde que ela o encontrara, que ele parecia estar realmente se divertindo.

Leigh quebrou o contato visual antes que o sentimento de luta ou fuga a fizesse sair correndo do prédio. Baixou os olhos para o bloco de anotações. Virou uma página em branco. Começou a pigarrear de novo antes de conseguir falar.

— A gente devia...

Reggie escolheu esse momento para voltar. Seus passos se arrastaram e ele colocou a xícara fumegante de café na frente de Andrew. Sentou-se na cadeira com um baque.

— O que eu perdi?

— Nuance. — Andrew deu um gole da xícara. Fez uma careta. — Caramba, está quente.

— É café — respondeu Reggie, checando o celular distraído.

— Odeio quando queimo minha boca assim. — Andrew estava de novo olhando direto para Leigh, garantindo que ela soubesse que suas palavras eram para ela. — E, aí, você põe a máscara e parece que não consegue respirar.

— Odeio isso. — Reggie não estava prestando atenção, mas ela estava.

Ela sentiu como se estivesse presa em um feixe de atração. Andrew estava fazendo a mesma coisa do dia anterior, puxando-a para seu campo de visão, pressionando suavemente os pontos fracos de Leigh até achar uma forma de destruí-la.

— Vou dizer como é — disse Andrew. — Parece… como se chama aquele negócio de cozinha? É papel-filme? Plástico-filme?

A respiração de Leigh parou de repente.

— Você já teve essa sensação? — perguntou Andrew. — Como se alguém pegasse um rolo de plástico-filme na gaveta da cozinha e enrolasse ao redor da sua cabeça seis vezes?

O vômito subiu à boca de Leigh. Ela apertou a mandíbula. Sentiu o gosto amargo do resto do almoço. Levou à mão à boca antes de conseguir se impedir.

— Cara — falou Reggie. — Que jeito estranho de descrever.

— É horrível — disse Andrew, com luz passando por seus olhos escuros e cruéis.

Leigh engoliu o vômito. Seu estômago pulsava no ritmo do coração. Aquilo era demais para ela. Não conseguia processar tudo. Precisava ir embora, fugir, se esconder.

— Eu… — A voz de Leigh falhou. — Acho que já temos o suficiente por hoje.

— Tem certeza? — perguntou Andrew.

Lá estava o sorrisinho de novo. Lá estava a voz suave, mas grave. Ele estava se alimentando do terror de Leigh da mesma forma que se alimentara do de Tammy Karlsen.

A sala se virou de lado. Leigh estava tonta. Ela piscou. A sensação era de estar fora do corpo, mandando a alma para algum lugar do firmamento, enquanto seu outro eu fazia as tarefas servis que a arrancariam das garras dele. Mão esquerda fechando o bloco, dedão direito clicando a caneta, depois empilhando os dois celulares, ficando de pé com pernas trêmulas, virando-se para sair.

— Harleigh — chamou Andrew.

Com esforço, Leigh se virou de volta.

O sorrisinho dele tinha virado um sorriso aberto e satisfeito.

— Não esqueça a pasta.

9

CALLIE NAVEGOU PELA *Nat Geo*, lendo sobre o rato-de-crista-africano, que se esfrega no tronco da árvore-da-morte para armazenar veneno letal nos pelos de suas costas, que parecem os de um porco-espinho. Dr. Jerry a tinha alertado para a criatura quando estavam contando o caixa no fim do dia. Se ele tinha notado que havia mais notas de vinte amassadas do que o normal, não falou nada. Parecia mais preocupado de que Callie nunca, nunca aceitasse um convite para um dos jantares do roedor espinhoso.

Ela deixou o celular descansar no colo enquanto olhava pela janela do carro. Seu corpo doía como sempre doía quando seu cérebro lhe dizia que as duas doses de manutenção de metadona todo dia não eram suficientes. Ela tentou ignorar a fissura, focar, em vez disso, no sol brilhando pelas copas das árvores que passavam. O gosto de chuva estava no ar. Binx ia querer ficar aconchegado. Dr. Jerry tinha convencido Callie a pegar uma das notas de vinte como bônus. Ela podia dar a Phil como pagamento adiantado pelo aluguel da próxima semana e talvez algo para comer no jantar, ou podia descer na próxima parada, voltar à Stewart Avenue e comprar uma quantidade de heroína que deixaria Janis Joplin passada.

O ônibus guinchou até parar, devagar, num farol vermelho. Callie virou-se no banco, olhando pela janela de trás. Então mirou os veículos alinhados ao lado do ônibus.

Só um punhado de *branquelos*, mas nenhum dirigindo um *carro legal.*

Depois de sair de fininho da casa da mãe de manhã, Callie tinha tomado duas rotas de ônibus diferentes até a clínica. Também tinha descido mais cedo e caminhado pela rua longa e reta para garantir que não havia ninguém a seguindo. Mesmo assim, não conseguia se livrar da sensação de que ia se virar e ver o olho fixo da câmera rastreando-a a cada passo.

Ela repetiu o mantra que a ajudara a aguentar o dia: não tinha ninguém observando. Ninguém tinha tirado fotos dela pelas vitrines de vidro na frente da clínica. O estrangulador de câmera da casa fechada com tábuas não estava esperando por ela na casa de Phil.

Reggie.

Callie devia usar o nome do detetive particular de Andrew, pelo menos mentalmente. Também devia contar sobre ele a Leigh, talvez transformar numa história engraçada sobre Phil atravessando a rua com o taco de beisebol e apavorando-o, mas pensar em mandar mensagem à irmã, dar a ela um contato de ponto de retorno, parecia oneroso.

Por mais que Callie gostasse de ter Leigh de volta em sua vida, sempre havia a desvantagem de ver sua própria existência miserável pelos olhos da irmã. Callie estava comendo bem? Estava usando droga demais? Por que estava tão magra? Por que estava respirando com tanta dificuldade? Estava encrencada de novo? Precisava de dinheiro? Era dinheiro demais? Onde ela tinha passado o dia?

Bom, depois de eu soltar a mãe no meu perseguidor, saí de fininho pelo quintal, peguei o ônibus, aí trafiquei narcóticos na Stewart Avenue, depois passei os lucros para o dr. Jerry, depois entrei em um salão de bronzeamento para poder me injetar na privacidade de um espaço pequeno e sem janelas em vez de ir para o meu quarto de infância deprimente em casa, onde uma lente teleobjetiva poderia me capturar enfiando uma agulha na perna de novo.

Callie esfregou a coxa. Um nódulo doloroso pressionou seus dedos. Ela sentia o calor de um abcesso supurando dentro da veia femoral.

Tecnicamente, a metadona devia passar pelo sistema digestivo. As seringas caseiras que eles usavam na clínica não tinham agulha, porque se os donos eram incapazes de ajudar os animais de estimação a manter um peso saudável, poucos deles enfiariam uma agulha no seu peludinho amado.

Medicações orais levavam mais tempo para chegar ao sistema, e por isso a explosão usual de euforia era adiada. Injetar direto nas veias era encaralhadamente estúpido. A suspensão oral continha glicerina e aromatizador e colorante e sorbitol, e tudo isso era ser facilmente quebrado pelo estômago. Enfiar na corrente sanguínea podia resultar em partículas viajando direto para os pulmões e o coração, ou uma obstrução se desenvolvendo no local da injeção, o que resultava no tipo de abcesso nojento que Callie sentia crescendo sob as pontas de seus dedos.

Drogada idiota.

A única coisa que Callie podia fazer era esperar que o abcesso crescesse o suficiente para drená-lo e roubar alguns antibióticos do armário de medicamentos. Aí, ela podia roubar mais metadona e injetar mais metadona e ficar com outro abcesso que precisaria ser drenado porque, afinal, o que era a vida dela se não uma série de escolhas drasticamente ruins?

O problema era que a maioria dos usuários intravenosos não eram viciados só na droga. Eram viciados no processo de injetar a droga. Era a chamada fixação na agulha, e Callie era tão fixada na agulha que, mesmo agora, com as pontas dos dedos pressionando o que provavelmente se tornaria uma infecção incontrolável, ela só conseguia pensar em como seria bom quando a agulha furasse o abcesso de novo a caminho da veia femoral.

Por que isso a fez pensar em Leigh de novo era algo que seus biógrafos teriam de decifrar. Callie apertou os dedos ao redor do telefone em sua mão. Ela devia ligar para a irmã. Devia avisar que estava bem.

Mas estava mesmo bem?

Callie tinha cometido o erro de olhar seu corpo nu inteiro no espelho dentro do salão de bronzeamento. No brilho azul das lâmpadas ultravioletas, suas costelas saltaram como ossos de baleia em um espartilho. Ela via a junta dos cotovelos onde o rádio e a ulna se conectavam com o úmero. Os quadris pareciam um cabide para calça no qual alguém tinha prendido as pernas dela. Havia rastros vermelhos, roxos e azuis nos braços, barriga e pernas. Pontas quebradas de agulha que haviam sido cirurgicamente removidas. Antigos abcessos. O novo surgindo na perna. Cicatrizes que ela fizera, cicatrizes que haviam sido feitas nela. Um nódulo rosado no pescoço onde os médicos do Grady tinham inserido um cateter central diretamente na jugular dela para passar as medicações e tratar a Covid.

Callie levantou a mão e traçou de leve o dedo pela minúscula cicatriz. Ela estava gravemente desidratada quando Leigh a levou ao pronto-socorro. Seus rins e fígado estavam falhando. Suas veias estavam estouradas de quase duas décadas de abuso. Callie em geral era mestra em bloquear a maioria dos momentos desagradáveis de sua vida, mas conseguia se lembrar com facilidade de tremer incontrolavelmente na cama do hospital, respirando pelo tubo enfiado em sua garganta, e da enfermeira com traje espacial arfando com o estado do corpo arrasado de Callie ao entrar para trocar os lençóis.

Havia todo tipo de posts em fóruns de Covid sobre como era ficar entubado, sozinho, isolado na UTI enquanto o mundo acabava, sem se importar com seu sofrimento e, em alguns casos, negando que ele existia. A maioria das pessoas falava sobre visitas fantasmagóricas de parentes há muito mortos ou de ficar com músicas enlouquecedoras como "Wake Me Up Before You Go-Go" grudadas na cabeça, mas, para Callie, um momento ficou com ela quase as duas semanas inteiras — tap-tap-tap.

Os dedinhos grudentos de Trevor ameaçando os blênios nervosos.

— *Trev, você está batendo no aquário? Não falei para não fazer isso?*

— *Não, senhora.*

O ônibus deu outro silvo baixo, deslizando de novo até parar. Callie viu os passageiros subindo e descendo. Permitiu-se um breve momento para pensar no homem que Trevor Waleski tinha se tornado. Callie tinha conhecido sua cota de estupradores. Cacete, tinha se apaixonado por um antes de sair do ensino fundamental. Pelo que Leigh dissera, Andrew não era grande e odioso como o pai. Dava para ver pela foto dele no site. Não havia nada do gorila perseguidor e raivoso no filho único de Buddy. Andrew soava mais como um peixe stargazer que se enterrava na areia para fazer uma emboscada para uma presa desavisada. Como diria o dr. Jerry, sua fama vingativa era merecida. Eles tinham espinhos venenosos para envenenar as presas. Alguns tinham globos oculares eletrificados capazes de dar um choque num invertebrado inocente no chão do oceano.

Leigh certamente tinha levado um choque na noite anterior. Andrew a tinha assustado para valer durante a reunião com Reggie Paltz. Callie sabia exatamente o que a irmã queria dizer com o olhar frio e morto nos olhos dele. Quando Andrew era criança, Callie vira flashes da psicopatia nascente, mas, claro, as transgressões dele eram da ordem de roubar guloseimas e beliscar o braço de Callie enquanto ela tentava fazer o jantar, não ser acusado de estuprar sadicamente uma mulher e cortar a perna dela da mesma forma que Callie cortara a de Buddy.

Ela tremeu quando o ônibus se afastou do meio-fio. Callie forçou seus pensamentos a se afastarem dos crimes atuais de Andrew e colocarem o foco apenas em Leigh.

Era doloroso ver a irmã mais velha se debatendo, porque Callie sabia que a pior parte para Leigh era sentir que não tinha controle. Tudo na vida da irmã era mantido ordenadamente separado em seções. Maddy e Walter e Callie. O trabalho. Os clientes. Os amigos da firma. Com quem quer que ela estivesse transando fora do casamento. Sempre que havia um entrelaçamento, Leigh enlouquecia. Seu instinto de queimar a porra toda nunca era mais forte do que quando ela estava vulnerável. Fora Callie, a única outra pessoa capaz de fazê-la se controlar era Walter.

Pobre Walter.

Callie amava o marido de Leigh quase tanto quanto a irmã o amava. Ele era bem mais durão do que parecia. Tinha sido Walter quem terminara o casamento, não o contrário. Há um determinado número de vezes que você aguenta ver uma pessoa colocando fogo em si mesma antes de se afastar. Callie supunha que ter sido criado por pai e mãe alcóolatras ensinara Walter a escolher suas batalhas. Isso o tornava particularmente compreensivo com a situação de Callie. Tornava-o ainda mais compreensivo com a de Leigh.

Se Callie tinha fixação em agulha, Leigh tinha fixação em caos. A irmã mais velha sentia saudade da normalidade calma da vida com Walter e Maddy, mas toda vez que chegava a certo nível de tranquilidade, ela achava uma forma de estragar.

Ao longo dos anos, Callie tinha visto o padrão acontecer dezenas de vezes. Começara no ensino fundamental, quando Leigh estava na fila para uma vaga em uma escola especializada, mas acabara perdendo a vaga por ter ido atrás de uma garota que tinha zoado o cabelo de Callie.

No ensino médio, Leigh tinha se qualificado para fazer cursos especiais na universidade, mas fora pega rasgando os pneus do chefe nojento e pegara dois meses no reformatório. Aí, houve o surto com Buddy menos de um mês antes de ela precisar ir para Chicago, embora fosse preciso admitir que Callie tinha colocado pólvora naquela explosão em particular.

Por que Leigh continuava o padrão na vida adulta era um mistério que Callie não conseguia resolver. A irmã mais velha tinha essas explosões de maternidade e casamento felizes, levando Maddy para a escola e indo a jantares com Walter e escrevendo artigos sobre coisas inteligentes para caralho e dando palestras em congressos legais e aí, em algum momento, algo trivial acontecia e Leigh usava isso como motivo para se autossabotar e sair da situação. Ela nunca fazia nada ruim com Maddy, mas forçava uma discussão com Walter, ou gritava com uma outra mãe, ou era advertida por um juiz por responder, ou, se as rotas de sempre fracassassem, faziam algo incrivelmente estúpido que sabia que ia mandá-la de volta ao purgatório.

Não tinha tanta diferença entre o que Leigh fazia com sua vida boa e o que Callie fazia com a agulha.

O ônibus roçou o meio-fio como um porco-espinho exausto. Callie tomou impulso para se levantar do banco. Sua perna começou imediatamente a latejar. Descer os degraus exigiu uma concentração extraordinária. Ela já tinha problemas no joelho. Agora, tinha adicionado o abcesso crescente à lista de seus males. Colocou a mochila nos ombros e, de repente, seu pescoço e sua coluna se moveram para as posições um e dois. Aí, a dor irradiou para o braço, a mão ficou dormente e, quando ela virou na rua de Phil, só conseguia pensar que outra dose de metadona era a única coisa que lhe permitiria dormir à noite.

Era assim que sempre começava, o lento declínio de diminuir o uso para funcionar e, depois, lentamente voltar a não funcionar. Viciados sempre, sempre achavam a solução para qualquer problema na ponta de uma agulha.

Phil cuidaria de Binx. Não ia ler livros para ele, mas ia mantê-lo escovado e ensinar a ele sobre pássaros e, talvez, até dar alguns conselhos sobre a situação fiscal dele, já que passava tanto tempo lendo sobre cidadania soberana. Callie colocou a mão no bolso. Os óculos verde-fluorescentes que ela tinha comprado no salão de bronzeamento fizeram barulho ao bater nos dedos dela. Ela tinha achado que o gato ia querer vê-los. Ele não sabia nada sobre bronzeamento artificial.

Callie secou lágrimas dos olhos ao se arrastar os últimos metros na direção da casa da mãe. A pilha de bosta do outro lado da rua tinha sido espalhada por um sapato azarado. O olhar dela subiu para a casa fechada. Não houve uma centelha de luz ou movimento na frente. Ela viu que o pedaço de compensado que tinha vomitado o estrangulador de câmera tinha fechado a boca. Os arbustos e ervas daninhas estavam pisoteados onde ele havia corrido pelo quintal, roubando de Callie a fugidia esperança de que tudo tivesse sido um produto de sua imaginação confusa de metadona.

Ela se virou e continuou virando, num giro completo de 360 graus.

Nenhum *branquelo*. Nenhum *carro legal*, a não ser que contasse o Audi de Leigh esfriando na entrada da casa atrás do caminhão Chevy de caipira de Phil.

Definitivamente não era um bom sinal. Leigh não teria entrado em pânico pela falta de mensagem ou ligação, porque Callie já tinha há muito tempo firmado sua reputação de correspondente pouco confiável. A irmã só entraria em pânico se algo ruim tivesse acontecido, e não ia estar dentro da casa de Phil pela primeira vez desde que fora para Chicago se algo muito, muito horrendo não a tivesse levado até ali.

Callie sabia que devia entrar, mas, em vez disso, girou de novo a cabeça, vendo o sol piscar pelas folhas das copas das árvores. O anoitecer estava chegando rápido. Em alguns minutos, a iluminação da rua ia acordar. A temperatura ia diminuir. Por fim, a chuva que ela sentia no ar começaria a cair. Havia uma Callie alternativa que era capaz de se afastar disso. Ela já tinha desaparecido antes. Se não fosse por Leigh, Callie estaria com Binx dentro de um ônibus agora — era uma tolice pensar que podia deixá-lo na casa de Phil —, e os dois estariam debatendo a excelente seleção de motéis baratos, decidindo qual era decadente o bastante para ter traficantes, mas não tão decadente que Callie fosse estuprada e morta.

Se ela ia morrer, seria pelas suas próprias mãos.

Callie sabia que só podia enrolar do lado de fora da casa escolhendo fantasias por um tempo limitado. Ela subiu os degraus que rangiam até a varanda da frente da mãe. Foi recebida na porta pela visão de Binx arrastando seu colar de plástico, o que significava que ele estava entediado. Ela ansiou pela própria muleta, mas isso viria depois. Callie ajoelhou-se para acariciar as costas do gato algumas vezes antes de permitir que o fio invisível de tensão a puxasse mais para dentro da casa.

Tudo estava fora de ordem. Roger e Brock estavam alertas no sofá, em vez de enrolados numa sonequinha. O borbulhar dos aquários estava emudecido pela porta quase nunca fechada. Até os pássaros na sala de jantar estavam maneirando nos gorjeios.

Ela encontrou Leigh e Phil sentadas uma de frente para a outra na mesa da cozinha. O visual gótico de Phil estava mostrando sinais de cansaço. O delineador preto pesado tinha virado completamente Marilyn Manson. Leigh tinha colocado a armadura. Estava de jeans, jaqueta de couro e coturno. As duas estavam tensas como escorpiões esperando a oportunidade de atacar.

Callie disse:

— Outro lindo momento familiar.

Phil bufou.

— Em que merda você se enfiou agora, espertona?

Leigh não disse nada. Levantou os olhos para Callie, num caleidoscópio de agonia, arrependimento, medo, raiva, trepidação, alívio.

Callie desviou o olhar.

— Andei pensando nas Spice Girls. Por que a Ginger é a única que tem nome de um condimento?

Phil respondeu:

— Que diabos você está falando?

— *Posh* não é um tempero — disse Callie. — Por que elas não chamam Açafrão, Cardamomo ou até Anis?

Leigh pigarreou e comentou:

— Talvez elas achassem muito apimentado.

Elas sorriram uma para a outra.

— Vocês duas podem ir se foder. — Phil entendia o bastante para saber que estava sendo excluída. Levantou-se da mesa apoiando-se nas mãos. — Não é para comer nada da porra da minha comida. Eu sei o que tem aí.

Leigh fez um gesto de cabeça na direção da porta dos fundos. Precisava sair daquela casa.

O pescoço de Callie a estava matando de carregar a mochila, mas ela não queria que a mãe roubasse nada, então, a carregou consigo ao sair atrás de Leigh.

A irmã fez um gesto de cabeça de novo, mas não na direção de seu Audi estacionado na entrada. Ela queria dar uma caminhada, da mesma forma que faziam quando crianças, quando estar no bairro perigoso era mais seguro do que estar perto de Phil.

Lado a lado, elas começaram a subir a rua. Sem que Callie pedisse, Leigh pegou a mochila. Passou as alças nos ombros. A bolsa dela provavelmente estava trancada no porta-malas, e Phil provavelmente estava neste momento apertando os olhos para o carro chique, tentando decidir se devia invadi-lo ou desmontá-lo para vender as partes.

Callie não podia se preocupar com o carro de Leigh, a mãe nem nada mais no momento. Olhou para o céu. Estavam indo na direção oeste, diretamente para o pôr do sol. O peso da chuva prometida parecia estar indo embora. Havia um matiz de calor lutando contra a queda leve na temperatura. Ainda assim, Callie tremia. Ela não sabia se o tremor repentino vinha dos efeitos duradouros da Covid, do sol se ponto ou de medo do que a irmã ia dizer.

Leigh esperou até a casa da mãe estar bem longe. Em vez de jogar uma bomba atômica na existência das duas, falou:

— Phil me contou que tem uma onça-pintada cagando na calçada para avisar a ela que vai acontecer algo ruim.

Callie testou a água, dizendo:

— Ela atravessou a rua com o taco hoje de manhã e começou a bater na casa fechada com tábuas sem motivo.

— Meu Deus — murmurou Leigh.

Callie estudou o rosto da irmã, procurando uma reação que mostrasse que Phil mencionara o homem com a câmera.

Leigh perguntou:

— Ela não bateu em você, né?

— Não — mentiu Callie. Ou talvez não fosse mentira, porque Phil não tivera a intenção de bater nela, mas Callie não conseguira sair do caminho. — Ela está mais calma.

— Que bom — disse Leigh, assentindo, porque queria acreditar que era verdade.

Callie colocou as mãos nos bolsos, embora, estranhamente, quisesse segurar a mão de Leigh como quando eram pequenas. Curvou os dedos ao redor dos óculos. Devia contar a Leigh sobre o *branquelo/carro legal*. Devia avisar sobre a lente telescópica da câmera. Devia parar de injetar metadona em salões de bronzeamento.

O ar ficou mais frio enquanto elas caminhavam. Callie viu as mesmas cenas da noite anterior: crianças brincando no quintal, homens tomando cerveja nas garagens, outro cara musculoso lavando outro carro. Se Leigh tinha opiniões sobre alguma das cenas, guardou para si. Estava fazendo a mesma coisa que Callie fizera ao ver o Audi de Leigh na entrada da casa. Queria estender essa sensação falsa de normalidade o máximo possível.

Callie não ia impedi-la. O homem com a câmera podia esperar. Ou podia ser guardado em algum lugar no fundo do cérebro dela com o resto das coisas terríveis que a assombravam. Ela queria desfrutar daquela caminhada tranquila. Callie raramente saía depois que o sol começava a se pôr. Sentia-se vulnerável à noite. Seus dias de correria tinham acabado. Ela não conseguia virar a cabeça para ver se o estranho atrás estava olhando o celular ou correndo na direção dela com uma arma na mão.

Ela abraçou a cintura para se proteger do frio. Olhou de novo para as árvores. As folhas caíam. A luz do sol vacilante foi filtrada pelos dedos grossos dos galhos. Ela sentiu o coração desacelerar, no ritmo suave dos passos contra o asfalto que esfriava. Se Callie pudesse ficar naquele momento tranquilo, com a irmã mais velha ao lado, pelo resto da vida, seria feliz.

Mas não era assim que a vida funcionava.

E, mesmo se funcionasse, nenhuma delas tinha estômago para isso. Leigh virou à esquerda de novo, numa rua pior. Quintais com grama alta. Mais casas fechadas com tábuas, mais pobreza, mais desesperança. Callie tentou respirar fundo. O ar passou chiando pelo nariz, depois se revirou como manteiga numa batedeira dentro dos pulmões. Depois do sofrimento da Covid, Callie nunca caminhava por muito tempo sem ganhar consciência de que tinha pulmões no peito e que esses pulmões não eram mais os mesmos. O som de sua respiração pesada ameaçou empurrá-la de volta àquelas semanas na UTI. Os olhares de medo das enfermeiras e dos médicos. O eco distante da voz de Leigh quando colocavam o telefone na orelha de Callie. A memória constante, implacável de Trevor parado no aquário. Buddy abrindo a porta da cozinha com um estrondo.

Coloca uma dose pra mim, boneca.

Ela inspirou outra vez, segurando por alguns segundos antes de soltar.

E, aí, Callie percebeu para onde Leigh a levara e ficou completamente sem ar no corpo.

Canyon Road, a rua onde os Waleski moravam.

— Está tudo bem — disse Leigh. — Continue andando.

Callie apertou mais os braços ao redor do corpo. Leigh estava com ela, então, ia ficar tudo bem. Ia ser fácil. Um pé à frente do outro. Sem virar para trás. Sem fugir. O rancho térreo ficava à direita, com o teto baixo cedendo depois de anos de abandono. Até onde Callie sabia, ninguém havia morado lá depois de Trevor e Linda se mudarem. Callie nunca vira uma placa de venda na frente da casa. Phil nunca recebera a missão de achar locatários desesperados para alugar a cena de crime de três quartos. Callie chutava que um dos muitos exploradores da vizinhança tivesse alugado até sobrar só uma casca cheia de vazamentos.

Conforme se aproximavam, Callie sentiu arrepios pela pele. As coisas não haviam mudado muito desde a época dos Waleski. O quintal estava com mais mato, mas a lateral de vinil conservava a tinta cor de mostarda. Todas as janelas e portas estavam fechadas com tábuas. Havia grafite na metade inferior. Nenhuma assinatura de gangue, mas várias provocações infantis e xingamentos machistas, além da quantidade de sempre de pintos ejaculando.

Leigh manteve o ritmo consistente, mas disse a Callie:

— Olha, está à venda.

Callie virou o corpo para poder enxergar o quintal. A placa de À VENDA PELO PROPRIETÁRIO estava sendo engolida por ervas daninhas. Por enquanto, nenhuma pichação tinha bloqueado as letras.

Leigh notara o mesmo.

— Deve ser recente.

Callie perguntou:

— Você reconhece o telefone?

— Não, mas posso fazer uma busca no registro para ver quem é o proprietário.

— Deixa que eu faço isso — ofereceu Callie. — Posso usar o computador da Phil.

Leigh hesitou, mas respondeu:

— Não deixa ela te pegar.

Callie voltou o corpo de novo para a frente. A casa estava fora de sua linha de visão, mas ela sentia como se a enfrentasse quando elas passaram pela caixa de correio quebrada. Supôs que fossem dar a longa volta até a casa de Phil, prendendo Callie num círculo infinito de *Inferno* de seu passado. Ela esfregou o pescoço. Seu braço tinha ficado dormente até o ombro. As pontas dos dedos pareciam estar sendo esfaqueadas por milhares de ratos-de-crista-africanos.

O problema de uma fusão cervical era que a função do pescoço era se dobrar. Quando você fundia uma seção, a seção abaixo recebia todo o estresse e, com o tempo, o disco se desgastava e os ligamentos se soltavam e a vértebra não fundida escorregava para a frente e tocava na vértebra adjacente, em geral num ângulo, comprimindo um nervo, que, por sua vez, causava dor incapacitante. Esse processo se chamava espondilolistese degenerativa, e a melhor forma de consertar era fundir a junta. Aí, o tempo passava, acontecia de novo e você fundia a próxima junta. Depois, a próxima.

Callie não ia passar por outra fusão cervical. Dessa vez, o problema não era a heroína. Ela podia passar por uma desintoxicação médica, como quando foi colocada com Covid na UTI. O problema era que qualquer neurologista ia dar uma auscultada no som de vidro do pulmão dela e anunciar que ela não sobreviveria à anestesia.

— Por aqui — disse Leigh.

Em vez de virarem à direita para fazer o caminho de volta à casa de Phil, Leigh foi reto. Callie não fez perguntas. Só continuou caminhando ao lado da irmã. Elas voltaram ao silêncio cúmplice durante todo o percurso até o parquinho. O lugar também não tinha mudado muito durante os anos. A maioria dos brinquedos continuava quebrada, mas os balanços estavam em bom estado. Leigh passou o peso da mochila para os dois ombros para poder se sentar em um dos assentos de couro rachado.

Callie contornou o balanço para poder ficar de frente para Leigh. Fez uma careta quando sua perna pinçou ao se sentar. Levou a mão à coxa. O calor ainda pulsava através do jeans. Ela apertou o nó do dedo no caroço até a dor inchar como gás hélio esticando um balão.

Leigh a observava, mas não perguntou o que estava acontecendo. Segurou firme as correntes, deu dois passos para trás e levantou os pés no ar. Desapareceu por alguns segundos, e aí balançou de volta à linha de visão de Callie. Ela não estava sorrindo. Seu rosto tinha uma carranca fixa.

Callie começou a balançar. Era surpreendentemente mais difícil quando não se podia usar todos os movimentos da cabeça. Ela finalmente pegou o jeito, puxando as correntes, inclinando-se para trás na subida. Leigh passou como um raio, indo mais rápido a cada vez. Elas podiam ser duas trombas de elefantes bêbados, se os elefantes não fossem notórios abstêmios.

O silêncio continuou enquanto as duas balançavam para lá e para cá — nada maluco, eram mulheres já de certa idade, mas mantinham um balanço estável, gracioso, que ajudava a dissipar um pouco da energia ansiosa entre elas.

Leigh falou:

— Eu levava Maddy ao parque quando ela era criança.

Callie borrou a visão olhando para o céu que escurecia. O sol tinha se escondido. A iluminação da rua começou a acender.

— Eu a via nos balanços e pensava em como você tentava ir tão alto a ponto de dar a volta na barra. — Leigh passou balançando, pernas à frente. — Você quase morreu algumas vezes.

— Eu quase caí de bunda no chão.

— A Maddy é tão linda, Cal. — Leigh ficou em silêncio ao desaparecer, depois continuou, quando ficou de frente para Callie. — Não sei por que ganhei algo tão perfeito na minha vida, mas agradeço todo dia. Agradeço muito.

Callie fechou os olhos, sentindo o vento frio no rosto, ouvindo o barulho do vento cada vez que Leigh passava voando.

— Ela ama esportes — falou Leigh. — Tênis, vôlei, futebol, as coisas normais de que as crianças gostam.

Callie se maravilhou com a ideia de que aquilo fosse normal. O parque onde estavam balançando era sua única opção de diversão. Aos dez anos, ela tinha sido forçada a achar um trabalho depois da escola. Aos catorze, estava ou obcecada com achar um jeito de manter Buddy em sua vida, ou obcecada com como lidar com a morte dele. Teria matado para correr de cima a baixo de um campo chutando uma bola.

Leigh continuou:

— Ela não tem paixão por competir. Não como você tinha. É só divertido para ela. Essa geração... eles são todos incrivelmente, tediosamente, dotados de espírito esportivo.

Callie abriu os olhos. Não podia mergulhar mais fundo naquela conversa.

— Acho que o estilo de criação de Phil tem algum mérito. Nenhuma de nós jamais teve espírito esportivo.

Leigh desacelerou o balanço, virando-se para Callie. Não ia mudar de assunto.

— Walter odeia futebol, mas vai a todos os treinos e todos os jogos.

Era a cara de Walter.

— Maddy odeia trilhas — falou Leigh. — Mas, no último fim de semana de cada mês, eles sobem a montanha Kennesaw, porque ela ama passar tempo com ele.

Callie se recostou no assento de couro, empurrando para ir mais alto. Gostava da ideia de Walter com um boné alto vermelho e marrom, e uma roupa combinando, mas compreendia que ele provavelmente não fazia trilhas vestido igual ao Hortelino Troca-Letras caçando "coelos".

— Ela ama ler — disse Leigh. — Ela me lembra de você quando era criança. Phil ficava furiosa quando você estava com o nariz enfiado num livro. Não entendia o que as histórias significavam para você.

Callie passou balançando, os tênis virando presas brancas mordendo o céu escuro. Ela queria ficar suspensa assim no ar para sempre, nunca descer para a realidade.

— Ela ama animais. Coelhos, hamsters, gatos, cachorros.

Callie se balançou para trás, passando por Leigh mais uma vez antes de deixar os pés roçarem o chão. O balanço lentamente parou. Ela girou as correntes para olhar a irmã.

Perguntou:

— O que aconteceu, Leigh? Por que você está aqui?

— Para... — Leigh riu, porque pareceu perceber que o que estava prestes a dizer era idiota, mas disse mesmo assim: — Para ver minha irmã.

Callie queria continuar torcendo as correntes como costumava fazer, girando para cima numa direção, depois descendo na outra até ficar tão tonta que precisava cambalear até a gangorra para se estabilizar.

Ela perguntou a Leigh:

— Você não acha esquisito a palavra gangorra parecer tanto com *masmorra,* porque na gangorra a gente brinca e...

— Cal — interrompeu Leigh. — Andrew sabe como eu matei Buddy.

Callie agarrou as correntes frias com força.

— A gente estava na sala de reuniões falando do caso dele — disse Leigh. — Ele me disse que acha difícil respirar com a máscara. Falou que era como se alguém tivesse amarrado plástico-filme em torno da cabeça dele seis vezes.

Callie sentiu o choque paralisar-se em seu corpo.

— É o número de vezes que...

— Sim.

— Mas... — Callie repassou os pequenos fragmentos que conseguia lembrar da noite que Buddy morrera. — Andrew estava dormindo, Harleigh. A gente voltou o tempo todo para o quarto dele. Ele estava inconsciente de tão drogado.

— Eu deixei passar alguma coisa — falou Leigh, sempre querendo ficar com a culpa. — Não sei como ele sabe ou o que mais ele sabe, mas isso dá a ele poder sobre todas as partes da minha vida. Neste momento, eu não controlo nada. Ele pode fazer o que quiser, me forçar a fazer o que quiser.

Callie viu o motivo da infelicidade dela.

— O que ele quer que você faça?

Leigh baixou os olhos para o chão. Callie estava acostumada a ver a irmã com raiva ou irritada, mas nunca com vergonha.

— Harleigh?

— Tammy Karlsen, a vítima. Reggie roubou o prontuário dela do serviço de saúde mental de estudantes da Tech. Ela teve uma sessão por semana por quase dois anos. Tem todo tipo de detalhe pessoal lá. Coisas que ela não ia querer que ninguém soubesse. — Leigh soltou uma expiração longa e sofrida. — Andrew quer que eu use a informação pessoal para acabar com ela no banco de testemunhas.

Callie pensou em seus próprios prontuários médicos espalhados por tantos centros de reabilitação e unidades psiquiátricas diferentes. Será que Reggie também os tinha procurado? Ela nunca dissera nada sobre o assassinato, mas tinha coisas naquelas anotações que ela não ia querer que ninguém lesse.

Especialmente a irmã dela.

Leigh falou:

— Ele está procurando um momento, como num filme, em que Tammy desmorona e... não sei... desiste? É como se ele quisesse vê-la ser atacada de novo.

Callie não perguntou a Leigh se ela era ou não capaz de fazer esse momento acontecer. Via pelo comportamento da irmã que seu cérebro de advogada já tinha desenvolvido um esquema.

— O que tem no prontuário dela?

Leigh apertou os lábios.

— Tammy foi estuprada no ensino médio. Ficou grávida, fez um aborto. Nunca contou a ninguém, mas, depois, se isolou. Perdeu amigos. Começou a se cortar. Depois, a beber em excesso. Aí, desenvolveu um transtorno alimentar.

— Ninguém contou pra ela sobre heroína?

Leigh balançou a cabeça. Não estava a fim de piadinhas de mau gosto.

— Um professor notou alguns dos sinais de alerta. Mandou Tammy ao serviço de saúde mental. Ela fez terapia, e isso realmente mudou a vida dela. Dá para ver nos prontuários. Ela estava péssima, mas depois, devagar, começou a melhorar. Tomou controle da própria vida. Formou-se com honras. Ela tem… tinha… uma boa vida. Ela criou isso para si. Arrastou-se para fora daquele poço e conseguiu.

Callie se perguntou se Leigh estava imaginando por que Callie não tinha conseguido sair de uma queda livre similar. Tinha tantos *se ao menos* por trás dessa pergunta — *se ao menos* os assistentes sociais a tivessem tirado de Phil. *Se ao menos* Linda fosse mãe delas. *Se ao menos* Leigh soubesse que Buddy era um pedófilo. *Se ao menos* Callie não tivesse quebrado o pescoço e acabado uma porra de uma viciada.

— Eu… — Leigh olhou para o céu. Começara a chorar. — Meus clientes nunca são pessoas boas, mas em geral eu gosto deles. Até dos escrotos. Especialmente dos escrotos. Entendo como acontecem as más escolhas. Você pode ficar com raiva e fazer coisas ruins. Coisas terríveis.

Callie não precisava de esclarecimento sobre as coisas terríveis.

— Andrew não tem medo de ser condenado — disse Leigh. — Ele nunca ficou assustado, não desde que eu o encontrei. O que significa que ele tem um jeito de sair disso.

Callie sabia qual era a melhor saída para Tammy. Ela mesma já tinha considerado muitas vezes essa opção.

Leigh falou:

— Uma coisa era quando eu achava que só eu ia sofrer consequências. Eu fiz algo ruim. Devia ter sido presa. É justo. Mas Tammy é inocente.

Callie viu Leigh chutando a terra. Aquela mulher derrotada não era a irmã com quem tinha crescido. Leigh nunca desistia de nada. Se alguém a atacava com uma faca, ela devolvia com uma bazuca.

— Então, e agora?

— E agora que isso está ficando perigoso demais. Quero que você arrume suas coisas, pegue seu gato, e eu vou te levar para um lugar seguro. — Leigh procurou o olhar dela. — Andrew já me tem na mão. É só questão de tempo para ele vir atrás de você.

Seria um momento excelente para contar a Leigh do homem na casa fechada, mas Callie precisava que a irmã se concentrasse, não que entrasse num vórtice paranoico.

— Se você quer medir a altura de uma montanha, a parte mais difícil não é achar o cume, é descobrir onde começa o pé — disse Callie.

Leigh lançou-lhe um olhar confuso.

— Você tirou isso de um biscoito da sorte?

Callie tinha quase certeza de que roubara de um historiador de enguias.

— Qual é a pergunta fundamental a respeito de Andrew que não conseguimos responder?

— Ah. — Leigh pareceu compreender. — Pensei nisso como a "Hipótese Andrew", mas não consegui descobrir o *B* que conecta o *A* e o *C*.

— Acho que devíamos passar as próximas duas horas definindo a terminologia correta.

Leigh resmungou, mas claramente precisava disso.

— É uma pergunta de duas partes. Primeira parte: *O que* Andrew sabe? Segunda parte: *Como* ele sabe?

— Então, para descobrir *o que* e *como*, comece pelo começo. — Callie massageou a mão dormente, levando sangue para os dedos. Tinha se esforçado muito para esquecer tudo sobre o assassinato de Buddy, mas, agora, sua única escolha era confrontar. — Eu fui ver Andrew depois da briga com Buddy? Quer dizer, antes de eu te ligar?

— Sim — respondeu Leigh. — Essa foi a primeira coisa que eu te perguntei quando cheguei lá, porque estava preocupada de haver uma testemunha. Você me disse que tinha deixado Buddy na cozinha, ido para o quarto de Andrew, dado um beijo na cabeça dele e depois me ligado do quarto principal. Você me disse que ele estava completamente apagado.

Callie caminhou mentalmente pela casa imunda dos Waleski. Ela conseguiu se ver beijando Andrew na cabeça, certificando-se de que ele estava dormindo e pegando o telefone cor-de-rosa no lado de Linda da cama.

Ela disse a Leigh:

— O fio do telefone da cozinha tinha sido arrancado. Como eu consegui te ligar do quarto?

— Você colocou de volta no gancho. Eu vi no telefone da parede quando cheguei.

Aquilo fazia sentido, então, Callie acreditou nela.

— Tinha mais alguém lá? Tipo um vizinho que pudesse ter visto?

— Quando estava acontecendo? — Leigh balançou a cabeça. — Já teríamos ficado sabendo antes. Especialmente quando Linda recebeu todo aquele dinheiro da família. Alguém a teria abordado para vender a informação.

Era verdade. Não tinha uma única pessoa no bairro todo que deixaria passar a oportunidade de um pagamento em dinheiro.

— Houve algum momento em que nós duas saímos da casa?

— Só no fim, quando estávamos colocando os sacos de lixo no meu carro — disse Leigh. — E, antes disso, a gente refez os passos da briga. Levamos quatro horas e ficamos indo ver se Andrew estava dormindo pelo menos a cada vinte minutos.

Callie anuiu, porque se recordava vividamente de ter sido ela a entrar no quarto a cada vez. Andrew sempre dormia de lado, com o corpinho curvado até virar uma bola, um som de clique saindo pela boca aberta.

— Voltamos para o começo — disse Leigh. — Ainda não sabemos quanto Andrew sabe nem como ele sabe.

Callie não precisava do lembrete.

— Me diga a lista que você repassou nos últimos dois dias.

— A gente procurou mais câmeras. Procurou mais fitas. — Leigh contou os itens nos dedos. — Checamos todas as estantes, viramos todos os móveis e colchões, chacoalhamos os jarros e vasos, as plantas. Tiramos tudo dos armários da cozinha. Tiramos as grelhas da saída de ar. Você chegou a enfiar a mão dentro do aquário. — Acabaram os dedos de Leigh.

Callie perguntou:

— Talvez Andrew estivesse fingindo que estava dormindo? Ele pode ter me ouvido no corredor na frente da porta dele. As tábuas rangiam.

— Ele tinha dez anos — apontou Leigh. — As crianças dessa idade são ridiculamente transparentes.

— A gente também era criança.

Leigh já estava fazendo que não.

— Pense em como seria complicado disfarçar. Andrew teria que fingir que não viu o pai sendo assassinado. Aí, fingir quando Linda chegasse do trabalho na manhã seguinte. Aí, mentir para os policiais. Aí, mentir para quem perguntasse a ele sobre a última vez que viu o pai. Aí, guardar segredo de você por um mês enquanto você ainda era babá dele. Aí, guardar segredo por todos esses anos.

— Ele é um psicopata.

— Claro, mas ainda era um bebê — comentou Leigh. — Cognitivamente, até crianças de dez anos inteligentes são uma desgraça. Eles tentam agir como adultos, mas ainda cometem erros de criança. Perdem coisas o tempo todo: casacos, sapatos, livros. Mal dá para confiar neles para tomar banho. Eles contam mentiras bobas que dá para perceber na hora. Nem um psicopata de dez anos conseguiria esse nível de mentira.

Se alguém sabia como Andrew mentia mal aos dez anos, era Callie aos catorze.

— E a namorada de Andrew?

— Sidney Winslow — falou Leigh. — Ontem, no escritório de Reggie, eu fiz meu discursinho sobre exceções do privilégio conjugal para Andrew. Parecia que ele ia se cagar de medo. Fez Sidney esperar no estacionamento. Ela fez um escândalo. Ele sabe que não dá para confiar nela.

— O que significa que é muito provável ele não ter compartilhado nada sobre como o pai realmente morreu. — Callie perguntou: — Você acha que podemos usá-la para chegar a ele?

— Ela definitivamente é um elo fraco — disse Leigh. — Se acreditarmos que Andrew estava planejando me ferrar naquela primeira reunião com Reggie Paltz, o que o tirou do eixo foi Sidney.

— O que você sabe sobre ela?

— Absolutamente nada — falou Leigh. — Achei uma checagem de crédito que a advogada anterior pediu para Reggie fazer no outono passado. Nenhuma dívida a ser paga. Nada suspeito nem condenador, mas o relatório é muito superficial. Normalmente, quando quero mergulhar fundo numa testemunha, coloco um investigador para fazer perguntas e segui-la, checar redes sociais, ver onde ela trabalha, mas meu chefe tornou Reggie o investigador exclusivo do caso. Se eu contratar outro, Andrew, ou Linda, ou meu chefe vão ver as cobranças no meu faturamento e pedir uma explicação.

— Não dá para pagar alguém do seu bolso?

— Eu teria que usar meu cartão de crédito ou conta-corrente, e os dois deixariam rastros. E todos os investigadores que eu conheço já estão trabalhando para a firma, então, eu ia ser descoberta quase imediatamente. E, aí, eu teria que explicar por que estava fazendo aquilo de forma particular e não pela firma, e isso nos traz de volta a Andrew descobrir. — Leigh antecipou a alternativa. — Não dá para usar o computador da Phil para uma coisa assim. Não é igual a pesquisar um registro de imóvel.

— As câmeras na biblioteca do centro estão quebradas há um ano. Posso usar um dos computadores públicos. — Callie deu de ombros. — Só eu e os outros drogados gastando tempo no ar-condicionado.

Leigh pigarreou. Ela detestava que Callie se chamasse de drogada quase tanto quanto odiava o fato de Callie ser drogada.

— Veja se as câmeras continuam mesmo quebradas. Não quero que você corra nenhum risco.

Callie viu Leigh secar as lágrimas.

— Ainda não achamos o *B* — disse Leigh.

— Você quer dizer a questão fundamental. — Callie viu os olhos da irmã revirando. Repetiu as duas perguntas: — O que Andrew sabe? Como ele sabe?

— E o que vai fazer com a informação? — adicionou Leigh. — Ele não vai parar com Tammy. Isso com certeza. Ele é tipo um tubarão que não para.

— Você está dando poder demais a ele — disse Callie. — Você vive me dizendo que ninguém é um mestre do crime. As pessoas dão sorte. Não são pegas com a mão na massa. Não se vangloriam de seus feitos. Não é como se Andrew tivesse um exército secreto de drones no céu aos dez anos. Obviamente, ele...

Leigh se levantou. A boca dela se abriu e fechou. Ela olhou para a rua. Voltou-se a Callie.

— Vamos.

Callie não perguntou aonde. Via pela expressão da irmã que Leigh tinha pensado em algo. Callie só precisava tentar acompanhar o ritmo da irmã ao sair do parque atrás dela.

Seus pulmões não estavam preparados para o ritmo acelerado. Callie estava sem ar quando chegaram à rua que levava de volta à casa de Phil. Mas Leigh não virou à esquerda. Continuou indo em frente, o que as faria passar de novo pela casa cor de mostarda dos Waleski. A rota não adicionava mais de três minutos. Callie sabia porque tinha feito essa caminhada várias vezes antes. Não havia postes de iluminação na época, só o silêncio escuro e o entendimento de que ela tinha de lavar o que tinha acontecido antes de poder deitar na cama na casa da mãe.

— Acelera — mandou Leigh.

Callie se esforçou para acompanhar as passadas decididas de Leigh. Seu coração começou a bater contra as costelas. Callie imaginou-o como dois pedaços de sílex batendo um contra o outro até a faísca acender e o coração dela pegar fogo, porque elas não estavam só passando pela casa dos Waleski. Leigh virou à esquerda, subindo pela entrada de carros.

Callie a seguiu até seus pés se recusarem a dar mais um passo. Parou na beira da mancha de óleo desbotada onde Buddy costumava estacionar seu Corvette amarelo enferrujado.

— Calliope. — Leigh tinha se virado, as mãos no quadril, já irritada. — A gente vai fazer isso, então, aguenta firme e fica perto de mim.

O tom mandão da irmã era exatamente igual ao que ela usara na noite em que tinham cortado Buddy Waleski em pedaços. *Pega a caixa de ferramentas dele no carro. Vai até o galpão e acha o facão. Traz a lata de gasolina. Cadê o alvejante? Quantos panos podemos usar sem Linda notar que sumiram?*

Leigh se virou e desapareceu no buraco negro da garagem. Callie seguiu relutante, piscando para ajudar os olhos a se ajustar. Ela via sombras, um contorno da irmã parada à porta que levava à cozinha.

Leigh esticou o braço, usando as próprias mãos para arrancar o pedaço de compensado pregado na abertura. A madeira era tão velha que se estilhaçou. Leigh não parou. Ela agarrou o pedaço lascado e puxou até haver um espaço largo o bastante para alcançar a maçaneta.

A porta da cozinha se abriu.

Callie estava esperando o odor familiar úmido e de mofo, mas o fedor de metanfetamina encheu o ar.

— Meu Deus. — Leigh cobriu o nariz para lutar contra o cheiro de amônia. — Os gatos devem ter invadido a casa.

Callie não a corrigiu. Abraçou a própria cintura. Em algum lugar de sua mente, sabia por que Leigh queria estar lá, mas imaginou aquela revelação dobrada num triângulo, depois no formato de uma pipa e, por fim, se transformando num cisne de origami deslizando na direção das correntes inacessíveis no fundo de suas memórias.

— Vamos. — Leigh passou por cima do obstáculo de compensado e, em um segundo, estava dentro da cozinha dos Waleski pela primeira vez em 23 anos.

Se aquilo a incomodava, Leigh não disse nada. Estendeu a mão para Callie, esperando. Callie não pegou a mão dela. Seus joelhos queriam fraquejar. Lágrimas saíram de seus olhos. Ela não conseguia enxergar dentro do cômodo escuro, mas ouviu o *pop* alto de Buddy abrindo a porta da cozinha. O *cof* de uma tosse com catarro. O *bang* de uma cadeira sendo chutada para baixo da mesa. O *ping* de migalhas de cookie caindo da boca dele, porque por todo lugar que Buddy passava havia *barulho, barulho, barulho*.

Callie piscou de novo. Leigh estava estalando os dedos na cara dela.

— Cal — disse Leigh. — Você conseguiu ficar com Andrew nesta casa e fingir por um mês inteiro que nada tinha acontecido. Pode fingir por mais dez minutos.

Callie só tinha conseguido fingir porque desviara todo o álcool das garrafas no bar.

Leigh falou:

— Calliope, se controla, cacete.

A voz dela estava dura, mas Callie ouvia que ela estava começando a fraquejar. A casa estava afetando Leigh. Era a primeira vez que a irmã voltava à cena dos crimes delas. Ela não estava mandando em Callie, mas implorando para ela, por favor, pelo amor de Deus, ajudar as duas a superarem aquilo.

Era assim que funcionava. Só uma delas podia desmoronar por vez.

Callie agarrou a mão de Leigh. Começou a levantar a perna, mas, no segundo em que se livrou do compensado lascado, Leigh puxou forte o suficiente para ela entrar.

Callie caiu em cima da irmã. Sentiu o pescoço estalar. Sentiu o gosto de sangue onde mordera a língua.

Leigh perguntou:

— Você está bem?

— Sim — respondeu Callie, porque qualquer coisa que a machucasse agora podia ser afastada depois pela agulha. — Me diga o que fazer.

Leigh pegou dois telefones, um de cada bolso traseiro. Ligou os aplicativos de lanterna. Os feixes iluminaram o linóleo gasto. Quatro grandes endentações mostravam onde as pernas da mesa da cozinha dos Waleski ficava. Callie olhou as marcas até sentir seu rosto pressionado contra a mesa enquanto Buddy estava parado atrás dela.

Boneca você precisa parar de se contorcer preciso que você pare para eu poder...

— Cal? — Leigh estava dando um dos telefones para ela.

Callie pegou, jogando a luz ao redor da cozinha. Nada de mesa e cadeira, nada de liquidificador e torradeira. As portas dos armários estavam penduradas. Faltavam canos sob a pia. As tomadas tinham sido arrancadas para alguém roubar os fios elétricos de cobre.

Leigh apontou a luz para o teto texturizado. Callie reconheceu algumas das antigas manchas de umidade, mas os talhos onde o fio tinha sido arrancado do reboco eram novos. A luz passou pelo topo dos armários. Um beiral perpassava o perímetro do cômodo. As grades de ar-condicionado tinham sido tiradas. Os buracos eram bocas pretas e vazias que brilharam quando a luz bateu no duto de metal no fundo das gargantas.

Callie sentiu o cisne de origami levantando a cabeça. O bico pontudo se abriu como se para compartilhar um segredo, mas, tão repentinamente como tinha aparecido, a criatura dobrou de novo a cabeça e desapareceu no poço das memórias inexploradas de Callie.

— Vamos olhar aqui. — Leigh saiu da cozinha e entrou na sala.

Callie seguiu devagar os passos da irmã, parando no meio do cômodo. Nada de sofá laranja desgastado, nada de poltronas de couro com braços queimados de cigarro, nada de TV gigante formando o ápice de um triângulo, cabos pendurados como uma cobra enrolada.

O bar ainda estava escondido no canto.

O mosaico estava detonado, pedaços de cerâmica pelo chão. Os espelhos fumê tinham sido estilhaçados. Callie ouviu passos pesados atrás de si. Viu Buddy atravessando a sala, gabando-se do dinheiro de um novo trabalho, espanando migalhas de cookie da camisa.

Coloca uma dose pra mim, boneca.

Callie piscou, e a cena foi substituída por cachimbos de crack quebrados, pedaços de papel-alumínio queimados, seringas usadas e quatro colchões manchados dispostos no carpete puído tão velho que se desfazia sob seus sapatos. A percepção de que estavam num antro de heroína fez cada poro da pele de Callie se contrair, desesperado por uma agulha que afogasse o cisne de origami em onda após onda de heroína branca brilhante.

— Callie — chamou Leigh. — Me ajuda.

Relutante, Callie deixou o santuário. Leigh estava parada no fim do corredor. A porta do banheiro havia sido arrancada. Callie viu que a pia estava quebrada, mais canos roubados. Leigh estava com a lanterna apontada para o teto.

Callie ouviu as tábuas rangendo ao passar pelo quarto de Andrew. Não conseguia olhar para cima.

— O que é?

— O painel de acesso ao sótão — explicou Leigh. — Eu nunca tinha notado. Não procuramos ali.

Callie deu um passo para trás, olhando para cima para avistar o menor alçapão de teto do mundo. O painel tinha menos de meio metro quadrado.

Como tudo o que ela conhecia sobre sótãos vinha de filmes de terror e *Jane Eyre*, ela perguntou:

— Não devia ter uma escada?

— Não, tonta. Me dá um impulso para eu conseguir subir.

Callie se moveu sem pensar, agachando e juntando as mãos.

Leigh colocou o pé na cesta. A sola de sua bota arranhou as palmas de Callie. As mãos de Leigh apoiaram no ombro de Callie. Ela testou o peso.

O fogo assolou o pescoço e os ombros de Callie. Seus dentes se apertaram. Ela tinha começado a tremer antes de Leigh ter colocado o peso todo em suas mãos.

— Você não consegue me levantar, né? — perguntou Leigh.

— Consigo.

— Não consegue, não. — Leigh colocou o pé de volta no chão. — Eu sei que seu braço está dormente porque você não para de esfregar. Você mal consegue virar a cabeça. Me ajuda a trazer aqueles colchões. A gente pode fazer uma pilha e…

— Pegar hepatite? — completou Callie. — Leigh, você não pode encostar naqueles colchões. Estão cobertos de porra e…

— O que mais eu vou fazer?

Callie sabia o que precisava acontecer agora.

— Eu subo.

— Eu não vou deixar você…

— Só me levanta, tá?

Leigh não hesitou nem de perto o bastante para o gosto de Callie. Ela tinha esquecido como a Leigh mais velha podia ser implacável. A irmã dobrou os joelhos e ofereceu as mãos como degrau. Era assim que Leigh ficava quando estava determinada a fazer algo. Nem a culpa podia impedi-la de cometer mais um erro terrível.

E Callie sabia, instintivamente, que o que quer que encontrasse naquele sótão seria um erro terrível.

Ela ajoelhou para colocar o telefone no chão virado para baixo. A lanterna era um ponto no teto. Ela não se permitiu pensar em quantas vezes tinha pisado nas mãos de um garoto de quinze anos, e aí sido levantada no ar como uma bailarina de caixinha de música. A confiança exigida para fazer a manobra era parte treinamento, parte insanidade.

Também era há vinte anos. Agora, só levantar o pé significava que Callie precisava manter o equilíbrio segurando na parede e agarrando o ombro de

Leigh. A elevação não foi nada graciosa. Callie chutou a perna livre, apoiando o tênis na parede para não cair. O efeito foi que ela ficou parecendo uma mosca presa numa teia.

Callie não conseguia se inclinar o bastante para ver o que estava bem em cima. Levantou as mãos acima da cabeça e localizou o painel tateando. Pressionou as palmas no centro, mas o negócio ou estava emperrado pela tinta, ou era tão velho que tinha derretido na borda. Callie bateu o punho na madeira com tanta força que o efeito foi um gongo em cada milímetro de sua coluna. Ela apertou os olhos com as câimbras agudas de nervos disparando e bateu até a madeira rachar no centro.

Sujeira e fuligem e pedaços de isolamento térmico choveram no rosto dela. Ela usou os dedos para limpar os grãos dos olhos e do nariz. O facho de luz do telefone tinha se aberto como um guarda-chuva no sótão.

Leigh a levantou mais alto. Callie viu que o painel não tinha emperrado com a tinta. Pregos furavam o ar. Eram brilhantes nos raios da lanterna. Ela disse à irmã:

— Parecem novos.

— Desce — falou Leigh. Ela não estava nem cansada do esforço de segurar todo o peso de Callie. — Eu posso me puxar e...

Callie pisou no ombro dela. Enfiou a cabeça no sótão como um suricato. O cheiro era rançoso, mas não de metanfetamina. Esquilos, ou ratos, ou os dois, tinham feito ninhos no espaço estreito do sótão. Callie não conseguia saber se algum deles ainda estava residindo lá.

O que sabia era que o teto era baixo demais para ela ficar de pé. Callie chutou haver uns 90 centímetros de espaço entre as vigas e as traves às quais o teto estava pregado. O declive do telhado se estreitava a menos de trinta centímetros nas paredes externas da casa.

— Fica nas traves — disse Leigh. — Senão você vai cair pelo teto.

Como se Callie não tivesse assistido a Tom Hanks em *Um dia a casa cai* dezenas de vezes.

Ela afastou o painel de acesso quebrado, forçando os pregos a se achatarem com ele. Leigh ajudou de baixo, mas os braços de Callie tremeram quando ela se puxou alto o bastante para ficar dobrada pela cintura. Ela conseguiu enfiar o resto do corpo no sótão se arrastando de barriga para baixo enquanto Leigh empurrava as mãos ao redor das pernas de Callie.

— Segura firme — disse Leigh, como se ela tivesse escolha.

A luz brilhou no sótão. Depois de novo. Depois de novo. Leigh estava pulando, pelo som, ou tentando ver o espaço, ou fornecendo um clima de balada para a atmosfera de fantasmas no sótão.

Callie perguntou:

— O que você está fazendo?

— Você deixou o telefone no chão — disse Leigh. — Estou tentando ver onde jogar.

De novo, Callie não teve escolha a não ser deitar de barriga para baixo e esperar. Tinha dado sorte, porque havia algo sob seus quadris que fazia uma ponte entre as traves. Plástico, pela forma como cedia. Duro contra a barriga nua dela, porque sua camiseta dos Ursinhos Carinhosos tinha se rasgado num prego. Outra roupa arruinada.

— Lá vai — anunciou Leigh. Houve alguns golpes altos antes de ela jogar o telefone na direção de Callie. — Consegue alcançar?

Callie tateou cegamente atrás dela. O lançamento tinha sido bom. Ela disse a Leigh:

— Peguei.

— Consegue ver alguma coisa?

— Ainda não. — A luz não resolvia exatamente o problema. Desse ângulo, não tinha como Callie olhar à frente. O nariz dela estava quase tocando o verso do reboco que cobria o teto. O isolamento estava entrando nos pulmões dela. Ela teve que enfiar o telefone no bolso traseiro para ver se conseguia ou não ficar de quatro. O teto estava embaixo esperando que ela o atravessasse e despedaçasse outra vértebra.

A última parte não aconteceu, mas seus músculos berraram de montar nas traves. Houvera um tempo em que Callie era capaz de saltar por uma trave de ginástica olímpica, jogar-se nas barras assimétricas, virar de ponta-cabeça pelo chão do ginásio. Não havia músculo em seu corpo que guardasse essa memória. Ela se desprezava por sua fragilidade perpétua.

— Cal? — chamou Leigh, a ansiedade como linhas sinuosas num sol de desenho animado. — Você está bem?

— Sim. — Callie esticou a mão esquerda, arrastou o joelho esquerdo, depois fez o mesmo do lado direito, testando sua habilidade de se movimentar alguns centímetros pela trave antes de responder: — Ainda não vejo nada. Vou vasculhar.

Leigh não respondeu. Provavelmente, estava segurando a respiração ou achando alguma forma de absorver toda a culpa presa dentro desta casa por duas décadas.

Callie usou o telefone para iluminar o caminho. O que viu a fez hesitar por um momento.

— Alguém esteve aqui recentemente. O isolamento foi puxado.

Leigh já sabia. Era por isso que tinha querido entrar no sótão. Elas precisavam responder às questões fundamentais, que era a terminologia que pessoas que de fato se arrastavam pelo sótão podiam usar em vez de algo idiota tipo o *B* que ligava o *A* e o *C*.

O que Andrew sabia? Como ele sabia?

Callie ignorou o fundo do poço, visualizando o cisne de origami graciosamente resistindo contra a corrente que queria arrastá-lo. Ela tinha propositalmente construído a vida em torno do luxo de nunca ter de pensar à frente. Agora, indo contra essa vida inteira de treinamento, rastejou de quatro, mantendo-se no caminho do isolamento que tinha sido aberto como o Mar Vermelho. Um cabo cinza fininho estava no fundo do mar. Ratos o tinham roído em pedaços, que era a sina de ser um rato. Seus dentes cresciam constantemente e eles mordiam cabos como bebês com chupetas, se uma mordida de um bebê pudesse transmitir hantavírus.

— Cal? — chamou Leigh.

— Eu estou bem — mentiu ela. — Para de perguntar.

Callie pausou seu progresso, tentando acalmar a mente, recuperar o fôlego, focar os pensamentos na tarefa. Nada disso funcionou, mas ela voltou a rastejar, escolhendo o caminho com cuidado por uma barra grossa. As vigas mal talhadas rasparam as costas dela quando a inclinação do telhado diminuiu o espaço. Ela sabia que tinha acabado de cruzar para a cozinha. Cada músculo de seu corpo sabia também. Callie tentou levantar a mão, mas ela se recusava a sair da trave. Tentou mover a perna. Mesmo problema.

O suor escorreu pelo nariz dela e caiu na parte de trás do reboco. O calor do sótão a tinha pegado de surpresa, apertando lentamente os dedos ao redor de seu pescoço. Outra gota de suor fez uma poça com a anterior. Os olhos dela se fecharam. Ela visualizou a cozinha lá embaixo. Luzes acesas. Torneira ligada. Cadeiras embaixo da mesa. A maleta de Buddy no balcão. O corpo dele no chão.

Callie sentiu um sopro de bafo quente na nuca.

O gorila estava atrás dela. Agarrando-a pelos ombros. Respirando na orelha dela. A boca dele se aproximou. Ela sentiu o cheiro de uísque barato e charutos e *fique parada, bonequinha, não posso parar desculpa bebê desculpa mesmo é só relaxar vai respira.*

Ela abriu os olhos. Engoliu uma golfada de ar quente. Os braços de Callie estavam tremendo tanto que ela tinha medo de que não a apoiassem por mais muito tempo. Ela rolou de lado, alinhando o corpo na trave estreita como um gato se equilibrando nas costas de um sofá. Olhou a parte inferior do telhado. Pregos estavam cravados na madeira onde as telhas tinham cedido. Manchas de umidade se espalhavam como bolhas de pensamento escuras sobre a cabeça dela.

O lindo cisne de origami tinha sumido, devorado pelo gorila malicioso, mas Callie não podia mais suprimir a verdade.

Ela virou a luz não diretamente à frente, mas para o lado. Apoiou-se no cotovelo, obrigando-se a olhar por cima da barra, na direção do painel de acesso. Uma tábua de corte de plástico estava apoiada entre duas traves. A mão de Callie foi para o estômago. Ela ainda conseguia sentir onde o plástico vincado tinha arranhado a barriga dela quando ela começou a rastejar pelo sótão.

Ela lembrou-se da grande tábua de cortar da cozinha de Linda Waleski. Tinha estado no balcão um dia e sumido no outro, e Callie supusera que Linda tivesse decidido que era mais fácil jogar fora do que limpar.

Mas, agora, ela entendia que Buddy tinha roubado a tábua para seu projeto do sótão.

Callie usou a luz para seguir o cabo roído por ratos que levava até a tábua. Sem mais nenhuma informação, soube que havia um videocassete apoiado no plástico. Conhecia aquele cabo RCA cinza de três pontas que pendia das entradas na frente do videocassete. Vermelho para o canal de áudio da direita. Branco para o canal de áudio da esquerda. Amarelo para o vídeo. O cabo se conectava a um longo fio que agora se esticava aos pedaços para a direção de Callie, depois virava à esquerda.

Ela seguiu o cabo, avançando centímetro a centímetro até seu corpo estar atravessado nas traves, em vez de ao longo delas. O espaço se estreitou ainda mais. Ela usou a luz para examinar a parte de trás do reboco. Não havia espaço o bastante para ver nada exceto um reflexo duro no papel marrom brilhante. Ela guardou o telefone no bolso traseiro, mergulhando o sótão em escuridão.

Mesmo assim, Callie ainda fechou os olhos. Passou os dedos pela superfície plana. Quase imediatamente, encontrou uma reentrância rasa. Com o tempo, algo tinha deixado uma impressão na polpa macia do reboco. Algo com cinco centímetros de diâmetro, do tamanho do anel de foco de uma câmera. O mesmo tipo de câmera conectada à ponta do cabo roído que ia até o videocassete que não estava mais lá.

Ela ouviu movimento abaixo. Leigh estava na cozinha. Callie escutou os passos da irmã pisando nos grãos de sujeira no chão. Leigh estava parada onde a mesa e as cadeiras ficavam. Alguns passos à frente, e ela estaria na pia. Alguns passos atrás, e estaria na parede onde costumava ficar o telefone.

— Callie? — Leigh virou o telefone para cima. Um facho de luz brilhou pelo buraco no teto. — O que você achou?

Callie não respondeu.

O que ela tinha achado era a resposta às duas perguntas de fundo do poço.

Andrew sabia tudo porque tinha visto tudo.

QUARTA-FEIRA

10

LEIGH OLHOU O RELÓGIO. Eram exatamente oito da manhã, e o trânsito da hora do rush já estava amarrando as ruas. Ela estava de volta ao volante de seu Audi, mas, pela primeira vez em dias, já não sentia como se fosse se afogar em terra firme. O alívio de Leigh ia contra o que Callie encontrara no sótão dos Waleski na noite anterior, mas Andrew já tinha deixado claro que sabia os mínimos detalhes do assassinato do pai. O que Leigh não sabia, o que a levara à beira da insanidade, era *como* ele sabia. Agora que ela tinha o *como,* Andrew perdera um pouco do poder que tinha sobre ela.

O fato de ter sido Callie quem dera a vantagem a Leigh tornava tudo ainda mais doce. A observação da irmã de que Andrew não tinha *um exército secreto de drones no céu* fizera algo clicar na cabeça de Leigh. Aos dezoito anos, ela lamentavelmente não estava familiarizada com o básico da construção civil. Havia paredes e pisos e tetos e de alguma forma a água chegava à torneira e a eletricidade às lâmpadas. Ela ainda não fora forçada a se arrastar de quatro por um espaço estreito para desligar o registro de água porque o marido tinha escolhido aquele fim de semana para visitar a mãe. Nunca tinha escondido presentes no sótão para mantê-los longe de uma garotinha muito curiosa e esperta.

Desde o momento em que Andrew reaparecera na vida de Leigh, ela repassava sem parar aquela noite terrível do ataque, tentando ver o que haviam deixado passar. Até aquele momento nos balanços, nunca lhe ocorrera que tinham olhado tudo, menos *para cima*.

Depois disso, não houve surpresas. Todo Natal durante o ensino médio, Leigh trabalhara no departamento audiovisual da loja de eletrônicos Circuit City. Era paga por comissão, então, usava uma camiseta apertada e cabelo escovado para atrair os homens infelizes que iam no último minuto procurar algo caro para comprar para as esposas que na verdade também pudessem usar. Ela tinha vendido dezenas de câmeras Canon Optura. Depois, tinha vendido caixas de armazenagem, tripés, cabos, baterias extras e fitas VHS porque as minicassetes só guardavam cerca de noventa minutos de vídeo, então, era preciso apagar o conteúdo ou fazer um backup.

Callie tinha tirado várias fotos da configuração de Buddy no sótão, mas Leigh sabia exatamente como era antes mesmo de a irmã descer. O cabo RCA conectado à câmera numa ponta e ao videocassete na outra. Você apertava um botão na câmera, aí apertava gravar no videocassete e tudo era registrado. O que as fotos de Callie tinham feito era suscitar uma memória havia muito perdida de Leigh de achar o controle remoto no bolso da calça de Buddy. Ela tinha jogado no chão com tanta força que o compartimento das pilhas se abrira.

Buddy não andava o dia todo com o controle remoto no bolso. Tinha colocado ali deliberadamente, da mesma forma que tinha deliberadamente escondido a minicassete da câmera do bar no maço de Black & Mild. O fato de que ele apertara gravar na câmera escondida em cima da mesa da cozinha antes de a briga com Callie começar era o que o mundo jurídico chamava de premeditação. O único motivo para Buddy Waleski ter ligado a câmera era que ele sabia, ao seguir Callie na cozinha, que ia machucá-la.

E, agora, seu filho tinha tudo gravado.

Leigh revisou mentalmente as muitas coisas que Andrew Tenant *não* tinha feito com a gravação: Ele não tinha ido à polícia. Não tinha mostrado a Cole Bradley. Não tinha confrontado Leigh com a evidência. Não tinha contado a ninguém que pudesse tomar providências.

O que ele *tinha* feito era usar a informação para forçar Leigh a fazer algo que ela não queria fazer. Ela pegara os prontuários médicos de Tammy Karlsen da mesa de reuniões. Lera as anotações de terapia. Formulara, pelo menos mentalmente, uma maneira de usar a informação para destruir Tammy.

Por enquanto, o único crime de Leigh era receber propriedade roubada. A acusação era mitigada pelo fato de que ela era advogada de Andrew e não o tinha aconselhado a roubar nem feito ela mesma nada criminoso com aquilo, e, na verdade, como ela podia saber que era roubado? Qualquer um com uma impressora podia fazer uma pasta de arquivos parecer oficial. Qualquer um com tempo livre podia gerar as cerca de cento e trinta e oito páginas frente e verso que constituíam resumos de mais de sessenta supostas sessões de terapia.

Leigh olhou de relance para sua bolsa enquanto esperava o farol abrir. A pasta estava para fora na parte de cima. Havia uma forma nas anotações dentro dela, quase como um romance. A dor avassaladora de Tammy nas primeiras sessões, a abertura gradual quando ela confessara o horror e a vergonha com o que lhe acontecera no ensino médio. Os tombos no caminho para controlar a bebida, os cortes, a bulimia. As tentativas fracassadas de reconciliação. O lento entendimento de que ela não podia mudar o passado, mas podia tentar modelar seu futuro.

O que o prontuário revelava, acima de tudo, era que Tammy Karlsen era inteligente e perceptiva e engraçada e motivada — mas a única coisa em que Leigh conseguia pensar, enquanto lia as últimas páginas, era *por que sua irmã não conseguia fazer isso?*

A parte intelectual de Leigh entendia a ciência do vício. Também sabia que dois terços dos usuários de oxicodona eram jovens idiotas experimentando drogas, não pacientes de dor que tinham ficado viciados. Mas, mesmo dentro desse grupo de pacientes de dor, menos de dez por cento ficavam viciados. Mais ou menos de quatro a seis por cento faziam a transição para a heroína. Mais de sessenta por cento amadureciam e deixavam o vício ou passavam pelo que se chamava de recuperação natural, em que se cansavam de ser viciados e achavam uma forma de largar — um terço deles sem tratamento. Quando ao tratamento, reabilitação com internação era um fracasso estatístico, e os Narcóticos Anônimos falhavam mais do que davam certo. Metadona e Suboxone eram os medicamentos de manutenção mais estudados, mas os médicos que prescreviam tratamento assistido por medicação eram tão pesadamente regulamentados que não conseguiam ajudar mais do que cem pacientes no primeiro ano e não mais do que duzentos e setenta e cinco depois.

Enquanto isso, 130 americanos morriam de overdose todos os dias.

Callie conhecia esses fatos melhor do que qualquer um, mas nada neles jamais a convencera a largar. Pelo menos, não por um tempo considerável. Durante os últimos vinte anos, ela tinha criado o próprio mundo fantasioso no qual viver, onde tudo que era desagradável ou perturbador era borrado pelos opioides ou por negação deliberada. Era como se sua maturação emocional tivesse parado no segundo em que ela engolira aquele primeiro comprimido. Callie tinha se cercado de animais que não a machucassem e livros históricos para saber que tudo ficava bem e pessoas que nunca a conheceriam de verdade. Callie não relaxava vendo Netflix. Ela não tinha rastro digital. Tinha propositalmente se mantido estranha ao mundo moderno. Walter disse uma vez que quem entendesse referências da cultura pop de antes de 2003 entendia Callie.

O GPS do carro mandou Leigh virar à esquerda no próximo farol. Ela desviou para a pista lateral. Acenou por cima do ombro para o motorista que queria chegar lá primeiro. Em seguida, ignorou-o quando ele mostrou o dedo do meio e começou a gritar.

Leigh batucou no volante enquanto esperava o farol abrir. Depois da noite anterior, ela só podia rezar para a irmã não estar morta em algum canto com uma agulha no braço. Callie estava acabada ao descer do sótão. Seus dentes batiam. Ela não conseguia parar de esfregar os braços. Mesmo quando finalmente voltaram à casa de Phil, Callie estava tão concentrada em entrar que não resistira quando Leigh tinha pedido o telefone dela.

Leigh não tinha ligado para ver como ela estava. Não tinha mandado mensagem. Não saber era quase pior do que saber. Desde a primeira overdose de Callie, Leigh lutava contra a mesma premonição sombria passando por sua cabeça: um telefone tocando no meio da noite, uma batida pesada na porta, um policial com o quepe na mão dizendo a Leigh que ela precisava ir ao necrotério identificar a irmã mais nova.

Era culpa dela. Era tudo culpa dela.

O telefone pessoal de Leigh tocou, arrancando-a de sua espiral descendente. Ela clicou o botão no volante ao virar à esquerda.

— Mãe! — Maddy apressou-se a dizer.

Leigh sentiu o coração dar aquele solavanco curioso. Aí, veio o pânico, porque Maddy nunca ligava a não ser que houvesse algo errado.

— O papai está bem?

— Sim — disse Maddy, imediatamente irritada por Leigh ter colocado aquele pensamento na cabeça dela. — Por que você perguntaria isso?

Leigh encostou ao lado da calçada da rua residencial. Ela sabia que se explicar só daria a Maddy uma plataforma de martírio, então, esperou a filha passar para o próximo assunto.

— Mãe — falou Maddy. — A Necia Adams vai fazer uma coisa na casa dela no fim de semana, e só vai ter cinco pessoas, e vai ser do lado de fora, então, é superseguro e…

— O que o papai falou quando você pediu para ele?

Maddy hesitou. Ela nunca seria advogada.

— O papai mandou você pedir para mim? — chutou Leigh. — Falo com ele hoje à noite.

— É que… — Maddy hesitou de novo. — A mãe da Keely foi embora.

Leigh sentiu as sobrancelhas se franzindo. Ela tinha acabado de ver Ruby, mãe de Keely, no fim de semana anterior.

— Ela foi embora?

— Sim, é isso que estou tentando te dizer. — Maddy achava que Leigh já devia saber daquilo, mas, felizmente, preencheu as lacunas. — Tipo, no meio da noite, os pais dela começaram a brigar e a gritar, mas a Keely ignorou porque, dã. Mas, aí, a Keely desceu para tomar café da manhã hoje e o pai estava tipo "Sua mãe precisa de um tempo sozinha, mas vai te ligar mais tarde e a gente te ama muito", e aí falou que tinha reuniões no Zoom o dia todo, e a Keely está chateada, porque, né, então, a gente queria se encontrar no fim de semana para apoiar ela.

Leigh sentiu um sorrisinho sorrateiro no rosto. Lembrou o comentariozinho maldoso de Ruby em *O vendedor de ilusões*. Logo, logo a mulher ia aprender o valor de uma *educação urbana* quando chegasse a hora de pagar sua parte das mensalidades da escola particular de Keely.

Leigh não podia falar nada disso à filha.

— Sinto muito, amorzinho. Às vezes, as coisas não dão certo.

Maddy ficou em silêncio. Tinha se acostumado com o estranho combinado entre Leigh e Walter porque eles tinham feito a única coisa que pais podem fazer em momentos estranhos: manter tudo o mais normal possível.

Pelo menos, Leigh esperava que ela tivesse se acostumado.

— Mãe, você não entende. A gente queria animar a Keely, porque o que a sra. Heyer está fazendo é uma palhaçada. — Maddy nunca soava tão estridente quanto quando lutava contra uma injustiça. — Tipo, ela nem ligou pra Keely nem nada. Só mandou uma mensagem tipo tchau-faça-sua-lição-até-mais, e a Keely está superchateada. Ela só chora.

Leigh balançou a cabeça, porque era uma coisa muito cagada de se fazer com uma filha. Depois, perguntou-se se Maddy estava tentando lhe dizer algo.

— Meu bem, tenho certeza de que a sra. Heyer logo vai ligar para a Keely. Papai e eu nos separamos, e você não consegue se livrar de nenhum de nós.

— Sim, isso já ficou abundantemente óbvio — Maddy soava tanto como Callie que os olhos dela se encheram de lágrimas. — Mãe, eu preciso ir. Meu Zoom vai começar. Promete que vai falar com o papai sobre a festa?

— Vou tentar falar com ele antes de te ligar hoje à noite. — Leigh não apontou que o grupo de apoio emocional tinha virado uma festa. — Eu te a... — Maddy desligou.

Leigh passou os dedos embaixo dos olhos, tentando não arruinar seu delineado. A distância entre ela e a filha ainda trazia uma dor física. Ela não conseguia imaginar sua própria mãe sentindo esse tipo de saudade. Havia aranhas que cuidavam melhor de suas crias. Se Maddy dissesse a Leigh que um homem adulto tinha colocado a mão na perna dela, Leigh não mandaria a filha dar um tapa na mão do homem da próxima vez. Ia pegar um revólver e explodir a cabeça dele em pedaços sangrentos.

O GPS estava piscando. Leigh tirou o zoom da tela. Viu o terreno do Clube de Campo Capital City, que pertencia a um dos mais antigos clubes sociais privados do Sul. O bairro pingava dinheiro. Estrelas do hip-hop e jogadores de basquete moravam ao lado de Biffs e Muffys antiquados, coisa que Leigh só sabia porque, há alguns anos, Maddy a convencera a tentar achar a casa de Justin Bieber quando ele morava na região.

Ela desligou a narração. Voltou à rua. As mansões que passavam eram de tirar o fôlego — não pela beleza, mas pela audácia. Leigh nunca moraria numa casa em que levasse mais de trinta segundos para pôr os olhos na filha.

O campo de golfe ondulava à esquerda dela enquanto ela percorria a East Brookhaven Drive. Ela sabia que a rua virava West Brookhaven do outro lado do campo. Se estivesse a pé, poderia cortar pela grama, contornar o lago, passar pelas quadras de tênis e a sede, e ver-se a algumas quadras do Parque Little Nancy Creek.

A casa de 3,1 milhões de dólares de Andrew ficava na Mabry Road. O registro estava em nome do Fundo Familiar Tenant, o mesmo que era dono do lixão na Canyon Road onde tinham morado os Waleski. Leigh não estava disposta a esperar que Callie conseguisse achar a informação para depois passá-la adiante. Ela mesma fizera a busca antes de sair do apartamento naquela manhã. Se deixasse um rastro que aparecesse depois, ela podia dizer que estava pesquisando as holdings imobiliárias de Andrew para o caso de isso ser mencionado no julgamento. Ninguém podia culpá-la por ser detalhista demais.

Leigh desacelerou para conseguir ler os números nas caixas de correio, que eram quase tão imponentes quanto as casas. A de Andrew era uma combinação de tijolo pintado de branco, aço e cedro. Os números eram iluminados com neon, porque fazia sentido gastar mais na construção de uma caixa de correio do que a maioria das pessoas gastava na casa em si. Leigh passou com o Audi pelos portões abertos. A entrada de carros ia até os fundos, mas ela estacionou na frente da casa. Queria que Andrew a visse chegando.

Previsivelmente, a casa era uma daquelas estruturas de vidro e aço ultramodernas que pareciam o cenário de um assassinato num suspense sueco. O salto alto de Leigh deixou uma marca preta no pavimento branco impecável quando ela saiu do carro. Ela fez o sapato girar e ranger a cada passo, esperando que Andrew usasse uma escova de dentes para limpar as marcas.

Arbustos quadrados eram o único paisagismo. Lajes de mármore branco com jeito de tumba levavam à porta da frente, raminhos de grama preenchendo os espaços. O verde era chamativo demais contra o branquíssimo de todo o resto. Se houvesse uma forma de Leigh levar o júri àquele lugar ao estilo de OJ, ela teria agarrado a oportunidade.

Ela subiu os três degraus baixos até a porta da frente de vidro. Conseguia enxergar até os fundos da casa. Paredes brancas. Piso de concreto polido. Cozinha de aço inoxidável. Piscina. Cabana. Cozinha externa.

Havia uma campainha, mas Leigh usou a palma da mão para bater no vidro. Ela se virou para olhar a rua. A câmera estava montada no canto do beiral. Leigh se lembrou do mandado de busca em que a polícia tinha sido autorizada a pegar todas as gravações de aparelhos de vigilância da casa. O sistema de Andrew convenientemente estivera off-line a semana inteira.

Ela ouviu o claque de saltos grossos no piso de concreto polido.

Leigh se virou. Viu Sidney Winslow imitando Elle Macpherson pela passarela na direção da porta. O gótico tinha sido suavizado. A maquiagem de Sidney era leve, quase natural. Ela estava vestida com uma saia cinza justa e uma blusa azul-marinho de seda. A cor de seus sapatos combinava exatamente com a da saia. Sem todo aquele couro e atitude, ela era uma jovem bonita.

A porta se abriu. Leigh sentiu o frio do ar-condicionado se misturando ao calor da manhã.

— Andrew está se vestindo. Aconteceu alguma coisa? — perguntou Sidney.

— Não, só quero repassar algumas coisas com ele. Posso entrar? — Leigh já estava lá dentro quando terminou de pedir permissão. — Uau, que lugar.

— É insano, né? — Sidney se virou para fechar a porta.

Leigh garantiu estar na metade do corredor quando a fechadura clicou. Não havia nada mais inquietante que alguém entrando à força no seu espaço privado.

Mas não era o espaço privado de Sidney. Pelo menos, ainda não. Segundo a verificação de antecedentes superficial feita por Reggie, Sidney mantinha um apartamento em Druid Hills, onde era estudante de pós-graduação na Universidade Emory. O fato de a garota estar estudando psiquiatria era algo de que Leigh acharia tempo para rir depois.

Leigh caminhou pelo corredor, que tinha pelo menos seis metros. Havia as obras de arte esperadas penduradas nas paredes — fotos de mulheres seminuas, uma pintura de um artista de Atlanta conhecido por pintar cavalos suados e cheios de veias para casas de solteiros. A sala de jantar era de um branco gritante. O escritório, a saleta, a sala de estar eram todos tão ofuscantemente monocromáticos que era como olhar atrás das portas fechadas de um asilo psiquiátricos dos anos 1930.

Quando chegaram aos fundos da casa, os olhos de Leigh queimaram com uma explosão repentina de cor. Uma parede inteira tinha sido dedicada a um aquário. Grandes peixes tropicais nadavam atrás de uma lâmina grossa de vidro que ia do chão ao teto. Um grande sofá de couro branco ficava na frente, uma espécie de estação de observação para o espetáculo. O cérebro de Leigh conjurou a memória de Callie enfiando a mão no tanque de quarenta litros que ela tinha montado na sala de estar dos Waleski. Os dedos de Callie estavam cheios de sangue seco. Ela insistira em lavar as mãos na pia antes para os peixes não ficarem doentes.

— São legais, né? — Sidney estava digitando no telefone, mas fez um gesto de cabeça na direção do aquário. — Então, foi o mesmo cara que fez alguma coisa no Aquário de Atlanta. Andrew pode contar melhor. Ele ama peixes. Acabei de mandar uma mensagem pra ele avisando que você está aqui.

Leigh se virou. Percebeu que era a primeira vez que tinha uma conversa em particular com a noiva de Andrew. A não ser que contasse Sidney a chamando de vaca do outro lado do estacionamento.

— Olha — disse Sidney, como se lesse a mente de Leigh. — Desculpa pelo outro dia. É tudo muito perturbador. Andy às vezes é um cachorrinho perdido. Eu me sinto muito protetora.

Leigh anuiu.

— Entendido.

— Eu sinto que… — Ela levantou as mãos, dando de ombros abertamente. — O que está rolando com essa merda? Por que os policiais estão no pé dele?

É porque ele tem dinheiro ou dirige carros legais, ou é algum tipo de vingança porque Linda trabalhou naquela força-tarefa de Covid?

Leigh nunca deixava de se surpreender com como gente branca supunha que o sistema sempre funcionava, até se ver presa nele. Aí, tinha que ser alguma porra de conspiração.

Ela disse a Sidney:

— Eu tive um cliente que foi preso por roubar um cortador de grama. Ele morreu de Covid na cadeia porque não podia pagar a fiança de quinhentos dólares.

— Ele era culpado?

Leigh reconhecia uma causa perdida quando via uma.

— Estou fazendo tudo que posso para ajudar Andrew.

— Espero que sim. Ele está te pagando bastante. — Sidney estava de volta ao telefone antes de Leigh conseguir formular uma resposta.

Como estava sendo ignorada, Leigh usou a oportunidade para caminhar até a parede de janelas ao longo do fundo da casa. Os mesmos arbustos quadrados ladeavam o caminho de tumbas até a piscina. O deque também era de mármore branco. Todos os móveis externos eram brancos. Quatro espreguiçadeiras. Quatro cadeiras ao redor de uma mesa. Nada parecia convidativo. Nada parecia usado. Até a grama parecia artificial. A única variação de cor vinha da cerca de aço e cedro que marcava o limite da propriedade à distância.

Se ela tivesse o dom da poesia, criaria um verso sobre a casa ser a incorporação frígida da alma de Andrew.

— Harleigh.

Leigh se virou devagar. Andrew tinha de novo chegado de fininho, mas, dessa vez, ela não se assustara. Deu-lhe um olhar frio de avaliação. Em contraste com a casa, ele estava vestido todo de preto, da camiseta até a calça de moletom e os chinelos combinando nos pés.

Ela disse a ele:

— Precisamos conversar.

— Sid? — A voz alta de Andrew ricocheteou nas superfícies duras. — Sid, está aqui?

Ele foi até o corredor, procurando a noiva. Leigh viu que sua nuca ainda estava molhada. Provavelmente tinha acabado de sair do banho.

— Aposto que ela foi pegar o bolo para o casamento — disse Andrew. — Planejamos uma cerimônia pequena para hoje à noite. Só minha mãe e algumas pessoas da concessionária. A não ser que você queira vir...

Leigh não disse nada. Ela queria ver se conseguia deixá-lo desconfortável.

Sua expressão vazia não mudou, mas ele enfim perguntou:

— Vai me falar por que está aqui?

Leigh fez que não. Já tinha sido pega por uma câmera. Não ia ser pega por outra.

— Lá fora.

Andrew levantou as sobrancelhas, mas ela via que ele estava gostando do mistério. Ele destrancou a porta. Todo o conjunto de janelas foi para o canto como um acordeão.

— Pode ir na frente.

Leigh passou com cuidado pelo umbral. O mármore era texturizado, mas os saltos altos dela não conseguiam achar um ponto de apoio estável. Ela os tirou e deixou ao lado da porta. Não disse nada a Andrew enquanto ia na direção da piscina. Leigh não parou na beirada do deque de mármore. Desceu a escada que ladeava a borda infinita. A grama artificial era dura sob seus pés descalços, ainda molhada de orvalho matinal. Ela ouvia os passos mais pesados de Andrew no chão atrás de si. Leigh se perguntou se tinha sido esse o som que Tammy Karlsen escutara quando ele a seguiu no parque. Ou será que ela já estava algemada nessa hora? Estava amordaçada para não poder gritar? Estava drogada demais para saber que precisava fazer isso?

Só Andrew saberia a verdade.

O quintal era mais ou menos do tamanho da metade de um campo de futebol americano. Leigh parou no meio, equidistante em relação à piscina e à cerca dos fundos. O sol já estava forte. A grama ficava quente sob os pés dela. Ela disse a Andrew:

— Levante as mãos.

Ele continuou sorrindo, mas fez o que ela pediu.

Leigh revistou os bolsos dele como havia revistado os de Buddy na cozinha. Achou um tubo de protetor labial, mas nada carteira, chaves ou telefone.

Andrew explicou:

— Eu estava me arrumando para o trabalho.

— Você não tirou a semana para se preparar para o julgamento?

— Minha advogada está com tudo na mão. — O sorriso de Andrew era desconcertante, falso como a grama sob os pés deles. — Você leu os prontuários médicos de Tammy?

Leigh sabia o que ele estava procurando.

— Ela tem um histórico de abuso de álcool. Bebeu dois martínis e meio na noite em que estava com você.

— Sim. — O tom de voz dele tinha ficado íntimo. — E ela disse que já foi estuprada antes. Não se esqueça disso. Imagino que um júri de meus pares também não vá ver com bons olhos o aborto.

— É curioso você achar que vai ser julgado por seus pares. — Leigh não lhe deu tempo para responder. — Quantos anos você tinha quando eu comecei a ser sua babá?

— Eu... — A pergunta obviamente o tinha afetado. Ele riu para disfarçar o desconforto. — Seis? Sete? Você deve saber melhor do que eu.

— Você tinha cinco e eu treze — disse Leigh. — Eu lembro, porque tinha acabado de sair do reformatório. Sabe por que eu fui pro reformatório?

Andrew olhou para a casa atrás dele. Pareceu perceber que Leigh tinha estabelecido os termos daquela conversa e ele tinha seguido sem pensar.

— Pode me esclarecer.

— Uma garota estava provocando Callie por causa do corte de cabelo dela — disse Leigh, embora *corte de cabelo* fosse um jeito simpático de dizer que Phil tinha ficado bêbada e cortado quase todo o cabelo de Callie. — Então, eu achei um pedaço de vidro quebrado, segui a garota no intervalo, segurei ela no chão e arranquei os cabelos dela até o couro cabeludo sangrar.

Ele pareceu fascinado.

— E?

— Eu fiz isso com uma estranha que me emputeceu. O que você acha que eu vou fazer com você?

Andrew pausou um momento e, então, riu.

— Você não vai fazer nada comigo, Harleigh. Você acha que tem algum poder aqui, mas na verdade não tem.

— Buddy te obrigou a colocar uma câmera no sótão. — O rosto dele registrou surpresa. Ela continuou: — Ele nunca teria conseguido enfiar a bunda gorda naquele espaço pequeno. Então, fez você fazer isso por ele.

Andrew não disse nada, mas ela viu que finalmente o tinha afetado. Leigh continuou atacando:

— Linda colocou a casa à venda com a Re/Max em maio de 2019, um mês antes de você achar sua primeira vítima de estupro no CinéBistro.

A mandíbula dele se mexeu quando ele a apertou.

— Estou chutando que foi quando você se lembrou de ter colocado a câmera no sótão para Buddy. — Leigh levantou um ombro, mostrando indiferença. — Você queria reviver aquela experiência de pai e filho. E, agora, é um estuprador igualzinho ele era.

Andrew soltou a mandíbula. Olhou de novo para a casa. Quando se virou para Leigh, a escuridão tinha voltado aos seus olhos.

— Nós dois sabemos que Callie entendia exatamente o que estava fazendo.

— Callie tinha doze anos quando começou — disse Leigh. — Buddy tinha quase cinquenta. Ela não tinha ideia do quê...

— Ela amava — disse Andrew. — Ela te contou essa parte, Harleigh? Ela amava o que meu pai fazia com ela. E eu sei porque, toda noite, deitava na cama e ficava ouvindo ela gemendo o nome dele.

Leigh lutou para manter suas emoções sob controle. Com muito pouco esforço, sua memória convocou o sussurro rouco de Callie implorando que Leigh checasse para garantir que Buddy estava bem, que ele não ia ficar bravo se elas chamassem ajuda.

Ele me ama, Harleigh. Ele vai me perdoar.

Andrew falou:

— Você tem razão sobre o sótão. Meu pai me fez subir lá algumas semanas antes de você o assassinar.

Leigh sentiu o suor irrompendo na pele. Era por isso que ela o tinha levado até ali, longe das câmeras, dos gravadores e de olhos xeretas. Ela estava cansada de evitar o assunto, fazer um show para o benefício burro de Reggie.

— Ele te contou o motivo?

— Houve algumas invasões no bairro. — Andrew soltou uma risada aguda, como arrependido de sua inocência infantil. — Ele falou que era por segurança, caso alguém invadisse a casa. Fui bem idiota por ter acreditado, eu acho.

— Você nunca foi muito esperto — disse Leigh.

Ele piscou, e ela viu uma sombra do menininho vulnerável que sempre chorava quando achava que Leigh estava brava com ele. Aí, piscou de novo, e desapareceu.

— O que a Sidney sabe? — perguntou ela.

— Ela sabe que eu a amo. — Andrew deu de ombros, como se reconhecendo a mentira. — Até onde consigo amar alguém.

— E Reggie?

— Reggie é leal enquanto meus bolsos forem cheios.

Leigh ficou tensa quando Andrew se moveu, mas ele só estava se ajoelhando para suavizar uma marca na grama artificial.

Ele levantou o olhar para ela.

— Callie o amava, Harleigh. Ela não te disse? Estava apaixonada por ele. Ele estava apaixonado por ela. Eles podiam ter sido felizes juntos. Mas você tirou isso deles.

Leigh não conseguia mais ouvir aquela palhaçada.

— O que você quer, Andrew?

Ele não se apressou em ficar de pé de novo. Alisou um vinco invisível na calça.

— Quero ser normal. Quero me apaixonar, me casar, ter filhos, viver o tipo de vida que eu viveria se você não tivesse tirado meu pai de mim.

Ela riu, porque a fantasia era patética.

— Buddy não conseguia nem…

— Nunca mais ria de mim. — A mudança tinha acontecido de novo, mas, dessa vez, ele não fez nada para moderar a ameaça. — Você sabe o que acontece com mulheres que riem de mim?

O tom dele impediu que saísse mais som da garganta dela. Leigh olhou para a casa. Olhou por cima da cerca. Tinha pensado que ter essa conversa em um lugar isolado a protegeria, mas, agora, via que também tinha dado a Andrew uma oportunidade.

— Eu sei o que você está planejando fazer, Harleigh. — De algum jeito, ele tinha chegado perto dela. Ela sentia o cheiro de menta no hálito dele. — Você acha que vai usar suas manobras legais para parecer que está me defendendo, mas o tempo todo vai estar fazendo tudo o que puder para se certificar de que eu seja mandado para a cadeia.

Ela levantou os olhos para ele, percebendo tarde demais seu erro. Leigh ficou transfixada pelo olhar dele. Ela nunca vira nada tão malévolo. Sua alma ameaçou de novo deixar o corpo. Como qualquer predador, Andrew explorou aquela fraqueza. Leigh não conseguiu fazer nada quando a mão dele foi na direção do peito dela. Ele pressionou a palma contra o coração dela. Ela o sentiu batendo contra a mão dele, uma bola de borracha ricocheteando sem parar contra uma superfície brutalmente dura.

— É isso que eu quero, Harleigh. — Ele sorriu quando os lábios dela começaram a tremer. — Quero que você fique aterrorizada com a possibilidade de a qualquer dia, a qualquer momento, eu mandar a fita para a polícia e tudo que você tem, sua vida perfeita e falsa de mamãe com suas reuniões de pais e mestres e peças escolares e seu marido idiota, desaparecer da mesma forma que a minha vida desapareceu quando você assassinou meu pai.

Leigh deu um passo para trás. A sensação na garganta dela era como se as mãos dele estivessem ao redor. O suor rolou pela lateral do rosto dela. Ela apertou os dentes para impedi-los de bater.

Andrew estudou-a como se estivesse vendo uma performance. Sua mão ficou exatamente onde ele a deixara, pendurada no ar como se ainda pressionada contra o coração dela. Enquanto ela observava, ele levou a palma ao rosto. Fechou os olhos. Inspirou como se pudesse sentir o perfume dela.

Ela disse:

— Você não pode mandar uma fita da prisão.

— Você devia ser a inteligente, Harleigh. — Os olhos dele se abriram. A mão foi ao bolso. — Não sabe que eu tenho um plano B?

Leigh não era assim tão idiota. Ela queria que ele admitisse que tinha um backup.

— Por que você guardou a faca?

— Pode agradecer a Callie por isso. Ela ficava pegando, andando pela casa com a faca na mão, guardando ao seu lado quando víamos desenho. E, aí, ela se sentava na mesa da cozinha por horas olhando aquela porcaria de desenho de anatomia. — Andrew balançou a cabeça. — Pobre, doce Callie. Ela sempre foi a mais delicada, né? A culpa do que você a obrigou a fazer foi demais para ela aguentar.

Leigh sentiu que começava a ter dificuldade para engolir. Queria arrancar o nome da irmã da boca nojenta dele.

— Eu guardei a faca para ter algo que me lembrasse dela. — Os lábios dele subiram no canto. O sorrisinho estava fazendo sua primeira aparição. — E, aí, vi como ela tinha usado no meu pai, e finalmente fez sentido.

Leigh precisava se controlar, mas, mais importante, precisava afastá-lo de Callie.

— Andrew, já te ocorreu o que aquela fita vai realmente mostrar? — perguntou ela.

Ele levantou as sobrancelhas.

— Me explique, por favor.

— Vamos esgotar todas as possibilidades, está bem? — Ela esperou que ele assentisse. — Você mostra a fita aos policiais. Os policiais me prendem. Eu sou fichada e tudo mais. Você se lembra do procedimento da primeira vez que foi preso, né? — Ele anuiu, claramente perplexo. — Então, o que eu vou fazer é pedir uma reunião com o promotor. E o promotor e eu vamos assistir à fita juntos para eu poder explicar que a forma como a veia femoral do seu pai foi cortada mostra o mesmo padrão de comportamento que você usou com todas as mulheres que estuprou.

Andrew pareceu tão assustado quanto Leigh alguns segundos antes. Ele nunca tinha considerado essa possibilidade.

— Isso se chama *modus operandi*, Andrew, e vai te mandar para a prisão pelo resto da sua vida. — Leigh explicitou a questão. — Destruição mútua garantida.

Ele só precisou de um momento para se recompor. Fez questão de desacelerar, balançando a cabeça teatralmente, chegando a chupar os dentes.

— Bobinha, você acha que essa é a única fita que eu posso mostrar à polícia?

Leigh sentiu os ossos tremerem sob a pele. Ele soava tanto como o pai que ela estava de volta ao Corvette amarelo, as pernas bem fechadas, o coração acelerado, o estômago se revirando.

Andrew explicou:

— Eu tenho horas da sua irmãzinha coitada e frágil sendo fodida em todos os buracos que tem.

Leigh sentiu como se cada palavra fosse um soco na cara.

— Achei na minha coleção de fitas quando fui para a faculdade. Pensei que teria um momento de nostalgia vendo desenhos da Disney, mas aí percebi que meu pai tinha jogado fora as fitas e colocado a coleção particular dele no lugar. — Os olhos de Leigh se encheram de lágrimas. Elas nunca tinham revistado o quarto de Andrew. Por que não tinham revistado o quarto dele? — Hora após hora do melhor pornô que já vi na vida. — Andrew analisou o rosto dela, engolindo a dor como uma droga. — Callie ainda é pequena como naquela época, Harleigh? Ainda parece uma bonequinha com a cintura minúscula e os olhos arregalados e aquela bocetinha?

Leigh pressionou o queixo contra o peito para roubar-lhe o prazer da agonia dela. Ele continuou:

— No segundo em que algo ruim me acontecer, cada homem, mulher e criança com acesso à internet vai poder ver a sua irmã sendo fodida.

Leigh apertou os olhos para impedir que as lágrimas caíssem. Ela sabia que Callie era assombrada por esse exato cenário. A irmã não conseguia caminhar pela rua sem se preocupar que alguém a reconhecesse dos filmes de Buddy. Dr. Patterson. Técnico Holt. Sr. Humphrey. Sr. Ganza. Sr. Emmett. A violação deles tinha magoado Callie quase tanto quanto a de Buddy. Andrew permitir que inúmeros outros homens nojentos assistissem aos atos vis rasgaria Callie em tantos pedacinhos que não havia heroína suficiente para grudá-la de volta.

Ela usou os punhos para secar os olhos. Fez a mesma maldita pergunta que não parava de fazer.

— O que você quer, Andrew?

— Destruição mútua garantida só funciona até alguém perder a coragem — disse ele. — Convença o júri de que eu sou inocente. Acabe com Tammy Karlsen. Aí, a gente vê o que mais você pode fazer por mim.

Leigh levantou os olhos.

— Quanto tempo, Andrew? Quanto tempo isso vai durar?

— Você sabe a resposta, Harleigh. — Andrew secou suavemente as lágrimas dela. — O tempo que eu quiser.

11

— Sra. Takahashi?

Callie jogou as pernas para o lado da cadeira para poder levantar os olhos para a bibliotecária. A máscara da mulher dizia LEIA MAIS LIVROS! Ela estava segurando um exemplar de *Um compêndio de lesmas norte-americanas e seus habitats.*

— Achei isto para você no cesto de devolvidos.

— Maravilhoso, obrigada. — Callie pegou a brochura grossa. — *Arigatou.*

A bibliotecária fez uma mesura ou uma imitação de brontossauro gentil ao sair, e as duas coisas podiam ser consideradas apropriação cultural.

Callie virou-se de novo. Colocou o livro ao lado do teclado do computador. Supôs que fosse a única drogada que já cometera roubo de identidade para conseguir um cartão de biblioteca. Himari Takahashi tinha sido noiva de guerra. Navegara pelo Pacífico para se casar com seu belo amante soldado. Os dois gostavam de ler e dar longas caminhadas. Ele morreu antes dela, mas ela havia se contentado com jardinagem e passar tempo com os netos.

Pelo menos, essa era a história que Callie dizia a si mesma. Na verdade, ela nunca falara com a sra. Takahashi. A mulher estava fechada dentro de um saco de necrotério na primeira e última vez que elas se viram. Em janeiro, quando a Covid estava levando quase quatro mil pessoas por dia, Callie aceitara um trabalho que pagava em dinheiro numa das cadeias de asilos locais. Ela trabalhara ao lado de fileiras de outros cidadãos desesperados o suficiente para arriscar a própria saúde colocando cadáveres com o vírus em contêineres refrigerados que a Guarda Nacional havia trazido de caminhão.

Alguém na sala de computador tossiu e todo mundo se encolheu, antes de logo olhar acusatoriamente ao redor, como se quisesse queimar o culpado numa fogueira.

Callie garantiu que sua máscara estava no lugar. Drogados sempre acabavam no lado ruim do dedo que apontava. Ela usou a mão esquerda para alcançar o mouse. Para variar, sua mão direita decidira ficar completamente dormente naquela manhã. Todo o seu corpo estava dolorido da longa rastejada pelo sótão. Ela estava asquerosamente fraca. A coisa mais extenuante que Callie fizera nos últimos meses fora uma guerra de braço com o dr. Jerry pelos biscoitos em formato de bichinhos. A competição geralmente acabava em empate. Nenhum queria que o outro perdesse.

Ela puxou o teclado mais para perto. Destacou a barra de busca, mas não digitou nada nela. Seus olhos passaram pelo monitor. O escritório do Assessor Fiscal do Condado de Fulton revelava que os Tenant ainda eram donos da casa em Canyon Road.

Callie devia contar a Leigh. Devia mandar a informação por mensagem. Devia ligar.

Ela bateu o dedo no mouse. Olhou ao redor. Havia uma câmera no canto, seu olho preto observando em silêncio. O sistema do condado de DeKalb era mais cuidadoso com sua segurança que o da cidade de Atlanta. Callie prometera a Leigh que iria à biblioteca do centro, mas Leigh prometera a Callie 23 anos antes que elas nunca mais teriam que pensar em Buddy Waleski.

Ela abriu o Facebook no computador. Digitou *Sidney Winslow Atlanta*.

Só apareceu uma página, o que era surpreendente, porque as garotas hoje em dia pareciam ter nomes que eram variações uns dos outros. Não era como quando Callie estava crescendo e as pessoas zombavam de ela não saber pronunciar direito o próprio nome.

A foto da capa de Sidney mostrava o exterior do que costumava ser a Escola de Ensino Médio Grady. O post mais recente era de 2021, uma foto de oito garotas adolescentes apertadas num show dentro do Georgia Dome. A julgar pelas roupas conservadoras e o número de cruzes no fundo, Callie supôs que o Paixão 2012 não fosse o tipo de lugar para ela.

Assim como o Facebook não era mais lugar para Sidney Winslow. A noiva de Andrew não fazia parte do público-alvo do Facebook, onde alguém com vinte e poucos anos podia encontrar uma foto constrangedora que seus pais haviam postado em meados da década de 2000.

Callie foi ao TikTok e acertou na loteria de Sidney Winslow. Sentiu suas sobrancelhas arquearem com a quantidade de vídeos. Imaginou que ser jovem hoje em dia era assim mesmo. A rede social de Sidney era praticamente um emprego de meio-período. Sua foto de perfil mostrava um zoom de um lábio com piercing que tinha sido generosamente marcado de batom roxo, um indicador claro de que o fervor religioso havia sido uma fase passageira.

Havia milhares de vídeos listados, embora Callie não pudesse visualizá-los, porque a biblioteca não permitia som sem fones de ouvido. Pelas descrições sob as capas, ela rapidamente descobriu que Sidney Winslow era uma estudante de 25 anos fazendo um doutorado de Psiquiatria incrivelmente prático na Universidade Emory.

— Bom — disse Callie, porque finalmente entendia por que o tom de Leigh baixava para um registro de nojo cada vez que ela dizia o nome de Sidney Winslow.

Quando Sidney estava no campus ou recitando poesia ao volante do carro, ela usava o cabelo preso, pouca maquiagem, um chapéu colorido na cabeça ou um cachecol vistoso ao redor do pescoço. Saídas à noite exigiam um visual diferente. A garota se transformava numa versão atualizada do estilo gótico geriátrico de Phil. Suas camisetas justas e calças de couro eram complementadas por um número impressionante de piercings. Maquiagem pesada. Lábios carnudos. Decote suficiente para oferecer um relance tentador dos seios.

Callie tinha de admitir que os seios dela eram fantásticos.

Mas também tinha de se perguntar por que Andrew Tenant não fazia parte da vida bem documentada de Sidney. Ela rolou e rolou pelas miniaturas dos vídeos sem achar nem uma menção passageira a Andrew, o que era estranho, considerando que estavam prestes a se casar. Ela checou quem seguia Sidney e achou muitas clones, junto com um punhado de homens que pareciam preferir ser fotografados sem camisa. E era justo, porque eles ficavam lindos para caramba sem camisa.

Ela clicou para ver quem Sidney estava seguindo. Dua Lipa, Janelle Monáe, Halsey, Bruno Mars, inúmeros #manos, mas nenhum Andrew.

Callie foi para o Instagram e, depois de clicar vezes o bastante para ficar com câimbra no dedo, finalmente achou uma foto dos dois juntos. Dois anos antes. Churrasco no quintal. Sidney estava sorrindo para a câmera. Andrew parecia relutante, cabeça baixa, lábios apertados numa linha fina, branca, que dizia *estou tentando te agradar, mas anda logo*. Callie não conseguiu evitar pensar que, se você fosse um estuprador e assassino, ia querer evitar as redes sociais.

Ele tinha escolhido a garota errada para a tarefa. Havia milhares de posts nas plataformas, quase sempre acompanhados por uma quantidade generosa de álcool. Bebendo vinho em festas. Bebendo cerveja em bares. Bebendo martínis num deque. Bebendo mojitos na praia. Bebendo latas fininhas de *rock and rye* num carro. Callie balançou a cabeça, porque a vida da jovem era um desastre. E Callie dizia isso como alguém cuja vida era um desastre que parecia um trem descarrilado dentro de um avião em queda dentro de uma nuvem de cogumelo de uma bomba atômica.

O Twitter de Sidney revelava as consequências de uma vida desregrada. A garota festeira tinha sido processada por dirigir embriagada havia um mês. Sidney documentara o processo, tuitando pensamentos lacônicos sobre o sistema de justiça criminal, descrevendo a inutilidade entorpecente de ir à escolinha de trânsito na Cheshire Bridge Road, fotografando sua ficha de presença ordenada pelo tribunal pra provar que estava indo ao número exigido de reuniões do AA.

Callie apertou os olhos para a ficha, que lhe era familiar por causa das próprias angústias com o sistema jurídico. Sidney tinha sido obrigada a comparecer às usuais trinta reuniões em trinta dias, seguidas de duas por semana. Callie reconhecia a igreja onde aconteciam as reuniões do início da manhã. Eles tinham um café delicioso, mas os cookies na Batista do outro lado da rua eram melhores.

Ela olhou o horário.

Duas e trinta e oito da tarde.

Callie saiu do computador. Procurou a mochila, mas aí se lembrou que tinha deixado no quarto junto com seu estoque de drogas. Callie tinha enfiado tudo nos bolsos da jaqueta de cetim amarelo que encontrara no fundo do armário. O colarinho estava puído, mas havia um glorioso decalque de arco-íris costurado nas costas.

Era a primeira peça de roupa que ela comprara para si com o dinheiro de Buddy.

Ela usou o sistema automático para pegar emprestado *Um compêndio de lesmas norte-americanas e seus habitats*. A brochura coube apertada no bolso da jaqueta, os cantos cutucando as costelas dela de um modo que não era desagradável. Callie gemeu enquanto ia na direção da saída. Suas costas não ficavam eretas. Ela precisava arrastar os pés como uma velha, embora acreditasse que, mesmo aos 68 anos, Himari Takahashi tinha excelente postura.

O sol cegou Callie assim que ela empurrou a porta. Ela colocou a mão no bolso da jaqueta e encontrou os óculos verdes da câmera de bronzeamento.

O sol diminuiu vários tons quando ela os colocou. Callie sentia o calor batendo em suas costas e em seu pescoço enquanto ela se arrastava para o ponto de ônibus. Por fim, conseguiu se forçar a ficar reta. As vértebras clicaram como dentes batendo. A dormência nos dedos fluiu de volta pelo braço.

No ponto de ônibus, um outro viajante já estava sentado no banco. Um sem-teto, murmurando para si mesmo, contando números nos dedos. Havia dois sacos de papel transbordando aos seus pés. Estavam cheios de roupas. Ela reconheceu a ansiedade nos olhos dele, a forma como ele não parava de coçar os braços.

Ele a olhou, depois olhou mais de perto.

— Óculos legal.

Callie tirou os óculos e ofereceu ao homem.

Ele os agarrou como um hamster pegando um petisco.

Os olhos dela começaram a lacrimejar de novo. Ela sentiu uma pontada de arrependimento quando o homem colocou os óculos, porque eram mesmo incríveis. Mesmo assim, ela pegou a última nota de vinte dólares de Leigh do bolso de trás e entregou a ele. Isso deixava Callie com apenas quinze dólares, porque ela gastara cento e cinco num pacote do salão de bronzeamento no dia anterior. Em retrospecto, a compra por impulso parecia uma péssima ideia, mas era assim que os viciados controlavam orçamento. Por que não gastar o dinheiro hoje se você não tem certeza de se vai ou não a um show gratuito do Kurt Cobain amanhã?

O homem disse:

— A vacina colocou microchips no meu cérebro.

Callie confidenciou:

— Estou preocupada de meu gato estar poupando para comprar uma moto.

Os dois ficaram sentados num silêncio cúmplice pelos dez minutos seguintes, quando o ônibus se colocou na frente do meio-fio como uma equidna gorducha.

Callie subiu e pegou um banco na frente. Ela saltaria dali a dois pontos, e era uma gentileza garantir que o motorista pudesse vê-la, porque a forma como ele olhara para Callie quando ela entrou no ônibus mostrava que o homem achava que ela ia criar problema.

Ela manteve as mãos no corrimão para mostrar a ele que não ia fazer nada insano. Embora parecesse insano tocar num corrimão com as mãos nuas no meio de uma pandemia.

Ela ficou olhando ausente pela janela da frente, deixando o ar-condicionado congelar o suor de seu corpo. Seus dedos foram para o rosto. Ela tinha esquecido que estava usando máscara. Um olhar rápido para os outros ocupantes mostrou máscaras em vários estágios de cobertura: puxadas abaixo do nariz, contornando o queixo e, em um caso, cobrindo os olhos de um homem.

Ela puxou a própria máscara para cobrir as sobrancelhas. Piscou para a luz filtrada. Seus cílios roçaram o material. Ela suprimiu o desejo de dar uma risadinha. Não era a dose de manutenção da manhã que a estava deixando alta. Ela tinha injetado de novo antes de ir para a biblioteca. Então, engolira um Oxy no longo percurso de ônibus para Gwinnett. Havia mais Oxy no bolso de trás. Em algum momento, ela ia tomar, e aí ia injetar mais metadona e, por fim, voltaria à heroína.

Era assim que sempre acontecia. Callie ficava bem até o bem se romper.

Ela puxou a máscara de volta para o lugar, cobrindo a boca e o nariz. Levantou quando o ônibus chegou berrando no ponto dela. O joelho de Callie começou a doer assim que ela desceu os degraus. Na calçada, ritmou a respiração com os passos, deixando o joelho estalar três vezes antes de inalar, depois soltando devagar o ar entre os dentes durante os próximos três estalos.

A cerca de arame à direita contornava um enorme estádio ao ar livre. Callie deixou os dedos rastrearem os diamantes de metal até eles abruptamente pararem num poste alto. Ela se viu um espaço amplo e aberto de concreto na boca de um estádio de futebol. Havia uma placa do lado de fora com um abelhão zumbindo e declarando: FIQUE FELIZ—FIQUE SEGURO—FIQUE BEM—ESTAMOS TODOS JUNTOS.

Callie duvidava que essa parte devesse ser literal. Quando ela era adolescente, tinha visto estádios como esse quando sua equipe de líderes de torcida competia com escolas particulares. As garotas de Lake Point eram éguas musculosas com cinturas grossas, braços e coxas enormes. Por comparação, as garotas da Hollis Academy eram grilos e varapaus pálidos.

Callie passou pela bilheteria fechada a caminho do estádio. A trinta metros, um segurança num carrinho de golfe estacionado estava rastreando o progresso dela. Ela não queria problemas. Entrou no primeiro túnel que encontrou. Aí, encostou na parede e esperou na sombra fresca pelo som da bateria zumbindo enquanto o policial terceirizado vinha expulsá-la do recinto.

Não houve zumbido, mas a paranoia encheu o cérebro dela. Será que o segurança tinha feito uma ligação? Haveria alguém dentro do estádio esperando por ela? Será que ela tinha sido seguida desde o ponto de ônibus? Tinha sido seguida desde sua casa?

Na biblioteca, Callie havia pesquisado no site de Reginald Paltz e Associados. Reggie tinha precisamente a cara estuprador-transformado-em-universitário que Leigh descrevera, mas Callie não conseguia dizer com sinceridade que era o mesmo cara de câmera que tinha sido vomitado da casa fechada. Também não conseguia dizer se todos os rostos que não parava de analisar, todas as pessoas em seus carros na rua ou dentro da biblioteca não estavam em conluio com ele.

Callie apertou a mão contra o peito como se pudesse massagear a ansiedade. O coração dela bateu contra as costelas como a língua de um lagarto. Ela não via o reflexo nem o flash de um perseguidor havia dois dias, mas, em todo lugar que ia, não conseguia esquecer a sensação de estar sendo gravada. Mesmo naquele momento, escondida naquele lugar úmido e escuro, ela sentia como se uma lente estivesse capturando todos os seus movimentos.

Você não pode abrir a boca sobre a câmera, boneca. Eu posso ser preso.

Ela se afastou da parede. Estava na metade do túnel quando ouviu gritos e aplausos das arquibancadas. Mais uma vez, Callie foi cegada pela luz ao sair para o sol. Ela colocou as mãos ao redor dos olhos e olhou a multidão. Havia pais sentados em grupos pelas fileiras, magras seções de torcida para as garotas em campo. Callie se virou de novo e viu a equipe fazer jogadas ensaiadas. As alunas de ensino médio pareciam gazelas, se gazelas usassem uniformes de futebol e não pulassem para cima e para baixo que nem lunáticas quando se sentiam ameaçadas.

Outra virada, outra olhada para as arquibancadas. Callie viu Walter com facilidade. Era um de dois pais vendo o treino de futebol, embora ela soubesse por fonte fidedigna que Walter, na realidade, não gostava de futebol.

Ele reconheceu Callie fazendo a subida árdua pela escada do estádio. Os olhos dele eram ilegíveis, mas ela conseguia adivinhar o que estava se passando pela mente dele. Mesmo assim, ele guardou seus conselhos para si enquanto ela caminhava pela fileira dele. Callie supôs que a escola estivesse aderindo às regras de Footloose: sem dançar, sem cantar, sem gritar, sem diversão. Ela deixou três bancos entre si e Walter ao se sentar.

Ele disse:

— Bem-vinda, amiga.

Callie tirou a máscara para poder respirar.

— É bom te ver, Walter.

Os olhos dele ainda estavam cautelosos, o que era justo. A última vez que Callie e Walter haviam estado juntos no mesmo cômodo não fora o melhor momento dos dois. Eles estavam em frente ao apartamento de Leigh, no pequeno armário que guardava as lixeiras. Por dez dias, Walter tinha ido duas vezes por dia injetar heroína entre os dedos do pé de Callie porque a única forma de ela conseguir cuidar de Leigh era ter droga o suficiente para não ficar doente.

O marido da irmã era mais durão do que parecia.

Walter falou:

— Gostei da sua jaqueta.

— É da época de escola. — Callie se virou no banco para ele poder ver o arco-íris atrás. — Não acredito que ainda cabe.

— Que bom — disse ele, embora ela visse que ele tinha problemas maiores em mente. — Sua irmã parece que anda chorando muito ultimamente.

— Ela sempre foi chorona — disse Callie, apesar de as pessoas com frequência entenderem mal as lágrimas de Leigh. Ela chorava quando estava assustada ou magoada, mas também chorava quando pegava um pedaço de vidro quebrado e arrancava tufos de cabelo do couro cabeludo de alguém.

— Ela acha que Maddy não precisa mais dela — disse Walter.

— E é verdade?

— Você já teve dezesseis anos. Não precisava da sua mãe?

Callie pensou naquilo. Aos dezesseis, ela precisava de tudo.

— Estou preocupado com a minha mulher — disse Walter, e o tom deixava implícito que ele estava esperando havia muito tempo para dividir esse pensamento com alguém. — Quero ajudá-la, mas sei que ela não vai me pedir.

Callie sentiu o peso da confissão. Homens raramente podiam compartilhar seus sentimentos e, quando o faziam, desalento não estava na lista aceitável.

Ela tentou animá-lo.

— Não se preocupe, Walter. A cuidadora dispensável de Harleigh está de volta ao trabalho.

— Não, Callie. Você está errada nisso. — Walter virou-se para olhá-la, e ela entendeu que essa próxima parte também lhe era pesada. — Quando Leigh ficou doente, a gente já tinha um plano de cuidado. Minha mãe viria para cuidar da Maddy. Leigh ia ficar de quarentena na suíte. Eu ia deixar comida na porta dela e chamar uma ambulância se ela precisasse. Ela durou uma noite e aí desmoronou e começou a chorar que queria a irmã. Então, eu saí e achei a irmã dela.

Callie nunca tinha ouvido essa história, mas ela sabia que Walter não mentiria sobre algo tão importante. Ele faria qualquer coisa por Leigh. Inclusive conseguir heroína para a irmã viciada dela.

— Você já não foi a reuniões suficientes do Al-Anon para saber que não pode salvar uma pessoa que não quer ser salva? — perguntou ela.

— Eu não quero salvá-la. Eu quero amá-la. — Ele se virou no banco, olhos nas garotas em campo. — Além do mais, Leigh pode se salvar sozinha.

Callie debateu se valia ou não a pena discutir esse ponto. Analisou o perfil de Walter enquanto ele assistia à sua filha incrível correr atrás de uma bola. Callie queria contar a ele coisas importantes também. Por exemplo, que Leigh o amava. Que ela só era fodida da cabeça porque Callie a obrigara a fazer coisas terríveis. Que ela se culpava por não saber, de alguma forma, que Buddy Waleski era um homem mau. Que estava chorando porque estava morta de medo de Andrew Tenant levar as duas para aquele mesmo lugar sombrio que o pai.

Será que Callie devia dizer a verdade a Walter? Devia abrir as portas da gaiola de Leigh? Havia uma sensação de inevitabilidade no desastre que a irmã fizera de sua vida. Era como se, em vez de ir para Chicago, Leigh tivesse ficado hibernando e acordado 23 anos depois com a vida que Phil a criara para ter: família destruída, casamento destruído, coração destruído.

A única coisa que segurava a irmã agora era Maddy. Callie desviou de Walter. Permitiu-se o prazer de assistir às adolescentes em campo. Eram tão ágeis, tão rápidas. Seus braços e suas pernas se moviam juntos quando elas chutavam a bola. Seu pescoço era longo e gracioso como cisnes de origami que nunca tinham chegado perto de espirais pantanosas ou cachoeiras íngremes.

— Consegue ver nossa linda menina? — perguntou Walter.

Callie já tinha achado a filha de Leigh e Walter no minuto em que entrara no estádio. Maddy Collier era uma das meninas menores, mas também era a mais rápida. Seu rabo de cavalo mal tinha tempo de roçar os ombros dela quando ela corria atrás da cabeça de área. A garota estava no ataque, o que Callie só sabia porque tinha pesquisado posições de futebol na biblioteca.

Isso foi logo depois que ela jogou no Google a agenda de treino de futebol do time feminino da Hollis Academy. Callie não tinha chegado até ali por uma investigação estilo Scooby Doo. O brasão da escola estava no verso do telefone de Leigh. Fundada em 1964, mais ou menos na época em que os pais brancos do Sul espontaneamente decidiram matricular seus filhos em escolas particulares.

— Merda — murmurou Walter.

Maddy tinha acidentalmente cometido uma falta na cabeça de área. A bola saiu rolando, mas, em vez de correr atrás, Maddy parou para ajudar a outra garota a se levantar. Phil teria dado uma surra nas duas por ter tanto espírito esportivo. Se você não consegue ir com tudo, é melhor ficar sem nada — inclusive sem voltar para casa.

Walter pigarreou da mesma forma que Leigh fazia quando estava prestes a dizer algo difícil.

— O treino vai acabar em breve. Eu gostaria que vocês se conhecessem.

Callie apertou os lábios da mesma forma que Leigh fazia quando estava nervosa.

— Olá, eu preciso ir.

— O título da música do Phil Collins — disse Walter. — Clássica.

O baterista/superastro tinha pegado a frase de Groucho Marx, mas Callie tinha coisas mais importantes em mente.

— Quando você contar para Leigh que me viu, não diga que eu estava chapada.

Walter colocou a boca numa posição desconfortável.

— Se ela perguntar, vou ter que falar a verdade.

Ele era bom demais para esta família.

— Louvo sua honestidade.

Callie se levantou. Seus joelhos estavam bambos. A metadona estava perdurando. Ou o revestimento de liberação prolongada estava fazendo seu trabalho. Era a recompensa de diminuir o uso. Quanto mais devagar você voltasse, mais a euforia durava.

Até a duração não ser suficiente.

Callie deu-lhe um cumprimento duro.

— *Adios*, amigo.

O joelho dela cedeu quando ela começou a se virar. Walter se levantou para ajudar, mas Callie o impediu com um aceno de mão. Ela não queria que Maddy visse o pai lutando com uma drogada inútil na arquibancada.

Ela desceu aos pouquinhos a fileira, mas os degraus quase acabaram com ela. Não havia corrimão para segurar. Ela pisou com cuidado, descendo, descendo, descendo. Callie colocou as mãos no fundo do bolso ao caminhar pelo campo. O livro sobre lesmas deixou pouco espaço para o punho. O sol estava tão intenso que seus olhos ficaram molhados de lágrimas. Seu nariz estava escorrendo. Ela não devia ter dado os óculos. Ainda tinha mais nove sessões de bronzeamento no cartão de membro; 9,99 dólares por óculos novos era dinheiro demais para queimar quando só se tinha quinze dólares.

Ela usou o dorso da manga para limpar o nariz. Luz do sol idiota. Mesmo na sombra do túnel, seus olhos continuavam lacrimejando. Ela sentia o calor saindo de seu rosto. Esperava muito não encontrar o segurança em seu carrinho de golfe. Sua mente continuou repassando a pena nos olhos de Walter ao vê-la se afastar. O cabelo de Callie estava cheio de nós atrás porque ela não tinha conseguido levantar os braços alto o bastante para pentear naquela manhã. Seus dedos não tinham conseguido apertar o tubo de pasta de dente para escovar os dentes. Sua jaqueta estava amassada e manchada. Suas roupas eram as mesmas com as quais ela havia dormido. O abcesso na perna estava latejando porque ela era tão patética pra caralho que não conseguia parar de injetar veneno nas veias.

— Oi, Callie.

Sem aviso, o gorila bafejou o hálito podre e quente em sua nuca.

Callie girou, esperando ver o brilho de presas brancas enquanto ele voava na garganta dela.

Só havia um homem. Alto e magro com cabelo loiro-claro. As mãos dele estavam nos bolsos da calça azul-marinho. As mangas da camisa azul estavam arregaçadas até logo acima dos cotovelos. Uma tornozeleira fazia volume acima do mocassim esquerdo. Havia um relógio dourado gigante no pulso dele.

O relógio de Buddy.

Antes de elas cortarem os braços dele, Callie tinha tirado o relógio e colocado no bar. Queria que Trevor tivesse algo para se lembrar do pai.

E, agora, ela via que ele tinha.

— Oi, Callie. — A voz de Andrew era suave, mas tinha uma profundidade familiar que fez Callie voltar à primeira vez que encontrara Buddy. — Sinto muito por ter passado tanto tempo.

Os pulmões dela se encheram de areia. Ele estava agindo normalmente, como se aquilo não fosse nada, mas a pele dela parecia estar sendo arrancada dos ossos.

— Você parece… — Ele deu uma risadinha. — Bom, não parece muito bem, mas estou feliz por ter te encontrado.

Ela olhou de volta para o estádio, depois na direção da saída. Estavam completamente sozinhos. Ela não tinha aonde ir.

— Você ainda é tão… — Os olhos dele passaram por todo o corpo dela enquanto ele parecia procurar a palavra. — Pequenininha.

Você é tão pequenininha caralho mas eu estou quase lá só tenta relaxar tá só relaxa.

— Callie-ope. — Andrew cantou o nome dela com uma melodia. — Você veio bem longe para ver um bando de meninas jogar futebol.

Callie teve que abrir a boca para respirar. Seu coração estava saltando. Será que ele estava aqui atrás de Walter? De Maddy? Como ele sabia sobre a escola? Estava seguindo Callie? Ela não tinha visto algo no ônibus?

Andrew perguntou:

— Você é tão boa assim mesmo?

Os olhos dela encontraram as mãos enfiadas no fundo do bolso. Os pelos nos braços dele eram levemente mais escuros do que o cabelo. Igual aos de Buddy.

Andrew dobrou o pescoço, olhando para o campo.

— Quem é a da Harleigh?

Callie ouviu a pequena multidão torcendo da arquibancada. Aplaudindo. Gritando. Assoviando. Aí, a torcida morreu e o que ela ouviu, o que ela sabia que estava dentro do túnel com eles, era o gorila.

— Callie. — Andrew deu um passo à frente, chegando perto, mas sem a encurralar. — Quero que você me ouça com muita atenção. Consegue fazer isso?

Os lábios dela ainda estavam abertos. Ela sentia o ar sendo sugado e secando no fundo da garganta.

— Você amava meu pai — disse Andrew. — Eu ouvi você falar isso para ele um monte de vezes.

Callie não conseguia mexer os pés. Ele estava ali atrás dela. Era por isso que ele estava tão perto. Era por isso que parecia tão calmo, tão controlado. Ela tateou cegamente atrás de si. Conseguia ouvir o gorila se aproximando, depois o hálito dele na orelha dela, depois aquecendo seu pescoço, depois o gosto do almíscar suado dele estava entrando na boca dela.

— Como foi quando você esquartejou ele? — perguntou Andrew. — Eu não consegui ver sua cara no vídeo. Você nunca levantou os olhos. Só fez o que Harleigh mandou.

Era quase um alívio sentir a mão do gorila se fechando no pescoço dela, seu braço ao redor da cintura dela. Ela estava paralisada, presa, da forma como ele sempre a quisera.

— Você não precisa deixar ela continuar mandando em você — disse Andrew. — Eu posso te ajudar a se livrar dela.

O gorila apertou as costas dela, passando os dedos por sua coluna. Ela ouviu os grunhidos dele. Sentiu sua excitação. Ele era tão grande. Tão poderoso.

— É só me dizer que quer se livrar. — Andrew deu mais um passo. — Com uma palavra, eu posso te levar para outro lugar. Para qualquer lugar que você queira.

O aroma das pastilhas de menta de Andrew se misturou com o uísque barato, charutos, suor, porra e sangue de Buddy — tanto sangue.

Andrew falou:

— Walter David Collier, 41 anos, advogado do Sindicato dos Bombeiros de Atlanta.

O coração de Callie balançou dentro do peito. Ele estava ameaçando Walter. Ela precisava alertá-lo. Arranhou o braço do gorila, tentando fazê-lo soltar.

Andrew continuou:

— Madeline Félicette Collier, dezesseis anos.

O braço dela se encheu de dor. Não a dormência formigante ou os nervos falhando, mas a agonia da pele sendo rasgada.

— Maddy é uma garotinha linda, Callie. — O sorriso de Andrew subiu nos cantos. — Uma coisinha pequenininha.

Callie olhou o braço. Ficou chocada com a visão do sangue pingando de quatro cortes fundos. Olhou para a outra mão. Seu próprio sangue e pele estavam enrolados sob as unhas.

— É engraçado, Callie, como a filha de Harleigh se parece tanto com você. — Andrew deu uma piscadela. — Parece uma *bonequinha*.

Callie tremeu, mas não porque Andrew soava como o pai. O gorila tinha entrado no corpo dela, se fundido com seus ossos. As pernas fortes dele eram as pernas fortes dela. Os punhos dele eram os punhos dela. A boca dele era a sua boca.

Ela voou em Andrew, punhos no ar, mostrando os dentes.

— Meu Deus! — gritou Andrew, levantando os braços, tentando se defender dela. — Sua louca, porra…

Callie entrou num frenesi cego. Não saiu som de sua boca nem respiração de seus pulmões, porque toda a energia dela estava direcionada para matá-lo. Ela bateu nele com os punhos, arranhou com as unhas, tentou arrancar as orelhas dele, tirar os olhos fora. Seus dentes afundaram na carne do pescoço dele. Ela jogou a cabeça para trás, tentando rasgar a jugular, mas o pescoço dela ficou paralisado de rigidez na virada do topo da coluna.

E, então, ela foi levantada no ar.

— Para! — ordenou o segurança, os braços de urso abraçando a cintura dela. — Fica parada, caceta!

Callie chutou, tentando quebrar as amarras. Andrew estava no chão. A orelha dele estava sangrando. Havia pele pendurada em sua mandíbula. Vergões vermelhos ao redor da mordida no pescoço. Ela ia matá-lo. Ela precisava matá-lo.

— Eu disse para parar! — O segurança jogou Callie de cara no chão. O joelho dele prendeu as costas dela. O nariz dela bateu no concreto frio. Ela estava sem fôlego, mas ainda tensa, pronta para atacar de novo mesmo enquanto ouvia o clique das algemas.

— Não, oficial. Está tudo bem. — A voz de Andrew soava roca enquanto ele tentava recuperar o fôlego. — Por favor, só tire-a da escola.

— Seu filho da puta — sussurrou Callie. — Seu estuprador de merda.

— É sério, cara? — O guarda continuou com o joelho apertando as costas dela. — Olha os braços dela. A vagabunda é uma drogada de agulha. Você precisa chamar a polícia, fazer ela ser testada.

— Não. — Andrew estava se levantando. Pelo canto dos olhos, Callie via a luz vermelha piscando na tornozeleira dele. Ele disse ao guarda: — Isso não ficaria bem para a escola, não é? E não vai ficar bem para você, porque foi você que a deixou passar pelo portão.

Isso pareceu convencer o guarda, mas, mesmo assim, ele perguntou:

— Certeza, cara?

— Sim. — Andrew se ajoelhou para poder olhar o rosto de Callie. — Ela também não quer que você chame a polícia. Quer, mocinha? — Callie ainda estava tensa, mas sua razão estava começando a voltar. Ela estava dentro do estádio onde Maddy estudava. Walter estava na arquibancada. Maddy estava no campo. Nem Callie, nem Andrew iam se dar bem se a polícia viesse.

— Ajude-a a ficar de pé. — Andrew se levantou. — Ela não vai mais causar problemas.

— Você é louco, cara. — Ainda assim, o guarda testou Callie, soltando um pouco da pressão nas costas dela. Ela sentiu a luta sair de seu corpo e a agonia tomá-la de novo. As pernas dela não funcionavam. O guarda precisou levantá-la e colocá-la fisicamente de pé.

Andrew ficou perto, desafiando-a a atacá-lo de novo.

Callie limpou o sangue do nariz. Sentia gosto de sangue na boca. O sangue de Andrew. Ela não queria só mais. Queria tudo.

— Isso não acabou.

— Oficial, garanta que ela entre no ônibus. — Andrew estendeu a mão para o guarda, passando algumas notas de vinte dobradas. — Uma mulher dessas não pode ficar perto de crianças.

VERÃO DE 2005

CHICAGO

LEIGH ESFREGOU A ASSADEIRA de lasanha mesmo com seu próprio suor caindo na água. Porra de gente do Norte. Não faziam ideia de como usar ar-condicionado.

— Eu posso fazer isso — disse Walter.

— Deixa. — Leigh tentou não soar como se quisesse dar uma surra nele com a assadeira. Ele estava tentando fazer algo bacana por ela. Tinha até ligado para a mãe dele para pedir a receita de lasanha dela. E, aí, tinha deixado assar por tanto tempo no forno que Leigh ia arrancar a pele dos dedos antes de o molho queimado sair do fundo antiaderente.

Walter falou:

— Sabe, essa assadeira só custa cinco dólares.

Ela balançou a cabeça.

— Se você visse cinco dólares no chão, ia deixar lá?

— Quanta sujeira tem nos cinco dólares? — Ele estava atrás dela, braços ao redor de sua cintura.

Leigh se encostou nele. Ele beijou o pescoço dela, que se perguntou como diabos tinha virado o tipo de mulher idiota que sentia o estômago dar um pulinho quando um homem a tocava.

— Aqui. — Walter colocou a mão embaixo dos braços dela, pegando a esponja e a assadeira. Ela o viu esfregar sem jeito por quase um minuto inteiro antes de perceber a futilidade da tarefa.

Mesmo assim, Leigh não podia simplesmente desistir.

— Vou deixar de molho mais um pouco.

— O que a gente vai fazer para passar o tempo? — O dente de Walter mordiscou a orelha dela.

Leigh tremeu, segurando-o forte. Aí, soltou, porque não podia mostrar a ele quanto estava desesperada para estar perto dele.

— Você não tem um artigo sobre comportamentos organizacionais para escrever?

Walter gemeu. Seus braços a soltaram enquanto ele ia até a geladeira e tirava uma lata de refrigerante de gengibre.

— Para que serve um MBA? Os sindicatos aqui têm um plano de sucessão de dez nomes. O meu só vai chegar quando eu estiver recolhendo aposentadoria.

Leigh sabia aonde isso estava indo, mas tentou levá-lo numa direção diferente.

— Você gosta da Assistência Jurídica.

— Eu gosto de conseguir pagar minha parte do aluguel. — Ele bebeu da lata ao caminhar de volta para a sala. Jogou-se no sofá. Olhou para o notebook. — Escrevi vinte e seis páginas num jargão que nem eu consigo entender. Não tem aplicação prática de mundo real para nada disso.

— A única coisa que importa é o diploma no seu currículo.

— Isso não pode ser a única coisa que importa. — Ele colocou a cabeça para trás, viu-a secando as mãos num pano de prato. — Preciso me sentir útil.

— Você é útil para mim. — Leigh deu de ombros, porque não adiantava evitar falar o óbvio. — A gente pode se mudar, Walter. Não só para Atlanta.

— Aquele emprego com os Bombeiros é…

— Em Atlanta — disse ela, o único lugar ao qual ela dissera a ele que nunca voltaria.

— Perfeito — completou ele. — Esta era a palavra que eu ia usar: perfeito. A Geórgia é um estado com leis trabalhistas. Ninguém vai deixar o neto do tio do primo furar a fila. O emprego em Atlanta é perfeito.

Leigh sentou-se ao lado dele no sofá. Uniu as mãos para não começar a torcê-las.

— Eu disse que te seguira para qualquer lugar.

— Exceto para lá. — Walter engoliu o resto do refrigerante. A lata foi para a mesa de centro, onde deixaria uma marca. Ele deu um puxãozinho no braço dela. — Você está chorando?

— Não — explicou ela, embora houvesse lágrimas em seus olhos. — Estou pensando na assadeira de lasanha.

— Vem cá. — Ele puxou o braço dela de novo. — Senta no meu colo.

— Meu amor — disse ela. — Pareço o tipo de mulher que sentaria no colo de um homem?

Ele riu.

— Eu amo como vocês, mulheres do Sul, falam *meu amor* como uma mulher do Norte diria *seu idiota*. — Leigh revirou os olhos. — Meu amor. — Ele segurou a mão dela. — Você não pode retirar toda uma cidade da sua vida porque tem medo de encontrar sua irmã.

Leigh baixou os olhos para as mãos. Nunca na vida tinha desejado abraçar alguém tão forte. Ela confiava nele. Ninguém jamais a fizera sentir-se segura.

Ela disse:

— A gente desperdiçou quinze mil com ela, Walter. Quinze mil dólares em dinheiro e dívida de cartão de crédito, e ela durou um dia.

— Não foi um desperdício — disse ele, o que era generoso, considerando que cinco mil tinham sido dele. — A reabilitação não costuma funcionar da primeira vez. Nem da segunda, nem da terceira.

— Eu não… — Ela teve dificuldades de articular como se sentia. — Não entendo por que ela não consegue parar. Do que ela gosta nessa vida?

— Ela não gosta — explicou Walter. — Ninguém gosta.

— Bom, ela está tirando algo disso.

— Ela é viciada — falou Walter. — Ela acorda e precisa de uma dose. A dose acaba, e ela precisa dar um jeito de arrumar a próxima, e a próxima, para não ficar em abstinência. Todos os amigos dela, a comunidade dela, esse é o mundo em que estão presos, constantemente se virando para não ficarem em abstinência. O vício dela não é só mental. É físico. Por que alguém ia fazer isso consigo mesmo se não precisasse?

Leigh nunca conseguiria responder a essa pergunta.

— Eu gostava de cocaína na faculdade, mas não ia jogar minha vida fora por isso.

— Você tem muita sorte de ter conseguido fazer essa escolha — disse Walter. — Para algumas pessoas, os demônios são fortes demais. Elas não conseguem superá-los.

Leigh apertou os lábios. Tinha dito a Walter que a irmã fora molestada, mas era aí que a história terminava.

Ele disse:

— Você não pode controlar o que Callie faz. Só pode controlar como reage a ela. Eu só quero que você fique em paz com isso.

Ela sabia que ele estava pensando no próprio pai.

— É mais fácil fazer as pazes com os mortos.

Ele deu um sorriso sofrido.

— Acredite, amor, é bem mais fácil fazer as pazes com os vivos.

— Desculpa. — Leigh acariciou a lateral do rosto dele. A visão do anel fino de ouro no dedo dela momentaneamente a distraiu. Eles estavam noivos havia menos de um mês, e ela ainda não conseguia se acostumar a ver o anel.

Ele beijou a mão dela.

— É melhor eu terminar esse artigo inútil.

— Preciso revisar algumas jurisprudências.

Eles se beijaram antes de se retirarem para lados opostos do sofá. Era o que ela amava mais do que tudo na vida deles, a forma como trabalhavam juntos em silêncio, separados por uma almofada de sofá. Walter debruçou-se sobre o notebook na mesa de centro. Leigh se cercou de travesseiros, mas estendeu a perna pela almofada, pressionando o pé na coxa dele. Walter a acariciou distraído enquanto lia o artigo inútil.

Seu noivo.

Seu futuro marido.

Eles ainda não tinham falado sobre filhos. Ela supunha que Walter não houvesse mencionado porque filhos eram uma conclusão inevitável. Ele provavelmente não tinha receios de talvez passar os vícios que quase tinham destruído o lado dele da família. Era mais fácil para os homens. Ninguém culpava um pai quando um filho acabava nas ruas.

Leigh instantaneamente se repreendeu por ser tão fria. Walter seria um pai magnífico. Ele não precisava de um exemplo. Tinha sua própria bondade para guiá-lo. Leigh devia ficar mais preocupada com a doença mental da mãe. Quando Leigh era criança, a chamavam de maníaco-depressiva. Agora, dizem que tem transtorno bipolar, e a mudança não tinha feito nenhuma diferença, porque Phil nunca ia procurar qualquer tipo de ajuda que não viesse de um jarro de *micheladas*.

— Fu-fu-fu… — murmurou Walter, buscando uma palavra com os dedos descansando sobre o teclado. Ele assentiu para si e retomou a digitação.

— Você está fazendo backup disso? — perguntou Leigh.

— Claro que sim. E de todos os meus dados de apoio. — Ele colocou o pen-drive. A luz piscou enquanto os arquivos eram salvos. — Eu sou homem, meu bem. Eu sei tudo sobre computadores.

— Que impressionante. — Ela o empurrou com o pé. Ele se debruçou e beijou o joelho dela antes de voltar ao artigo.

Leigh sabia que devia voltar ao trabalho, mas tirou um momento para olhar o rosto lindo de Walter. Robusto, mas não duro. Ele sabia como trabalhar com as mãos, mas sabia como usar o cérebro para poder pagar alguém para fazer o trabalho.

Walter de jeito nenhum era suave, mas tinha crescido com uma mãe que o adorava. Mesmo quando estava no fundo da garrafa, Celia Collier era um tipo de bêbada agradável, dada a beijos e abraços espontâneos. O jantar sempre estava na mesa às seis. Havia lanches na mochila dele para levar à escola. Ele nunca tinha sido forçado a usar cueca suja ou implorar dinheiro a estranhos para comprar comida. Ele nunca tinha se escondido embaixo da cama à noite porque tinha medo de que a mãe ficasse bêbada e desse uma surra nele.

Leigh amava inúmeras coisas em Walter Collier. Ele era gentil. Era brilhante. Era profundamente carinhoso. Mas, acima de tudo, ela o adorava por sua inexorável normalidade.

— Meu amor — disse ele. — Achei que estávamos trabalhando.

Leigh sorriu.

— Não é assim que se diz, meu amor.

Walter deu uma risadinha enquanto digitava.

Leigh abriu o livro. Tinha dito a Walter que precisava se familiarizar com as diretrizes atualizadas da Lei de Americanos com Deficiência em relação a locatários com deficiência, mas, secretamente, estava pesquisando os limites do privilégio conjugal. Assim que ela e Walter voltassem da lua de mel, ela ia se sentar com ele e contar tudo sobre Buddy Waleski.

Talvez.

Ela apoiou a cabeça nas costas do sofá, olhando para o céu. Não havia muito na vida de Leigh que Walter não soubesse. Ela lhe contara sobre suas duas passagens pelo reformatório e exatamente por que acabara lá. Descrevera sua noite aterrorizante na cadeia do condado por rasgar os pneus do chefe nojento. Contara até sobre a primeira vez que percebera que era capaz de revidar quando a mãe a atacava.

Cada vez que ela desabafava, cada vez que Walter absorvia os detalhes sem piscar, Leigh tinha de lutar contra a vontade de contar-lhe o resto.

Mas o resto era demais. O resto era tão pesado que a irmã preferia se injetar com veneno do que viver com as lembranças. Walter nunca tinha tocado em uma gota de álcool, mas o que aconteceria se soubesse exatamente do que sua esposa era capaz? Uma coisa era ouvir o passado distante e violento de Leigh, mas Buddy Waleski tinha sido cortado em pedaços em sua própria cozinha fazia menos de sete anos.

Ela tentou imaginar toda a conversa. Se contasse a Walter uma coisa, teria que contar tudo, o que começaria ainda quando Buddy colocara os dedos gordos no joelho dela. Como alguém mesmo tão compreensivo quanto Walter podia acreditar que Leigh tinha se permitido esquecer aquela noite? E como ele podia perdoá-la se ela nunca, nunca conseguiria perdoar a si mesma?

Leigh secou os olhos com o dorso da mão. Mesmo com privilégio conjugal, era justo tornar o único homem que ela já amou conspirador de seus crimes? Walter a olharia diferente? Deixaria de amá-la? Decidiria que Leigh nunca poderia ser a mãe dos filhos dele?

O último pensamento abriu a torneira. Ela precisou se levantar para achar um lenço, para que ele não a visse desmoronando.

— Amor? — perguntou Walter.

Ela balançou a cabeça, deixando-o pensar que estava chateada por causa de Callie. Ela não tinha medo de Walter entregá-la à polícia. Sabia que ele nunca faria isso. Ela tinha medo de a mente legal dele entender a diferença entre autodefesa e assassinato a sangue frio.

A própria Leigh sabia o peso de seus pecados ao deixar Atlanta para trás. A lei era controversa no que dizia respeito a dolo. O que um réu estava pensando ao cometer um ato criminal podia ser o fator decisivo por trás de tudo, de fraude a homicídio.

Ela sabia exatamente o que estava pensando ao dar seis voltas de plástico--filme ao redor da cabeça de Buddy Waleski: *Você vai morrer na minha mão e eu vou gostar de ver isso acontecendo.*

— Meu amor? — chamou Walter.

Ela sorriu.

— Isso está cansando bem rápido.

— Será que está?

Leigh voltou ao sofá. Contra seus instintos, ela se sentou no colo dele. Walter a abraçou. Ela apertou a cabeça contra o peito dele e tentou dizer a si mesma que não amava cada segundo sendo envolta por ele.

— Você sabe quanto eu te amo? — perguntou ele.

— Não.

— Eu te amo tanto que vou parar de falar do meu emprego dos sonhos em Atlanta.

Ela devia ter se sentido aliviada, mas se sentiu culpada. A vida de Walter tinha virado de cabeça para baixo depois da morte do pai. O sindicato tinha salvado a mãe, e ele queria devolver essa gentileza lutando por outros trabalhadores que viam sua vida jogada no caos.

Leigh tinha sido atraída pela necessidade de Walter de ajudar os outros. Ela admirava tanto isso que, contra seus instintos, tinha aceitado um encontro com ele. Em uma semana, passara de dormir no sofá dele para ficar de conchinha com ele na cama. Depois, eles tinham se formado, conseguido empregos e noivado, e os dois estavam prontos para começar a vida — exceto por Leigh segurando Walter.

— Ei — disse ele. — Era para esse sacrifício que eu fiz por você parecer sexy.

Ela colocou o cabelo cacheado para trás.

— Você sabe…

Walter beijou as lágrimas dela.

— Eu mataria por você — disse Leigh, com total compreensão do que exatamente isso significaria. — Você é tudo para mim.

— Mas você não ia fazer isso de verdade.

— Não. — Ela segurou o rosto dele com as duas mãos. — Eu faria qualquer coisa por você, Walter. É sério. Se quiser ir para Atlanta, eu vou achar um jeito de viver em Atlanta.

— Já deixei a ideia de lado, na verdade. — Ele sorriu. — Atlanta é quente demais.

— Você não pode…

— E a Califórnia? — perguntou ele. — Ou Oregon? Ouvi falar que Portland é insano.

Ela o beijou para ele parar de falar. A boca dele era tão gostosa. Ela nunca tinha conhecido um homem que sabia como não ter pressa para acertar um beijo. As mãos dela desceram, desabotoando a camisa dele. A pele dele estava suada. Ela sentiu gosto de sal no peito dele.

Depois, algum babaca idiota começou a bater na porta. Leigh se assustou, colocando a mão no coração.

— Que horas são?

— São só oito e meia, vovó. — Walter escorregou de baixo dela. Abotoou as roupas ao caminhar para a porta. Leigh o viu apertar o olho contra o olho mágico. Ele se virou para olhá-la de relance.

— Quem é?

Walter abriu a porta.

Callie estava no corredor. Estava vestida com as doações de sempre em tons pastel e com estampas de desenhos animados do departamento infantil do Exército da Salvação, porque nem os menores tamanhos adultos serviam nela. A camiseta do *Leitão, o filme* era de manga longa, embora estivesse calor. O jeans largo tinha rasgos nos dois joelhos. Ela estava carregando uma fronha cheia de coisas embaixo do braço. O corpo dela caía para o lado, equilibrando a caixa de transporte de gato feita de papelão que ela segurava pelas alças.

Leigh ouviu um miado pelos buracos de ar das laterais. Callie disse:

— Boa noite, amigos.

— Quanto tempo — respondeu Walter, sem qualquer indicação de que a última vez que vira Callie ela estava vomitando nas costas da camiseta dele enquanto ele a carregava para a reabilitação.

— Callie. — Leigh se levantou do sofá. Estava chocada, porque Callie nunca se afastava mais de vinte e cinco quilômetros quadrados da casa de Phil. — O que você está fazendo em Chicago?

— Todo mundo precisa de férias. — O corpo de Callie balançou para a frente e para trás quando ela entrou com a caixa pesada. Ela a colocou gentilmente no chão ao lado do sofá. Jogou a fronha ao lado. Olhou ao redor. — Belo lugar.

Leigh ainda precisava de uma resposta.

— Como você achou meu endereço?

— Você me mandou um cartão de Natal para a casa da Phil.

Leigh murmurou um xingamento. Walter tinha enviado. Ele devia ter olhado na agenda de endereços dela.

— Você está morando com Phil?

— O que é a vida, Harleigh, senão uma série de perguntas retóricas?

— Callie — falou Leigh. — Diga por que está aqui.

— Pensei em vir ver qual é a da tal Cidade dos Ventos. Preciso dizer, não recomendo os pontos de ônibus. Drogados por todo lado.

— Callie, por favor…

— Eu fiquei sóbria — respondeu Callie.

Leigh ficou sem palavras. Desejava tanto ouvir essas palavras vindas da boca da irmã. Permitiu-se olhar o rosto de Callie. As bochechas estavam cheias. Ela sempre fora pequena, mas Leigh já não via ossos sob sua pele. Parecia de fato saudável. Callie continuou:

— Quase oito meses. Que tal?

Leigh se odiou por ter esperança.

— Quanto tempo vai durar?

— Deixe a história ser seu guia. — Callie virou as costas para a ideia de decepção. Andou pelo apartamento minúsculo como um elefante em uma loja de porcelana. — Que bacana aqui. Quanto vocês pagam de aluguel? Aposto que é um milhão por mês. É um milhão?

Walter aceitou a pergunta.

— A gente paga metade disso.

— Caramba, Walter. Que bela barganha. — Ela se abaixou para a caixa do gato. — Ouviu isso, gatinha? Esse cara sabe fazer negócios.

Walter olhou no olho de Leigh. Ele sorriu, porque não entendia que o humor de Callie sempre tinha um preço.

— Isso parece chique. — Callie estava debruçada sobre o notebook dele como um pássaro bicando. — O que é isso aqui, Walter? A disposição fundamental de blá-blá-blá. Parece bem crânio.

— É meu artigo final — explicou Walter. — Metade da minha nota.

— Quanta pressão. — Callie se endireitou. — Só prova que você consegue fazer qualquer palavra sair da sua boca.

Ele riu de novo.

— É bem verdade.

Leigh tentou:

— Cal…

— Walter, preciso dizer, eu amo essa ideia. — Ela foi até as estantes que Walter construíra com blocos de cimento e tábuas de madeira. — Bem masculino, mas funciona com o estilo geral da sala.

Walter levantou as sobrancelhas para Leigh, como se Callie não soubesse que Leigh desprezava aquela estante.

— Olha essa bugiganga incrível. — Callie chacoalhou o globo de neve que eles tinham comprado numa barraca de estrada a caminho de Petoskey. Ela não conseguia dobrar a pescoço, então, levantou o globo à altura dos olhos para ver o tumulto lá dentro. — É neve de verdade, Walter?

Ele sorriu.

— Com certeza, deve ser.

— Caramba, gente. Eu nem entendo o mundo chiquérrimo em que vocês vivem. Daqui a pouco, vão me dizer que guardam todos os alimentos perecíveis numa caixa refrigerada.

Leigh viu a irmã andar pela sala, pegando livros e souvenires que Walter e Leigh tinham colecionado nas raras férias que podiam pagar, porque quinze mil dólares era bastante para gastar com alguém que ia passar um dia na reabilitação.

— Olá? — gritou Callie na boca de um vaso de flores vazio.

Leigh sentiu a mandíbula apertar. Ela se odiava por sentir que o espacinho perfeito que só ela e Walter já tinham dividido estava sendo arruinado pela irmã insuportável e viciada.

Os quinze mil desperdiçados não eram o único dinheiro que Callie efetivamente queimara. Durante os últimos seis anos, Leigh tinha voado de volta a Atlanta meia dúzia de vezes para ajudar a irmã. Alugando quartos de motel para Callie se desintoxicar. Levá-la correndo para o pronto-socorro porque uma agulha tinha quebrado no braço dela e a infecção quase a matara. Inúmeras consultas médicas. Um susto de HIV. Um susto de hepatite C. Montanhas entorpecentes de burocracia de fiança a processar, contas de cantina da prisão a serem pagas, cartões telefônicos a serem ativados. Esperando — constantemente esperando — por uma batida à porta, um policial com o quepe na mão, uma ida ao necrotério, a visão do corpo pálido, destruído da irmã numa laje porque ela amava heroína mais do que amava a si mesma.

— Entãaaaao — Callie esticou a palavra. — Eu sei que vai ser um choque para vocês, mas eu estou meio sem ter onde morar agora e…

— Agora? — explodiu Leigh. — Cacete, Callie. Da última vez que eu te vi, estava te tirando da cadeia por destruir um carro. Você fugiu depois da fiança? Você apareceu na audiência? Pode ter um mandado para…

— Ei, peraí, irmã — disse Callie. — Vamos segurar o surto.

Leigh podia ter dado um tapa na cara dela.

— *Nunca mais* fale comigo que nem você fala com a Phil.

Callie levantou as mãos e deu um passo para trás, depois outro.

Leigh cruzou os braços para não estrangulá-la.

— Há quanto tempo você está em Chicago?

— Cheguei na semana de ontem — respondeu Callie. — Ou foi no ontem da semana passada?

— Callie.

— Walter. — Callie deu as costas para Leigh. — Espero não estar sendo rude ao dizer isso, mas você parece um excelente provedor.

As sobrancelhas de Walter subiram. Tecnicamente, Leigh ganhava mais do que ele.

Callie continuou:

— Você proveu um lar maravilhoso para a minha irmã. E estou vendo por aquela aliança no dedo dela que decidiu torná-la uma mulher honesta. Ou o mais honesta que ela pode ser. Mas, enfim, o que estou dizendo é que estou muito feliz por vocês dois, e parabéns.

— Callie. — Se Leigh tivesse recebido um dólar por cada vez que dissera o nome da irmã nos últimos dez minutos, teria seu dinheiro da reabilitação de volta. — A gente precisa conversar.

Callie se virou de novo.

— Do que você quer falar?

— Puta que pariu — disse Leigh. — Quer parar de agir que nem uma porcaria de uma avestruz e tirar a cabeça da bunda?

Callie arfou.

— Você me comparou com um dinossauro assassino?

Walter riu.

— *Walter*. — Leigh sabia que soava como uma megera. — Não ria dela. Não tem graça.

— Não tem graça, Walter. — Callie virou o corpo de novo para ele.

Leigh ainda achava os movimentos robóticos chocantes. Quando pensava na irmã, pensava na atleta, não na garota cujo pescoço havia sido quebrado e fundido. E certamente não na viciada parada na frente do homem com quem Leigh queria desesperadamente criar uma vida nova, tediosa, normal.

— Ah, vai. — Walter sorriu para Leigh. — Tem um pouco de graça.

— É difamação, Walter, e, como intelectual do Direito, você devia reconhecer isso. — Callie colocou as mãos no quadril enquanto fazia uma imitação ruim do dr. Jerry. — Uma avestruz pode matar um leão com o pé absolutamente sem motivo. Exceto que o leão também é um assassino conhecido. Esqueci o que queria dizer, mas só um de nós precisa entender o que eu estou falando.

Leigh cobriu o rosto com as mãos. Callie tinha dito *fiquei sóbria,* não que estava sóbria no momento, porque estava completamente chapada. Leigh não conseguia lidar com isso de novo. Era a esperança que a matava. Ela tinha ficado acordada noites demais criando estratégias, planejando, criando um caminho que afastasse a irmã mais nova de uma espiral de morte assustadora.

E, toda porra de vez, Callie pulava de volta.

Ela disse à irmã:

— Não posso...

— Espera aí — falou Walter. — Callie, você se importa se Leigh e eu conversarmos lá dentro?

Callie acenou teatralmente com os braços.

— Como quiserem.

Leigh não tinha escolha a não ser ir contrariada até o quarto. Esperou com as mãos nos quadris enquanto Walter gentilmente fechava a porta.

Ela disse:

— Não consigo mais fazer isso. Ela está mais louca que o Batman.

— Vai passar — respondeu Walter. — São só algumas noites.

— Não. — Leigh sentiu sua cabeça começando a balançar. Callie tinha voltado havia quinze minutos e Leigh já estava exausta. — Não são só algumas noites, é a minha vida, Walter. Você não tem ideia do quanto me esforcei para me afastar disso. Os sacrifícios que eu fiz. As coisas horríveis que eu...

— Leigh — interrompeu ele, parecendo tão razoável que ela queria sair correndo do quarto. — Ela é sua irmã.

— Você não entende.

— Meu pai...

— Eu sei — disse ela, mas não estava falando do vício de Callie. Estava falando da culpa, do luto, de *Quantos anos você tem boneca não pode ter mais de treze né mas caramba você já parece uma mulher adulta.*

Foi Leigh quem empurrou Callie para as garras de Buddy Waleski. Foi Leigh quem o assassinou. Foi Leigh quem forçou Callie a mentir tanto que seu único alívio vinha de uma droga que ia acabar matando-a.

— Amor? — falou Walter. — O que foi?

Ela balançou a cabeça, odiando as lágrimas em seus olhos. Estava tão frustrada, tão cansada de esperar que um dia, como se por mágica, a culpa fosse desaparecer. Tudo que ela queria no mundo era fugir dos primeiros dezoito anos de sua vida e passar a próxima parte construindo seu mundo ao redor de Walter.

Ele esfregou os braços dela.

— Eu levo ela para um motel.

— Ela vai fazer uma festa — comentou Leigh. — Vai convidar metade do bairro e...

— Posso dar dinheiro para ela.

— Ela vai ter uma overdose — contrariou Leigh. — Já deve estar roubando dinheiro da minha bolsa. Meu Deus, Walter, não posso continuar fazendo isso. Meu coração está partido. Não sei quantas vezes mais consigo...

Ele a puxou num abraço apertado. Ela finalmente caiu no choro, porque ele nunca ia entender. O pai dele era alcóolatra, mas Walter nunca tinha colocado uma garrafa na mão dele. A culpa que ele carregava era uma culpa de criança. De muitas formas, Leigh carregava a culpa de duas crianças marcadas e destruídas dentro de seu coração todos os dias.

Leigh nunca poderia ser mãe. Nunca poderia segurar o bebê de Walter nos braços e confiar que não ia estragar um filho deles como tinha estragado a própria irmã.

— Meu bem — disse Walter. — O que você quer fazer?

— Eu quero...

Mandá-la embora. Falar para ela esquecer meu telefone. Falar que nunca mais quero vê-la. Falar que não posso viver sem ela. Falar que Buddy tentou comigo também. Falar que é culpa minha por não protegê-la. Falar que quero abraçá-la o mais forte que puder até ela entender que eu nunca vou estar curada até ela estar.

As palavras vinham tão fáceis quando Leigh sabia que ficariam para sempre em sua cabeça.

— Não posso ver aquele gato.

Ele baixou os olhos para ela, confuso.

— Callie é muito boa em escolher gatos e vai me fazer amar aquele gato, e aí vai largar aqui e eu vou acabar cuidando dele pelos próximos vinte anos. — Walter tinha todo o direito de olhá-la como se ela tivesse enlouquecido. — A gente nunca vai poder sair de férias, porque eu não vou ter coragem de deixá-lo sozinho.

— Certo — disse Walter. — Eu não tinha percebido que era tão sério.

Leigh riu, porque era a única coisa que conseguia fazer.

— Vamos dar uma semana a ela, tá?

— A Callie, você quer dizer. — Walter estendeu a mão para eles poderem apertar. — Uma semana.

— Desculpa — falou ela.

— Meu amor — disse ele. — Eu sabia no que estava entrando quando falei que você podia dormir no sofá.

Leigh sorriu, porque ele finalmente tinha aprendido a maneira certa de usar *meu amor*.

— A gente não devia deixá-la sozinha. Eu não estava brincando sobre minha carteira.

Walter abriu a porta. Leigh o beijou na boca antes de voltar à sala.

Ela não devia ter ficado surpresa com o que encontrou, mas mesmo assim sentiu o choque.

Callie tinha ido embora.

Os olhos de Leigh percorreram a sala como os de Callie tinham feito. Ela viu sua bolsa aberta, a carteira sem dinheiro. O globo de neve tinha sumido. O vaso de flores tinha sumido. O notebook de Walter tinha sumido.

— Filha da puta! — Walter girou o pé para chutar a mesa de centro, mas parou no último minuto. Suas mãos se fecharam em punhos. — Puta que…

Leigh viu a carteira vazia de Walter na mesa perto da porta.

Era culpa dela. Era tudo culpa dela.

— Merda. — Walter tinha pisado em alguma coisa. Ele esticou a mão para o chão, depois mostrou o pen-drive, porque é claro que Callie tinha lhe deixado a cópia do artigo dele antes de roubar o computador.

Leigh pressionou os lábios.

— Desculpa, Walter.

— O que é…

— Você pode usar o meu…

— Não, o barulho. O que é isso?

Leigh ouviu no silêncio. Ouviu o que tinha chamado a atenção dele. Callie tinha levado a fronha, mas deixado o gato. O pobrezinho estava miando dentro da caixa.

— Merda — disse Leigh, porque abandonar o gato era quase tão ruim quanto roubar tudo deles. — Você vai ter que lidar com isso. Não posso ver.

— Você está falando sério?

Leigh balançou a cabeça. Ele nunca ia entender o quanto ela detestava a mãe por transmitir um amor permanente pelos animais.

— Se eu ver, vou querer ficar com ele.

— Tá bom, que briga fantástica para comprar. — Walter foi até a caixa. Encontrou a carta que Callie deixara dobrada na aba das alças. Leigh reconheceu a letra curvada da irmã com um coração em cima do *i*.

Para Harleigh & Walter, porque eu amo vocês.

Leigh ia acabar com a vida da irmã da próxima vez que estivessem juntas no mesmo cômodo.

Walter desdobrou o bilhete e leu:

— Por favor, aceitem o presente desta linda…

A gata miou de novo, e Leigh sentiu um solavanco no coração. Walter estava demorando demais. Ela se ajoelhou na frente da caixa, fazendo uma lista mental. Caixa de areia, pá, ração de gato, algum tipo de brinquedo, mas não com *catnip*, porque filhotes não respondiam a *catnip*.

— Meu amor. — Walter esticou o braço e apertou o ombro dela.

Leigh abriu as alças da caixa, xingando a irmã mentalmente o tempo todo. Afastou o cobertor. Suas mãos lentamente subiram para cobrir a boca. Ela olhou os dois olhos castanhos mais bonitos que já tinha visto.

— Madeline — disse Walter. — Callie diz para batizá-la de Maddy.

Leigh esticou as mãos para a caixa. Sentiu o calor da criaturinha milagrosa se espalhar pelos braços e pelo coração partido dela.

Callie lhes tinha dado sua bebê.

PRIMAVERA DE 2021

12

LEIGH SORRIU AO OUVIR o relatório de Maddy sobre os contratempos de adolescente usuais na escola. Andrew não importava. Callie não importava. A carreira legal de Leigh, as fitas, o plano B, sua liberdade, sua vida — nada disso importava.

A única coisa que ela queria agora era se sentar no escuro e ouvir o som adorável da voz da filha.

Sua única queixa era que estavam tendo aquela conversa ao telefone. Fofoca era o tipo de coisa que você ouvia enquanto cozinhava o jantar e sua filha jogava no telefone, ou, se fosse algo sério, você ouvia com a cabeça da sua filha no colo enquanto acariciava o cabelo dela.

— Aí, mãe, claro que eu fiquei, tipo, a gente não pode fazer isso, porque não é justo. Né?

Leigh opinou:

— É.

— Mas aí ela ficou superbrava comigo e saiu andando — continuou Maddy. — Então, tipo uma hora depois, eu olhei meu telefone e ela retuitou um vídeo, tipo de um cachorro correndo atrás de uma bola de tênis, e eu quis ser legal e dizer algo sobre como o cachorro era um spaniel, e os spaniels são superfofos e amorosos, mas aí ela me respondeu tudo em maiúscula: "ISSO É UM TERRIER E É ÓBVIO QUE VOCÊ NÃO SABE NADA DE CACHORRO, ENTÃO, CALA A BOCA".

— Que ridículo — falou Leigh. — Terriers e spaniels não têm nada a ver.

— Eu sei! — Maddy contou o resto da história, que era mais complicada que uma audiência probatória de um caso de Lei Federal de Organizações Corruptas e Influenciadas pelo Crime Organizado.

Callie ia amar essa conversa. Ia amar muito.

Leigh apoiou a cabeça na janela do carro. Na privacidade do Audi, permitiu que as lágrimas fluíssem sem impedimento. Ela tinha estacionado no fim da rua da casa de Walter como se fosse uma perseguidora. Leigh queria ver a luz do quarto da filha acesa, talvez pegar a sombra de Maddy passando. Walter ficaria feliz de deixar Leigh se sentar na varanda, mas ela ainda não conseguia encará-lo. Tinha dirigido até o bairro de classe média no piloto automático, o corpo ansiando pela proximidade de sua família.

O fato de o trailer de Celia Collier estar estacionado na entrada não tinha exatamente trazido conforto. A monstruosidade bege e marrom parecia o laboratório de metanfetamina de *Breaking Bad*. Leigh tinha casualmente arrancado de Maddy que a mãe de Walter havia decidido visitá-los de surpresa, mas Celia não fazia nada de surpresa. Leigh sabia que ela tinha recebido as duas doses da vacina. Ela sentiu um aperto no coração que lhe dizia que a avó de Maddy estava ali para ficar de babá enquanto Walter tirava um fim de semana com Marci.

— Mãe, está ouvindo?

— Claro que sim. E depois, o que ela disse?

Apesar do tom estridente na voz da filha, Leigh sentiu a pressão cair. O som longínquo de grilos entrou pelas janelas do carro. A lua era uma tira baixa no céu. Ela deixou a mente vagar àquela primeira noite que passara com a filha. Walter tinha colocado travesseiros ao redor de toda a cama. Eles deitaram em volta de Maddy como um coração protetor, tão apaixonados que nenhum dos dois conseguia falar. Walter tinha chorado. Leigh tinha chorado. A lista dela de caixa de areia e ração de gato tinha virado fraldas e fórmula e macacões e planos de Walter aceitar imediatamente o emprego em Atlanta.

A papelada que Callie deixara no fundo da caixa de gatos tornava impossível que eles ficassem em Chicago. Como com todo o resto na vida, Callie tinha gastado mais energia fazendo a coisa errada do que precisaria gastar fazendo a coisa certa.

Sem contar a ninguém, Callie se mudara para Chicago oito meses antes do nascimento de Maddy. Durante a gravidez, usara o nome de Leigh na clínica de saúde da mulher em South Side. Walter fora registrado como pai de Maddy na certidão de nascimento. Todas as consultas de pré-natal de Callie, suas aferições de pressão arterial, suas internações hospitalares e check-ups haviam sido cobertas pelo programa Mamães & Bebês do Departamento de Saúde e Serviços Familiares de Illinois.

Leigh e Walter tinham duas escolhas: podiam se mudar para Atlanta com todos os prontuários médicos e fingir que Maddy era filha deles ou podiam falar a verdade e mandar Callie para a cadeia por fraudar o sistema de saúde.

E isso supondo que os investigadores acreditassem na história. Havia uma chance de que o governo acusasse Walter e Leigh de fazer parte do esquema. Maddy teria acabado num orfanato, um risco que nenhum deles queria correr.

Por favor, aceitem o presente desta linda menininha, Callie tinha escrito. *Eu sei que, não importa o que aconteça, vocês dois vão sempre mantê-la feliz e segura. Só peço que vocês a batizem de Maddy. PS: Félicette foi a primeira gata astronauta. Pode pesquisar.*

Quando estavam seguros em Atlanta, quando o medo tinha diminuído, quando tiveram certeza de que Callie não ia voltar à vida deles e levar Maddy embora, eles tentaram apresentar a irmã à filha. Callie sempre se recusou educadamente. Ela nunca reivindicou seu papel. Nunca insinuou de qualquer forma que Leigh não era mãe de Maddy ou que Walter não era o pai. A existência da criança tinha se tornado como todo o resto na vida de Callie — uma história distante e vaga que ela se permitia esquecer.

Quanto a Maddy, ela sabia que Leigh tinha uma irmã e sabia que a irmã sofria com a doença do vício, mas eles ainda não lhe tinham dito a verdade. No início, haviam esperado prescrever o crime de fraude, e depois Maddy não tinha idade o bastante para entender, e depois ela estava passando por um momento difícil na escola, e depois ser uma menina de doze anos com pais que estavam se separando já era ruim o bastante sem a mãe e o pai se sentarem com você para explicar que ela não era filha biológica deles.

De repente, Leigh se viu relembrando as palavras de Andrew enquanto eles estavam no quintal dele de manhã. Ele dissera que Callie amava o que Buddy fazia com ela, que ela gemia o nome dele.

Nada disso importava. Callie podia gostar do toque, porque toque era bom, mas crianças eram incapazes de tomar decisões adultas. Não tinham compreensão do amor romântico. Não tinham maturidade para entender a forma como seu corpo reagia ao contato sexual. Eram física e emocionalmente despreparadas para o sexo.

Leigh não entendia de verdade aos dezoito, mas entendia agora, como mãe. Quando Maddy fizera doze anos, Leigh tinha ganhado assento de primeira fileira para a mágica da vida de uma garotinha de doze anos. Ela sabia como era doce, desesperada por atenção. Sabia que era possível convencê-la a dar estrelas com você por toda a entrada da casa. Você podia vê-la cair na risada num momento e explodir em lágrimas inexplicáveis no próximo. Podia dizer para ela que você era a única pessoa em que ela podia confiar, que ninguém mais a amaria como você, que ela era especial, que, não importava a circunstância, ela precisava guardar o que estava acontecendo em segredo, porque ninguém mais entenderia.

Não era coincidência Leigh ter destruído seu casamento quando Maddy fizera doze anos. Callie tinha doze anos quando virou babá dos Waleski.

A compreensão de quão profundamente vulnerável era sua irmã, o que Buddy Waleski lhe roubara, era um câncer que quase matara Leigh. Tinha havido dias em que ela mal conseguia olhar a própria filha sem ter de correr para o banheiro para desmoronar. Leigh precisava se manter tão firme ao redor de Maddy que tinha perdido o controle com Walter. Ele havia suportado o comportamento errático de Leigh até ela ter achado a única coisa que o faria ir embora. Não era um caso. Leigh nunca o traíra. Em muitos sentidos, o que ela tinha feito era muito pior. Ela tinha começado a beber demais depois que Maddy ia dormir. Leigh achava que estava escondendo bem até que, em uma manhã, acordou ainda bêbada no chão do banheiro. Walter estava sentado na beirada da banheira. Ele tinha literalmente levantado as mãos, entregando-se, e dito que estava acabado.

— O que eu podia fazer? — perguntou Maddy. — Tipo, sério, mãe. Me fala.

Leigh não sabia, mas já tinha passado por isso antes.

— Acho que você fez exatamente a coisa certa, amor. Ou ela vai aceitar, ou não.

— Acho que sim. — Maddy não parecia convencida, mas mudou de assunto. — Você falou com o papai sobre a festa no fim de semana?

Leigh tinha tomado o caminho covarde e mandado uma mensagem para Walter.

— Você não pode dormir lá e precisa prometer que todo mundo vai ficar de máscara.

— Prometo — disse Maddy, mas, a não ser que espiasse pelas janelas do porão, não tinha como saber. — A Keely falou que ela finalmente ligou.

A filha de Leigh era o *Onde está o Wally* dos nomes próprios, mas em geral deixava pistas suficientes.

— A sra. Heyer?

— É, ela disse alguma coisa sobre como um dia Keely ia entender, mas tinha conhecido alguém e ainda amava o pai dela, porque ele sempre seria pai dela, mas tinha que seguir em frente.

Leigh balançou a cabeça, tentando extrair o significado daquilo.

— A sra. Heyer está saindo com alguém? Ela está traindo o sr. Heyer?

— Sim, mãe, foi o que eu disse, né? — Maddy voltou a sua zona de conforto, irritação. — E ela não para de mandar mensagens tipo de corações e essas merdas e, sabe, por que ela não liga de novo pra falar do que está acontecendo e como vão ser as coisas em vez de mandar mensagem?

Para consolar Maddy, Leigh disse:

— Às vezes, é mais fácil mandar mensagem, sabe?

— É, tá bom, preciso ir. Te amo.

Maddy desligou abruptamente. Leigh supôs que alguém mais interessante tivesse ficado disponível. Mesmo assim, ficou olhando para o telefone até a tela se apagar. Parte de Leigh queria se meter em qualquer corrente de mensagens entre mães falando sobre Ruby Heyer voltando à ativa, mas não era por isso que Leigh tinha dirigido até lá às oito da noite. Ela tinha ido encontrar Walter e explodir a própria vida.

Andrew considerava Tammy Karlsen apenas um dano colateral em sua guerra de destruição mutuamente assegurada. O que ele queria mesmo era que Leigh vivesse com medo. Que soubesse que, a qualquer momento, *sua vida perfeita e falsa de mamãe com suas reuniões de pais e mestres e peças escolares e seu marido idiota* podia desaparecer da mesma forma que a vida de Andrew desaparecera quando ela assassinou o pai dele.

A única forma de tirar o poder de Andrew era tirar seu controle.

Antes que perdesse a coragem, Leigh mandou uma mensagem a Walter: *está ocupado?*

Ele respondeu de imediato: *Máquina do Amor.*

Leigh olhou para o trailer de Celia. Eles tinham começado a chamá-lo de Máquina do Amor depois de Walter acidentalmente surpreender a mãe dele e o homem que administrava o estacionamento de trailers de Hilton Head.

A porta da frente da casa de Walter se abriu. Ele acenou para Leigh enquanto caminhava na direção da Máquina do Amor. Ela olhou ao redor da rua sem saída. Não devia se surpreender de um de seus vizinhos a ter delatado. Havia seis bombeiros que moravam ao redor da casa de Walter. Ele tinha defendido cada um em várias ocasiões, negociando acordos de aposentadoria, contas médicas e, em um caso, mandando um para a reabilitação em vez de para a cadeia. Todos tratavam Walter como um irmão.

Leigh deixou o telefone no banco ao sair do carro. Walter estava dobrando a mesa quando ela entrou na Máquina do Amor. Celia não tinha gastado muito com decoração, mas tudo era organizado e funcional. Uma longa banqueta servia como sofá entre duas divisórias. A cozinha compacta percorria a parede do trailer, com um armário e um banheiro criando um pequeno corredor até o quarto lá atrás. Walter tinha acendido as luzes de circulação na faixa de piso acarpetado. O brilho suave destacava o ângulo marcado de sua mandíbula. Ela via a sombra de uma barba crescendo. Desde a pandemia, ele tinha começado a se barbear dia sim, dia não. Leigh não havia percebido o quanto gostava até aqueles breves meses durante o primeiro lockdown em que se vira de volta na cama dele.

— Merda. — Ela colocou a mão no rosto. — Esqueci minha máscara.

— Não tem problema. — Walter deu um passo para trás, deixando alguma distância entre eles. — Callie apareceu no treino de futebol de Maddy hoje.

Leigh sentiu a mescla usual de emoções — culpa por ainda não ter ligado para ver como a irmã estava desde a noite anterior e esperança de Callie finalmente ter mostrado algum interesse em fazer parte da família.

— Ela parece bem. — Ele encostou na divisória. — Quer dizer, está magra demais, mas estava sorrindo e brincando. A Callie de sempre. Juro por Deus, parecia que ela estava bronzeada.

— Ela…

— Não, eu ofereci, mas ela não quis conhecer Maddy. E, sim, ela estava chapada, mas sem cair nem fazer cena.

Leigh assentiu, porque essa não era a pior das notícias.

— Como vai Marci?

— Vai casar — disse Walter. — Ela voltou com o ex-namorado.

Pela primeira vez em dias, Leigh sentiu a âncora levantar um pouquinho de seu peso do peito dela.

— Achei, quando vi o trailer…

— Eu vou fazer quarentena aqui por dez dias. Pedi para a minha mãe vir para poder ficar de olho em Maddy.

Leigh sentiu o peso voltar.

— Você foi exposto?

— Não, eu ia te ligar amanhã, mas, aí, você apareceu e... — Ele balançou a cabeça, como se os detalhes não importassem. — Eu queria poder fazer isto.

Sem aviso, ele fechou o espaço entre os dois e puxou Leigh em seus braços. Ela não ofereceu resistência. Deixou seu corpo derreter-se no dele. Um soluço saiu de sua boca. Ela queria desesperadamente ficar com ele, fingir que tudo estava bem, mas não havia nada que pudesse fazer exceto tentar memorizar aquele momento para conseguir pensar nele pelo resto da vida. Por que ela sempre se apegava às coisas ruins e deixava as coisas boas fugirem?

— Meu amor. — Walter levantou o rosto dela, para que olhasse para ele. — Me fale o que aconteceu.

Leigh tocou a boca dele com os dedos. Ela sentiu na alma que estava a ponto de fazer um dano duradouro ao que sobrava do casamento deles. Podia transar com ele. Podia dormir nos braços dele. Mas, aí, no dia seguinte ou no próximo, ela ainda precisaria contar a verdade, e a traição cortaria bem mais fundo.

— Preciso... — A voz de Leigh falhou. Ela respirou fundo. Levou Walter à banqueta e sentou-se ao lado dele. — Preciso te contar uma coisa.

— Parece sério — disse ele, sem soar nada sério. — O que foi?

Ela baixou os olhos para os dedos cruzados. Obrigou-se a se afastar.

— Preciso te contar algo fora dos limites do nosso casamento.

Ele riu.

— Está bem.

— Quer dizer, não faz parte do nosso privilégio conjugal. Somos só nos dois conversando.

Ele finalmente entendeu o tom dela.

— O que aconteceu?

Leigh não podia mais ficar tão perto dele. Ela deslizou pelo banco até encostar na divisória. Pensou sobre todas as vezes em que esticara o pé pelo sofá porque não aguentava não estar conectada a ele de alguma forma. O que ela estava prestes a dizer podia cortar o laço de maneira irrevogável.

Não havia mais como adiar. Ela começou pelo começo.

— Lembra que eu te contei que aos onze anos comecei a ser babá de crianças do meu bairro?

Walter balançou a cabeça, não porque não lembrasse, mas porque achava insano alguém ter acreditado que era uma boa ideia uma criança de onze anos ficar encarregada de outras crianças.

— Sim — disse ele. — Claro que lembro.

Leigh lutou contra as lágrimas. Se ela desmoronasse agora, nunca sobreviveria a contar tudo a ele. Ela respirou fundo antes de continuar.

— Quando eu tinha treze anos, consegui um trabalho como babá permanente de um menino de cinco cuja mãe estava na faculdade de enfermagem, então, eu ficava na casa deles todos os dias da semana depois da escola até a meia-noite.

Leigh estava falando rápido demais, as palavras ameaçando tropeçar umas nas outras. Ela se obrigou a desacelerar.

— O nome da mulher era Linda Waleski. Ela tinha um marido. O nome dele era… bom, honestamente, não sei o nome real dele. Todo mundo o chamava de Buddy.

Walter descansou o braço nas costas da banqueta. Estava prestando total atenção a ela.

— Na primeira noite, Buddy me levou para casa e… — Leigh parou de novo. Nunca tinha dito essa parte para si mesma, quanto mais em voz alta. — Ele encostou o carro na lateral da rua, abriu minhas pernas e enfiou o dedo dentro de mim. — Ela viu a raiva de Walter competir com o sofrimento. — Ele se masturbou. E aí me levou para casa. E me deu um monte de dinheiro.

Leigh sentiu o calor tomar seu rosto. O dinheiro tornava aquilo pior, como pagamento por um serviço. Ela olhou por cima do ombro de Walter. Os olhos dela borraram as luzinhas piscando na entrada de carros do vizinho.

— Falei para Phil que ele só tinha colocado a mão no meu joelho. Não contei o resto. Que, quando eu fui ao banheiro, tinha sangue. Que, por dias, toda vez que eu fazia xixi, ardia onde a unha dele tinha me cortado.

As memórias trouxeram de volta a sensação de ardor entre as pernas dela. Ela precisou parar de novo para engolir.

— Phil só deu risada. Ela me disse para dar um tapa na mão dele da próxima vez que ele tentasse. Então, foi o que eu fiz. Dei um tapa na mão dele, e ele nunca mais tentou nada.

A respiração de Walter estava lenta e estável, mas, pelo canto dos olhos, Leigh viu o punho dele se fechar.

— Eu esqueci. — Ela balançou a cabeça, porque sabia por que tinha esquecido, mas não conseguia pensar em como explicar o motivo a Walter. — Eu… eu esqueci porque precisava do trabalho e sabia que, se criasse problemas, se dissesse alguma coisa, ninguém mais ia me contratar. Ou eu ia ser culpada de fazer algo errado, ou… não sei. Eu só sabia que devia ficar de boca fechada.

Que ninguém ia acreditar em mim. Ou que iam acreditar em mim, mas não ia importar.

Ela olhou para o marido. Ele a tinha deixado falar sem ser interrompida por todo esse tempo. Estava desesperadamente tentando entender.

— Eu sei que parece uma loucura esquecer algo assim. Mas, quando se é uma menina, especialmente se você se desenvolve cedo, fica com seios e quadris, e tem todos esses hormônios com os quais não sabe o que fazer, homens adultos falam coisas inapropriadas para você o tempo todo, Walter. O tempo todo.

Ele assentiu, mas seu punho continuava fechado.

— Eles assoviam, ou tocam nos seus seios, ou roçam o pau nas suas costas e depois fingem que foi um acidente. Ou falam como você é sexy. Ou falam que você é madura para sua idade. E é escroto, porque eles são muito velhos. E você se sente muito nojenta. E se você os enfrenta, eles dão risadas, ou dizem que você é reprimida, ou que é uma vaca, ou que não aceita uma piada. — Leigh se obrigou a desacelerar de novo. — A única forma de você passar por isso, a única forma de conseguir respirar, é colocando isso em algum outro lugar para que não importe.

— Mas importa — A voz de Walter estava rouca de mágoa. Ele estava pensando na menina linda deles. — É claro que importa.

Leigh viu lágrimas rolarem pelo rosto dele, sabendo que o que dissesse em seguida o faria voltar-se completamente contra ela.

— Quando eu tinha dezesseis anos, economizei o suficiente para comprar um carro. Larguei o emprego de babá. E passei o trabalho na casa dos Waleski para Callie.

Walter não teve tempo de esconder o choque.

— Buddy a estuprou por dois anos e meio. E ele escondeu câmeras pela casa para se filmar fazendo isso. Mostrava os filmes aos amigos. Eles faziam festas no fim de semana. Bebiam cerveja e assistiam a Buddy estuprar minha irmã. — Leigh olhou para as mãos. Girou a aliança de casamento no dedo. — Eu não sabia que estava acontecendo na época, mas aí, uma noite, Callie me ligou da casa deles. Ela me disse que tinha brigado com Buddy. Tinha encontrado uma das câmeras dele. Ele estava preocupado que ela fosse contar para a Linda e ele seria preso. Então, ele a atacou. Bateu nela. Quase a sufocou até a morte. Mas, de alguma forma, ela conseguiu pegar uma faca de cozinha para se defender. Ela me disse que tinha matado ele.

Walter não falou nada, mas Leigh não podia mais esconder dele. Ela o olhou direto nos olhos.

— Buddy ainda estava vivo quando eu cheguei. Callie tinha cortado a veia femoral dele com a faca. Ele não tinha muito tempo, mas podíamos ter chamado uma ambulância. Ele podia ter sido salvo. Mas eu não tentei salvá-lo. Callie me disse o que ele estava fazendo com ela. Foi aí que lembrei o que tinha acontecido no carro. Foi como se ligassem um interruptor. Num minuto, eu não lembrava. No minuto seguinte, lembrava. — Leigh tentou respirar de novo, mas seus pulmões recusaram-se a encher. — E eu sabia que era culpa minha. Tinha entregado minha irmã para um pedófilo, como uma cafetã. Tudo que aconteceu com ela, tudo que me levou até lá foi culpa minha. Então, falei para a Callie ir para outro cômodo. Achei um rolo de plástico-filme na gaveta da cozinha. E enrolei ao redor da cabeça de Buddy e o sufoquei.

Ela viu os lábios de Walter se abrirem, mas mesmo assim ele não disse nada.

— Eu o assassinei — disse ela, caso não estivesse vividamente claro. — E, aí, obriguei Callie a me ajudar a cortar o corpo dele. Usamos um facão do galpão. Enterramos os pedaços na fundação de um centro comercial perto da Stewart Avenue. Eles jogaram concreto no dia seguinte. A gente limpou tudo. Deixamos a esposa e o filho de Buddy acreditarem que a gente tinha saído da cidade. E roubei cerca de oitenta e seis mil dólares dele. Foi assim que paguei a faculdade.

A boca de Walter se moveu, mas ele ainda não disse nada.

— Sinto muito — disse ela, porque havia mais nessa confissão. Se ela ia finalmente contar a verdade, ia contar a verdade toda. — A Callie…

Walter levantou a mão, pedindo um momento. Levantou-se. Foi até os fundos do trailer. Virou-se. Uma mão pousou no balcão da cozinha. Apoiou a outra na parede. Balançou de novo a cabeça, completamente sem palavras. Foi a expressão dele que a matou. Ele estava parecendo um estranho.

Ela se forçou a continuar:

— Callie não tem ideia de que Buddy tentou comigo antes — disse Leigh. — Eu nunca tive coragem de contar pra ela. E acho que, já que estou falando, preciso te dizer que não me arrependo de ter matado ele. Ela era criança, e ele tirou tudo dela, mas foi culpa minha. Foi tudo culpa minha.

Walter começou a balançar a cabeça devagar como se estivesse desesperado para ela retirar tudo.

— Walter, preciso que você entenda que realmente estou falando sério sobre essa última parte. Não avisar Callie é a única coisa de que eu me arrependo. Buddy mereceu morrer. Ele merecia sofrer mais do que os dois minutos que levou para ele sufocar.

Walter virou a cabeça, limpando a boca com a manga da camisa.

— Carrego essa culpa comigo a cada segundo do dia, a cada respiração, em cada molécula dentro de mim — falou Leigh. — Cada vez que Callie tem uma overdose, cada ida ao pronto-socorro, cada período em que não sei se ela está viva ou morta ou com problemas ou na cadeia, a única coisa à qual minha mente volta é: *por que eu não fiz aquele filho da puta sofrer mais?*

Walter agarrou o balcão. A respiração dele estava errática. Ele parecia querer estourar os armários, arrancar o teto.

— Desculpa — disse ela. — Eu devia ter te contado antes, mas falei a mim mesma que não queria te sobrecarregar ou não queria que você ficasse chateado, mas a verdade é que eu estava com vergonha demais. O que eu fiz com Callie é imperdoável.

Ele se recusava a olhar para ela. A cabeça dele baixou. Seus ombros tremeram. Ela esperou que ele gritasse, brigasse com ela, mas ele só chorou.

— Desculpa — sussurrou ela, com o coração se partindo ao som do sofrimento dele. Se ela pudesse abraçá-lo por apenas um momento, se houvesse uma forma de ela apaziguar essa dor, ela teria feito isso. — Eu sei que você me odeia. Me desculpa.

— Leigh. — Ele levantou os olhos para ela, as lágrimas caindo. — Você não entende que também era criança?

Leigh o olhou sem acreditar. Ele não estava com nojo nem com raiva. Estava chocado.

— Você só tinha treze anos — disse Walter. — Ele molestou você e ninguém fez nada. Você disse que devia ter protegido Callie. Quem protegeu você?

— Eu devia...

— Você era uma criança! — Ele bateu o punho no balcão com tanta força que os copos tremeram no armário. — Por que você não enxerga isso, Leigh? Você era uma criança. Você nunca devia ter sido colocada naquela posição, para começar. Não devia estar preocupada com dinheiro nem com conseguir uma porra de emprego. Devia estar em casa, na cama, pensando em qual garoto da escola você gostava.

— Mas... — Ele não entendia. Ele estava pensando em Maddy e nos amigos dela. Era diferente em Lake Point. Lá, todo mundo crescia mais rápido. — Eu o matei, Walter. É homicídio doloso. Você sabe disso.

— Você era dois anos mais velha do que Maddy é hoje! O homem tinha molestado você. Você tinha acabado de descobrir que sua irmã...

— Para — disse Leigh, porque não havia motivo para argumentar sobre os fatos. — Estou te contando isso por um motivo.

— Precisa ter um motivo? — Ele não conseguia esquecer a ira. — Meu Deus do céu, Leigh. Como você conseguiu viver com essa culpa por tanto tempo? Você também era vítima.

— Eu não era vítima, caralho!

Ela gritou as palavras tão alto que teve medo de Maddy escutá-las dentro da casa. Leigh se levantou. Foi até a pequena janela na porta. Olhou para o quarto de Maddy. O abajur ao lado da cama ainda estava aceso. Ela imaginou sua menina preciosa aconchegada com o nariz num livro, da mesma forma que Callie fazia quando era criança.

— Amor — disse Walter. — Olha pra mim. Por favor.

Ela se virou de volta, braços ao redor da cintura. Não conseguia suportar a suavidade na voz dele. Ela não merecia esse perdão fácil. Callie era responsabilidade dela. Ele nunca entenderia isso.

Ela disse a ele:

— O cliente, o estuprador que tive que encontrar no domingo à noite. Andrew Tenant. Era dele que eu era babá. Ele é filho de Buddy e Linda.

Walter ficou sem palavras de novo.

— Andrew tem todos os vídeos do pai. Ele achou a fita do assassinato em 2019, mas tem os vídeos dos estupros desde que foi para a faculdade. — Leigh não ia se permitir pensar no que Andrew dissera sobre assistir às fitas. — Havia pelo menos duas câmeras gravando tudo. São horas de Buddy estuprando Callie. Tudo que aconteceu na noite do assassinato também foi gravado. Callie brigando com Buddy, cortando a perna dele com a faca, depois eu chegando e o assassinando.

Walter esperou, os lábios presos numa aparência lúgubre.

— A mulher que Andrew estuprou, todas as mulheres que ele estuprou, ele cortou a perna delas aqui. — Ela colocou a mão na coxa. — Na veia femoral. Exatamente onde Callie cortou Buddy.

Walter esperou o resto.

— Andrew não só estuprou essas mulheres. Ele as drogou. Ele as sequestrou. Ele as torturou. Ele as despedaçou da mesma forma que o pai dele despedaçou Callie. — Leigh especificou: — Ele é psicótico. Não vai parar.

— O quê… — Walter tinha a mesma pergunta que Leigh. — O que ele quer?

— Me fazer sofrer — respondeu Leigh. — Ele está me chantageando. O *voir dire* começa amanhã. Andrew me disse que quer que eu destrua a vítima no banco de testemunhas. Ele roubou o histórico médico dela. Eu tenho informações para isso. E, aí, ele vai me obrigar a fazer outra coisa. Depois outra. Não posso impedi-lo.

— Espera. — A empatia de Walter estava finalmente se esvaindo. — Você acabou de dizer que o cara é um psicopata violento. Você precisa…

— O quê? — perguntou ela. — Perder o julgamento de propósito? Ele me disse que tem um plano B: ou um backup na nuvem, ou, talvez, as fitas num cofre de banco, não sei. Ele disse que, se acontecer alguma coisa ruim a ele, vai soltar todos os vídeos.

— E daí, porra? — disse Walter. — Deixe que ele solte.

Foi a vez de Leigh de ficar chocada.

— Eu te contei o que tem naquelas fitas. Eu vou acabar na prisão. A vida da Callie vai terminar.

— A vida da Callie? — repetiu Walter. — Você está preocupada com a porra da vida da Callie?

— Eu não posso…

— Leigh! — Ele bateu o punho de novo. — Nossa filha adolescente está a seis metros de distância, dentro da nossa casa. Esse homem é um estuprador violento. Nunca te ocorreu que ele possa machucar Maddy?

Leigh ficou sem palavras, porque Maddy não tinha nada a ver com isso.

— Responda!

— Não. — Ela começou a balançar a cabeça, porque isso nunca ia acontecer. Era entre ela, Andrew e Callie. — Ele não iria…

— Ele não iria estuprar nossa filha de dezesseis anos?

Leigh sentiu a boca se mexer, mas não conseguiu responder.

— Caralho! — gritou ele. — Você e seus malditos compartimentos!

Ele estava voltando à antiga discussão deles, quando isso era completamente diferente.

— Walter, eu nunca...

— O quê? Nunca pensou que o estuprador violento e sádico que está ameaçando sua liberdade ia atrapalhar a porra da sua vida pessoal porque, o quê, porque você não vai deixar? Porque você é tão maravilhosa em manter tudo separado? — Com um soco, Walter arrancou a porta do armário das dobradiças. — Puta que pariu! Você está pegando dicas de criação de filhos com a Phil, agora?

A ferida pareceu profunda e fatal.

— Eu não…

— Pensou? — exigiu ele. — Você não colocou na sua cabecinha perturbada que, depois do que aconteceu com Callie, depois de você intencionalmente e por vontade própria assassinar um homem, talvez seja uma má ideia conectar outra adolescente com uma porra de um estuprador?

Ela ficou completamente sem ar.

Sentiu-se começar a voar para longe da porta. Suas mãos flutuaram como se o sangue dela tivesse sido substituído por gás hélio. Ela reconheceu a sensação de dias antes, a leveza que vinha quando sua alma não suportava o que estava acontecendo e abandonava o corpo para lidar com as consequências sozinho. Ela percebia naquele momento que a primeira vez que sentira isso acontecer fora dentro do Corvette amarelo de Buddy. A casa dos Deguil estava em frente à janela. Hall & Oates estava tocando baixinho no rádio. Leigh tinha flutuado até o teto, os olhos fechados, mas, de alguma forma, ainda via a mão monstruosa de Buddy abrindo as pernas dela.

Meu Deus sua pele é tão macia consigo sentir os pelinhos você parece um bebê.

Naquele momento, Leigh viu a própria mão trêmula se estendendo para a pequena maçaneta prateada da porta. Aí, ela estava descendo a escada de metal. Aí, estava caminhando pela entrada de carros da casa. Aí, estava entrando no carro. Aí, o motor estava roncando e a marcha estava trocando e o volante estava girando e Leigh dirigiu pela rua vazia, afastando-se de seu marido e de sua filha, sozinha na escuridão.

QUINTA-FEIRA

13

No que parecia o raiar do dia, Callie desceu do ônibus na Junção de Jesus, um cruzamento de três ruas em Buckhead, onde três igrejas diferentes competiam pela clientela. A catedral católica era a mais impressionante, mas Callie tinha uma queda pelo campanário da batista, que parecia algo saído do programa *Andy Griffith*, se a cidade fictícia de Mayberry fosse cheia de conservadores ultrarricos que achavam que todo o resto do mundo ia para o inferno. Eles também tinham cookies melhores, mas ela precisava admitir que os episcopais sabiam fazer um belo café.

A Catedral de St. Phillip ficava no topo de um morro que, antes da Covid, Callie subia com facilidade. Agora, ela seguiu a calçada que contornava pelo lado, pegando uma subida mais leve para chegar ao espaço da reunião. Mesmo assim, a máscara era demais para o percurso. Ela precisou pendurá-la na orelha para pegar fôlego enquanto ia na direção da entrada de carros.

BMWs e Mercedes pontilhavam o estacionamento. Fumantes com roupa social já estavam congregados ao redor da porta fechada. Havia mais mulheres do que homens, o que, na experiência de Callie, não era incomum. A preponderância de prisões por dirigir embriagado era deles, mas as mulheres tinham mais probabilidade de receber ordens do tribunal de ir ao AA do que suas contrapartes masculinas, especialmente em Buckhead, onde advogados caríssimos como Leigh os ajudavam a fugir da responsabilidade.

Callie estava a seis metros da entrada quando sentiu olhos sobre ela, mas não da forma desconfiada como sempre as pessoas olhavam para uma drogada. Já não havia as roupas de desenho animado em tons pastel que ela normalmente escolhia da prateleira infantil do Exército da Salvação. Uma incursão profunda no armário de seu quarto revelara uma blusa de lycra preta de manga comprida com gola canoa e calças jeans apertadas que fizeram Callie sentir-se como uma pantera furtiva quando os desfilara para Binx. Ela tinha arrematado tudo com um par de botas Doc Martens desgastadas que achara embaixo da cama de Phil. E, depois, arriscara uma conjuntivite ao usar a maquiagem da mãe para seguir uma menina de dez anos fazendo um tutorial de sombra esfumada no YouTube.

No momento de seu Pigmalião pessoal, a única preocupação de Callie era passar por não drogada, mas, agora que estava na rua, sentia-se ostensivamente feminina. Os homens a estavam avaliando. As mulheres a estavam julgando. Olhares paravam em seus quadris, seus seios, seu rosto. Nas ruas, seu baixo peso era um sinal de que havia algo de errado. Entre aquela galera, a magreza era um atributo, algo a ser valorizado ou cobiçado.

Ela ficou grata de poder subir a máscara. Um homem de terno escuro fez um gesto de cabeça para ela enquanto segurava a porta. Callie resistiu à vontade de tremer com a atenção. Ela queria que a fantasia comprasse sua entrada na sociedade normal, mas não tinha percebido como era essa sociedade.

A porta se fechou atrás dela. Callie apoiou-se na parede. Baixou a máscara. Do fim do corretor, escutou apitos, e bufos, e risadinhas do grupo de pré-escolares ruidosos se preparando para o dia. Callie tirou mais alguns momentos para se recompor. Colocou de volta a máscara. Foi na direção oposta das crianças, ficando cara a cara com um banner gigante que dizia DEUS É AMIZADE.

Callie duvidava que Deus fosse aprovar o tipo de amizade que ela tinha em mente naquela manhã. Ela passou por debaixo do banner em direção às salas de reunião, passando por fotografias de *reverendos* e os *muito reverendos* e os *reverendos cânones* de anos anteriores. Um aviso de papel grudado na parede apontava na direção de uma porta aberta.

REUNIÃO DO AA 8h30.

Callie amava reuniões do AA, porque era o único momento em que podia realmente deixar aflorar seu lado competitivo.

Bolinada por um tio? *Me chama quando você o assassinar.*

Estupro coletivo pelos amigos do seu irmão? *Você cortou todos em pedacinhos?*

Tremores incontroláveis por *delirium tremens*? *Avisa quando você cagar um litro de sangue pelo cu.*

Callie entrou na sala. O cenário era igual a todas as outras reuniões do AA acontecendo em todos os outros cantos do mundo neste momento. Cadeiras dobráveis num círculo amplo com grandes espaços pandêmicos no meio. Oração da serenidade num quadro emoldurado numa mesa ao lado de panfletos com títulos do tipo *Como funciona!* e *As promessas* e *As doze tradições*. A fila para a garrafa de café tinha dez pessoas. Callie parou atrás de um cara com um terno preto e uma máscara cirúrgica verde que parecia que preferia estar fazendo um brainstorming fora da caixa, ou colocando uma tachinha em seu quadro de inspirações, ou em qualquer outro lugar que não ali.

— Ah — disse ele, dando um passo para trás para Callie poder passar à sua frente, que ela imaginava que fosse o que cavalheiros educados fizessem por mulheres que não pareciam viciadas em heroína.

— Não precisa, obrigada. — Callie se virou, mostrando grande interesse num pôster de Jesus segurando uma ovelha desviada.

O porão era frio, mas ainda assim o suor rolava pelo pescoço dela. O diálogo com o Senhor Terno tinha sido tão perturbador quanto os olhares no estacionamento. Por causa de sua estatura pequena, e como ela tendia a preferir camisetas dos Ursinhos Carinhosos e jaquetas de arco-íris, Callie muitas vezes era confundida com uma adolescente, mas raramente era confundida com uma mulher de 37 anos, o que, tecnicamente — ela imaginava —, era o que ela era. Um olhar rápido pela sala lhe mostrou que ela não estava sendo paranoica. Olhos curiosos a miraram de volta. Talvez fosse porque ela era nova, mas Callie tinha sido nova naquela exata igreja antes, e as pessoas se protegeram dela como se ela pudesse de repente pular neles e pedir dinheiro. Na época, ela parecia uma drogada. Talvez, agora, eles lhe dessem dinheiro.

A fila do café andou. Callie colocou a mão na bolsa. Encontrou o frasco de pílulas que tinha guardado, uma cobrança de carrasco que ela trocara por uma ampola de cetamina. O mais discretamente que conseguiu, ela tirou dois alprazolam, depois se virou para poder colocar os dedos sob a máscara.

Em vez de engolir os comprimidos, ela os deixou embaixo da língua. Assim, o medicamento entraria no sistema dela mais rápido. Enquanto sua boca se enchia de saliva, Callie se forçou a derreter junto com o alprazolam.

Esta era sua nova identidade: ela estava em Atlanta para uma entrevista de emprego. Estava hospedada no St. Regis. Estava sóbria havia onze anos. Estava num ponto estressante da vida e precisava do conforto de outros viajantes.

— Caralho — murmurou alguém.

Callie ouviu a voz da mulher, mas não se virou. Havia um espelho em cima da estação de café. Ela achou facilmente Sidney Winslow sentada em uma das cadeiras dobráveis dispostas num círculo ao redor da sala. A jovem estava debruçada sobre o telefone, sobrancelhas franzidas. Maquiagem suave. Cabelo gentilmente roçando os ombros. Callie reconheceu as roupas mais serenas que Sidney usava durante o dia, uma saia lápis preta e blusa branca com ombreiras. A maioria das mulheres ia ficar parecendo a hostess de uma churrascaria de classe média querendo subir na vida, mas Sidney conseguia tornar aquilo elegante. Mesmo quando murmurava outro *caralho* ao se levantar da cadeira.

Todos os homens na sala a viram atravessar o espaço. Sidney não tinha nenhuma queixa sobre os olhos absorvendo avidamente seu corpo. Ela tinha um porte de bailarina, a postura exata, cada movimento fluido e, de alguma forma, sexualmente carregado.

O Senhor Terno fez um barulho baixo de apreciação. Ele viu Callie o pegar no pulo e levantou as sobrancelhas por cima da máscara, como se para dizer: *quem pode me culpar?* Callie levantou as sobrancelhas de volta numa resposta de *eu, com certeza, não*, porque, se tinha uma coisa em que o grupo parecia concordar, fora que álcool era delicioso, era que Sidney Winslow era linda para cacete.

Que pena que ela estava com um estuprador escroto que tinha ameaçado a existência tranquila e perfeita de Maddy, porque Callie ia foder tanto com ela que, para Andrew, sobrariam só os fiapos esfarrapados da mulher que Sidney Winslow costumava ver.

— Não posso… — A voz rouca de Sidney se elevou do corredor.

Callie deu um passo minúsculo para trás para poder olhar o corredor. Sidney estava encostada na parede, telefone na orelha. Ela devia estar discutindo com Andrew. Callie tinha checado a pauta do tribunal naquela manhã. A seleção de júri de Andrew ia começar em duas horas. Callie esperava que ele estivesse com hematomas e surrado da briga do dia anterior no túnel do estádio. Ela queria que cada jurado mantivesse em mente que havia algo de errado com o réu.

No mínimo, Leigh devia agradecer Callie por facilitar o trabalho dela.

E, depois, Leigh devia ir se foder por fazer Callie subir no sótão de Buddy.

O Senhor Terno tinha finalmente chegado na cafeteira. Callie esperou que ele terminasse, depois pegou duas xícaras, porque sabia que a reunião ia demorar. Não havia cookies. Ela imaginou que fosse culpa da pandemia, mas, considerando o que a maioria daquelas pessoas estava disposta a fazer por bebida, havia um baixo risco de que o cookie fosse o que ia matar algum deles.

Ou talvez não. Estatisticamente, 95% por cento deles iam largar o programa em um ano.

Callie notou que Sidney tinha deixado a bolsa embaixo da cadeira. Encontrou um assento em frente, depois um atrás, o que faria com que fosse mais fácil manter um olho na presa. Callie colocou a bolsa no chão ao lado de sua xícara extra de café. Cruzou as pernas. Baixou os olhos para a panturrilha, que ainda tinha um bom formato embaixo do jeans apertado. Ela deixou que seus olhos fossem para cima. A unha de seu dedo indicador direito estava rasgada até a carne de tentar arrancar o rosto de Andrew. Ela tinha considerado cobrir com um Band-Aid, mas Callie queria um lembrete visual de quanto desprezava Andrew Tenant. Ela só precisava pensar no nome de Maddy saindo da boca daquele escroto doentio e a raiva ameaçava explodir de novo como lava sendo cuspida de um vulcão.

Dezessete anos antes, quando Callie percebera que estava grávida, sabia que tinha escolhas, assim como sabia que a heroína sempre ia vencer. A consulta na clínica já tinha sido marcada. Ela tinha mapeado a rota de ônibus, planejado sua convalescência em um dos melhores motéis de South Side.

Depois, um cartão de Natal tinha chegado de Chicago.

Não teve dúvidas que Walter forjara a assinatura de Leigh, mas o que Callie achava incrível era que ele se importasse o suficiente com a namorada para tentar impedi-la de se afastar completamente da irmã mais nova.

E, naquela época, Walter estava mais do que familiarizado com a irmã mais nova viciada e atraso de vida de Leigh. Callie tinha passado por desintoxicações em que Walter a forçara a beber Gatorade e ela vomitara no colo dele e depois nas costas dele, e Callie tinha bastante certeza que em algum momento havia socado o rosto dele.

O único fato consistente que tinha penetrado a infelicidade dela era saber que sua irmã merecia esse homem bom, gentil e que, no fim, esse homem bom, gentil ia pedir Leigh em casamento.

Não havia dúvida na mente de Callie de que Leigh diria sim. Ela estava profundamente, estupidamente apaixonada por Walter, suas mãos esvoaçando ao redor dele como uma borboleta, porque ela sempre queria tocá-lo, a voz quase irrompendo em música quando ela falava o nome dele. Callie nunca vira a irmã daquele jeito antes, mas podia prever, com base em comportamentos passados, exatamente onde ia terminar. Walter ia querer uma família. E devia querer mesmo, porque já naquela época Callie sabia que ele seria um pai fantástico. E ela sabia que Leigh seria uma mãe igualmente fantástica, porque eles não tinham sido criados por Phil.

Mas Callie também sabia que Leigh nunca ia se permitir ser tão feliz. Mesmo sem o histórico bem documentado de autossabotagem, sua irmã não confiaria o bastante em si mesma para ter um filho. Engravidar ou continuar grávida a teriam deixado cheia de medo e apreensão. Leigh se afligiria pela doença mental de Phil. Ficaria ansiosa demais com os vícios de Callie manchando seu DNA. Não confiaria em si mesma para fazer por um bebê todas as coisas que nunca haviam sido feitas por ela. Falaria sobre os *e ses* por tanto tempo que Walter ou ficaria surdo, ou acharia outra pessoa que lhe daria a família que ele merecia.

Era por isso que Callie tinha se agarrado à sobriedade por oito meses excruciantes. Era por isso que ela tinha se mudado para uma cidade horrenda que era ou fria demais ou quente demais, além de barulhenta demais e suja demais. Era por isso que ela tinha morado num abrigo e se permitido ser cutucada e furada por médicos.

Callie tinha estragado tanta coisa na vida de Leigh, incluindo levar a irmã ao assassinato. O mínimo — o mínimo mesmo — que podia fazer era se mudar para Chicago e gestar um bebê para a irmã.

— Um minuto. — Uma mulher mais velha com um conjunto de moletom cor-de-rosa aplaudiu para pedir atenção. Tinha o comportamento de um sargento, embora ninguém no AA realmente devesse parecer um sargento. Ela repetiu, numa voz mais baixa, para Sidney: — Um minuto.

Callie apertou o dedão na unha rasgada. A dor a lembrou de por que ela estava lá. Ela olhou para os estranhos mascarados no círculo ao seu redor. Alguém tossiu. Outro pigarreou. Moletom começou a fechar a porta. No corredor, os olhos de Sidney se arregalaram. Ela sussurrou algo no telefone, depois correu para dentro antes de a porta se fechar.

— Bom dia. — Moletom passou rápido pelo preâmbulo, depois disse: — Para quem quiser, vamos começar com a oração da serenidade.

Callie manteve o corpo virado na direção de Moletom, mas viu Sidney se acomodando. A jovem ainda estava nervosa pela ligação. Ela checou o telefone antes de enfiar de volta na bolsa. Cruzou as pernas. Colocou o cabelo para trás. Cruzou os braços. Colocou o cabelo para trás de novo. Cada movimento rápido mostrava que ela estava puta e amaria sair depressa para o corredor e terminar sua conversa, mas, quando um juiz dizia trinta reuniões em trinta dias e a fascista de moletom que assinava seu registro ordenada pelo tribunal não tinha tendência a perdoar, você ficava a hora inteira.

Moletom abriu a sala para discussão. Os homens começaram, porque homens sempre pressupunham que as pessoas estavam interessadas no que eles tinham a dizer. Callie ouviu sem muita atenção os jantares de negócio que deram errado, prisões vergonhosas por dirigir embriagado, confronto com chefes irados. A reunião do AA do Westside era bem mais divertida. Bartenders e strippers não se preocupavam com os chefes. Callie nunca ouvira ninguém contar uma história melhor do que a de um menino que tinha acordado no próprio vômito e comido para absorver o álcool.

Ela levantou a mão durante um silêncio.

— Meu nome é Maxine, e eu sou alcóolatra.

O grupo respondeu:

— Oi, Maxine.

Ela disse:

— Na verdade, me chamam de Max.

Houve algumas risadinhas, depois:

— Oi, Max.

Callie respirou fundo antes de começar.

— Fiquei sóbria por onze anos. E, aí, fiz doze.

Mais risadinhas, mas a única que contava era a risada grave e rouca de Sidney Winslow.

— Fui dançarina profissional por oito anos — começou Callie.

Ela tinha passado horas preparando a história que contaria na reunião. Não tinha se preocupado em deixar um rastro digital. Tinha usado um telefone para se aprofundar nas redes sociais de Sidney e saber quais pontos reforçar. Começou o balé no ensino fundamental. Criada numa família muito religiosa. Rebelou-se depois do ensino médio. Afastada da família. Perdeu todos os amigos. Fez novos na faculdade. Equipe de corrida. Yoga. Gostava de frozen yogurt e da Beyoncé.

— Dançar profissionalmente tem um limite de idade e, quando acabou meu tempo, caí em desespero. Ninguém entendia minha perda. Parei de ir à igreja. Perdi contato com meus amigos e familiares. — Callie balançou a cabeça com a tragédia. — E, aí, conheci Phillip. Ele era rico e bonito e queria cuidar de mim. E, para ser sincera, eu estava cansada de ficar sozinha. Precisava que outra pessoa fosse forte, para variar.

Se Sidney fosse um beagle, suas orelhas desmilinguidas iam ter se eriçado enquanto ela pensava em todos os paralelos entre a vida de Max e a dela.

— Tivemos três anos maravilhosos juntos, viajando, vendo o mundo, indo a ótimos restaurantes, falando de arte e política e o mundo. — Callie preparou o bote. — E aí, um dia, entrei na garagem e Phillip estava caído de barriga para baixo no chão.

Sidney colocou a mão no coração.

— Corri até ele, mas o corpo dele estava frio. Ele estava morto havia horas.

A cabeça de Sidney começou a balançar.

— A polícia disse que ele teve uma overdose. Eu sabia que ele tinha começado a tomar relaxante muscular para dor nas costas, mas eu nunca… — Callie olhou com atenção pela sala, aumentando o suspense. — Oxycontin.

Houve vários acenos de cabeça. Todo mundo conhecia as histórias.

Sidney murmurou:

— Porra de Oxy.

— A perda foi uma profanação do amor que a gente tinha. — Callie deixou os ombros caírem com o peso de seu luto imaginário. — Eu me lembro de sentar no escritório do advogado e ele estar me falando tudo sobre dinheiro e propriedades, e aquilo não significava nada. Sabe, eu li uma reportagem ano passado sobre a Purdue Farmacêutica ter criado uma fórmula. Ia pagar 14.810 dólares para cada overdose atribuída ao Oxycontin.

Ela ouviu os grasnos esperados de indignação.

— Era isso que valia a vida de Phillipe. — Callie secou uma lágrima. — Só 14.810 dólares.

A sala ficou em silêncio, esperando pelo resto. Callie estava satisfeita de deixá-los imaginarem. Eram alcóolatras. Eles sabiam como terminava.

Callie não precisou olhar para Sidney para saber que a jovem estava atraída. Os olhos de Sidney não tinham saído de Callie o tempo todo. Foi só quando Moletom os liderou em um cântico *continue voltando* e *só por hoje* que Sidney conseguiu desviar sua atenção. Ela estava com o telefone na mão e uma carranca ao andar na direção da porta.

O coração de Callie acelerou, porque ela tinha estupidamente imaginado que Sidney ia ficar para a festinha após a reunião. Ela agarrou a bolsa e seguiu atrás dela. Por sorte, Sidney foi para a esquerda em vez de para a direita, na direção da saída. Aí, pegou outra direita para o banheiro feminino. Estava com o telefone na orelha. Sua voz era um murmúrio rosnado. O drama romântico continuava.

Um cheiro de perfume de velha exalava das salas de escola dominical enquanto Callie seguia atrás de Sidney. O odor fez Callie ansiar pelos dias iniciais da Covid, quando ela não conseguia sentir cheiro nem gosto de nada. Ela se virou, olhando atrás de si. Todas as outras pessoas estavam indo na direção do estacionamento, provavelmente a caminho do trabalho.

Callie virou à direita e empurrou a porta.

Três pias num longo balcão. Um espelho gigante. Três cabines, só uma ocupada.

— Porque eu disse, seu idiota — sussurrou Sidney da última cabine. — Você acha que eu me importo com a porra da sua mãe?

Callie fechou a porta com suavidade.

— Tá bom. Como você quiser. — Sidney soltou um resmungo de frustração. Houve mais alguns *caralhos* e, então, ela pareceu decidir que, já que estava sentada numa privada, não custava nada fazer xixi.

Callie abriu a torneira para anunciar sua presença. Enfiou as mãos embaixo da água gelada. A carne desprotegida sob a unha arrancada começou a arder. Callie apertou a lateral, fazendo surgir uma linha fina de sangue. Sua boca se encheu de saliva de novo. Ela ouviu a voz de Andrew, tão parecida com a de Buddy, ecoando pelo túnel escuro do estádio.

Madeline Félicette Collier, dezesseis anos.

A descarga soou. Sidney saiu da cabine. O rosto dela estava sem máscara. Ela era ainda mais bonita pessoalmente que nas redes sociais. Ela disse a Callie:

— Desculpa. Namorado de merda. Marido. Sei lá. Ele foi assaltado ontem à tarde. Estamos falando de algumas horas antes do nosso casamento. Mas não quer contar para os policiais nem para mim o que aconteceu.

Callie assentiu, contente por Andrew ter inventado uma boa mentira.

— Não sei qual é o problema dele. — Sidney girou a torneira. — Ele está sendo um babaca total.

— O amor é brutal — falou Callie. — Pelo menos, foi o que eu talhei no rosto da minha última namorada.

Sidney levou a mão à boca para rir. Pareceu perceber que seu rosto estava descoberto.

— Merda, desculpa, vou colocar a máscara.

— Não tem problema — respondeu Callie, tirando a sua. — Odeio essas coisas de todo jeito.

— Nem fale. — Sidney apertou a alavanca do dispensador de sabonete. — Estou, tipo, pronta para essas reuniões acabarem. De que adianta?

— Eu sempre me sinto melhor ouvindo que as pessoas estão piores do que eu. — Callie pegou um pouco de sabonete também. Ajustou a água para ficar mais quente. — Você conhece algum lugar bom de café da manhã por aqui? Estou hospedada no St. Regis e não aguento mais outra refeição de serviço de quarto.

— Ah, é, você é de Chicago. — Sidney fechou a torneira e sacudiu as mãos. — Então, você era dançarina?

— Há muito tempo. — Callie puxou uma toalha de papel do dispensador. — Ainda faço minhas coreografias, mas sinto saudade de me apresentar.

— Aposto que sim — disse Sidney. — Fiz dança durante todo o ensino médio. Eu amava, amava loucamente do tipo quero-fazer-isso-o-resto-da-vida.

— Dá para perceber — comentou Callie. — Notei quando você atravessou a sala. A gente nunca perde aquela elegância.

Sidney se exibiu.

Callie fingiu procurar algo na bolsa.

— Por que você parou?

— Eu não era boa o suficiente.

Callie levantou os olhos, erguendo uma sobrancelha cética.

— Pode acreditar, tem muitas garotas que não eram boas o suficiente e ainda acabaram em cima do palco.

Sidney deu de ombros, mas pareceu incrivelmente contente.

— Agora, já estou velha demais.

— Eu podia dizer que nunca se é velha demais, mas nós duas sabemos que é papo. — Callie manteve a mão na bolsa, como se estivesse esperando Sidney ir embora. — Olha, foi ótimo te conhecer. Espero que dê tudo certo com seu marido.

A decepção de Sidney ficou estampada no rosto. E, aí, seus olhos fizeram exatamente o que Callie queria que fizessem. Foram até a bolsa.

— Você trouxe alguma coisa?

Bingo.

Callie fez uma careta de arrependimento fingido ao puxar um dos frascos controlados. Estimulantes, em geral, eram a última coisa que Callie queria, mas ela supusera que uma mulher da geração de Sidney adorasse Adderall.

— Companheiros de estudo. — Sidney sorriu para o rótulo. — Não quer compartilhar? Estou com uma puta ressaca.

— Com prazer. — Callie derrubou quatro comprimidos cor de pêssego no balcão da pia. Aí, usou o canto do frasco para começar a triturá-los.

— Cacete — disse Sidney. — Não cheiro desde o ensino médio.

Callie mudou de expressão.

— Ah, querida, se for demais…

— Porra, por que não? — Sidney tirou uma nota de vinte dólares e alisou-a para a frente e para trás na beira do balcão. Sorriu para Callie. — Ainda sei fazer.

Callie foi até a porta do banheiro. Estendeu o braço para girar a fechadura. O sangue estava pingando do dedo machucado. Ela clicou a fechadura, deixando sua digital ensanguentada no metal. Aí, voltou ao balcão e continuou triturando os comprimidos num pó fino cor de pêssego.

Adderall vinha em duas versões, IR para liberação imediata e XR para liberação prolongada. O XR vinha em cápsulas com minúsculas microesferas cobertas por uma película de ação retardada. Como o Oxy, a película podia ser triturada, mas era difícil, e o XR queimava para caralho o nariz e basicamente dava a mesma onda que o IR, que por acaso era mais barato, e Callie não era de passar uma barganha.

A parte importante era que cheirar o pó jogava toda a dose imediata e diretamente no seu sistema. O coquetel de anfetamina e dextroanfetamina entrava nas veias sanguíneas pelo nariz, depois levava a festa para o cérebro. A onda podia ser intensa, mas também avassaladora. O cérebro podia surtar, fazendo sua pressão arterial ir às alturas e, em alguns casos, causar desde derrames até psicose.

Seria incrivelmente difícil para Andrew perseguir uma garota de dezesseis anos enquanto sua jovem e linda esposa estava amarrada a uma maca de hospital.

Callie empunhou com destreza o canto da tampa do frasco, dividindo quatro carreiras grossas. Ela viu Sidney se debruçar. A mulher talvez não cheirasse desde o ensino médio, mas sem dúvida sabia dar um show enquanto fazia isso. Suas pernas se cruzaram na altura dos tornozelos. Ela empinou uma bunda muito definida. A ponta da nota de vinte enrolada entrou no nariz. Ela esperou que Callie a olhasse no espelho e deu uma piscadela antes de sugar uma carreira.

— Caaaaralho — berrou Sidney, o que era um pouco demais. Levava uns dez minutos para bater mesmo. — Obrigada, senhor!

Callie imaginou que o fervor religioso fosse um resquício da época de estudos bíblicos.

Ela perguntou a Sidney:

— Foi bom?

— Pra caralho. Vai. Sua vez. — Sidney ofereceu a nota de vinte. Callie não aceitou. Esticou a mão para o rosto de Sidney e usou o dedão para limpar um pó fino ao redor da narina dela. E, aí, deixou o dedão ir para a boca perfeita que parecia um botão de rosas. Sidney não precisava de encorajamento. Seus lábios se abriram. Sua língua foi para fora. Ela lambeu devagar o dedo de Callie.

Callie sorriu ao baixar a mão. Tirou a nota de vinte enrolada dos dedos de Sidney. Inclinou-se. Pelo canto dos olhos, via Sidney balançando na ponta dos pés, sacudindo as mãos como uma boxeadora. Callie levou a mão esquerda ao rosto, fingido apertar a narina para fechar. Trocou a nota para a boca, bloqueou a garganta com a língua e sugou uma carreira.

Callie tossiu. Um pouco do pó tinha ido parar na garganta, mas a maioria tinha ficado grudada na parte de trás da língua dela. Ela tossiu de novo e jogou a bola de pasta no punho.

— Isso! — Sidney arrancou a nota de vinte e se debruçou para mais.

Aí, foi a vez de Callie de novo. Ela fez a mesma pantomima — mão no rosto, sugar, tossir. Mais pó passou pela língua dela desta vez, mas era o custo de fazer negócios.

— Sushi! — Sidney estava piscando rápido demais. — Sushi-sushi-sushi. Vamos almoçar juntas, tá? É cedo demais para almoçar?

Callie fez uma cena de olhar no relógio. Tinha achado no fundo de uma das gavetas de Phil. Estava sem bateria, mas devia ser perto de dez da manhã.

— A gente pode ir tomar brunch.

— Mimosas! — berrou Sidney. — Eu conheço um lugar. Por minha conta. Eu dirijo. Tudo bem? Preciso de uma bebida, sabe.

— Parece divertido — disse Callie. — Deixe só eu usar o banheiro e te encontro lá fora.

— Isso! Tá. Vou estar lá fora. No meu carro. Tá? Tá. — As mãos de Sidney escorregaram pela fechadura até ela finalmente conseguir abrir. Sua risada grave e rouca foi sumindo quando a porta se fechou atrás dela.

Callie abriu a torneira. Tirou a pasta branca da mão. Usou uma toalha de papel molhada para limpar o resto do Adderall do balcão. O tempo todo, fez um inventário mental dos outros frascos controlados dentro de sua bolsa.

O olhar encontrou seu reflexo no espelho. Callie olhou para si mesma, querendo sentir-se mal pelo que ia fazer. A sensação não vinha. O que ela viu, sim, foi a menina linda de Leigh e Walter correndo pelo campo, sem saber nada sobre o monstro escondido no túnel.

Andrew ia pagar por ameaçar Maddy. Ele ia pagar com a vida de Sidney.

14

LEIGH ESTAVA NA FILA de segurança em frente ao tribunal do condado de DeKalb, um prédio de mármore branco com jeito de mausoléu e uma entrada dentada de tijolos escuros. Adesivos desbotados no chão designavam a distância adequada. Placas alertavam que máscaras eram obrigatórias. Grandes cartazes grudados nas portas avisavam aos visitantes que eles não podiam entrar, segundo a ordem emergencial do Chefe de Justiça da Suprema Corte da Geórgia.

O tribunal tinha reaberto recentemente. Durante a pandemia, todos os casos de Leigh haviam sido julgados via Zoom, mas, depois, as vacinações para funcionários de tribunais tornaram possível que o governo abrisse de novo os julgamentos presenciais. Mesmo que os jurados, advogados e réus ainda estivessem jogando a roleta-russa do corona.

Leigh usou o pé para empurrar uma caixa de arquivos até o próximo adesivo. Ela fez um aceno de cabeça a um dos oficiais que veio checar a fila e advertir quem saía do lugar. Havia dez divisões no Tribunal Superior. Apenas dois juízes não eram mulheres não brancas. Dos discrepantes, um tinha histórico de promotor, mas era conhecido por ser incrivelmente justo. O outro era um homem chamado Richard Turner, orgulhoso diplomado do clube do Bolinha de juízes que tinha reputação de ser bem mais leniente com réus que se pareciam com ele.

Numa vida em que estava perpetuamente caindo em pé, Andrew tinha tirado o juiz Turner no sorteio para seu julgamento.

Leigh não sentiu prazer em aceitar aquilo como boa notícia. Ela tinha se resignado a defender Andrew Tenant o melhor possível, mesmo que isso lhe exigisse quebrar todos os códigos morais e legais. Não ia deixar aqueles vídeos serem divulgados. Não ia deixar a vida frágil de Callie ser destruída. Não se permitiria pensar nas implicações para Maddy, nem na discussão com Walter na noite anterior, nem na ferida profunda e fatal que ele infligira na alma dela.

Você está pegando dicas de criação de filhos com a Phil agora?

Ela empurrou a caixa para o próximo adesivo quando a fila andou. Leigh baixou os olhos para as mãos. O tremor tinha sumido. O estômago dela tinha se acalmado. Não havia lágrimas em seus olhos.

A única reclamação contínua de Walter era que a personalidade de Leigh mudava dependendo de quem estava na frente dela. Ela colocava tudo em compartimentos separados, sem nunca deixar um transbordar para o outro. Ele via isso como uma fraqueza, mas Leigh via como uma habilidade de sobrevivência. A única forma de ela sobreviver aos próximos dias era dividir completamente suas emoções.

A transição tinha começado na noite anterior. Leigh estava parada na cozinha jogando uma garrafa inteira de vodca na pia. Depois, parada na frente da privada dando descarga no resto do Valium. Depois, estava se preparando para o caso de Andrew, relendo moções, revendo o depoimento de Tammy Karlsen, mergulhando mais fundo nas anotações de terapia dela, criando uma estratégia de trabalho para ganhar o caso, porque, se não ganhasse, o plano B de Andrew seria colocado em ação e iria tudo pelo ralo.

Quando o sol nasceu, a sensação de estar flutuando tinha desaparecido completamente. A fúria de Walter, a raiva dele, a ferida profunda e fatal tinham, por algum motivo, forjado Leigh em aço frio e duro.

Ela pegou a caixa ao entrar. Parou na frente do iPad que media a temperatura. O quadrado verde lhe disse para ir em frente. Na checagem de segurança, ela tirou os telefones e o notebook da bolsa e colocou em bandejas. A caixa passou pela esteira atrás deles. Ela passou pelo detector de metais. Havia um frasco gigante de álcool em gel do outro lado. Leigh colocou um punhado na mão e instantaneamente se arrependeu. Uma das destilarias locais estava aguentando a pandemia usando seus alambiques para produzir desinfetantes. O resíduo de rum branco nos tanques fazia com que o tribunal inteiro tivesse cheiro da praia da Cidade do Panamá durante um feriado escolar.

— Doutora — disse alguém. — Você foi sorteada.

Um oficial tinha tirado as bandejas dela da esteira. Completando as infelicidades do dia, Leigh fora selecionada para uma triagem aleatória. Pelo menos, ela conhecia o oficial. O irmão de Maurice Grayson era advogado, o que lhe dava uma conexão mais próxima com Walter.

Ela entrou facilmente no papel de esposa de Walter, sorrindo por trás da máscara.

— Isso claramente é preconceito.

Maurice riu ao começar a tirar as coisas da bolsa dela.

— Na verdade, é assédio sexual, doutora. Você está gata hoje.

Ela aceitou o elogio, porque tinha prestado especial atenção a tudo naquela manhã. Camisa de botões azul-claro, saia e blazer cinza-escuro, colar fino de ouro branco, cabelo solto ao redor dos ombros, saltos pretos de sete centímetros e meio — exatamente da forma que os consultores diziam que Leigh devia se vestir para o júri.

Maurice revirou o conteúdo da nécessaire de maquiagem transparente dela, ignorando os absorventes.

— Fala pro seu marido que o Flex dele é uma piada.

Leigh chutou que isso tinha a ver com o jogo de celular. Da mesma forma, chutou que Walter não estava nem aí para o jogo que, antes da noite anterior, tomava cada momento de seu tempo livre.

— Pode deixar.

Maurice finalmente a liberou, e Leigh pegou suas coisas da esteira. Embora ela estivesse de máscara, o sorriso continuou em seu rosto quando ela entrou no lobby. Ela estava no modo advogada, acenando para colegas, mordendo a língua para os idiotas que deixavam a máscara escorregar para baixo do nariz, porque homens de verdade só podiam pegar Covid pela boca.

Ela não quis esperar pelo elevador. Carregou a caixa dois andares pela escada. Na porta, parou um momento, tentando se forjar de novo em aço. Maurice mencionar Walter tinha levado os pensamentos dela na direção de Maddy, e pensar em Maddy ameaçava abrir um buraco gigante e vazio no peito dela.

Leigh tinha mandado uma mensagem para a filha pela manhã, o bom-dia alegre de sempre junto com a informação de que passaria o dia no tribunal. Maddy devolvera um joinha inocente junto com um coração. Em algum momento, Leigh precisaria falar com a filha, mas tinha medo de ouvir a voz de Maddy e surtar. O que tornava Leigh tão covarde quanto Ruby Heyer.

Ela ouviu vozes subindo pela escada. Leigh usou o quadril para abrir a porta. Jacob Gaddy acenou para ela do fim do corredor. O associado tinha conseguido pegar uma das salas de reuniões advogado/cliente raramente disponíveis.

— Bom trabalho com a sala. — Leigh deixou que ele pegasse a caixa. — Preciso disso catalogado e pronto para segunda.

— Pode deixar — disse Leigh. — O cliente ainda não chegou, mas Dante Carmichael estava te procurando.

— Ele disse o que queria?

— Olha… — Jacob deu de ombros, como se fosse óbvio. — Dante dos Acordos, né?

— Deixa ele me encontrar. — Leigh entrou na sala vazia. Quatro cadeiras, uma mesa, sem janela, luzes piscando. — Onde…

— Liz? — perguntou Jacob. — Ela está lá embaixo tentando pegar os questionários do júri.

— Não deixe ninguém me interromper se eu estiver com o cliente. — O telefone de Leigh começou a tocar. Ela colocou a mão na bolsa.

Jacob falou:

— Vou ficar de olho para ver se Andrew chega.

Leigh não respondeu, porque Jacob já tinha fechado a porta. Ela tirou a máscara. Olhou para o telefone. Seu estômago ameaçou revirar-se, mas Leigh obrigou-o a se acalmar. Ela atendeu no quarto toque.

— O que foi, Walter? Estou prestes a entrar no tribunal.

Ele ficou em silêncio por um momento, provavelmente porque nunca tinha conhecido a Leigh vaca frígida.

— O que você vai fazer?

Ela escolheu ser obtusa.

— Vou tentar selecionar um júri que declare meu cliente não culpado.

— E depois?

— E depois vou ver o que mais ele quer que eu faça.

Outra hesitação.

— Esse é o seu plano, simplesmente deixar ele continuar te forçando?

Ela teria rido, se não estivesse aterrorizada com a ideia de que mostrar uma emoção abriria espaço para as outras.

— O que mais posso fazer, Walter? Eu te disse que ele tem um plano B. Se você tiver uma alternativa brilhante, por favor, diga o que quer que eu faça.

Não houve resposta, só o som da respiração de Walter no telefone. Ela pensou nele no trailer na noite anterior, a fúria repentina, a ferida profunda e mortal. Leigh fechou os olhos, tentou estabilizar o coração batendo. Imaginou-se parada sozinha num pequeno barco de madeira, deslizando para longe da orla onde Walter e Maddy estavam acenando adeus enquanto Leigh flutuava para as águas correntes de uma cachoeira.

Era assim que a vida dela devia acabar. Leigh nunca devia ter se mudado para Chicago, nem conhecido Walter, nem aceitado Maddy como presente. Devia ter ficado presa em Lake Point, jogada na sarjeta com todos os outros.

Walter falou:

— Quero você aqui amanhã às seis da tarde. Vamos conversar com Maddy e explicar que ela vai viajar com a minha mãe. Ela pode estudar virtualmente da estrada. Não posso deixar ela aqui enquanto esse cara está solto. Não posso... não vou... deixar nada ruim acontecer com ela.

Leigh não foi tão surpreendida quanto Walter. Ela já o ouvira usar o tom atual exatamente uma vez, quatro anos antes. Ela estava deitada no chão do banheiro, ainda bêbada do porre da noite anterior. Ele estava explicando a Leigh que ela tinha trinta dias para ficar sóbria ou ia tirar Maddy dela. A única diferença entre aquele ultimato e este era que o primeiro tinha sido por amor. Agora, era por ódio.

— Claro. — Ela respirou fundo antes de se lançar nas três frases que tinha ensaiado no carro naquele dia de manhã. — Eu preenchi a papelada hoje de manhã. Vou te mandar o link. Você tem que assinar sua parte digitalmente e vamos estar divorciados trinta e um dias depois que for processado.

Ele hesitou de novo, mas não por tempo suficiente.

— E a guarda?

Leigh sentiu sua decisão começar a ruir. Se ela conversasse com ele sobre Maddy, ia acabar de novo no chão.

— Pense bem, Walter. A gente faz um divórcio litigioso. Vamos à mediação ou você me põe na frente de um juiz. Eu tento conseguir visitas e depois o quê? Você faz uma petição dizendo que sou um perigo à minha filha?

Ele não disse nada, o que era uma forma de confirmação.

— Eu assassinei um homem intencionalmente e por vontade própria — disse ela, lembrando-lhe de suas palavras na noite anterior. — Você não quer que eu conecte outra adolescente com uma porra de um estuprador.

Se ele tivesse uma resposta, Leigh não ia escutar. Ela encerrou a ligação. Colocou o telefone virado para baixo na mesa. O brasão da Hollis Academy brilhou na parte de trás. Leigh traçou os dedos pelo contorno. A visão de seu dedo nu a surpreendeu. Sua aliança de casamento estava no porta-sabonete da pia da cozinha. Leigh não a tirava desde que saíram de Chicago.

Por favor, aceitem o presente desta linda menininha, Callie tinha escrito. *Eu sei que, não importa o que aconteça, vocês dois vão sempre mantê-la feliz e segura.*

Ela usou o dorso das mãos para esfregar as lágrimas dos olhos. Como ia dizer à irmã que tinha fodido tudo? Mais de 24 horas haviam se passado desde que Leigh levara Callie de volta à casa de Phil. Elas não se falavam desde que saíram da casa dos Waleski. Callie estava tremendo descontroladamente. Os dentes dela batiam da mesma forma que na noite da morte de Buddy.

Leigh tinha esquecido como era caminhar ao lado da irmã na rua. Era difícil descrever a sensação de não ser mais uma adulta solitária, só responsável pelo funcionamento de seu próprio corpo. A ansiedade que ela sentia perto de Callie — o medo pela segurança dela, por seu bem-estar emocional, por sua saúde física, de ela tropeçar na porcaria dos próprios pés, cair e quebrar alguma coisa — lembrava a Leigh como era quando Maddy era pequena.

A responsabilidade pela filha tinha trazido uma alegria incompreensível. Com Callie, Leigh se sentia infinitamente oprimida.

— Leigh? — Liz bateu na porta ao entrar. A expressão em seu rosto dizia haver algo errado. Leigh não precisou pedir explicação.

Andrew Tenant estava parado atrás de Liz, com a máscara pendurada na orelha. Um corte irritado e profundo percorria sua mandíbula. Suturas adesivas cutâneas brancas seguravam uma parte rasgada do lóbulo da orelha. Ele tinha o que parecia um chupão gigante no pescoço. E, aí, aproximou-se, e Leigh viu marcas de dente.

A reação imediata de Leigh não foi preocupação nem ira. Foi uma única risada chocada.

Andrew tensionou a mandíbula. Virou-se para fechar a porta, mas Liz já estava fechando atrás de si.

Ele esperou até estarem sozinhos. Tirou a máscara. Puxou uma cadeira. Sentou-se. Disse a Leigh:

— O que eu falei sobre rir de mim?

Ela esperou para sentir o mesmo medo visceral que seu corpo sempre conjurava em reação à presença dele. Mas sua pele não estava se arrepiando. Os fios de cabelo da nuca não estavam de pé. Sua reação de luta ou fuga tinha, por algum motivo, sido desativada. Se fosse resultado da ferida fatal de Walter, ela estava melhor.

Ela perguntou a Andrew:

— O que aconteceu com você?

Os olhos dele rastrearam o rosto dela como se ela fosse um livro que ele pudesse ler.

Ele se recostou na cadeira. Descansou a mão na mesa.

— Fui correr ontem depois que você saiu da minha casa. Exercício físico é uma parte aprovada da minha condicional. Alguém me assaltou. Tentei lutar contra. Sem sucesso, como se vê. Roubaram minha carteira.

Leigh não comentou o fato de ele já ter tomado banho quando ela chegara à casa dele.

— Você sempre vai correr com a carteira?

A mão dele bateu na mesa. Não houve som, mas ela se lembrou do poder do corpo dele. A reação de luta ou fuga lentamente acordou na base da coluna dela.

Ela perguntou:

— Tem mais alguma coisa que eu deva saber?

— Como vai a Callie?

— Vai bem. Falei com ela hoje de manhã.

— Ah, é? — O tom de voz dele ficou íntimo. Algo havia mudado.

Leigh não tentou entender como tinha conseguido ceder parte de seu poder. Sentia no corpo aquela reação visceral familiar que lhe dizia que uma mudança havia ocorrido.

— Tem mais alguma coisa?

Cada um dos dedos dele bateram uma vez na mesa.

— Eu devia te dizer que minha tornozeleira soou ontem, às três e doze da tarde. Liguei imediatamente para a minha oficial de condicional. Ela chegou três horas depois para reiniciar. Interrompeu a recepção antes da minha cerimônia de casamento.

Leigh não tinha notado a aliança no dedo dele, mas o viu notando a falta de uma no dela. Ela cruzou os braços.

— Você sabe o que isso fica parecendo, né? — perguntou ela. — Você aparece para a seleção de júri do seu julgamento de estupro com o tipo de feridas de defesa que um homem teria depois de uma mulher lutar contra ele, e adiciona a isso o fato documentado de que sua tornozeleira ficou desligada por mais de três horas.

— É ruim?

Leigh lembrou-se da conversa deles na noite anterior. Era tudo parte do plano dele. A cada passo do caminho, ele deixava as coisas mais difíceis para ela.

— Andrew, você tem quatro outras ocasiões documentadas em que o alarme de sua tornozeleira disparou. A cada vez, levou de três a quatro horas para a condicional responder. Já te ocorreu que o promotor argumentaria que você estava testando o sistema para ver quanto tempo leva para alguém chegar?

— Parece muito incriminador — disse Andrew. — Que bom que minha advogada é altamente motivada para argumentar minha inocência.

— Tem uma enorme diferença entre inocente e não culpado.

A boca dele tremeu num sorriso.

— Nuance?

Leigh sentiu o formigar de medo subir pela coluna. Andrew tinha facilmente conseguido reafirmar sua dominância. Ele não sabia que Leigh havia revelado a verdade a Walter, mas Walter nunca fora uma arma no arsenal de Andrew. Ele só precisava dos vídeos. Fosse por capricho ou pelo plano B, ele era capaz de acabar com a vida de Leigh e Callie.

Ela abriu a bolsa e achou o nécessaire de maquiagem.

— Vem cá.

Leigh abriu o zíper do nécessaire. Dispôs primer, corretivo, base e pó. O babaca tinha tido sorte de novo. Todo o dano estava do lado esquerdo do rosto. O júri estaria sentado do lado direito.

Ela perguntou a ele:

— Você quer fazer isso ou não?

Ele se levantou com movimentos lentos e deliberados, mostrando a ela que ainda estava no comando.

Leigh sentiu o pânico começando a inchar no peito dela quando ele se sentou à sua frente. Ele tinha a habilidade peculiar de desligar ou ligar sua malevolência. Estando perto dele, Leigh sentia a repulsa revirar seu estômago. O tremor voltou às mãos dela.

Andrew sorriu, porque era isso que ele queria.

Leigh apertou primer no dorso da mão. Achou uma esponja no nécessaire. Andrew se aproximou. Ele cheirava a colônia almiscarada e a mesma menta do hálito do dia anterior. Os dedos de Leigh pareciam desajeitados na esponja enquanto ela dava batidinhas nas marcas de mordida no pescoço dele. Os hematomas ao redor das marcas de dente eram de um azul vívido, mas provavelmente iam ficar pretos no fim de semana, bem a tempo do julgamento.

Leigh falou:

— Você vai precisar contratar um profissional para fazer isso na segunda de manhã.

Andrew fez uma careta quando ela passou para o corte na mandíbula dele. A pele estava vermelha e irritada. Pontinhos de sangue fresco mancharam a esponja. Leigh não foi delicada. Encheu um pincel de corretivo e enfiou as cerdas fundo na ferida.

Ele soltou o ar por entre os dentes, mas não se afastou.

— Você gosta de me machucar, Harleigh?

Ela suavizou o toque, repelida pelo fato de que ele tinha razão.

— Vire a cabeça.

Ele manteve os olhos nela enquanto movia o queixo para a direita.

— Você aprendeu a fazer isso quando era pequena?

Leigh trocou para um pincel mais largo para base. O tom de pele dela era mais escuro que o dele. Ela ia precisar usar mais pó.

— Lembro que você e Callie apareciam com olhos roxos, lábios cortados. — Andrew deu outro silvo baixo quando ela usou a unha para raspar um fio de sangue do queixo dele. — Minha mãe dizia: "Essas pobrezinhas e a mãe louca delas. Não sei o que fazer".

Leigh sentiu uma dor na boca de tanto apertar os dentes. Precisava acabar com aquilo. Achou o pó, outro pincel. Colocou por cima da ferida, usando o dedo para suavizar os contornos.

— Se ela tivesse chamado a polícia ou a assistência social — continuou Andrew. — Imagine quantas vidas ela podia ter salvado.

— Jacob é meu auxiliar — disse Leigh, porque falar de trabalho era a única forma de se impedir de gritar. — Ele é meu associado. Mencionei-o outro dia na sala de Bradley. Jacob vai cuidar do lado processual, mas vou deixá-lo entrevistar alguns dos jurados em potencial se parecer que eles vão reagir melhor a um homem. Você precisa parar com a palhaçada perto dele. Ele é jovem, mas não é idiota. Se perceber alguma coisa...

— Harleigh. — Andrew alongou o nome dela num suspiro longo e baixo. — Sabe, você é muito linda. — A mão dele tocou a perna dela.

Leigh se afastou dele. Sua cadeira arranhou o chão. Ela estava de pé, de costas para a parede, antes de se permitir processar o que acabara de acontecer.

— Har-leigh. — Andrew se levantou da mesa. O sorriso cheio de dentes estava de volta, aquele que dizia que ele estava adorando tudo nesse momento. Os passos dele se arrastaram pelo chão. — Qual é o perfume que você está usando? Gostei muito.

Leigh começou a tremer.

Ele se inclinou mais para perto, inalando o aroma dela. Ela sentia seu cabelo roçando o rosto dele. Seu hálito quente estava na orelha dela. Não havia aonde ir. As omoplatas de Leigh estavam enfiadas na parede. A única coisa que ela tinha era o pincel de maquiagem ainda apertado na mão.

Andrew olhou-a nos olhos, observando-a com atenção. Colocou a língua entre os lábios. Ela sentiu o joelho dele pressionando as pernas apertadas dela.

Está tudo bem garotinha não fique assustada com seu amigo Buddy.

Uma explosão alta de risada veio do outro lado da porta. O som ecoou pelo corredor. Ela se lembrou com dificuldade de que não estava presa dentro de um Corvette amarelo. Estava numa sala de reuniões minúscula dentro do Tribunal Superior do condado de DeKalb. Seu associado estava lá fora. Sua assistente estava por perto. Auxiliares de delegados. Promotores. Colegas. Investigadores. Policiais. Assistentes sociais.

Acreditariam nela dessa vez.

Ela perguntou a Andrew:

— Linda sabe que você é um estuprador igual ao seu pai?

Uma mudança sutil cruzou o rosto dele.

— Seu marido sabe que você é uma assassina?

Leigh fuzilou-o com todo o seu ódio.

— Sai de perto de mim antes que eu comece a gritar.

— Harleigh. — O sorriso cheio de dentes dele voltou. — Você ainda não sabe que eu amo quando uma mulher grita?

Ela precisou escorregar pela parede para se afastar dele. Sentiu as pernas tremendo ao caminhar para a porta. Abriu-a. Saiu para o corredor deserto. Havia dois homens perto dos elevadores. Outros dois estavam entrando no banheiro masculino. Liz estava sentada num banco contra a parede com o iPad no colo e o telefone na mão. Leigh caminhou na direção dela, mãos em punho porque não sabia o que fazer com toda a adrenalina em seu corpo.

Liz falou:

— Jacob está no tribunal analisando os questionários. Faltam dez minutos.

— Ótimo. — Leigh olhou pelo corredor, tentando banir sua ansiedade. — Mais alguma coisa?

— Não. — Liz não voltou aos aparelhos eletrônicos. Ela se levantou. — Na verdade, sim. Acabou de me ocorrer que nunca te vi nervosa. Tipo, seu cabelo podia estar pegando fogo e você me pediria para trazer um copo de água quando for conveniente. — Ela lançou um olhar para a sala de reuniões. — Você precisa que eu entre? Ou Jacob? Porque ele também me assusta para cacete.

Leigh não podia se preocupar com demonstrar emoções. Suas pernas ainda sentiam a pressão do joelho de Andrew tentando abri-las. Ela não queria voltar mais àquela sala, mas a única coisa pior do que estar sozinha com Andrew era dar a ele uma plateia.

Ela foi salva da decisão ao ver Dante Carmichael saindo do elevador. O promotor tinha levado uma equipe. Miranda Mettes, sua auxiliar, estava à direita.

À esquerda, estava Barbara Klieg, a investigadora a cargo do caso de Tammy Karlsen. Atrás, havia dois policiais uniformizados do condado de DeKalb.

— Merda — sussurrou Leigh. Ela só tinha olhado a história do assalto de Andrew e a falha na tornozeleira como peças individuais. Agora, via-os como um todo. Outra mulher tinha sido violentamente atacada. Andrew tinha sido conectado ao caso. Estavam ali para prendê-lo.

— Harleigh? — Andrew estava segurando o telefone pessoal dela. — Quem é Walter? Ele está tentando te ligar.

Leigh tirou o telefone da mão dele e alertou:

— Fique com a porra da boca fechada.

Ele levantou a sobrancelha. Achava que era tudo uma piada.

— Está preocupada com a sua família, Harleigh?

— Collier — chamou Dante. — Preciso falar com o seu cliente.

Leigh agarrou o telefone tão forte que sentiu os cantos pressionarem os ossos dos dedos. Todos a estavam observando, esperando. A única coisa em que ela conseguia pensar era como mostrar a eles a advogada filha da puta que estavam esperando.

— Vai se foder, Dante. Você não vai falar com ele.

— Só quero esclarecer algumas coisas — disse Dante, como se estivesse sendo totalmente razoável. — Qual o problema de algumas perguntas?

— Não — respondeu Leigh. — Ele não…

— Harleigh — interrompeu Andrew. — Não me importo em responder nenhuma pergunta. Não tenho nada a esconder.

Barbara Klieg estava silenciosamente tirando fotos dos machucados de Andrew com o telefone.

— Pelo jeito, você está tentando esconder alguns cortes e hematomas bem feios aí, amigo.

— Tem razão, *amiga*. — O sorriso de Andrew era de arrepiar. Ele era completamente destemido. — Como eu disse à minha advogada, fui atacado na minha corrida matinal ontem. Deve ter sido um drogado querendo dinheiro rápido. Não foi o que você disse, Harleigh?

Leigh mordeu o lábio para se impedir de surtar. O estresse ia parti-la em duas.

— Andrew, estou te aconselhando a…

— Você fez um boletim de ocorrência? — perguntou Klieg.

— Não, senhora — respondeu Andrew. — Dadas minhas interações recentes com a polícia, não achei que valeria a pena pedir ajuda.

— E ontem à noite? — disse Klieg. — Sua tornozeleira ficou desligada por mais de três horas.

— Um fato que relatei imediatamente à minha oficial de condicional. — O olhar dele achou Leigh, mas não por desespero. Ele queria vê-la sofrendo. — Minha advogada pode confirmar que também foi informada. Não é?

Leigh não disse nada. Baixou os olhos para o telefone. O brasão da escola de Maddy estava atrás. Ela sabia que Andrew tinha visto.

Está preocupada com a sua família, Harleigh?

Walter tinha razão. Leigh era uma tola por pensar que podia manter esse monstro guardado dentro de um compartimento separado.

Klieg perguntou a Andrew:

— Pode comprovar onde estava entre as cinco da tarde e as sete e meia da noite de ontem?

— Andrew — avisou Leigh, implorando mentalmente para ele parar. — Eu o aconselho a ficar em silêncio.

Andrew ignorou o conselho, dizendo a Klieg:

— Minha cerimônia de casamento aconteceu ontem à noite na minha casa. Recebi o bufê em torno das cinco e meia. Minha mãe chegou pontualmente às seis para garantir que tudo estivesse indo bem. Tenho certeza de que minha oficial de condicional, Teresa Singer, chegou em torno das seis e meia para reiniciar minha tornozeleira. Os convidados já estavam chegando para drinques e petiscos leves. Aí, Sidney e eu caminhamos até o altar por volta das oito. Isso satisfaz seu inquérito?

Klieg trocou um olhar com Dante. Nenhum deles estava satisfeito com essa resposta. Havia testemunhas em potencial demais.

Andrew ofereceu:

— Posso te mostrar as fotos que tirei no meu telefone. Com certeza, os metadados vão confirmar meu álibi. Tudo tem carimbos de hora e localização.

Leigh lembrou-se de Reggie falando que metadados podiam ser falsificados se você soubesse o que estava fazendo. Ela foi de esperar que Andrew calasse a boca para rezar que ele soubesse o que diabos estava fazendo.

Klieg falou:

— Vamos ver as fotos.

— Andrew — disse Leigh, mas só porque era o que se esperava dela. Ele já estava colocando a mão no bolso interno do paletó.

— Aqui está. — Ele inclinou a tela num ângulo em que todos pudessem vê-lo rolar pelas fotos. Andrew posando com uma fileira de garçons atrás dele.

Parado ao lado de Linda, que segurava uma taça de champanhe. Andrew ajudando a pendurar o banner que dizia *PARABÉNS, SR. & SRA. ANDREW TENANT!*

As fotos eram convincentes, mas o que faltava era a história real. Não havia fotos solitárias de bolos e decorações. Nenhum convidado parado sozinho na porta da frente. Nada de Sidney de vestido de noiva. Todas as fotos incluíam Andrew e, em todos os ângulos, dava para ver os arranhões e hematomas no rosto e pescoço dele.

Klieg falou:

— Que tal eu pegar seu telefone e deixar nossos especialistas olharem?

Leigh desistiu. Andrew ia fazer o que bem entendesse. Tentar alertá-lo não valia o esforço de abrir a boca.

— A senha são seis uns. — Ele deu uma risada autodepreciativa, reconhecendo a simplicidade. — Mais alguma coisa, policial?

Klieg claramente estava decepcionada, mas fez questão de tirar um envelope plástico de evidências do bolso do blazer e segurar aberto para Andrew jogar o telefone.

Dante falou com Leigh.

— Preciso de um momento em particular.

A sensação de enjoo voltou. Ele ia oferecer outro acordo a Andrew, e Andrew ia dizer para ela recusar, porque sempre estava três passos à frente dela.

Leigh entrou na sala de reuniões atrás de Dante. Cruzou os braços e se apoiou na parede enquanto ele fechava a porta. Ele estava com uma pasta nas mãos. Leigh estava de saco cheio de homens lhes mostrando os conteúdos abomináveis de suas pastas.

Dante não disse nada. Provavelmente, estava esperando que ela começasse com outro *vai se foder*, mas Leigh estava cansada de xingar. Ela levantou seu telefone pessoal. Havia duas ligações perdidas de Walter. Ele provavelmente tinha assinado os papéis do divórcio. Provavelmente, tinha mudado de ideia sobre deixá-la dizer adeus a Maddy. Provavelmente, estava saindo da cidade.

Ela disse a Dante:

— Temos que estar na frente do juiz em cinco minutos. O que você está oferecendo?

— Homicídio qualificado. — Ele jogou a pasta na mesa.

Leigh viu as beiradas de fotografias brilhantes e coloridas. Se ele estivesse tentando chocá-la, era tarde demais. Cole Bradley previra aquilo fazia 48 horas.

Voyeurs viram estupradores. Estupradores viram assassinos.

— Quando? — Ela sabia que determinar horário de morte podia ser mais arte que ciência. — Como você sabe que ela foi assassinada entre cinco e sete e meia da noite de ontem?

— Ela ligou para a família às cinco. O corpo foi achado no parque Lakehaven em torno das sete e meia.

Leigh sabia que havia um lago no clube de campo perto da casa de Andrew. Ela precisava supor que o corpo tivesse sido deixado como os outros — em outro parque que ficava a uma caminhada de cinco minutos de onde ele morava. Apertou os lábios, tentando entender como Andrew tinha conseguido aquilo. Aparentemente, o álibi dele era sólido. Os metadados nas fotos o colocariam em casa. Sidney confirmaria qualquer coisa que ele dissesse. Linda era a anomalia. Leigh não sabia se a mãe de Andrew juraria no julgamento que a foto da taça de champanhe tinha sido tirada no horário indicado. E havia ainda os cortes e hematomas no rosto e pescoço de Andrew.

Algo ocorreu a ela.

Ela disse a Dante:

— Leva de duas a três horas para esse tipo de cor escura aparecer. Você viu as fotos no telefone dele. As marcas no pescoço de Andrew estavam ficando roxas quando o bufê chegou às cinco e meia. O corte na mandíbula tinha parado de sangrar.

— E essas fotos? — Dante abriu a pasta. Começou a passar as fotos de cena do crime na mesa. O floreio dramático era desnecessário. Leigh estava calejada demais para se chocar, e o que ele estava mostrando não era nada que ela não tivesse visto antes.

O rosto de uma mulher tão espancada que seus traços eram indistinguíveis. Marcas de dente ao redor da ferida aberta onde costumava haver um mamilo. Um corte na coxa esquerda logo acima da artéria femoral.

O cabo de metal de uma faca saindo por entre as pernas.

— Chega. — Leigh reconheceu a obra de Andrew. Fez a mesma pergunta que fazia ultimamente a todos os homens de sua vida: — O que você quer de mim?

— Provavelmente, foi isso que a vítima disse quando seu cliente a estava estuprando e matando. — Dante segurou a última foto entre as mãos. — Você sabe que foi ele, Collier. Não enrole um enrolador. Somos só nós aqui. Andrew Tenant é culpado para caralho.

Leigh não tinha tanta certeza — pelo menos, não desta vez. A coloração das marcas a estava incomodando. Ela tinha trabalhado em tantos casos de violência doméstica na advocacia privada que provavelmente era qualificada como testemunha especialista.

— Você disse que a vítima fez uma ligação com a família às cinco. Se estiver achando que Andrew a atacou logo depois da ligação, depois chegou em casa às cinco e meia para receber o bufê ou, no mais tardar, estava em casa às seis e meia, quando a oficial da condicional apareceu para reiniciar a tornozeleira, explique a cor escura das marcas no pescoço dele.

— Acho que você quer dizer marcas de mordida, mas e daí? — Dante deu de ombros. — Você coloca seu especialista para testemunhar uma coisa e eu coloco o meu para testemunhar outra.

— Vamos ver. — Leigh fez um gesto de cabeça para ele colocar a última foto na mesa. Dante a estava segurando por um motivo.

Ele dispensou o floreio ao colocar a fotografia na frente dela.

Outro close. A nuca da vítima. Chumaços do cabelo preto e liso tinham sido arrancados. O couro cabeludo mostrava talhos profundos onde algo afiado e brutal fora usado para cortar fundo nas raízes.

Leigh só tinha visto uma vez antes esse tipo de ferida. Tinha dez anos. Estava segurando um pedaço de vidro quebrado, atacando uma das algozes de Callie no parquinho.

Segurei ela no chão e arranquei os cabelos dela até o couro cabeludo sangrar.

Leigh sentiu o suor escorrer pelo pescoço. As paredes começaram a se fechar. Andrew tinha feito aquilo. Tinha ouvido a história de Leigh sobre punir a menininha cruel e imitado numa homenagem doentia e perturbada.

De repente, um momento de pânico agarrou o coração de Leigh. Os olhos dela analisaram as fotos, mas os braços e as pernas da mulher não eram magros como um palito. Não havia marcas nem antigas cicatrizes de agulhas que tinham sido quebradas nas veias dela. Ela também não mostrava os sinais rechonchudos da juventude com que a menina linda de Leigh desnecessariamente se preocupava na frente do espelho.

— A vítima — disse Leigh. — Como é o nome dela?

— Ela não é só uma vítima, Collier. Era uma mãe, esposa, professora da escola dominical. Tem uma filha de dezesseis anos, igual a você.

— Pode guardar o drama para seus argumentos finais — falou Leigh. — Me diga o nome dela.

— Ruby Heyer.

15

— PORRA, ISSO! — BERROU Sidney para o ar que varria seu BMW conversível. O rádio estava gritando uma música com mais palavras racistas do que uma convenção de supremacistas brancos. Sidney cantava junto, o punho socando o ar com cada batida. Ela estava bebaça das três jarras de mimosas, chapada fora de si pelo ecstasy que Callie colocara na última bebida dela, e provavelmente ia perder o controle do carro se não colocasse os olhos de volta na rua.

O BMW derrapou num farol vermelho. Sidney enfiou a parte inferior da palma na buzina. Pisou fundo no acelerador.

— Sai da minha frente, filho da puta!

— Uhu! — gritou Callie, lançando um punho camarada no ar. Apesar de não querer, ela estava se divertindo. Sidney era hilária. Era jovem e idiota e ainda não tinha estragado completamente sua vida, embora claramente estivesse tentando.

— Filho da puta! — berrou Sidney para outro motorista ao furar um farol vermelho. — Vai pra puta que pariu, seu filho de uma puta.

Callie riu quando o motorista idoso usou as duas mãos para mostrar os dedos do meio a elas. A mente dela estava acelerada. Seu coração era um beija-flor. As cores explodiam em frente aos seus olhos — árvores verde-neon, céu azul vívido, caminhões brancos brilhantes e carros vermelho-fogo, e linhas amarelas piscando e saltando do asfalto preto-azeviche.

Ela tinha esquecido como era fantástico farrear. Antes de quebrar o pescoço, Callie tinha experimentado cocaína e ecstasy e benzos e metanfetamina e

Adderall porque achava que a resposta para seus problemas era fazer o mundo girar o mais rápido possível.

O Oxy tinha mudado isso. Callie soube, na primeira vez que a droga caiu em seu sistema, que o que realmente precisava era se esbaldar na lentidão. Como os de um macaco, seus pés tinham virado punhos. Ela podia se pendurar num lugar e em outro e ver o mundo passando. O zen daqueles primeiros dias de opioides era ridiculamente fora do normal. E, aí, semanas se passaram, depois meses, depois anos, depois sua vida imóvel tinha se limitado apenas à busca de mais heroína.

Ela pegou um dos frascos de comprimidos da bolsa, achou outro Adderall. Colocou na língua. Mostrou a Sidney.

Sidney se debruçou e sugou o comprimido da língua de Callie. Os lábios dela se derreteram nos de Callie. Sua boca era quente. A sensação era elétrica. Callie tentou fazer durar, mas Sidney escapou, voltando sua atenção ao carro. Callie tremeu, seu corpo acordando de uma forma que não acontecia havia anos.

— Caralho! — gritou Sidney, forçando o carro a ir mais rápido, deslizando como um esqui por uma rua residencial. O BMW derrapou numa curva fechada. Ela parou de repente. — Porra.

Callie foi jogada para a frente quando Sidney engatou a marcha a ré. Os pneus queimaram contra o asfalto. Sidney deu ré por vários metros, bateu no câmbio de novo, e elas começaram a subir a longa entrada até uma casa branca gigante.

A casa de Andrew.

Ainda no restaurante, Callie tinha falado de levar a festa para seu quarto de hotel de mentira, mas incluído o detalhe de que iam precisar fazer silêncio, e Sidney dissera as exatas palavras que Callie preparara — *foda-se o silêncio, vamos para a minha casa.*

Não devia ser surpreendente Andrew morar no que parecia a mansão onde um serial killer cometia seus assassinatos. Tudo era branco exceto pelos arbustos em formato de cubos de açúcar. O lugar incorporava a sensação de estar morto por dentro que Andrew tinha exalado dentro do túnel do estádio.

E muito provavelmente era o local em que Andrew guardava a fita do assassinato de Buddy.

Callie apertou sua unha rasgada, a dor trazendo-a de volta à realidade. Ela não estava ali para uma festa. Sidney era jovem e inocente, mas Maddy também. Só uma delas tinha um psicopata estuprador em sua vida. Callie ia manter assim.

Sidney levou o carro até os fundos da casa. O BMW guinchou até parar em frente a uma porta de garagem de vidro com visual industrial. Sidney apertou um botão embaixo do retrovisor. Ela disse a Callie:

— Não se preocupe, ele tem compromisso o dia todo.

Ele era uma das formas como ela se referia a Andrew. Chamava-o de *meu namorado estúpido* ou *meu marido idiota,* mas nunca usava o nome dele.

O carro se jogou na garagem, quase batendo na parede dos fundos.

— Porra! — gritou Sidney, pulando do veículo. — Vamos começar esta festa!

Callie esticou a mão e apertou o botão para desligar o motor. Sidney tinha deixado a chave no porta-copos, junto com o telefone e a carteira. Callie olhou pela garagem, buscando um esconderijo para uma fita, mas o espaço era uma caixa branca vazia. Até o chão era impecável.

— Você nada? — Sidney estava colocando a mão por baixo da camisa para tirar o sutiã. — Tenho um biquíni extra que vai te servir.

Callie teve um momento de escuridão pensando nas cicatrizes e marcas de agulha por baixo da blusa de manga comprida e do jeans.

— Está calor demais para mim, mas vou adorar ficar olhando.

— Aposto que vai. — Sidney tirou o sutiã pela manga. Teve dificuldade com os botões da camisa, abrindo uma vista em V do decote. — Porra, tem razão. Vamos só chapar no ar-condicionado.

Callie a viu desaparecer dentro da casa. Seu joelho travou quando estava saindo do carro. Ela tentou registrar a dor, mas seus nervos estavam anestesiados pelos químicos que percorriam seu corpo. Ela tinha tomado cuidado no restaurante, garantindo que não exagerasse. O problema era que ela queria muito, muito mesmo exagerar. Os receptores de seu cérebro não recebiam estimulantes havia tanto tempo que parecia que a cada segundo um novo acordava implorando mais.

Ela achou outro alprazolam na bolsa para acalmar um pouco.

A casa de Andrew a convidou a entrar. Sidney tinha deixado o sutiã e os sapatos no chão. Callie olhou as próprias botas Doc Martens, mas o único jeito de tirá-las seria sentar no chão e puxar. Ela subiu por um corredor longo e branco. A temperatura caiu como se ela estivesse entrando num museu. Sem tapetes. Paredes e teto imaculadamente brancos. Lustres brancos. Arte em branco e preto mostrando mulheres extremamente sexy posando em estados artísticos de amarrações.

Callie estava tão acostumada a escutar filtros borbulhantes de aquário que só registrou o som quando chegou à parte principal da casa. A vista devia mostrar o quintal, mas Callie ignorou. Uma parede inteira fora dedicada a um aquário de corais magnífico. Coral mole e duro. Anêmonas. Ouriços-do-mar. Estrelas-do-mar. Peixes-leão. Peixes-frade. Arlequins tusks. Unicórnios-de--espigão-laranja.

Sidney estava próxima dela, os ombros se tocando.

— É lindo, né?

A única coisa no mundo que Callie queria agora era se sentar no sofá, tomar um punhado de Oxy e ficar vendo as criaturas coloridas flutuando até ou dormir, ou encontrar Kurt Cobain.

— Seu marido é dentista?

Sidney deu uma de suas risadas roucas.

— Vendedor de carros.

— Caralho. — Callie se forçou a olhar pela sala de estar gigante, que tinha uma estética de Apple Store mesclada com União Soviética. Sofás de couro branco. Cadeiras de couro branco. Mesas de centro e laterais de aço e vidro. Luminárias inclinando suas cabeças brancas de metal como bengalas leprosas. A televisão era um retângulo preto gigante na parede. Nenhum dos componentes estava à mostra.

Callie brincou:

— Talvez eu devesse começar a vender carros.

— Porra, Max, eu compraria qualquer coisa que você vendesse.

Callie não tinha se acostumado a ser chamada pelo nome falso. Precisou de um momento para se recompor.

— Por que pagar quando é de graça?

Sidney riu de novo, fazendo um gesto de cabeça para Callie ir com ela até a cozinha.

Callie manteve o ritmo lento, ouvindo com atenção o zumbido de eletrônicos que iam até a televisão. Não havia estantes, caixas de armazenamento, lugar óbvios para esconder um videocassete, quanto mais uma fita. Até as portas eram escondidas, apenas um fino esboço preto indicando que existiam. Ela não tinha ideia de como abriam sem maçanetas.

— A mãe dele controla o dinheiro. — Sidney estava na cozinha lavando as mãos na pia do balcão. As duas tinham deixado as máscaras no restaurante.

— Ela é uma vaca. Controla tudo. A casa não está nem no nome dele. Ela deu uma porra de uma mesada para ele mobiliar. Chegou a dizer em quais lojas ele podia ir.

Callie sentiu os dentes doerem ao ver a cozinha ultramoderna. Balcões de mármore branco, armários brancos brilhantes. Até o fogão era branco.

— Pelo jeito, ela já passou pela menopausa.

Sidney não entendeu a piada sobre menstruação, o que era justo. Estava com um controle remoto pequeno na mão. Apertou um botão, e a música preencheu o cômodo. Callie esperou mais palavras racistas, não Ed Sheeran cantando sobre estar embriagado de amor.

Outro botão foi apertado. As luzes baixaram, suavizando o lugar. Sidney piscou para ela, perguntando:

— Uísque, cerveja, tequila, rum, vodca, absinto?

— Tequila. — Callie se sentou em uma das banquetas torturantes de costas baixas do bar. O clima romântico a desacorçoou, então, ela fingiu que não tinha acontecido. — Você não seria a primeira esposa que não se dá bem com a sogra.

— Eu odeio ela. — Sidney puxou uma das portas dos armários superiores. As garrafas de álcool estavam todas enfileiradas com espaços iguais, rótulos para a frente, mantendo o jeito de assassino em série. Ela pegou uma garrafa âmbar muito bonita. — Uma semana antes do casamento, ela me ofereceu cem mil para desistir.

— É muito dinheiro.

Sidney abriu os braços, mostrando a casa.

— Gata, por favor.

Callie riu. Tinha de dar crédito a Sidney por se aproveitar do sistema. Por que aceitar um pagamento único quando podia arrancar dinheiro dos Tenant enquanto estivesse casada com Andrew? Especialmente com a perspectiva iminente da prisão no futuro de Andrew. Não era uma aposta ruim.

— Ele é um lambe-botas perto da mãe — confidenciou Sidney. — Tipo, comigo, ele fica todo, tipo, *eu odeio aquela porra daquela vaca queria que ela morresse*. Mas, aí, ela entra e ele se transforma num mimadinho idiota.

Callie sentiu um golpe de tristeza. A única coisa que ela aceitava como verdade quando era babá de Andrew era que Linda amava o filho incondicionalmente. A existência inteira da mãe tinha sido construída em torno de mantê-lo seguro e tentar achar uma forma de tornar a vida deles melhor.

— É inteligente — disse Callie. — Quer dizer, você não vai querer deixar a mulher puta se ela está te dando tudo isso.

— É dele, de todo jeito. — Sidney usou os dentes para abrir o selo plástico da garrafa. Don Julio Añejo, uma tequila para degustar. — Quando a vaca velha morrer, ele vai mudar algumas coisinhas. Ela fica fazendo um monte de coisa idiota como se a internet nunca tivesse existido. Foi ideia dele fazer tudo virtual quando chegou a pandemia.

Callie imaginou que muita gente tivesse tido a ideia brilhante de fazer tudo virtual quando a pandemia chegou.

— Uau.

— É — disse Sidney. — Quer margaritas ou pura?

Callie deu um sorrisinho.

— Os dois?

Sidney riu ao abaixar para achar o liquidificador. Ficou com a bunda empinada de novo. A garota era um ensaio de *soft porn* ambulante.

— Juro por Deus, estou tão feliz de ter te encontrado. Eu devia ir trabalhar hoje, mas foda-se.

— Onde você trabalha?

— Atendo o telefone na concessionária, mas é só para os meus pais pararem de me encher por passar o resto da vida na faculdade. Foi assim que eu conheci o Andy. — Se ela percebeu que era a primeira vez que dizia o nome dele, não demonstrou. — A gente trabalha na mesma concessionária.

— Andy? — repetiu Callie. — Parece o nome de um mimadinho.

— Né? — Sidney empurrou uma das frentes de armário. A porta saltou e abriu. Ela pegou copos de shot e de margarita com a desenvoltura de uma bartender. Callie a observou se movendo. Ela era mesmo extraordinária. Callie teve de se perguntar o que a mulher via em Andrew. Não podia ser só dinheiro.

Sidney bateu os copos no balcão.

— Eu sei que você está aqui para uma entrevista, mas onde você trabalha?

Callie deu de ombros.

— Em lugar nenhum, na verdade. Meu marido me deixou dinheiro suficiente, mas eu sei o que acontece quando tenho tempo livre demais.

— Por falar nisso. — Sidney encheu dois copos de shot até a boca.

Callie levantou o dela num brinde, depois deu um gole enquanto Sidney virou o dela, o que era algo que se podia fazer quando seu pescoço não estava congelado na base do seu crânio. Ela viu Sidney encher outra dose. Ela estava indo para uma terceira quando Callie colocou seu copo para ser reabastecido.

— Ah, caralho. — Sidney pareceu se lembrar de alguma coisa. Apertou outro armário para se abrir e achou um contêiner redondo de madeira. Colocou no balcão, arrancando a tampa. Aí, lambeu o dedo e enfiou dentro, puxando pequenos cristais de sal. Ela balançou as sobrancelhas ao sugar da ponta do dedo.

Os olhos das duas se encontraram, e Callie se forçou a desviar.

— Não lembro a última vez que vi um saleiro artesanal.

— É isso que é? — Sidney voltou ao trabalho. Apertou a mão em outra frente de armário, mas, dessa vez, saltou uma longa maçaneta. Ela abriu a porta da geladeira. — Foi presente de casamento de uma das amigas escrotas da Linda. Pesquisei na internet. Madeira queniana esculpida à mão, o que quer que seja isso. Essa porra custou trezentos dólares.

Callie sentiu o peso do saleiro na mão. O sal era preto como obsidiana e cheirava levemente a carvão.

— O que é isso?

— Não sei, alguma merda do Havaí. O quilo custa mais do que cocaína. — Ela se virou, segurando seus limões nas mãos. — Caralho, eu mataria por um pouco de coca.

Callie não ia decepcionar. Colocou a mão na bolsa e mostrou dois pacotinhos.

— Puta que pariu. — Sidney agarrou um dos saquinhos imediatamente. Levantou contra a luz. Estava procurando os grãos brilhantes que indicavam pureza, o que a colocava como usuária profissional de cocaína. — Cacete, parece letal.

Callie se perguntou se seria. Sidney já estava vibrando com estimulantes suficientes para derrubar uma fera selvagem. Ninguém desenvolve esse tipo de tolerância com uso recreativo.

Como se para provar isso, Sidney abriu uma gaveta e tirou um pequeno espelho com uma lâmina em cima e um canudo folheado a ouro de dez centímetros que era ou para ajudar criancinhas particularmente ricas a consumir suco, ou para babacas ricos e mimados cheirarem cocaína.

Callie testou as águas.

— Você já injetou?

Pela primeira vez, Sidney pareceu cautelosa.

— Porra, cara, isso aí é todo um outro nível.

— Deixa pra lá. — Callie abriu o saco plástico e sacudiu o pó branco puro no espelho. — Há quanto tempo vocês se conheciam antes de se casar?

— Ahn… Acho que uns dois anos? — Sidney estava olhando a coca com um olhar faminto. Talvez sua vida, afinal, já estivesse decadente. — Ele tem esse amigo inútil, Reggie. Ele entrava na concessionária como se fosse dono do lugar. Vivia dando em cima de mim, mas fala sério.

Callie sabia o que ela queria dizer. Sidney não ia desperdiçar sua beleza e juventude num homem que não tinha grana para isso.

— E, aí, um dia, Andrew veio até mim e a gente começou a conversar, e fiquei tipo, *que surpresa esse cara* não ser um babacão total. O que, considerando Reggie, era tipo uma porra de um milagre.

Callie fez uma cena, cortando o pó branco com a lâmina. Ouviu Sidney tagarelando sobre Reggie — como ele vivia olhando para ela, como era basicamente um pau-mandado de Andrew, mas seus olhos focaram na lâmina com a mesma fome dos de Sidney.

Se um cientista tivesse recebido a tarefa de desenvolver uma droga que faria as pessoas gastarem todo o seu dinheiro, criaria a cocaína. A onda durava de uns quinze a vinte minutos, e dava para passar o resto da sua vida infeliz correndo atrás daquele primeiro pico, porque nunca ia ser melhor que o primeiro tapa grande e belo. A ironia era que duas pessoas podiam cheirar, juntas uma tonelada de cocaína e, quando terminassem, iam concordar que só precisavam de mais uma tonelada para ficar chapadas.

E era por isso que Callie tinha batizado a coca com fentanil.

Ela cortou quatro fileiras, perguntando a Sidney:

— E como ele te chamou para sair?

— Ele me pegou lendo um dos meus livros de psicologia para a faculdade, a gente começou a conversar e, ao contrário de 99 por cento das porras dos palestrinhas que tentam me ensinar o que eu estudo há, tipo, seis anos, ele realmente sabia do que estava falando. — O olhar dela não tinha saído da mão de Callie, mas, agora, ela se afastou. Mais armários foram abertos. Uma pequena tábua de corte de mármore foi tirada. Ela achou uma tigela de cerâmica para os limões. — Aí, ele começou a flertar comigo, me impedindo de atender os telefones, e eu fiquei, tipo, *cara, você vai me fazer ser demitida*. E ele ficou, tipo, *cara, eu vou te demitir se você não sair comigo*.

Callie pensou que essa era a definição oficial de assédio no trabalho, mas disse:

— Gosto de um homem que sabe o que quer.

Sidney abriu outra gaveta.

— Você gosta disso numa mulher também?

Callie abriu a boca para responder, mas viu o que Sidney tirou da gaveta. A lâmina escorregou pelos dedos de Callie, rangendo no espelho.

Cabo de madeira rachado. Lâmina ondulada de três maneiras diferentes. A faca de carne parecia algo que Linda havia comprado no supermercado. Callie tinha usado para cortar o cachorro-quente de Trevor em pedacinhos. Depois, tinha usado para cortar a perna de Buddy.

— Max? — chamou Sidney.

Callie procurou a voz dela. O som das batidas de seu próprio coração era avassalador, abafando a música suave, amortecendo a voz grave de Sidney.

— É… é um presente de casamento meio barato.

Sidney olhou a faca.

— É, o Andy fica puto quando eu uso, como se ele não pudesse sair e comprar mais cinquenta. Ele roubou da babá ou alguma coisa assim. Não sei a história. Ele fica todo esquisito com isso.

Callie viu a lâmina cortar um dos limões. Os pulmões dela pareciam fracos.

— Ele tem um fetiche com babá?

— Mulher — disse Sidney. — Ele tem um fetiche com tudo.

Callie sentiu um belisco de dor no dedão. A lâmina tinha arrancado uma camada fina de pele. O sangue escorreu por seu pulso. Ela tinha ido até lá com um plano, mas ver a faca a tinha levado de volta à cozinha dos Waleski.

Amor, você tem que c-chamar uma ambulância, amor. Chama uma…

Callie pegou o canudo. Ela se debruçou. Cheirou todas as quatro fileiras em rápida sucessão.

Jogou-se para trás, ainda sentada, olhos lacrimejando, coração acelerado, ouvidos zumbindo, ossos tremendo.

— Caralho. — Sidney não ia ficar de fora. Jogou o segundo pacotinho no espelho. Cortou as fileiras rápido, tão ansiosa para entrar na festa que pulou a parte de empinar a bunda e a piscadela e também aspirou as quatro fileiras. — Jesus! Caralho, meu Deus!

Callie passou o resíduo na gengiva. Sentiu o gosto do fentanil como uma mensagem secreta a seu corpo.

— Isso! — gritou Sidney, dançando pela cozinha. Ela desapareceu na sala, berrando: — Isso, caralho!

Callie sentiu seus olhos querendo revirar. Sidney tinha deixado a faca no balcão. Callie se viu na cozinha dos Waleski, lavando o cabo com alvejante, limpando as dobras com um palito de dente. Seus dedos foram para a garganta. Ela sentia o coração na boca. A cocaína estava se assentando, o fentanil correndo atrás. Que porra ela estava pensando? Os vídeos estavam ali. Sidney estava ali.

Andrew estava no tribunal, mas ia sair e, aí, o que ele ia fazer? O que ele tinha planejado para Maddy?

Ela achou o alprazolam na bolsa e engoliu três antes de Sidney voltar para a cozinha.

— Maxie, vem ver o peixe — disse ela, pegando a mão de Callie e puxando-a para a sala de estar.

A música ficou mais alta. As luzes, mais baixas. Sidney jogou o controle remoto na mesa de centro ao puxar Callie para sentar-se no sofá.

Callie afundou nas almofadas macias. O sofá era tão profundo que os pés dela não tocavam o chão. Ela dobrou as pernas, descansando o braço numa pilha de almofadas. Como diabos reconheceu Michael Bublé nos alto-falantes era um quebra-cabeça fascinante, até ela ver um peixe-leão atrás de uma pedra, seus múltiplos espinhos destacando listras vermelhas e pretas. As barbatanas venenosas tornavam o peixe um dos predadores mais perigosos do oceano, mas ele só usava a arma em autodefesa. Os outros peixes estavam seguros, desde que fossem grandes demais para caber no túnel que era a boca aberta do peixe-leão.

— Max? — chamou Sidney, com a voz baixa e sensual. Ela brincou com o cabelo de Callie, suas unhas gentilmente arranhando o couro cabeludo.

Callie sentiu uma vibração distante causada pela sensação, mas não podia quebrar sua concentração em um unicórnio-de-nariz-curto passando rápido por uma estrela-do-mar com cara de assustada. Aí, o tang entrou na dança. Depois, as algas marinhas começaram a acenar seus dedos finos na direção dela. Não dava para saber por quanto tempo Callie ficou lá sentada vendo o desfile colorido, mas ela percebeu, pelas cores embotadas, que o alprazolam finalmente estava baixando a bola dela.

— Max? — repetiu Sidney. — Você quer me injetar?

A atenção de Callie se desviou do aquário. Sidney estava apoiada nela, dedos ainda acariciando o cabelo de Callie. As narinas dela estavam muito abertas. Seus lábios, carnudos e úmidos. Ela parecia uma fruta madura.

Callie tinha seringas na bolsa. Um elástico para amarrar. Isqueiro. Algodão. Era o que ela tinha planejado, convencer Sidney a usar mais, depois um pouco mais, até estar enfiando uma agulha no braço de Sidney, dando a ela um gostinho do dragão que ela ia perseguir até cair num poço fundo e escuro de desespero.

Se não morresse primeiro.

— Ei. — Sidney mordeu o lábio inferior. Ela estava tão perto que Callie sentia o gosto da tequila no hálito dela. — Você sabia que é linda pra caralho?

Callie sentiu seu corpo responder antes de a boca conseguir. Passou os dedos pelo cabelo grosso e sedoso de Sidney. A pele dela era incrivelmente macia. A cor de seus olhos lembrava a Callie o sal caro no saleiro entalhado à mão.

Sidney beijou-a na boca. Callie tinha se afastado das duas primeiras vezes que os lábios das duas se tocaram, mas, agora, permitiu-se se entregar. A boca de Sidney era perfeita. Sua língua era de veludo. Um calafrio subiu pela coluna de Callie. Pela primeira vez em vinte anos, não havia dor em seu corpo. Ela se deitou no sofá. Sidney estava por cima, a boca contra o pescoço de Callie, depois os seios, depois o jeans de Callie estava desabotoado e os dedos de Sidney entraram dentro dela.

Callie gemeu. Seus olhos se encheram de lágrimas. Fazia tanto tempo desde que alguém que ela realmente queria tinha estado dentro dela. Ela rebolou contra a mão de Sidney. Chupou a boca dela, a língua. A sensação começou a crescer. Callie sentiu-se tonta quando o ar encheu seus pulmões abertos. Seus olhos se fecharam. Sua boca se abriu para chamar o nome de Sidney.

Respira eu estou quase lá vai.

Os olhos de Callie se abriram. Seu coração bateu forte contra o peito. Não havia gorila, só o som claro da voz de Buddy Waleski.

Buddy, por favor, dói muito, por favor, para...

A voz dela própria, há catorze anos. Machucada. Aterrorizada.

Buddy, por favor, para eu estou sangrando, não consigo...

Callie jogou Sidney para longe. O som estava vindo dos alto-falantes.

Cala a porra da boca Callie eu falei para ficar parada porra.

A voz de Buddy estava em todo lugar, ribombando dos alto-falantes, ecoando pela sala branca estéril. Callie agarrou o controle remoto da mesa de centro. Apertou freneticamente os botões, tentando fazer o som parar.

Sua puta eu falei pra você parar de se contorcer senão eu vou...

Silêncio.

Callie não queria se virar, mas se virou.

O carpete puído e manchado. Luz da rua cortando pelos cantos enrugados das cortinas laranja e marrons. As poltronas amarronzadas com encostos machados de suor e braços queimados de cigarro. O sofá laranja com suas duas endentações deprimentes em cantos opostos.

O som estava no mudo, mas ela ouvia a voz de Buddy em sua cabeça:

Vem, gata. Vamos terminar no sofá.

O que estava acontecendo na televisão não espelhava as memórias de sua cabeça. O vídeo os mudava, transformando-os em algo brutal e nojento.

Buddy estava penetrando em silêncio o corpo de catorze anos dela, seu peso maciço pressionando tanto que a estrutura do sofá se dobrava no meio. Callie viu seu eu mais jovem lutar por liberdade, arranhando, tentando empurrá-lo. Ele agarrou as duas mãos dela com uma garra gorda. Com a outra mão, arrancou o cinto dos passantes da calça. Callie ficou horrorizada de vê-lo amarrar os pulsos dela com o cinto, virá-la e começar a estuprá-la por trás.

— Não… — Ela respirou, porque não era assim que tinha acontecido. Não depois que ela se acostumou. Não depois que aprendeu a fazê-lo gozar com a boca.

Sidney perguntou:

— Você ainda gosta selvagem?

Callie ouviu um ruído. Tinha derrubado o controle. Ele se despedaçou no chão. Devagar, ela se virou. Toda a beleza fora drenada do rosto de Sidney. Ela parecia dura e cruel como Andrew.

A voz de Callie tremeu ao perguntar:

— Cadê a fita?

— *Fitas* — corrigiu Sidney, com a voz dura. — Plural. No sentido de mais de uma.

— Quantas?

— Dezenas. — Sidney colocou os dedos na boca, fazendo um som alto de estalo ao sugar o gosto de Callie neles. — A gente pode ver mais se você quiser.

Callie deu um soco na cara dela.

Sidney cambaleou para trás, chocada pelo impacto. O sangue jorrou de seu nariz quebrado. Ela piscou como uma escrotinha punk tomando seu primeiro soco num parquinho.

— Onde estão? — exigiu Callie, mas já estava andando pela sala, apertando a mão contra as paredes, tentando achar outro armário escondido. — Me diga onde estão.

Sidney colapsou no sofá. O sangue pingou no couro branco, acumulou-se no chão.

Callie não parava de tocar as paredes, deixando digitais ensanguentadas de suas próprias mãos feridas. Uma porta finalmente se abriu com um clique. Ela viu uma pia e uma privada. Empurrou outra porta. Sentiu o calor de um rack de equipamentos eletrônicos. Seu dedo traçou os componentes, mas não havia videocassete.

Sidney perguntou:

— Você acha mesmo que ia ser tão fácil?

Callie a olhou. Estava de pé, mãos ao lado do corpo enquanto o sangue fluía pelo rosto e pescoço. Sua camisa branca estava ficando escarlate. Ela parecia recuperada do soco repentino no rosto. Passou a língua nos lábios, sentindo o gosto do sangue.

Ela alertou Callie:

— Da próxima vez, não vai ser tão fácil.

Callie não ia ter uma conversa com a vaca. Não era o fim de um episódio de *Batman*. Ela foi direto para a cozinha. Sem pensar, achou a faca de cozinha de Linda.

Continuou pela casa, passando por um lavabo, depois por uma academia caseira. Nada de armários. Nada de gabinetes. Nada de fitas. Próximo cômodo, escritório de Andrew. As gavetas da escrivaninha eram estreitas, cheias de canetas e clipes de papel. O armário estava entulhado de papéis, anotações e arquivos. Callie usou o braço como uma pá e jogou tudo no chão.

Sidney disse:

— Você não vai achar.

Callie passou por ela, seguindo por outro longo corredor com mais fotos de amarrações. Ela ouvia Sidney seguindo atrás. Callie arrancou as molduras das paredes, fazendo-as se despedaçar no chão. Sidney gritou ao pisar no vidro quebrado. Callie abriu portas com um chute. Quarto de hóspedes. Nada. Outro quarto de hóspedes. Nada. Quarto principal.

Callie parou na porta aberta.

Em vez de branco, tudo era preto. Paredes, tetos, carpete, lençóis de seda na cama. Ela deu um tapa no interruptor. A luz encheu o quarto. Ela arrastou as botas pelo carpete. Abriu com força as gavetas dos criados-mudos. Algemas e consolos e plugs anais caíram no chão escuro. Nenhuma fita. A televisão na parede era quase tão alta quanto Callie. Ela olhou atrás, puxou os fios. Nada. Checou as paredes tentando achar painéis secretos. Nada. Achou o closet. Armários pretos. Gavetas pretas. Preto como a podridão dentro da porra daquela casa.

O cofre estava à mostra, mais ou menos do tamanho de um frigobar. Fechadura de senha. Callie se virou, porque sabia que Sidney estava lá. A mulher parecia indiferente ao sangue no rosto, às pegadas ensanguentadas que levavam, como migalhas de pão, à porta do closet.

Callie disse à vaca:

— Abra.

— Calliope. — Sidney balançou a cabeça como Andrew havia feito no túnel. — Mesmo se eu quisesse, você acha que Andy me daria a senha?

Callie sentiu seus dentes se apertarem. Fez um inventário de sua bolsa. Podia colocar heroína suficiente nessa filha da puta do mal para o coração dela parar.

— Quando você soube que era eu?

— Ah, gatinha, no minuto em que você entrou na reunião. — Sidney estava sorrindo, mas agora não havia nada divertido ou sexy em sua boca, porque ela estava manipulando Callie como um fantoche o tempo todo. — Preciso dizer, *Max*, você arrumadinha fica ótima.

— Cadê as fitas?

— Andy tinha razão. — Sidney a olhava abertamente de novo, avaliando seu corpo. — Você é uma porra de uma bonequinha perfeita, não é?

As narinas de Callie se alargaram.

— Por que não fica por aqui, bebê? — O sorriso irônico de Sidney era perturbadoramente familiar. — Andy vai chegar em algumas horas. Não imagino um presente de casamento melhor do que deixar ele me ver te fodendo.

Callie baixou os olhos para a mão. Ainda estava segurando a faca de Linda.

— Por que eu não corto a pele da sua cara e deixo pendurada na porta da frente?

Sidney pareceu assustada, como se nunca lhe tivesse ocorrido que foder com uma viciada em heroína que tinha sobrevivido na rua por vinte anos era uma má ideia.

Callie não lhe deu tempo para considerar as implicações.

Voou na mulher, faca à frente. Sidney gritou. Caiu de costas. Bateu a cabeça no chão. Callie sentiu o bafo de tequila ao pular em cima dela. Ergueu a faca acima da cabeça. Sidney tentou se levantar para defender-se, pegando o pulso de Callie com as duas mãos. Seus braços tremiam quando ela tentou impedir que a faca se cravasse em seu rosto.

Callie deixou que o foco de Sidney ficasse na faca, porque a faca só importava para quem estivesse lutando de forma justa. Callie não brincava de forma justa desde que tinha cortado Buddy Waleski em pedacinhos. Enfiou o joelho bem no meio das pernas de Sidney com tanta força que sentiu a patela rachar contra a pélvis de Sidney.

— Caralho! — berrou Sidney, rolando de lado, levando a mão ao meio das pernas. O vômito jorrou da boca dela. Seu corpo estava tremendo. Lágrimas caíram de seus olhos.

Callie agarrou-a pelo cabelo, puxando a cabeça dela para trás. Mostrou a faca a Sidney.

— Não! — implorou Sidney. — Por favor, não!

Callie apertou a ponta da faca contra a pele macia da bochecha de Sidney.

— Qual é a senha?

— Não sei! — choramingou Sidney. — Por favor! Ele não quer me contar!

Callie pressionou mais a faca, vendo a pele se curvar contra a lâmina, depois finalmente ceder, abrindo uma linha de sangue vermelho-vivo.

— Por favor... — Sidney soluçou, impotente. — Por favor... Callie... Me desculpa. Por favor.

— Cadê a fita de antes? — Callie deu a ela um momento para responder e, quando ela não o fez, começou a puxar a lâmina para baixo.

— No rack! — gritou Sidney.

Callie parou.

— Eu chequei o rack.

— Não... — Sidney estava ofegante, com o terror enchendo os olhos de lágrima. — O videocassete fica atrás... tem um espaço atrás do rack. Fica na... tem uma prateleira.

Callie não tirou a faca do rosto dela. Seria tão fácil estender o braço para baixo, cortar a perna de Sidney e ver a vida da mulher lentamente se esvair. Mas isso não seria bom o bastante. Andrew não veria. Ele não ia sofrer da forma como Callie precisava que ele sofresse. Ela o queria aterrorizado, sangrando, incapaz de parar a dor da mesma forma que ela ficava sempre que o pai dele a estuprava.

Ela disse a Sidney:

— Diga ao Andy que, se ele quiser a faca dele de volta, vai ter que vir buscar.

16

Leigh tinha colocado suas emoções em pausa dentro da sala de reuniões apertada com Dante Carmichael. Ela sabia que a única forma de sobreviver ao resto do dia era se dividir entre ser advogada e ser todo o resto em sua vida. Um compartimento não podia transbordar no outro, ou não sobrariam pedaços para categorizar.

Dante havia deixado as fotografias do corpo mutilado de Ruby Heyer espalhadas sobre a mesa, mas Leigh não as tinha olhado de novo. Ela as empilhara. Devolvera-as à pasta. Colocara a pasta dentro da bolsa e, aí, saíra para o corredor e dissera a seu cliente para se preparar para a seleção do júri.

Então, ela olhou o relógio na parede do tribunal enquanto esperava que a faxineira desinfetasse o banco para o próximo jurado em potencial. Eles tinham mais meia hora na agenda. A sala estava abafada. Protocolos da pandemia ditavam que apenas o juiz, o oficial de justiça, um adjunto, o repórter do tribunal, a acusação, a defesa e o réu podiam ficar na sala. Em geral, haveria dezenas de espectadores ou pelo menos um monitor na galeria. Sem eles, o processo parecia encenado, como se fossem todos atores fazendo um papel.

Isso não ia mudar tão cedo. Só nove jurados tinham sido escolhidos por enquanto. Precisavam de mais três, além de dois substitutos. As perguntas iniciais do juiz tinham feito o grupo de quarenta e oito diminuir para vinte e sete. Sobravam seis para entrevistas, e aí um novo grupo seria marcado para o dia seguinte de manhã.

Andrew se mexeu na cadeira. Leigh evitou o olhar dele, o que era difícil quando alguém estava sentado bem do seu lado. Liz estava com a cabeça baixa enquanto fazia anotações na ponta da mesa. Jacob estava à esquerda de Andrew, passando pelos questionários remanescentes, tentando achar algum detalhe que o fizesse parecer brilhante e útil.

Um dos professores de Leigh na faculdade insistia que se perdia ou vencia um caso durante a seleção de júri. Leigh sempre tinha gostado de tentar ganhar do sistema, escolher as personalidades certas para as deliberações — os líderes, os seguidores, os questionadores, os radicais intransigentes. O processo naquele dia era especialmente significativo porque seria provavelmente a última vez que Leigh se sentaria na cadeira de advogada na mesa da defesa.

Walter tinha tentado ligar mais duas vezes antes de Leigh desligar os dois telefones. Todos os aparelhos deviam ficar no silencioso dentro do tribunal, mas não era por isso que ela não estava atendendo. As fofocas viajavam na velocidade da luz na comunidade da Hollis Academy. Leigh sabia que Walter estava ligando para falar sobre o assassinato brutal de Ruby Heyer. Sabia que Walter estava mandando Maddy embora com a mãe dele. Ela sabia que ele ia acabar na delegacia contando tudo aos policiais porque era a única forma de garantir a segurança de Maddy.

Pelo menos, era o que Leigh dizia a si mesma hora sim, hora não.

As outras horas, ela passava dizendo a si mesma que Walter nunca a entregaria. Ele a odiava naquele momento, mas não era impetuoso nem vingativo. Leigh pensava que ele ia conversar com ela antes de ir até a polícia. E, aí, ela pensava em como Walter ficaria enojado com o assassinato de Ruby e como ficaria aterrorizado com a segurança de Maddy, e a montanha-russa começava de novo a subir.

A faxineira tinha terminado de desinfetar o banco após o último jurado em potencial, uma professora de inglês aposentada que deixara claro que não era capaz de ser imparcial. Em geral, os jurados sentavam-se em grupos no tribunal, mas os protocolos da Covid os espalhavam por um longo corredor e a sala de deliberações. Eles tinham permissão de levar livros e usar o wi-fi do tribunal, mas a espera podia ser enlouquecidamente tediosa.

O oficial de justiça abriu a porta e anunciou:

— Vinte e três, sua vez.

Todos prestaram atenção quando um homem mais velho assumiu seu lugar para fazer o juramento. Jacob deslizou o questionário para Leigh. Andrew se recostou, mas não se deu ao trabalho de olhar a página. Seu interesse tinha evaporado quando ele percebeu que não havia ângulo psicológico a explorar. Só perguntas e respostas e intuições. A lei nunca era o que ninguém achava ou queria que fosse.

O nome do vinte e três era Hank Bladel. Ele tinha 63 anos e era casado havia quarenta. Leigh analisou seu rosto rugoso quando ele se sentou. Bladel tinha uma barba salpicada de branco e os braços musculosos de um homem que se mantinha em forma. Cabeça raspada. Ombros eretos. Voz firme.

Jacob tinha desenhado duas linhas horizontais no canto do questionário de Bladel, o que significava que estava em cima do muro quanto a se o homem seria bom para Andrew. Leigh sabia para onde tenderia, mas tentou manter a mente aberta.

— Boa tarde, sr. Bladel. — Dante estava mantendo suas avaliações breves. Já estava tarde. Todo mundo estava cansado. Até o juiz parecia estar pescando, a cabeça pendendo na direção dos papéis em sua mesa, os olhos piscando devagar enquanto ele fingia ouvir.

Turner, por enquanto, tinha sido fiel à fama, fazendo de tudo para dar a Andrew o aperto de mão de outro do homem branco. Leigh tinha aprendido da pior forma que precisava falar com cuidado perto do juiz. Ele exigia o tipo de normalidade que se esperaria de um juiz da Suprema Corte. Ela já tinha perdido mais de um veredito porque ele não aceitava mulheres bocudas.

Ela voltou a prestar atenção ao interrogatório de Dante, que seguia o mesmo padrão previsível. Bladel nunca fora vítima de abuso sexual. Nunca fora vítima de um crime. Nem nenhum de seus familiares, que ele soubesse. Sua esposa era enfermeira. As duas filhas também eram enfermeiras. Uma era casada com um paramédico, a outra, com um supervisor de armazém. Antes da Covid, Bladel trabalhava em tempo integral como motorista para uma empresa de limusines no aeroporto, mas, agora, estava trabalhando meio-período e era voluntário na organização Boys and Girls Club of America. Tudo isso era perfeito para a defesa, exceto por uma coisa: ele tinha servido vinte anos no exército.

Era por isso que Leigh tendia a cortar Bladel do júri. A defesa queria pessoas que questionavam o sistema. A promotoria queria pessoas que achavam que a lei era sempre justa, que policiais nunca mentiam e que a justiça era cega.

Considerando os últimos quatro anos, estava ficando cada vez mais difícil encontrar alguém que pensasse que o sistema funcionava igualmente para todos, mas os militares eram um grupo conservador confiável do qual selecionar. Dante já tinha gastado sete de seus nove vetos, que podiam ser usados para eliminar qualquer jurado por qualquer motivo exceto raça. Graças à leniência do juiz Turner, Leigh ainda tinha quatro vetos, além de mais um quando fosse a hora de selecionar os dois substitutos.

Ela checou sua grade de jurados escolhidos. Seis mulheres. Três homens. Professora aposentada. Bibliotecária. Contador. Carteiro. Duas donas de casa. Auxiliar de hospital. Ela estava contente com a seleção, mas a seleção não importava, porque nada disso seria julgado. A montanha-russa estava na ladeira descendente, em que Walter tinha falado com a polícia e tanto Leigh quanto Andrew estariam esperando suas audiências separadas antes de chegar segunda de manhã.

Andrew tinha como plano B uma fita de Leigh assassinando o pai dele.

Leigh tinha, por confissão do próprio cliente, Andrew sentado em cima de um grande estoque de pornografia infantil estrelando sua irmã de catorze anos à época.

— Meritíssimo — disse Dante. — A promotoria aceita este jurado e pede que seja selecionado.

A cabeça de Turner se levantou num solavanco. Ele folheou sua papelada enquanto bocejava alto embaixo da máscara.

— Sra. Collier, pode questionar.

Dante caiu na cadeira com um suspiro pesado, porque supôs que Leigh usaria um de seus vetos para eliminar o homem.

Leigh se levantou.

— Sr. Bladel, obrigado por ter vindo hoje. Meu nome é Leigh Collier. Eu represento o réu.

Ele anuiu.

— Muito prazer.

— E devo agradecê-lo também por seu serviço. Vinte anos. É admirável.

— Obrigado. — Ele anuiu de novo.

Leigh interpretou a linguagem corporal dele. Pernas afastadas. Braços ao lado. Postura ereta. Parecia aberto, não fechado. Em comparação, a ocupante anterior da cadeira parecia o Quasímodo.

— O senhor era motorista de limusine. Como era? — perguntou Leigh.

— Bom — começou ele. — Era bem interessante. Eu não tinha ideia de quantos viajantes internacionais vinham para a cidade. Sabia que Atlanta tem o aeroporto de passageiros mais movimentado do mundo?

— Não, não sabia — respondeu Leigh, embora soubesse. A intenção de suas perguntas não era tanto conseguir detalhes, mas descobrir que tipo de pessoa era Hank Bladel. Ele conseguia ser imparcial? Conseguia ouvir os fatos? Conseguia entender as evidências? Conseguia persuadir os outros? Conseguia compreender o significado verdadeiro de dúvida razoável?

Ela disse:

— O senhor mencionou no seu questionário que ficou destacado numa base no exterior por oito anos. Fala algum idioma estrangeiro?

— Nunca tive ouvido bom, mas, vou te dizer, a maioria dos meus passageiros do aeroporto entendiam o inglês melhor do que os meus netos. — Ele riu com o juiz, compartilhando uma perplexidade de velho com a geração mais nova. — Agora, alguns gostam de falar, mas, com outros, você percebe que só precisa ficar quieto, deixar eles fazerem suas ligações, manter-se abaixo do limite de velocidade e levá-los a tempo.

Leigh assentiu enquanto catalogava a resposta dele. Aberto a novas experiências, disposto a ouvir. Seria um excelente primeiro jurado. Ela só não sabia para que lado.

— O senhor disse ao meu colega que é voluntário do Boys and Girls Club. Como é isso?

— Vou ser sincero. Tornou-se uma das partes mais recompensadoras da minha vida.

Leigh fez acenos de cabeça enquanto ele falava sobre a importância de ajudar jovens a estar no caminho certo. Ela gostava de ele ter um senso firme de certo e errado, mas ainda não sabia se isso funcionaria a favor de Andrew.

Ela perguntou:

— O senhor é membro de alguma outra organização?

Bladel sorriu de orgulho.

— Sou irmão dos Yaarab Shriners, que fazem parte da Antiga Ordem Árabe dos Nobres do Santuário Místico na América do Norte.

Leigh se virou para poder ver o rosto de Dante. Parecia que alguém tinha dado um tiro no cachorro dele. Os *shriners* eram um braço mais liberal da maçonaria. Faziam desfiles de palhaços, usavam chapéus engraçados e arrecadavam milhões de dólares para hospitais infantis para suplementar o sistema de saúde deploravelmente desequilibrado dos Estados Unidos.

Leigh nunca tinha colocado no júri um *shriner* que não fizesse um esforço hercúleo para entender as implicações de *sem qualquer dúvida razoável* na vida real. Ela perguntou ao homem:

— Pode me contar um pouco sobre a organização?

— Somos uma fraternidade baseada nos princípios maçônicos de amor fraternal, assistência e lealdade.

Leigh o manteve falando, curtindo o teatro do diálogo de tribunal. Ela andou de lá para cá na frente do banco, pensando em onde Bladel ia se sentar no júri, como ela ia emoldurar seus argumentos, quando devia se apoiar nos aspectos forenses, quando devia usar seus especialistas.

Então, virou-se e viu a expressão entediada no rosto de Andrew.

Ele estava olhando para a repórter do tribunal, completamente desinteressado no interrogatório cruzado. Só tinha usado o bloco de anotações que ela lhe dera uma vez, e logo o abandonara. Andrew queria saber onde estava Tammy. Estava esperando ver sua vítima no tribunal, porque não entendia como funcionavam julgamentos criminais. O estado da Geórgia havia acusado Andrew Tenant criminalmente. Tammy Karlsen era testemunha deles. A regra de confisco de testemunha a impedia de participar de qualquer parte do julgamento até testemunhar. Mesmo uma breve aparição na galeria resultaria provavelmente numa anulação.

— Obrigado, senhor — disse Leigh, tirando vantagem da pausa de Bladel para respirar. — Meritíssimo, aceitamos este jurado e pedimos que seja selecionado.

— Muito bem. — Turner soltou outro bocejo alto atrás da máscara. — Com licença. Vamos terminar o dia aqui e retomar amanhã às dez da manhã. Sra. Collier, sra. Carmichael, vocês têm algum assunto pendente?

Para surpresa de Leigh, Dante se levantou.

Ele disse:

— Meritíssimo, só para organizar a casa, gostaria de alterar a minha lista de testemunhas. Adicionei duas...

— Meritíssimo — interrompeu Leigh. — É um pouco tarde para chegar com duas testemunhas.

O juiz lhe deu um olhar estridente. Homens que interrompiam eram apaixonados por seu caso. Mulheres que interrompiam eram histéricas.

— Sra. Collier, lembro-me de assinar sua própria moção tardia para substituição de representação.

Ele estava lhe dando uma advertência.

— Obrigada, meritíssimo, por aprovar a substituição. Estou mais do que pronta para ir em frente, mas pediria um adiamento para...

— Suas duas afirmações se contradizem — disse Turner. — Ou está pronta, ou não está.

Leigh sabia que a batalha já estava perdida. Dante também. A caminho de dar o pedido para o juiz, ele entregou a ela uma cópia. Leigh viu que ele tinha adicionado Lynne Wilkerson e Fabienne Godard, duas mulheres de quem ela nunca ouvira falar. Quando ela colocou a página na frente de Andrew, ele mal olhou.

Turner anunciou:

— Aprovado sem modificações. Terminamos?

Dante disse:

— Meritíssimo, também quero solicitar uma audiência emergencial para revogar a fiança.

— Mas que porr… — Leigh parou. — Meritíssimo, isso é ridículo. Meu cliente foi solto sob fiança há mais de um ano e teve ampla oportunidade de fugir. Está aqui para participar vigorosamente de sua defesa.

Dante continuou:

— Tenho uma declaração juramentada da oficial de condicional do sr. Tenant documentando cinco ocasiões diferentes em que o sr. Tenant interferiu com o funcionamento de sua tornozeleira.

Leigh disse:

— É uma forma bastante sombria de descrever o que é claramente um problema técnico que a agente de condicional ainda não resolveu.

Turner acenou, pedindo a declaração.

— Deixe-me ver.

De novo, Leigh recebeu uma cópia. Passou os olhos pelos detalhes, que ocupavam menos de uma página e listavam os dias e horários dos alarmes, mas só com causas efêmeras — *possível adulteração com cabo ótico; possível uso de bloqueio de GPS; possível quebra de perímetro definido.*

Ela começou a abrir a boca para apontar que *possível* não era *provado*, mas, aí, parou. Por que estava tentando tirar Andrew da cadeia?

O plano B. As fitas. Callie. Maddy.

Leigh sentiu a montanha-russa lentamente clicando até o topo do percurso. Por que ela tinha tanta certeza de que Walter a tinha denunciado? Esse instinto era baseado em quê?

Talvez seja uma má ideia conectar outra adolescente com uma porra de um estuprador?

Turner disse:

— Sra. Collier, estou esperando.

Ela voltou à defesa.

— Quatro desses alarmes falsos datam dos últimos dois meses, meritíssimo. Por que o último é diferente, exceto por estarmos a quatro dias do julgamento no meio de uma pandemia? O sr. Carmichael está esperando que meu cliente seja infectado na detenção?

Turner lhe deu um olhar afiado. Ninguém tinha permissão de falar do fato de que os prisioneiros eram bucha de canhão no corona.

— Cuidado, sra. Collier.

— Sim, meritíssimo — acatou ela. — Eu simplesmente gostaria de reafirmar que meu cliente não oferece risco de fuga.

— Sr. Carmichael — disse Turner. — Sua resposta?

— Fuga não é o problema, meritíssimo. Estamos baseando nosso pedido no fato de que o sr. Tenant é suspeito de ter cometido crimes relacionados — explicou Dante. — Ele adulterou a tornozeleira para se evadir da detecção.

Turner pareceu exasperado pela falta de detalhes.

— Quais são esses crimes?

Dante tentou se livrar da questão com um blefe.

— Prefiro não entrar nessa questão, meritíssimo, mas basta dizer que podemos estar diante de um crime capital.

Leigh ficou desalentada ao ouvi-lo mencionar a pena de morte. Dante estava claramente tentando uma jogada desesperada. Seu caso no assassinato de Ruby Heyer era fraco. Ou ele estava tentando ganhar tempo para quebrar o álibi de Andrew, ou queria assustar Andrew até ele confessar.

Ela falou:

— Meritíssimo, como o senhor sabe, essa é uma alegação muito séria. Gostaria de pedir que o promotor ou fale logo, ou cale a boca. — Turner apertou os olhos para Leigh. Ela estava forçando demais.

— Sra. Collier, quer colocar de outra forma?

— Não, obrigado, meritíssimo. Acho que o que eu quis dizer ficou bem claro. O sr. Carmichael não tem provas de que a tornozeleira do meu cliente foi adulterada. Ele tem razões *possíveis,* mas não concretas. Quanto ao suposto crime capital, por acaso devemos extrapolar a partir disso que…

Turner levantou a mão para ela parar. Recostou-se na cadeira. Seus dedos pousaram na parte inferior da máscara. Ele olhou para a galeria vazia.

Andrew estava finalmente interessado, agora que sua liberdade estava ameaçada. Levantou o queixo para Leigh se aproximar e explicar o que estava acontecendo. Ela levantou um dedo, dizendo-lhe para esperar.

Na televisão, juízes que davam vereditos de seu banco o faziam rapidamente, mas era porque tinham um roteiro que lhes informava o que dizer. Na vida real, levavam um tempo pensando nos pontos mais delicados, pesando as opções, tentando antecipar se, no recurso, sua decisão seria ou não revogada. Parecia muito com olhar para o vazio. Turner era conhecido por levar mais tempo que o normal.

Leigh se sentou. Viu Jacob escrevendo num dos blocos de anotação, explicando o silêncio do juiz a Andrew. Andrew ainda não tinha reagido aos dois novos nomes na lista de testemunhas de Andrew. Lynne Wilkerson e Fabienne Godard. Seriam duas das três vítimas anteriores sobre as quais

Reggie tinha recebido dicas? Seriam novas vítimas denunciando após ver que Andrew seria julgado?

Walter tinha razão em tantas coisas, mas nunca tanto quanto sobre o papel de Leigh nos crimes de Andrew Tenant. O silêncio dela permitira que ele continuasse machucando pessoas. O sangue de Ruby Heyer estava em suas mãos. Pior, Leigh estivera disposta a atacar Tammy Karlsen para impedir Andrew de soltar os vídeos. Ela nunca se permitira pensar demais nas consequências da liberdade de Andrew. Mais mulheres abusadas. Mais violência. Mais vidas destruídas.

A menina linda deles forçada a fugir de casa.

— Está bem — falou Turner.

Leigh e Dante se levantaram.

Turner olhou para Andrew.

— Sr. Tenant? — Leigh indicou que Andrew devia se levantar. Turner continuou: — Acho esses relatórios sobre os problemas de sua tornozeleira bastante perturbadores. Embora a causa dos alarmes não possa ser determinada, quero que o senhor entenda que minha resistência em ordenar prisão preventiva depende apenas de que não ocorra mais nada. Compreende?

Andrew olhou para Leigh.

Ela balançou a cabeça, porque é claro que o juiz tinha julgado a favor dele.

— Ele não vai revogar sua fiança. Não mexa de novo no seu monitor.

Ela percebia que Andrew estava sorrindo.

— Sim, meritíssimo. Obrigado.

Turner bateu o martelo. O oficial de justiça fechou o dia. A repórter do tribunal começou a arrumar as coisas.

Jacob disse a Leigh:

— Vou fazer os perfis e mandar por e-mail hoje à noite. Estou supondo que vamos trabalhar no fim de semana?

— Sim. — Leigh ligou de novo o telefone do trabalho. — Quero que você termine os interrogatórios amanhã. Vou dizer a Cole Bradley que estou te promovendo a codefensor.

Jacob pareceu surpreso, mas estava feliz demais para perguntar o motivo.

— Obrigado.

A garganta de Leigh se mexeu. Era bom fazer algo certo para variar.

— Você mereceu.

Ela olhou o telefone enquanto Jacob saía. Começou a mandar o e-mail a Bradley. Suas mãos ainda estavam estáveis. Dante e Miranda estavam ligando os telefones ao saírem do tribunal. A montanha-russa estava descendo em ritmo contínuo a Walter falando com a polícia. Leigh precisava achar Callie hoje à noite. A irmã tinha direito de saber a quantidade de merda que estava prestes a bater no ventilador.

— Harleigh.

Leigh se permitiu bloquear Andrew. Levantou o olhar.

Ele estava sem máscara, no banco de testemunhas.

— É aqui que a Tammy vai sentar?

Leigh mandou o e-mail a Bradley e jogou o telefone na bolsa.

— Quem são Lynne Wilkerson e Fabienne Godard?

Ele revirou os olhos.

— Ex-namoradas ciumentas. Uma é alcóolatra, a outra é uma vaca louca.

— Você vai precisar de uma história melhor do que essa — disse Leigh. — Essas mulheres não decidiram espontaneamente aparecer hoje. Estavam sendo escondidas por Dante. Elas vão subir naquele banco e fazer exatamente o que eu te avisei que Sidney podia fazer.

— Que é?

— Testemunhar na frente de um júri que você é um sádico que gosta de ser violento na cama.

— Não posso negar isso — falou Andrew. — Mas a história me diz que um estímulo financeiro vai convencer as duas que é melhor ficar de fora desta.

Leigh o alertou:

— Isso é suborno e manipulação de testemunhas.

Ele deu de ombros, porque não estava nem aí.

— Reggie vai te encontrar no seu carro. Pode dar a lista de jurados até agora para ele. Ele vai começar a pesquisar os nomes, ver se há algum ponto fraco que podemos explorar.

— Como Reggie sabe onde está meu carro?

Ele fez tsc-tsc, balançando a cabeça com a estupidez dela.

— Harleigh, você não sabe que posso encontrar você ou sua irmã a qualquer momento?

Leigh não ia dar-lhe a satisfação de vê-la afetada. Os olhos de Andrew a rastrearam enquanto ela saía do tribunal. Ela baixou os olhos para seu telefone pessoal. Com o dedão, apertou o botão de ligar. Ficou olhando a tela, esperando o sinal.

Estava na escada quando chegaram as notificações. Seis ligações de Walter. Duas de Maddy. Ambos tinham deixado mensagens de voz. Leigh apertou o telefone contra o peito ao descer a escada. Ela ia ouvir no carro. Ia se permitir chorar. Ia achar a irmã. Depois, ia descobrir o que fazer.

O lobby estava cheio de retardatários. Os detectores de metal estavam bloqueados. O tribunal estava fechado. Havia dois oficiais de guarda na saída. Ela deu um aceno de cabeça ao amigo de Walter. Ele piscou para ela em resposta.

A luz do sol bateu no rosto de Leigh enquanto ela atravessava a praça. Ela sentiu o telefone vibrando de novo. Não era Walter nem Maddy dessa vez, mas Nick Wexler com mais um *quer foder?* Leigh passou mentalmente algumas rejeições educadas antes de perceber que Nick não estaria nem aí. Eles mal tinham sido amantes. Nunca tinham sido amigos. E, quando os crimes de Leigh fossem divulgados, eles provavelmente seriam inimigos.

Ela baixou o celular e atravessou a rua no farol. Tinha estacionado seu Audi no deque oposto à praça. Antes da Covid, o estacionamento ficava cheio de clientes dos restaurantes, bares e butiques que costumavam ladear as ruas do centro de Decatur. Nesta manhã, Leigh tinha achado uma vaga das melhores no primeiro andar.

As luzes do teto piscaram maniacamente enquanto ela atravessava a garagem. Sombras dançavam pelos três carros estacionados perto do portão da frente. O resto das vagas estava vazio exceto pelo Audi de Leigh, que estava parado na base da rampa. Por hábito, ela colocou a chave de casa apontando entre os dedos. Com as sombras escuras e o teto baixo, era bem o tipo de lugar onde mulheres desapareciam.

Leigh tremeu. Ela sabia o que acontecia a mulheres que desapareciam.

Ela olhou o horário no telefone. Reggie provavelmente estava a caminho para pegar a lista do júri. Leigh tinha trabalhado em divórcios litigiosos suficientes para saber como o detetive particular ia localizar o Audi dela. Ela passou a mão embaixo do para-choque traseiro. Checou as rodas. O rastreador de GPS estava numa caixa magnetizada em cima do pneu traseiro direito.

Leigh jogou a caixa no chão. Abriu o porta-malas. Por hábito, colocou a senha no cofre que tinha parafusado no chão. Podia ser uma mãe de classe média, mas não era uma mãe de classe média idiota. A Glock de Leigh estava no cofre. Às vezes, ela enfiava a bolsa lá dentro quando não queria carregar. Agora, precisava de um lugar para guardar as fotos da cena do crime de Ruby Heyer. Apoiou a mão na pasta. Pensou na faca que tinha sido deixada dentro da mulher. No estado dos hematomas escuros de Andrew.

— Leigh?

Ela se virou, chocada de ver Walter parado lá. Então, olhou atrás dele, perguntando-se se ele tinha trazido a polícia.

Walter também se virou. Disse:

— O que foi?

Leigh engoliu a saliva que tinha enchido sua boca.

— Maddy está segura?

— Está com a minha mãe. Elas saíram depois de a gente conversar hoje de manhã. — Ele cruzou os braços. Sua raiva não tinha diminuído, mas tinha se tornado focada. — Ruby Heyer está morta. Você sabia?

— Foi o Andrew — falou Leigh.

Ele não pareceu surpreso, porque não tinha nada de surpreendente. Claro que Andrew havia se tornado mais perigoso. Claro que tinha matado alguém na órbita de Leigh. Walter dissera a ela na noite anterior que isso ia acontecer. Ele falou:

— Keely precisou ser sedada. Maddy está um caco.

Leigh esperou que ele confessasse suas ações, mas, aí, percebeu que obrigar Walter a dizer as palavras era cruel.

— Está tudo bem. Eu sei que você falou com a polícia.

As sobrancelhas dele se franziram. Sua boca abriu, depois fechou, depois abriu de novo.

— Você acha que eu denunciei minha própria mulher à polícia? — Leigh não sabia o que dizer, então, não disse nada. — Porra, Leigh. Você acha mesmo que eu faria isso com você? Você é mãe da minha filha.

A culpa levou a firmeza de aço dela.

— Desculpa. Você estava tão bravo comigo. Ainda está tão bravo.

— O que eu disse… — Ele estendeu o braço na direção dela, mas aí deixou as mãos caírem. — Eu me expressei mal, Leigh, mas você não estava pensando. Ou estava pensando demais, supondo que tudo ia dar certo porque você é inteligente demais para dar errado.

Ela respirou, abalada.

— Você é inteligente, Leigh. Caramba, você é inteligente. Mas não pode controlar tudo. Precisa deixar os outros ajudarem.

Ele tinha parado para deixá-la responder, mas ela não tinha palavras. Ele disse:

— O que você está fazendo agora, destruindo tudo, pensando que é a única capaz de construir de volta, não está funcionando. Nunca funcionou.

Ela não podia contradizê-lo. Havia milhares de variações da mesma briga que tiveram ao longo dos anos, mas era a primeira vez que ela aceitava que ele estava certo.

Ela falou em voz alta o mantra que sempre só tinha dito para si mesma.

— A culpa é minha. A culpa é toda minha.

— Uma parte é, mas e daí? — Walter agia como se fosse simples. — Vamos pensar juntos e resolver isso.

Ela fechou os olhos. Pensou na noite abafada em Chicago quando Callie tinha levado o presente a eles. Antes daquela fatídica batida à porta, Leigh finalmente havia cedido e sentado no colo de Walter. Aí, tinha se aconchegado a ele como um gato, e ele a fizera sentir-se mais segura do que ela já se sentira em toda a vida.

Ela lhe disse o que não tinha sido capaz de dizer na época:

— Não posso viver sem você. Eu te amo. Você é o único homem com quem já senti isso.

Ele hesitou, e aquilo partiu o coração dela de novo.

— Eu também te amo, mas não é tão fácil. Não sei se vamos superar isso.

Leigh engoliu em seco. Finalmente tinha tocado o fundo do poço aparentemente sem fundo de perdão dele.

Ele falou:

— Vamos falar do problema na nossa frente. Como a gente vai te salvar? Como a gente vai salvar Callie?

Leigh limpou as lágrimas. Seria tão fácil deixar Walter ajudar a carregar o peso, mas ela precisou dizer:

— Não, meu amor. Não posso deixar você se envolver. Maddy precisa que um de nós seja pai dela.

— Não vou negociar — disse ele, como se tivesse escolha. — Você me disse que Andrew tem um plano B. Quer dizer que mais alguém tem cópias dos vídeos, certo?

Leigh quis agradá-lo.

— Certo.

— Então, quem seria? — Walter sentia a intransigência dela. — Vamos, meu amor. Em quem Andrew confiaria? Ele não deve ter tantos amigos assim. É um dispositivo físico, um pen-drive ou um HD externo. Ele faz uma ligação, o plano B pega o dispositivo, solta na internet, leva à polícia. Onde estaria guardado? Caixa-forte? Cofre? Armário de estação de trem?

Leigh começou a fazer que não, mas, aí, viu-se na resposta mais óbvia, que estava bem à sua frente desde o primeiro dia.

Tanto o servidor primário quanto o backup estão trancados naquele armário lá.

Ela disse a Walter:

— O detetive particular de Andrew, Reggie. Ele tem um servidor. Ele se gabou da criptografia incrível e de como ele não faz backup na nuvem. Aposto que ele armazenou lá.

— Reggie sabe de tudo?

Ela deu de ombros e balançou a cabeça ao mesmo tempo.

— Ele nunca está na sala quando Andrew faz as palhaçadas dele. Só liga para o dinheiro. Andrew é o banco dele. Ele seguiria um plano B se Andrew fosse preso sem fazer perguntas.

— Está bem, então, a gente pega o servidor.

— Está falando de invasão de propriedade? — Leigh precisava delinear um limite claro. — Não, Walter. Não vou deixar você fazer isso, e não resolve nada. Andrew ainda tem os originais.

— Então, me ajude a pensar em outro jeito. — Ele claramente estava irritado com a lógica dela. — Maddy precisa da mãe. Ela só chora o dia inteiro e me pergunta onde você está.

Pensar em Maddy chamando o nome dela e não estar lá era angustiante.

Ela disse a Walter:

— Desculpa por ser uma mãe de merda. E esposa. E irmã. Você tinha razão. Eu tento manter tudo separado, e isso só acaba punindo todas as outras pessoas.

Walter olhou para o chão. Não discordava dela.

— A gente rouba o servidor, tá? E, aí, precisamos achar os originais. Onde Andrew guardaria? Não vão estar no mesmo lugar do servidor. Onde ele mora?

Leigh apertou os lábios. Ele não estava pensando direito. O escritório de Reggie provavelmente ficava fechado à noite. Ele não tinha segurança visível. O cadeado com ferrolho do armário dele seria fácil de abrir. Só seria necessária uma chave de fenda para tirar os parafusos.

A casa de Andrew tinha câmeras e um sistema de segurança, e muito provavelmente teria Andrew, que já havia assassinado uma pessoa e deixado claro que estava disposto a machucar muitas mais.

— Leigh? — chamou Walter. Ele estava pronto para fazer aquilo. — Me fala sobre a casa de Andrew. Onde ele mora?

— Nós não estamos em *Onze homens e um segredo*, Walter. Não temos um ninja e um abridor de cofres.

— Então, a gente…

— Explode o carro dele? Queima a casa dele? — Leigh podia pirar tanto quanto Walter. — Ou, talvez, a gente possa torturá-lo até ele contar. Tirar a roupa dele, amarrá-lo numa cadeira, tirar as unhas dele, arrancar os dentes. É isso que você estava pensando?

Walter esfregou a bochecha. Estava fazendo a mesma coisa que Leigh fizera no primeiro ano que estava em Chicago.

Dr. Patterson. Técnico Holt. Sr. Humphrey. Sr. Ganza. Sr. Emmett.

Leigh tinha criado milhares de fantasias mórbidas em que acabava com a existência nojenta deles — queimando-os vivos, cortando o pau deles, humilhando-os, punindo-os, destruindo-os —, mas, aí, percebera que sua raiva homicida tinha morrido na cozinha deprimente dos Waleski na Canyon Road.

— Quando eu matei Buddy — disse ela a Walter. — Eu estava num… acho que era um estado de fuga. Era eu. Eu fiz aquilo. Mas não era eu. Era a garota que ele tinha molestado no carro. Era a garota cuja irmã ele tinha estuprado, aquela que vivia sendo intimidada e tocada e apalpada e zombada e chamada de mentirosa e de vaca e de puta. Você entende o que estou dizendo?

Ele fez que sim, mas não havia como entender de fato. Walter nunca tinha deixado a chave entre os dedos ao caminhar até o carro. Nunca tinha feito uma piada sombria para si mesmo sobre ser estuprado numa garagem, porque a vulnerabilidade física não fazia parte da gama de emoções dele.

Leigh apertou a palma da mão contra o peito de Walter. O coração dele estava acelerado.

— Meu amor, eu te amo, mas você não é um assassino.

— A gente pode achar outro jeito.

— Não tem… — Ela parou, porque Reggie Paltz tinha um timing impecável. Estava pulando o muro em vez de andar até a entrada da garagem. — Ele está aqui. O detetive. Me dá um minuto para falar com ele, tá?

Walter olhou atrás de si. Depois, olhou de novo.

Ele perguntou:

— É esse cara? Reggie, o investigador?

— Sim — disse Leigh. — Eu preciso…

Sem qualquer aviso, Walter saiu numa corrida desabalada.

Reggie estava a dez metros. Ele não teve tempo de reagir. Sua boca se abriu em protesto, mas Walter a fechou com um soco.

— Walter! — gritou Leigh, correndo para segurá-lo. — Walter!

Ele estava com uma perna de cada lado de Reggie, os pulsos girando. O sangue voou no concreto. Ela viu um pedaço de dente, fiapos de muco ensanguentado. Ossos se quebrando como gravetos. O nariz de Reggie afundado.

— Walter! — Leigh tentou agarrar a mão dele. Ele ia matar Reggie se ela não o segurasse. — Walter, por favor!

Um último soco abriu a boca de Reggie. A mandíbula dele se torceu para o lado. Seu corpo ficou flácido. Walter o tinha nocauteado. Ainda assim, levantou o punho, pronto para atacar de novo.

— Não! — Leigh agarrou a mão do marido, segurando o mais forte que conseguia. Os músculos dele eram como cabos. Ela nunca o vira assim antes. — Walter.

Ele a olhou, ainda furioso. A raiva distorcia suas feições. Seu peito subia e descia a cada respiração. O sangue corria pela camisa, cortava seu rosto.

— Walter — sussurrou ela, limpando o sangue dos olhos dele. Ele estava ensopado de suor. Ela sentiu os músculos dele ficando tensos enquanto ele tentava controlar o animal dentro de si. Leigh olhou pela garagem. Não havia ninguém, mas ela não sabia quanto tempo isso ia durar. — A gente precisa sair daqui. Levanta.

— Era ele. — A cabeça de Walter abaixou. Ele segurou forte a mão dela. Ela viu os ombros dele levantando e caindo enquanto ele tentava recuperar o controle. — Ele estava lá.

Leigh olhou ao redor de novo. Estavam a metros de um tribunal cheio de policiais.

— Me conta no carro. A gente tem que sair daqui.

— Na peça — continuou Walter. — Reggie estava lá. Estava sentado na plateia na peça de Maddy.

Leigh foi ao chão. Sentiu-se dormente de novo, assoberbada demais para fazer qualquer coisa que não ouvir.

— Durante o intervalo. — Walter ainda respirava com dificuldade. — Ele veio falar comigo. Não lembro que nome ele deu. Falou que era novo. Falou que a filha estudava na escola. Falou que o irmão era policial e, aí, ficamos falando do sindicato e...

Leigh cobriu a boca com as mãos. Ela se lembrou do intervalo — de se levantar de sua cadeira, procurar Walter pelo auditório. Ele estava conversando com um homem de cabelo escuro e curto que ficou o tempo todo de costas para Leigh.

— Leigh. — Walter estava olhando para ela. — Ele me perguntou sobre Maddy. Ele me perguntou sobre você. Achei que ele fosse outro pai.

— Ele te enganou. — Leigh odiava o som da culpa deformando a voz dela. — Não foi culpa sua.

— O que mais ele sabe? — perguntou Walter. — O que eles estão planejando?

Leigh checou a garagem de novo. Não havia ninguém ali. As únicas câmeras rastreavam os carros que entravam e saíam. Reggie tinha pulado pelo muro em vez de ir até o portão da frente.

— Coloca ele no porta-malas — disse ela a Walter. — Vamos descobrir.

17

LEIGH FICOU PARA TRÁS enquanto Walter abria o porta-malas. Reggie ainda estava apagado. Não havia necessidade de cortar o fio de emergência nem prender as mãos dele com o rolo de fita adesiva que Leigh mantinha no kit de emergência para estrada. O marido dela, seu marido doce e atencioso, tinha quase matado o homem.

Walter se virou, checando o perímetro. O estacionamento em frente ao escritório de Reggie estava vazio, mas a rua ficava a dois metros de distância, obscurecida só pela fileira irregular de ciprestes. Walter tinha estacionado o Audi perto dos degraus de concreto em ruínas. O sol tinha caído, mas as lâmpadas de xenônio colocavam o estacionamento bem à vista.

Leigh segurou a Glock na mão, porque tinha medo do que Walter faria se tivesse a oportunidade de usá-la. Ela nunca o vira tão feroz. Ele estava à beira de um precipício sombrio. Leigh não conseguia pensar em seu papel na queda de Walter, mas sabia que tinha causado aquilo por acreditar estupidamente que era capaz de manter tudo sob controle.

Walter começou a esticar o braço para pegar Reggie, mas, aí, virou-se e olhou para Leigh.

— Tem alarme?

— Não sei — disse Leigh. — Não me lembro de ver um, mas provavelmente.

Walter enfiou a mão no bolso da frente de Reggie e tirou um chaveiro lotado de chaves. Passou-o para Leigh. Ela não teve escolha a não ser deixá-lo no carro para poder abrir a porta da frente de vidro. Seus olhos percorreram o lobby procurando um teclado de alarme.

Nada.

Walter grunhiu ao começar a puxar Reggie do porta-malas.

Ela tentou várias chaves antes de a fechadura virar. A porta se abriu. Ela assentiu para Walter. Olhou de relance para a rua. Olhou ao redor do estacionamento. As batidas de seu coração estavam tão altas que ela não conseguia ouvir o que deviam ser mais grunhidos e gemidos de seu marido colocando Reggie em cima do ombro. Walter cambaleou com o peso ao subir a escada e jogar Reggie no chão do lobby.

Leigh não olhou para baixo. Ela não queria ver o rosto danificado de Reggie. Trancou a porta de vidro. Disse a Walter:

— O escritório dele fica no andar de cima.

Walter levantou Reggie de novo. Subiu a escada na frente. Leigh enfiou a Glock no fundo da bolsa, mas manteve a mão ao redor da arma. Seu dedo descansou no guarda-mato, da forma como Walter lhe ensinara. Você não punha o dedo no gatilho a não ser que estivesse preparada para usá-lo. Não havia trava convencional na arma. Quando você puxava o gatilho, ela disparava. Leigh não queria se ver com mais uma acusação de assassinato só por ter se assustado e cometido um erro terrível.

Mas não era só consigo mesma que ela precisava se preocupar. Homicídio doloso não tinha a ver com quem puxava o gatilho. No momento em que Walter colocara Reggie no porta-malas do carro, os dois tinham se tornado cúmplices dos crimes um do outro.

No patamar, Walter parou para mudar o peso de Reggie em seu ombro. Estava respirando pesado de novo, mais animal do que homem. Tinha falado muito pouco no caminho. Eles não haviam feito um plano, porque não havia nada a planejar. Iam achar o servidor. Iam destruir o plano B. O que aconteceria depois disso não era algo que nenhum dos dois estava disposto a dizer em voz alta.

Leigh contornou o patamar. Pensou em Andrew parado naquele mesmo ponto três curtos dias antes. Ele tinha estado bravo ao falar de perder o pai. Ela tinha ignorado o sinal de alerta em suas entranhas. Estava obcecada por descobrir o que Andrew realmente queria, mas ele estava dizendo na cara dela.

Nossa vida foi arruinada quando meu pai desapareceu. Queria que o responsável por fazer ele sumir entendesse como é isso.

Era isso que Andrew Tenant queria — o que estava acontecendo com Walter agora, a filha linda deles forçada a se esconder, Callie sumida. Andrew queria que tudo com que Leigh se importava, tudo que ela já amara, fosse jogado no caos da mesma forma que a vida dele havia sido arruinada com a morte de Buddy. Ela tinha feito exatamente o que ele queria.

Walter tinha chegado ao fim do corredor. Ele se abaixou. Os pés de Reggie foram para o chão, as costas contra a parede. Walter o segurou com um punho no peito. Reggie grunhiu, a cabeça cambaleando.

— Ei. — Walter deu um tapa na cara dele. — Acorda, filho da puta.

A cabeça de Reggie cambaleou de novo. A luz do estacionamento atravessava a janela, jogando um holofote no dano que Walter havia causado. O olho esquerdo do homem estava fechado de tão inchado. Sua mandíbula parecia antinatural e solta. A ponte do nariz era apenas um osso branco-rosado onde a pele tinha sido arrancada a socos.

Leigh procurou a chave do escritório de Reggie com as mãos tremendo ao tentar cada uma na fechadura.

— Vai — disse Walter, dando outro tapa em Reggie. — Acorda, porra.

Reggie tossiu.

O sangue espirrou no rosto de Walter, mas ele nem piscou.

— Qual é o código do alarme?

A mandíbula de Reggie estalou. Ele soltou um chiado baixo.

— Olha pra mim, filho da puta. — Walter apertou as pálpebras de Reggie com os dedões, forçando-as a abrir. — Me fala o código do alarme ou eu vou espancar você.

A pele de Leigh formigou de medo. Ela levantou o olhar da fechadura. Sabia que Walter não estava fazendo uma ameaça vazia. Reggie também sabia. Seu chiado piorou enquanto ele tentava fazer o som sair com um maxilar que Walter tinha quebrado.

— T-três… — começou Reggie. O número saiu esquisito e abafado da boca dele. — Nove… seis… três.

Leigh sentiu a última chave do chaveiro deslizar na fechadura, mas ela não abriu a porta. Disse a Walter:

— Pode ser um truque. Pode disparar um alarme silencioso.

Walter falou:

— Se isso acontecer, a gente dá um tiro na cabeça dele e pega o servidor. Vamos ter ido embora antes de a polícia chegar.

Leigh se arrepiou com a determinação na voz dele.

Ela deu uma chance a Reggie, perguntando:

— Tem certeza sobre o código? Três-nove-seis-três?

Reggie soltou uma tosse. A dor causou rugas no rosto dele.

Walter disse a Leigh.

— Mostra a arma pra ele.

Relutante, ela levantou a Glock da bolsa. Viu o branco dos olhos de Reggie quando ele olhou fixamente para a arma. Mentalmente, ela disse a si mesma que Walter estava blefando. Ele tinha que estar blefando. Eles não iam assassinar ninguém.

Walter arrancou a arma da mão dela. Apertou o cano contra a testa de Reggie. O dedo dele continuou no guarda-mato. Ele perguntou de novo:

— Qual é o código?

O corpo de Reggie convulsionou quando ele tossiu. A boca dele não fechava. Baba se misturava a sangue e escorria do lábio para a camisa.

— Cinco — falou Walter, em contagem regressiva. — Quatro. Três.

Leigh viu o dedo dele ir para o gatilho. Ele não estava blefando. A boca dela se abriu para mandá-lo parar, mas Reggie falou primeiro.

— De trás para a frente — disse ele, as palavras desastradas pelo esforço. — Três, seis, nove, três.

Walter manteve a arma pressionada na cabeça de Reggie. Ele disse a Leigh:

— Tente.

Ela girou a chave na fechadura. Abriu a porta. Um som de bipe encheu o escritório exterior escuro. Ela seguiu o barulho pelo corredor curto. O teclado ficava dentro do escritório principal. Um botão vermelho estava piscando. O bipe acelerou, contando os segundos até o alarme disparar.

Leigh digitou o código. Nada aconteceu. Ela se abaixou, tentando descobrir o que fazer. O bipe ficou mais rápido. O alarme ia disparar. O telefone ia tocar. Alguém ia pedir uma palavra de segurança e Reggie nunca ia dar. Se ele ainda estivesse vivo, porque Walter já tinha dito aos dois o que aconteceria.

— Merda — sussurrou ela, olhando os números. A palavra DESLIGAR estava escrita com letra pequena embaixo do botão *1*. Ela digitou o código de novo, depois adicionou um *1*.

O teclado deu um bipe longo final.

O botão vermelho ficou verde.

Leigh colocou a mão no coração, mas ainda estava esperando o telefone tocar. Seus ouvidos prestaram atenção ao silêncio. A única coisa que ela ouviu foi a porta se fechando no outro cômodo, depois o giro da fechadura, depois passos pesados enquanto Walter arrastava Reggie pelo corredor.

As luzes se acenderam. Leigh jogou a bolsa no sofá. Foi até a janela fechar as cortinas. As mesmas duas perguntas perseguiram uma à outra no cérebro dela: *o que eles iam fazer? Como isso ia terminar?*

Walter enfiou Reggie em uma das cadeiras. Ela ficou chocada quando Walter puxou o rolo de fita adesiva da parte de trás da calça. Ele tinha trazido do porta-malas do carro, o que significava que já tinha pensado em tudo. Pior, ele tinha um plano, e fora Leigh quem colocara aquilo na cabeça dele.

Tirar a roupa dele, amarrá-lo numa cadeira, tirar as unhas dele, arrancar os dentes.

— Walter — disse ela, a voz lhe implorando para repensar.

— É aqui que está o servidor? — Walter apontou para a porta de metal na parede de trás. O ferrolho estava preso com um cadeado preto que parecia ter saído de um catálogo militar.

Leigh disse:

— Sim, mas...

— Abre. — Walter enrolou fita ao redor do peito de Reggie, prendendo-o na cadeira. Checou se os punhos do homem ainda estavam unidos antes de ajoelhar para prender os tornozelos dele às pernas da cadeira.

Leigh não tinha palavras. Era como ver seu marido caindo na loucura. Não havia como pará-lo. Ela só podia ir junto até ele recuperar a razão. Ela puxou o cadeado. O ferrolho segurou. Os parafusos na porta e na estrutura de metal eram do tipo Phillips. Ela tinha uma chave de fenda no kit de emergência do carro. Ela tinha brincado com Walter quando ele colocara no porta-malas dela, mas, agora, ela queria voltar no tempo e deixar na garagem do prédio dela, porque era uma questão de tempo até ele mandar que ela descesse para buscar.

Leigh sabia que, se deixasse os dois homens sozinho na sala, só ia encontrar um deles vivo ao voltar.

Walter deu mais uma volta de fita ao redor dos pulsos de Reggie, dizendo:

— Você vai falar comigo, seu filho da puta.

Leigh checou o chaveiro de Reggie. Nada parecia certo. A chave seria curta, com dentes grossos. Ela começou a tentar mesmo assim.

Walter arrastou a outra cadeira para o outro lado da sala. Sentou-se à frente de Reggie. Ele estava tão perto que seus joelhos se tocavam. A arma estava em seu colo. Seu dedo estava na lateral. Ele perguntou a Reggie:

— Por que você estava na escola da minha filha?

Reggie não respondeu nada. Estava olhando Leigh no armário.

— Não olhe para a minha esposa. Olhe para mim. — Walter esperou Reggie obedecer antes de repetir a pergunta: — Por que você estava na escola da minha filha?

Reggie continuou não respondendo.

Com uma mão, Walter jogou a arma para cima e a pegou pelo cano. Bateu em Reggie com o cabo de plástico. O golpe foi tão forte que a cadeira de Reggie quase virou.

Leigh tinha colocado a mão na boca para não gritar. O sangue respingou nos sapatos dela. Ela viu pedaços do dente dele no carpete.

Os ombros de Reggie convulsionaram. Ele vomitou na frente da camisa. A cabeça dele rolou pelo pescoço. O rosto estava inchado. O olho esquerdo havia desaparecido. A boca estava tão aberta que ele não conseguia manter a língua lá dentro.

Sequestro. Agressão qualificada. Tortura.

Walter perguntou a Leigh:

— Você consegue abrir o cadeado?

Ela fez que não.

— Walter…

— Ei. — Walter deu um tapa de mão aberta na cabeça de Reggie. — Onde está, filho da puta? Cadê a chave?

Os olhos de Reggie estavam se revirando de novo. Leigh sentia o fedor do vômito dele.

Leigh disse a Walter:

— Ele está tendo uma concussão. Se você bater nele de novo, ele vai desmaiar. Ou coisa pior.

Walter a olhou, e ela ficou chocada de ver a mesma apatia fria que vira tantas vezes antes nos olhos de Andrew.

Ela implorou:

— Walter, por favor. Pense no que estamos fazendo. No que já fizemos.

Walter evitou olhá-la de novo. Ele só conseguia enxergar a ameaça a Maddy. Ele levantou a Glock e apontou para o rosto de Reggie:

— Cadê a chave, filho da puta?

— Walter — disse Leigh, com a voz tremendo. — A gente pode tirar os parafusos, tá? A gente só precisa tirar os parafusos. Por favor, amor. Só solte a arma, tá?

Devagar, Walter deixou a arma voltar ao colo.

— Rápido.

As pernas de Leigh estavam trêmulas quando ela foi até a mesa. Ela abriu gavetas, jogando os conteúdos no chão, procurando a chave pequena. Implorou em silêncio que Walter não se lembrasse da chave de fenda no carro. Ela precisava tirar o marido de lá, fazê-lo enxergar racionalmente. Eles precisavam parar com isso. Precisavam levar Reggie ao hospital. E, aí, Reggie iria direto para a polícia, e Walter seria preso, e Andrew mostraria as fitas e…

Leigh sentiu seus pensamentos pararem de chofre.

O cérebro dela estava fazendo conexões em segundo plano, dizendo a ela que havia algo de errado. Ela fez um inventário dos itens na mesa de Reggie. Notebook. Risque-rabisque de couro preto. Peso de papel de vidro colorido. Porta-cartão de visitas personalizado.

O abridor de cartas da Tiffany não estava lá.

Leigh sabia que o acessório de dezoito centímetros de comprimento em prata esterlina custava 365 dólares. Ela tinha comprado um igual para Walter há alguns Natais. Tinha a aparência distinta e masculina de uma faca.

— Walter — disse ela. — Preciso falar com você no corredor.

Ele não se mexeu.

— Pega a chave de fenda no seu carro.

Leigh foi até o sofá. Colocou a mão na bolsa. As fotos da cena do crime de Ruby Heyer ainda estavam na pasta.

— Walter, preciso que você venha comigo para o corredor. Agora.

O tom direto dela conseguiu de alguma forma cortar a névoa. Walter se levantou, dizendo a Reggie:

— Vamos estar logo do outro lado da porta. Não tente porra nenhuma, ou eu vou te dar um tiro pelas costas. Entendido?

Reggie levantou a cabeça. Seus olhos estavam fechados, mas ele conseguiu assentir uma vez em concordância.

Leigh só se mexeu depois de Walter. Ela o levou para o corredor, mas ele parou antes de chegarem ao escritório externo, pairando perto da porta para poder ficar de olho em Reggie.

Walter falou entredentes.

— O que foi?

— Você se lembra do abridor de carta que eu te dei? — perguntou Leigh. — Você ainda tem?

Devagar, Walter virou a cabeça na direção dela.

— Quê?

— O abridor de cartas, aquele da Tiffany que eu te dei. Você lembra?

A expressão de Walter lentamente se tornou confusa. Ele quase parecia de novo o marido dela.

Leigh folheou o arquivo de Ruby Heyer, mantendo as fotos tampadas para Walter não surtar de novo. Achou o close da faca saindo do meio das pernas de Ruby. Não mostrou a ele. A maior parte da carreira legal de Walter tinha sido passada num telefone ou atrás de uma escrivaninha. Ele nunca havia atuado como defensor num caso criminal, quanto mais de um assassino violento.

Ela disse:

— Eu vou te mostrar uma foto. É muito explícita, mas preciso que você veja.

Walter olhou de novo para Reggie.

— Meu Deus, Leigh, vá direto ao ponto.

Ela sabia que ele não estava pronto, então, passou com ele pelos detalhes.

— Andrew tem um álibi para o assassinato de Ruby. Está me ouvindo?

Walter fez que sim, mas não estava.

— Andrew se casou ontem — disse Leigh, tentando manter a informação tão simples e repetitiva quanto faria para um júri. — Quando a polícia o confrontou hoje de manhã sobre o assassinato de Ruby, ele tinha um álibi. Mostrou fotos no telefone. As fotos eram de Andrew com a equipe do bufê, uma com a mãe na recepção, e depois com amigos esperando Sidney ir até o altar.

Walter mexeu o maxilar. Não ia prestar atenção nela por mais muito tempo.

— Hoje de manhã, antes do tribunal, eu vi Andrew. Ele estava com marcas de mordida no pescoço e um arranhão aqui. — Ela colocou a mão no rosto e esperou Walter olhar. — Eram ferimentos de defesa. Andrew tinha ferimentos de defesa hoje de manhã.

— Ruby lutou — disse Walter. — E daí?

— Não, lembra as fotos do álibi da noite anterior? Dá para ver as marcas de mordida no pescoço de Andrew, mas os hematomas já estão surgindo. A linha do tempo não bate. Isso ficou me incomodando, porque eu sei quanto tempo leva para hematomas ficaram escuros daquele jeito. Andrew foi mordido em torno das três, talvez quatro da tarde de ontem. Ruby falou com a família no telefone às cinco. Andrew tem fotos dele recebendo o bufê às cinco e meia. A polícia acha que Ruby foi assassinada em torno das seis ou sete da noite. O corpo dela foi achado às sete e meia. Andrew estava em casa o tempo todo, cercado por testemunhas.

A impaciência de Walter estava óbvia. Leigh colocou a palma da mão no peito dele, como sempre fazia quando precisava da atenção total dele.

Ele finalmente a olhou. Ela viu-o repassando mentalmente os detalhes, tentando entender as partes importantes. Enfim, ele disse:

— Continue.

— Eu não acho que Andrew matou Ruby. Acho que outra pessoa fez isso por ele. O assassino usou o mesmo *modus operandi* que Andrew usou nas outras vítimas. E Andrew garantiu que tivesse um álibi sólido, inquebrável, para quando acontecesse.

Walter estava dando a ela sua total atenção.

— Quando eu estive há três dias no escritório de Reggie, ele tinha um abridor de cartas na mesa. O mesmo tipo de abridor de cartas que eu te dei no Natal. — Ela pausou um momento para garantir que ele estivesse pronto. — O abridor de cartas não está mais na mesa de Reggie. Não está nas gavetas dele.

Walter baixou os olhos à pasta.

— Me mostra.

Leigh puxou a foto da cena do crime. O cabo cego, de prata esterlina do abridor de cartas que parecia uma faca mostrava onde uma prensa de metal tinha imprimido T&CO MAKERS no metal.

A dureza se drenou da expressão de Walter. Ele não estava vendo o abridor de cartas. Não estava ligando os pontos da história de Leigh. Estava vendo a mulher com quem tinha dado risada em churrascos no quintal. A mãe da amiga da filha dele. A mãe com quem ele fizera piadas em reuniões de pais e mestres e eventos escolares. A pessoa cuja morte brutal e íntima fora capturada na fotografia que Leigh segurava à sua frente.

Ele levou a mão à cabeça. Lágrimas surgiram em seus olhos.

Leigh não suportava a angústia dele. Ela começou a chorar também. Escondeu a fotografia dele. De todas as violações horríveis do casamento deles, essa parecia a mais brutal.

— Você está dizendo… quer dizer que ele… — A dor no rosto de Walter era insuportável. — Keely tem direito de…

— Ela tem direito de saber — finalizou Leigh.

— Eu não… — Walter se virou. Olhou para Reggie. — O que a gente vai fazer?

Leigh estendeu a mão para baixo. Soltou a arma da mão dele.

— Você precisa ir embora. Não posso deixar Maddy te perder também. Isso é minha responsabilidade. Eu sou o motivo de tudo isso ter acontecido. Quero que você pegue meu carro e…

— Não. — Walter estava olhando para as mãos. Ele flexionou os dedos. Os nós estavam sangrando. Suor ainda escorria pelo corpo dele. Seu DNA estava por todo o escritório, o Audi, a garagem. — Precisamos pensar, Leigh.

— Não tem nada para pensar — disse ela, porque a única coisa que importava era Walter ficar o mais longe possível daquilo. — Por favor, amor, entra no meu carro e…

— A gente pode usar isso — disse ele. — É uma vantagem.

— Não, não pode… — Leigh parou no meio da frase. Não havia nada a adicionar ao *não pode*, porque ela sabia que ele tinha razão. Eles tinham sequestrado e torturado Reggie, mas Reggie tinha assassinado Ruby Heyer.

Destruição mútua garantida.

— Deixa que eu falo com ele — pediu Leigh. — Tá? — Walter hesitou, mas assentiu.

Leigh colocou a pasta embaixo do braço. Ela voltou ao escritório.

Reggie a ouviu se aproximando. Ele a mirou com um olho embotado. Virou a cabeça, olhando para Walter parado na porta. Aí, olhou Leigh de novo.

— Não estamos fazendo um teatro de mauzinho e bonzinho. — Leigh mostrou a arma a ele. — Somos duas pessoas que já te sequestraram e espancaram. Você acha que assassinato está muito longe? — Reggie continuou olhando para ela, esperando. — Onde você estava ontem à noite?

Reggie não disse nada.

— Andrew te convidou para o casamento dele? — perguntou ela. — Porque você não está em nenhuma das fotos que ele mostrou à polícia. Ele documentou tudo com o telefone. Tem um álibi inquebrável.

Reggie piscou de novo, mas ela sentiu a incerteza. Ele não sabia aonde aquilo estava indo. Ela quase conseguia vê-lo fazendo os cálculos mentalmente — *quanto eles sabem, o que eles vão fazer, quais as chances de conseguir sair disso, quanto tempo até Andrew os obrigar a pagar por machucá-lo?*

Leigh usou uma estratégia de Dante Carmichael. Abriu a pasta e mostrou as fotos da cena de crime na mesa com um floreio. Em vez de segurar o close do couro cabeludo de Ruby, ela segurou a que mostrava o abridor de cartas Tiffany.

Ela perguntou de novo a Reggie:

— Onde você estava ontem à noite?

Ele olhou as fotos dispostas, depois olhou de novo para Leigh. Sua mandíbula estava solta demais para a boca se fechar, mas ele grunhiu:

— Quem?

— Quem? — repetiu ela, porque não esperava a pergunta. — Você não sabe o nome da mulher que Andrew mandou você assassinar?

Reggie piscou. Ele parecia genuinamente confuso.

— Quê?

Ela o mostrou a foto com o close do abridor de cartas. De novo, a reação dele foi inesperada.

Reggie se aproximou, virando a cabeça para seu olho bom poder enxergar melhor. Analisou a fotografia. Seu olhar foi para a mesa, como se procurando o abridor de cartas. Ele finalmente voltou a olhar Leigh. Sua cabeça começou a balançar.

— Não — disse ele. — Não-não-não.

— Você estava na escola da Maddy no domingo à noite — disse Leigh a ele. — Você me viu conversando com Ruby Heyer. Você contou a Andrew sobre ela? Foi por isso que ele fez você a matar?

— Eu… — Reggie tossiu. Os músculos de sua mandíbula estavam tendo espasmos. Pela primeira vez, ele pareceu estar com medo. — Não. Eu não. Falei pro Andy que ela deixou o marido. Transando com o fisioterapeuta. Mudou pro hotel. Mas eu não… não. Eu não faria isso. Ela estava bem.

Leigh perguntou:

— Você está me dizendo que seguiu Ruby Heyer até o hotel, depois disse para Andrew onde ela estava, mas não fez mais nada?

— É. — Ele não parava de olhar as fotos. — Eu não. Nunca.

Leigh estudou o que sobrava do rosto dele. Tinha achado desde o começo que ele era fácil de ler. Agora, não tinha tanta certeza. Reggie Paltz estava mostrando a Leigh o tipo de medo que Andrew nunca havia mostrado.

— Leigh. — Walter também estava vendo. — Tem certeza?

Leigh não tinha certeza de nada. Andrew sempre estava três passos à frente. Será que também tinha enganado Reggie?

Ela disse a Reggie:

— Mesmo que o que você está dizendo seja verdade, você ainda está exposto a uma acusação de conspiração para cometer assassinato. Você contou a um acusado de estupro como localizar uma mulher vulnerável que tinha acabado de deixar a família e estava morando sozinha.

Reggie fez uma careta ao tentar engolir seu terror.

Ela perguntou:

— E sua história de como Andrew me localizou? Você disse que mostrou para ele a reportagem do *Atlanta INtown* e ele reconheceu meu rosto. É verdade?

Ele assentiu rapidamente.

— Sim. Juro. Vi a reportagem. Mostrei pra ele. Ele te reconheceu.

— E ele pediu pra você investigar minha família e eu?

— Sim. Me pagou. Só. — Reggie olhou de novo as fotos da cena do crime. — Isso não. Eu não faria. Não conseguiria.

Leigh sentiu nas entranhas que ele estava sendo honesto. Ela trocou um olhar com Walter. Os dois estavam silenciosamente fazendo a mesma pergunta: *e agora?*

— O... — A tosse de Reggie era carregada. Seu olho foi na direção do armário do servidor. — No batente.

Walter foi à porta. Esticou a mão até o topo da guarnição. Mostrou a Leigh a chave do cadeado. Seus olhos espelhavam a apreensão que Leigh estava sentindo.

Ela não precisava de um alarme em suas entranhas para saber que aquilo não estava certo. Permitiu-se pensar nos últimos cinco minutos, depois repassou os últimos dias. Reggie estava disposto a quebrar algumas leis para Andrew. Leigh podia até acreditar que ele cometeria assassinato pela quantia certa de dinheiro. O que a pegava era aceitar que Reggie cometesse *esse* tipo de assassinato. A brutalidade sofrida por Ruby Heyer tinha claramente sido infligida por alguém que gostava do que estava fazendo. Não havia dinheiro capaz de comprar aquele nível de frenesi.

Ela perguntou a Reggie:

— Andrew te pediu para guardar alguns arquivos digital para ele?

Reggie deu um único aceno de cabeça doloroso.

— Você tinha ordens de divulgá-los se algo acontecesse com ele?

De novo, ele conseguiu assentir.

Leigh viu Walter girar a chave no cadeado. Ele abriu a porta.

Ela estava esperando um rack grande com componentes piscando, algo saído de um filme de Jason Bourne. Em vez disso, o que viu foram duas caixas de metal marrons sentadas no topo de um armário para arquivos. Cada uma era alta e ampla como um galão de leite. Luzes verdes e vermelhas piscavam nas frentes. Fios azuis serpenteavam da parte de trás e eram plugados num modem.

Ela perguntou a Reggie:

— Você olhou os arquivos?

— Não. — O pescoço dele se tensionou quando ele tentou falar. — Me pagou. Só.

— São vídeos de uma criança sendo estuprada.

Os olhos de Reggie se arregalaram. Ele começou a tremer. Agora, seu medo era inequívoco.

Leigh não conseguia ver se ele estava enojado ou aterrorizado com as ramificações legais. Quase todos os pedófilos que o FBI já tinha prendido alegava não ter ideia de que tinha pornografia infantil nos seus dispositivos. Depois, passavam a próxima parte de sua vida na prisão, perguntando-se se deviam ter tentado uma desculpa diferente.

Ela perguntou a Reggie:

— O que você vai fazer?

— Lá — disse Reggie, a cabeça inclinada na direção do armário de arquivos. — Primeira gaveta. Fundo.

Walter não se moveu. Estava exausto. O pico de adrenalina que o trouxera a este lugar tinha passado, sendo substituído pelo horror que ele sentia pelas próprias ações violentas.

Leigh não podia consertar isso agora. Ela abriu a gaveta de cima do armário de arquivos. Viu fileiras de abas com nomes de clientes. A visão das últimas cinco pastas no fundo fez o coração dela murchar.

CALLIOPE "CALLIE" DEWINTER

HARLEIGH "LEIGH" COLLIER

WALTER COLLIER

MADELINE "MADDY" COLLIER

SANDRA "PHIL" SANTIAGO

Leigh disse a Walter:

— Quero que você espere no carro.

Ele fez que não. Era um homem bom demais para deixá-la agora.

Leigh puxou as pastas. Voltou à mesa para Walter não poder olhar por cima do ombro dela. Começou com o arquivo de Maddy, porque era o mais importante.

Como advogada, Leigh tinha lido centenas de relatórios de detetives particulares. Todos tinham a mesma uniformidade previsível: diário, fotografias, recibos. O de Maddy era igual, embora as anotações de Reggie fossem escritas à mão, em vez de impressas de uma planilha.

Os registros das idas e vindas da filha dela tinham começado dois dias antes da apresentação de *O vendedor de ilusões* no domingo e o mais recente era da tarde anterior.

8h12 – carona para a escola com Keely Heyer, Necia Adams e Bryce Diaz
8h22 – para no McDonald's, passa no drive-thru, come no carro no caminho
8h49 – chega na Hollis Academy
15h05 – vista no auditório em ensaio da peça
15h28 – no campo para treino de futebol (pai presente)
17h15 – em casa com o pai

Leigh pensou em Andrew adulterando a tornozeleira, mas não permitiu que sua mente visitasse a possibilidade de que Andrew tivesse acabado sentado no auditório da Hollis vendo Maddy ensaiar as crianças mais novas ou vagabundeando no estádio onde Maddy treinava futebol três vezes por semana, porque a Glock carregada estava à mão demais.

Em vez disso, ela foi até a pilha de fotografias coloridas atrás dos diários. Mais do mesmo. Maddy no carro. Maddy no palco. Maddy se alongando na lateral do campo.

Leigh não mostrou as fotos a Walter. Ela não ia transformá-lo de novo no animal feroz que estava disposto a matar Reggie Paltz.

Depois, ela selecionou a pasta de Callie. O diário tinha começado um dia depois do de Maddy. Callie estava vendendo drogas na Stewart Avenue. Estava trabalhando na clínica do dr. Jerry. Estava morando no motel, depois estava encontrando Leigh, depois elas estavam no carro, depois Callie estava indo a pé para a casa de Phil. As fotos confirmavam o diário, mas havia mais: a irmã parada no ponto de ônibus, abrindo a janela para o gato entrar na casa de Phil, caminhando em frente a um centro comercial tão familiar que a visão queimou os olhos de Leigh.

Callie estava parada embaixo de uma passagem coberta. Estava no exato local onde tinham enterrado os pedaços esquartejados de Buddy Waleski.

Leigh perguntou a Reggie:

— Onde você estava ontem à noite?

— Segui... — Ele pigarreou. Não havia como negar a apreensão no rosto dele. Ele sabia que era ruim. Sabia que, mesmo que conseguisse sair daqui, Andrew ou a polícia estariam esperando por ele. — Seguindo sua irmã.

Leigh examinou o diário de ontem de Callie. Ela tinha visitado a biblioteca, depois ido ao treino de futebol de Maddy, depois voltado para casa de ônibus. Segundo as anotações de Reggie, ele havia ficado na frente da casa de Phil das cinco da tarde até a meia-noite.

Detetives eram pagos por hora. Em geral, era malvisto desperdiçarem tempo fazendo tocaia em frente a uma casa, a não ser que houvesse a possibilidade de o investigado sair. Leigh não precisou olhar os diários para saber que Callie não saiu depois de se acomodar para passar a noite. A irmã era deficiente. Era vulnerável por causa de seus vícios. Ela não saía a noite a não ser que precisasse.

Leigh perguntou:

— Andrew sabia que você estava seguindo Callie às cinco?

— Ligou. Disse pra ficar. — Reggie sabia qual seria a próxima pergunta dela. — Telefone descartável. Me fez deixar… o outro aqui.

Leigh falou:

— E seus diários são escritos a mão, sem backup no computador.

Reggie deu um leve aceno para confirmar.

— Sem cópias.

Leigh olhou para Walter, mas ele estava com os olhos fixos no dorso da mão.

Ela perguntou a Reggie:

— Onde você estava na noite em que Tammy Karlsen foi estuprada?

O olhar chocado que cruzou o rosto de Reggie foi rapidamente substituído por temor.

— Andrew contratou… eu segui a Sidney.

— E os cartões de memória da câmera? Estão com Andrew também?

A cabeça de Reggie se moveu num aceno rápido.

— E ele te pagou em dinheiro, né? Para não ter notas fiscais. — Ele não respondeu, mas não precisava.

Leigh sabia que Reggie não tinha considerado o pior. Ela explicou o plano de Andrew.

— E nas outras noites, quando as três mulheres foram estupradas perto dos redutos de Andrew? Onde você estava?

— Trabalhando — explicou Reggie. — Seguindo ex-namoradas.

Leigh se lembrou dos nomes das duas novas testemunhas na lista de Dante.

— Lynne Wilkerson e Fabienne Godard? — Reggie soltou um suspiro baixo e atordoado. — Meu Deus — disse Leigh, porque tudo estava fazendo sentido. — E o GPS do seu carro?

O olho dele se fechou. Saiu sangue do canto.

— Desliguei.

Leigh o viu fazer as conexões mentalmente. Reggie não tinha álibi para nenhum dos estupros. Não tinha álibi para o assassinato de Ruby Heyer. Não tinha registrado as anotações no computador. Não havia notas fiscais detalhando suas atividades. Não havia telefone, nem câmera, nem cartão de memória que o localizasse com precisão enquanto os ataques estavam ocorrendo. Seria possível argumentar que ele tinha desligado o rastreio do carro para evitar ser incriminado.

Era por isso que Andrew nunca tivera medo. Ele tinha arranjado tudo para Reggie levar a culpa.

— Filho da puta — disse Reggie, porque também percebeu.

— Walter — disse Leigh. — Pegue os servidores. Vou pegar o notebook.

Leigh enfiou o notebook de Reggie na bolsa. Esperou que Walter puxasse todos os fios e cabos das caixas de metal. Em vez de ir embora, ela voltou ao armário de arquivos. Achou as pastas de Lynne Wilkerson e Fabienne Godard. Empilhou com as outras na mesa para Reggie poder ver.

— Vou ficar com todas essas. São seu único álibi, então, se você tentar me foder, eu vou foder você até acabar com a sua vida. Entendeu?

Ele fez que sim, mas ela via que ele não estava preocupado com as pastas. Estava preocupado com Andrew.

Leigh achou as tesouras onde as tinha jogado ao virar a gaveta da escrivaninha. Ela disse a Reggie:

— Se eu fosse você, iria para o hospital e depois acharia um bom advogado.

Reggie a viu cortar a fita ao redor de seus pulsos. Era toda ajuda que ia lhe dar. Ela deixou a tesoura na mão dele.

Leigh reuniu os itens roubados, dizendo a Walter:

— Vamos.

Leigh esperou que ele saísse da sala primeiro. Ainda não confiava que Walter não ia atacar Reggie de novo. O marido dela ficou em silêncio ao carregar os servidores escada abaixo. Pelo lobby. Porta afora. Ela jogou tudo no porta-malas. Walter fez o mesmo com os dois servidores.

Ele tinha dirigido até lá, mas Leigh entrou atrás do volante de seu carro. Deu ré para sair da vaga. Suas lanternas iluminaram a frente do prédio. Ela viu a sombra de Reggie Paltz de pé na janela do escritório.

Walter disse:

— Ele vai procurar a polícia.

— Ele vai se limpar e, depois, vai pegar o primeiro voo para Vanuatu, Indonésia ou Maldivas — falou Leigh, listando algumas das nações preferidas entre as que não extraditavam para os Estados Unidos. — Precisamos achar os vídeos de Callie no servidor dele e destruí-los. Temos que guardar o resto por garantia.

— De quê? — perguntou Walter. — Andrew ainda tem os originais. Ainda estamos presos. Ele tem a gente na mesma porcaria de lugar que antes.

— Não — disse Leigh. — Ele não tem.

— Ele pagou aquele filho de uma puta para seguir Maddy. Ele sabe onde ela estava, onde ela está indo. Ele tirou fotos. Eu vi o seu rosto quando você viu. Você estava aterrorizada.

Leigh não ia discutir com ele, porque ele tinha razão.

— E o que ele fez com a Ruby. Jesus Cristo, ela foi mutilada. Ele não só a matou. Ele a torturou e... — A garganta de Walter soltou um som estrangulado de sofrimento. Ele colocou a cabeça nas mãos. — O que a gente vai fazer? Maddy nunca vai ficar segura. Nunca vamos nos livrar disso.

Leigh encostou no lado da rua. Ela não estava tão longe do mesmo lugar em que tinha encostado depois da primeira reunião no escritório de Reggie Paltz. Naquele momento, estava doente de pânico. Agora, sua firmeza de aço assumiu.

Ela segurou as mãos de Walter. Ela esperou que ele a olhasse, mas ele não olhou.

— Eu entendo — disse ele. — Entendo por que você fez aquilo.

Leigh balançou a cabeça.

— Fiz o quê?

— Callie sempre foi mais como sua filha. Ela sempre foi sua responsabilidade. — Walter finalmente levantou os olhos para ela. Ele tinha chorado mais nos últimos vinte minutos do que ela o vira chorar em quase vinte anos. — Quando você me contou que o tinha matado, eu... eu não sei. Era demais para assimilar. Eu não conseguia entender. Tem certo e errado, e... o que você fez...

Leigh engoliu em seco.

— Eu não conseguia imaginar ser capaz de machucar alguém assim — continuou ele. — Mas, quando reconheci Reggie no estacionamento, e depois percebi a ameaça a Maddy... não consegui enxergar. Eu estava cego de raiva. Eu ia matar ele, Leigh. Você sabia que eu ia matar ele.

Leigh apertou os lábios.

— Não entendo tudo que você me contou sobre o que aconteceu — continuou Walter. — Mas entendo isso.

Leigh analisou seu marido gentil e doce. À luz do painel, as faixas de suor e sangue no rosto dele ficavam com um tom arroxeado. Ela tinha feito isso com ele. Tinha colocado a filha deles em perigo. Tinha transformado o marido num lunático raivoso. Ela precisava consertar isso, e precisava ser agora.

Ela disse a Walter:

— Preciso achar a Callie. Ela tem o direito de saber o que aconteceu. O que vai acontecer.

— O que vai acontecer? — perguntou Walter.

— Eu vou fazer o que devia ter feito há três dias — disse Leigh a ele. — Vou me entregar.

18

CALLIE PAROU NA FRENTE do armário de remédios trancado na clínica do dr. Jerry. Ela tinha abandonado o BMW conversível de Sidney atravessada em duas vagas lá fora. Dirigir foi mais difícil do que da última vez que ela tinha roubado um carro. O carro morreu e ligou várias vezes, começando na garagem de Andrew, onde ela raspou o lado direito do BMW tentando sair. Na entrada de carros da casa, a parte traseira tinha batido na torre da caixa de correio. As rodas haviam pegado em vários meios-fios com as curvas mal calculadas dela.

O carro ter sobrevivido à estadia dentro do antro de drogas da Stewart Avenue era uma prova de como a heroína deixava as pessoas idiotas. Ela havia levado a carteira e o telefone de Sidney para lá para trocar, mas ninguém tinha pegado os pneus caros do carro. Ninguém tinha quebrado as janelas e arrancado o rádio. Estavam ou chapados demais para formular um plano, ou desesperados demais para esperar as oficinas de desmanche mandarem um mensageiro.

Callie, por sua vez, estava pesarosamente consciente. Seu regime de redução gradual de metadona não tinha sido recompensado como tantas vezes antes. Ela estava esperando a onda arrebatadora de euforia com o primeiro gostinho, mas o corpo dela tinha metabolizado a heroína tão rápido que ela correra atrás da onda por um looping eterno de desespero. Os segundos repentinos de enjoo quando o líquido entrou, os cinco minutos curtos de felicidade, o peso que durava menos de uma hora antes de o cérebro dela lhe dizer que ela precisava de *mais mais mais*.

Isso se chamava tolerância ou sensibilização, o que era definido como o corpo exigindo uma dose maior da droga para conseguir a mesma resposta.

Previsivelmente, os receptores mu tinham um grande papel na tolerância. Exposição repetida a opioides diminuía o efeito analgésico e, não importava quantos novos mus seu corpo criasse, esses mus iam herdar as memórias dos mus que vieram antes.

Por sinal, tolerância era o motivo pelo qual os viciados começavam a misturar drogas, adicionando fentanil, ou Oxy, ou benzos, ou, na maioria dos casos, injetar-se com tanta coisa que acabavam rindo com Kurt Cobain de como a filha dele agora era mais velha do que ele no dia em que apoiou aquela arma no queixo. Talvez ele pudesse cantar suavemente a passagem de Niel Young que citou em seu bilhete de suicídio, que dizia ser melhor queimar do que desaparecer.

It's better to burn out than to fade away.

Callie olhou para o armário de remédios, tentando ficar com raiva. Andrew no túnel do estádio. Sidney se contorcendo no chão do closet. O vídeo nojento de Callie e Buddy passando na televisão. Maddy correndo no campo verde-vivo, sem se preocupar com nada porque era adorada e amada e sempre se sentiria assim.

A primeira chave entrou na fechadura. Depois, a segunda. Então, o armário estava aberto. Com o toque leve de uma especialista, Callie passou os dedos pelos frascos. Metadona, cetamina, fentanil, buprenorfina. Em qualquer outro dia, ela enfiaria o máximo de frascos possível nos bolsos. Agora, deixou-os em paz e achou a lidocaína. Ela começou a fechar o armário, mas sua mente correu para impedi-la. Havia vários frascos de pentobarbital alinhados na prateleira de baixo. O líquido era azul, como a cor de limpador de vidro. Os frascos eram maiores do que os outros, quase três vezes o tamanho. Ela selecionou um, depois trancou as portas.

Em vez de ir para uma sala de tratamento, ela foi para o lobby. As janelas de placas de vidro davam uma visão do estacionamento para lá das grades. As luzes da rua tinham sido estouradas, mas Callie via o conversível novo e brilhante de Sidney. Não havia mais nada no estacionamento exceto um rato perdido indo na direção da lixeira. A barbearia estava fechada. Dr. Jerry provavelmente estava em casa lendo sonetos para Miauma Cass, a gatinha que tomava mamadeira. Callie queria dizer a si mesma que vir até aqui tinha sido uma boa ideia, mas, depois de uma vida inteira de decisões impulsivas, ela se viu sem sua indiferença de sempre por toda e qualquer consequência.

Diga ao Andy que, se ele quiser a faca dele de volta, vai ter que vir buscar.

Callie não era uma analfabeta digital completa. Sabia que carros enviavam sinais para satélites de GPS que diziam às pessoas exatamente onde eles estavam.

Ela sabia que o BMW ridiculamente caro de Sidney agiria como uma enorme placa de neon, apontando para Andrew a localização de Callie. Ela também sabia que várias horas tinham se passado desde que Andrew fora liberado de sua seleção de júri.

Então, por que ele não tinha ido atrás dela?

Callie pegou um kit cirúrgico a caminho da sala de descanso. Sua perna doía tanto que ela estava mancando quando chegou à mesa. Colocou gentilmente um frasco pequeno e um grande na mesa. Abriu o kit cirúrgico. Levou a mão à coxa ao sentar-se. O abcesso na perna esquerda parecia um ovo de galinha embaixo do jeans. Ela apertou, porque a dor física era melhor do que o que ela estava sentindo por dentro.

Ela fechou os olhos. Parou a luta do cérebro contra o inevitável e deixou o vídeo passar na cabeça dela.

A Callie de catorze anos presa no sofá.

Buddy, por favor, dói demais por favor pare por favor...

O corpo enorme de Buddy roçando nela.

Cala a porra da boca Callie eu falei para ficar parada porra.

Ela não lembrava daquele jeito. Por que não lembrava daquele jeito? O que havia de errado com o cérebro dela? O que havia de errado com a alma dela?

Ao estalar dos dedos, Callie era capaz de transmitir, com detalhes intrincados, dez mil coisas horríveis que Phil fizera quando Callie era pequena, fosse espancá-la até ela ficar inconsciente, ou abandoná-la no acostamento, ou dar um puta susto nela no meio da noite porque os homens de chapéu de papel-alumínios estavam esperando lá fora com suas sondas.

Por que Callie nunca, jamais, nos últimos 23 anos, se permitira lembrar quantas vezes Buddy a tinha ameaçado, jogado do outro lado da rua, chutado, entrado à força dentro dela, amarrado, até estrangulado? Por que tinha bloqueado as memórias das dez mil vezes que ele dissera a Callie que era culpa dela porque ela chorava demais ou implorava demais ou não conseguia fazer tudo que ele queria?

Callie ouviu o estalar de seus lábios. Seu cérebro tinha desenhado uma linha direta de Phil a Buddy ao armário de remédios trancado.

Metadona. Cetamina. Buprenorfina. Fentanil.

Ela tinha pegado a mochila na casa de Phil e trocado a blusa preta justa por uma camiseta rasgada dos Ursinhos Carinhosos e a jaqueta amarela de cetim com arco-íris. Ela fechara o zíper da frente até o pescoço, porque assim parecia mais seguro, quase como um cobertor de segurança. O kit de droga de Callie estava dentro da mochila. O elástico. O isqueiro. A colher. Uma seringa usada. Um saco gordo cheio até o topo de pó branco.

Sem pensar, ela estava alcançando a mochila. Sem pensar, estava abrindo o kit, a memória muscular dispondo o isqueiro, o elástico, o saco gordo com os mistérios desconhecidos.

O traficante que tinha vendido a heroína não era ninguém que Callie conhecesse. Ela não tinha ideia do que ele havia misturado — fermento, leite em pó, metanfetamina, fentanil, estricnina — nem quanto a droga era pura quando ele começou. O que importava na hora era que ela tinha quarenta dólares e alguns remédios controlados que sobravam do desastre com Sidney e ele tinha heroína suficiente para matar um elefante.

Callie engoliu o sangue na boca. Seu lábio estava sangrando, porque ela não conseguia parar de morder. Com esforço, conseguiu afastar a atenção da droga. Levantou um pouco da cadeira para poder abaixar o jeans. Na luz fria, a coxa dela era da cor de cola escolar, se alguém colocasse um globo vermelho-vivo e cheio de pus em cima. Ela gentilmente roçou os dedos no abcesso. O calor pulsou na ponta dos dedos. Havia pontos secos de sangue onde ela havia se injetado na infecção.

Tudo por menos de cinco minutos de uma onda que ela nunca, nunca mais ia conseguir pegar, não importava quantas vezes corresse atrás.

Viciados de merda.

Ela puxou um pouco de lidocaína, sem se importar em medir a dose. Viu a agulha entrar no abcesso. Outro fio de sangue recompensou o esforço. Não houve pontada de dor porque, no momento, tudo no corpo dela doía. O pescoço, os braços, as costas, o joelho que ela enfiara na virilha de Sidney. A sensação pesada da heroína que costumava embalar Callie para dormir se transformara num peso que ia acabar sufocando-a.

Ela fechou os olhos ao sentir a lidocaína se espalhando pelo abcesso. Ouviu o gorila. Esforçou-se para sentir o hálito quente dele em seu pescoço. A solidão era gritante. Ela tinha vivido com a ameaça dele a perseguindo no horizonte desde aquela noite na cozinha, mas, agora, não havia nada. A criatura tinha desaparecido dentro do túnel do estádio alguns momentos antes de atacar Andrew. O quebra-cabeça desse paradoxo não parava de incomodar o cérebro de Callie. Se ela forçasse até as beiradas da equação, a solução era simples: todos esses anos, Buddy Waleski não era o gorila.

O demônio feroz e sedento de sangue era Callie o tempo todo.

— Olá, amiga — disse o dr. Jerry.

Callie girou para olhá-lo, a alma se acendendo de vergonha. Dr. Jerry estava parado na porta. Seus olhos foram para a mesa. Seu kit de droga com o saco gordo da heroína. O kit cirúrgico. A seringa de lidocaína. O frasco grande de pentobarbital azul.

— Puxa. — Dr. Jerry voltou a atenção ao nó vermelho gigante na perna dela. — Posso ajudar com isso?

A boca de Callie se encheu de pedidos de desculpa, mas seus lábios não permitiam que eles saíssem. Não havia desculpas para essa situação. Sua culpa estava à mostra como evidências num julgamento.

— Vamos ver o que temos aqui, jovenzinha. — Dr. Jerry se sentou. Seu avental estava amassado. Seus óculos estavam tortos. Seu cabelo não tinha sido penteado. Ela sentiu o odor azedo de sono no hálito dele quando seus dedos pressionaram ao redor do abcesso. Ele disse a ela: — Se você fosse um gato malhado, eu diria que você se enfiou numa briga feia. O que, claro, não é incomum para um gato malhado. Ao contrário dos pugs, que são notórios narradores. Especialmente quando tomam umas biritas.

A visão de Callie borrou com lágrimas. A vergonha tinha se espalhado para cada fibra de seu ser. Ela não podia só ficar lá sentada como sempre fazia quando ele contava uma de suas histórias.

— Vejo que você já começou com a lidocaína. — Ele testou a perna dela, perguntando: — Já está bem anestesiado, você acha?

Callie se percebeu assentindo, embora ainda sentisse a queimação aguda da infecção. Ela precisava dizer algo, mas o que podia dizer? Como podia se desculpar por roubá-lo? Por arriscar o consultório dele? Por mentir na cara dele?

Dr. Jerry não pareceu preocupado ao tirar um par de luvas do kit cirúrgico. Antes de começar, sorriu para Callie, dando-lhe o mesmo preâmbulo reconfortante que ofereceria a um galgo assustado.

— Você vai ficar bem, jovenzinha. Isso vai ser um pouco desconfortável para nós dois, mas vou ser o mais rápido possível e, logo, você vai se sentir bem melhor.

Callie olhou a geladeira atrás dele quando ele cortou o abcesso. Ela sentiu os dedos dele apertando a infecção, limpando com gaze, apertando de novo até aquela bola estar vazia. Solução salina fria escorreu pela perna dela quando ele irrigou a abertura. Ela não podia olhar para baixo, mas sabia que ele estava sendo cuidadoso porque sempre dava atenção especial para cada animal acabado que aparecia em sua porta.

— Aí está, prontinho. — Dr. Jerry tirou as luvas. Achou o kit de primeiros--socorros na gaveta e selecionou um Band-Aid médio. Ele cobriu a incisão, dizendo: — Acho bom a gente discutir antibióticos, se você aceitar? Prefiro os meus escondidos dentro de um pedaço de queijo.

Callie ainda não conseguia se obrigar a falar. Em vez disso, levantou-se na cadeira para poder vestir o jeans. A cintura estava larga ao redor do estômago dela. Ela precisaria achar um cinto.

Cinto.

Ela baixou os olhos para as mãos. Viu Buddy arrancando o cinto da calça, amarrando forte ao redor dos pulsos dela. Vinte e três anos de esquecimento tinham culminado num show de horrores cintilante que ela não conseguia tirar dos olhos.

— Callie?

Quando ela levantou os olhos, o dr. Jerry parecia estar pacientemente esperando pela atenção dela.

Ele falou:

— Normalmente, não menciono peso, mas, no seu caso, acho que seria apropriado discutirmos o uso de petiscos. Você precisa de mais nutrição.

Ela abriu a boca, e as palavras saíram voando.

— Me desculpa, dr. Jerry. Eu não devia estar aqui. Não devia voltar nunca. Sou uma pessoa horrível. Não mereço sua ajuda. Nem sua confiança. Estou roubando de você e estou…

— Minha amiga — disse ele. — É isso que você é. Você é minha amiga, como sempre foi desde que tinha dezessete anos.

Ela balançou a cabeça. Não era amiga dele. Era uma sanguessuga.

Ele perguntou:

— Você se lembra da primeira vez que bateu na minha porta? Eu tinha colocado uma placa de procura-se ajuda, mas secretamente esperava que essa ajuda viesse de alguém especial como você.

Callie não suportava a gentileza dele. Começou a chorar tanto que teve de abrir a boca para respirar.

— Callie. — Ele segurou a mão dela. — Por favor, não chore. Não tem nada aqui que me surpreenda ou me decepcione.

Ela devia ter se sentido aliviada, mas se sentiu mais horrível, porque ele nunca tinha dito nada. Tinha só fingido que ela estava conseguindo se safar.

Ele disse:

— Você foi muito esperta com os prontuários e cobrindo seus rastros, se é algum consolo.

Não era consolo. Era uma condenação.

— A reviravolta inesperada é que, talvez eu esteja perdendo a cabeça, mas até mesmo eu conseguiria me lembrar de um akita com displasia de quadril. — Ele piscou para ela, como se roubo de substâncias controladas não fosse nada. — Você sabe como os akitas podem ser bebezinhos chorões.

— Me desculpa, dr. Jerry. — As lágrimas caíram pelo rosto dela. Seu nariz estava escorrendo. — Eu tenho um gorila nas costas.

— Ah, então você sabe que, ultimamente, as mudanças demográficas no mundo dos gorilas levaram a comportamentos incomuns.

Callie sentiu os lábios tremerem num sorriso. Ele não queria dar um sermão nela. Queria contar-lhe uma história sobre animais.

Ela gaguejou numa inspiração, pedindo:

— Conta.

— Gorilas em geral são bem tranquilos, desde que tenham espaço. Mas o espaço ficou limitado por causa dos homens, e, claro, às vezes há desvantagens em proteger espécies, principalmente que aquelas espécies começam a se reproduzir em números maiores. — Ele perguntou: — Diga, você já conheceu um gorila?

Ela fez que não.

— Não que eu me lembre.

— Bem, que bom, porque, antigamente, um sortudo cuidava da tropa toda, e ele ficava com todas as garotas e era muito, muito feliz. — Dr. Jerry pausou para criar um efeito dramático. — Agora, em vez de irem formar suas próprias tropas, os jovens machos estão ficando no lugar e, sem a perspectiva do amor, passaram a atacar machos mais fracos e solitários. Acredita?

Callie limpou o nariz com o dorso da mão.

— Que horrível.

— De fato — disse dr. Jerry. — Jovens sem propósito podem ser bastante encrenqueiros. Meu filho mais novo, por exemplo. Ele sofreu muito bullying na escola. Já te contei que ele teve problema com vício?

Callie fez que não, porque nunca ouvira falar de um filho mais novo. Só sabia do que morava em Oregon.

— Zachary tinha catorze anos quando começou a usar. Era uma falta de amizades, entende? Ele era muito solitário, mas achou aceitação em um grupo de jovens que não eram do tipo com que gostaríamos que ele convivesse —

explicou dr. Jerry. — Eram os maconheiros da escola, se é que ainda se usa esse termo. E, para ser membro do clube, era obrigatório experimentar drogas.

Callie tinha sido sugada por um grupo similar no ensino médio. Agora, estavam todos casados com filhos, dirigindo bons carros, e ela estava roubando narcóticos do único homem que já demonstrara amor paterno verdadeiro por ela.

— Zachary estava a uma semana do aniversário de dezoito anos quando morreu. — Dr. Jerry andou pela sala de descanso, abrindo e fechando armários até achar a caixa pequena de biscoitos em formato de bicho. — Eu não estava escondendo Zachary de você, minha querida. Espero que entenda que há alguns assuntos que são difíceis de discutir.

Callie assentiu, porque entendia mais do que ele imaginava.

— Minha adorável esposa e eu tentamos desesperadamente ajudar nosso menino. Foi por isso que o irmão dele se mudou para o outro lado do país. Por quase quatro anos, todo o nosso foco estava no Zachary. — Dr. Jerry mastigou um punhado de biscoitos. — Mas não havia nada que pudéssemos fazer, não é? O pobrezinho estava perdidamente envolvido no vício.

O cérebro viciado de Callie fez os cálculos. Um filho mais jovem teria atingido a maioridade nos anos 1980, o que significava crack. Se cocaína viciava, o crack aniquilava. Callie vira Sammy Cracudo arrancar a pele do braço com as unhas por estar convencido de que havia parasitas escondidos embaixo.

— Durante a curta vida de Zachary, a ciência do vício era bem documentada, mas é diferente quando são nossos filhos. A gente supõe que eles sabem o que é certo ou que são de alguma forma diferentes, quando o fato é que, por mais especial que sejam, eles são como todo mundo. — Dr. Jerry confidenciou: — Tenho vergonha quando penso sobre como me comportei. Se eu tivesse a capacidade de refazer aqueles últimos meses, passaria aquelas horas preciosas dizendo a Zachary que o amava, não gritando a plenos pulmões que ele devia ter algum tipo de problema moral, uma ausência de caráter, um ódio pela família, que fazia com que ele escolhesse não parar.

Ele sacudiu a caixa de biscoitos. Callie não queria, mas esticou a mão e o viu jogar tigres e camelos e rinocerontes.

Dr. Jerry pegou outro punhado para si antes de voltar a se sentar.

— June foi diagnosticada com câncer de mama no dia seguinte ao enterro de Zachary.

Callie raramente o ouvia falar o nome da esposa em voz alta. Ela nunca tinha conhecido June. A mulher já estava morta da primeira vez que Callie vira a placa na vitrine da clínica. Não era preciso fazer uma matemática das drogas desta vez. Callie tinha dezessete anos, a idade com que Zachary morrera de overdose, quando bateu na porta do dr. Jerry.

— Estranhamente, a pandemia me lembra daquela época da minha vida. Primeiro, Zachary se foi, e, antes que a gente tivesse tempo de sentir o luto daquela perda, June estava no hospital. Aí, claro, June faleceu muito rápido. Uma bênção, mas também um choque. — Ele explicou: — A comparação que faço com agora é que, neste momento que estamos todos vivendo, todos na Terra estão experimentando uma suspensão da perda. Mais de meio milhão de mortos só nos Estados Unidos. O número é avassalador demais para aceitar, então, seguimos nossa vida e fazemos o que podemos, mas, no fim, a perda assombrosa vai estar nos esperando. Ela sempre nos pega, não é?

Callie pegou mais biscoitos em formato de bicho quando ele ofereceu a caixa. Ele disse:

— Você não parece bem, minha amiga. — Ela não podia discordar dele, então, não tentou. Ele continuou: — Tive um sonho muito estranho há algum tempo. Era sobre um viciado em heroína. Você já conheceu um?

O coração de Callie doeu. Ela não devia fazer parte de uma das histórias engraçadas dele.

— Eles vivem nos lugares mais escuros e solitários, o que é muito triste, porque são universalmente conhecidos como criaturas maravilhosamente carinhosas. — Ele colocou a mão em concha ao redor da boca, como se fazendo uma confidência. — Especialmente as moças.

Callie segurou um soluço. Ela não merecia isso.

— Já mencionei que têm uma afinidade particular com os gatos? Não como jantar, mas como companhias para o jantar. — Dr. Jerry levantou as mãos. — E, ah, eles são notoriamente amáveis. É quase impossível não amá-los. Seria preciso ser um indivíduo de coração muito duro para resistir à compunção.

Callie balançou a cabeça. Não podia deixar que ele a redimisse.

— Além do mais, são lendários por sua munificência! — Dr. Jerry pareceu deleitar-se com a palavra. — Já foram vistos deixando centenas de dólares no caixa em benefício de outras criaturas mais vulneráveis.

O nariz de Callie estava escorrendo tanto que ela não conseguia limpar.

Dr. Jerry tirou seu lenço do bolso traseiro e ofereceu a ela.

Callie assoou o nariz. Pensou sobre o sonho dele com o peixe que se grudava e dissolvia, e na história dos ratos que guardavam toxina no seu pelo espinhoso, e considerou, pela primeira vez, que talvez o dr. Jerry não fosse um cara dado a metáforas.

Ele falou:

— O que acontece com os viciados é que, quando você abre seu coração a esses danadinhos, nunca, jamais vai parar de amá-los. Não importa o que aconteça.

Ela balançou a cabeça, de novo porque não merecia o amor dele. Ele perguntou:

— Caquexia pulmonar?

Callie assoou o nariz para as mãos terem algo a fazer. Ela tinha sido tão transparente o tempo todo.

— Eu não sabia que você também entendia de doenças de humanos, doutor.

Ele se recostou na cadeira, braços cruzados em frente ao peito.

— Você está usando mais calorias para respirar do que está ingerindo pela alimentação. É por isso que você está perdendo tanto peso. Caquexia é uma doença de atrofia. Mas você sabe disso, não sabe?

Callie fez que sim de novo, porque outro médico já tinha explicado isso a ela. Ela precisava comer mais, mas não muita proteína, porque seus rins estavam acabados, e nada de muita comida processada, porque o fígado dela mal estava funcionando. E havia ainda os ruídos que ele ouvia nos pulmões e a opacidade de vidro fosco que aparecia nos raios X, e as vértebras desintegradas do pescoço, e a artrite precoce no joelho, e tinha mais, mas, nesse ponto, ela tinha parado de escutar.

Dr. Jerry perguntou:

— Não falta muito, né? Não se você continuar nesse caminho.

Callie mordeu o lábio até sentir gosto de sangue de novo. Ela pensou em correr atrás da onda no antro de drogas, na percepção recente de que tinha chegado a um platô em que só a heroína não ia tirar a dor.

Ele disse:

— Meu filho mais velho, o único filho que me sobrou, quer que eu vá morar com ele.

— No Oregon?

— Ele está pedindo desde os miniderrames. Falei para ele que tinha medo de me mudar para Portland e a Antifa me forçar a parar de comer glúten, mas... — Ele soltou um longo suspiro. — Posso te contar algo em segredo?

— É claro.

— Estou aqui desde que você foi embora ontem à tarde. Miauma Cass gostou da atenção, mas... — Ele deu de ombros. — Esqueci o caminho de casa.

Callie mordeu o lábio. Ela tinha ido embora havia três dias.

— Posso escrever para você.

— Eu pesquisei no meu telefone. Você sabia que dá para fazer isso?

— Não — respondeu ela. — Que incrível.

— De fato. Dá as instruções e tudo, mas acho muito perturbador ser tão fácil achar as pessoas. Sinto falta do anonimato. As pessoas têm o direito de desaparecer da face da Terra se quiserem. É uma decisão pessoal, não é? Todo mundo devia ter autonomia. Devemos aos outros seres humanos apoiar as decisões deles, mesmo que não concordemos com elas.

Callie sabia que não estavam mais falando da internet.

— Onde está sua caminhonete?

— Estacionada nos fundos — disse ele. — Acredita nisso?

— Que loucura — falou ela, embora o dr. Jerry sempre estacionasse sua caminhonete nos fundos. — Eu poderia ir com você para garantir que você ache o caminho de casa.

— É muito generoso, mas desnecessário. — Ele estendeu a mão para ela de novo. — Você é o único motivo de eu ter conseguido trabalhar nos últimos meses. E eu entendo o sacrifício de sua parte. O que é preciso para você conseguir fazer isso.

Ele estava olhando o kit de droga dela na mesa. Ela falou:

— Me desculpa.

— Você nunca, nunca vai precisar me pedir desculpa. — Ele segurou a mão dela nos lábios, dando um beijo rápido antes de soltar. — Agora, o que estamos tentando conseguir aqui? Não gostaria que desse errado para você.

Callie olhou o pentobarbital. O rótulo identificava como Euthasol, e eles usavam, como o nome deixava implícito, para eutanásia. Dr. Jerry achava que entendia o motivo dela para tirar do armário, mas estava errado.

Ela disse:

— Eu me deparei com um dogue alemão muito perigoso.

Ele coçou o queixo, considerando as implicações.

— Que incomum. Eu diria que a culpa é totalmente do dono. Dogues alemães em geral são companheiros muito amigáveis e compassivos. São chamados de gigantes gentis por um motivo.

— Não tem nada de gentil nesse — disse Callie. — Ele está machucando mulheres. Estuprando, torturando. E está ameaçando machucar pessoas de quem eu gosto. Como minha irmã. E minha … a filha da minha irmã. Maddy. Ela só tem dezesseis anos. Tem a vida inteira pela frente.

Dr. Jerry entendia, agora. Ele pegou o frasco.

— Quanto esse animal pesa?

— Cerca de oitenta quilos.

Ele estudou o frasco.

— Freddy, o dogue alemão magnífico que bateu o recorde de maior cachorro, tinha 88 quilos.

— É um cachorro bem grande.

Ele ficou em silêncio. Ela via que ele estava fazendo os cálculos mentalmente. Ele finalmente decidiu:

— Eu diria que, para garantir, você precisa de pelo menos vinte mililitros.

Callie soltou o ar por entre os lábios.

— É uma seringa grande.

— É um cachorro grande.

Callie considerou sua próxima pergunta. Normalmente, eles passavam um acesso intravenoso e sedavam o animal antes de sacrificá-lo.

— Como você administraria?

— Na jugular seria bom. — Ele pensou um pouco mais. — Intracardíaca seria a rota mais rápida. Diretamente no coração. Você já fez isso antes, certo?

Ela tinha feito na clínica, mas, antes de naloxona ser tão comumente disponível, também tinha feito nas ruas.

Callie perguntou:

— O que mais?

— O coração fica num eixo dentro do corpo, então, o átrio esquerdo seria o mais posterior, portanto, mais fácil de acessar, correto?

Callie precisou de um momento para visualizar a anatomia.

— Correto.

— O efeito sedativo deve acontecer em segundos, mas seria necessária a dose toda para levar a criatura para a próxima vida. E, claro, os músculos ficariam tensos. Você vai ouvir respiração agônica. — Ele sorriu, mas havia uma tristeza em seus olhos. — Se não se importa que eu diga, me parece que seria muito perigoso alguém com sua estatura mignon assumir essa tarefa.

— Dr. Jerry — disse Callie. — Não sabe que eu vivo para o perigo?

Ele sorriu, mas a tristeza continuava lá.

— Sinto muito — falou ela. — O que aconteceu com seu filho, você precisa saber que ele sempre te amou. Ele queria parar. Parte dele, pelo menos. Ele queria uma vida normal em que você pudesse ter orgulho dele.

— Sou mais grato pelas suas palavras do que consigo expressar — respondeu dr. Jerry. — Quanto a você, minha amiga, foi uma presença maravilhosa em minha vida. Não há nada em nosso relacionamento que em qualquer momento não tenha me trazido alegria. Lembre-se disso, está bem?

— Prometo — disse ela. — E o mesmo vale para você.

— Ah. — Ele deu um tapinha do lado da testa. — Isso é algo que nunca vou esquecer.

Depois disso, não havia nada para ele fazer a não ser ir embora.

Callie achou Miauma Cass aconchegada no sofá da sala do dr. Jerry. A gata estava sonolenta demais para protestar contra o insulto de ser colocada dentro de uma caixa de transporte. Permitiu até que Callie se abaixasse e beijasse sua barriga redonda. As mamadeiras tinham valido a pena. Cass estava mais forte. Ela ia sobreviver.

Dr. Jerry expressou alguma surpresa de achar sua caminhonete estacionada nos fundos do prédio, mas Callie admirava sua capacidade de adaptar-se a situações novas. Ela o ajudou a colocar o cinto ao redor da caixa de transporte, depois nele mesmo. Nenhum dos dois disse nada quando ele ligou o motor. Ela colocou a mão no rosto dele. E, então, abaixou-se e beijou a bochecha desmazelada dele antes de deixá-lo ir embora. A caminhonete rolou devagar pelo beco. O pisca-alerta do lado esquerdo começou a piscar.

— Merda — murmurou Callie, chamando a atenção dele. Ela o viu acenar de volta. O pisca-alerta esquerdo desligou. O pisca-alerta direito ligou.

Quando ele desapareceu na esquina, ela entrou de volta. Checou duas vezes a porta para garantir que estava trancada. Os viciados de merda iam invadir a clínica no minuto em que eles baixassem a guarda.

As seringas de vinte mililitros ficavam no canil. Raramente eram usadas. Segurando uma na mão, Callie só conseguia pensar que era bem maior do que ela havia pensado. Ela levou consigo para a sala de descanso. Tirou a tampa da agulha. Puxou a dose de pentobarbital do frasco. O êmbolo saiu quase inteiro. Quando ela colocou a tampa de volta, a seringa, de ponta a ponta, era provavelmente do tamanho de um livro brochura.

Callie guardou a seringa cheia no bolso da jaqueta. Coube apertado nos cantos.

Ela colocou a mão no outro bolso. Seus dedos roçaram a faca.

Cabo de madeira rachado. Lâmina ondulada. Callie tinha usado para cortar o cachorro-quente de Trevor em pedacinhos, porque, senão, ele tentava enfiar a coisa inteira na boca e começava a engasgar.

Onde estava Andrew agora?

O carro de Sidney estava estacionado lá fora como uma placa de boas--vindas numa parada na estrada. Callie tinha roubado a faca favorita dele. Tinha garantido que sua esposa não conseguisse fazer xixi direito pelas próximas seis semanas. Tinha achado o videocassete e a fita atrás do rack no armário de eletrônicos. Tinha talhado seus sofás de couro branco e arranhado linhas longas e iradas nas paredes impecáveis.

O que ele estava esperando?

Callie sentiu as pálpebras pesadas. Era quase meia-noite. Ela estava exausta daquele dia, e o dia seguinte não ia ser mais fácil. De alguma forma, contar a verdade ao dr. Jerry tinha feito seu corpo aceitar o fato duro de que seus caminhos perversos estavam finalmente acabando com ela. Tudo doía. Tudo parecia errado.

Ela olhou para o kit de drogas. Podia se injetar agora, tentar perseguir a onda de novo, mas tinha a sensação de que Andrew ia aparecer no momento em que ela pegasse no sono. A seringa gigante no bolso dela não era para o médico legista encontrar. Era para derrubar Andrew de modo que Maddy ficasse segura e Leigh pudesse seguir sua vida.

A ideia não era nem um plano, mas, mesmo assim, era tão tolo quanto perigoso. Dr. Jerry tinha razão. Callie era pequena demais e Andrew, grande demais, e não havia como ela surpreendê-lo de novo porque, desta vez, ele estaria esperando que ela surtasse.

Ela podia ter passado os próximos cinco minutos ou horas tentando descobrir uma forma melhor, uma forma mais dissimulada, mas Callie nunca fora conhecida por olhar muito à frente, e os pinos e roldanas de seu pescoço tornavam impossível que ela olhasse para trás. A única coisa a seu favor era uma determinação de fazer aquilo acabar. Talvez não acabasse bem, mas, pelo menos, ia acabar.

SEXTA-FEIRA

19

O RELÓGIO ACABAVA DE PASSAR da meia-noite quando Leigh se viu apertando os olhos pelas barras de segurança que cobriam as janelas da frente da sala de espera escura de dr. Jerry. Ela tinha suposto que o velho estivesse morto, mas as fotos de vigilância de Callie tiradas por Reggie haviam provado o contrário. A página de Facebook da clínica mostrava fotos recentes de animais que eles haviam tratado. Nos nomes, Leigh tinha reconhecido a obra de Callie. Cleógata. Mimissolini. Miauma Cass. Binx, que aparentemente era o nome do Filho da Puta ou Futa, abreviado.

Só Callie para lembrar do gato de *Hocus Pocus*, um filme que elas tinham visto tantas vezes que Phil começara a recitar algumas das falas. Leigh teria rido se não estivesse tão frenética para achar a irmã. O fato de Leigh não ter falado com Callie em dois dias em geral era um alívio. Agora, só passavam os piores cenários pela mente dela — uma briga com Andrew, uma dose fatal de droga, uma ligação do pronto-socorro, um policial na porta.

Walter perguntou:

— Tem certeza de que ela está aqui?

— Acabamos de passar pelo dr. Jerry no fim da rua. Ela tem que estar aqui. — Leigh bateu no vidro com os dedos. Estava preocupada com o BMW conversível prateada ocupando duas vagas na frente do prédio. Não estavam apenas na periferia, estavam no condado de Fulton. A placa do carro era de DeKalb, onde Andrew morava.

— Meu amor, está tarde. — Walter apertou a mão na lombar dela. — Vamos encontrar o advogado em sete horas. Talvez a gente não ache Callie antes disso.

Leigh queria sacudi-lo, porque ele não entendia.

— Temos que encontrá-la agora, Walter. No minuto em que Andrew não conseguir entrar em contato com Reggie, ele vai saber que tem algo errado.

— Mas não vai saber de verdade.

— Ele é um predador. Age por instinto — disse Leigh. — Pense bem. Reggie some, depois Andrew descobre que o *voir dire* foi adiado e ninguém sabe onde eu estou. Aposto que ou ele vai postar todos os vídeos on-line, ou vai mostrar o vídeo original do assassinato aos policiais, ou... O que quer que ele faça, não posso deixar Callie estar aqui para sofrer as consequências. Precisamos tirá-la da cidade o mais rápido possível.

— Ela não vai sair da cidade — respondeu Walter. — Você sabe disso. A casa dela é aqui.

Leigh não ia dar uma escolha à irmã. Callie precisava desaparecer. Não havia discussão. Ela bateu mais forte no vidro.

Walter falou:

— Leigh.

Ela o ignorou, caminhando mais à frente, colocando as mãos em concha ao redor dos olhos para tentar ver a sala de espera escura. Estava com o coração na garganta. Sua reação de luta ou fuga estava girando como uma roda gigante. Leigh só conseguia lidar com sua vida em projeções de cinco minutos, depois tudo virava uma bola de neve e ela se confrontava com o fato de que sua vida como ela a conhecia estava prestes a acabar.

Ela estava freneticamente tentando proteger a irmã da avalanche iminente.

— Leigh — Walter tentou de novo e, se ela não estivesse tão preocupada com o marido, teria gritado para ele parar de falar a porra do nome dela.

Os dois estavam exaustos e traumatizados pelo que haviam feito com Reggie. Dirigir sem rumo a maior parte da noite não tinha diminuído a ansiedade deles. Haviam passado pela casa de Phil, batido em portas no motel barato de Callie, acordado recepcionistas em outros motéis próximos, passado por antros de drogas, ligado para a recepção da delegacia, falado com enfermeiras em cinco prontos-socorros diferentes. Era como antigamente, e ainda era horrível e emocionalmente exaustivo, e eles ainda não tinham achado a irmã dela.

Leigh não ia desistir. Ela devia a Callie alertá-la sobre as fitas.

Ela devia a Callie, finalmente, contar a verdade.

— Lá. — Walter apontou pelas barras de segurança assim que as luzes se acenderam na sala de espera. Callie estava usando jeans e uma jaqueta de cetim amarelo que Leigh reconheceu do ensino fundamental. Apesar do calor, ela tinha fechado o zíper até o pescoço.

— Cal! — Leigh chamou pelo vidro.

O tom dela não colocou nenhuma urgência nos passos de Callie, que lentamente atravessou a sala de espera. Walter tinha razão sobre ela estar bronzeada. A pele de Callie estava quase dourada. Mas o aspecto de doente ainda estava lá, a magreza dolorosa, os olhos afundados.

As luzes frias colocaram a deterioração de Callie completamente à mostra quando ela enfim chegou à porta. Seus movimentos eram ofegantes. Sua expressão, vazia. Ela estava respirando pela boca. Apesar de tudo, Callie sempre parecia feliz de ver Leigh, mesmo quando era por cima de uma mesa de metal na detenção do condado. Agora, ela parecia cansada. Seus olhos percorreram o estacionamento quando ela colocou uma chave na fechadura.

A porta de vidro se abriu. Outra chave abriu o portão de segurança. De perto, Leigh conseguia ver a maquiagem desbotada no rosto da irmã. Delineador borrado. Sombra manchada. Os lábios de Callie estavam marcados com um cor-de-rosa escuro. Havia décadas que Leigh não via a irmã com nada além de bigodes de gato desenhados em linhas retas nas bochechas.

Callie falou primeiro com Walter:

— Há quanto tempo, amigo.

Walter respondeu:

— Bom te ver, amiga.

Leigh não conseguia suportar a brincadeira de Tico e Teco deles agora. Ela perguntou a Callie:

— Você está bem?

Callie deu uma resposta típica de Callie:

— Alguém por acaso está bem?

Leigh assentiu na direção do BMW.

— Esse carro é de quem?

— Ficou estacionado aí a noite toda — disse Callie, o que, tecnicamente, não era uma resposta.

Leigh abriu a boca para exigir mais detalhes, mas, aí, percebeu que não adiantava. O carro não importava. Ela tinha vindo falar com a irmã. Tinha ensaiado seu discurso durante a noite longa e interminável. A única coisa que precisava de Callie era tempo, um dos pouquíssimos recursos que Callie sempre tinha em abundância.

— Vou deixar vocês conversarem — disse Walter, como se entendendo uma indireta. — É bom te ver, Callie.

Callie devolveu uma saudação.

— Não suma.

Leigh não esperou um convite. Ela entrou no prédio, fechou o portão. O lobby não tinha mudado em décadas. Até o cheiro era familiar — cachorro molhado com um toque de alvejante, porque Callie não se importava de ficar de quatro para esfregar o chão se isso significasse que dr. Jerry não precisaria fazer isso.

— Harleigh — disse Callie. — O que está havendo? Por que você está aqui?

Leigh não respondeu. Ela virou-se para olhar Walter. A sombra dele não se movia no banco de passageiro do Audi dela. Estava olhando para as mãos. Ela o vira flexionar os dedos por quase uma hora inteira antes de obrigá-lo a parar. E, aí, ele tinha cutucado as feridas abertas nos nós dos dedos até o sangue escorrer pelas mãos até o banco. Era como se ele quisesse um lembrete permanente da violência que havia causado a Reggie Paltz. Leigh ficava tentando fazê-lo falar sobre o assunto, mas Walter se recusava. Pela primeira vez no casamento deles, ela não conseguia lê-lo. Outra vida que ela havia destruído.

Leigh desviou o olhar dele, dizendo a Callie:

— Vamos lá no fundo.

Callie não perguntou por que não podiam se sentar nas cadeiras da sala de espera. Em vez disso, ela levou Leigh pelo corredor até a sala de dr. Jerry. Como nos outros espaços, nada havia mudado. A luminária engraçada com um chihuahua gorducho na base. As aquarelas desbotadas na parede mostrando animais usando roupas de época. Até o velho sofá xadrez verde e branco era o mesmo. A única diferença era Callie. Ela parecia desmazelada. Era como se a vida finalmente a tivesse alcançado. Leigh sabia que ia piorar tudo.

— Está bem. — Callie se apoiou na mesa. — Pode me contar.

Para variar, Leigh não censurou os pensamentos que passavam por sua cabeça.

— Walter e eu sequestramos o detetive de Andrew, Reggie Paltz.

— Puxa — foi tudo o que Callie ofereceu.

— Ele tinha um plano B — continuou Leigh. — Mas ainda vou me entregar, e sinto que devo a você te contar antes, porque você também está naquelas fitas.

Callie colocou as mãos nos bolsos da jaqueta.

— Tenho perguntas.

— Não importa. Eu já decidi. É o que eu preciso fazer para manter Maddy segura. Para manter outras pessoas seguras, porque não sei o que mais ele vai fazer. — Leigh precisou parar para engolir o pânico borbulhando em sua garganta. — Eu devia ter feito isso no segundo em que Andrew e Linda apareceram no escritório de Bradley. Devia ter confessado a todos e, aí, Ruby ainda estaria viva, e Maddy não estaria foragida e…

— Harleigh, segura sua onda — disse Callie. — Da última vez que falamos, eu estava tendo um ataque de pânico num sótão, e agora você está me dizendo que existe um plano B e você vai se entregar e alguém chamada Ruby morreu e aconteceu alguma coisa com Maddy?

Leigh percebeu que era pior do que a filha tentando apressar uma história.

— Desculpa. Maddy está bem. Está segura. Walter acabou de falar com ela ao telefone.

— Por que Walter falou com ela? Por que não você?

— Porque… — Leigh tentou organizar seus pensamentos. A decisão de se entregar havia trazido certo nível de paz. Mas, agora que ela estava na frente da irmã, agora que finalmente havia chegado o momento de contar tudo a Callie, Leigh não parava de achar motivos para não fazer isso. Ela explicou: — Ruby Heyer é… era… uma amiga do grupo de mães. Ela foi assassinada na quarta à noite. Não sei se o próprio Andrew a matou ou mandou outra pessoa fazer isso, mas sei com certeza que ele está envolvido.

Callie não reagiu à informação. Em vez disso, perguntou:

— E o plano B?

— Reggie tinha dois servidores em seu escritório. Andrew pediu que ele guardasse backups das fitas de vídeo de Buddy como plano B. Se algo acontecesse com Andrew, Reggie devia soltá-las. Walter e eu roubamos os servidores. O notebook dele tinha a chave de criptografia para abri-los. Achamos catorze arquivos de vídeo, além do vídeo do assassinato.

Toda a cor foi drenada do rosto de Callie. Era o pesadelo dela se tornando realidade.

— Você assistiu? O Walter…

— Não — mentiu Leigh. Ela tinha feito Walter sair da sala porque precisava saber com o que estavam lidando. Os relances breves dos vídeos de Callie foram suficientes para deixá-la fisicamente doente. — Os nomes dos arquivos nos deram o que precisávamos: seu nome, depois um número, de um a catorze. O vídeo do assassinato tinha seu nome e o meu. Foi fácil decifrar. Não precisamos assistir para saber.

Callie mordeu o lábio. Estava tão ilegível quanto Walter.

— O que mais?

— Andrew contratou Reggie para seguir você — falou Leigh. — Ele te seguiu no ônibus até a biblioteca, na casa de Phil, aqui. Eu vi os diários dele, as fotos. Ele sabia tudo que você estava fazendo e contou a Andrew.

Callie não pareceu surpresa, mas uma gota de suor rolou pela lateral do rosto dela. A sala estava quente demais para a jaqueta fechada até o pescoço.

Leigh perguntou:

— Você andou chorando?

Callie não respondeu.

— Tem certeza de que Maddy está segura?

— A mãe de Walter a levou para viajar. Ela está confusa, mas...

Leigh engoliu em seco. Estava perdendo a coragem. Callie não estava bem. Era um péssimo momento. Leigh devia esperar, mas esperar só piorava tudo. A passagem do tempo tinha transformado o segredo dela em mentira, e a mentira em traição. Ela disse:

— Cal, nada disso importa. Andrew ainda tem as fitas de vídeo originais. Mas não tem a ver só com as fitas. Enquanto ele estiver livre, você, eu, Walter, Maddy... nenhum de nós está a salvo. Andrew sabe onde estamos. E vai continuar machucando, possivelmente matando, mais mulheres. A única forma de impedi-lo é eu me entregar. Quando eu estiver presa, vou entregar as provas ao Estado e levá-lo comigo.

Callie esperou um momento antes de falar.

— Esse é seu plano, se sacrificar?

— Não é um sacrifício, Callie. Eu assassinei Buddy. Infringi a lei.

— *Nós* assassinamos Buddy. *Nós* infringimos a lei.

— Não tem *nós*, Cal. Você se defendeu. Eu o matei. — Leigh tinha assistido ao vídeo do assassinato do começo ao fim. Ela tinha visto Callie atacar Buddy por medo. Tinha visto a si mesma deliberadamente assassinando o homem. — Tem mais uma coisa. Uma coisa que eu nunca te contei. Quero que você escute de mim, porque vai ser divulgado durante o julgamento.

Callie passou a língua pelos dentes. Ela sempre sabia quando Leigh ia contar algo que ela não queria ouvir. Normalmente, achava um jeito de confundir Leigh, e agora não foi diferente.

— Eu segui a Sidney no AA, depois dei um monte de drogas pra ela, e a gente foi pra casa do Andrew, a gente fodeu, e teve uma briga, mas eu dei uma joelhada bem forte no meio das pernas dela e acho que as fitas originais estão dentro do cofre do closet dele.

Leigh sentiu o estômago pesar com uma pedra.

— Você fez o quê?

— E também roubei isto. — Callie puxou a faca do bolso da jaqueta. Leigh piscou, desacreditando no que estava bem à sua frente, embora fosse capaz de descrever a faca de memória: *cabo de madeira rachado. Lâmina ondulada. Dentes serrilhados e afiados.*

Callie enfiou a faca de volta no bolso.

— Falei pra Sidney dizer a Andrew me achar se quiser a faca de volta.

Leigh se jogou no sofá antes que suas pernas falhassem.

— Estava na gaveta da cozinha — disse Callie. — Sidney usou para cortar limões para as nossas margaritas.

Leigh sentiu como se estivesse absorvendo a história enviesada.

— Vocês foderam ou ela fodeu *com* você?

— Tecnicamente, os dois, acho. — Callie deu de ombros. — Sidney sabe das fitas, é o que estou querendo dizer. Ela não chegou a falar isso, mas deu a entender que as originais estão trancadas dentro do cofre no closet de Andrew. E ela sabe que a faca é importante. Que eu usava quando Andrew era pequeno.

Leigh balançou a cabeça, tentando entender o que tinha ouvido. Drogas, foda, briga, chute, cofre. No fim, nada era pior do que aquilo que ela permitira que acontecesse com Reggie Paltz.

— Meu Deus, a gente está mais parecida com Phil a cada dia.

Callie se sentou no sofá. Claramente, não tinha terminado de jogar bombas.

— O BMW lá fora é da Sidney.

Furto de automóvel.

Callie disse:

— Quando você bateu na porta, achei que seria Andrew. Ele não veio atrás de mim. Não sei por quê.

Leigh olhou para o teto. O cérebro dela não conseguia absorver tudo aquilo de uma vez.

— Você incapacitou a namorada dele. Eu sumi com o detetive dele. Ele deve estar furioso.

Callie perguntou:

— Walter está bem?

— Não, acho que não. — Leigh virou a cabeça para poder olhar para Callie. — Vou precisar contar tudo a Maddy.

— Você não pode contar sobre mim — insistiu Callie. — Não quero isso, Leigh. Eu sou o solo. Eu a cultivei para você e Walter. Ela nunca foi minha.

— Maddy vai ficar bem — disse Leigh, mas ela sabia no fundo que nenhum deles ia sair disso ileso. — Você devia ter visto ela quando começou o lockdown. Todos os meus amigos estavam reclamando dos filhos, mas Maddy foi tão boazinha, Cal. Ela tinha todo direito de dar um escândalo, ou fazer algo idiota, ou infernizar nossa vida. Eu perguntei a ela, e ela disse que se sentia mal pelas crianças que tinham menos privilégios.

Como sempre, Callie achou outra coisa em que focar. Seus olhos estavam grudados nas pinturas de época como se fossem a coisa mais importante na sala.

— O pai dela era um cara legal. Acho que você teria gostado dele.

Leigh não disse nada. Callie nunca tinha mencionado o pai biológico de Maddy, e nem Walter nem Leigh jamais haviam tido coragem de perguntar.

— Ele tirou um pouco da minha solidão. Nunca gritou nem levantou a mão para mim. Nunca tentou me forçar a fazer merda para a gente poder comprar droga. — Callie não precisava falar a Leigh o que as mulheres em geral eram forçadas a fazer. — Ele era muito parecido com Walter, se Walter fosse um viciado em heroína com um mamilo só.

Leigh riu alto. E, aí, seus olhos se encheram de lágrimas.

— O nome dele era Larry. Nunca peguei o sobrenome dele, ou talvez tenha sabido e esquecido. — Callie soltou uma respiração longa e lenta. — Ele teve uma overdose no Dunkin' Donuts perto da Ponce de Leon. Você provavelmente vai conseguir achar o relatório policial se quiser o nome dele. Estávamos injetando juntos no banheiro. Eu estava chapada, mas consegui ouvir a polícia chegando, então, só larguei ele lá porque não queria ser presa.

— Ele gostava de você — falou Leigh, porque sabia o quanto era impossível alguém *não* gostar de sua irmã. — Não ia querer que você fosse presa.

Callie assentiu, mas disse:

— Acho que ele ia querer que eu ficasse o suficiente para fazer os primeiros socorros para ele não morrer.

Leigh manteve a cabeça virada para poder estudar os traços marcados da irmã. Callie sempre fora bonita. Ela não tinha nada da aparência fechada e megera que era a maldição de Leigh. A única coisa que a irmã já desejara era gentileza. Ela ter encontrado tão pouco não era culpa de Callie.

— Está bem — falou Callie, por fim. — Pode contar.

Leigh não ia preparar aquilo lentamente, porque não tinha forma de suavizar a verdade dura.

— Buddy tentou comigo primeiro. — Callie ficou tensa, mas não disse nada. Leigh continuou: — Na minha primeira noite de babá de Andrew, Buddy me levou para casa de carro. Ele *me obrigou* a deixar que ele me levasse para casa. E, aí, parou na frente da casa dos Deguil e me molestou.

Callie ainda não respondeu, mas Leigh a viu começar a esfregar o braço como sempre fazia quanto estava chateada.

— Só aconteceu uma vez — disse Leigh. — Quando ele tentou de novo, falei que não, e acabou. Ele nunca mais tentou nada.

Callie fechou os olhos. As lágrimas caíram pelos cantos. A coisa que Leigh mais queria era abraçá-la, acalmá-la, fazer tudo ficar bem, mas era ela a causa da dor da irmã. Ela não tinha direito de machucá-la e depois oferecer consolo.

Leigh se forçou a continuar.

— Depois, eu esqueci. Não sei como nem por quê, mas só saiu da minha mente. E eu não te alertei. Eu disse para você ir trabalhar para ele. Eu coloquei você no caminho dele.

Callie sugou o lábio inferior. Ela agora estava chorando, grandes lágrimas de lamento rolando pelo rosto.

Leigh sentiu seu coração se partindo em pedacinhos.

— Eu podia dizer que sinto muito, mas o que isso quer dizer?

Callie não disse nada.

— Como faz sentido eu ter esquecido, ter deixado você trabalhar para eles, ter ignorado tudo quando você começou a mudar? Porque eu notei, sim, que você tinha mudado, Callie. Vi acontecer e nunca juntei as peças. — Leigh precisou parar para respirar. — Só lembrei os detalhes quando contei ontem a Walter. Veio tudo de uma vez. Os charutos e o uísque barato e a música tocando no rádio. Estava lá o tempo todo, mas acho que eu enterrei.

Callie soltou uma respiração cortada. Sua cabeça começou a tremer num arco tenso e constrito na coluna congelada.

Leigh falou:

— Cal, por favor. Me conta o que você está pensando. Se está brava, ou me odeia, ou nunca mais quer…

— Que música estava tocando?

Leigh foi pega de surpresa pela pergunta. Ela estava esperando recriminações, não curiosidades.

Callie mudou o peso do corpo no sofá para poder olhar para Leigh.

— Que música estava no rádio?

— Hall & Oates — respondeu Leigh. — "Kiss on My List."

— Hum — disse Callie, como se Leigh tivesse feito uma colocação interessante.

— Sinto muito — disse Leigh, sabendo que o pedido de desculpa não significava nada, mas sem conseguir se impedir. — Sinto muito por ter deixado isso acontecer com você.

— Você deixou? — perguntou Callie.

Leigh engoliu. Ela não tinha resposta.

— Eu esqueci também. — Callie esperou um momento, como se quisesse dar espaço para as palavras respirarem. — Não esqueci tudo, mas a maior parte. As partes ruins, pelo menos. Eu me esqueci delas também.

Leigh ainda estava sem palavras. Todos esses anos, ela tinha achado que a heroína era porque Callie lembrava de tudo.

— Ele era um pedófilo. — Callie estava falando baixinho, ainda testando o peso de suas palavras. — Nós éramos crianças. Éramos maleáveis. Era isto que ele queria: uma criança que ele pudesse explorar. Não importava qual de nós ele ia pegar primeiro. O que importava para ele era qual de nós ele conseguia fazer voltar para mais.

Leigh engoliu com tanta força que sua garganta doeu. Sua mente lógica lhe dizia que Callie tinha razão. Seu coração ainda lhe dizia que ela não tinha conseguido proteger sua irmãzinha mais nova.

— Com quem mais será que ele fez? — perguntou Callie. — Você sabe que não fomos as únicas.

Leigh ficou chocada. Nunca tinha considerado que havia outras vítimas, mas é claro que havia outras vítimas.

— Eu não… eu não sei.

— Talvez Minnie sei lá das quantas? — disse Callie. — Ela foi babá de Andrew quando você estava no reformatório. Lembra?

Leigh não lembrava, mas se recordava da exasperação de Linda com o número de babás anteriores que haviam abandonado seu filho aparentemente sem motivo.

— Ele te convencia de que você era especial. — Callie limpou o nariz na manga. — Era isso que Buddy fazia. Ele fazia parecer que você era a única. Que ele era um cara normal até você aparecer e, agora, estava apaixonado porque você era especial.

Leigh apertou os lábios. Buddy não a tinha feito se sentir especial. Tinha-a feito sentir-se suja e envergonhada.

— Eu devia ter te avisado.

— Não. — O tom de Callie era mais firme do que nunca. — Me escuta, Harleigh. O que aconteceu é o que aconteceu. Nós duas fomos vítimas dele. Nós duas esquecemos como tinha sido ruim porque era o único jeito de conseguir sobreviver.

— Não foi… — Leigh parou, porque não havia contra-argumento. As duas eram crianças. As duas tinham sido vítimas. Ela só podia voltar para onde havia começado. — Me desculpa.

— Você não pode pedir desculpas por algo que não podia controlar. Não entende isso?

Leigh balançou a cabeça, mas parte dela queria desesperadamente acreditar que o que Callie estava dizendo era verdade.

— Quero que você me ouça — disse Callie. — Se essa é a culpa que você carregou por toda a sua vida adulta, abandone isso, porque não pertence a você. Pertence a ele.

Leigh estava tão acostumada a chorar que não notou suas próprias lágrimas.

— Sinto tanto.

— Pelo quê? — exigiu Callie. — Não é culpa sua. Nunca foi culpa sua.

A mudança do mantra familiar dela quebrou algo dentro de Leigh. Ela colocou a cabeça nas mãos. Começou a soluçar tanto que não conseguia ficar ereta.

Callie passou os braços ao redor de Leigh, tirando um pouco do peso. Seus lábios pressionaram o topo da cabeça da irmã. Callie nunca a abraçara antes. Em geral, era o contrário. Em geral, era Leigh que dava o conforto, porque Walter tinha razão. Desde o início, Phil nunca tinha sido mãe delas. Eram só Leigh e Callie, na época, e eram só Leigh e Callie agora.

— Está tudo bem — disse Callie, beijando o topo da cabeça dela da mesma forma que fazia com seu gato. — A gente vai passar por isso, tá?

Leigh se sentou ereta de novo. Seu nariz estava escorrendo. Seus olhos queimavam de lágrimas.

Callie se levantou do sofá. Achou um pacote de lenços na mesa de dr. Jerry. Ela própria pegou alguns, depois passou o resto a Leigh.

— E agora?

Leigh assoou o nariz.

— Como assim?

— O plano — falou Callie. — Você sempre tem um plano.

— O plano é de Walter — disse Leigh. — Ele está cuidando de tudo.

Callie se sentou de novo.

— Walter sempre foi mais durão do que parece.

Leigh não tinha tanta certeza de que isso era bom. Ela achou um lenço novo e secou embaixo dos olhos.

— Vou fazer FaceTime com Maddy em algumas horas. Eu queria fazer isso pessoalmente, mas não podemos arriscar que Andrew nos siga de algum jeito até a localização de Maddy.

— Pelos satélites, você diz?

— Sim. — Leigh ficou surpresa de Callie saber mesmo esse pouco sobre dispositivos de rastreamento. — Walter já fez a mãe parar num posto de gasolina. Eles checaram embaixo do trailer para garantir que não houvesse rastreadores. Achei um no meu carro, mas me livrei dele.

Callie falou:

— Achei que Andrew ia usar o GPS do carro de Sidney para me achar.

— Você queria que ele te achasse?

— Eu te disse. Eu falei para Sidney falar para Andrew que eu estava com a faca, se ele quisesse de volta.

Leigh não a pressionou sobre a missão suicida. A característica queimar-o-filho-da-puta era um gene dominante na família delas.

— Marcamos uma reunião com meu advogado às sete. É um amigo de Walter. Já falei com ele por telefone. Ele é agressivo, que é o que eu preciso.

— Ele consegue te livrar disso?

— Não tem como me livrar disso — explicou Leigh. — A gente vai se encontrar com o promotor amanhã ao meio-dia. Vamos fazer um acordo que, às vezes, chamam de "rainha por um dia". Vou poder contar a verdade, mas nada que eu disser poderá ser usado contra mim. Com sorte, posso fornecer provas contra Andrew para ele ser preso.

— Você não tem confidencialidade ou algo assim?

— Não importa. Eu nunca mais vou exercer a profissão. — Leigh sentiu o peso de suas palavras ameaçando fazê-la afundar. Ela se esforçou para ir em frente, dizendo: — Tecnicamente, posso quebrar a confidencialidade se achar que meu cliente está cometendo crimes ou se ele se tornar uma ameaça a outras pessoas. Andrew definitivamente cumpre os dois critérios.

— O que vai acontecer com você?

— Vou ser presa — disse Leigh, porque até o advogado agressivo tinha concordado que não tinha como evitar cumprir pena. — Se eu tiver sorte, vão ser de cinco a sete anos, o que quer dizer quatro com bom comportamento.

— Parece duro.

— É o vídeo, Cal. Andrew vai divulgar. Não tenho como impedir. — Leigh limpou o nariz. — Quando sair, quando as pessoas souberem o que eu fiz, vai virar uma questão política. Vão esperar que o promotor faça pressão total.

— Mas e o que aconteceu? — perguntou Callie. — O que Buddy fez comigo. O que ele fez com você. Não importa?

— Quem sabe? — falou Leigh, mas ela já tinha estado em tribunais o bastante para entender que promotores e juízes ligavam mais para ótica do que para justiça. — Vou me preparar para o pior e, se o pior não acontecer, tenho mais sorte que a maioria.

— Eles vão te soltar com condicional?

— Não consigo responder a isso, Callie. — Leigh precisava que a irmã visse o quadro mais amplo. — Não é só o vídeo do assassinato que vai sair. São os catorze vídeos que Buddy fez de vocês dois juntos.

A reação de Callie não foi o que ela esperava.

— Você acha que Sidney está junto?

Leigh sentiu uma lâmpada gigante se ligando dentro de sua cabeça, porque Sidney estar junto fazia muito sentido.

Andrew tinha um álibi bem documentado para o assassinato de Ruby Heyer. Se acreditássemos nos diários de vigilância de Reggie, ele estava estacionado na frente da casa de Phil na noite do ataque. Sobrava uma pessoa capaz de cometer o crime. Andrew tinha deixado a pista à vista de todos. Não havia fotos de Sidney no casamento no telefone dele. Ele tinha indicado que ela só chegara na hora de ir para o altar. Ela tivera tempo o bastante para assassinar Ruby Heyer, depois colocar o vestido de casamento e estar pronta para a cerimônia às oito.

Leigh disse a Callie:

— Ruby abandonou o marido por outro homem. Estava hospedada num hotel. Reggie admitiu para mim que contou a localização para Andrew. As fotos de casamento de Andrew dão a ele um álibi sólido, então, sobra Sidney.

— Tem certeza?

— Tenho certeza — confirmou Leigh. — A forma como Ruby foi morta... Andrew teria que ter contado os detalhes a Sidney. Não tinha outro jeito de ela saber o que fazer. Como fazer. E era claro que Sidney gostou.

— Ela gostou bastante de me foder. Dos dois jeitos, para ser sincera — falou Callie. — O que significa que não estamos lidando só com um psicopata. Estamos lidando com dois.

Leigh assentiu, mas nada disso mudava o que precisava acontecer agora.

— Tenho dez mil dólares no carro. Walter e eu queremos que você saia da cidade. Você não pode estar aqui quando acontecer. Estou falando sério. Vamos te levar de volta para a casa de Phil. Você pode pegar Binx. A gente vai te levar até a rodoviária. Não posso fazer isso se souber que você não está segura.

Callie perguntou:

— Ele pode ficar com Maddy, em vez disso?

— Claro. Ela vai amar. — Leigh tentou não interpretar demais o pedido. O que ela mais queria era que a irmã conhecesse sua filha. — Walter vai levá-lo para casa hoje, tá? Ele estará esperando por Maddy quando ela voltar.

Callie mordeu o lábio.

— Você precisa saber que ele deixa todo o dinheiro dele em bitcoin.

— Para não pagar impostos, né?

Callie sorriu.

Leigh sorriu de volta.

Ela ofereceu:

— Eu sempre posso te mandar de volta à reabilitação.

— Eu disse não, não, não.

Leigh riu da imitação de Amy Winehouse. Ela precisaria contar a Walter que Callie tinha feito uma referência de cultura pop de depois de 2003.

Callie disse:

— Então, acho que é bom a gente ir.

Leigh se levantou. Ela pegou a mão de Callie para ajudá-la a se levantar do sofá. A irmã não soltou enquanto saíam da sala. Os ombros das duas se bateram no corredor estreito. Callie continuou não soltando quando chegaram à sala de espera. Elas andavam assim para a escola. Mesmo quando ficaram mais velhas e parecia estranho, Callie sempre segurava forte na mão de Leigh.

— O BMW ainda está aqui. — Callie parecia decepcionada de achar o carro estacionado lá fora.

— Andrew é obcecado por controle — falou Leigh. — Ele está fazendo a gente esperar porque sabe que isso vai nos enlouquecer.

— Então, tire o controle dele — disse Callie. — Vamos dirigir até a casa dele agora e pegar as fitas.

— Não — respondeu Leigh. Ela já tinha passado por esse caminho com Walter. — Não somos criminosas. Não sabemos invadir casas e ameaçar pessoas e arrombar cofres.

— Fale por si. — Callie empurrou a porta.

Leigh sentiu seu coração dar uma cambalhota.

Walter não estava dentro do Audi.

Ela olhou para a esquerda, depois para a direita.

Callie estava fazendo o mesmo. Ela chamou:

— Walter?

As duas escutaram em silêncio.

Desta vez, Leigh não esperou por uma resposta. Saiu andando. Seus saltos bateram no concreto rachado enquanto ela passava pela barbearia. Ela virou a esquina. Mesa de piquenique. Latas de cerveja vazias. Os fundos do prédio mostraram mais do mesmo. Ela saiu andando de novo, fazendo uma volta completa até a frente. Só parou quando viu Callie apoiada na porta aberta do Audi.

Callie se endireitou. Estava segurando um pedaço de papel rasgado na mão.

— Não… — sussurrou Leigh, seus pés se movendo de novo, braços sacudindo, enquanto ela corria na direção do carro. Ela arrancou o bilhete da mão de Callie. Seus olhos não focavam. Linhas azul-claro. Sangre vermelho-escuro vazando no canto. Uma frase escrita no meio.

A letra de Andrew não tinha mudado desde a época que ele rabiscava nos livros de Leigh. Na época, ele desenhava dinossauros e motocicletas com balões de pensamentos cheios de coisas sem sentido. Agora, tinha escrito uma ameaça que espelhava a que Callie passara por meio de Sidney.

Se quiser seu marido de volta, venha buscar.

20

Callie deu um passo para trás quando o vômito de Leigh se espalhou aos pés delas. A irmã estava dobrada, arrasada pelo terror. Um grito quase animal saiu da boca dela.

Callie olhou ao redor do estacionamento. O BMW ainda estava lá. A rua estava escura, sem carro nenhum. Andrew tinha vindo e ido.

— Meu Deus! — Leigh caiu de joelhos, com a cabeça nas mãos. — O que eu fiz?

O bilhete de Andrew tinha flutuado até o chão. Em vez de tentar confortar Leigh, Callie se abaixou para pegar. A letra desleixada dele era tão familiar para Callie quanto a sua própria.

— Callie! — Leigh estava lamentando, e então pressionou a cabeça contra o asfalto. Outro grito de dor saiu da boca dela. — O que eu vou fazer?

Callie sentia-se tão afastada da agonia de Leigh quanto da última vez que tinha visto a irmã dobrada pelo desespero. Estavam na suíte de Linda e Buddy. Leigh tinha ido salvar Callie e acabado arruinando a própria vida.

De novo.

A noite que tinham matado e esquartejado Buddy Waleski não era a primeira vez que Callie deixara a irmã de joelhos. Aquilo acontecia desde o início da infância. Callie tinha voltado para casa choramingando sobre a garota que a provocava no parquinho. Leigh tinha acabado no reformatório por quase escalpelar a menina com um pedaço de vidro quebrado.

A segunda estadia de Leigh no reformatório também era culpa de Callie. O chefe nojento de Leigh tinha dito algo sobre como dava para ver os mamilos duros de Callie pela camiseta. Naquela noite, Leigh foi presa por cortar os pneus dele.

Havia mais exemplos, grandes e pequenos, mas iam desde Leigh arriscando sua carreira por pagar um drogado para levar a culpa dos crimes de Callie até Leigh perdendo o marido para um psicopata que Callie provocara abertamente.

Ela olhou de novo longamente para o BMW de Sidney. Andrew não tinha levado o carro porque estava esperando pacientemente uma vantagem melhor. Era pura coincidência Walter estar à disposição, em vez de Maddy.

— Não! — Leigh soluçou. — Não posso perdê-lo. Não posso.

Callie amassou o bilhete numa bola dentro do punho. O joelho dela rangeu quando ela se ajoelhou ao lado da irmã. Ela apertou a palma contra as costas de Leigh. Deixou a agonia rolar solta porque não havia outra escolha. Após uma vida inteira só olhando o que estava diretamente à sua frente, Callie de repente se via abençoada com a habilidade de olhar para o futuro.

— O que a gente vai fazer? — gritou Leigh. — Ah, Deus, Callie. O que a gente vai fazer?

— O que devíamos ter feito antes. — Callie puxou os ombros de Leigh, fazendo com que ela se sentasse. Era assim que funcionava. Só uma delas podia desmoronar por vez. — Harleigh, você precisa se recompor. Deixa para surtar quando Walter estiver bem.

Leigh limpou a boca com o dorso do braço. Estava tremendo.

— Não posso perdê-lo, Callie. Não posso.

— Você não vai perder ninguém — garantiu Callie. — A gente vai agora mesmo até a casa de Andrew acabar com isso.

— Como assim? — Leigh começou a balançar a cabeça. — A gente não pode simplesmente…

— Me escuta. — Callie apertou as mãos nos ombros de Leigh. — Vamos para a casa de Andrew. Vamos fazer o que for preciso para trazer Walter de volta. Vamos achar um jeito de abrir aquele cofre. Vamos pegar as fitas e ir embora.

— Eu… — Leigh pareceu reganhar um pouco de sua firmeza. Quando o raio caía, ela sempre ficava na frente de Callie. — Não posso te envolver. Eu me recuso a fazer isso.

— Você não tem escolha. — Callie sabia como trazer de volta o pânico da irmã. — Andrew está com Walter. Quanto tempo até ele ir atrás de Maddy?

Leigh pareceu horrorizada.

— Ele… Eu não…

— Vem. — Callie a fez levantar. Desviou do vômito. — Podemos descobrir o que vamos fazer no caminho.

— Não. — Leigh estava lutando para se recompor. Ela agarrou a mão de Callie e a girou. — Você não pode ir comigo.

— Isto não é uma discussão.

— Não mesmo — disse Leigh. — Preciso fazer isso sozinha, Cal. Você sabe disso.

Callie mordeu o lábio. Era um testemunho do sofrimento de Leigh ela não estar enxergando direito a situação.

— Você não pode fazer isso sozinha. Ele vai ter uma arma ou...

— Eu tenho uma arma. — Leigh esticou o braço para dentro do carro. Achou a bolsa. Tirou a Glock que sacara para Trap e Diego na frente do motel. — Atiro nele se precisar.

Callie não tinha dúvidas de que ela faria isso.

— E eu vou ficar esperando aqui enquanto você arrisca sua vida?

— Pega o dinheiro. — Leigh colocou a mão dentro da bolsa, desta vez para pegar um envelope grosso de dinheiro. — Você precisa sair da cidade agora mesmo. Não posso consertar isso sem saber que você está segura.

— Como você vai consertar?

Leigh estava com um olhar de loucura. Ela ia consertar jogando mais gasolina no fogo.

— Preciso que você esteja a salvo.

— Eu também preciso que você esteja a salvo — argumentou Callie. — Não vou te deixar.

— Você tem razão. Você não vai me deixar. Eu vou deixar você. — Leigh colocou o dinheiro na mão de Callie. — Isso é entre mim e Andrew. Você não tem nada a ver com isso.

— Você não é criminosa — falou Callie, lembrando à irmã suas próprias palavras. — Você não sabe invadir casas e ameaçar pessoas e arrombar cofres.

— Vou descobrir. — Leigh parecia determinada. Não tinha como argumentar com ela quando ela ficava assim. — Me promete que você vai ficar bem para eu fazer o que devia ter feito há quatro dias.

— Se entregar? — Callie forçou uma risada. — Leigh, você acha mesmo que procurar a polícia agora vai impedir Andrew de fazer o que ele vai fazer?

— Só tem uma forma de impedi-lo — falou Leigh. — Vou matar aquele filho da puta doente da mesma forma que matei o pai dele.

Callie viu Leigh contornar o carro até o lado do motorista. Em todos os seus anos juntas, ela nunca tinha visto a irmã tão implacavelmente decidida a alguma coisa.

— Harleigh?

Leigh se virou. Sua boca estava tensa. Ela esperava uma discussão.

Callie falou:

— O que você me contou sobre Buddy. Não tem nada para perdoar. Mas, se você precisa ouvir, eu te perdoo.

Leigh engoliu em seco. Ela se puxou de volta da raiva ofuscante por só um segundo antes de entrar de volta nela.

— Preciso ir.

— Eu te amo — disse Callie. — Nunca houve um momento na minha vida em que eu não te amei.

As lágrimas de Leigh fluíram descontroladas. Ela tentou falar, mas, no fim, só conseguiu balançar a cabeça. Callie ouviu as palavras mesmo assim.

Eu também te amo.

A porta do carro se fechou. O motor rosnou ao ligar. Leigh saiu da vaga. Callie viu os faróis se acenderem enquanto ela desacelerava para fazer a curva. Seus olhos ficaram no carro chique da irmã até ele desaparecer no cruzamento vazio no fim da rua.

Callie podia ter ficado lá a noite toda como um cachorro esperando seu melhor amigo voltar, mas não tinha tempo. Usando o dedão, contou a pilha gorda de notas de cem no envelope ao voltar à clínica. Colocou o dinheiro no caixa do dr. Jerry. Pensou no que ia fazer em seguida. A seringa gigante e cheia ainda estava em seu bolso direito. Ela pegou seu kit de droga e colocou no esquerdo.

Achou as chaves de Sidney na mochila. Callie ia dar uma última volta com o BMW.

O pânico de Leigh a deixara vulnerável, como sempre acontecia. Callie tinha usado esse conhecimento para tirar a irmã do caminho. Andrew não tinha levado Walter para sua mansão elegante de assassino em série. Só havia um lugar em que isso ia terminar — o lugar em que tudo tinha começado.

A casa cor de mostarda na Canyon Road.

Callie estava suando com a jaqueta de cetim amarelo com o arco-íris, mas manteve fechada até o pescoço enquanto descia a rua. Phil já tinha saído acelerando com o BMW de Sidney. Era a segunda vez na vida que Callie dava à mãe um carro roubado para ela se livrar dele.

A primeira vez tinha sido quando ela entregou o Corvette de Buddy. Os pés de Callie mal alcançavam os pedais. Ela tinha precisado sentar tão perto do volante que ele machucava as costelas dela. Hall & Oates tocava suavemente pelos alto-falantes do carro quando ela freou com tudo na frente da casa de Phil. O CD *Voices* era o favorito de Buddy. Ele amava "You Make My Dreams" e "Everytime You Go Away" e, especialmente, "Kiss on My List", que cantava junto com um falsete engraçado.

Buddy tinha tocado a música para Callie na primeira vez que a levara para casa depois de ela cuidar de Andrew. Ela queria ir andando, mas ele insistira. Ela tinha recusado o rum com Coca que ele colocara na frente dela, mas ele insistira. E, aí, ele encostara na frente da casa dos Deguil, no meio do caminho entre a casa dele e a de Phil. E, aí, colocara a mão no joelho dela, e depois na coxa, e depois seus dedos estavam dentro dela.

Meu Deus sua pele é tão macia consigo sentir os pelinhos você parece um bebê.

De volta à clínica do dr. Jerry, a reação inicial de Callie à confissão de Leigh tinha sido ficar cega de ciúme. E, depois, ela se sentira triste. E, depois, se sentira incrivelmente idiota. Buddy não apenas tinha feito a mesma coisa com Leigh. Tinha feito *exatamente a mesma coisa* com Leigh.

Callie respirou fundo. Segurou firme a faca no bolso ao passar pela casa dos Deguil. A seringa cheia de vinte mililitros pressionou contra o dorso da mão dela. Ela tinha rasgado a parte de cima do bolso para garantir que coubesse direitinho no forro.

Seus olhos foram para o céu. A lua estava baixa. Ela não tinha ideia de que horas eram, mas estimava que Leigh já estivesse no meio do caminho para a casa de Andrew. Callie só podia esperar que o pânico da irmã ainda não houvesse passado. Leigh era impetuosa, mas tinha o mesmo instinto animal de Callie. Sua intuição ia lhe dizer que havia algo errado. No fim, o cérebro dela ia descobrir o que era.

Callie tinha aceitado com facilidade demais. Tinha colocado a ideia de ir à casa de Andrew na cabeça de Leigh. Leigh havia saído acelerando sem pensar e, agora que estava pensando, ia perceber que precisava dar meia-volta.

Esperar por essa eventualidade era um uso inútil do tempo de Callie. Leigh ia fazer o que Leigh ia fazer. Callie precisava agora focar em Andrew.

Sempre havia um momento num romance de crime em que o detetive dizia algo enérgico sobre como o assassino queria ser pego. Andrew Tenant não queria ser pego. Ele ficava deixando o jogo cada vez mais perigoso porque era viciado na adrenalina de assumir grandes riscos. Callie, Leigh e Walter lhe tinham feito um favor indo atrás de Sidney e sequestrando Reggie Paltz. Leigh acreditava que Andrew estava entrando em pânico por ter perdido o controle. Callie sabia que ele estava correndo atrás da onda do mesmo jeito que ela fazia com a heroína. Não tinha droga mais viciante do que aquelas que seu próprio corpo produzia.

Como com os opioides, havia uma ciência de fato que explicava o vício em adrenalina. Comportamentos de alto risco recompensavam o corpo enchendo o sistema com uma onda intensa de adrenalina. Receptores adrenérgicos, como os mus, seus primos do interior, amavam o estímulo excessivamente agressivo, o que caía no mesmo caminho do instinto de fuga ou luta. A maioria das pessoas odiava essa sensação perigosa e vulnerável, mas viciados em adrenalina viviam para isso. Não era coincidência a adrenalina também ser conhecida como epinefrina, um hormônio valorizado tanto por *body builders* quanto por usuários recreativos. Uma onda de adrenalina era capaz de fazer a pessoa se sentir bem. O coração disparava, os músculos ficavam mais fortes, o foco se estreitava, você não sentia dor e era capaz de correr mais que um coelho.

Como qualquer viciado, Andrew precisava de cada vez mais droga para ficar chapado. Era por isso que ele tinha estuprado uma mulher que podia reconhecer sua voz. Era por isso que a amiga mãe de Leigh tinha sido brutalmente assassinada. Era por isso também que Andrew tinha sequestrado Walter. Quanto maior o risco, maior a recompensa.

Callie deixou seus lábios se abrirem para poder respirar fundo. Ela via a lateral da casa amarelo-mostarda a dois metros. O quintal coberto de vegetação ainda estava com a placa de À VENDA PELO PROPRIETÁRIO na frente. Ao se aproximar, ela viu que os grafiteiros do bairro tinham aceitado o desafio. Um pênis ejaculando cobria o telefone, com pelos que pareciam bigodes saindo das bolsas.

Um Mercedes preto estava estacionado ao lado da caixa de correio. Placa de concessionária. Grupo Automotivo Tenant. Outro risco calculado da parte de Andrew. A casa ainda estava fechada com tábuas, então, os vizinhos iam supor que era um traficante estocando um de seus antros de droga. Ou uma viatura ia passar e se perguntar o que estava acontecendo.

Callie olhou dentro do carro em busca de Walter. Os bancos estavam vazios. O carro estava impecável exceto por uma garrada de água em um dos porta-copos. Ela colocou a mão no capô. O motor estava frio. Ela pensou em checar o porta-malas, mas as portas estavam fechadas.

Ela analisou a casa antes de se preparar para subir a entrada de carros. Nada parecia fora do lugar, mas tudo parecia errado. Quanto mais ela se aproximava da casa, mais o pânico ameaçava dominá-la. Suas pernas ficaram trêmulas quando ela passou por cima da mancha de olho onde Buddy costumava estacionar seu Corvette. A garagem estava escura, sombras por cima de sombras lá dentro. As botas Doc Martens de Callie trituraram o concreto. Ela olhou para baixo. Alguém tinha colocado o alarme antirroubo que se usava no gueto, espalhando cacos de vidro quebrado por toda a entrada da garagem.

— Pode parar aí — disse Sidney.

Callie não conseguia vê-la, mas imaginou que Sidney estivesse parada perto da porta da cozinha. Ela passou por cima do vidro. Depois, deu mais um passo.

Click-clack.

Callie reconheceu o som distinto de um ferrolho sendo puxado numa arma de nove milímetros.

Ela disse à mulher:

— Seria mais ameaçador se eu conseguisse ver a arma.

Sidney saiu das sombras. Ela segurava a arma como uma amadora, o dedo no gatilho, a arma virada de lado como se ela estivesse num filme de gângster.

— E agora, *Max*?

Callie quase tinha esquecido seu codinome, mas não tinha esquecido que Sidney provavelmente matara a amiga de Leigh.

— Estou surpresa de você conseguir andar.

Sidney deu mais um passo para provar que conseguia. À luz da rua, Callie via que a roupa profissional tinha sumido. Calça de couro. Colete de couro apertado. Sem camisa. Rímel preto. Delineador preto. Boca vermelho-sangue. Ela viu Callie assimilando a mudança.

— Gostou do que viu?

— Muito — falou Callie. — Se você estivesse tão bonita assim antes, eu provavelmente teria te fodido de volta.

Sidney sorriu.

— Me senti mal por não te deixar terminar.

Callie deu mais um passo à frente. Estava perto o bastante para sentir o perfume almiscarado de Sidney.

— Sempre podemos fazer de novo.

Sidney continuava sorrindo. Callie reconhecia outra dependente. Sidney era tão viciada em adrenalina quanto o marido doentio.

— Ei — falou Callie. — Que tal uma rapidinha no porta-malas do carro?

O sorriso aumentou.

— Andrew chegou primeiro.

— Na verdade, segundo. — Callie sentiu o cano da arma pressionando seu peito. Olhou para baixo. — Belo brinquedo.

— Também acho — falou Sidney. — Andrew me deu.

— Ele te mostrou onde fica a trava?

Sidney virou a arma, procurando o botão.

Callie fez o que devia ter feito antes.

Tirou a arma da frente.

Pegou a faca no bolso e esfaqueou Sidney no estômago cinco vezes.

— Ah. — A boca de Sidney se abriu em surpresa. Seu hálito cheirava a cerejas.

O sangue quente ensopou a mão de Callie quando ela girou e afundou a faca. A vibração dos dentes serrilhados arranhando o osso subiu por seu braço. A boca de Callie estava tão perto da de Sidney que os lábios delas roçaram. Ela disse à mulher:

— Você devia ter me deixado terminar.

A faca saiu com um som de sucção.

Sidney cambaleou para a frente. A arma caiu no chão com ruído. O sangue se espalhou pelo concreto liso. Ela tropeçou nos próprios tornozelos. Caiu em câmera lenta, corpo reto, mãos segurando as entranhas por dentro. Houve um som de algo se triturando quando o rosto dela encontrou os cacos de vidro. Sangue vermelho-vivo jorrou ao redor do torso dela como asas de um anjo de neve.

Callie olhou para a rua vazia. Ninguém estava observando. O corpo de Sidney tinha caído em grande parte para dentro da escuridão da garagem. Qualquer um que ficasse curioso ia ter de subir a entrada de carros da casa para vê-la.

A faca foi mais para o fundo do bolso da jaqueta de Callie. Ela pegou a arma ao entrar na garagem. Com o dedão, soltou a trava. Ela localizou a porta da cozinha de memória. Seus olhos só se ajustaram depois de ela levantar a perna e passar pela abertura que Leigh fizera duas noites antes.

O cheiro de metanfetamina ainda permeava o ar, mas havia um subtom de fumaça que ela não conseguia decifrar. Callie de repente ficou feliz por Leigh tê-la arrastado antes àquele buraco. As memórias não foram um tapa na cara dela como da primeira vez. Ela não viu contornos fantasmas da mesa e das cadeiras, do liquidificador, da torradeira. Viu um antro de drogas esquálido onde almas vinham morrer.

— Sid? — chamou Andrew.

Callie seguiu o som da voz dele até a sala.

Andrew estava parado atrás do bar. Uma garrafa grande de tequila e dois copos de shot estavam à sua frente. A arma na mão dele era idêntica à que Callie segurava. Ela conseguiu ver esse detalhe na casa escura e vazia porque havia velas por todo lado. Pequenas, grandes. Enfileiradas no balcão do bar, no chão, no parapeito das janelas imundas. A luz subia pelas paredes como línguas demoníacas. Baforadas de fumaça se acumulavam ao redor do teto.

— Calliope. — Ele apoiou a arma no bar. A luz de velas levou um brilho extravagante ao arranhão na lateral do rosto dele. As marcas dos dentes dela tinham ficado pretas no pescoço dele. — Que bom que você veio.

Ela olhou ao redor da sala. Os mesmos colchões manchados. O mesmo carpete nojento. A mesma sensação de desesperança.

— Cadê o Walter?

— Cadê a Harleigh?

— Provavelmente queimando sua mansão cafona.

As mãos de Andrew pousaram no bar. A arma estava tão perto quanto a garrafa de tequila.

— Walter está no corredor.

Callie andou de lado, mantendo a arma apontada na direção de Andrew. Walter estava deitado de costas. Sem ferimentos visíveis, mas com o lábio estourado. Seus olhos estavam fechados. A boca, aberta. Ele não estava amarrado, mas também não estava se movendo. Callie pressionou os dedos na lateral do pescoço dele. Sentiu um pulso estável.

Ela perguntou a Andrew:

— O que você fez com ele?

— Ele vai sobreviver. — Andrew pegou a garrafa de tequila. Girou a tampa. Os nós de seus dedos eram peludos, mas não havia sujeira sob as unhas. O relógio de ouro pesado de Buddy ficava solto no pulso estreito dele.

Coloca uma dose pra mim, boneca.

Callie piscou, porque as palavras eram de Buddy, mas ela as ouvira em sua própria voz.

— Me acompanha? — Andrew encheu os dois copos de shot.

Callie manteve a arma à sua frente ao caminhar na direção do bar. Em vez das bebidas chiques que ele tinha em casa, Andrew tinha trazido Jose Cuervo, pinga de supermercado para encher a cara. A mesma marca que Callie tinha começado a beber quando fora apresentada por Buddy aos prazeres do álcool.

Ela sentiu gosto de sangue de morder o lábio. Buddy não a tinha apresentado a nenhum prazer. Ele a tinha forçado a beber para o corpo dela relaxar e ela parar de chorar.

Callie olhou para o corredor. Walter ainda não estava se mexendo. Andrew explicou:

— Dei um boa noite Cinderela pra ele. Ele não vai atrapalhar.

Callie não havia esquecido que Andrew gostava de usar Rohypnol. Ela disse a ele:

— Seu pai também gostava quando as vítimas estavam desmaiadas e impotentes.

O maxilar de Andrew ficou tenso. Ele deslizou um dos copos pelo bar.

— Não vamos começar a reescrever a história.

Callie ficou olhando o líquido esbranquiçado. Rohypnol não tinha cor nem gosto. Ela agarrou a tequila pelo gargalo e bebeu direto da garrafa.

Andrew esperou que ela terminasse antes de tomar a dose dele de um gole só. Virou o copo e bateu-o no bar.

— Pelo sangue, imagino que Sidney não esteja bem.

— Pode imaginar que ela esteja morta. — Callie viu o rosto dele, mas não havia emoção na expressão. Ela pensou que Sidney teria tido a mesma reação. — Você mandou ela matar a amiga de Leigh?

— Nunca falei para ela o que fazer — negou Andrew. — Ela considerou um presente de casamento. Tirar um pouco da atenção de mim. Ter um gostinho da diversão.

Callie não duvidava.

— Ela já era fodida antes de vocês se conhecerem ou você que a deixou assim?

Andrew pausou antes de responder.

— Ela era especial desde o começo.

Callie sentiu sua firmeza começar a vacilar. Era a pausa. Ele estava controlando tudo, até a cadência da conversa. Ele não estava preocupado com a arma. Não estava preocupado com o potencial violento dela. Leigh tinha dito que Andrew estava sempre três passos à frente. Ele a tinha atraído até ali. Ele tinha algo horrível planejado.

Essa era a diferença entre as duas irmãs. Leigh estaria tentando calcular os ângulos. A única coisa que Callie conseguia fazer era olhar a garrafa de tequila, desejando outro gole.

— Com licença um momento.

Andrew tirou o telefone do bolso. A luz azul brilhou no rosto dele. Ele mostrou a tela a Callie. Suas câmeras de segurança obviamente o tinham alertado do movimento na casa. O carro chique de Leigh estava estacionado na entrada. Callie viu a irmã caminhar na direção da porta de entrada, Glock na mão, antes de Andrew apagar a tela.

Ele disse a Callie:

— Harleigh parece nervosa.

Callie colocou a arma de Sidney no bar. Ela precisava apressar as coisas. Leigh tinha chegado num bom tempo. Ia dirigir ainda mais rápido quando desse meia-volta.

— Não era isso que você queria?

— Eu ainda senti seu cheiro nos dedos de Sidney quando cheguei em casa. — Ele a estava observando de perto, esperando uma reação. — Você tem um gosto tão doce quanto eu imaginei que teria.

— Quero ser a primeira a te parabenizar por sua herpes oral. — Callie virou o copo de shot. Colocou uma dose boa para si desta vez. — O que você quer com isto, Andrew?

— Você sabe o que eu quero. — Ele não a fez adivinhar. — Me conta sobre o meu pai.

Callie quis rir.

— Você escolheu a porra do dia errado pra me perguntar sobre aquele filho da puta.

Andrew não disse nada. Ele a estava observando com a mesma frieza que Leigh havia descrito. Callie percebeu que o estava pressionando demais, agindo com imprudência demais. Andrew podia pegar a arma, podia haver uma faca embaixo do bar ou ele podia usar as mãos, porque, de perto, ela percebeu como ele era grande, como os músculos quase rasgando a camisa não eram só cena. Se a coisa ficasse física de novo, Callie não tinha chance.

Ela disse:

— Antes de ontem, eu diria que Buddy tinha seus demônios, mas era um cara bacana.

— O que aconteceu ontem?

Ele estava fingindo que Sidney não havia contado tudo.

— Vi uma das fitas.

Aquilo suscitou a curiosidade de Andrew.

— E o que achou?

— Achei... — Callie não tinha se permitido processar o que achava, exceto por se enojar com suas próprias ilusões. — Eu me disse por tanto tempo que ele me amava, mas, aí, vi o que ele fez comigo. Não era amor de verdade, né?

Ele deu de ombros para a pergunta.

— Ficou um pouco violento, mas tinha outras vezes que você gostava. Eu vi a expressão no seu rosto. Não dá para fingir aquilo. Não quando se é tão jovem.

— Você está errado — falou Callie, porque tinha passado a vida toda fingindo.

— Estou? — perguntou Andrew. — Olha o que aconteceu com você sem ele. Você foi destruída no momento em que ele morreu. Ficou insignificante sem ele.

Se havia uma coisa que Callie sabia, era que sua vida tinha significado. Ela havia criado um bebê para Leigh. Havia dado à irmã algo que Leigh nunca teria confiado em si mesma para ter.

— Por que você se importa, Andrew? Buddy não te suportava. A última coisa que ele te disse foi para beber o caralho do seu NyQuil e ir dormir.

A expressão de Andrew mostrou que o golpe o tinha atingido.

— Nunca vamos saber o que meu pai sentia por mim, não é? Você e Harleigh nos roubaram a chance de nos conhecermos.

— A gente te fez um favor — falou Callie, embora não tivesse tanta certeza. — Sua mãe sabe o que aconteceu?

— Aquela vaca não liga para nada, só para o trabalho. Você lembra. Ela nunca tinha tempo para mim e não tem tempo para mim agora.

— Tudo que ela fazia era por você — disse Callie. — Ela era a melhor mãe do bairro.

— É a mesma coisa que dizer que ela era a melhor hiena do bando. — Andrew apertou o maxilar, o osso pulando num ângulo agudo. — Não vou falar da minha mãe com você. Não é por isso que estamos aqui.

Callie se virou. As velas a tinham distraído. As ilusões. A forma imóvel de Walter no corredor. Ela não havia notado que alguns dos colchões não estavam no mesmo lugar. Três dos maiores estavam empilhados. Estavam exatamente onde o sofá costumava estar.

Ela sentiu o hálito de Andrew em sua nuca antes de perceber que ele estava parado atrás dela. Suas mãos estavam nos quadris dela. O peso de seu toque pressionou os ossos dela.

As mãos dele se espalharam pela barriga de Callie. A boca dele estava perto de seu ouvido.

— Olha como você é minúscula.

Callie engoliu a bile. As palavras de Buddy. A voz de Andrew.

— Vamos ver o que tem aqui embaixo. — Ele mexeu nos fechos da jaqueta de cetim dela. — Você gosta disso?

Callie sentiu o ar frio em seu estômago. Os dedos dele deslizaram sob a camisa dela. Ela mordeu o lábio quando as mãos de Andrew agarraram os seios dela. A outra mão, ele colocou no meio das pernas dela. Os joelhos de Callie arquearam. Era como sentar na parte plana de uma pá.

— Uma bonequinha tão doce. — Ele começou a tirar a jaqueta dela.

— Não. — Callie tentou se afastar, mas ele a tinha pegado no meio das pernas como se fosse um torno.

— Esvazie os bolsos. — O tom dele tinha ficado sombrio. — Agora.

O medo tomou cada canto do corpo dela. Callie começou a tremer. Seus pés mal tocavam o chão. Ela se sentia como um pêndulo num relógio, seguro apenas pela mão entre suas pernas.

Ele apertou mais forte.

— Esvazie.

Ela colocou a mão no bolso direito. O sangue de Sidney estava pegajoso na faca. A seringa cheia roçou contra as costas de seus dedos. Devagar, ela puxou a faca, rezando para Andrew não procurar mais.

Andrew arrancou a faca da mão dela e jogou no balcão do bar.

— O que mais?

Callie não conseguia parar de tremer ao colocar a mão no bolso esquerdo. Tudo estava voltando. Suas memórias tênues e cor-de-rosa de Buddy estavam colidindo com a raiva fria e dura de seu filho. As mãos dele eram iguais. As vozes eram iguais. E os dois tinham prazer em machucá-la.

— Abra — ordenou Andrew.

Ela tentou puxar a tampa com o dedão, mas o tremor tornou impossível.

Andrew agarrou o kit da mão dela. Ele tirou as mãos do meio das pernas dela.

Callie sentiu-se vazia por dentro. Ela cambaleou até a pilha de colchões. Sentou-se e fechou a jaqueta.

Andrew estava parado na frente dela. Tinha aberto o kit.

— Para que serve isso?

Callie olhou o elástico na mão dele. A faixa de couro marrom tinha pertencido ao pai de Maddy. Havia um nó numa ponta. A outra ponta estava mastigada onde Larry, depois Callie costumavam segurar com os dentes para puxar o torniquete apertado o bastante para uma veia pular.

— Vai — disse Andrew. — Para que serve?

— Você… — Callie precisou pigarrear. — Eu não uso mais. É para… eu não tenho mais veias no braço para usar. Eu injeto na perna.

Andrew ficou em silêncio por um momento.

— Onde na perna?

— Na veia f-femoral.

A boca de Andrew se abriu, mas ele parecia incapaz de falar. As velas fizeram a luz brilhar nos olhos frios dele. Por fim, ele disse:

— Me mostra como você faz.

— Eu não…

A mão dele agarrou o pescoço dela. Callie sentiu sua respiração parar. Ela arranhou os dedos dele. Ele a jogou de costas no colchão. O peso dele era insuportável. Ele pressionou o pouco ar que ela ainda tinha no corpo. Callie sentiu suas pálpebras começarem a tremer.

Andrew estava em cima dela, analisando o rosto dela, alimentando-se de seu terror. Ele a tinha imobilizado completamente com uma mão. Callie só podia esperar que ele a matasse.

Mas ele não fez isso.

Ele soltou o pescoço dela. Rasgou o botão do jeans. Puxou o zíper. Callie ficou de costas, sabendo que não era capaz de pará-lo quando ele tirou o jeans dela. Ele trouxe uma das velas mais para perto para poder ver a perna dela e perguntou:

— O que é isso?

Callie não precisou pedir que ele esclarecesse. Ele enfiou o dedo no Band-Aid que o dr. Jerry tinha usado para cobrir o abcesso. A incisão se abriu, mandando uma dor aguda pela perna dela.

— Responda. — Ele apertou mais forte.

— É um abcesso — disse ela. — De injetar.

— Isso acontece muito?

Callie precisou engolir antes de conseguir falar.

— Sim.

— Interessante.

Ela tremeu quando os dedos dele acariciaram a perna dela. Os olhos dela se fecharam. Não havia mais firmeza em seu corpo. Ela esperou que Leigh arrombasse a porta, desse um tiro na cara de Andrew, resgatasse Walter, salvasse-a do que ia acontecer.

Callie engoliu seu desamparo. Não podia deixar nada daquilo acontecer. Precisava fazer isso sozinha. Leigh chegaria em algum momento. Callie não ia ser o motivo de a irmã ter mais sangue nas mãos.

Ela disse a Andrew:

— Me ajuda a sentar.

Andrew a pegou pelo braço. As vértebras do pescoço dela estalaram quando ele a puxou para cima. Ela procurou o kit de drogas. Ele tinha deixado aberto na beirada do colchão.

Ela disse a ele:

— Eu preciso de água.

Ele hesitou.

— Tudo bem se eu colocar alguma coisa junto?

— Tudo — mentiu ela.

Andrew voltou ao bar.

Callie pegou a colher. O cabo estava dobrado num círculo para ela conseguir segurar melhor. Ela pegou a garrafa de água de Andrew. Supôs que era a que ele tinha obrigado Walter a beber. Ela não tinha ideia do que o Rohypnol faria, mas também não se importava.

— Espera — disse Andrew, trazendo as velas mais para perto para poder ver o que ela estava fazendo.

Callie engoliu em seco. Não se fazia isso por pornografia. Fazia-se em particular ou com outros drogados, porque o processo era só seu.

— Para que serve isso? — Andrew apontou para a bola de algodão no kit dela.

Callie não respondeu. Suas mãos tinham parado de tremer agora que ela estava dando ao seu corpo o que ele precisava. Ela abriu o saco. Deu batidinhas para o pó branco cair na colher.

Andrew perguntou:

— É suficiente?

— Sim — disse Callie, embora na verdade fosse demais. — Abre a garrafa para mim.

Ela esperou Andrew obedecer. Segurou um gole de água na boca, depois cuspiu na colher como um cardeal alimentando o filhote. Em vez de usar o Zippo, ela pegou uma das velas do chão. A droga lentamente borbulhando e virando líquido soltou um cheiro forte de vinagre branco. O traficante tinha fodido com ela. Quanto mais forte o cheiro, mais porcaria no meio.

Os olhos dela encontraram os de Andrew por cima da fumaça que subia da colher. Ele colocou a língua para fora. Era isso que ele queria desde o começo. Buddy tinha usado tequila, e Andrew estava usando heroína, mas os dois, no fim, queriam a mesma coisa — Callie num estupor para não poder lutar.

Com a mão livre, ela arrancou um pedaço do algodão. Pegou a seringa. Tirou a tampa com os dentes. Colocou a agulha no algodão e puxou o êmbolo.

— É um filtro — falou Andrew, como se um grande mistério tivesse sido resolvido.

— Ok. — A boca de Callie se encheu de saliva no segundo em que o cheiro chegara à sua garganta. — Está pronto.

— O que você faz? — A hesitação de Andrew deu a ela o primeiro relance de quem ele era quando menino. Ele estava ansioso, animado de aprender uma coisa nova e ilícita. — Posso... posso fazer?

Callie assentiu, porque sua boca estava cheia demais para falar. Ela girou o corpo para colocar os pés no colchão. Suas coxas pálidas brilharam à luz das velas. Ela viu o que todos os outros viam. O fêmur e os ossos dos joelhos dele eram tão pronunciados que era como olhar um esqueleto.

Andrew não comentou. Deitou-se ao lado das pernas dela, se apoiando no cotovelo. Ela pensou em todas as vezes que ele tinha dormido com a cabeça no colo dela. Ele amava ser abraçado enquanto ela lia histórias para ele.

Agora, ele estava com a cabeça levantada para Callie, esperando instruções de como injetá-la com heroína.

Callie estava sentada num ângulo que a impedia de ver a parte de cima de sua coxa. Ela tirou o Band-Aid. Achou o centro do abcesso drenado pelo tato.

— Aqui.

— No... — Andrew ainda estava hesitante. Tinha uma visão melhor do abcesso drenado do que ela jamais teria. — Parece infeccionado.

Callie disse a ele ao mesmo tempo a verdade e o que ele queria ouvir.

— A dor é boa.

Andrew colocou a língua para fora de novo.

— Está bem, o que eu faço?

Callie se inclinou para trás apoiada nas mãos. A jaqueta de cetim se abriu.

— Dá um tapinha do lado da seringa, depois aperta um pouco o êmbolo para tirar o ar.

As mãos de Andrew estavam longe de estáveis. Ele estava tão excitado quanto quando ela o mostrara os dois blênios bicolores que tinha comprado na loja de peixes. Ele certificou-se de que Callie estava olhando, depois deu um toque com o dedo na lateral do plástico.

Tap-tap-tap.

Trev, você está batendo no aquário? Não falei para não fazer isso?

— Ótimo — disse ela. — Agora, tire a bolha de ar.

Ele testou o êmbolo, segurando a seringa à luz de velas para poder ver o ar saindo do tubo de plástico. Um fio de líquido escorreu pela agulha. Em qualquer outro momento, Callie teria lambido.

Ela disse a ele:

— Tenta ir na veia, tá? É a linha azul. Consegue ver?

Ele se abaixou tão perto que ela sentiu a respiração dele em sua perna. O dedo dele apertou o abcesso. Ele levantou os olhos rápido, certificando-se de que estava tudo bem.

— Está bom — ela disse a ele. — Aperta mais forte.

— Caralho — sussurrou Andrew, apertando mais fundo com a unha. Ele praticamente se arrepiou. Tudo naquilo era excitante para ele. — Assim?

Callie fez uma careta, mas falou:

— Isso.

Ele encontrou o olhar dela de novo antes de traçar a ponta do dedo pela veia. Ela olhou o topo da cabeça dele. O cabelo dele fazia um redemoinho da mesma forma como o de Buddy. Callie se lembrava de passar os dedos pelo couro cabeludo dele. Do olhar envergonhado de Buddy ao cobrir o trecho em que estava ficando careca.

Sou só um velho boneca por que você quer alguma coisa comigo?

— Aqui? — perguntou Andrew.

— Sim — respondeu ela. — Coloque a agulha devagar. Só aperte o êmbolo quando eu falar que está no lugar certo. Você quer que a agulha deslize para dentro da veia, sem atravessar.

— O que acontece se ela atravessar?

— Não vai entrar na corrente sanguínea — disse Callie. — Vai entrar no músculo e não vai causar nada.

— Tá bom — falou ele, porque não tinha como saber a verdade.

Ela o viu voltar ao trabalho. Ele trocou o peso no cotovelo para ficar mais confortável. A mão dele estava firme quanto a seringa foi para o centro do abcesso.

— Pronta?

Ele não esperou que ela consentisse.

A pequena picada da agulha fez um som sair da boca dela. Callie fechou os olhos. Sua respiração estava tão rápida quanto a dele. Ela tentou voltar da beira do abismo.

— Assim? — perguntou Andrew.

— Devagar — instruiu ela, com a mão escorregando pelas costas dele. — Mexe a agulha lá dentro.

— Caralho — gemeu Andrew. Ela sentia a ereção dele pressionando a perna dela. Ele balançou apoiado nela, fazendo a agulha entrar e sair da veia dela.

— Continue fazendo isso — sussurrou ela, passando os dedos pela coluna dele. Ela sentia a flexão das costelas dele com a respiração. — Que gostoso, meu bem.

Andrew apoiou a cabeça no quadril dela. Ela sentiu a língua dele na pele. Sua respiração era quente e úmida.

Ela colocou a mão no bolso da jaqueta. Tirou a tampa da seringa de vinte mililitros.

— Está bem — disse ela a Andrew, com os dedos localizando o espaço entre a nona e a décima costelas dele. — Começa a colocar, mas devagar, tá?

— Tudo bem.

O enjoo do primeiro gostinho da heroína a atingiu como um vírus.

Ela puxou a seringa do bolso. O líquido azul parecia embotado à luz de velas.

Callie não hesitou. Não podia deixá-lo sair dali. Apunhalou na diagonal, furando músculo e tendão, enfiando a agulha direto no ventrículo esquerdo do coração de Andrew.

Ela já estava apertando o êmbolo antes de ele perceber que havia algo muito errado.

Mas era tarde demais para ele fazer alguma coisa.

Não houve luta. Gritos. Pedidos de ajuda. A natureza sedativa do pentobarbital tirou qualquer última palavra. Ela ouviu a respiração agônica para a qual o dr. Jerry a alertara, o reflexo do tronco encefálico que soava como um arfar. A mão direita era a última parte do corpo sobre a qual ele tinha algum controle, e Andrew empurrou a heroína tão rápido que Callie sentiu a veia femoral pegar fogo.

Ela apertou os dentes. O suor escorreu por seu corpo. Ela segurou firme a seringa de vinte mililitros, o dedão tremendo enquanto ela apertava o líquido azul grosso pela agulha. A adrenalina era a única coisa que impedia Callie de colapsar. Ainda faltava meia dose. Ela observou o progresso lento do êmbolo descendo. Precisava dar a ele a dose inteira antes de a adrenalina acabar. Leigh chegaria logo. Não podia ser igual da última vez. Callie não ia fazer a irmã terminar o trabalho que ela tinha começado.

A seringa finalmente chegou até o fim. Callie viu o resto do remédio inundar o coração sombrio de Andrew.

A mão dela soltou a seringa. Ela caiu no colchão.

A heroína assumiu, vindo buscá-la em ondas — não a euforia, mas o relaxamento lento do corpo finalmente se entregando ao inevitável.

O cheiro pungente de vinagre. A porção mais forte do que o normal. O Rohypnol na água. O fentanil que ela tinha pegado do armário de remédios do dr. Jerry e esmagado no pó branco.

Andrew Tenant não era a única pessoa que não ia sair por aquela porta.

Primeiro, os músculos dela soltaram seus nós apertados. Aí, suas juntas pararam de incomodar, seu pescoço parou de doer, seu corpo abriu mão da dor a que se apegava havia tantos anos que Callie tinha parado de contar. A respiração dela já não estava difícil. Seus pulmões já não precisavam de ar. As batidas de seu coração eram como um relógio lento contando os segundos que lhe sobravam de vida.

Callie olhou para o teto, os olhos fixos como os de uma coruja. Ela não pensou nas centenas de vezes que tinha olhado para esse mesmo teto deitada no sofá. Pensou na irmã brilhante, e no marido maravilhoso de Leigh, e na menina linda deles correndo pelo campo de futebol. Pensou no dr. Jerry e Binx e mesmo em Phil até, finalmente, inevitavelmente, pensar em Kurt Cobain.

Ele não estava mais esperando por ela. Estava aqui, conversando com Mama Cass e Jimi Hendrix, rindo com Jim Morrison e Amy Winehouse e Janis Joplin e River Phoenix.

Todos notaram Callie ao mesmo tempo. Correram até ela, estendendo as mãos, ajudando-a a ficar de pé.

Ela sentia-se leve em seu corpo, de repente feita de penas. Baixou os olhos para o chão e o viu transformar-se em nuvens macias. Jogou a cabeça para trás e estava olhando o céu azul-claro. Callie olhou à esquerda, depois à direita, depois atrás de si. Havia cavalos gentis e cães gorduchos e gatos espertos, e aí Janis lhe deu uma garrafa e Jimi lhe passou um baseado e Kurt se ofereceu para ler algumas de suas poesias a ela e, pela primeira vez na vida, Callie soube que aquele era seu lugar.

EPÍLOGO

LEIGH ESTAVA SENTADA NUMA cadeira dobrável ao lado de Walter. O cemitério estava em silêncio, exceto por alguns pássaros cantando na árvore em cima do túmulo. Eles viram o caixão amarelo-pastel de Callie sendo colocado sob o solo. Não houve rangidos nem grunhidos das polias. A irmã estava pesando 43 quilos quando chegara à sala do médico legista. O relatório de autópsia revelou um corpo destruído pelo longo histórico de abuso de drogas e doença. O fígado e os rins de Callie estavam doentes. Seus pulmões só funcionavam com metade da capacidade. Ela tinha tomado um coquetel letal de narcóticos e venenos.

Heroína, fentanil, Rohypnol, estricnina, metadona, bicarbonato de sódio, sabão em pó.

Nenhuma das descobertas era surpreendente. Nem a revelação de que só as digitais de Callie estavam na colher, na vela e no saco de pó. As digitais de Andrew se uniam às dela na seringa na perna de Callie, mas só as dela estavam na dose letal de pentobarbital que ela jogara direto no coração de Andrew.

Por anos, Leigh havia se convencido de que sentiria uma espécie de alívio culpado quando Callie finalmente morresse, mas, agora, só sentia uma tristeza avassaladora. Seu eterno pesadelo de que haveria uma ligação de madrugada, uma batida na porta, um policial pedindo que ela identificasse o corpo da irmã não havia se realizado.

Só houvera Callie deitada numa pilha imunda de colchões na casa que sua alma não deixara desde que ela tinha catorze anos.

Pelo menos, Leigh estava com a irmã no fim. Leigh estava dentro da mansão vazia de Andrew quando percebeu que Callie a enganara. O caminho de volta de Brookhaven era um borrão. A primeira coisa que Leigh se lembrava era de tropeçar no corpo de Sidney na garagem. Ela havia passado completamente batido por Walter caído no corredor, porque toda a sua atenção estava dirigida aos dois corpos no topo de uma pilha de colchões onde costumava ficar o sofá laranja horrendo.

Andrew estava deitado por cima de Callie. Das costas dele, saía uma seringa grande e gasta. Leigh o empurrara de cima da irmã. Agarrara a mão de Callie. A pele dela estava fria. O calor já estava deixando seu corpo frágil. Leigh tinha ignorado a agulha saindo da coxa da Callie e ouvia os sons lentos e decrescentes de sua respiração.

No início, vinte segundos se passaram entre o levantar e o cair do peito. Depois, trinta. Depois, quarenta e cinco. Depois, nada a não ser um suspiro longo e baixo quando Callie finalmente desistiu.

— Bom dia, amigos. — O dr. Jerry caminhou até a beira do túmulo de Callie. Sua máscara tinha gatinhos saltitando na frente, embora Leigh não tivesse certeza de se ele estava usando especialmente para Callie ou se era algo que ele já tinha.

Ele abriu um livro fino.

— Gostaria de ler um poema de Elizabeth Barrett Browning.

Walter trocou um olhar com Leigh. Era um pouco óbvio. Mas o dr. Jerry provavelmente não tinha ideia de que a poeta tinha sido viciada em heroína quase a vida toda.

— Escolhi o poema mais popular da moça, então, sintam-se à vontade para recitar junto.

Phil bufou em desdém do outro lado do túmulo.

O dr. Jerry pigarreou educadamente antes de começar:

— "Como eu te amo? Vou contar as formas/ Amo-te quando em largo, alto e profundo/ Minh'alma alcança..."

Walter passou os braços pelo ombro de Leigh. Beijou a lateral da cabeça dela por cima da máscara. Ela era grata pelo calor dele. O tempo tinha virado e estava frio. Ela não havia conseguido achar o casaco de manhã. Tinha sido distraída por uma longa ligação com o responsável pelo cemitério, que ficava sugerindo que uma lápide com coelhos e gatinhos era mais adequada a uma criança.

Callie era uma criança para ela, Leigh tinha desejado gritar, mas passara o telefone para Walter para não enfiar a mão através da linha e arrancar a cabeça do homem.

O dr. Jerry continuou:

— "Amo-te em cada dia, hora e segundo/ À luz do sol, na noite sossegada/ E é tão pura a paixão de que me inundo/ Quanto o pudor dos que não pedem nada."

Ela olhou por cima do túmulo aberto para Phil. A mãe não estava usando máscara, embora o primeiro evento superespalhador de Covid na Geórgia tivesse acontecido num velório. Phil estava sentada de modo desafiador, pernas abertas, mãos em punho. No funeral da filha mais jovem, ela estava usando a mesma roupa que usaria para um dia cobrando aluguéis. Coleira no pescoço. Camiseta preta de Sid Vicious, porque heroína era demais. Maquiagem no olho direto da coleção de um guaxinim com raiva.

Leigh desviou o olhar antes de sentir a mesma raiva que sempre sentia perto da mãe. Olhou para a câmera que transmitia o velório. Surpreendentemente, a mãe de Phil ainda estava viva, morando num asilo na Flórida. Ainda mais surpreendente, Cole Bradley tinha pedido para prestar suas condolências de forma remota. Ele ainda era tecnicamente chefe de Leigh, embora ela imaginasse que era só questão de tempo até ser chamada de volta ao escritório dele. Não era uma imagem positiva, para colocar em fala corporativa. A irmã de Leigh tinha assassinado o cliente dela e a nova esposa dele, e depois tomado uma overdose, tudo aparentemente sem explicação.

Leigh havia deixado claro que não ia dar essa explicação, e ninguém mais se ofereceu para preencher a gigante lacuna. Nem Reggie Paltz, que, como previsto, tinha fugido da cidade. Nem um amigo, ou advogado, ou banqueiro, ou administrador financeiro, ou informante pago.

Mas alguém, em algum lugar, devia saber a verdade. O cofre de Andrew estava completamente aberto na noite em que Leigh invadira a casa dele.

Estava vazio.

Ela disse a si mesma que não tinha problema. As fitas ainda existiam. Em algum momento, alguém iria até a polícia, ou procuraria Leigh, ou... alguma coisa. Não importava como acontecesse, Leigh aceitaria as consequências. A única coisa que ela podia controlar era como viveria enquanto isso.

O dr. Jerry terminou:

— "Amo-te com o doer das velhas penas;/ Com sorrisos, com lágrimas de preces/ E a fé da minha infância, ingênua e forte/ Amo-te até nas coisas mais pequenas/ Por toda a vida. E, assim Deus o quisesse,/ Ainda mais te amarei depois da morte."

Walter soltou um longo suspiro. Leigh se sentia da mesma forma. Talvez o dr. Jerry entendesse mais do que imaginavam.

— Obrigado. — Ele fechou o livro. Soprou um beijo para Callie. Foi até Phil prestar suas condolências.

Leigh nem queria pensar no que a mãe diria ao velhinho gentil.

— Você está bem? — sussurrou Walter. Seus olhos se encheram de preocupação. Nesta época, no ano passado, ela estaria irritada com ele em cima dela, mas, agora, Leigh estava inundada de gratidão. Por algum motivo, era mais fácil permitir-se amar Walter por inteiro agora que ele entendia como era estar despedaçado.

— Estou bem — ela disse a ele, esperando que dizer as palavras em voz alta as tornasse realidade.

O dr. Jerry estava contornando o túmulo.

— Aqui está você, jovenzinha.

Walter e Leigh se levantaram para falar com ele. Ela disse:

— Obrigada por vir.

A máscara dele estava molhada de lágrimas.

— Nossa Calliope era uma garota tão adorável.

— Obrigada — repetiu Leigh, sentindo sua própria máscara grudada no rosto. Cada vez que ela achava que já estava sem lágrimas, mais apareciam. — Ela o amava muito, dr. Jerry.

— Bem. — Ele deu um tapinha na mão dela. — Posso contar um segredo que descobri quando minha amada esposa faleceu?

Leigh fez que sim.

— Sua relação com uma pessoa não termina quando ela morre. Só fica mais forte. — Ele deu uma piscadinha a ela. — Principalmente porque ela não está aqui para te dizer que você está errado.

A garganta de Leigh se apertou.

Walter a salvou de ter de responder.

— Dr. Jerry, aquele seu Chevy é um clássico. Importa-se em me mostrar?

— Seria um prazer, meu jovem. — Dr. Jerry permitiu que Walter pegasse seu braço. — Diga, você já levou um soco na cara de um polvo?

— Porra. — Phil se recostou na cadeira. — O velho ali é demente. Vai mudar para o Oregon com a Antifa, ou alguma merda assim.

— Cala a boca, mãe. — Leigh tirou a máscara. Procurou um lenço na bolsa.

— Ela era minha filha, sabe — gritou Phil para Leigh do outro lado do túmulo de Callie. — Quem cuidava dela? Para que casa ela sempre voltava?

— Walter vai pegar o gato amanhã.

— Vadia Estúpida?

Leigh ficou chocada, mas, aí, riu.

— Isso, Vadia Estúpida vai morar na minha casa. É o que Callie queria.

— Pô, cacete. — Phil pareceu mais chateada por perder o gato do que quando Leigh lhe contara sobre Callie. — É um puta gato bom. Espero que você saiba o que está levando.

Leigh assoou o nariz.

— Sabe, vou te falar uma coisa. — Phil colocou as mãos na cintura. — O problema com você e com a sua irmã é que Callie não conseguia parar de olhar para trás, e você sempre foi desesperada para olhar para a frente.

Leigh odiava que ela estivesse certa.

— Acho que o problema maior foi que tivemos uma mãe incrivelmente merda.

A boca de Phil se abriu, mas então fechou. Seus olhos haviam se arregalado. Ela estava olhando por cima do ombro de Leigh como se um fantasma houvesse aparecido.

Leigh se virou. Era pior que um fantasma.

Linda Tenant estava apoiada no Jaguar preto. Um cigarro estava pendurado de sua boca. Ela estava usando o mesmo colar de pérolas e gola levantada, mas a camisa era de manga comprida, para o clima mais frio. Da última vez que Leigh vira a mãe de Andrew, eles estavam sentados à mesa de reuniões do escritório particular de Cole Bradley falando de como defender o filho dela.

— É melhor a gente... — Leigh parou, porque Phil estava indo bem rápido na direção oposta. — Valeu, mãe.

Leigh respirou fundo. Começou a longa caminhada na direção da mãe de Andrew. Linda ainda estava apoiada no carro. Seus braços estavam cruzados. Ela estava ali para armar uma cilada no velório de Callie. Leigh reconheceu a atitude insolente como algo que ela mesma teria feito. Não importava que a família de Ruby Heyer, além de Tammy Karlsen e as três outras vítimas de Andrew, nunca teria justiça. Linda Tenant queria uma explicação.

Leigh ainda não ia fornecer uma, mas devia a Linda a cortesia de dar-lhe alguém com quem gritar.

Linda jogou o cigarro na grama quando Leigh se aproximou.

— Quantos anos ela tinha?

Leigh não estava esperando a pergunta, mas imaginou que precisavam começar em algum lugar.

— Trinta e sete.

Linda assentiu.

— Então, ela tinha onze quando começou a trabalhar para mim.

— Doze — corrigiu Leigh. — Um ano mais nova do que eu quando comecei.

Linda puxou um maço de cigarros da calça cáqui. Chacoalhou um. Sua mão acendeu o isqueiro sem tremer. Ela soltou uma pluma de fumaça no ar. Havia algo tão irado nela que Leigh não sabia se Linda ia brigar com ela ou atropelá-la com o carro.

Ela não fez nada disso. Em vez disso, falou a Leigh:

— Ficou impecável.

Leigh olhou para seu vestido preto, que era bem diferente do jeans e da camiseta do Aerosmith que ela estava usando naquela primeira noite. Ela perguntou, em vez de afirmar:

— Obrigada?

— Não estou falando da sua roupa. — Linda fez um movimento brusco ao puxar o cigarro dos lábios. — Vocês duas sempre foram organizadas, mas nunca limpavam daquele jeito.

Leigh balançou a cabeça. Ela ouvia as palavras, mas elas não faziam sentido.

— O chão daquela cozinha estava brilhando quando cheguei do hospital. — Leigh tragou com raiva de novo. — E o alvejante estava tão forte que meus olhos lacrimejaram.

Leigh sentiu a boca se abrir em surpresa. Ela estava falando da casa de Canyon Road. Depois que elas se livraram do corpo, Callie tinha ficado de joelhos para esfregar o chão. Leigh tinha esquadrinhado a pia. Elas tinham passado aspirador e tirado o pó e passado pano nas superfícies e polido maçanetas e tábuas de piso, e nenhuma das duas jamais havia considerado que Linda Waleski ia voltar para casa do trabalho e se perguntar por que elas tinham feito uma faxina profunda na casa normalmente úmida e suja.

— Hum — disse Leigh, ouvindo ecos de Callie quando não sabia o que dizer.

— Achei que vocês tivessem matado ele pelo dinheiro — falou Linda. — E, depois, pensei que algo ruim tinha acontecido. Sua irmã, no dia seguinte, estava acabada. Claramente tinha havido uma briga ou… ou alguma coisa. Eu queria chamar a polícia. Queria espancar aquele pedaço de merda que você chama de mãe. Mas não podia.

— Por quê? — foi só o que Leigh conseguiu perguntar.

— Porque não importava o motivo. O que importava era que vocês tinham se livrado dele, e tinham sido pagas, e era justo. — Linda tragou o cigarro com força. — Eu nunca fiz perguntas porque consegui o que queria. Ele nunca ia me deixar ir embora. Tentei uma vez, e ele me deu uma puta surra. Me espancou até eu ficar inconsciente, depois me largou no chão.

Leigh se perguntou como Callie se sentiria com essa informação. Provavelmente, triste. Ela amava tanto Linda.

— Você não podia procurar sua família?

— Eu fiz minha cama, né? — Linda puxou um pedaço de tabaco da língua. — Mesmo depois de vocês se livrarem dele, eu precisei me prostrar na frente do babaca do meu irmão. Ele queria me largar na rua. Precisei implorar para ele me abrigar. Ele me fez esperar um mês e, mesmo depois disso, não pude ficar na casa. Precisamos morar num apartamento esquálido em cima da garagem, como as porcarias dos empregados.

Leigh segurou a língua. Tinha lugares bem piores de se morar.

— Mas eu me perguntava. Não o tempo todo, mas às vezes, eu me perguntava por que vocês tinham feito aquilo. Quer dizer, quanto ele tinha recebido por aquele trabalho, cinquenta mil?

— Cinquenta era o que tinha na maleta — falou Leigh. — Achamos mais trinta e seis escondidos pela casa.

— Que bom para vocês. Mas ainda não fazia sentido. Vocês não eram assim. Alguns dos outros jovens do bairro, sim. Eles podiam cortar seu pescoço por dez dólares, só Deus sabe o que fariam por oitenta e seis mil. Mas vocês duas, não. Como falei, aquela parte sempre me incomodou. — Linda tirou o chaveiro do cinto. Pousou o dedão num botão. — E, aí, achei isso na minha garagem e finalmente entendi. — O porta-malas abriu.

Leigh foi até a traseira do Jaguar. Um saco de lixo preto estava lá dentro. A parte de cima estava aberta. Ela viu uma pilha de fitas VHS. Leigh não precisou contá-las para saber que havia quinze no total. Catorze com Callie. Uma com Callie e Leigh.

— Na noite em que Andrew morreu, ele foi até minha casa. Eu o escutei na garagem. Não perguntei por quê. Sim, ele estava estranho, mas ele sempre era estranho. Aí, há alguns dias, lembrei. Achei esse saco de lixo enfiado no fundo de um dos armários da despensa. Não contei à polícia, mas estou contando a você.

Leigh sentiu a garganta apertando de novo. Levantou os olhos para Linda. A mulher não havia se mexido, exceto para continuar fumando.

— Eu só tinha treze anos quando conheci o pai dele. Ele me pegou de jeito. Precisei ficar três anos fugindo, sendo mandada para a casa dos meus avós, até para o internato, até perceberem que eu não ia desistir dele e finalmente deixarem a gente se casar. Sabia?

Leigh queria agarrar o saco, mas Linda estava com todo o poder. Podia haver cópias. Podia haver outro servidor.

— Eu nunca achei… — A voz de Linda se perdeu enquanto ela tragava de novo. — Ele tentou com você?

Leigh se afastou do porta-malas.

— Sim.

— Ele conseguiu?

— Uma vez.

Linda sacudiu outro cigarro do maço. Acendeu o novo com o velho.

— Eu amava aquela menina. Ela era um amor. E eu sempre confiei nela com Andrew. Nunca, por um segundo, pensei que fosse acontecer algo de ruim. E o fato de ter acontecido… de ela ter sido tão machucada, de mesmo depois de morrer ele ter achado uma forma de continuar machucando ela…

Leigh viu lágrimas caírem pelo rosto da mulher. Ela não tinha dito o nome de Callie nenhuma vez.

— Enfim. — Linda tossiu, soltando fumaça pela boca e pelo nariz. — Sinto muito pelo que ele fez com você. E sinto mais ainda pelo que ele fez com ela.

Leigh falou a mesma coisa que Walter tinha dito a ela.

— Você nunca achou que um pedófilo que te molestou quando você tinha treze anos molestaria outras meninas de treze anos?

— Eu estava apaixonada. — Ela soltou uma risada amarga. — Acho que eu devia pedir desculpa para o seu marido. Ele está bem?

Leigh não respondeu. Walter tinha sido dopado, ameaçado com uma arma e forçado a beber boa noite Cinderela. Ele ia demorar muito tempo para ficar bem.

Linda tinha sugado o cigarro até o filtro. Fez o mesmo que antes, sacudindo outro e acendendo o novo com o velho. Ela disse:

— Ele estuprou aquela mulher, não foi? E matou a outra?

Leigh imaginou que ela estivesse agora falando dos crimes de Andrew e Sidney, respectivamente. Tentou fazer Linda dizer os nomes de Tammy Karlsen e Ruby Heyer.

— De que mulheres você está falando?

Linda balançou a cabeça ao soltar mais fumaça.

— Não tem importância. Ele era podre igual ao pai. E aquela garota com quem ele casou… ela era tão ruim quanto ele.

Leigh baixou os olhos para a fita. Linda as tinha trazido por um motivo.

— Você quer saber por que Callie matou Andrew e Sidney?

— Não. — Ela jogou o cigarro na grama. Foi até a parte de trás do carro. Puxou o saco de lixo. Colocou no chão. — São as únicas cópias, pelo que sei. Se divulgarem mais alguma coisa, vou dizer que é mentira. Uma montagem. Vou te defender como fiz antes, é o que estou dizendo. E, se vale de alguma coisa, falei para Cole Bradley que o que aconteceu não foi culpa sua.

— Eu devia agradecer?

— Não — respondeu Linda. — Eu estou agradecendo você, Harleigh Collier. No que me diz respeito, você sacrificou um animal por mim. Sua irmã sacrificou o outro.

Linda entrou no carro. Pisou no acelerador ao sair.

Leigh viu o Jaguar preto e elegante sair do cemitério. Considerou a raiva de Linda, os cigarros um atrás do outro, a falta total de compaixão, o pensamento risível de que, por todos aqueles anos, Linda Waleski estava convencida de que o marido havia sido assassinado por duas pistoleiras adolescentes incrivelmente higiênicas.

Callie teria perguntas.

Leigh não conseguia começar a respondê-las. Levantou os olhos para o céu. A previsão era de chuva, mas havia nuvens brancas passando. Ela queria pensar que a irmã estava lá em cima lendo Chaucer para um gatinho que estava usando criptomoeda para esconder o dinheiro da Receita Federal, mas a realidade a impediu de ir tão longe.

Em vez disso, ela torceu para que o dr. Jerry tivesse razão. Leigh queria continuar tendo uma relação com a irmã. Ela queria a Callie que não era viciada em heroína, que tinha um emprego numa clínica veterinária e era lar temporário de filhotes e ia almoçar todo fim de semana e fazia Maddy rir com piadas engraçadas sobre tartarugas serem escrotas peidorreiras.

Por enquanto, Leigh tinha o último momento das duas na sala do dr. Jerry. A forma como Callie a abraçara. A forma como perdoara Leigh pela mentira que se transformara num segredo que supurara numa traição.

Se essa é a culpa que você carregou por toda a sua vida adulta, abandone isso.

Leigh não tinha sentido o peso sair de seu ombro ao ouvir as palavras de Callie, mas, a cada dia que se passava, sentia uma leveza no peito, como se devagar, uma hora — talvez —, o peso fosse finalmente, um dia, ir embora.

Havia outras coisas mais tangíveis que Callie deixara para ser lembrada. Dr. Jerry tinha achado a mochila dela na sala de descanso. Havia um sortimento digno de Boo Radley — um cartão de membro de um salão de bronzeamento em nome de Juliabelle Gatsby, um cartão de biblioteca do condado de DeKalb em nome de Himari Takahashi, um livro brochura sobre lesmas, um telefone descartável, doze dólares, um par extra de meias, a carteira de motorista de Leigh de Chicago que Callie roubara de sua carteira e uma pontinha do cobertor em que Maddy estava embrulhada dentro da caixa de transporte de gatos.

Os últimos dois itens eram especialmente significativos. Durante os últimos dezesseis anos, Callie tinha passado pela delegacia, pela prisão, por várias clínicas de reabilitação e morado em motéis baratos e na rua, mas tinha conseguido ficar com uma foto de Leigh e o cobertor de bebê de Maddy.

Sua filha ainda tinha o cobertor em casa. Ela ainda não sabia a história da ponta perdida. Walter e Leigh nunca se decidiam sobre se era hora de contar a verdade a ela. Sempre que decidiam que precisavam ser sinceros, que não era uma escolha — que o segredo já tinha virado uma mentira e não ia levar muito tempo para florescer numa traição —, Callie os convencia a não fazer aquilo.

Ela tinha deixado um bilhete para Leigh em sua mochila, as palavras espelhando aquele que deixara com Maddy há dezesseis anos. Callie obviamente havia escrito após a conversa delas na sala do dr. Jerry, assim como Callie obviamente sabia que nunca mais veria Leigh.

Por favor, aceite o presente de sua linda vida, Callie tinha escrito. *Tenho muito orgulho de você, minha linda irmã. Eu sei que, não importa o que aconteça, vocês dois vão sempre manter Maddy feliz e segura. Só peço que nunca contem a ela nosso segredo, pois a vida dela será muito mais feliz sem mim. EU TE AMO. EU TE AMO!*

— Ei. — Walter estava pisando nos cigarros incandescentes de Linda. — Quem era a mulher no Jaguar?

— A mãe de Andrew.

Leigh viu Walter olhar dentro do saco de lixo. Ele virou as fitas VHS para ler as etiquetas. Callie nº 8. Callie nº 12. Harleigh e Callie.

Walter perguntou:

— O que ela queria?

— Absolvição.

Walter jogou as fitas de volta no saco.

— Você deu a ela?

— Não — disse Leigh. — Ela precisa merecer.

Caro leitor,

No início da minha carreira, optei por escrever meus romances sem marcar um ponto em particular no tempo. Eu queria que as histórias se sustentassem sozinhas sem que os ciclos de notícias ou a cultura pop se intrometessem na narrativa. Minha abordagem mudou quando comecei a trabalhar na série do agente Will Trent e em livros independentes, e se tornou mais importante para mim ancorar as histórias no *agora*, como uma forma de segurar um espelho para a sociedade. Eu queria fazer perguntas com minha ficção, por exemplo, como chegamos ao #metoo (*Cop Town*), como nos acostumamos à violência contra as mulheres (*Flores partidas*) ou mesmo como acabamos com uma multidão furiosa arrombando as portas do Capitólio (*A última viúva*).

Há sempre um equilíbrio delicado entre escrever sobre questões sociais e manter o ritmo de condução de um thriller. No fundo, eu sou uma autora de thrillers e nunca quero desacelerar ou interferir no ritmo de uma história para subir em um palanque. Eu me esforço para apresentar os dois lados, mesmo quando não concordo com a opinião contrária. Com isso em mente, comecei a estruturar a história que se tornou *Falsa testemunha*. Eu sabia que queria incorporar a pandemia do Sars-CoV-2, mas também sabia que a história não era tanto sobre a pandemia, mas sobre como as pessoas estão conseguindo sobreviver durante ela. E, claro, minha perspectiva não é apenas como americana, ou como cidadã da Geórgia, ou até mesmo como moradora de Atlanta — como todas as pessoas, vejo o mundo através das lentes de quem eu sou como indivíduo.

Quando comecei a trabalhar, em março de 2020, tive que ser um pouco futurista na tentativa de prever como seria a vida dentro de aproximadamente um ano. Obviamente, muita coisa mudou ao longo da minha escrita. No início, nos disseram para não usar máscaras para que os hospitais não ficassem sem suprimentos, depois, nos disseram que todos nós deveríamos usar máscaras (depois, máscaras duplas); inicialmente, nos disseram para usar luvas, depois, nos disseram que luvas ofereciam uma falsa sensação de segurança; primeiro, nos disseram para desinfetar nossas compras, depois, nos disseram que elas não ofereciam risco; depois, houve as variantes e assim por diante e por diante até que, enfim, felizmente, as vacinas foram liberadas, o que foi uma notícia maravilhosa, mas também exigiu que eu incorporasse seu calendário algo confuso em um romance que estava quase finalizado — embora deva ser dito que esses eram pequenos obstáculos em comparação à perda e tragédia mundial causada por esse vírus horrível.

No momento em que escrevo, superamos o marco devastador de quinhentos mil mortos nos Estados Unidos. E há ainda as dezenas de milhões de sobreviventes — alguns dos quais estão vivendo com a síndrome de Covid longa ou cujas vidas serão marcadas para sempre pela doença. Devido à solidão inerente a uma morte por Covid, nossos profissionais de saúde sofreram traumas incalculáveis ao testemunhar em primeira mão a devastação desse terrível vírus. Nossos médicos examinadores, legistas e funerárias suportaram um volume avassalador de mortos. Educadores, trabalhadores da linha de frente, socorristas — as listas são intermináveis, porque a pandemia tocou cada pessoa na Terra de formas grandes e pequenas. O impacto desse acontecimento diário de vítimas em massa será sentido por gerações. Ainda não sabemos como a suspensão do luto acabará se infiltrando em nossas vidas. Sabemos por estudos sobre abuso infantil que o trauma pode levar a tudo, desde depressão, transtorno do estresse pós-traumático, problemas cardiovasculares como derrame e ataque cardíaco, câncer, um risco maior de abuso de drogas e álcool e, em alguns casos extremos, ideias suicidas. Ainda temos que entender como será o mundo daqui a quinze ou vinte anos, quando a geração do Zoom estiver criando os próprios filhos.

Embora eu ame meus leitores, sempre escrevi meus livros para mim mesma, usando a ficção para processar o mundo ao meu redor. À medida que me propus a incorporar realisticamente a pandemia em *Falsa testemunha*, procurei na história recente por pistas. Em muitos aspectos, a evolução de nossa compreensão da Covid-19 reflete o início do que à época foi chamado de crise da aids, durante a qual minha geração experimentou uma dolorosa chegada à idade adulta. Como no caso do Sars-CoV-2, havia muitas incógnitas quando o HIV levantou sua cabeça feia pela primeira vez. Os cientistas não sabiam imediatamente como era transmitido, como funcionava, de onde tinha vindo, então, os conselhos mudavam quase mensalmente, e a homofobia e o racismo corriam desenfreados. E por isso, é claro, a forma como as pessoas reagiram ao HIV/aids foi do medo à raiva, passando pela negação e pela aceitação, e até por um grande foda-se. Embora a aids fosse muito, muito mais mortal do que a Covid (e a transmissão, felizmente, não fosse por via aérea), muitas dessas mesmas atitudes têm estado em evidência em nossa resposta à pandemia de Covid-19. E devo acrescentar que, durante essas duas tragédias transformativas, vimos um cuidado e bondade notáveis contra o que parece ser um ódio incompreensível. Nada faz emergir nossa humanidade, ou falta dela, como uma crise.

Por mais terríveis que tenham sido estes últimos dezoito meses, a crise que se seguiu proporcionou uma base para o tipo de narrativa socialmente consciente que passou a definir meu trabalho. A Covid expôs o abismo cada vez maior entre os que têm e os que não têm, destacou a crise habitacional e a insegurança alimentar, focou a atenção na falta de financiamento adequado para escolas, hospitais e assistência a idosos, expôs uma falência de confiança em nossas instituições governamentais, exacerbou o tratamento horrendo dos presos em nossas cadeias e prisões, agravou exponencialmente o discurso de ódio xenofóbico, misógino e racista, aumentou as desigualdades raciais e, como de costume, sobrecarregou gravemente a vida das mulheres; tentei tocar em todos esses tópicos dentro das páginas do livro que você agora tem em suas mãos. Todos esses são temas que me esforço para compreender, para ter mais empatia, com esperança de uma compreensão mais profunda.

Um dos meus romances curtos favoritos é *Pale Horse, Pale Rider*, de Katherine Anne Porter, que se passa durante a epidemia de gripe espanhola de 1918. A personagem principal é atingida pela doença, assim como a própria Porter foi na vida real, e temos um vislumbre em primeira mão dos efeitos terríveis do vírus — tanto pela insegurança social causada pelo medo da personagem de perder seu emprego e ser despejada por sua senhoria quanto pelos quatro a cinco dias que ela teve de esperar antes que houvesse espaço para ela no hospital, pelos sonhos de febre e alucinações provocados pela presença escondida do Cavaleiro Pálido: a morte. A última frase da história é ao mesmo tempo intemporal e presciente, e acho que ela resumirá como todos nós provavelmente nos sentiremos quando passarmos pelo pior desta cruel pandemia e conseguirmos encontrar nosso caminho para um novo normal: “Agora, haveria tempo para tudo”.

Karin Slaughter
26 de fevereiro de 2021
Atlanta, Geórgia

AGRADECIMENTOS

O PRIMEIRO AGRADECIMENTO SEMPRE VAI para Victoria Sanders e Kate Elton, que me conhecem há mais tempo do que eu mesma. Obrigada a Emily Krump e Kathryn Cheshire pelo desempate — bem como a toda a equipe da GPP. Na VSA, sou muita grata a Bernadette Baker-Baughman, que tem uma paciência aparentemente infinita (ou uma boneca minha que espeta toda manhã).

Kaveh Khajavi, Chip Pendleton e Mandy Blackmon responderam a minhas perguntas peculiares sobre esqueletos e juntas. David Harper me ajuda a matar pessoas há quase vinte anos e, como sempre, suas opiniões foram excepcionalmente úteis, mesmo enquanto ele enfrentava as devastadoras tempestades de neve e gelo do Texas com o celular e um conjunto de alicates de bombeiro. Elise Diffie me ajudou com maquinações de clínica veterinária, embora todas as gambiarras nefárias sejam minhas. Além disso, ela talvez seja a única pessoa lendo este livro que entenda como é verdadeiramente hilário chamar um cão de montanha dos Pireneus de Deux Claude.

Alafair Burke, Patricia Friedman e Max Hirsh me ajudaram com as legalidades — quaisquer erros são apenas meus (tragicamente, a lei nunca é o que queremos que ela seja). Para aqueles que estão se perguntando: em 14 de março de 2020, o chefe de Justiça do Tribunal Superior da Geórgia emitiu uma ordem estadual proibindo todos os julgamentos por júri "devido ao número de pessoas que precisa se reunir nos tribunais". Em outubro, a proibição foi suspensa, mas, alguns dias antes do Natal, as taxas de infecção crescentes forçaram o chefe de Justiça a reinstalar a proibição. Em 9 de março de 2021, ela foi retirada de novo, citando que “a onda perigosa de casos de Covid-19 recentemente diminuiu”. É neste ponto que estamos agora, e torço com fervor para continuar assim.

Por fim, obrigada a D.A. por suportar minhas longas ausências (tanto físicas quanto mentais) durante a escrita desta história. Tendo desfrutado do estilo de vida de quarentena há muitos anos, achei que seria mais fácil; infelizmente, não foi. Obrigada ao meu pai por sempre estar comigo em tudo. Antecipo um rápido retorno a entregas de sopa e pão de milho, agora que o pior passou. E à minha irmã: muito obrigada por ser minha irmã.

Por fim mesmo: tomei muitas liberdades ao escrever sobre drogas e como usá-las, porque não tenho interesse em oferecer dicas de uso. Se você é uma das muitas pessoas sofrendo com a dependência, por favor, saiba que sempre há alguém que te ama.

Este livro foi impresso pela Lisgrafica, em 2021, para
a HarperCollins Brasil. O papel do miolo é pólen soft
70g/m², e o da capa é cartão 250g/m².